GRAVITY'S

THOMAS PYNCHON

SHINCHOSHA

RAINBOW

Thomas Pynchon Complete Collection
1973

Gravity's Rainbow I

Thomas Pynchon

『重力の虹』［上］

トマス・ピンチョン

佐藤良明 訳

新潮社

目次

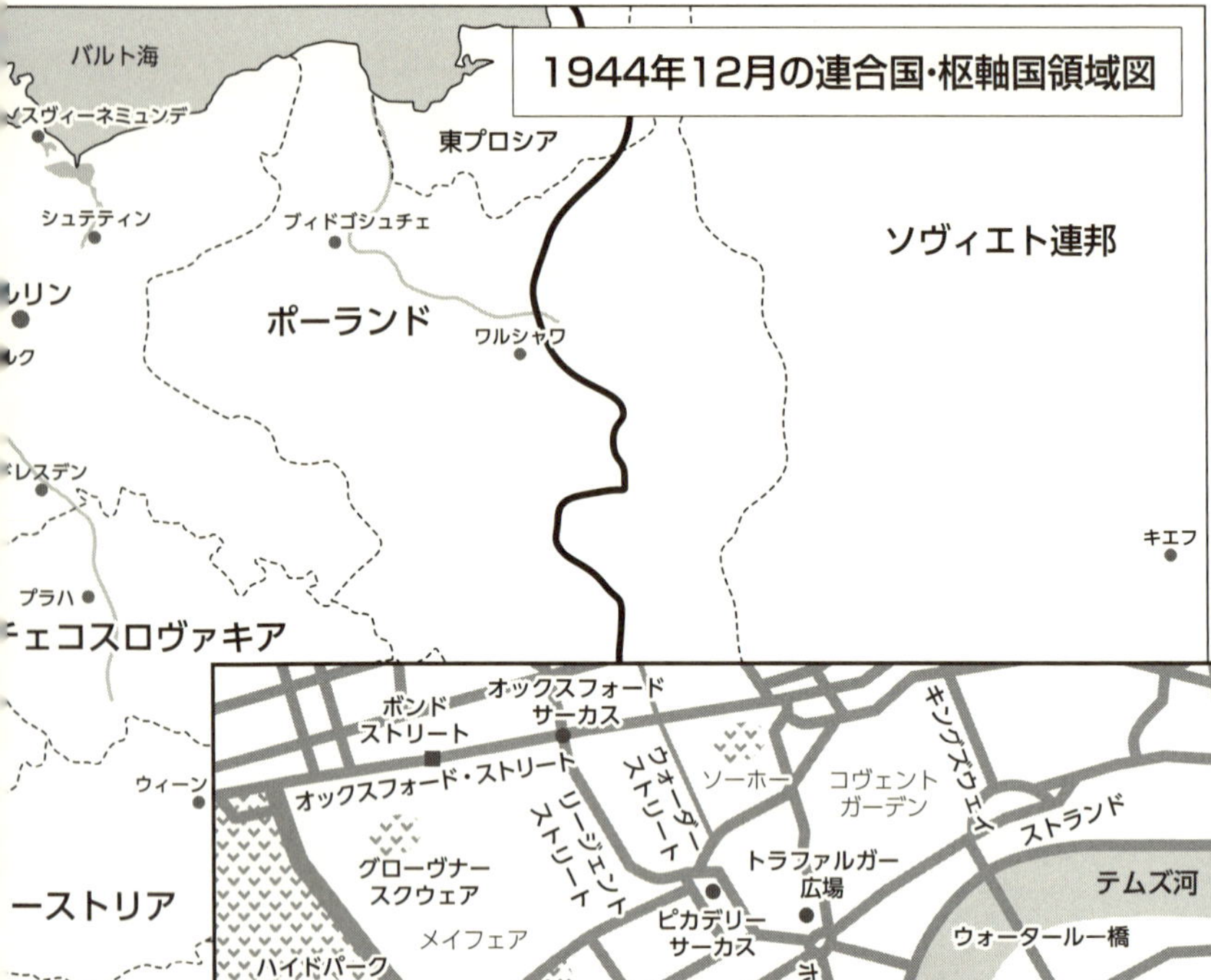
1944年12月の連合国・枢軸国領域図
バルト海
東プロシア
シュテティン
ブィドゴシュチェ
ソヴィエト連邦
ポーランド
ワルシャワ
キエフ
プラハ
チェコスロヴァキア
ウィーン

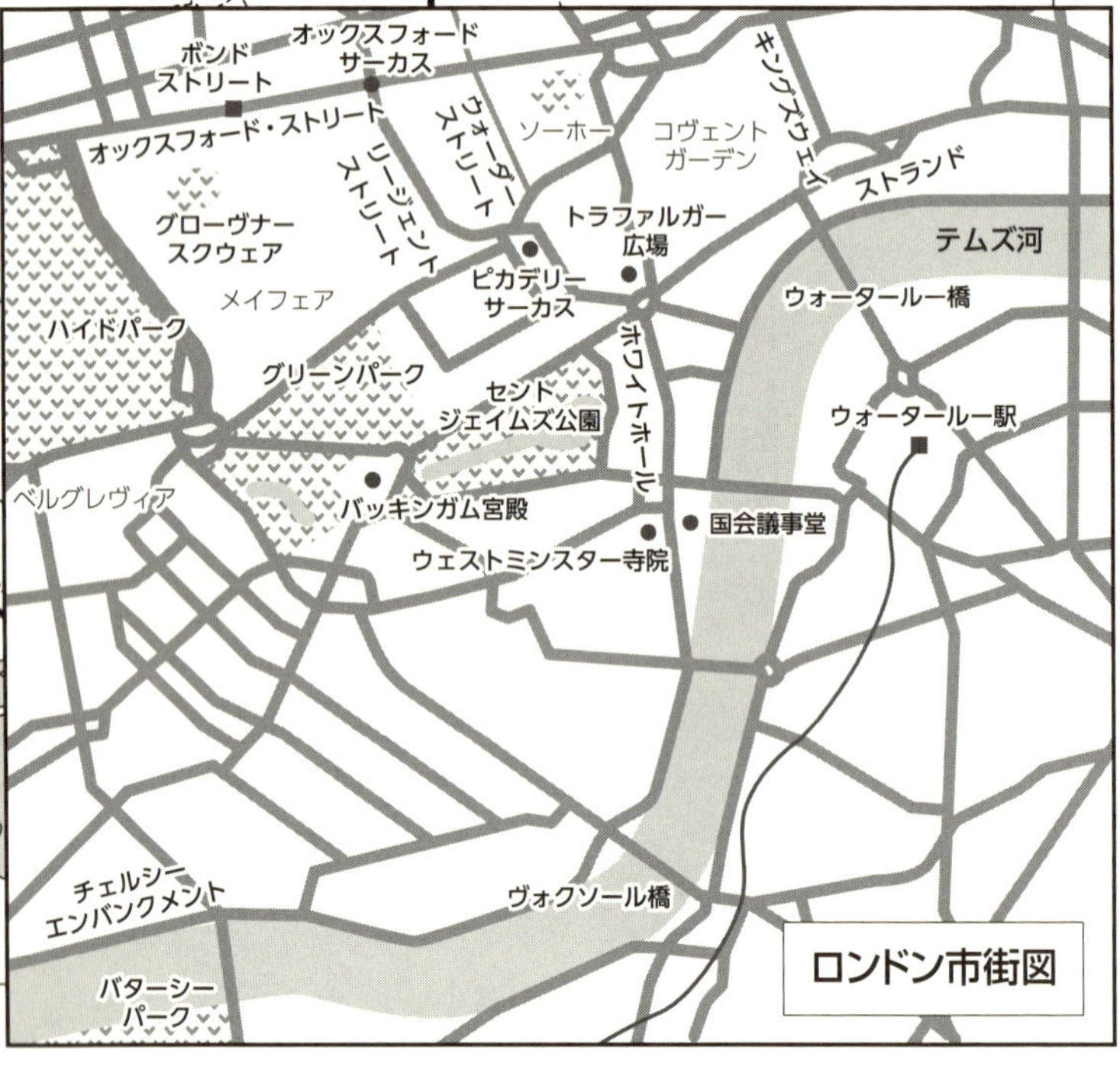
ボンド
ストリート
オックスフォード
サーカス
オックスフォード・ストリート
ウォーダー
ストリート
ソーホー
コヴェント
ガーデン
キングズウェイ
ストランド
リージェント
ストリート
グローヴナー
スクウェア
メイフェア
トラファルガー
広場
ピカデリー
サーカス
テムズ河
ウォータールー橋
ハイドパーク
グリーンパーク
セント
ジェイムズ公園
ホワイトホール
ウォータールー駅
ベルグレヴィア
バッキンガム宮殿
国会議事堂
ウェストミンスター寺院
チェルシー
エンバンクメント
ヴォクソール橋
バターシー
パーク
ロンドン市街図

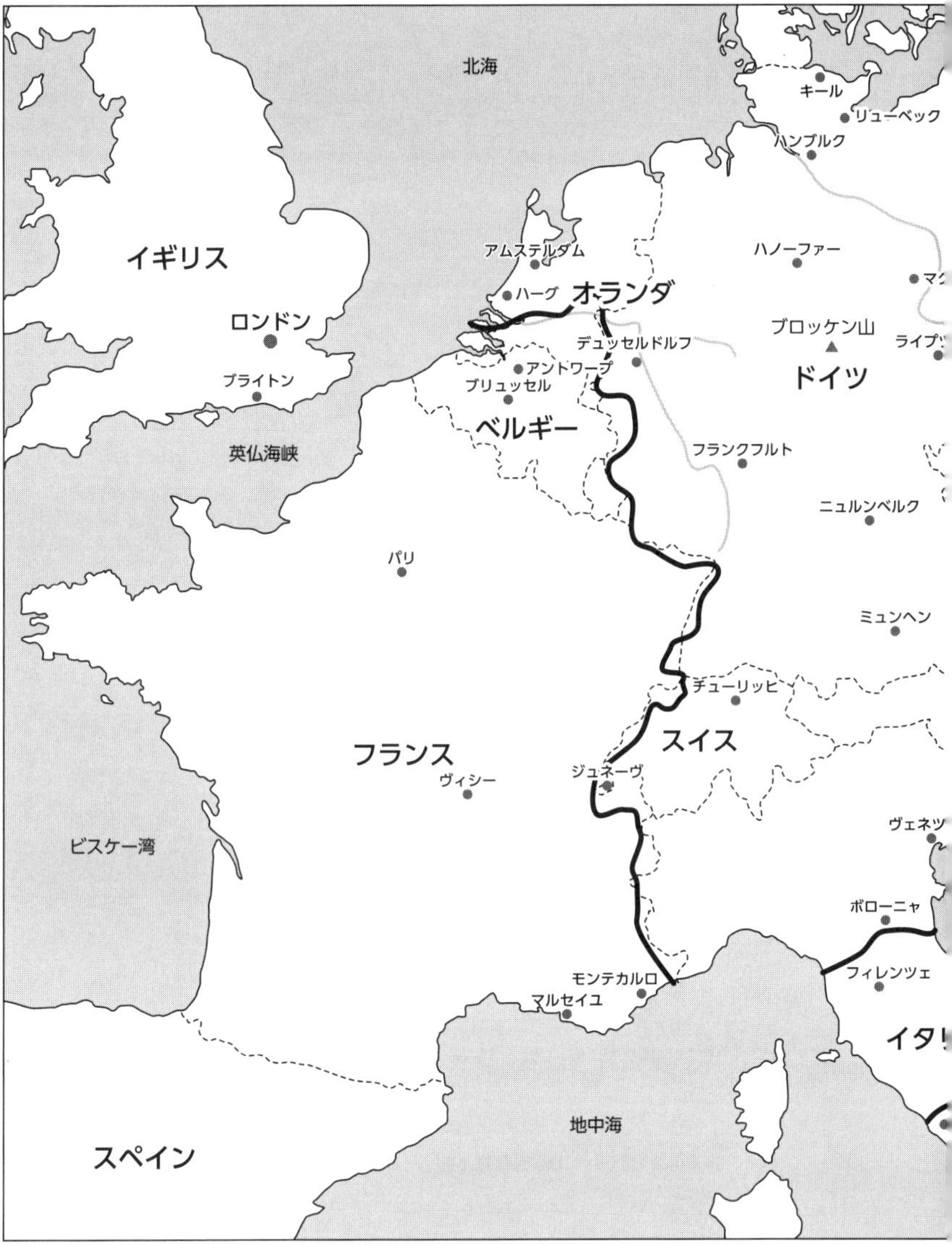
北海
キール
リューベック
ハンブルク
イギリス
アムステルダム
ハノーファー
ハーグ
オランダ
ロンドン
ブロッケン山
デュッセルドルフ
ライプツ
アントワープ
ブリュッセル
ドイツ
ブライトン
ベルギー
英仏海峡
フランクフルト
ニュルンベルク
パリ
ミュンヘン
チューリッヒ
スイス
フランス
ジュネーヴ
ヴィシー
ヴェネツ
ビスケー湾
ボローニャ
モンテカルロ
フィレンツェ
マルセイユ
イタ
地中海
スペイン

Gravity's Rainbow
by Thomas Pynchon

Cover Diorama and Photograph by Tomoyasu Murata Company.
Illustrations by brücke
Maps by Informe, Inc.
Design by Shinchosha Book Design Division

リチャード・ファリーニャに

重力の虹

［上］

第一部　ビヨンド・ザ・ゼロ

自然は消滅を知らず、変換を続けるのみ。過去・現在を通じて、科学が私に教えてくれるすべてのことは、霊的な生が死後も継続するという考えを強めるばかりである。*

――ヴェルナー・フォン・ブラウン

* ナチスのロケットの開発者フォン・ブラウン博士は、敗戦時に米軍に投降、アメリカに渡ってアポロ計画を主導した。この神秘主義的な言葉の出典はウィリアム・ニコルズ篇『生きるよすがとすべき言葉の本』(一九六二)に寄せた「私はなぜ不死を信じるか」という短文。

□□□□□□

一筋の叫びが空を裂いて飛んでくる。[*1] 前にもあった、だが今のは何とも比べようがない。いまさら手遅れだ。〈疎開〉は続くが、ただの見てくれ（シアター）でしかない。列車の中は真っ暗。わずかな光もない、どこにもだ。頭上に組み上がった鋼材は鉄の女王（アイアン・クイーン）と同じくらい古び、そのはるか上にガラス屋根。昼間なら光を通すだろうが今は闇だ。ガラスが落ちてきたらどんなことになるだろうかと不安になる——もうすぐ——壮観だろう。水晶宮（クリスタル・パレス）の崩落。[*2] 漆黒の中にかすかなキラメキもないまま起こる、巨大な不可視のクラッシュ。

　車輛の内部は何段にもなっている。ビロードのような闇の中、煙草もなく彼は腰を下ろしている。近くでも遠くでも金属が軋り合い、連結し、蒸気が噴霧となって圧を逃れる。車輛が振動するのが伝わってくる。宙づり感、みなぎる不安、まわり中すし詰めだ。虚弱者たち、第二の羊、[*3] 運に見放され時から落ちこぼれた者——酔っぱらいも、二十年前の被弾のショックからいまだ立ち直れない退役軍人も、背広を着たハスラーも、浮浪者も、信じがたい数の子供を抱え憔悴した母親もいる。あらゆる者が一緒くたに積みこまれ救済のため運び出される。ごく近くの顔だけがほのかに浮かぶが、その顔もカメラのファインダ

1　ロンドンに最初のV2ロケットが落ちてきたのは一九四四年九月のこと。約一トンのアマトール爆薬を搭載した超音速ロケットは、ロンドンへは翌年三月までに、総計一三〇〇機以上が飛来した。市民の大規模な疎開は、V1（翼のついた無人飛行爆弾）による攻撃とともにこの年の六月に始まっている。

2　一八五一年のロンドン万博会場となった鉄とガラスの大建築物。一九三六年の火事で崩落。

3　カルヴァン派の教義「予定説」における「見捨てられし者」（プレテリット）の異称。

ーで見るように銀色がかって、車を飛ばし街を逃げ出すＶＩＰの、防弾窓の向こうに想像される緑に染まった顔のよう…

動きだした。まっすぐに、中央駅から、中心街を抜け、旧市街のより荒廃した地区へ。これは脱出の道なのか。顔たちが窓のほうを向く。だが誰も疑問を口にしようとしない。雨が降りおちる。いや、これは解(ほど)けていくのではなく、ますます縺れていく過程なのだ――アーチの入口にさしかかった。朽ちたコンクリートの秘密の入口、一見それはふつうのアンダーパスの円弧のようにしか見えない…黒ずんだ木組みの構造が頭上を過ぎた。石炭の匂いがただよう。遠い過去の匂い、ナフサ*4の冬の匂い、交通の絶えた日曜日の匂い、成長する珊瑚のような謎に充ちた生の匂い…いきなりのカーブを曲がってさびれた支線を進む。鼻を突くサビの匂い。運行から見放された線路で、まぶしく深く空虚に向かう日々を通して進行していく酸化(さびつき)の過程。ことに夜明けの蒼い影に覆われた下で進展するそれは、出来事を〈絶対のゼロ〉へ運んでいく…奥へ進めば進むほど貧しい…荒んだ貧者の秘密の街、**その名も聞いたことのない場所**…壁が壊れ屋根がなくなるとともに光の可能性も減っていく。行く手はだんだん開けていくはずなのに、さにあらず、しだいに先細り、つっかえ、カーブも急になり、そして唐突に、こんなにも早く、最後のアーチの下に出た。摑みかかり飛び跳ねるブレーキ。審判が下ったのだ、上告などありえない判決が。

隊列は停まった。路線はここまで。疎開者はみな外へ出ろと。ゆっくりながら抵抗のない歩み。鉛色の帽章をつけた引率者は押し黙ったままだ。途轍もなく大きなホテル、異様に古くて暗いそこはすべて鉄製、まるで線路と転轍機の延長だ。…濃緑色に塗られ、何世紀も点灯されぬまま、複雑な形の鉄の庇から垂れたグローブライト…群衆はざわめか

4　原油を蒸溜して得られる透明な液体。プラスチックなど石油化学製品の原料となる。

ず咳もせず、まっすぐで機能的で倉庫の通路のような回廊を進む・・・ビロードの黒い表面が行進を包みこむ。古い木の匂い。流入する疎開者を受け入れるため長期の空白から呼び覚まされた遠隔の翼棟（ウィング）では、冷たい漆喰の壁に死滅した鼠たちの霊が洞窟に頑固な光のシミとなって張りついている・・・疎開者らはグループにわかれ昇降機へ入っていく——四方があいた処刑台のような木製のそれは、タールを塗った古いロープとS字型のスポークをもつ銑鉄の滑車で引き上げられる。昇降機が止まると、そのつど褐色のフロアで動きが始まる・・・明かりのない、黙りこくった何千もの部屋たち・・・

ある者はひとりで待ち、ある者は何ひとつ見えない部屋を他人と分かつ。そうだよ、不可視なんだ、ここに及んで部屋の備えがどうだろうと構うものか。彼らの靴が踏みしめているのは古い古い土くれ。都市が拒絶し、脅しをかけ、子供らに隠してきた、そのすべてが降り積もり固まったもの。先程から耳もとに、自分にだけささやくような不思議な声が聞こえていた。「まさか救われるなどと思ってはいないだろうな。さあ、われわれみんな、どういう人間か、正体は知れたのだ。誰もわざわざお前らなんぞを救おうとはしなかったということだ[*5]・・・」

出てゆくことはできない。横になって待つんだ、黙って身を横たえていろ。空を裂く叫びが止まった。それが落ちてくるのは闇の中なのか、それともそれは自身の光を携えてくるのか。光は先か、それとも後か？

おや、もう光がきている[*6]。いつからだろう。部屋に光が浸透しはじめ、朝の冷気と溶け合いつつ彼の乳首を横切るように流れ、酔いつぶれた人間どもの散らばりを示している。軍服を着た者、脱いでいる者、カラになったか残り少ない酒瓶を手にしたままの者、椅子

5 自分は「選ばれの身」だったのか「破滅の運命」にあったのかという、宗教的なテーマが絡む。

6 ピンチョン研究家スティーヴン・ワイゼンバーガーが、当時の新聞の天気欄やラジオ番組表に基づいて推断したところによると、一九四四年十二月十八日の朝が明けた（*A Gravity's Rainbow Companion* 改訂拡充版、二〇〇六、以下『GRC』と略記）。以後、しばらく同じ日の出来事が描かれ、86ページからの犬の捕獲のエピソードが、その晩の夜半過ぎということになる。

に覆いかぶさった者、火のない暖炉にうずくまった者、巨大な部屋の各層の長椅子、寝椅子、埃だらけの敷物の上で伸びている男たちから、不調和なリズムでガーゴー・ゼーゼー、いびきの自動コーラスがわき上がるさまを、ロンドンの、冬のしなやかな光がとらえる。中仕切り（マリオン）入りの窓と窓の間に光が広がる。消えつつも今なおたなびく昨夜の煙草のケムリの間に、天井の蠟引き梁のまわりに光が充ちる。横たわる戦友たちの顔はみんなバラ色、数分後には死から確実に復活する夢を見ているオランダ農夫のようだ。

　彼の名はジェフリー・プレンティス。〝海賊（パイレート）〟の渾名で呼ばれる大尉である。[*7] 体をくるむ分厚い毛布はオレンジと錆色と深紅のタータン織りだ。いま彼は頭がメタルになったように感じている。

　その頭上四メートルの高みにある室内バルコニーの、何週間か前に誰かが激怒にまかせて黒檀の欄干を二本蹴りとばしたちょうどその位置で酔いつぶれたテディ・ブロートが、ずりずりと隙間から落ちそうだ。眠りこけたテディの頭と、左右の腕と胴体が、すでに大きく迫（せ）りだしている。尻のポケットのシャンパンの空瓶がたまたまうまく引っ掛かって彼の落下を防いでいるだけ——

　狭くるしい簡易ベッドですでに身を起こしたパイレートが、瞬きながら周囲を見回す。なんてザマだ。ひどすぎる・・・そのとき頭上で布の裂ける音がした。ＳＯＥ[*8]の諜報部員として鍛えられた彼の肉体は瞬時に反応し、飛びのきざまにベッドを蹴るとキャスターがガラゴロ転がり真っ逆さまに落ちてきたブロートをど真ん中でキャッチする。衝撃に、スプリングが高らかに鳴る。ベッドの足が一本折れた。「おはよう」とパイレート。ブロートは一瞬ニヤリとして、パイレートの毛布にぬくぬくと潜りこみ、そのまま眠りに戻ってい

7　ギルバートとサリバンの喜歌劇『ペンザンスの海賊たち』（一八七九）の冒頭近くで子守女のルースが「操舵士 pilot」の見習いを「海賊 pirate」の見習いと聞き違えた。それに引っかけて、「見習い apprentice」と似た名前のプレンティスは「海賊」の渾名で呼ばれる。

8　Special Operations Executive＝特殊作戦執行部。ナチス占領下の欧州大陸で諜報・偵察・破壊活動を行いつつ、地下レジスタンス運動を支援

く。
ブロートもここの借家人のひとりだ。チェルシー・エンバンクメント[9]にほど近い場所に位置するこの館は、前世紀にコリドン・スロスプなる、ロセッティ兄妹[10]とも交流のあった男が建てた。スロスプはヘア・スモックを被った姿で屋上に上がり、幻覚系の植物の世話をするのを好んだ（その伝統は今日、年若いオズビー・フィールが受けついでいる）。中にはロンドンの霧と霜に耐えて生きのこったのもあったとはいえ、屋上の草はおおむね枯れて腐り、その奇なるアルカロイド分子と共に土にかえった。その土の上に、後をついだ住人が飼育した折紙つきのウェセックス・サドルバックの三頭の雌豚の垂れる糞便と、そのまた後をついだ住人たちが飾りに植えた木々の枯葉と、あまたの美食家が食べのこし吐きもどした名状しがたき食物が入りまじり、これを歳月の手がパテのようにこねまわして、厚さ数フィートに及ぶ、信じられないほど黒々とした極上の屋上庭園壌土ができあがった。この土なら、バナナだって育つことは請け合いだ。というわけで戦時のバナナ不足に胸を痛めていたパイレートは、ここにガラスの温室を作ることを思い立った。そしてリオ―アセンション―フォール・ラミ[11]を廻っている飛行機乗りの友人にバナナの若木を持ち帰ってくるようにせがんだ。次に落下傘部隊の出動がかかったらドイツ製のカメラを分捕ってきてお返しすると約束して。

かくしてパイレートは、みずから催す〈バナーナ朝食会〉で名を馳せる。会食者はイングランド中からやってきた。中に名うてのバナナ嫌いやバナナ・アレルギーの者までいたのは、細菌のポリティックスとかいうものを観察するため。なにしろ、神のみぞ知る環（リング）と鎖（チェイン）の複雑な網目状の蔓延が、身の丈一フィート半に及ぶバナナーナの実を繁茂させた。驚

したイギリスの秘密組織。

9 テムズ河北岸の遊歩道のうち、都心の南西チェルシー地区を東西に走る。

10 ラファエル前派の代表的芸術家ダンテ・ゲイブリエル・ロセッティと、妹のクリスティーナ。兄はこの地区に一八六二年から八二年に没するまで住んだ。

11 アセンション島は南大西洋の英領の島。フォール・ラミは、当時の仏領赤道アフリカの都市で、現在のチャド共和国の首都ンジャメナの旧称。

愕の事実である。
パイレートは便器の前、からっぽの頭で放尿している。それから腕をくねらせウールのローブを着こむ。裏返しに着るのは、ポケットに入れた紙巻煙草を他人に感づかれないためだが、効果のほどは微妙だ。熱気を発する戦友の体の脇を通り、観音開きのガラス戸を開け戸外へ出るなり、ウーと唸る。詰め物の歯に冷気がしみた。螺旋階段を屋上ガーデンまで上り、ひょいと立ち止まってテムズ河を見つめる。太陽はまだ地平線の下だ。きょうも降雨の気配はあるが、街の空気は今のところ珍しく澄んでいて、巨大な発電所も、その向こうのガス工場も鮮明だ。まるで朝のビーカーについた結晶の粒のよう、煙突と通気口と塔と配管と、捻れながら噴き上がる蒸気と煙・・・
「ハアーッ」パイレートの声なき咆哮。口から漏れた蒸気が胸壁（パラピット）を抜けていく。「ハアアアーッ！」朝の屋上が踊る。巨大なバナナの房々は輝く黄色、うるおう緑。階下の連中はバナナの朝食の夢を見ながら涎を垂らしているだろう。きょうもまたうららかな一日が何事もなく――
いや、それはどうか。遠く東、ピンクの空の下の縁、眩しいほどに煌めくあれは新星か、そのくらい明るい光だ。胸壁にもたれて見つめる、きらめく先端はすでに短い垂直の白線になった。北海を越えたどこかか・・・そのくらいの距離はある・・・その下は凍えた光を塗りたくった氷原か・・・
何なのだ、これは。こんなこと、初めてだぞ。だがパイレートは実のところを知っていた。つい二週間ほど前、映画を見せられていた・・・飛行物体のあとに引かれる蒸気の尾――いまはもう指一本の幅に広がった――あれは飛行機の雲ではない。飛行機雲は垂直には上がらない。こいつは新型の、いまだトップ・シークレットの、ドイツ軍のロケット爆弾だ。「郵便でーす（インカミング・メール）」とつぶやいたのか、それとも心に思っただけか。彼はローブの、ボロボロになった腰紐を締める。ロケット弾なら飛距離は二〇〇マイル超。二〇〇マイルも先の蒸気の尾が見えるわけが――

待てよ、可能だ。東の果て、地球の曲面のちょうど向こうのオランダは、今まさに太陽がのぼったところ――だとすれば、ロケットの噴射する排気、水滴、結晶に朝日が当たって、海のこちらのロンドンでもくっきり見えておかしくない…

空を伸びゆく白線が突然上昇を止めた。ってことは燃料の供給が止まったか…燃焼終わり。やつらの言葉で〈ブレンシュルッス〉と言った。英語にはない単語[*12]――あっても機密扱いだ。白線の根元、初めの星（オリジナル・スター）が見えたところはもう夜明けの朱に溶けつつある。だがロケットはパイレートが日の出を見る前にやってくるだろう。

白線がたるみ、二、三本の筋に分かれて空に垂れかかる。ロケットはすでに慣性飛行に入り、不可視のまま上空を上りつづけている。

おい、何か今するべきことはないのか…スタンモア[*13]の作戦司令部に連絡するとか。きっと彼らの海峡監視レーダーもとらえている――だめだ、そんな時間はない。ハーグからここまで五分とかからない（角の茶屋まで歩いただけで時間切れだな…太陽を飛び出た光がこの愛の星に届くほどの時間しかかからないんだから…）。通りまで走るか？ 大声でみんなに危険を知らせるか？

バナナを摘もう。黒い堆肥を抜けて温室の中へ。彼の下腹でググッと糞が動いた。ミサ

12 Brennschluss＝英語に直訳すれば、burn-closing。

13 ロンドン北西の郊外。SOEの本拠地。

イルは今ごろ上空六〇マイルで軌道の頂点に達し……落下を始めたか……いまこの瞬間……

朝の陽が三角構造（トラス）に組んだ鋼材を貫き、ミルク色した窓硝子が穏やかにほほえむ。どんなに灰色の冬も――今年の冬でさえ――この鋼鉄を老けこませることはできないだろう。風が吹けば、そいつは歌う。あれらの窓も、次の季節――たとえ偽りの、保存された季節であっても――へ向かって開くのだ。かき曇らされたりするものか。

パイレートは腕時計に目をやるが、何も頭に入らない。顔面の毛穴がチクチクする。心の中をカラッポにするのもコマンド隊員の技のひとつ、そのままバナナ園の湿った暖気の中へソロリと入る。熟れたバナナをもいでは、たくし上げたローブの裾に乗せる。バナナの数を数えるだけ、それ以外は考えない、トロピカルな薄光のなか、ぶらぶら揺れる黄色いシャンデリアの間を、脛毛の脚を出して進む……

ふたたび冬の冷気の中へ。東の空をまっすぐ上った雲は消えた。肌に乗った汗の玉が氷のように冷たい。

煙草にやっと火がついた。そいつが落ちてくるのは聞こえないんだ。音速より速いんだ[*14]から。最初の報せが爆発で、それを運良く生きのびられたら落下音が聞こえてくる。

そいつに脳天のど真ん中を直撃されたらどうなる。アアア・ノー！ 一瞬、ロケットの突端を感じるのか。とてつもない重量で頭蓋骨にめりこむのを……

パイレートは肩を丸め、バナナを携えて螺旋階段を下りていく。

14 「燃焼終結」のあと、V2ロケットの機体はしばらく上昇を続け、八万メートルを超える高さに達して落下に転じる。落下途中に音速を超え、最大速度はマッハ4ほどに達した。

□□□□□□□

青いタイルのパティオを横切り、ドアを抜けてキッチンへ。ルーティンの手順――アメリカ製ミキサーの電源を差しこむ。去年の夏にアメリカ人から、どこだったか市の北の独身士官の界隈でやったポーカーで、賭け金代わりに巻きあげた代物だが、よくは憶えていない。……バナナを数本刻み、コーヒーを淹れ、クーラーからミルクの缶を出す。バナナ・ミルクのピューレだぞ、**英国中の酒にやられた胃壁をこれで癒してやる**。……マーガリンを一カケ（この匂いならまだオーケーだ）シチュー鍋で溶かし、もっとたくさんバナナを剝いて縦方向にスライスし、溶けてジュージューいっているマーガリンの上に落としたら、オーヴンに点火。ボン！　いつかみんな吹っ飛ぶぞ、ハハハ。グリルが熱くなってきたら、剝いたバナナを丸ごと入れて。マシュマロを見つけてくる……

　パイレートの毛布を頭にかぶったテディ・ブロートがよろけて登場、バナナの皮に足をとられて尻から落ちる。「死ぬぜ」

「急ぐな、待ってりゃドイツ軍が殺してくれる。けさ屋上から何が見えたと思う？」

「V2が飛んでくるのが？」

「当たりだ。Ａ４[*1]」

「窓から見てたよ。十分くらい前。ヘンなやつだったよな。あとの音沙汰がない——ってことは、不能ロケットで海にポシャったか」

「十分前？」　腕時計を読もうとする。

「少なくともな」　ブロートは床に尻をついたままバナナの皮を一輪、花（ブトニエール）代わりにパジャマの襟に差そうとしている。

結局パイレートは電話機まで行ってスタンモアのダイヤルを廻す。例によってつながるまでに長ったらしい手続きを踏まなくてはならんのだが、実は本当にロケットを目撃したとは、もう自分でも信じていない。空の上から神の手が伸びてきて鋼鉄のバナナを一本もいでいっただけの話だろう。「こちらプレンティス、先ほどオランダ方面に何かキャッチしていませんか、レーダーに？　そう、そうです。見ました、たしかです」これじゃ、日の出を眺める気も失せる、まったく。いったん電話を切る。「一発、むこうの沿岸に落ちたとよ。燃焼終結（ブレンシュルッス）のタイミングが早すぎたと言ってる」

「落ちこむことはないさ」ブロートは破損した寝台に這いもどって、「次のやつがまた来るって」

ブロートというやつは万事において前向きだ。スタンモアの本部につながるのを待ちながらパイレートの頭の中に数秒間、考えがめぐる。危険は去り〈バナーナ朝食会〉は救われた、とはいっても執行が猶予されただけの話。そうだよな。いつまた別のロケットが自分の脳天めがけて落ちてくるか、今後どれだけの数を打ち上げるのか、両軍どちらもわかっていない。もう空を見るのはやめろってことかよ・・・

1　「Ｖ２」とは、「報復兵器２号」という意味の俗称。ロケットの機種としてはＡ１から開発して四番目のモデルという意味で「Ａ４」と呼ばれた。Ａの意味は、463ページに。

演奏者用バルコニーに立ったオズビー・フィールが、パイレートの温室産の特大バナナを縞のパジャマのズボンの穴から天井に向けて突き立てている。片手で、その屹立する黄色い曲面を、三連符を強調したブルースのリズムに合わせて撫でながら、夜明けを告げる歌のはじまりだ——

起きーろ、みんなケ〜ツあげ〜ろー　（ハヴァ・バナーナ）
歯をみがけ、きょうも戦争に出かけるぞ
眠る祖国に、手を振って
夢のあの娘にゃキスしてバイバイ
グレイブルちゃん、[*2] いい子で待ってて
VEデイ[*3]までおあずけだー
帰ってきたら、めちゃくちゃパーティ　（ハヴァ・バナーナ）
バブリー・ワインにグラマー・ガール
けどその前に、ドイツ（クロイツ）兵野郎をつぶさにゃならん
だから笑って、白い歯みせて
というわけで、さっきも言ったが
起きーろ、みんなケ〜ツあげ〜ろ〜〜〜〜

二番の歌詞もあるのだが、そこに行きつく前に、バートリー・ゴビッチとデカヴァリー・ポックスとモーリス・（〝サクソフォン〟）・リードを先頭とする面々が飛びかかり、奪

2　アメリカ映画『ピンナップ・ガール』（一九四四）に出演した美脚の女優ベティ・グレイブル。

3　欧州戦線での勝利の日。ほぼ四ヶ月半後の一九四五年五月八日に実現する。

いとったバナナで跳梁するオズビーをしたたか打ちのめした。キッチンでは、パイレートのダブルボイラーの上で、闇市から来たマシュマロがフニャリとシロップの中へ滑りおち、じきにトロトロふつふつ濃密な沸騰を始めるだろう。コーヒーが香る。木製のパブの看板をまな板にして、どでかい両刃のナイフを手にしたテディ・ブロートがバナナを切りきざんでいる。〈スナイプ&シャフト〉の文字が消えずに残るこの看板は、あるとき酔ったバートトリー・ゴビッチが大胆にも白昼の襲撃でせしめてきた。バナナを刻むテディ・ブロートの神経質な刃先の下に、パイレートの片手がさっと入って金色に輝く練り物を押しのけ、フレッシュ・エッグをからめたワッフルの練り粉の中へ落とす。この卵、オズビーが同じ数のゴルフボールと交換で手に入れてきたもの——この冬のゴルフボールは鶏卵以上に数が乏しいというのに。パイレートのもう一方の手は針金の泡立て器を握っている。混ぜたバナナをかき混ぜるには力の入れすぎに要注意。ヴァット69の水割り入りの牛乳を、ときどき自分の口にも入れながら、オズビーは仏頂面してフライパンとダブルボイラーの中のトロトロ加減を見ている。ブルーのパティオへの戸口付近には、コンクリート製のユングフラウの縮尺模型があって、これは一九二〇年代にひとりの一徹な男がまる一年、鋳型作りとコンクリ流しに励んでいるうち、ドアから出すのが不可能なほど大きくなってしまった。そのユングフラウの斜面に、デカヴァリー・ポックスとヒーキン・スティックが赤いゴム製の湯たんぽをぶつけているのは、バナナ・フラッペ用の氷を砕いているのだ。幾晩も伸ばしたヒゲ、起きぬけのクシャクシャ髪、目は充血し、毒気をはらんだ息を吐く両人を見ていると、酔っぱらった古代神が動きの鈍い氷河をせき立てているかのようだ。

メゾネットの別の場所では、ほかの酒飲み仲間が毛布とからんだ身をはがし(パラシュートの夢を見て、毛布の外へ屁をぶっぱなしたヤツもいる）、浴室の流しに小便をし、ヒゲ剃り用の凹んだ鏡の自分の姿を見てうろたえ、頭髪の退きはじめた額を無策にペチャペチャ湿らせ、サム・ブラウン・ベルト[*4]を締め、はやくもやる気のなさそうな手で午後の雨に備えて靴に塗油し、うろ覚えのあやしげな節で流行歌を口ずさみ、仕切られた窓からこぼれ来る光だまりに身を横たえて暖まった気分になり、あと小一時間で始まる本日の軍務のウォームアップに仕事の話をぼそぼそ始める。首と顔面に泡を塗りたくり、欠伸をし、鼻クソをほじり、〝犬の毛〟[*5]はないかとキャビネットや本棚を探し回る。手出ししたのはこっちだったが、その犬には、条件づけもあったとはいえ、昨晩こっぴどく嚙みつかれた。

　昨夜の紫煙と酒と汗の臭いに代わって今この部屋にたちこめる、〈朝食〉の繊細にしてバナナ的な芳香。花の香のような、充満する、驚くべき、冬の陽ざしの色より濃厚な香り。荒々しく鼻を突くのでも量で圧倒するのでもなく、細やかに入り組んだ分子の織りあわせによって支配を拡げる。組成に込められた**魔法**によって――〈死〉がこんなにきっぱりと蹴り出されることもめずらしい――遺伝子が織りなす連鎖は、ひとりの人間の顔を十世代、二十世代と保持し伝えるに充分な迷宮的複雑さを持つものだ。それと同じ〈構造による主張〉が、戦時の街に、朝のバナナの芳香を這わせ、くねらせ、行きわたらせる。窓を開けよう、すべての窓を。この優しい香りをチェルシー全体に敷きつめよう。落下してくる物体からの魔除けとして…

　椅子を動かす音。砲弾箱を逆さにしてベンチやらトルコ風長椅子やらを引きずる音。〝海賊（パイレート）〟の仲間たちが巨大な会食テーブルの岸辺に集う。ここはもうコリドン・スロスプの冷んやりと中世的な幻想空間ではない。回帰線をまたいだ向こう、熱帯の島の岸辺だ。

4 ななめのショルダー・ストラップ。しばしば脇にホルスターもついた軍用ベルト。

5 「迎え酒」のこと。犬に嚙まれたとき傷口に犬の毛をはりつける習わしから。

黒々と木目うず巻く胡桃材の台地に上がった彼らはバナナ・オムレツ、バナナ・サンド、バナナ・キャセロールを攻めおとす。片脚立ちのライオンの英国紋章の形に造ったマッシュ・バナーナを生卵と一緒にフレンチトースト用の生地に混ぜこみ、筒先から絞りだしてバナーナ・ブラマンジェのクリーミーな地の上に、*C'est magnifique, mais ce n'est pas la guerre*[6] の文字を記す。〈軽騎隊の攻撃〉に際してフランスの将軍が口にしたというこの言葉を、[7]パイレートはみずからのモットーとしていた…背の高い瓶に入れた淡色のバナナ・シロップがバナナ・ワッフルの上にトロリ。大瓶の中は、角切りにした去年の夏のバナナに蜂蜜と干葡萄を加えて発酵させてあり、そこから一人がマグになみなみ泡立つバナナ酒を掬いとる…バナナ・クロワッサンにバナナ・クレプラック、バナナ・オートミール、バナナ・ジャム、バナナ・ブレッド。リストは尽きない。ピレネー山脈の酒蔵——そこには秘密の無線通信機もあった——からパイレートが持ち帰った古い年代物のブランデーをかけて火であぶったバナナ…

電話が鳴っている。部屋をつんざき、二日酔いも、いちゃつきも、皿のガチャガチャも、まじめな話も苦笑いもみんなつんざく、二連発の金属音のオナラのようなベル[8]。おれだ、とパイレートは確信する。近くにいたブロートが、もう一方の手にフォークに刺したバナナ・グラッセを突き上げた恰好で受話器をとる。パイレートはバナナ酒の最後の一口をあおる。喉元をそれが降りていくのを感じる。まるで時そのものを——穏やかな夏のひと時を——飲みこんだかのようだ。

「おまえの雇用主だ」

「人使いが荒いぜ」パイレートが呻く。「まだ朝の腕立て伏せもすませていない」

6 フランス語で「見事ではあるが戦争ではない」。

7 クリミア戦争時の一八五四年十月、カーディガン卿の率いる軽騎隊が、バラクラヴァの谷を渡って、圧倒的に数で勝るロシア軍に攻撃を仕掛けたのを、丘から見ていたフランスのピエール・ボスケ将軍が言ったとされる。悲壮な戦いはテニスンの詩を通して有名になった。

8 イギリスの電話のベルはジン・ジーンと二回ずつ鳴る。

これまでに一度だけ耳にしたことのある声だった。去年この声で作戦指示（ブリーフィング）を受け、手も顔も黒くして正体を隠した一ダースの面々に混ざって聴いた。その同じ声が告げる——グリニッジに、パイレート宛てのメッセージが届いていると。

「なかなか愉快な届き方だった」甲高く、不機嫌そうなその声が言う。「私の知り合いに、そんな賢いのはいないな。私への手紙はみな郵便で届くよ。取りに来てくれるだろうね、プレンティス君」受話器を置く乱暴な音。回線が切れる。そうか、今朝のロケットが落ちた場所と、爆発がなかった理由がこれで解けた。「郵便でーす」か、まったく。[*9] 太陽光線の控え壁（バットレス）を通して朝食の光景を眺める。豊穣のバナナにむしゃぶりつく仲間たち。腹をすかせた男たちの濃厚な咀嚼音は、両者の間の朝の拡がりのどこかで失われ、彼の耳まで届いてこない。突然、一〇〇マイルの距離を感じた。戦争の網（メッシュ）の目の中に生きていても、孤独は襲ってくる。孤独は勝手気ままなものであって、はらわたを不意につかんで今も彼を引きずりこんだ。どこかの窓の向こうに立って、見知らぬ男らの食事シーンを眺めているような感覚が今また彼を捉える。

車で市街を走る。従卒（バットマン）のウェイン伍長[*10]が運転する凹みのあるグリーンのラゴンダは、ヴォクソール橋を渡り一路東へ。今朝の気温は日が昇るにつれて低下していくかのようだ。どうやら雲もたちこめてきた。近くの爆撃跡の片づけに向かうアメリカの工兵たちが道に吐き捨てるように歌う——

きょうの寒さはよ〜ぉ
越冬隊のジャケツ

9 19ページの自分自身のつぶやきへの言及。英兵の間で、飛んでくる爆弾のことを「郵便」と言い換えるスラングが流行っていた。

10 因みに、一九三九年に始まった漫画のバットマンの本名も（ブルース・）ウェイン。

魔女の垂れたパ〜イパイ
ペンギン・ウンコのバ〜ケツ
シロクマ〜のお〜ケツ
の冷たさぁだよ〜ぉ

違う、やつらはナロードニキの仮面をかぶって人民の味方のふりをしているが、俺は欺かれんぞ。あいつらはヤシの町の出で、コドレアヌに属する〈連盟〉[*11]の連中なのだ。首領の指示で殺す誓いを立てている。おれも狙われている…トランシルヴァニアのマジャール人というのは**魔法**の呪文を知っていて…夜になるとささやくのだ。…おっと、オッホン、ヘッ、ヘッ、パイレート様の〈海賊的コンディション〉というのがまたぞろ現れてきたようですな。まさかというときにかぎっていつも出現する。ここらでお話ししておきましょう、公的ファイルが「海賊プレンティス」と呼ぶのは、実に奇異なる才能で、どんな才能かって、これがすごい。他人の空想に入りこみ、当人に代わってその管理を引き受ける、いま入ってきたのは、ルーマニアからの逃亡者で、この先すぐにも必要になるかもしれない王党派の一員の空想だ。プレンティスのこの才能は〈ファーム〉[*12]にしてみたら、ありがたいことこの上ない。戦争のこの時期に、指導者そのほか歴史をつくる要人の精神衛生は是が非でも守らなくてはならないわけで、心に溜まってくる過剰な不安要素は取り除きたい。それを誰かに引き受けさせることができたら、そりゃもう、〈ファーム〉にとっては願ったり叶ったりだ。白昼夢など沸いてきたなら、そんなものに精神を消耗させず、汲みとりだして別の誰かに管理させる…熱帯の隠れ家の淡い緑の光の中で暮らしたり、

11 ルーマニアの反共・反ユダヤ活動は、一九二二年、ヤシ大学の学生だったコルネリウ・コドレアヌを中心に「国家キリスト教防衛連盟」を結成。さらに極右化を強め、二七年には「大天使ミカエル軍団」（通称「鉄衛団」）の成立を見る。

12 〈the Firm〉とは、SOE（特殊作戦執行部）の通称。

小屋(カバーナ)を吹きぬけるそよ風を感じて、長いグラスのドリンクを飲んだりするのは、こっちの男にお任せあれ。席を替わって、お偉方の出入りする公館の玄関と向かい合い、きちんと見張って、彼らの無垢な心にこれ以上の負担を負わせないよう…勃起を感じてきたら代わりにしてさしあげる、医者たちが不適切と感じる想念もみんな引きうけて…恐怖も感じずにすむよう代わりに感じてさしあげる…P・M・S・ブラケット教授[*13]も言っていたじゃないですか。「感情の突風で戦争は導けない」と。まぁ、教わった戯れ唄でも歌って、気を静めて、ヘマはやらかさないことだ——

そうさ、オレ様、夢想の請負人
ひとのファンタシーを肩代わり
代わりに被ってさしあげる
カワイコちゃんが膝にいたって
クラッピンガム・ジョーンズさんがお茶に来てなくたって
お声がかかれば出動だ、誰(た)がために鐘が鳴ろうとカンケーない
[ここで多数のチューバとトロンボーンの密集和音]
危険もなにもカンケーない
危険という名の屋根からは、とうに滑りおちた身だ
ある日オレ様が出かけたきりになったなら
むかしの怨みは忘れろよ
墓に小便ひっかけて、しかしショーは続けてくれ

13 素粒子研究の霧箱を開発して後にノーベル賞を得た物理学者で、戦争中は、空軍の対空作戦司令長官のアドヴァイザーや、海軍省の戦略研究部局のディレクターを務めた。

二回目のサビのところは、歌なしのバンド演奏。ここでパイレートは膝を高く上げ、前後にスキップ。W・C・フィールズ[*14]の頭（ピンクの鼻つき・トップハットつき）を握りに彫ったステッキをクルリと回し、マジックもやってみせそうな調子。これに走馬燈幻影（ファンタスマゴリア）が伴う。実物の光影が、観客の頭越しにスクリーンの軌道の上に降りかかる。その断面はヴィクトリア朝風のチェスのナイトに似せた繊細なイメージで、繊細ではあるけれども卑猥ではない――そしてまた後方へ飛びさっていく、突入（イン）と退却（アウト）を繰りかえす映像の大きさの変化があまり急激なので、見ている方はときどきは薔薇色にライムの緑を混ぜたみたいな気分になる。投影されるのは、代理夢想人としてのパイレートの生涯のハイライト集だ。若き日の、蒙古斑のとれない脳が〈少年期の阿呆〉の印を、頭の中心から投射しまくっていたころのエピソードに遡る。自分が夢想することの中に、こんなものが含まれるはずがないということは、ずいぶん前から意識していた。いや、白昼にしっかり内容の分析したわけじゃないが、ピンときていた。そしてとうとう、彼の夢想の実の帰属者と初めて出会う日がやってくる。あれは公園の水飲み場の近くだった。ベンチが長く整った列をなして連なり、刈りこまれた小さな糸杉のすぐ向こうに海の気配がした。歩道のグレイの砕石は、フェドラ帽の縁のよう、寝ころんだら気持ちよさそうだなと見えたそのとき、ボタンのとれた、涎たらしの、こんなやつ誰も会いたくないよって感じの浮浪者がやってきて、ガールスカウトの少女がふたり、噴水の水の高さを調節している手前に立った。少女たちは気がつかずに屈みこむ、そして避けがたく白い木綿の下着（ニッカー）が丸見えとなる。その下の、まだポチャポチャした小さなお尻の曲面が、パイレートのイカレた性感も確実に刺激する。そ

14 当時まだ健在だった仏頂面の喜劇王。

れを指さして、浮浪者はケタケタ笑い、一瞬パイレートのほうを振り向いて、なんとも不思議なセリフを吐いた。「ガールスカウトのねえちゃんが水を飛ばす…**おまえの音**(サウンド)**は身も焦げる夜…**だな?」こう言ってパイレートの目を見つめる。まじめな表情。いやはや、このセリフ、まさに二日前の朝、目をさます直前に夢に出てきたものだった。何かのコンテストがあって、その景品のリストに、この言葉が何気なく含まれていたのだ。あたりはすごく人だかりがして危険な雰囲気で、室内のはずなのにチャコール色の通りが入りこんできて…記憶はあいまいなのだが…同じ言葉をまた聞いて恐怖を感じたパイレートは、「あっち行け、さもないと警察を呼ぶぞ」と言ったのだった。

それでその場はしのげたが、しかしいずれは誰か、彼の特異な才能に気づくだろう。そしてしかるべき目的に利用してやろうと考えるだろう。パイレートは長いこと、ある自前の夢想に悩まされた。これはウージェーヌ・シュー*15のメロドラマのようであって、ビルマの盗賊団(ダコイツ)かシチリアのマフィアかに誘拐され、口にできないような目的に使われそうになるのである。

ふつう睡眠とは見なされない状態で〝夢〟を見た最初は一九三五年——当時は彼は〈キップリング時代〉であって、あたり一面、野蛮なファジー・ワジー*16が群れる中にいた。ギニア虫症だの東洋瘤腫だのが蔓延し、まる一ヶ月もビールが飲めず、本国との交信も、なぜだか知らぬが忌むべき土人の宗主になりたがっている他の列強の妨害にあってままならず、話のタネも尽きた。おふざけ調子のケーリー・グラント*17が入ってきてパンチ・ボウルの中に象に使うクスリを混入するでもなく…英国兵なら誰もが聞いた懐かしの古典〈脂ぎったデカ鼻のアラブ人〉の話も底をついた…そんな、蠅のたかる午後四時、メロンの

15 海賊小説でも名を馳せたフランスの作家(一八〇四〜五七)。

16 英軍の侵略に対して勇猛に刃向かった東スーダンの民族の英兵による呼び名。〝縮れ毛の土人〟を意味する蔑称だが、ラドヤード・キップリングが彼らを賛美した詩(一八九二)のタイトルとして知れ渡った。

17 インドを舞台にしたキップリングの詩『ガンガ・ディン』の映画化作品(ケーリー・グラント主演、一九三九)に出てきたシーン。

皮の腐った臭いがする中で、この前哨地の唯一の音盤——「衛兵の交替」オルガン演奏、サンディ・マクファーソン——の七千七百万回目の再生中のことであった。だからそれほど不思議というわけでもないのだが、豪華なるオリエンタル風の夢想がパイレートのぱっちり開いた眼の前に展開したのである。任務をさぼってフェンスのずっと向こう側、街の〈禁区〉へ忍びこむ。そこで乱交パーティを主宰するのは、まだ誰も正体に気づいていない〈救世主〉だ。彼と眼があった瞬間に確信が起こる。自分は彼の洗礼者ヨハネであり、ガザのナタンであって、[18]彼こそは神の子であると、本人にも周囲にも宣告し、そして彼を、地上的な意味でも、その聖なる御名においても愛するのだ、と。こんな幻想を抱くのは誰だろう、H・A・ローフのやつに決まっている。どの部隊にもこういうヤカラが一人はいる。イスラム信仰をもつ者は路上でスナップ写真を撮られたがらないこともポイと忘れてしまうヤツ…人のシャツを失敬して煙草を吸いきってしまうとあんたのポケットに手を伸ばして不法の紙巻きを抜き取り白昼の食堂で火を点けて、やがてニンマリ笑ってふらふらと憲兵のセクションまで歩いて行って、統括している軍曹にファースト・ネームで呼びかける。こんな野郎に、この幻想はお前のだなと確認を求めたのが運の尽き、彼の特異な才能はただちに上官たちの知れるところとなった。〈書類〉に書きこまれ、やがて〈ファーム〉へ送られ、[19]あらゆる才の徹底利用を図る〈かれら〉の探索の眼にかかったらもう、ホワイトホールへの呼び出しは避けられない。ブルーのベイズ織りの野原のなか、トランス状態にされ、実験結果をペーパーまたペーパーに書きつけられ、眼球をぐるり廻され、眼窩に刻まれた太古の象形文字のような落書きを読まされるのだ…

最初の数回は反応が来なかった。夢想自体に不足はなかったが、意味ある人物のもので

18 ヨハネはキリストに洗礼をほどこし、いわば救世主として送りだした預言者。ナタンはダビデ王にヤハウェの意思を伝えた預言者。

19 首都の統治機構の中心をなす通り。ここに英国陸軍省、海軍省のほか、財務省、ロンドン警視庁などが並んでいた。

はなかった。それでも〈ファーム〉は辛抱強く、「長期の展望」なるものを見据えていた。そしてついに、あるシャーロック・ホームズ的なロンドンの宵のこと、明かりの消えた街灯から、間違いようのないガスの臭いがただよってきて、前方、夜霧の中から現れいでた、こ、これは何だ、巨大な生物の器官か。注意深くにじり寄る黒靴のパイレート。そいつは敷石の上をぬるりぬるりと、カタツムリのように彼に向かって進み寄ってくる。通った跡の舗道に光るネバネバは、霧のせいでそう見えるわけじゃない。パイレートは恐怖によろけながら後退。両者の中央に交差点があり、怪物よりは早足だった彼が先にそこにたどり着いてとりあえず難は逃れたが、知ってしまったことは消し去りようもない。そいつはなんと、肥大扁桃腺(アデノイド)であったのだ！　いや扁桃腺といっても、すでにセントポールの大聖堂ほどの大きさがあって、時間の経過とともに肥大化していく一方なのだ。ロンドン中が、ひょっとしたらイギリス全土が、壊滅に瀕している！

　このリンパ肥大のモンスターはかつて、ブレイザラード・オズモ卿の高貴な咽頭をふさいだ経歴を持つ。当時オズモ卿は外務省でノヴィ・パザール担当のデスクにあって、前世紀英国の東方政策に祟(たた)られ、かつてはヨーロッパ全土の命運が懸かった*20この地に関する贖罪業務を、人知れず行なっていた。

地図のどこにあるのかー　誰も知らないー
そんなとこでこんなことに　なるだなんてー
モンテネグロ人も　セルビアの男もー
いきなりの砲撃に　身を構える――オー、ハニー

20　セルビア、モンテネグロ、コソボに挟まれた山間に位置するノヴィ・パザールは、長らくオスマン帝国の小さな行政区（サンジャック）のひとつだった。そこにオーストリア・ハンガリー帝国の進出と、それを阻止したいイギリスが対立、さらにボスニア・ヘルツェゴヴィナとセルビアとの民族間紛争が複雑に絡んで「ヨーロッパの火薬庫」の状況が継続した。

トランク出してー　スーツにブラシ
ぶっとい葉巻にー　火ーをつけて――
俺の住所なら　オリエント・エクスプレス
行き先はノヴィ・パザール行政区(サンジャック)

踊るコーラスラインの乙女たちは、バスビー・ハットにジャックブーツ。[21] 別の一画でブレイザラード・オズモ卿が、ぐんぐん肥大してゆくみずからの扁桃腺に吸収されていく。これはエドワード朝[22]の医学ではまったく説明のつかない現象…ほどなくメイフェア広場は逃げだした男達のトップハットが散乱、イースト・エンドのパブの灯りの下は閑散として安香水の匂いだけがただよう中を、怪物ノドチンコが暴れまくる。といってもランダムに人を襲うのではない。この魔物にはマスタープランがあるのだ。使える人間だけを選り分けている。この英国にて今また始まった、新たなる〈選ばれ〉、新たなる〈見捨て〉[23]。内務省も手の打ちようがなく、痛々しいヒステリックな逡巡の症状…何をすべきか誰もわからず…そのままずるずるロンドン全域に避難命令発令となった。トラス構造の橋の上をガタゴト、黒のフェイトン四輪馬車が連なって動いていくさまは正に蟻の行列だ。空に観測気球が上がった。「見つかりました、いまハムステッド・ヒース[24]です。止まっています。息をしてます…吸ってえ、吐いてえ、みたいな…」「音は聞こえるか」「スゴイです。オゾマシイ、鼻の穴の怪物が鼻水をズルズル啜ってるみたいな音がします。あっ、動きました。ああっ、なんてことだ、こ、これは…とても放送できません、あ――っ!」突然、送信が途絶える。明け方の暗緑青(ティールブルー)の空を気球が昇っていく。キャヴェンディッシュ研究所[25]

21　(衛兵を思わせる)毛皮の高帽と騎兵用の軍隊ブーツ。

22　エドワード七世がイギリス国王だった時代。一九〇一~一九一〇年。

23　キリスト教の教義の中心にある、神による天への救いに際する選別に言及している。「見捨て」と訳した preterition の原意は「無視して通りすぎる」こと。カルヴァン派では「救い」の対語として使われる。

24　ロンドン北西部、上流階級の居住区にあるから研究者チームがやってきた。ハムステッド・ヒースが巨大な磁石と電極、メーターやクランクだらけの黒い鉄製コントロール・パネルの輪で取り囲まれる。新型毒ガス爆弾を積みこんだフル装備の軍隊も到着――アデノイドは砲撃、電気ショック、毒薬散布に曝され、そちこちが変色・変形し、黄色く太い結節を木々の上に突き上げる…報道陣のフラッシュが焚かれるなか、アデノイドは軍が張った非常線のほうへ見るもおぞましき偽足を伸ばし、一瞬、ジュブルルルッ！という凄い音とともに、オレンジ色の粘液を噴出して、観測地点一帯を、ひとたまりもなく消滅させてしまった。その場に居合わせた者はあえなく消化されてしまうのだが、悲鳴はなく、楽しげな笑い声が聞こえるだけ…

　パイレート／オズモの受けた使命はアデノイドとの交信を確立することだ。状況は安定している。アデノイドの体はいまセント・ジェイムズ公園の全体を占めている。数々の歴史的建造物は消え去り、政府諸機関も移転したが、広範囲に分散してしまった結果、お互い同士の連絡がきわめて不安定になってしまった。吹き出物だらけの蛍光ベージュの触手が伸びて、配達人の手から郵便を奪いとってしまうし、電信が伝わるか途絶えるかもアデノイドの意のままだ。毎朝オズモ卿は、山高帽（バウラーハット）を被りブリーフケースを手にして、この外交相手のところへ出かけて申し入れ（デマルシュ）を行うのだが、これがたいへん時間をとられ、ノヴィ・パザールのことがなおざりになってきたことに外務省は気を揉んでいる。一九三〇年代といえばまだ力の均衡（バランス・オブ・パワー）の考えが支配的で、外交官はみなバルカンのことでノイローゼ気味、オスマン帝国崩壊後この一帯の駐屯地には、異国風の名前をハイフンで繋いだ輩がたくさん潜んでいた。スパイらは上唇に、スラヴ系約一ダースの言語を駆使した暗号のタトゥーを彫り、その上に口髭を蓄えていた。髭を剃ってよいのは、権限を与えられた専

緑地。

25　ケンブリッジ大学の物理科学研究教育機関。

門員がその任に当たるときだけ。その皮膚に、〈ファーム〉所属の形成外科医が新たな暗号を埋めこむ・・・傷(スカー)だらけの異様に白い上唇は、諜報員同士が互いを認識しあう、密やかな肉の羊皮紙となっていたのだ。

ノヴィ・パザールはいまなお、ヨーロッパの手相における「クロワ・ミスティーク」*26。外務省としても結局〈ファーム〉の援助を仰ぐことになった。〈ファーム〉は適任者を知っていた。

かくして二年半の間、一日も欠かさずセント・ジェイムズのアデノイドを訪ねるのがパイレートの仕事となった。これは本当にたいへんだった。意思疎通のため混成語(ピジン)も少しずつ習得したが、アデノイド語特有の鼻音を発する器官がパイレートにはなかったために誤解が起きてばかりだった。両者がその鼻ズル的発声によるコミュニケーションに勤しむ間、黒い七つボタンのスーツに身を包んだ精神分析の専門家、それもフロイト博士の崇拝者の指揮の下、おぞましいアデノイドの灰色っぽい脇腹に立てかけた梯子をつたって新種の驚異の薬・コカイン*27の白い粉のたっぷり入った石炭バケツがリレーで上まで運ばれ、脈打つ扁桃性クリーチャーの、腺の凹みで泡を立てている毒素に注がれる。それもしかし目に見える効果は生まない(もちろんアデノイドの気持ちなど誰が知ろう)。

しかしパイレートの働きによって、ブレイザラード・オズモ卿は、勤務時間のすべてをノヴィ・パザールに割くことができたのだった。その彼が、一九三九年、とある子爵夫人の館で謎の死を遂げる。タピオカ・プディングのなみなみ入った浴槽で窒息していたのだ。これに〈ファーム〉の関与があったとささやく者もいた。数ヶ月後、第二次大戦が勃発。それから数年を経た今日、ノヴィ・パザールから危機の知らせは届いていない。海賊プレ

26 神秘十字線。人によって感情線と知能線の間にできるX字マークで、神秘的な能力を持つ印とされる。

27 医薬化された当初(一八八〇年代)、フロイトはコカインを、習慣性を持たずに幸福感と活力を与える物質として賞賛していた。

ンティスは見事にヨーロッパを救ったのだ――老人たちの夢見る目もくらむ壮大なバルカン最終戦争から。だが言うまでもなく、第二次世界大戦からは救えなかった。その戦時にも〈ファーム〉は彼にごく微量の平和は与えてくれた――平和への抵抗力を保つ同毒療法として。平和に毒されるほどの量はけっして与えてもらえなかったが。

□□□□□□□

テディ・ブロートの昼食時間。きょうのランチは、うーっ、蠟紙にくるまった湿ったバナナ・サンド。それを突っこんだハイカラなカンガルー革のミュゼット・バッグの中には、小型スパイカメラをはじめとする必需品一式を入れている。口ひげ用のポマード瓶。リコリスとメンソールと、「メロウな声にメロイズ飴」の宣伝で知られる唐辛子入りの飴が入った缶。マッカーサー将軍ばりの金縁の度つきサングラス。一対の銀のヘアブラシはどちらもSHAEF[*1]の、燃える刀剣の形をしている。母親がガラード宝飾店[*2]に作らせた特注品で、これがテディの自慢の品だ。

小糠雨のかかる冬の真昼時、灰色の石造りのタウンハウスへ向かう。グローヴナー・スクウェア[*3]から少々入ったところにあるこの建物は、ガイドブックに載るほど大きくもなく、歴史的意義もなく、首都圏の正式な戦争遂行体制にも組みいれられていない。タイプライターの音が（八時二十分、その他の神話的な時間に）たまたま止むと――空に米軍の爆撃機が飛んでいたり、オックスフォード・ストリートの車通りがにぎやかすぎたりしなければだが――女子職員の作った巣箱から小鳥のさえずりが聞こえるだろう。

1 「シェイフ」と読む。連合国派遣軍最高司令部(Supreme Headquarters, Allied Expeditionary Forces)の略称。一九四三年十二月にロンドンのブッシー・パークにでき、以来アイゼンハワー将軍の下でノルマンディ上陸作戦等を推進した。

霧雨にぬれた敷石は滑りやすい。暗い、辛い、タバコの切れた、頭痛と胃痛の真昼時。百万人の官僚が死神につかえる仕事に励んでいる。自覚してやっている者もいる。多くはすでに二杯目か三杯目のビールまたはハイボールに手を伸ばし、ある種の絶望的な霊気(アウラ)をただよわせている。だが、砂嚢を積み上げた入り口（こんな間に合わせのピラミッドで、好奇心旺盛な神々の子孫の気をしずめようとでもいうのか）を通過するブロートには届いていない。もし捕まったらどんな言い訳をしようかと頭の中が大忙しなのだ。いや、捕まるようにはなってないんだけどね…

受付でガムを膨らませている気立てのいいATS[4]のお姉ちゃんが、どうぞ上へと手を振った。スタッフの集まりやWCへ向かう、昼の休みに気合いを入れて酒をあおりに出かける、湿ったウール地の服を着た雇用者らが、視線を逸らしたまま会釈する。彼は知られた顔なのだ。あの、なんていったか、彼の友達だよね、オックスフォードで同級だったって、ほら廊下を行った先のACHTUNGの中尉…

この建物は、戦争のスラム化請負人によってすっかり細分化されている。ACHTUNGとは「連合軍情報局技術部、北ドイツ班」[5]のことだ。古びた、煙の染みた書類小屋のようなそこは、いまほとんど人気(ひとけ)がない。黒い大きなタイプライターが机から墓碑のように立っている。床のリノリウムは汚れ、窓はなく、黄色い電灯が安っぽい無情な光を落としている。ブロートは、ジーザス・カレッジの盟友オリヴァー・（通称〝速駆け(タンティヴィ)〟）・マッカ゠マフィック中尉の執務空間を覗きこむ。誰もいない。タンティヴィもヤンキーも昼食に出たか。これは好都合。ご愛用のカメラを出して、雁首型の照明をつけて、反射板の角度を調節して…

2 一七三五年創業。ヴィクトリア女王の時代から英王室の冠を担当してきたジュエラー。

3 メイフェア地区に位置し、アメリカ大使館と領事館がここにある。

4 Auxiliary Territorial Service の略称。「アッツ」と読む。志願した女子による陸軍の婦人補助部隊。

5 この小説の架空の部局のひとつ。Allied Clearing House, Technical Units, Northern Germany の頭文字を連ねた ACHTUNG（アハトゥング）は、英語の「アテンション」に当たるドイツ語。北ドイツのペーネミュンデは、ロケット開発の中心地である。

この手の仕切り部屋はETO[6]全域にあるのだろう。三方をうす汚れた、すり傷だらけのクリーム色の繊維板の壁に囲まれ、上部は筒抜けだ。そこにタンティヴィとアメリカ人の同僚タイロン・スロースロップの机が二つ、直角に交わっている。椅子をキーキー九〇度回さなければ目と目が合わない。二つの机のうち一つは小ぎれいだが、もう一つのスロースロップのは凄惨な散らかりようだ。一九四二年以来、この机は一度も木肌を見せたことがない。基底層をなす官僚的屑垢。その組成は、積み上がった層を何年もかけてふるい落ちていった赤や茶の数百万個の消しゴムのカス、鉛筆の削りカス、乾いた出がらしの茶とコーヒー滓、砂糖とハウスホールド印のミルクの跡、大量の煙草の灰、タイプリボンから飛びちった細かな黒粉、成分が分解しつつある図書館用糊、粉砕したアスピリン。そのすぐ上の層に、四散したクリップ、ジッポの発火石、輪ゴム、ホッチキスの芯、煙草の吸いさし、つぶれた箱、落ちたマッチ、ピン類、ペン軸などが積み上がる。色鉛筆の使い残りは（レア物の薄紫や黄褐色を含んで）全色におよび、木製のコーヒースプーンと、スロースロップの母ナリーンが遠くマサチューセッツ州から送ってきたセイヤー社の〈スリパリー・エルム〉[7]喉飴と、テープ片、紐きれ、チョークがこれに加わって…そのまた上の層には忘れられたメモと、使い切った淡黄色の配給手帳、電話番号の控えと忘れられた手紙と、ぼろぼろになったカーボン紙が載っている。「米兵ジョニーがアイルランドで見つけた薔薇」[8]を含む十二曲のウクレレのコードのメモも見える（「あいつなかなか気の利いた編曲をやるんだ」といつか〝タンティヴィ〟が言っていた。「アメリカ版のジョージ・フォーンビー[9]ってとこだ、想像できるかな」と言われたが、ブロートは想像しないことにした）。その上にクレムルのヘアトニックの空瓶、いろいろなジグソーパズルの迷子のピー

6 European Theatre of Operations ＝欧州作戦戦域。一九四四年二月以降はSHAEFが陣頭に立って、ヨーロッパにおける米陸軍の全軍事活動を司った。

7 アカニレ（slippery elm）の樹皮の内側に産する成分を利用した、アメリカ伝統の喉飴。

8 映画『ジョニー・ドーボーイ』（一九四二）で歌われてヒットしたウクレレ曲。

スー――ヴァイマル犬の琥珀色の左目とか、緑のビロード・ガウンの襞とか、遠景の雲に描きこまれた灰青色（スレートブルー）の筋とか、爆撃ゆえか日没なのかオレンジ色に光る雲とか、〝空飛ぶ要塞（フライング・フォートレス）〟の機体についた鋲とか、唇を突きだしたピンナップ・ガールのピンクの内股のピースとか…それから合衆国陸軍諜報部刊行の『週刊諜報摘要』が二、三冊、螺旋状に弾けて切れたウクレレ弦、糊のついた色とりどりの星の入った箱、懐中電灯の部品、（ときどきスロースロップが鏡代わりに自分のぼやけた顔を映す）ナゲット靴墨の真鍮の缶のふた。それらすべての上に、廊下を進んだ先のACHTUNG図書館から借り出された参考書類――『ドイツ語技術工学事典』、外務省刊行の『スペシャル・ハンドブック』、『都市計画（タウン・プラン）』――が積み重なり、加えて、誰かが盗んだり捨てたりしない限りはいつも熱心に購読している『ニューズ・オブ・ザ・ワールド』*10も載っている。

スロースロップの机のわきの壁に貼ってあるロンドンの地図を、いまブロートは小型カメラで懸命に撮影中だ。開けっぱなしになったミュゼット・バッグの口から立ちのぼる熟れたバナナの香りが、仕切り部屋に拡がる。ここの空気は流れない、侵入に気づかれないよう煙草でこれを隠そうか。シャッターを四回切る。カシャ、ジーッ、カシャ――もうすっかり慣れた。万一誰かが入ってきたらカメラをそのままバッグに落とせば、バナナのクッションが衝撃も音も抑えてくれるし、あぶないフィルムも隠してくれる。

このスパイゲーム、資金の出所がどこかは知らないが、カラーフィルムでないのが惜しい。カラーにする情報価値はあるだろうに、とブロートは思うのだが、それを訊ける相手がいない。というのも、このスロースロップの地図に貼りついた星は、色のスペクトル全域に及んでいるのだ。銀の星にはダーリーンと書き込みがあって、それが緑色のグラディ

9 バンジョーやウクレレを弾きながら歌って演じた一九三〇～四〇年代の人気コメディアン。ビートルズ「フリー・アズ・ア・バード」のビデオにも登場している。

10 一時は世界最大の販売数を誇った、イギリスの週刊タブロイド新聞。

ス、金色のキャサリンとともにひとつの星座をなしている。視線を回せばアリス、デロレス、シャーリー、二つのサリー、このあたりはほとんど赤星と青星ばかりだが、タワーヒルの近くに星団があり、コヴェント・ガーデン周辺は菫色が密集している。星雲はメイフェアからソーホーへと流れ、ウェンブリーを経てハムステッド・ヒースに抜ける。ロンドンのあらゆる方角へ、つややかなマルチカラーの、ところどころ剝げ落ちかかった天空図が、キャロラインの、マリアの、アンの、スーザンの星々の位置を示している。

　もちろんこれらの色はランダムで、暗号ではないのかもしれないし、女の名前もでっち上げかもしれない。タンティヴィからここ数週間、何気なく聞きだして（**きみの同級生だということは知っているが、これに引きこむのは危険すぎる**）わかったことは、スロースロップが地図の作成を始めたのは去年の秋、ＡＣＨＴＵＮＧの指令でロケット爆弾の被害状況調査に出かけるようになったころからとのこと。この男には、死のサイトを歩きながら性の追求をする余裕があるらしい。しかし数日に一つずつ星を地図に貼っていくことの理由はなんだろう――これを見るのがタンティヴィ一人しかいないとすれば、自己宣伝が目的なのではないだろう。そのタンティヴィ、友好的な人類学者よろしく「罪のないヤンキー趣味だと思うけどね」と述べ、「みんなの居どころを把握しておきたいんだろう、ずいぶん複雑な社交生活を送っているようだし」と前ふりして話しはじめた――ロレイン嬢とジュディ嬢のこと、ホモ巡査チャールズとバサーから運びだされたピアノの話、グロリアとその妙齢の母親にまつわる奇怪なマスカレードの話。果てはブラックプール対プレストン・ノースエンドのサッカー試合に英貨一ポンドを賭けただの、「きよしこの夜」の春歌ヴァージョンを歌っただの、神の恵みの霧が出てきてどうしただの、ブロートの報告の目的とは絡まない話ばかりが続いたのだった。

よしと。これで終わりだ。バッグを閉め、懐中電灯を消してしまい込む。〈スナイプ＆シャフト〉の店でタンティヴィがつかまるか。仲間同士の一杯といくか。ほの暗い黄色の電光のなか、ついたて（ビーバーボード）の迷路を引きかえすと、オーバーシューズを履いた女性陣の一行とぶつかったが、クールなブロートは笑顔も見せない。そんな、じゃれてる時間はない、これから大事な届け物をしなくてはならないんだ…

□□□□□□□

風は南西方向へと向きを変えた。気圧計の針の数値が落ちていく。午後まだ早いのに、雨雲がぐんぐん広がって、その下は夕暮れ時の暗さである。タイロン・スロースロップもきっと雨につかまるぞ。きょうは、経度ゼロ[*1]への、長いオバカな追跡だった。成果のないのはいつものことだが。今度もまた爆発のタイミングの早すぎたロケットが、燃える機体のカケラを数マイル四方にわたって降らせたが、その大半はテムズに落ちて、まともな形で降ってきたのは一つだけ。それさえも、スロースロップの到着したとき、これまでになく堅固で無愛想な警備に囲われていた。スレート色の雲を背景に、色あせたベレー帽の兵士らが、ステン短機関銃マークⅢを自動にセットして立っている。太い上唇をたっぷり口髭で覆った、ユーモアなど通じない顔をして。アメリカの中尉ごときに見せられるものはひとつもないよ、今日はダメだ。

　ACHTUNG（アハトゥング）というところは、どのみち連合軍情報局の、貧乏な親戚のようなものである。それでもきょうの調査にひとりだけということはなく、TI[*2]から下っ端がひとり、あとからは三七年型ウルズリーワスプに乗って担当主任の男も騒がしく駆けつけてはくれ

1　王立グリニッジ天文台を通る経度ゼロは、スロースロップの勤務先から東へ約十キロほど行ったところ。

2　Technical Intelligence＝陸軍の技術情報局。敵国の兵器等に関する情報

収集に当たる。

たが、二人とも、なんと、スロースロップに背を向けたままじゃないか。こっちからほほえみかけても反応がない。いらだたしいが、そこは機転のきくタイロン、ラッキー・ストライクなど差しだして粘ったあげく、このアンラッキーな襲撃（ストライク）についてのネタをどうにか聞きだした。

それは黒鉛のシリンダー。長さ六インチ、直径二インチ。焼け焦げた緑の軍用ペンキの薄片をいくつかくっつけた、そいつだけが爆発後に残った。明らかに、狙いどおりだ。中身は書類だろう。一等准尉が素手で拾って火傷し、「オー・ファック」と叫んで、部下の失笑を買った。みなSOEのプレンティス大尉の到着を待っているという（士官連中ってのは、何やるのにものろいからな）。その大尉がまもなく到着し、シリンダーを受け取り、車に乗りこんで去っていった。その風焼けした、バッドな顔（つら）はスロースロップの目にもしかと焼きついた。

フム、となると、ACHTUNGにできるのは、SOEへ部局間の要請書を出して（五千万回目だぜ、うんざりする）、シリンダーの中味についての報告を求めて、いつものごとく無視されることとってわけだ。構わん。スロースロップに不満はない。SOEは誰をも無視し、ACHTUNGは誰からも無視される。それがどうした。次のロケットが落ちるのを待つだけよ、ずっと来ないでいてくれりゃ、それが一番いいんだけどね。

今朝受けとった書類で彼はイースト・エンドのある病院へ、特別出向を言い渡されていた。ACHTUNG宛ての配置換え依頼書のカーボンコピーには「PWEの検査プログラムの一環として」とあるだけで、それ以上の記載はない。検査だって？ PWEってのは、調べてみると「政治戦執行部」*3とのことだ。またあのミネソタ式多面人格ナントカってい

3 Political Warfare Executive＝英国外務省の管轄下に実在した秘密の戦時組織で心理学者が中心。敵軍の戦意低下と自軍の戦意高揚を図るため、デマを含むプロパガンダを流すことを主要任務とした。

うやつをやらされるのか。[*4] だが、このロケット狩りの仕事からの気分転換にはなるだろう。実はスロースロップ、これにいささか飽きがきていた。

はじめのうちは本気だった。そう、真面目に心配した。一九四四年以前の記憶は今では相当ぼやけているが。最初の「電撃空襲（ブリッツ）」が来たときのことは、穏やかな想い出としてしか残っていない。ドイツ空軍の落とすものが近くに降ってくることはなかった。だが今年の夏になって騒音爆弾（バズボム）[*5]がやってきた。通りを歩いていようが、ベッドで眠りかけていようが関係なく、突然屁をぶっぱなしながら飛んでいくものがある。いや音のピークが過ぎれば、あとは、飛んでいく先の人間が心配すりゃいいことだ…が、エンジン音が止まったとなるとたいへん、燃料タンクはバーナーから切り離されてしまったわけで機体は落下するしかない。せいぜい十秒。すぐにどこかに潜り込まんとヤバいのだ。それでも、コイツはそれほどのことはなかった。しばらくするうち慣れてきて、となりのマッカ＝マフィックと、次はどこに落ちるのかシリング硬貨を賭けたりしていた…

ところが九月になってロケットが来た。コイツには慣れようがない。打つ手がない。まるでないのだ。自分が心の底から怖がっているのを知って驚くなんて初めてのこと。酒が増え、睡眠が減り、チェーン・スモーキングが始まった。人の尊厳もへったくれもない。チクショー（クライスト）こんなのってありなのかい…

「スロースロップ、煙草なら、きみ、もう一本くわえてるぞ」

「もう、たまんなくてさ」かまわず二本目に火を点ける。

「ひとのを二本、ていうのはどうなんだろ」とタンティヴィ。

「二刀流だぁ」と言って、スロースロップは火の点いた先を二本、下に向けた。コミック

4　ミネソタ多面人格目録（略称MMPI）という性格テストを、当時のアメリカ人兵士は入隊時に課された。多数の質問表によって、被験者が「正常群」にあるか、それとも心気症、ヒステリー、パラノイアなど八項目に分類される「臨床群」にあるかをチェックする。

5　V1に与えられたニックネームの一つ。

スのキバの生えた悪党そのものである。ビールの影を通して中尉と中尉が見つめ合う〈スナイプ&シャフト〉の店内。高く冷たい窓の向こう側が日暮れていく。二人を分かつテーブルは木製の大西洋か。その片側でタンティヴィは「オー・ゴッド」と言って笑ったのか、それとも鼻を鳴らしたか・・・

　この三年間、隔ての海ばかりだった。幾々世代も遡ったスロースロップ家の、最初の航海者のウィリアムが渡った大西洋より荒れた海もあった。野蛮な服、粗野な言葉、下卑た行いのアメリカ人――ある晩タンティヴィに招かれて〈ジュニア・アシニーアム〉に入ったスロースロップは泥酔した挙げ句、剝製のフクロウを持ち上げ、その嘴でデカヴァリー・ポックスの頸動脈をつつく真似をしたら、ビリヤード台に追い詰められたポックスがキューボールをスロースロップの喉穴に押し込もうとして、二人とも店から追いだしを食らった。そんなことがウンザリするほどしょっちゅう起こるなか、どんな荒海にもめげず浮かんでいる一艘の優しさが、このタンティヴィ。赤面した、あるいはほほえんだ彼の顔が、肝腎どころでいつも付きそい、自分を支えてくれることにスロースロップは驚きを隠せない。

　タンティヴィになら、心に引っかかっていることをなんでもさらけだせる。いや、それって、本日のかわい子ちゃんレポートとは、実はあまり関係しない――で、きょうはノーマ（この子は女子高生の脚をしたアイオワ風のエクボちゃん）とマージョリー（長身でエレガントな体型はまさに〈ウィンドミル〉[*6]の踊り子風）の話なんだが、土曜の晩のソーホーの〈フリックフラック・クラブ〉[*7]で起こった奇妙なこと。ほら、多彩なパステルカラーのスポットライトがあやしくゆらめくタイプの店で、警察が、軍警察やら民間警察やらい

6 空襲下のロンドンでもなおラインダンスをやっていたという、ピカデリー・サーカスの脇の劇場。

7 ソーホー地区には当時いかがわしい店が多かったが、これは架空の名前らしい。

ろんな種類の（でも今の時世で「民間（シヴィリアン）」ってどういう意味だ？）が監視にくるんで、しょうがないから**立ち入り禁止**とか**ジルバは踊れません**とかの注意書きをやたら貼っている、そんな店にどっちの子もたまに出入りしてるんだが、こんなことってありうるだろうか、きっと恐ろしい陰謀だろう、スロースロップが逢いにいったのは、どちらかひとりだったのに、店に入ったらふたりが同時に同じラインで踊っていた。その位置取りも、こっちの眼を完全に意識してのことだろう、ひとりは目の前でリンディホップ[*8]を踊ってる三等機関士の青いウールの肩越しに見えたし、もうひとりは、グルリ回って宙に止まった女の子の愛らしい脇の下の位置にいた。肌は照明でラベンダーに染まっている、そして、パラノイアの水位上昇、ふたつの顔がだんだんこっちへ向いてきたんだ・・・

スロースロップの地図上でふたりはともに銀色なのだが、てことはどちらのお相手ともギンギラ気分だったってことか。陰鬱のブルーから光輝のゴールドまで、星の色はそのときどきの気分を表わしているだけで、ランクづけでは絶対にない――そもそも無理だよ、そんなのは。この地図はタンティヴィにしか見せないもんだし、それに、まったくもう、みんなホントにかわいいったらないのである・・・冬枯れの街を囲む緑と草花の中にも、喫茶店（ティーショップ）のテーブルからも、コートにスカーフを巻いた姿で並ぶ列からも、ため息をし、くしゃみをし、ライル糸のストッキングに包んだ足で舗道の縁石を踏んでヒッチハイクする娘さんも、ポンパドールの髪から黄色い鉛筆を突きだしてタイプライターを叩き書類整理をする女子職員も、スロースロップはあらゆる女性を見いだすのだ――家庭婦人、街の女、セーター姿の女の子――たしかにその欲求にはやや強迫的なところがあるかも・・・「この世に野生の愛と野生の歓びあり」――トマス・フッカー[*9]は説教壇で詩った、「野生の

8　ジャズの熱狂とともにハーレムで始まった、男女のペアによる曲芸的ダンス。リンディ（リンドバーグ）の名は飛行機の曲乗りの連想から。

9　マサチューセッツ

タイムやハーブがあるがごとくに。されど我らが欲するは、神みずから植えられし園の愛(ガーデン・ラヴ)、園の歓び(ガーデン・ジョイ)」と。いやはや、スロースロップ園は繁茂する一方だ。「乙女の庵(ヴァージンズ・バウワー)」に「忘れな草(フォゲット・ミー・ノット)」や「後悔草(ルー)」が咲きまくり、「怠惰な愛(ラヴ・イン・アイドルネス)」の紫と黄色にブツブツ咲き誇るさまはさながら顔面のニキビのようだ。*10

スロースロップは好んでホタルの話をする。イギリス娘はホタルを知らない、ってことしか彼はイギリス娘について知らない。

この地図にはタンティヴィも戸惑っている。ほら吹きのアメリカ人による精力誇示というパターンに収まるものでもないだろう。学生友愛会(フラターニティ)的なふるまいに順応している男が、虚空に放り出されたときに示す条件反射、ということなのか。それにしても、誰もいない実験室で、これほど激しく咆えたて、這虫のトンネル(ワームホール)のごとき廊下にまで大声を響かせることはないだろう。だってもうその必要もないわけだ。旧友はみんな第二次大戦に出て、それぞれの死とある確率で向き合っている。それに、スロースロップはそもそも女の話が好きではない。今でもタンティヴィがうまく誘い水をかけなければ乗ってこない。ここに着任したときから、ちょっと古風に紳士ぶったところがあった。それがタンティヴィのシャイな性格を知ってから変わった。タンティヴィが女友達を紹介してもらいたがっていることに気づいたのだ。それとほぼ同時に、タンティヴィもスロースロップが抱えている孤独の大きさに気がついた。再会のあてもない不定数の女の子以外、彼にはロンドンで誰ひとり、どんな会話をする相手もいないらしいのだ。

そのスロースロップが、バカと境を接する律儀さで星のマークを貼りつづける。この地図は何かしらの流れを、なんらかの進行を祝福していると見ることもできるだろう——空

湾植民地の最初期のリーダーの一人で、初代知事のジョン・ウィンスロップや、ピンチョンの祖先ウィリアムと同世代人。引用は一六三七年の説教『自然のオリーヴへの魂の鼓吹』より。

10 これらの植物の和名は、順に「センニンソウ」「ワスレナグサ」「ヘンルーダ」「三色スミレ」。

から突然やってくる破壊、（動いている気配はないのに）夜の黒々としたはたらきによって作られるミステリアスな支配、その進行に抗して、この一瞬を、そしてこの一瞬を、救いだすことができた。日々はふたたび冷えて、霜の降りた朝、冷たくなったセーターのウールの中に手を入れてジェニファーの乳房を暖める、石炭の煙がしみる廊下で（その建物が昼間みせる陰鬱な顔は永遠に知らないまま）…沸点にごくわずか満たないだけの牛肉茶（ビーフティー）で、彼のはだけた膝がやけどする。アイリーンもハダカでガラスの陽だまりの中にいて、伝線していないのはどれかと、一枚一枚かざしていくその貴重なナイロンの靴下が、冬の鉄格子を通って射しこむ冷光にきらめいている…アリソンの母親のラジオに付いた電蓄に乗った音盤の溝からは、鼻にかかったヘップな[11]アメリカン・ガールの歌声が聞こえて…窓はぜんぶ防空用の暗幕で覆ったなか、肌をくっつけて暖を取ると、眼にみえるのは最後の一本の煙草の光。その燃える先端が、イギリスの蛍のように、彼女の指の動きに合わせて残像を引く、でもその筆記体が綴る言葉は彼に読めない…

「で、どうしたんだ」スロースロップは黙ったまま。「きみの二人の従軍女子（WRNS）は…きみを見て…」タンティヴィはこのとき気づいた――相棒はもう話を続ける気力をなくし、体が震えるに任せている。この震え、しばらく前から始まっていた。たしかにここは寒いが、おいおい、そんなに震えるほどか…「スロースロップ――」

「いやあ、なんてえか、まいった」だが、なんだろう、興味深いというより、気味が悪い。止めようにも止まらないのか。アイゼンハワー・ジャケット[12]の襟を立て、手を袖の中に入れたまま、じっとすわっているだけだ。

やがて、息をついて、煙草の火を動かしながら、「アイツら、落ちてくるのが聞こえな

11 hipという言葉が登場する以前、スロースロップが大学生だった一九三〇年代なかばにはhepという言葉が流布していた。

12 第二次大戦中に米陸軍で着用された、丈の短いブルゾン・タイプ軍用ジャケット。

い」

〝アイツら〟とは何を指しているのか、タンティヴィにはわかる。目を逸らす。ちょっと沈黙の間があいた。

「それはそうだ、音速より速いんだからな」

「そうだけど――そういう話じゃないんだ」震えの波動の間隙から声が吹きだす――「Ｖ１のときは聞こえただろ？　聞こえるんなら、破滅を逃れるチャンスもあるさ。しかし今度のヤツらは、いきなり爆発があって、それでこっちがくたばっていないときだけ、後から落下音が聞こえてくるわけだ。殺（や）られるときは、何も聞こえずにただ殺られる」

「歩兵とはそういうものじゃないのか。弾丸の音が聞こえたときには当たってる」

「しかしさ――」

「弾丸のきわめて大きいヤツと思えばいいんだよ、スロースロップ。尾翼の付いた弾丸だ」

「まったく」とスロースロップ、「なぐさめ上手だよ、きみは」

ホップの薫る褐色の暗がりを、心配そうに身を乗りだしたタンティヴィの上半身が、幽霊のようによぎる。だが彼の心配は眼前の友に取り憑いた震えにある。彼が知っている厄払いは常識的な方法だけだ。「落下した跡に行かせてもらえるようにできないだろうか…」

「どうして？　だってタンティヴィ、跡形もなくなっちまってるんだろ、じゃないの？」

「それはドイツ軍にもわからないと思うよ。しかし、おれたちがＴＩのヤツらを出しぬくには、現場に行くしかないんじゃないかな」

こうしてスロースロップはV爆弾の事件の調査を始めるようになった。爆撃後の調査だ。毎朝——当初は——民間防衛組織の誰かがACHTUNGにきのうの落下のリストを渡しに来た。それが最後にスロースロップのところに回ってくる。鉛筆で書き殴った回覧表を引き剝がし、軍用車置き場からいつもの古手のハンバー[*13]を出して巡回を始める。ドラゴンが去ったあとに聖ジョージ[*14]が出かけていって、その糞——ドイツ軍の落としたハードウェアの破片——を突つき回すみたいなことだが、それもみんな持ち去られている。要約ノートにも情報らしきものは何もなし——単なる仕事療法ってことか。ACHTUNGへのインプットが早まってくると、捜索隊が活動中に現場に着いて手伝う回数も増えた。落ちつかないようすで筋肉をピリピリさせている英空軍(RAF)の捜索犬たちの後について、漆喰の匂いがただよう、ガスが漏れ長い裂片が傾き格子が凹んでいる中へ入ってゆく。女人柱像は倒れて鼻を失い、釘やらなにやら剝きだしになった導線の表面はすでにサビつきはじめている。〈無化する手〉によって埃もろとも放りだされた壁紙の、羽根を拡げる緑濃い芝生の先には古めかしいジョージア朝づくりの家並み、向こうにトキワガシの木立が見える・・・静かに！　声のする方を見ると、生きているのか死んでいるのか、剝きだしの手や、うっすら光る肌が見える。そうする以外ないときスロースロップはその場を離れ、最初のうちは——単なる習慣から——神に祈った。祈るなんて最初の空襲があったとき以来のことだ。死に生が負けることのないように祈った。だが、死んでいく者の数が多すぎて祈りに意味がなくなって、結局やめた。

　きのうは幸運だった。ひとり、子供の生存者がいた。小さな女の子が、モリソン・シェルターの中で苦しそうに息をしていた。担架がやってくるまでスロースロップは、寒さで

13　今はなき老舗の車メーカー。

14　ゲオルギオスの名でも知られるキリスト教の聖人。竜退治と村民を改宗させた伝説は、現在のトルコでの話。

紫色になったその手を握った。通りで犬たちが吠えた。目を開けた少女の発した最初の言葉は「おじさん、ガムある?」こんなところに、ガムも噛めずに、二日も横たわっていたのだ。それなのにポケットにはセイヤーの〈スリパリー・エルム〉喉飴しか入っていない。なんてドジなヤツ。それでもこの子は連れていかれる前に彼の手に別れのキスをしてくれた。発火信号に照らされた頬と口は霜のように冷たくて、その瞬間、ロンドンの街全体が巨大な冷蔵庫に変わった。古い臭いのただよう、もはや新しい発見のない……そのとき少女がほほえんだ。かすかなスマイル、そう、スロースロップはこれを待っていたのだ。ワオ! シャーリー・テンプルのスマイルだ。この子をこんな目にあわせたすべてをきれいに帳消しにしてくれるような。なんとバカバカしいこと! 彼は西部湿地に入植したピューリタン一族の三百年後の末裔であって、いまなお神とは、一種のデタント状態というか、おずおずと休戦協定を結ぶことくらいしかできない。毎朝訪ねていく廃墟はみな、虚栄についての説教なのか。ロケットの破片の一カケラも見つからないということは、死の営為がいかに分割不能かという教えなのか。スロースロップの歴程（プログレス）[*15]。天路ならぬ世俗のロンドンが教えてくれる。どの角を曲がっても、そこには寓話が待ちかまえている。

ロケットに自分の名前が書かれているんじゃないかという思いに、彼は取り憑かれている。もし彼ら――というのはドイツのナチスに限らない、もっとずっと大きな拡がりの可能性を持つ〈かれら〉が――本気で彼を狙ってるならそうするだろう、だって全部のロケットにスロースロップの名前を刷ったとしても、コストにはぜんぜん影響ないんだから、だろ?

「うん、まあ、そう考えても損はないだろう」タンティヴィはおかしそうな顔をして相手

15 ピューリタンの必読書だったジョン・バニヤンの『天路歴程 *Pilgrim's Progress*』のほか、ウィリアム・ホガースの八枚画「放蕩者一代記 *The Rake's Progress*」の反響もあり。

を見つめる、「とくに戦場では、あえてそんな考えを装うことが役に立つこともある。一種の〝作戦的パラノイア〟とでもいうのかな。しかしだね――」

「装ってなんかいるもんか」火を点けた煙草のけむりを前髪から打ち払って、「いいか、タンティヴィ、驚くな、おれなんかもう四年前に殺られてて当然なんだ。いつ飛んでくるかって、いまかもしれないし、次の瞬間かも、ソイツはいきなり…くっそー…一瞬でゼロだよ、無だ…そして…」

　無しか見えず、無にしか触れられない、突然の空気の変化、空を走るヴァイオレンス、そして跡形も残らない…何の警告もなしに〈ことば〉[*16]がささやかれて、それっきり。永久の沈黙。不可視の、ハンマーの一撃。運命の一振り。いやそんな使い古しの言い回しを越えて生身に感じるリアルな恐怖があるのだ。ドイツ的に精巧な確信をもって予言された死。彼らはあざ笑ってる、タンティヴィの上品な思いやりある表現を笑いのめしている。違うぞ、ただの尾翼つきの弾丸じゃない…〈ことば〉ではない、昼の光もひき裂く一つの〈ことば〉では…

　振りかえれば去年の九月の金曜の晩、勤めを終えてボンド・ストリートの地下鉄駅に向かう途中のことだった。頭の中は週末の、二人の海軍婦人部隊員（WRNS）、ノーマとマージョリーのことでいっぱいで、どちらにどちらのことを知られてもまずいなぁとか思いつつ鼻クソ掃除の指を伸ばしたその瞬間、突然空に爆音が轟いた。背後数マイルのテムズ上流で、一発の死の表象（メメント・モリ）が鋭く、重々しく、落雷とはまた違う炸裂音。数秒後、今度は前から、同じ爆音、ラウドでクリアな、ロンドン中に聞こえる音だ。まさに夾叉発砲をしている。こいつはバズ爆弾じゃない。いつものドイツ空軍（ルフトヴァフェ）とは違う。「雷じゃないよなあ」と彼は不可

16 原文は大文字のWord。キリストの神とともにある永遠普遍の真理、というニュアンスを持つ。

解な気持ちを声にした。

「どこかのガスの本管でしょ」脇を歩いていた婦人が肘で背中を突いて言った。弁当箱を持ち、一日の仕事を終えた、プッと腫れた目をしている。

「そうじゃないわ、ドイツ軍よ」連れの女性は、チェックのネッカチーフの下にブロンドの前髪を丸めている。両手を前に出し、スロースロップに向けて、何のモンスターの真似だろう。「この人を始末するために飛んできたんだわ。彼らの好みはコロコロ太ったアメリカ兵ですもの」ほどなく彼に歩み寄り、頬をつねってグリグリ回すのだろう。

「やあ、お嬢さん」とスロースロップ。名前はシンシアといった。電話番号はなんとかもらえたけれど、バイバイ、ふたたびラッシュの人ゴミに運ばれていく。

いかにもロンドンらしい、大いなる鉄の午後。呼吸する千本の煙突が黄色い太陽をからかうかのように、媚びを売りながら恥知らずにも煙を吹きかける。それは単なる日々の息でも暗黒の力でもない——この煙は命を持って動き回る帝国的存在だ。人びとは道路を渡り広場を横切ってあらゆる方角へ向かう。軋みながら走る何百台ものバス。それらが渡ってゆく長いコンクリートの陸橋は、お愉しみ抜きの無慈悲な使用に何十年も耐えた姿をさらしている。かすんだ灰色、べっとりとした黒、赤い鉛色、蒼白いアルミ色。集合住宅の高さにまで積み上がったスクラップの山の間をバスは抜け、車体をこすりそうにしてカーブを曲がり、軍のコンボイと他の背高のバスと幌を張ったローリーと自転車と車で詰まった道に入った。この街の人間は誰もみな違う目的地と始まりを持っている。流れ、時につかえる、交通の波。それ全体の上に、壮大なガスの廃墟のような太陽が、工場の煙突群と防空気球*17の間に懸かる。電線と家庭の煙突は、屋内の老木と同じ褐色になり、その褐色が

17 敵機の低空飛行を阻止するために上げる、地上と索でつないだ気球。

い。

徐々に深みを帯び、黒に転じる際に、ある一瞬を——日没における真の変転の一瞬を——通過する。しかしそれはきみにとっては単なるワインの、ワインと慰安の色合いにすぎない。

英国ダブル・サマータイム[*18]で六時四十三分十六秒、死のドラムのように打たれた空からは、まだ残響のうなりが聞こえる。と、スロースロップの——え、なんだ？　そうだよ、GI配給のパンツの中を覗いてみろよ、モソモソ起き上がって、飛びだそうとしているの、なんだなんだ、この勃起、ヘイ、偉大な神様よ、なんの所為なんだい？

彼の経歴に、そして、お助けあれ、彼の調査書類にも書かれている。この男、空に顕現するものに、きわめて特異な感受性をもって反応する。（しかし、勃起とは？）

故郷マサチューセッツ州ミンジバラ[*19]の会衆派教会墓地[*20]にある、一つの片岩の墓石。そこに彫られた雲より出ずる神の手の、その指先は二百年の歳月の火と氷の鑿に削られている。墓碑に彫られた言葉はこうだ——

コンスタント・スロースロップ
一七六六年三月四日　享年二十九
死は自然への負債なり[*21]
我は返せり、いつしか君も

コンスタントは見た。それも単に心眼で見たのではない。俗世の雲間から、目もくらむ

18 戦中のイギリスは夏期（この回想は九月の出来事）に二時間時計を早めていた。

19 『スロー・ラーナー』所収の「シークレット・インテグレーション」（一九六四）の舞台でもある架空の町。

20 イギリス宗教改革期に、ピューリタンの中でもより穏健な「長老派」と分かれた「会衆派」教会は、植民地アメリカにおける支配的な権力となった。

21 ピューリタンの教

ような光に縁どられた石の手が、彼をまっすぐに指さすのを見たのだ。緑なすバークシャーの大地、その河のせせらぎと丘のスロープの上空にそれを見たのは、息子のヴァリアブル・スロースロップも同じだった。*22 実は家系図の根っこのほうへ、九世代・十世代とさかのぼっていくと、みんな等しくそれを見ている。始祖ウィリアムを除いた一家はみな、沼地に接する長い斜面、楡や柳の冷たい影が覆い、ミントやミソハギの落葉の降りつもった豊かな腐土の中に溶けこみ、土と化した。墓石に刻まれた文様もとりどりだ。犬の長い鼻面をした天使、歯をむきだし眼窩をくぼませた髑髏（しゃれこうべ）、フリーメイスンの紋章、花壺、ケバ立った柳の葉が直立したり途切れたりした模様。*23 ぐったりとして動かない砂時計。昇るのか沈むのか、地平線からキルロイ*24のような顔を覗かせている太陽もある。墓碑銘は、コンスタントのように清楚にして簡潔なものから、アイゼイア・スロースロップ中尉（一八一二年没）の妻ミセス・エリザベスのように、合衆国国歌の軽快なる替え歌を彫ったものまで、これまた色とりどりだ。

さらば友よ、我はつひぞ此処に来たりぬ
足るを知らざる死神の鎌にぞ刈られん
御子再来したりて萬人を救ふ日まで
我はねむる、御言葉のをしへる如きに
聞け、我が叫び、天の理に抗ふ勿れ
知れ、栄えの中に、滅びもまたある事を
大いなる神の織機は暗空にて動きたまふ

義からすれば、死は神への負債でなくてはならない。それを「自然」と書くのは異端の考え。

22 コンスタント＝定数。ヴァリアブル＝変数。

23 "puritan tombstone" などのキーワードで画像検索すると、実例が見られる。

24 第二次大戦中に米兵の落書きで広まったキャラ。壁の向こうから、長い鼻をこちらに垂らして覗いている。『V.』第十六章に図あり。

地にありし我らが苦難も、御心の織糸なりしか

われらがスロースロップの祖父フレデリック（一九三三年没）は、皮肉の味と狡猾さを売り物にした男だった。その彼が、無断引用して墓に彫ったのが、エミリー・ディキンソンの一節――

死のために立ち止まることができなかった私のために
死が立ち止まってくれたのです、ご親切にも[25]

ご先祖様がそれぞれに自然への負債を返していきつつ、余りを、名の連なりの次のリンクへ遺していく。元はといえば毛皮商人、靴職人、ベーコンの塩漬けおよび燻製業、それがガラス職人になり、行政員（セレクトマン）[26]に選ばれ、皮革工場の建設人、大理石の採掘人と変わっていった。[27]そう、かの地が何マイル四方も大理石の粉で――神々の息のような、霊のような白い粉で――墓場都市（ネクロポリス）と化したことがある。共和国のよその地に、似非アテネ風のモニュメントが立ち並んだときのことだ。繁栄はいつも、よそにもっていかれた。家系図よりも入り組んだ投資一覧（ポートフォリオ）から資産はこぼれ落ちた。すなわち、バークシャーの家に遺った資産はまず森林に投じられ、その緑の何エーカーもが一度の伐採で紙へと変化した。トイレの紙、紙幣の紙、新聞紙――そう、クソとカネと〈コトバ〉の媒体ないしは礎となったのだ。[28]この一族に家柄などはなかった。合衆国名門録（ソーシャル・レジスター）に名を連ねた者もいなければ、サマーセット・クラブ[29]に入ることのできた者もいない。この一族は死して教会墓地の土に眠るのと同

25 ディキンソンは、マサチューセッツ州アマーストに蟄居した女流詩人。引用は「ザ・チャリオット」（一八六三年執筆、一八九〇年死後出版）より。

26 ニューイングランド植民地の町は当初成人住人による直接民主制を敷いたが、人口増加とともに、立法から治安維持まで広範なケアを担当する行政員を選出する形をとった。

27 スロースロップ家とピンチョン家とは、アメリカでの〝始祖〟の名がウィリアムという、マサチューセッツ湾植民地西部を植民したという点で共通する。後に出てくるようにその始祖が異端の書を書いたという点で

様の静けさで、生前にあっては、周囲の動きに溶けこんだ日々の業を黙々と続けたのである。クソとカネと〈コトバ〉といえば、アメリカを代表する三つの真実、アメリカを動かす動力源。それに絡めとられたスロースロップ一族は、国の命運と不可分な暮らしを永続させてきたのである。

　しかし繁栄は得られなかった・・・得られたのは存続であった――もっとも、その存続もまもなく相当苦み走ったものとなる。遠からぬ地に住んだエミリー・ディキンソンがこんな詩を書いたときには、すでにもう。

崩壊を形づくるはデヴィルのしわざ
一つまた一つと緩慢に進む
一瞬の崩落もて潰れるにあらず
はらはらと零れおつるが破滅の道なり[*30]

それでもなお一族は居残った。他の者たちはといえば、誰でも知ってるアメリカの伝統にしたがい、どんどん掘って、動かして、ぜんぶ取りきったら西へ西へ移動した。そうすりゃもっと出てくるさ、と。だが、スロースロップ一家は偏屈にも、理由つきの惰性によって、東の地バークシャーに居残りつづけることを選んだのだ。水のあふれる石切場と、伐採された丘の斜面は、この葺屋根の褐色に覆われた、朽ちゆく魔女の地[*31]に一族が遺した存在の証し。署名入りの告解のようなものだ。収益は落ちこみ、家族は増えつづける。ボストンの小さな銀行に預けた、さまざまな番号のついた信託金は、二、三世代に一度収益金

も共通する。スロースロップ家がベーコン＝豚ともかかわっていたという点にも注目。

28　『スロー・ラーナー』の序文によれば、バークシャーの歴史をピンチョンは一九三〇年代の作家支援プロジェクトによって作成された案内書で調べた。ここでの地域産業の変遷史は、木材の過剰な伐採と、紙幣づくりへの利用を含め、現実の歴史を反映している。

29　ボストンのビーコン・ストリートに一九七二年にできたギリシャ復古調建築。名門録（一八八七年以来出版されている年鑑）に掲載されたような階級が集まった。

30　一八六五年、南北戦争終結の年の作品。

を生んだが、その額も長期にわたって徐々に目減りする。毎期毎期、ほとんど目に見えないほど微かに滅びつづけていくのだが、その無限級数は、いつまでもゼロにはならない・・・

〈大不況〉は、それまでの一家の歩みを、より純粋な没落へとみちびいたにすぎなかった。スロースロップが育った荒涼の山地は、ニューヨークの金持ちのなかば神話的な豪華さの別荘が点在するところ。屋敷を取り巻く生け垣が、緑の荒野や枯草の集積に変化（へんげ）するのを、クリスタル・ガラスの窓が一つ残らず破られ、ハリマン家[*32]やホイットニー家[*33]らの富豪たちが退散し、その芝生が雑草に乗っとられ、秋になっても遠くから馬車の蹄の音が聞こえることも、灯火の下にリムジンが乗りつけることもなく、ただ聞きなれた虫の音と、見慣れたリンゴの木と、ハチドリを追いかえす初霜と、東風と、オクトーバーの雨と、あとは間違いなくやってくる冬・・・それが彼の少年時代の風景だった。

一九三一年、グレイト・アスピンウォール・ホテル[*34]の大火の年、タイロン少年はレノックスに住む叔父・叔母の家を訪れていた。四月だったが、階段を駆け下りる大小の従兄弟たちの物音に目をさまし、見知らぬ部屋で寝ぼけ眼をこすった夜中の数秒間、少年は冬を思った。冬の夜中によく、パパとホーガンに、こんなふうに叩き起こされたからだ。夢から醒めぬ目をパチクリさせながら寒気の中に連れ出されたオーロラ（ノーザンライト）の夜・・・〈北の光〉は彼をおびえさせた。光のカーテンがサッと開いたら、そこに何が見えるのだろう。北の霊たちは、あんなに装いをこらして、何を見せようとしているのだろう。

だがこの晩、季節は春で空は逆巻く赤と暖かいオレンジ色だった。ピッツフィールドとレノックスとリーからのサイレンが谷間にうなる——近隣の住民は玄関先に出て、山腹に

31 ニュー・イングランドの歴史に刻印をしるす魔女裁判とは、一六九二年の夏期に、十九人の男女が魔術を行った罪で処刑された事件。

32 鉄道王の金融家E・H・ハリマンの息子アヴァレル・ハリマン（一八九一〜一九八六）はローズヴェルトの片腕としてニューディール政策や戦時外交で活躍。

33 初期マサチューセッツ植民者の家柄。〝ジョック〟・ホイットニー（一九〇四〜八二）はロックフェラー家から来た母親の遺産も引き継ぎ、馬主として、ハリウッド映画への投資家として知られていた。

34 レノックス市の郊外にあった富豪向けのホ

火の粉が舞い落ちるのを眺めていた……「流星群のようだ」と言う者、「建国の日の花火だよ」と応える者。一九三一年の時点で、この火事を喩えるものはそのくらいだった。残り火はなお延々五時間燃えつづけ、子供たちはコックリし、大人たちはコーヒーをすすって、往年の火事の話に花をさかせる。

だがあれは何の〈光〉だったのか。いかなる霊の仕業だったのか。次の瞬間に、そのすべてが、夜全体が、制御を失い、カーテンが一瞬にして開いたとしたら、どんな展開になるのだろう。そこには想像を超えた、どんな冬が、姿を現すのだろう？

英国ダブル・サマータイム六時四十三分十六秒。いま空に、同じ展開が出現しようとしている。彼の顔が光に染まって深みを増す。周囲のみんなが走り去ろうとしている。彼の心も動転しそうだ。むかし故郷の光景から現れ出ようとしたのと同じ……秋の山腹のあちこちに見える教会の尖塔とおぼしきものは打ち上げ台の上の白いロケットだったのか。発射まであと数秒。教会の円花窓から朝の光、それを浴びた、説教壇上の顔は上気して、神の恩寵の真実のすがたを説いている……まさに、このようにして顕現されるのだ、そう、巨大な光り輝く手が雲間から伸びて……

テルは、四月の晩の午前一時ごろ火の手が上がり一大スペクタクルを提供しながら全焼、未明までくすぶりつづけた。

□□□□□□□

壁には凝った模様の黒ずんだブロンズのバーナー。そこから出ているガスの炎が流麗にやさしく歌っている。前世紀の科学者が「多感の炎」[*1]と呼んだ状態に調節された炎は、台座近く、孔から吹きだすあたりは目に見えず、徐々にスムーズな青い光となって数インチの高さに浮かんでいる。部屋の気圧の微細な動きにも反応する淡い光の小さな円錐は来客の出入りのたびに揺らめくが、集まる人びとはまるで確率のゲームを見守るように、中央の丸テーブルに礼儀正しい関心を向けている。卓を囲んだ面々はいっさい気を散らされることもない。ここには白い手袋も、光る金管楽器の類もない。[*2]

スコットランドの将校たちが、パレード用のトルーズ・ズボンや青いゲートル、キルト・スカート姿で、アメリカ兵と会話しながら入ってきた。聖職者も、勤務を終えたばかりの国防市民軍（ホーム・ガード）や消防隊員も来ている。ウール地の制服の襞に煙草の臭いを染みこませた連中。みんなこれで睡眠の一時間がとられてしまうことを嘆き、顔に表して・・・絹クレープを着こんだ世紀初頭の恰好の老婦人もいる。ロシア系ユダヤ人らの強ばった子音連鎖のまわりで、カリブ出身者の発する柔らかい母音も聞かれる。ほとんどの者は聖なる円に対

1　空気の動きに敏感に反応して揺れる炎。霊には反応しないから、これが揺れていない限り、部屋の中の霊的現象は物理的な関与のないものと見なすことができる。ここ〈スノックソール〉という集まりの場で、いまPISCES絡みの降霊会が進行中。

2　白い手袋を鱗粉で光らせて死者が顕現したように見せかけたり、誰も吹いていないトランペ

して接線方向に滑るように進む。ここに留まる者も、また別の部屋へ出ていく者も、多感の炎の一番近くに、壁に背を向けてすわるほっそりした霊媒の気を散らすものはない。赤褐色の巻き毛がスカルキャップのようにピタリと頭にはりついた、この男性の広い額に皺はなく、黒ずんだ唇が、ときに滑らかに、ときに苦しそうに、動いている。

「白の冥王(ドミヌス・ブリケロ)の領空へ移行するや、ローランドはすべての徴し(サイン)が自分に対してアゲンストになったことを見てとった……かつて地上の一員としてその位置と動きを研究した光が、こちらでは向こう端に集まって、意味もなくチラチラと踊るばかりだ。まったくブリケロらしくない。物事に進展というものがなく、何か新しい……異的(エイリアン)なもの……。ローランドもまた風の存在を意識するようになった。生前にはまったく感じられなかったもの。矢の先が風にしたがって方向を変えることを、喜びとともに発見した。この風は一年中、毎年吹きつづけていたのだが、ここに来るまでローランドは地上の風しか……もとい、彼自身の風しか、感じることができずにいたのだ。それでも……セリーナ、風だ、まわり中が風だらけだ」

　ここで霊媒は集中を解き、しばし押し黙る……呻くような声がひとつ……静かな、必死の瞬間。「セリーナ、セリーナ、行ってしまったのか?」

「いいえ、あなた」セリーナの頬には半乾きになった涙の痕。「聞いてるわ」

「制御(コントロール)の問題だ。すべてはひとつの困難に発する。制御をどうするのか。内側からの制御というのは初めてのこと。わかるかね、制御が内側に置かれた。[*3]今までのように〝外部の力〟に屈し、風向きにしたがって向きを変えることもない。まるで……

「マーケットの動きにもはや〈不可視の手〉[*4]が関与せず、マーケットみずからがそれ自身

ットが突然鳴りだしたりするようなインチキはここにはないという意味。

3　弾道を内部から自動制御する技術は、事実ロケット開発の鍵となったし、ロケット開発は、制御の科学（サイバネティックス）の開発をうながした。

4　アダム・スミスの『国富論』とともにポピュラーになった、自由経済における自律的な動きを説明するための比喩。

を創出することができる――内側から、おのれのロジックと、勢いと、スタイルとを。制御が内にあるということは、以前に事実として起きたこと、すなわちわれわれが神を見限ったことの正しさを立証するんだ。が、それとともにより大きな幻想を抱えこんだことにもなる。制御という幻想だ。AがBを為しうる――これはしかし間違いだ、完全に。『為す』などということはありえない。物事は生ずるだけ。AもBも実体的なものではなく、そもそも切り離すことのできないパーツにつけた名前にすぎない」

「またウスペンスキー[5]の戯言ね」港湾労働者と腕を組んだ御婦人が低い声で言う。通りすがりに、ディーゼル・オイルとスールヴァン[6]の混ざった匂いがする。その戦前の香水にATSの軍服を着た薔薇色の若い娘が気づいて顔を上げる。ジェシカ・スワンレイク。彼女は婦人の召し物を想像する。そのフロック、ハロッズのデパートで十五ギニーのものじゃないかしら。クーポンを何枚足したのか知らないけど。わたしが着たほうがゼンゼン映えるのに。と、そのとき先の婦人が振り向いて、肩越しにあら、そう？　とでも言うかのごとくほほえみかけた。まあ、聞こえちゃったのかしら、場所柄からして、伝わっちゃうのよね、きっと。

　ジェシカは、ウィジャ盤の載った卓の近くに立っている。その手には、壁のボードから何気なく引き抜いた数本のダーツが握られ、うつむいた彼女のブラウンのウール地の上に、頬の両側を垂れる薄茶の髪を透かして、蒼白い首筋と一番目の脊椎が見える。手の中で小刻みに震えるダーツは、真鍮の喉口も柄のふくらみも、彼女の血と同じ暖かさ。十字の羽根を指先でいじりながら、ジェシカは浅い催眠状態に入ったのだろうか・・・

　戸外で、東方からまたもロケットが空をひき裂く。その押し消された音に窓が震え、床

5　ロシアの神秘思想家ピョートル・デミアノヴィッチ・ウスペンスキーは、師匠格のグルジェフと決別し、戦中はロンドンで活動していた。

6　「風の下」という意味のフランスの香水。

が揺らいだ。多感な炎が一瞬背をすくませるとテーブル上で影が踊り、向こうの部屋までぼやけながら拡がっていくが、次の瞬間炎は伸び上がり、影はまた内に向けて縮みこんだ。優に数十センチは跳び上がった炎はそのまま消えて、暗い部屋にガスの漏れる音がする。速記の手を止めて立ちあがり、栓を閉めに向かったのは、ケンブリッジ大学の優等卒業試験（トライポス）で完璧な成績をあげたミルトン・グローミングだ。

　今こそダーツを投げるタイミング。一本。髪が揺れ、厚ぼったいウールの両襟の下で乳房が見事に揺れる。空気を擦る音、そしてズブッ、ねばついた繊維質の板の中心を射止めた。ミルトン・グローミングが視線を上げる。常に交信を集めている彼の頭（マインド）が新たなお相手を得たようだ。

　霊媒はいま気を荒だて、トランス状態から流れでてきてしまう。〈向こう〉で何がどうなっているのか知るよしはない。この種の降霊会では、こちら俗界での息が合うことももちろん重要だが、それ以上に、四者一体の絆の、どの連結も破られてはならない——ローランド・フェルズパス（霊（スピリット））と、ペーター・ザクサ（支配霊（コントロール））、とキャロル・イヴェンター（霊媒（ミディアム））と、妻セリーナ（生者）[*7]の。どこかで、消耗からか、方向変化か、エーテル[*8]内に一陣のホワイトノイズが吹き荒れたかして、その一体性がほどけた。緊張がくずれ、椅子がきしみ、ため息や咳払いの音…ミルトン・グローミングはノートに苛立ちをぶつけ、パシンと閉じる。

　いまジェシカがゆったりと歩いてきた。あたりにロジャーの姿はないし、そもそもジェシカがここまで自分を捜しにくるのを望んでいるかも微妙だ。グローミングはシャイな人だけど、他のロジャーの友だちに比べたらかわいい方かも。

7　天界にいる霊（ローランド）の言葉が、どのようにして地上の「肉声」になるのか。日本語で「支配霊」（英語でcontrol）と呼ばれるコミュニケーションのエキスパートの、〈向こう〉からの意志を受けて、地上にいる得能者＝霊媒（ここではキャロル・イヴェンターという男性）の声帯が震えて物理的な音になる。円卓で霊媒の対面に、霊が語りかける相手（ここではローランドの妻セリーナ）がすわっている。

8　天を満たす物質または霊気としてさまざまに定義される。

「ロジャーが言ってたわ。単語をぜんぶ書き留めてそれをグラフか何かにするんですって?」明るい声。ダーツの話が始まるのを避けようとして、すかさず言葉を差しはさむ。

「それ、降霊会の場だけでするの?」

「自動記述のテクストをさ」女の子の前だとあがってしまうグローミングは顔をしかめ、うなずいて、「ウィジャ盤を使った結果を、そうそう、一、二回分集めて、きょ、曲線の特性を割り出すんだ。カーブの具合が、何かしらの症状に特徴的な形と結びつかないかと」

「よくわからないわ」

「つまりさ、ジフの〈最小努力の法則〉ってあるだろ。[*9]任意の単語の出現頻度 Pn を対数座標の縦軸に、その順位 n を横軸にとって見ると」——反応のないジェシカに向かってまくしたてる、当惑した彼女の顔がまた可愛い、「ふつうはもちろん、だいたい直線っぽくなるもんだけど…しかし、ぼくらの集めたデータは、なんというか…ある精神状況の人たちの場合、それが変わってくるんだ——分裂症だと、高いところが平らで、それからだんだんカーブが急になる、弓の形みたい…このローランドって男はどうも、典型的なパラノイアだな」

「うん」その言葉ならジェシカに通じた。「against って言葉が出たとき、あなたの顔がパッと輝いたわよね」

「against と opposite。すごいよ、この二つの単語の頻度を見ると驚く」

「一番頻度の高い言葉ってなに?」ジェシカがたずねる。「あなたの第一位」

「こういう会には不動の一位があるんだ」そんなのは常識、とでもいうかのように、統計

9 ハーバード大学教授ジョージ・キングズリー・ジフ(Zipf)が、現実の発話について確率論的に調査した『言語の心理生物学』(一九三五)で展開した考え方。

学者は答える。「death」

年老いた空襲監視員が、オーガンディ織りのような、華奢でこわばった動きで、多感の炎のところで爪先立ち、ふたたびそれを灯した。

「ところで、あなたのイカレたお友達、どこに消えちゃったのか知らない?」

「ロジャーなら、プレンティス大尉と一緒だ」手がそれとなく波打っている。

「例の、ミステリアスなマイクロフィルムの演習だろうね」どこかの遠い部屋へ回されたという感じ。偶然にほとんど支配されない「クラウン&アンカー」[*10]ゲームの前を過ぎ、絞った音量で流れるBBCのフォークマンとアパッチ楽団[*11]の演奏と、煙草の波と、おしゃべりの波を抜けて、ずんぐりしたパイント瓶とほっそりしたシェリーグラスの並ぶ前も通りすぎると、冬の雨が窓を打っている。引きこもりの時間。ガス薪暖炉の近くに行くか、夜の冷気を防ぐショールを巻くか、恋人や古女房と寄り添うか。さもなくば、気の合う仲間とここ〈スノックソール〉に集まる。ここはシェルター——戦争はこんなに長く続いているのに、戦争の利害に完全に絡めとられることなく、人々が心静かに集える場所は、ここ以外、ほんのいくつかあるだけなのだ。

パイレート・プレンティスも同じ気持ちにならないわけではないが、彼の場合、どうしても階級的屈折があいだに入る。上流の人間たちと一緒のとき、彼はいつも強烈なニタリ顔を携える。古代ギリシャの重歩兵の行進みたいな笑い顔。これを彼は映画館で入手した——出典は、デニス・モーガンが、小さな出っ歯のイエロー・ラットを撃ちおとすたびに、噴きだす黒煙を見おろしながらニタリと浮かべる、あの悪戯っぽいアイルランド人の笑いなのだ。[*12]

10 王冠や錨のマーク付きの特別仕様のサイコロを回す、伝統的な賭けゲーム。

11 BBCラジオは戦時中も毎晩十時から十二時まで「トップテン」などの音楽番組を放送していた。原文テクストで**Falkman** となっているバンドリーダーは、『GRC』によれば、おそらく**Lionel Folkman** のこと。

12 言及されているのは、ワーナー・ブラザーズのトップスターの一人であるモーガンが、極東戦線で日本軍戦闘機を相手に活躍する *God Is My Co-Pilot*(一九四五)。

これがとても役に立つ。彼らにとってのプレンティスと同じくらい有用である。〈ファーム〉といえば、誰でも何でも、裏切り者も人殺しも性倒錯者も黒人も、女でさえもおのれの目的に利用することで知られる。〈かれら〉は当初、パイレートの有用性を充分には確信していなかったのかもしれない。だが、事態の展開に合わせて、確信はゆるがぬものになっていった。

「少将、まずいでしょう。こんな方面のことに手を染めては」

「彼のことは四六時中見張っている。われわれの軍域を物理的に離れる気配はないのは確かだ」

「でも、彼には共謀者がいるわけで。催眠術とか、ドラッグとか、方法はともかく、その男に近づいて眠らせてしまえばどうなるか。まったく、次には、占星術に頼るとか言いだしそうだ」

「ヒトラーはやってるさ」

「ヒトラーには霊感があるんです。しかし少将、わたしらは公務についているわけですよ・・・」

最初に需要の波がきたあと、パイレートが指名されるクライアントの数はいくぶん減って、いま抱えている件数は楽な部類に入る。だが本当はこんな仕事はやりたくないのだ。それはしかし、通じまい、生まれと育ちのいい、ＳＯＥのマニアックなお偉方には。ああ、たいへん結構、大尉とか言って、行動指令の文書を早口で読み上げ、ブーツで床を擦り、眼鏡をかけた政府要人の言葉を繰りかえす。上出来だ、まあいつかクラブでわれわれのためにやってみせてくれたまえ。

パイレートが望んでいるのは〈かれら〉の信用なのだ。彼らの、高級酒と舶来煙草の香る、荒々しい愛情を求めている。理解されたい相手は自分と同じ仲間なのであって、〈スノックソール〉に群れる本の虫や、へんてこな理論に走るフリークではないのだ。こいつらは〈科学〉に熱を上げ、何でも許容してしまう。彼にとって（ここに来たのは本当に不覚だった）よそ者以下の気分になるのは、戦争の帝国全土の中で、ここだけだ……

「彼らが何を考えてるのか」さっきからロジャー・メキシコがまくしたてている「まったく不可解だよ。魔術条例[*13]ってのが二百年も前にできてるわけでしょ。ぜんぜん違う時代の遺物じゃないか、世界観からしてさ。なのに一九四四年になって、なんで突然、右から左から信者たちが入りこんでくるの。ぼくらのイヴェンター氏はね」と、部屋の反対側で若いギャヴィン・トレフォイルと話している霊媒氏を指さして、「いつ警察に踏みこまれてもおかしくないんだ――わんさか窓から押し入ってきてさ、凶悪犯を扱うみたいにスクラブズ[*14]へしょっぴいていかれちゃうよ。その容疑が、死者の霊魂をその場に呼び寄せその場に居合わせた生者と交信せしめた行いを偽造した罪――なあんて、こんな馬鹿げたファシストの戯言につきあってられるかよ」

「注意しろよ、メキシコ。大事な客観性をまた失ってるぞ。科学をやるものが、そんな非科学的な言葉づかいに走ったらまずいだろ」

「やめてよ、彼らの一味みたいなことを言うの。ほら、今夜、ドアから押しよせてきてるの、感じるでしょ？　パラノイアの洪水だよ」

「たしかにそれはおれの特技だ」と言いかけてパイレートは、発言の唐突さに気づき、その衝撃を弱めるように言いなおす。「いや、自分の頭が本当に多重（マルティプル）なことに関わってるの

13　一七三五年、英国議会は魔術を禁じる古い法を改正。新たに、魔術の能力を信じさせるような行いを、罰則をもって禁止した。

14　ロンドン西部のワームウッド・スクラブズ刑務所。

かどうかはわからんのだけどね」

「ああ、プレンティス」眉も唇も、どこも歪ませない。ただ「ああ」と受け止める。

「うちにグロースト博士ってのがいるから、今度は彼の脳波検査の結果をもってきて、チェックしてもらうといい」

「ああ、ロンドンにいたらな……」明言は避ける。セキュリティの問題がある。うっかりした発言は身の安全を脅かす。メキシコのことも、油断してはならない。いま展開中の作戦はとにかく何重にも輪ができていて、外の輪から内側へ来るにつれて、機密の配布範囲はどんどん狭まり、廃棄リストは増えていく——すべてのスクラップ、殴り書きメモからタイプライターのリボンまで全部だ。

パイレートの勘によれば、メキシコは、ときどき下働きに駆りだされるだけだろう。〈ファーム〉がこのところ熱を上げている〈ブラックウィング作戦〉に、統計学の専門家として、敵国の士気に関するデータなんかを処理しているにちがいない。しかしそれだけではなく、この作戦のどこだか外縁のところでも動いている——ちょうどプレンティス自身が、今まさにこんなところまで出てきてメキシコと、自分の家の同居人のテディ・ブロートの仲介をしているように。

ブロートがどこかへ出かけ、何かをマイクロフィルム撮影していることは知っている。それがパイレートを経由して若いメキシコに渡ると、その先は〝白のおとずれ（ホワイト・ヴィジテーション）〟[15]に行くのだろう。そこにはＰＩＳＣＥＳ（パイシーズ）[16]という、何でも屋の企画組織が入っている。Psychological Intelligence Schemes for Expediting Surrender——降伏促進のための心理学的諜報企画。誰の降伏を促進するのかは明記されていない。

15 英語の visitation は、多くの場合「超自然的な力のおとずれ」という意味で使われる。

16 pisces とは十二宮の「魚座」。

アメリカが参戦し、亡命政府も一ダースほど来て、ロンドン周辺は連合国側内部にわけのわからない諜報活動グループが何千と浮上した。そのどれかにメキシコも参加しているのかという懸念がパイレートにはある。この状況で、奇妙にもドイツ相手の活動がすっかり影を薄くして、誰もが心配そうに周囲を窺うようになった。自由フランス軍はヴィシー政府の裏切り者に復讐を企て、[17]ルブリンに集結したポーランドの共産一派はワルシャワの傀儡内閣の打倒を狙っている。ELASは王党派の情報収集に勤しんでいる。[18]数々の国からやってきた、数々の言語をしゃべる夢想家たちが、王政の、共和制の、傀儡政権の樹立を、収穫の季節には消えてしまう一夏のアナーキーを、意志の力、暴力、祈りの力によって実現しようと画策している……惨めな姿で死んでゆく無名の者もある。イースト・エンドに落ちた爆弾のクレーターの、雪と氷の中に春まで埋もれている者。慢性的な酒酔い、阿片酔いによって、その日の不運をやり過ごす者。たいていの者は少しずつ魂を失い、信頼の気持ちを蝕まれ、ゲームの果てしない会話に捕らえられ、日々の自己批判にさらされ、すべての注意を奪われていく……そしてプレンティスの意識に具体的な形をとった外国人、それはたったいま彼のミラーグラスをよぎったあいつ、あの祖国のないインドの水夫、最貧層の亡命者ではないか……

ふむ、このメキシコも〈かれら〉によって複雑怪奇な仕事に引き入れられたのか、とパイレートは思う。アメリカ人関連のことか、それともロシア人関連か。〝ホワイト・ヴィジテーション〟は、心理作戦の遂行に専心すべく、各種の専門家を少数ずつ寄せ集めている。行動主義派がこちらに、パヴロフ派があちらに、パイレートの知ったことではないが、とにかくいろんなのがいる。だが、フィルムを届けるたびにロジャーの真剣さが目に見え

17 ドイツに敗北したフランスは、北部は占領下に置かれたものの、中南部はヴィシーを首都に、親独政権下で自立を保つことができていた。一九四四年六月ノルマンディ上陸以降の連合軍の逆襲でドイツが追われると、ドゴール率いる自由フランス軍がヴィシー政権を打倒。十二月までにはナチ協力者への裁判が始まっていた。

18 ELASは共産党系の「ギリシャ人民解放軍」で、ナチスの捕虜を呼びこみ、十二月なかばには「王党派」の後ろ盾をしていたイギリス中心の連合国勢力の追放をめざして攻勢をかけていた。

て増してくるのが気になる。これは不健康だ。物事に耽溺していく者の眼つきだ。自分の友が――戦時の仮の友であろうと――なにやらいやらしい目的に使われている。

　自分に何ができるだろう？　メキシコがしゃべりたいと思っているなら、セキュリティがどうだろうと、何か方法はあるはずだ。〈ブラックウィング作戦〉がどのような機構で動いているのか、メキシコが語りたがらないでいる気持ちをパイレートは共有していない。何か恥辱の気持ちが働いているのか。封筒を受けとったときのメキシコの顔。眼球が部屋の隅を凄いスピードで見回していた。まるでポルノを手にした客の表情だ…ブロートの趣味を知っているパイレートは、ほんとにそんな気がしてきた。フィルムに映っているのは若い女性と肉体派の若者との交歓シーンなのか？　いろんなポーズで？　だったら、この戦争が映しだした中で最高に健康的なものじゃないか…生命がある、少なくとも…

　あれはメキシコの女だ。いま入ってきた。若い女の清涼感――煙草も喧噪も寄せつけない――が目に飛びこむ…自分が見ているのはオーラだろうか。彼女がメキシコを見つけてほほえむ。とても大きな目だ。ダークな睫毛、化粧はしていないか、見た目にわからないほどの薄化粧。カールした髪の毛が肩にかかる。ＮＡＡＦＩ[19]の軍人接待所（キャンティーン）でコーヒーを注いでるあたりがお似合いの女の子が、男女混成の対空砲火部隊で何をしているんだ。突然彼は、間抜けにも、うろたえた。肌にグッと痛みがきた。若いふたりへのシンプルな愛の気持ち、ふたりの安全を祈らなくてはいられない気持ち、彼はいつもこの気持ちを別なふうに呼びならわしてきた――ほら、「思いやり」とか、「好感」とか…

　一九三六年のこと――「Ｔ・Ｓ・エリオットの春」[20]と彼は呼んだが、実はもっと寒い季節に――パイレートは、とある重役夫人と恋仲になった。スコーピア・モスムーンという、

19 イギリス軍の厚生施設（Navy, Army and Air Force Institutes）。購買部のほか、クラブやレストランも運営。

20 モダニズム文学のバイブルとなったエリオットの長篇詩「荒地 The Waste Land」（一

スクっと伸びる茎のような細身の女性だった。亭主のクライヴはプラスチック研究の専門家で、ケンブリッジを出てインペリアル・ケミカル社[*21]にいた。キャリア組の軍人だったパイレートは、除隊して一、二年の市民生活をエンジョイ――というのか、はめを外した生活にのめりこんでいた。

その気持ちを抱いたのは、スエズの東、バーレーンのようなところをいくつか回っていたときのこと。ムハラク[*22]から永遠に原油の臭いがただよってくる中で、自分の汗の混ざったビールを飲む。日没後はキャンプからの外出禁止――どのみち現地は性病感染率が九八パーセントだ――英仏海峡の東からの脅威に備え、シーク教徒の政権とオイルマネーを守っていた、砂漠の日に薄汚く焼かれた軍人らは、性的欲求不満と、蚤の痒さと、太陽が肌に作る水疱を抱え（この状態でマスターベーションするのは拷問に等しい）、大抵は酔ったままの一日を過ごしていたが、プレンティスの酩酊した頭にも、人生が無為に過ぎていくという思いは微かに訪れていた。

素晴らしい白黒の装いのスコーピアは、絹に包まれたイギリス実業界、壁に阻まれていた世界、に対するパイレート風の幻想を充たしてくれる存在だった。ふたりが逢瀬を重ねたのは、夫クライヴがＩＣＩの命で、よりによってバーレーンへとトラブル処理に出かけたとき。事の対称性が、パイレートの罪の意識を幾分弱めた。見知らぬ同士を装ってふたりはパーティに出かけた。広間の向こうに予期せぬ彼の姿を見つける危険を避けるべく、手を打ったことは一度もない（そうやって、雇用人の身である彼に同族意識を持たせてくれたのだ）。パーティのマナーも愛についても金のことも、何も知らない彼のことが彼女にはいじらしく、三十三歳の帝国軍人が時折見せる少年らしい振るまいが愛おしくてたま

九二二）は「四月は最も残酷な月」という行で始まる。

21 略称ＩＣＩ。当時ドイツのＩＧ（イー・ゲー）ファルベン、アメリカのデュポン社と並ぶ、イギリスの総合化学コーポレーション。

22 バーレーンの首都マナーマの対岸の小島で旧都。

らないというようすだった。歳相応の禁欲に入る前の、これは彼の最後の恋の炎だろうと彼女は思った――もっとも彼女自身若すぎて、「ダンシング・イン・ザ・ダーク」[*23]の歌詞が実際どういう意味なのかもわかってはいなかった……

　彼は思いを封印しておくことに心を砕くだろう。だが、ときどき息苦しくなって彼女の踵に崩れおちずにはいられない――彼女がクライヴの下を離れることなどありえないと知りつつ、それでも**あなたが最後のチャンスなんだ……あなたを失ったらもう時間がない。**……だが彼は無理を承知で切望してはいなかったか、そんなケチな西洋人の時間割など無視することができたらどんなにいいか……だがどうやって……三十三にもなってどこから始めたら……。「そういうところが可愛いのよ」と彼女は笑い飛ばしただけだろう、その悩みの非現実的さに顔をしかめる代わりに、心から面白がって笑ったろう（もし本当に口にしたならば）――昂揚した彼に接して彼女自身、気を火照らせ、我を失い、常に彼に向かい、彼を受け止め、からだを開く（ペルシャ湾時代フランネルの軍服に射精した、それよりもっとヒリヒリする愛の刺草（いらくさ）が彼を締めつける）――その狂おしさに身を委ねずにいられないほど抑えがたく、それを夫への裏切りとも思わないほど狂おしく。

　あの女（ひと）には、そりゃ手軽で便利だったろう。ロジャー・メキシコはいま、ジェシカを相手に、似たような状況にある。こちらの上流紳士の名はビーバー。パイレートはそれを傍で見てはいるが、話題にしたことはない。自分が迎えた苦い結末をロジャー自身味わうのを待っているというところもあるのは否定できない。他人が不幸をさらすのを――ビーバー自身とビーバーの世界をいくらつつき回しても結局は、クライヴのときのように、相手は不動であることを思い知ることになるだけだ――こんなに楽しげに待ち望むというのも

23　戦時中もアーティ・ショーのバンド・ヴァージョンが大ヒットした、ディーツとシュウォーツ作の、ミュージカル劇『バンド・ワゴン』（一九三一）の中の曲。

初めてのことだ。が、それとは別な、オルターナティブな――より〝正しい（ディースント）〟と軽々しく呼んではいかんが――自分がいて、そいつは、パイレートが失ったものをこの男が手にしてくれたらいいと願っているようなのだ。

「貴方、本当に海賊（パイレート）なのね」どちらもまだそれが最後になるとは知らなかった日の別れぎわ、彼女は言った。「わたしを掠って海賊船に乗せたのよ。抑圧だらけの良家のお嬢さんをね、そしてレイプしたの。いま私は、外洋に名をとどろかす〈紅い雌犬〉なの」これはいい。なんていいゲームだ。もっと早く思いついてほしかった。最後の（すでに到来した最後の）日の午後の光もしだいにたそがれゆくなかで、腰を動かし、また動かし、組み合った手足をほどくことすらできないほど愛しあう。借りた部屋が穏やかに揺れ、それにつれて天井が一フィート下がるのを、照明が器具もろとも揺れるのを感じながら。テムズの河面から海の男の叫びが聞こえ、船のベルが……

だが雲垂れ込める海の彼方から、政府の犬たちが鼻をならして迫ってきていた。巡視の帆船がやってくる、法の執行者たるカッターズ船とほっそりした雌雄同船（ハーマフロダイト）が海賊の船に迫る。手慣れたもので、彼らの狙いは彼女を押収することだけ、〝海賊〟の処刑も逮捕も考えていない。彼らの論理は頑丈だ。充分な傷を負わせれば反省するだろう。かつてのハードボイルドな、固ゆで卵のような世界に戻り、あきらめの夜を重ねて、時間割の支配する世界に安住するだろう……

別れはウォータールー駅だった。駅には〈フレッド・ローパーのワンダー・ミゼッツ〉[*24]の一座がいて、彼らが南アフリカはヨハネスブルグの大英帝国博に出発するのを見送る人たちでごった返していた。素敵なフロックコート、細身のウエストのオーバーコートとい

24 二十人ほどの小人の一座。「小人の兵隊行進」などの演目をもって巡業していた。

ったダークな冬着に身を包んだ小人たちが、駅を走り回り、餞別のチョコレートを食べたり、並んでニュース写真のポーズをとったりしている。その中で、スコーピアの真っ白な化粧顔が、窓から、最後のゲートの最後の窓から見えて彼の心臓をズキンと打った。〈ワンダー・ミゼッツ〉とファンたちの笑い声とお別れの声が上がる。ふむ・・・パイレートは思案する、これでまた軍の暮らしに戻るってことか・・・

□□□□□□□

ふたりは東へ向かっている。ハンドルを手に前方を見据えるバーバリ・コート姿のロジャーは、ドラキュラふうに背を丸めたまま。ジェシカの肩と腕をおおう淡褐色のウール地に百万粒の雨が、柔らかな光のレース模様をつくっている。ふたりだけでいたいのに、ベッドにいて、ゆっくりと、愛に埋もれていたいのに、でも今夜はテムズの南を一路東へ。ひとりの位の高い生体解剖学者と落ち合わなくてはいけないのだ。聖フェリックス教会の時計台が一時を打つ前に、ネズミたちが駆けおりたら、永遠に逃がしてしまいかねないから。*1

　息で曇ったガラス窓に寄りかかった彼女の顔は、それ自体がひとつのボンヤリとした明かりの塊。冬の光の遊びの一部。その向こう側を白く砕ける雨がよぎる。「その人、なぜわざわざ自分で犬を捕まえるの？　要職にある人なんでしょ？　手伝い（ボーイ）とか雇えばいいのに」

「ボーイじゃない、〝スタッフ〟だ」ロジャーが答える。「ポインツマン*2のすることに、なぜだなんて聞かれたってわからないさ。パヴロフの信奉者だぜ、しかも王立協会（ロイヤル・フェロー）*3の人間ときてる。そんな連中の考えがおれにわかるか。〈スノックソール〉にいる連中と変わらな

1　マザーグースの時計とネズミの歌（「ヒッコリー・ディッコリー・ドック」）を、実験用モルモットの捕獲に掛けた表現。

2　一般名詞としては、鉄道のポイントを切り替える「転轍手」の意味。

3　英国および英連邦の著名な科学者・技術者の会「ロイヤル・ソサエティ」のメンバー。

いヘンチクリンなんだ」

今夜のふたりは気持ちが荒れ気味。なましかたを間違えたガラス板のように、緊張のマトリクスを抱え、ちょっと指が当たっただけでもピンと割れてしまいかねない——

「あわれなロジャー。あわれな子羊。いつもみじめに戦ってる」

「わかったよ」頭を振りふり、怒りのp音かb音を、破裂させずに押し止めた。「きみたちは、頭がいいんだった」語気を強めたロジャーはハンドルを放す。そうしないとなかなか次の言葉が出てこないみたいだ。フロントグラスのワイパーがひっきりなしに音を立てる。「あのヘンな飛行爆弾[*4]さ、きみたち、たまに打ちおとすことができてたもんな。きみと彼氏の、ヌートリアっていったっけ?」

「ビーバーです」

「そうだった。きみたちの仲間って、見事なエスプリっていうので有名だもんな。でも、ロケットに変わってからは冴えないじゃないか。このごろ打ちおとせてないよね」シワの寄った鼻と目に、口をすぼめた意地の悪いスマイルを加える。「おれとかポインツマンより成果が上だってことはない。近ごろは誰が誰より純度が高いとかそういうことはなくなっただろう、え、どうなんだい」革のシートの上で体が跳ねる。

ジェシカの手はもう彼の肩にふれそうなところまで差し伸べられている。片腕に乗った頬。髪がこぼれ落ちる。ぼんやりとロジャーに向けられた眼。ジェシカとはまともな議論を続けることができない。いや、ずいぶんがんばってはみるのだ。でも彼女の沈黙が、優しく撫でる手のように彼をなだめ、部屋の片隅やベッドカバーの上やテーブルのまわりを静かに収めてしまう——ふたりの偶発的な空間を。・・・出会いの日からしてそうだった。

4 V1は飛行爆弾(フライング・ボム)とも、またその飛行音からバズボムとも呼ばれた。ATSの女子隊員も対空砲を扱った。

あのひどい映画『我が道を往く』[*5]を見に入った映画館で、手袋を脱いだジェシカの白肌の動きのひとつひとつに眼を留め、そのオリーヴ色の、琥珀色の、コーヒー色の眼が自分の肌をそちこち刺すのを感じていた。彼の忠実なジッポ・ライターを擦りつづけて何ガロンのシンナーを無駄にしたことか。勇ましく突き出ていた芯まで燃やしてしまった。それもみな発火した青い炎が闇、いく種類もの闇のエッジを明るくしてその時々の彼女の顔の躍動を映し出してくれるから。新しい炎はいつも、新しい顔を見せてくれるから。

向かい合っているとときどき、どちらがどちらの顔なのか区別がつかなくなる。そういうことが最近増えた。不気味な戸惑いにふたり同時に襲われる…鏡の中に自分をとらえてハッとするというのとは…すこし違う。というより、実際にふたりが合体して何か別の生き物になったという感じだ。どのくらいの間だろう。二分？　それとも一週間？　それはわからない。とにかく一体化して、ある時間を経て再分離。そして、ああそうなんだ、ロジャーとジェシカは溶けあって、自意識のないひとつのクリーチャーになっていたんだと理解する。…観察の彼方にある存在を信じるように言われるたびに悪態をついていたロジャーにとって、これは正真正銘初めての本物の魔法、論駁しようにもできないデータ…

それはハリウッド映画が好んで「キュート・ミート」と呼ぶ出会いだった。十八世紀の香りの残るタンブリッジ・ウェルズ[*6]の中心街、ロジャーは年代物のジャガーに乗ってロンドンへ北上中。ジェシカは路肩でパンクした自転車と魅力的に格闘中。黒っぽいATSの軍服のスカートがハンドルに絡まって、カーキ色のストッキングの上に、規則違反の黒のスリップと、透き通った真珠の太腿が露わじゃないか——

5　ビング・クロスビーがチャック・オマリー神父を演じ、オスカーを獲った一九四四年のヒット・ミュージカル。原題 *Going My Way*。

6　ロンドン南南東約五十キロにある町。正式名 Royal Tunbridge Wells。

「おーい、きみ」ブレーキがきしむ。「〈ウィンドミル〉[*7]の舞台裏じゃないんだぜー」意味が通じた。「ふうん」カールの髪が鼻の上にこぼれ、返事のトーンがちょっぴり刺々しい。「あんたみたいな未成年の子が入れる場所だとは知らなかったわ」

「それより」自分の幼いルックスのことは言われ慣れている、「ガールスカウトの招集、かかっていないのか」

「わたしハタチです」

「よかった、このジャガーに乗りこむ資格があるってわけだ。ロンドンまでオーケーだぜ」

「方向が逆よ。バトル[*8]の近くなの」

「もちろんラウンド・トリップさ」

顔面の髪を振り払って「こーんなことしているの、お母さん、知ってるの？」

「おれの生みの母は戦争なんだ」と宣告し、身を乗りだしてドアを開ける。

「ヘンなこと言う人ね」泥になった靴の片方をステップに乗せたまま戸惑いを見せる。

「来いよ。きみの使命は、そこに自転車を置いて、車に乗りこむことさ。そしてそのさいスカートの裾に気を配ること。街の路上でみだらなことを始めたくないからね」

その瞬間。ロケットが降ってきた。なんとハリウッド的だろう。衝撃音に続いて、虚ろなドラムロール。落ちたのはロンドンの近くだから身の危険は感じないが、初対面の相手との一〇〇マイルを一挙に埋めるには充分に近くて大きな爆音だ。彼女の素晴らしい丸々としたお尻が長い弧を描く。バレエのようにくるりと回って助手席に落ちた。髪の毛が一瞬扇のように開く。アーミーカラーのスカートが翼のようにたたくしこまれる。爆音がまだ

7 47ページ、註**6**。

8 ここから南へ三十キロほどの町。

響いている最中の出来事だ。

北の空に、雲が湧くより速く、深く、厳粛でごつごつした何かが立ちのぼるのが見える気がする。ここで彼女は映画みたいに身を寄せて、あたしを守ってとささやくのだろうか。ロケットが落ちようと落ちるまいと、本当に乗りこんでくるとは思ってもいなかったからロジャーは、ポインツマンのジャガーをローではなくバックに入れてしまう。メリメリという音がして、後ろの自転車はもうスクラップにするしかない。

「これであたし、あなたの意のまま」彼女が叫ぶ。「もうすっかり！」

「うむむ」ようやくギアを正しく戻したロジャーは、アクセルのブルルとウイーンに合わせて心弾ませながらロンドンへ。ただし、ジェシカは「意のまま」ではない。

そして戦争は――間違いなくロジャーの母親だ。戦争は彼の鉱物化した、雲母のきらめく、墓の指標のような心(セルフ)に取り憑いて、そこに散在していた柔らかく傷つきやすい成分を、希望や賞賛を、ぜんぶ吸いだし、灰色の、うめく潮流へと押し流してしまった。もう六年になる。視界の隅の、ギリギリ見えるところにいつも彼女はいた(せんそう)。最初に見た屍体のことも、生きていた人が死んでいく最初の光景もロジャーは忘れてしまっている。そんなにも長く続いているのだ。人生のほとんど、と思われるくらい。いまシティに行けば、そこは死神の館の待合室のよう。書類は記入ずみ、契約のサインも終わり、残された日数も決まっている。子供のころの壮大な、庭園の、冒険の都は消えた。いまの彼は「〝ホワイト・ヴィジテーション〟の陰気な若者」として、ひとり数字のクモの巣づくりにいそしんでいる。部局の連中とは仲良くやっていけてないし、別にそれを隠してもいない。だって無理だろう、まわりじゅう透視能力者、マッドな魔術家、テレキネシスの能力者、幽界のトラベラー、霊明の見者、そんなワイルドな連中ばかりで、ロジャーはただの統計処理屋。予知する夢、テレパシーのメッセージ、〈異界〉との直接接触、どれも経験したことはない。その種の力が実在するとしたら実験データに表れるはず……というところでいつもストップ。それ以上の話に明晰な頭で近づくことはできない。同じ下階の廊下を行き来する心霊（サイ）セクションの超常心理学者らは、全員が3σ（スリーシグマ）[*9]という感じに常軌を外れた人間なのだ。ロジャーの愛想が悪くても当然だろう。きみだって同じだろう？

霊魂というものを、どうしてあんなに、あからさまに信じずにはいられないのか……まあ、おれも同類には違いないが、しかしそもそも霊的（サイキック）なものをいったいどうやって科学の基盤に乗せようっていうの。こっちは自分が死ぬ確率の揺らぎを調べてるんだぜ。このカイ二乗計算[*10]のすぐ脇に、ゼナー・カード[*11]をめくる音の間に、霊媒のくぐもった呻き声がとぎれた静寂に、そういう不気味な場所があるのかよ。ロジャーも弱気なときには、人はこういう逆境に耐えてこそ強くなれる、と思わないでもないのだが、たいていはムシャクシャが先に立つ。どうして自分は消火部門で働いてないんだ、と罵っている。さもなきゃ爆撃機のグループごとに爆弾一トン当たりの標準的犠牲者率のグラフ作りとか……この動かしようのない〈死〉のビジネスへの、割に合わない介入に比べたら、どんな仕事だってましだろう……

屋根の線の向こう側が赤く燃えている。消防車がうなりながらふたりの車のわきを過ぎ、同じ方へ向かっていく。煉瓦の道と静寂の壁からなる、威圧的な地区だ。

土木兵、消防隊、そして白い寝間着の上にダークなコートを羽織った住人。ロジャーはブレーキを踏む。老婦人の夜の思いに、消防士はどんなふうに抱きこまれるのか――アラ

9 統計の正規分布図（ベル型曲線）の中心から遠く外れた例外域。

10 実際に観測された結果が期待値からどのくらいずれているかを数値化した値。｛（観測度数－期待度数）の二乗÷期待度数｝の総和、によって求める。

11 ランダム以上の確率でカードを言い当てるサイキックな能力があるか調べる、二十五枚一揃いのカード。五つのシンボル（サークル、クロス、ウェーブ、スクエア、スター）からなる。

イヤダ、そんな大きなホースを出して、わたしにどうなさるおつもり・・・オーノー・・・そんなおそろしいゴム長をいつまで履いてらっしゃるの・・・そうよ、お脱ぎに――

数ヤードごとに兵士が立っている。ゆるい哨兵線。じっとしたまま。ちょっとあの世的（スーパーナチュラル）だ。バトル・オブ・ブリテン[*12]は、これほど儀礼的ではなかった。ところがこれら新型のロボット爆弾は、誰も声に出さないほどの集団的恐怖の機会を英国民にもたらした。細い脇道から漆黒のパッカード[*13]の車体がやってくる。ダークスーツを着こんだ民間人の白い襟が影の中に固く浮かび上がる。

「あの人たち、誰なの?」

彼は肩をすくめる。「彼ら」で充分だろ、「フレンドリーじゃないヤツらなんでね」

「誰かさんみたいに?」このときのふたりの笑みは習慣性のものだ。彼の仕事が彼女の神経にさわったこともあった――飛行爆弾についての可愛いスクラップブックを作っているの? 優しい人だこと・・・そう言われるたびに彼はため息をついた。ジェス、そんな血も涙もない科学の鬼みたいに言うなよ・・・

熱が顔を打つ。水で打たれた炎の発する激しい黄色が目を焼く。わき起こる風が屋根に架けた梯子を揺らす。屋根の上、空を背にして、防水衣を着た男たちが、同じ動作で手を振って指令を伝える。半ブロック先で照明灯が、焼け焦げと水浸しの中の救助活動を照らす。ポンプ車や重装部隊（ヘヴィ・ユニッツ）から伸びたキャンバス地のホースが水圧で膨らんでいく。急造の蛇行した消防隊が冷たい、身を切るようなスプレイの星を高く撒きちらす。火の手が跳ぶとそれが黄色く輝く。どこかの無線機に、別の隊を別の地区へ動かす、落ちついたヨークシャーの女性の指示が飛びこんでくる。

12 大戦初頭の一九四〇年に、英仏海峡および英国本土上空で行われた、独空軍と英空軍との航空戦。

13 アメリカからの輸入車。アメリカの上級将校や外交官が利用していた。

以前なら足を止めたかもしれないが、ロジャーもジェシカもバトル・オブ・ブリテンの卒業生だ。早朝の黒さ、助けを乞う叫び声、押し黙ったまま動かない敷石と露わな梁、圧倒的な慈悲の不足の中をずっと引き回されてきた。…n人目の犠牲者をな、体の部分だけかもしれないが、n番目の瓦礫の中から引き出すころには、いいか、ジェシカ――と彼は一度、怒りとも嘆きともつかない声を上げた。それぞれの人間を思いやる気持ちなんて消えてしまうんだ…nの値は人によってまちまちかもしれないけどさ、残念ながらみんないつかは…

そしてすり切れた心に退却が訪れる。まだ戦争の国から身を切りはなしてはいないふたりも、しずかな撤退の糸口は見つけた…いやそのことを話す場所も時間もあったわけではないが、話す必要もなかったろう――それでもふたりとも確信していた。〈ホーム・フロント〉[*14]の紙(ペーパー)と火(ファイア)と衣(カーキ)と鋼(スチール)の中にいるよりは、お互い同士、ぬくぬくと過ごす時間のほうがいいと。〈ホーム・フロント〉なんてのは大ウソだ、ふたりをひき裂き、愛をつぶして仕事と抽象と苦痛の強制と惨めな死へ追いやるためのでっち上げだと。

ロンドンの南、防空気球の上がる区域にふたりは一軒の家を見いだした。四〇年に避難命令の出たままのこの町は、いまも国防省のリストに載る立入禁止地域。そこにロジャーとジェシカは侵入した。権力に対してそれがどの程度の挑戦になるのかは、捕まるまでわからない。ジェシカはそこに小さいときのお人形と、貝殻と、レースの下着と絹の靴下を詰めた叔母の鞄を持ちこんだ。ロジャーは何羽かの鶏を脅して何もないガレージに巣を作らせた。ここで会うときは、どちらかが一輪か二輪の花を摘んでくる。夜は爆音と輸送車の音が止まない。小高い草原を超えて吹きこんでくる風にはかろうじて最後の潮の香が残

14 物資調達その他で軍を支える市民の活動を戦争の一部と見なした表現。

っている。一日は熱い一杯とシガレットで始まる。折れかかった脚をロジャーが麻紐で結わえてつくろった、ガタガタのテーブルでのひと時。言葉の少ない、ふれあいと見つめあいとほほえみあいと、別れをののしる時間。周縁的（マージナル）な、ひもじく、寒々とした、でも見つかってしまうから火も焚けずに震えている時間。でもこの時間を保ちたい。これを保つためならプロパガンダが要求する以上を引きうけてもかまわない。ふたりは愛の中だ。戦争め。ファック・ザ・ウォー。

□□□□□□

今夜の獲物の名前はウラジミールになるのだろうか――ドクターの気まぐれ次第でイリヤにも、セルゲイにも、ニコライにも――そいつが地下貯蔵室（セラー）の入口に注意深く忍び寄る。ゴツゴツした入口の下は安全な穴蔵だ。いつか猟犬に追われて同様の暗がりに逃げこんだ記憶または条件反射を彼は持っている。そのときの相手は、見えた瞬間に襲いかかる、石炭の匂いを染みこませたアイリッシュ・セッターだった…それが悪童の群れだったこともあった。ごく最近、突然の轟音と光が降ってまわり中が崩れたときもここに逃げこんだ。そのとき左後部に負った傷はいまも癒えず、舐めていないといられない。だがきょうの追っ手は特別だ。暴力的というより組織的で狡猾で、こういう手合いは慣れてはいない。路上暮らしはふつうもっと直接的なものなのだ。

雨が降っている。めったに動かない空気が、実験室を知らぬ鼻に、嗅ぎなれない匂いを運んでくる。

エーテル臭の出所は、王立外科医師会会員[*1]エドワード・W・A・ポインツマン氏。眼をつけたワン公の尻尾の先が、壊れた壁の向こう側に隠れてしまいそうになる瞬間、獲物に

1 ヘンリー四世の時代（十五世紀初頭）の床

気を取られて足下が不注意になった彼は、そこに口を開けて待っていた便器の白い喉口を思いきり踏み抜いてしまった。ぶざまに身をかがめ、瓦礫の中からエイヤとばかり便器を引き抜きながら、自分以外のこの世のすべての不注意者を――わけても、爆撃の犠牲になったかもしれぬ倒壊アパートのオーナー、あるいは誰であれ瓦礫からの便器回収を怠った者を――罵る。彼の足首は陶器の中にクサビのようにハマりこんでいる。

　ポインツマン氏は、爆破された住宅の階段まで足を引きずり、犬を驚かさぬようそっと足を振り回して、焦げたオーク材の親柱[*2]の下半分に打ち当てる。しかし便器はカランという音を立てて跳ねかえり、柱を揺らしただけ。馬鹿にしおって。今度は中空で途切れた階段に腰を下ろし、憎たらしい陶器から足を引き抜こうと奮闘するがどうにもならない。見失った犬が、かすかな爪音を立てて地下室の聖堂に潜りこんでいくのが聞こえる。いまいましいブーツを脱ごうとするが、靴紐を解こうにも便器の中に手が入らない……

　鼻のすぐ下に心地よいむずがゆさが感じられるよう防寒用バラクラヴァ帽の覗き穴の位置を直し、パニックに陥ってなるものかと決意してポインツマン氏は立ち上がるが、雨のそぼふる夜闇の中、一度引いた血の気がふたたび沸きたち、上へ下へ跳ねまわりながら百万の支線に均等に染みこんでいくのを待たねばならない。それからガランガランと片足を引きずって車へ戻る。若いメキシコの手を借りるためだ。やっこさん、電気提灯[*3]は忘れずに持ってきただろうな。

　テラスハウスの通りで獲物を待ち伏せしているドクターをロジャーとジェシカが見つけたのは、これより少し前のこと。先日この場所に落ちた爆弾はちょうど住宅四軒を正確に、まるで外科手術のようにきれいに切除していた。時満たずして倒壊した家独特の柔らかい

屋外科医組合に遡る由緒正しい医師会。

2　階段の手すりの一番下の太い支柱。

3　ローソクではなく電球の付いた、手持ちランタン。

木の匂いと、雨に打たれて光沢を減じた灰の匂いが立ちこめ、ロープが張られ、瓦礫と化した一画のすぐとなりに建つ家の戸口に見張番の男がもたれている。この男と外科医とは会話を交わしたのか、ふたりのようすからはわからない。バラクラヴァ帽の覗き窓からギョロリと見つめる、曖昧色のふたつの眼を見たとき、兜(キャスク)をかぶった中世の騎士をジェシカは思った。王様のために、これからどんなクリーチャーと戦いを演じようというのかしら。待ちうける瓦礫の山は段々に盛り上がって、こわれた後ろの壁まで、旋盤からでたらめな山型模様が削りだされて積みあがったかのような透かし細工が続く——フローリングも家具もガラスも漆喰の塊も、ひき裂かれた長い壁紙も、折れて裂け目の飛び出た小梁もみんな含んで。ひとりの女が長年かけてつくった巣がもとの藁屑にもどった。風に吹かれて闇に舞っている。残骸の中から真鍮のベッドの柱がきらりとウィンクした。そこに誰かのブラジャーが巻きつけてある。戦前のものだろう、白のレース編み、繻子(サテン)織りのついたそれがただポツンとそこにある……一瞬ジェシカは、抑えがたい目眩感覚の中で、哀れみの情のすべてがそのブラジャーへ向けてほとばしるのを感じた。岸に打ち上げられ忘れ去られた小動物でも見たかのように。ロジャーが車のトランクを開ける。二人の男が中をまさぐり、大きな粗布の袋とエーテル入りの水筒と網と犬用の笛を取りだした。だめ、泣いては。ニットの頭巾の窓からぼんやり覗く二つの眼は、わたしが涙を流したからって、〈怪物〉探しに真剣になるものでもない。だけどあの哀れな迷子のかよわい者は……夜の雨の中で所有者を待っている、もう一度部屋が閉じて自分を包んでくれるのを……

　夜はこぬか雨が充ちて、ぬれた犬の匂いがする。ポインツマンは少しのあいだ、気持ちがどこかをさまよっていたようだ。「あたし、どうかしてるわね。いまはビーバーにぬくぬくと寄り添って、彼のパイプに火が点くのを見ているはずの時間に、こんなところで狩りのお供のギリー[*4]と一緒にいるなんて。心霊学か統計学かもわからない、あなた、いったい何者なの――」

「ぬくぬくだ？」何かにつけてロジャーはわめく。「ぬくぬく、ぬくぬくするのか？」

「メキシコ」ため息混じりのドクターの声。足に便器をぶらさげ、ニットの頭巾がひしゃげている。

「こんばんは。そんな足じゃ歩きにくいでしょうに。ここまで上げて…まずドアのこっち側に入れて。こっちこっち、そう、これでいい」その状態でドアを閉め、ポインツマンの足元を挟む。今や便器がロジャーの座席を占めて、ロジャー自身は半分ジェシカの膝の上。「引っぱって、ほら、あらん限りの力を出して」

若造め、言いたい放題言いおって――ドクターはもう一方の足に体重をかけ、ぐい、ぐいっと体を揺らす。便器が前後にのたうつ。ロジャーはドアをしっかり押さえ、足の消えた先を覗きこんで詮索する。「ワセリンでもあればいいんだけど、なんか――滑るもの、待てよ！　ここにいて、動かないでくださいよ。わかった、解決だ…」というが早いか、衝動的にクランクケース・プラグを取るため車の下へ。「そんな時間はないんだ、メキシコ。逃げてしまうよ、あれが逃げてしまう」とポインツマンが言うより早く。

「うん、逃げますよね」立ちあがって、ジャケットのポケットに手をつっこんで懐中電灯をいじり回しながら、「これで照らし出すんで、ネット張って構えててくださいよ。ちゃんと動けます？　犬が飛び出たとたんドタッと倒れこまれたんじゃみっともないんで」

「なんちゅうことを」ポインツマンはゴスン、ゴスンと瓦礫の山に戻っていく。「怖がら

4 「ギリー」とは、スコットランドで、富裕な主人の狩りや漁にお供する者をいう。

せたらダメだぞ、メキシコ。ここはケニアじゃないんだ、できるだけ標準的(ノーマティブ)な状態で捕まえたい」

標準的？　標準的にですか？

「了解(ロジャー)」[＊5]と、ロジャーは大声を出し、懐中電灯で短・長・短の信号を送る。

「ジェシカ」と、ジェシカは小声を出し、二人の男に近づいていく。

「ここだ、ほらほら」ロジャーはなだめる。「エーテルのおいしい容器はこっちだよ」水筒を開け、地下室への入り口でそれを振って懐中電灯をつける。犬はそれを錆びついた乳母車越しに見上げる。舌はだらりと垂らし、表情は百パーセント懐疑的だ。「あらま、ヌースボム夫人じゃありませんか」いきなりロジャーの大声。水曜晩のBBCラジオ、フレッド・アレンの口調である。[＊6]

「ラッシー[＊7]だとでも、おもってたの？」犬が答える。

足下を探りながら地下室の中へ。エーテルの臭いはかなり強い。「さあさ、すぐ終わるからね。あのオヤジ、唾液の数を数えたいだけなんだ。ほっぺたにちょっと差しこませてあげればいいの。ステキなガラス管だぜ、気にもならない。ベルがリーンって鳴ったりして、実験室っておもしろいぞ。きっと気に入るから」エーテル臭がきつすぎて、ロジャーは水筒に蓋をしようと一歩踏みだしたところで足が空隙にはまり、倒れそうになった体を支えようと手を伸ばしたら蓋が落ち、粉砕した家の底の瓦礫の中に永遠に紛れてしまった。頭上でポインツマンが叫ぶ。「スポンジだ、メキシコ、スポンジを忘れたぞ！」落ちてきた、丸く蒼白い、穴の凝集がポンと弾んで懐中電灯の光のなか、出たり入ったりを繰りかえす。「陽気なヤツめ」ロジャーは両手でつかみとろうとして水筒の中味をまわり中

5　日本語ではアメリカ発音の「ラジャー」で通っているフレーズ。

6　"Allen's Alley"という名のこの番組は、一九四三年にアメリカCBSで始まった。

7　英国ヨークシャーの話で、エリック・ナイトによる単行本 *Lassie Come-Home* の出版が一九四〇年、ハリウッド第一作『名犬ラッシー　家路』が一九四三年。戦後はロングランのテレビ・ドラマとして日本でも人気を博した。

に撒き散らした。懐中電灯の光でやっとスポンジをとらえると、乳母車から解せないようすの視線を向けるワン君に「いくぞ」とばかり、スポンジにぐっしょり、水筒が空になるまでエーテルを染みこませる。皮膚をつたって垂れる液がスーッと冷たい。スポンジを二つの指の間に挟み、懐中電灯でアゴの下から吸血鬼をまねた顔を照らしてヨタヨタと犬に近づく。「モーメント・オブ・トゥルース！」[*8]と飛びかかったその瞬間、犬はななめに飛び退いてロジャーのわきを走りぬけ、入り口の穴に向かった。スポンジもろともロジャーが頭から突っこんだ乳母車が重みで潰れる。頭上からドクターの情けない声がぼやけて聞こえた――「逃げちまう、ロジャー、ほら急いでくれ」

「急いでって」スポンジを握ったロジャー、まるでシャツでも脱ぐようにして乳母車から這いだしながら、自分もなかなか運動能力が高いじゃないか、とか思っている。

「メキシコゥーオゥー」ドクターはほとんど泣きべそだ。

「はいよ」地下の瓦礫をずっこけながら這い上がって外に出ると、ドクターが捕獲網を高く掲げて犬に迫っている。そのタブローの上に雨が降り注いでいる。ロジャーは後ろに回って挟み撃ちを試みる。崩れずに残った壁を背に、犬は四つ足に力を込め、歯をむいた。ジェシカは途中まで足を伸ばして様子をうかがっている。両手をポケットに入れ、煙草を吸い、見つめている。

「コラッ」警備の男が叫ぶ。「おまえたち、バカッ、壁から離れろ、そいつは何の支えもなしに立ってるんだぞ！」

「シガレットお持ちじゃない？」とジェシカ。

「飛び出すぞ」ロジャーの大声。

8 「真実の瞬間」とは闘牛士がとどめを刺すときに言う決まり文句。

「おいおい、メキシコ、慌てんでくれ、たのむ」微妙なバランスで乗っている瓦礫の丘の上を、一歩ずつ確かめながらにじり寄る。梃子のしくみが崩れれば、一瞬のうちに崩落し、その犠牲者になりかねない。ふたりの男が接近する。犬はドクターとロジャーとに交互に眼を向ける、喉をふるわせてみる。追いつめられた部屋の隅の、直交する二つの壁を尻尾が規則的に叩いている。

光を持ったロジャーが後方に回ったとき、犬の脳のなんらかの回路に、光の記憶がともった。そのときも背後から襲ってきた。壮絶な爆発につれて光ったそれは、後から痛さと寒さが激しくしみる光だった。背後からの光は死のシグナル／網を持った人間が飛びかかるのは避けられる。

「スポンジ」外科医が叫ぶ。ロジャーが犬に飛びかかる――よりも一瞬早く犬はポインツマンの方向へ跳ね、そのまま道路へ向かう。ポインツマンはウウッとうなって便器のついた足を振りまわすが空振りした弾みでクルリと一回転、頭上の網がレーダーみたいに回った。鼻にエーテルをたっぷり浴びたロジャーは一歩踏みでた体をうまく整序できず、もう一回転してぶつかってきたドクターと鉢合わせして足に便器の痛打を浴びる。二人の男がもつれて倒れたその上に捕獲ネットが覆いかぶさった。裂けた梁がきしんでいる。雨にぬれた漆喰の固まりが降りおちる。ふたりの上で、支えのない壁が揺らぐ。

「そこを離れろ」見張りがどなる。だが網の中の男ふたりがもがく分だけ、壁の振幅は大きくなる。

「ああ、そうしよう」ドクターの身震い。本気なのか確かめようと、ロジャーは目を覗きこもうとしたけれども、バラクラヴァ帽の穴からは、白い耳と髪の毛が見えるだけ。

「転げましょう……」とロジャーがもちかけ、道路側へかろうじて二、三ヤードゴロリと動いたそのとき、壁の一部が倒れたが、幸いにも向こう側。捕獲網を被ったふたりは、それ以上の破壊は引きおこさずに、どうにかジェシカのところまでたどり着いた。

「通りを走って行っちゃったわ」網から這いだすふたりに手を貸しながら、ジェシカが言う。

「いいのだ」ため息。「どうということはない」

「でもまだ宵の口だから」とロジャー。

「いいから、忘れよう」

「犬の代わりは、どうするんです」

ふたたび車を走らせる。運転席にロジャー、ジェシカを間に挟んで、便器をぶら下げたポインツマンの足が、半開きのドアから外に出ている。「これは何かの啓示かもしれん。研究の転換をせよという意味だろうか」

ロジャーの素早い視線が走る。構うな、メキシコ。この男の口にすることを、いちいち気にしないようにしろ。おまえの上司じゃないんだし。彼も自分も〝ホワイト・ヴィジテーション〟の准将に報告する身で、その意味じゃ同等なのだ。だがロジャーは、ジェシカの胸を黒く包むウール地ごしに、ニットの頭にもういっぺん視線を向け、剝きだした目鼻を見て思う――この男がほしがっているのは、おれの善意と協力だけじゃないようだ。おれをまるごとほしがっている。実験に適した犬でもほしがるみたいに……

だったらおまえ、なんで今夜も犬さらいの手伝いなどをしているんだ。自分の中に、頭のイカれた別人が棲んでいるのか？

「今夜はまた戻ります？[9] このご婦人を送り届けないといけないんだけど」
「いや、こちらに留まる。だがシティへ戻ってくれないか。ドクター・スペクトロと話しがあるんだ」

いま車は、横長に広がった煉瓦づくりの即興風建造物に近づいている。遠いむかしの時代ならゴシック教会建築へ結実したであろう精神がヴィクトリア朝風に変奏され、地上の混乱を抜け出て頂点におわす神のもとへ駆けのぼろうとする意志はすでになく、めざす方向の錯乱が形をなしたような建物だ。神の居場所がわからなくなり（ときには神の実在さえも疑わしく）刹那の感覚がつくるめまぐるしいネットワークは超越することなど不可能、だから建造者の意図はどこかの頂点へ収斂せず、恐怖からの逃走へと突き動かされる。単純な逃避。工場の煙と街路の糞便、窓なしの兎小屋のような家と無情な革の伝動ベルトの群れ、ネズミとハエの流れるように飛び動く執拗な影の王国――それらがその年の慈悲の可能性を告げてくる、そんな世界からの逃走が形をなしたような建造物。汚れの染みついた煉瓦の棟が不規則に伸びるこの建物は「天主の御姿の聖ヴェロニカ大腸肛門科呼吸器科病院」として知られる。[10] ここの在職者のひとりに神経科医で、パヴロフ学説の気ままな支持者であるケヴィン・スペクトロ博士がいる。

スペクトロは〈正典〉（ザ・ブック）[11]を最初に共有した七人のうちのひとりだ。これが何の本かと聞いたとしても、ポインツマンの冷笑を浴びるのがオチだろう。一週間ごとに共同所有者の間を回るこのミステリアスな〈書物〉の、今週の持ち主がスペクトロだとすると、彼のもとには時間を問わず、仲間の訪問が絶えないだろうとロジャーは察する。ポインツマンの持ち番のときは〝ホワイト・ヴィジテーション〟に深夜の訪問客が絶えなかった。ロジャ

9 メキシコとポインツマンの職場〝ホワイト・ヴィジテーション〟の所在地は、英仏海峡に面した架空の町イック・リージス。

10 St. Veronica of the True Image for Colonic and Respiratory Diseases ＝聖ヴェロニカは、十字架を背負ってゴルゴタの丘へと歩くキリストへ、ヴェールを差し出した女性。キリストが顔を拭くと、その布にキリストの

ーは彼らが廊下で行う策謀的な話を聞いたし、舞踏用のパンプスが大理石を踏む気どった靴音も聞いた。遠ざかっても消えてゆかない足音は、眠りにとっては破壊的で、なかでもひときわポインツマンの声と足取りは耳についた。足に便器を巻きつけた今はどんな音を立てるのだろう。

ドクターは脇の入口で車を降りて、門を包む闇にまみれる。彼の消えたあとに、入口の横木（リンテル）にかかる判読できない金属の文字の線を、雨が伝わりおちる。

ロジャーとジェシカは南へ向かう。ダッシュボードの上の明かりが暖かい。雨空を掻くサーチライト。細身のジャガーが震えるように路をゆく。眠りの中へただよっていくジェシカ。身を伏せたら革のシートがキュッと音を立てた。窓をつたう雨のしずくをワイパーが規則的に押しのける。ワープする雨滴がきらめく。もう二時を回った。家（ホーム）の時間だ。

顔が映ったという逸話が、「真の御姿 true image」の名の由来。

11 イワン・パヴロフの『条件反射学・第二巻――条件反射と精神医学』。生理学者パヴロフが精神の探究へ踏みだしたその巻は、一九四〇年、著者の死の四年後に刊行された。

□□□□□□□

聖ヴェロニカ病院の、戦争性神経症の病棟を出てすぐのホールに腰を下ろし談義するふたりの男のいつもの夜。高圧滅菌の釜の中でスチールの骨がチンチンと繊細な音を立てている。たぎる蒸気が雁首型のランプの下を流れ、ときたまギラリと光ると、手振りをしている男の腕の影が短刀のように瞬時に伸びる。ふたつの顔は、しかしたいていは夜の光輪の中におとなしく収まっている。

病棟の暗がりは、苦痛のファイル・キャビネットとでも言ったらいいのか。半開きのフォルダのようなベッドから聞こえる叫びは、冷たい金属を打ちつける音のよう。ケヴィン・スペクトロは、今夜もまた十回ほど、注射器を手にして闇の中へ入ってゆき〝キツネ〟たちを鎮静するのだろう（患者のことを彼はまとめて〝キツネ〟と呼んだ――キツネのことを一度も考えずに建物を三べん回れたらどんな症状も治せると彼は言う）[*1]。スペクトロが出かけたあと、ひとり残ったポインツマンは、話の続きが始まるまで、薄くらがりですり切れそうな本の背表紙の金文字のほのかなきらめきとともに過ごすのだろう。それもまた悪くない。コーヒー滓のまわりをゴキブリが取り囲む。窓の外の雨樋を冬の雨が駆

1 「オオカミのことを一度も考えずに建物を三べん回れたらしゃっくりは治る」をまねた言い回し。

けおちる。

「あんたの顔色は相変わらずひどいね」

「ああ、あの老いぼれのせいだ。また提案を却下された。毎日が闘いだよ、スペクトロ、私は……」下を向いてシャツで拭う眼鏡に口をとがらせる。「あのプディング爺さんには、人知れず狡猾なところがあってさ、毎度毎度……よぼよぼのサプライズを投げつけてくれるんだ」

「齢だからねえ……」

「いや、耄碌っていうのなら太刀打ちできる。しかしアイツは極め付きの——悪党だぞ。夜な夜な陰謀に目を輝かせてる」

「齢を言ったのは、老いぼれという意味ではなく、事にのぞむ位置取りのことだよ。ポインツマン、あんたはまだ、ひとつのことで博打する歳には達していない。彼のように一か八かってわけにいかんのさ。あの年齢の老人を診たことがあるなら、あんたも知ってるだろ。ああいう、妙に自己満悦の強いところ……」

　ポインツマン自身の〝キツネ〟は街の中で、戦利品として待っている。この建物内のこの小さなオフィス・スペースは、神託の洞窟なのだ。蒸気が垂れこめ、奥の暗闇からシビル[*2]の叫声のようなものが聞こえる……〈闇の王のアブリアクション〉[*3]だ……

「ポインツマン、訊かれたので答えるが、やっぱりまずいんじゃないかな、これは」

「なぜだい」沈黙。「人倫にもとるからかい？」

「人倫？　ここにそんなもんがあるかね？」さっと腕を差しのべて病棟の出口を指す動きが、ほとんどファシストの敬礼を思わせる。「私もね、なんとか正当化できないか考えて

2　古代東方の女預言者。

3　Abreaction は「解除反応」とも「病的観念除去」とも訳される。第一次大戦の体験に由来する神経症の治療に関して、C・G・ユングが発表した試論に登場した言葉で、「トラウマ的経験について語り、あるいはそれを再体験することで、抑圧された感情的反応と意識的に向かい合うようにするメソッド」（ユング自身はほどなく、病因論としてのトラウマの考え方自体の有効性を疑うようになった）。スペクトロの勤務する聖ヴェロニカ病院は、爆撃のトラウマを抱えた患者を収容していて、繰りかえされるロケットの襲撃が、〈闇の王〉によるアブリアクションとなっている。

るんだ、実験としてね。しかし、うまくない。相手が特定のひとりというのは」

「しかしスロースロップだぞ。ヤツのことは知ってるだろう。あのメキシコでさえ変な考えに…いや、例の戯言だ。プリコグニション、サイコキネシス。[4] そんなやつらに構ってはおられんがな。…しかし、考えてみてくれ、もしきみがある病変の、またとない症例を分析する機会に恵まれたら…その、完璧なメカニズムと向かい合えるとしたら…」

ある晩スペクトロはたずねてみた。「あの男が、ラスロ・ヤンフの手がけた子でなかったとしたら、ポインツマン、あんた、やはりそれだけ燃えますかね?」

「もちろんだとも」

「ふむ」

爆発の後から落下してくる音が聞こえてくるミサイルを想像する。時間の逆転。時の一部が切りとられ…数フィート分のフィルムが逆回り…まずロケットの爆裂(ブラスト)が、音より早くくる——そしてそこから落下の轟音が伸びていく。すでに燃えているおのれの死骸に追いすがるかのような落下音…空のゴースト…

パヴロフは彼のいわゆる〝対極の観念〟[5] に魅せられていた。脳髄のどこかに、なんらかの細胞の集団(クラスター)が生じ、それらが快楽/苦痛、明るい/暗い、支配/服従の分別に寄与している…ところが、なんらかの方法によって——飢えかトラウマかショックないしは去勢によって、あるいは彼らの覚醒した自己の彼方、〈均衡相〉と〈逆説相〉のさらに彼方にある〈超周辺相〉において——被験者の対立の観念を弱めさせていくと、突然、パラノイド的症状が生じるのだ。支配欲を募らせながら自分を奴隷と感じたり、愛を希求しつつ世界の無関心さに苦しんだり。ジャネに宛てた手紙でパヴロフはこう言っている。「対極概

4 「予知能力」と「念力での物体移動」。スロースロップの特異能力に関する心霊研究者の説明をあげつらっている。

5 英語では ideas of the opposite。パヴロフの生理学的心理学における生物的〝思考〟の基礎。

念の弱体化が生じるその根本は、まさにこの超逆説相にあります」と。[*6] 私らの狂人も、パラノイドの人間も、強迫行動も精神分裂者も、道徳的痴愚者も――

スペクトロが頭を振る。「反応が刺激に先行するだなんて」

「そうは言っとらんよ。考えりゃわかる。ヤツは実際、落ちてくるのを感じることができるんだ。それも条件反射でな。今この瞬間、空の中にある何かに対して反応しているんだ。われわれの粗雑な精神には感知不可能なものを、スロースロップはちゃんとつかんでるんだよ」

「しかしそうだとしたら、知覚外の出来事にならんか」

「〝見過ごされている感覚の合図(キュー)〟と言ってみてはどうだろうね。もとより存在し、観察も可能なのだが、誰も気づいていないという。われわれの実験ではしばしばこういうことが起こる…M・K・ペトロヴァだったかな[*7]…この研究に最初からかかわっていた女性のひとりで、彼女が最初に指摘したことだが…ラボに連れていくと(とりわけわれわれの神経症生成実験のラボでは顕著だ)もうそれだけで…試験台や、技術者の姿、通りかかる影、部屋に吹きこむ風、なにが原因なのか特定はできなくても、ほんの些細な刺激で反応が起こってしまう――超周辺的(トランスマージナル)な状態に入ってしまうというんだ。

スロースロップのケースも、同じようには考えられんだろうか。街に出ただけで、あたりのようすが引き金となる――戦争そのものが一種のラボになっている可能性だよ。V2が落ちるときは、最初に爆発が来て落下の音はあとからだろ…刺激の順番がふつうと逆転している…それで、アイツの場合はどこかの角を曲がってどこかの通りに出た瞬間、特になぜというわけでもなく、突然感じる…」

6 フランスの心理学者で精神科医のピエール・ジャネは、トラウマの観念の提唱者。ユングの師のひとり。ジャネが発表した「被迫害感情」についての論文に対してパヴロフは公開の質問状を出し、それがゆくゆくは『条件反射学・第二巻』の第五十四章をなす。

7 パヴロフ研究所の共同研究者。犬を昏睡状態に陥らせた〝神経症生成実験〟で知られる。

ただよってくる沈黙に、夢のうめきや、ロケットに被弾した隣家の苦痛のうめきが彫りこまれている。〈闇の王〉の子供たちの声が。薬物臭のただよう病棟のよどんだ空気の上に垂れかかる。〈支配者（マスター）〉の慈悲にすがる声たち——早かれおそかれみんなアブリアクションを受けるのだ。霜の降りる、掘りかえされたシティ全域で……

……ふたたび床は巨大なリフトとなって、いきなりきみを天井へ運ぶ。壁は外に向かって飛びちり、煉瓦とモルタルが降り注ぐなか、きみの体を突然の麻痺が襲う、死がきみを包み、意識を奪って、**どうしたんだ気を失っていたのか気がついたら彼女はいなくて周り中火がボウボウ燃えて頭が煙でいっぱいだ**……きみの動脈がむきだしになって血を吹いている、ベッドの半分は雪まみれになった屋根のスレート、スクリーンのキッスが途中で切れて、何かにはさまったまま動けないきみは苦痛の中でしわくちゃの煙草の箱を二時間見つめていた。左右の列から泣き声が聞こえるが動けない……部屋を満たす突然の明かり、耐えがたい静けさ、朝の陽光より明るい照明、ガーゼと化したような毛布をつらぬく、影ひとつできない、言葉にできない午前二時の夜明け……そして……

……超周辺相へのジャンプ——心の辺境の向こうへの降伏。対極の観念が崩れ、意味の対照が失われる。（スロースロップの場合も、あれは、本当にロケットの爆裂が問題なのか、それとも問題はこの極性喪失にあるのでは？　今夜の病棟を満たしている、神経症的混乱と同じでは？）　いったい何度追体験したら消えていくのか、爆裂を何度生きなおしたら、この恐怖の想い出を手放すのか。でも手放してしまったら、それっきり二度と……**ふたたび自分に戻ってこられる保証が、先生、あるんですか？**　答えはきまって、信頼しなさい。だが天からロケットが降ってくるようになってからそんな答えはウツロに、猿回しのように響くだけ——あなた方を信用する?——両者ともに知っている…スペクトロは詐欺師になった気がするが、やめはしない…その痛みが本物であるというそれだけの理由から…

そしてとうとう手放してしまった人たち——それぞれのカタルシスから新しい子供たちが生まれでる、その〈間〉の一拍のパルスにあっては苦痛もない、自我もない…まっさらな書字板(タブレット)に、あらたな書き込みがいま始まる、冬の陰鬱さの中にチョークをつかんだ手が上がる。支給品の毛布の下で震える、クスリの回った、人間の羊皮紙たち。彼らを浸した涙とハナミズ、その悲しみはあまりにリアル。自己のあまりに深いところから引きちぎられてきたものだから、自分自身のものとも思えず不意をつかれた気持になる…

なんとかわいい子供たちだ。ポインツマンは激しく劣情する。相手の無垢を利用して、彼らの上に自分自身の面白くもない世俗の言葉を書きつけたい、その欲望で彼の淡褐色のパンツの中は弾けそうだ。これは彼自身のレアールポリティーク[*8]——それが実現するという甘美な思いに、魂の前立腺をじんめりと疼かせながら、いままで一度も…鉄製の寝台に一列に並んで寝ている。なんと誘惑的なんだ。純白のシーツ、なす術もなくエロティックに横たわる愛しの子供たち…

聖ヴェロニカ前のダウンタウンのバス発着場、そこは子供たちの交差路だ(このニセ寄木細工の空間に彼らは新たに到来する。なすりつけられた真っくろけのチューインガム、夜中の吐きもどしが作るつややかな皮膜は淡黄色で、神々の体液のように透きとおっている。誰にも読まれぬまま、鎌形にひき裂かれた新聞紙や宣伝ビラ、古びた鼻くそ、ドアが開くと弱々しく吹きこむ黒ずんだ煤ぼこり…)

8 ドイツ語の Real-politik は、ビスマルクの時代に広まった言葉で、選挙民の夢や理想ではなく、現実的基盤を見据えて国益や領土の拡大を図ろうとする政治を言う。

こんな場所であんたも早朝まで待っていたことがある。室内が次第に白んでくるのとあんたは同期していて、バスの到着時刻だって暗記していた――虚ろなハートで諳んじることができた。子供たちがどこから逃げてきたのかも、この街中では誰も迎えに来るものなどいないことも。あんたは優しさを印象づける。自分の心の空虚さを彼らが見すかしているのかどうか、それはあんたにはわからない。子供たちはまだあんたの目を覗きこもうとはしない。ほっそりした脚がいつも動き回っている。ニットのストッキングは（ゴムがぜんぶ戦争に借りだされて）いつも下がっている。それもまた可愛い――小さな踵がひっきりなしにベンチの下のキャンバス・バッグやすり切れた旅行カバンを蹴っている。天井のスピーカーが発着情報をまず英語で、次にどこか亡命者の国の言葉で伝える。今夜の子は長旅の女の子だ。睡眠不足の目を赤く腫らし、フロック・ドレスもシワくちゃだ。外套は枕がわりになった。あんたはその子の疲労を感じる。その子の背後に拡がる、英国の眠れる国土の果てしなさを感じる。一瞬あんたは本当に我を捨て、欲を捨て、性も忘れ…その子の守り手になりたいと思う。それだけを思う。そう、あんたが〈旅の支援者（トラベラーズ・エイド）〉になる。

あんたの背後で、軍服を着た男たちの長い夜の列がおもむろに、ほとんど無言でAWOL（エイウォル）バッグ[*9]を蹴りながら出口のドアに向かう。ドアはベージュに塗ってあるが、何世代もの別れの手垢でその端に釣り鐘形の、色濃い模様がくっきりできた。ドアは時々しか開かず、冷気を部屋に入れ一握りの兵隊を外に出すとまた閉まる。運転手か車掌か、ドアのところで切符、パス、旅行許可証をチェックしている。男たちは一人ひとり、漆黒の直方体の中へ踏みだしては消えていく。行ってしまう、戦争に引っぱられて。後ろの男がもう切符を差しだした。外で低くうなるエンジン音は、移送の手段というよりは、その場に固定され

9 軍隊を無断離隊（Absent Without Leave ＝ AWOL）した男が担ぐようなバッグあるいはズタ袋。

た機械の発する音のようだ。きわめて低周波の地震波のような振動が、冷気と一緒に入りこんで――部屋のなかの明るさから出たら何も見えないぞ、闇に殴りつけられたようになるぞと脅しをかける。…陸軍兵、水兵、海兵、航空兵。一人またひとり去ってゆく。煙草を咥える者は一瞬の時間稼ぎ――石炭のような火が弱々しいオレンジの弧を一、二度描き、そしてついえる。あんたは腰を下ろし、半分体をひねって出てゆく彼らを見つめる。うす汚れた身なりで眠そうにしている愛しの子供らがブツクサ言いだすのを見つめる。だが無駄だ――果てしなく続く大量の出発を抱えこんだ白い明かりのフレームの中で、欲情したりするのがおかしい。そのドアから今夜だけで千人の子供らが出てゆくというのに、あんたのもとに来る子がひとりでもいる夜がどれだけある？　あんたの精液の沁みたスプリング・ベッドまで辿りつく子が。ガス工場をわたって隙間風が吹きこむ、湿ったコーヒーに生えたカビが匂い、ネコの糞が匂う部屋へだよ。隅に白っぽいポケットつきのセーターが雑に積んであったか――背をかがめたり、腕を広げたり。この言葉なく、時を刻むように進行する列…何千もがただ出て行く…本流に逆らって迷いこんでくるのは、軌道を外れた迷子の粒子だけだ。

かくも悶々とした挙げ句にポインツマンの手に入るのが、一匹のタコだけだとは。その通り――巨大な、ホラー映画の風体をしたタコ。名はグリゴリ。色はグレイ、ぬるぬるして、けっしてじっとせず、いまもイック・リージス[*10]の突提わきに仮設した囲いの中で、スローモーな震動をしている…その日英仏海峡から吹きつける風はすさまじく、かのバラクラヴァ帽を被ったポインツマンの目は凍えそう、ドクター・ポルキェヴィッチ[*11]も厚手の外套の襟を立て、毛皮の帽子を耳に下ろしている。もう何時間もこの生き物にかかりきり

10　ブリテン島南岸にあるとされる架空の地名で"ホワイト・ヴィジテーション"の所在地。egregious（とんでもない）との語呂合わせか。

11　第二部、第二セクションの冒頭に登場する。

で、ふたりとも息まで魚臭い。このクリーチャー、ポインツマンはいったい何に使う腹なのだ。

その答えがすでに、発生と成長を始めた。先程まで丸い胞胚にすぎなかった計画は、たちまちにして折れ曲り、分化する・・・

あの晩――たしかにあの晩だった――スペクトロはこう言った。「まわりがイヌばかりなもんで、あんたはそういう考えを抱くんじゃないかな。人間だけ対象にして研究していたら・・・」

「そう言うなら、一人か二人、わたしに献上してくれてもいいじゃないか。そんな、冗談みたいな大ダコの代わりに」ふたりの医師が見つめ合う。

「ヒトで、何を始めるのか気になるな」

「わたしもだ」

「タコにしときなさいよ」それは「スロースロップのことは忘れろ」という意味なのか。一瞬の緊張。

するとポインツマンが大声で笑いだした。言葉を濁すことが身の保全につながるこの職業で、何度となく急場を救ってくれた笑い声だ。「私はいつも、動物を飼うように言われてばかりなんだ」彼が言っているのは、何年も前に(すでに去った)同僚から、実験室の外でも犬を飼うように勧められたときのことだ。そうすれば、もっと人間的な、暖かみが出てくるだろうと言われた。ポインツマンは試してみた。懸命に努力した。それはグロスターという名のスプリンガー・スパニエルで、人好きのするヤツだとは思ったのだが、試みは一ヶ月ももたなかった。そいつが逆向きの行動がとれないことが、結局どうしても我慢ならなくなった。ドアを開けて、雨のなかを春の虫の中へ出ていくことはするくせに、そのドアを閉められない。ゴミ箱をひっくり返し、床に嘔吐をするくせに、その始末ができない。こんな生き物とどうして一緒に暮らせるだろう。

「タコはね」スペクトロがささやく、「外科施術の最中もおとなしいし、脳組織を大量に切除しても生きていられるし、獲物に対する無条件反射も非常に頼りになる。カニを見せたら一発だね。触手がパッと伸びて急所を突く。見事な毒殺と食餌の行動だよ。しかも、ポインツマン、こいつは吠えない」

「それは助かるが、だめだ……水槽、ポンプ、フィルター、餌だって特別のものが必要だろ……ケンブリッジだったら通る話かもしれないが、ここの連中はみんなシケていてさ。ルントシュテットの攻勢[*12]のせいだろ、そうにきまってる。……PWE[*13]は、直ちに戦術に役立つ研究でないと一切助成しないという通達を出してきた。それが先週のことだ。いやいや、タコを使うということは、あまりに手が込みすぎる。プディングも乗らんだろう。あの誇大妄想癖の男すらね」

「タコに教えられることは限りないんだがね」

「スペクトロ、きみは悪魔じゃないだろう」と言って顔を近づけ、「違うか？　われわれは確実な刺激が必要なんだ。スロースロップ計画というのは、全体が聴覚的でなくてはならない。逆転が見られるのは聴覚なんだ。……わたしだってタコの脳髄くらいは見てるよ。視覚野に大きな葉（ローブ）があることに気づかぬはずはないじゃないか、え？　きみは視覚型の生物を押しつけているんだよ。ロケットが落ちてくるとき、いったい何が見えるというんだね」

12　数日前（十二月十六日）、アルデンヌの森で始まったドイツ軍の突然の攻勢。「バルジの戦い」の名で知られる。

13　政治戦執行部。45ページ註**3**参照。

「空のかがやき」

「何だって？」

「ぼうっと燃える赤い玉だ。それが流星のように落ちてくる」

「たわけたことを」

「この間の晩、グウェンヒドウィが見たそうだよ。デットフォード[*14]上空で」

「わたしが欲しいのは」ランプのかがやきの中心へと体を傾げたポインツマンの白い顔面は彼の声より弱々しい。低い声は机上に直立する注射針の、燃える尖塔をよぎる——

「わたしに何が必要かって、そりゃあ、イヌじゃないし、タコでもない。きみのキツネだよ。おい、一体でいい、きみのキツネを献上してくれ…」

14　ロンドンの南東、グリニッジのすぐ西に隣接するテムズ河南岸の地区。医者仲間のグウェンヒドウィは、この貧しい地区の患者を診ている。

□□□□□□□

なにものだろう、〈煙〉の都をうろついて、痩せた少女らをさらってゆくのは。人形のような白くスベスベした肌をもつ少女たちをひとつかみにするのは。**哀れな泣き声…人形の哀しみに充ちた声…**そのひとりの顔が急に大写しになって、バサリ！　轟音とともに睫毛のこわばったクリーム色のまぶたが閉じる。人形の頭の中で長く反響していた鉛のおもりがゴロリと倒れ、同時にジェシカの瞼が飛ぶように開いた。吹き飛んで走りさっていく爆風の、その最後の残響を、覚醒してきた意識がキャッチする。厳粛で、鋭い、冬のサウンド。…ロジャーも一瞬目をさましたが「キチガイ沙汰だ」と罵るなり、眠りに戻っていってしまう。

　ジェシカの腕が伸びる。暗闇をまさぐる手が、カチカチいう時計にふれる。ケバの剝げたパンダのマイケルのフラシ天のお腹にも。空の牛乳壜にも――そこに一本ささっているトウダイグサの赤い花は、一マイル先の家の庭から失敬してきた。煙草が、あると思った場所になくて、上掛けから半分身を乗りだした彼女は、ふたつの世界の中間で宙吊り状態、凍てつく部屋に体操競技の緊張をつくる。仕方ないわ…温かな巣にロジャーを残し、ざらついた暗闇の中を震えながら歩を進める。冷たく引き締まった床張り材は、裸足で歩くと、氷のようにつるつるだ。煙草は居間の暖炉の前、クッションの間にあった。ロジャーの脱いだ服が散らばっている。一服ふうっと吐いて、煙のしみる片目をつぶって、ロジャーのズボンをたたみ、シャツをハンガーに掛け、それから窓辺に進んで暗幕をめくって、窓にこびりついた霜を通して外を眺める。地面の雪に、キツネやウサギや、飼い主とはぐれて久しい犬や冬鳥たちの足跡はあっても、人間の跡はない。ガランとした雪の運河が、縫うようにして木立の中へ消えていく。その先にある町の名はいまだに知らない。彼女は煙草の箱を握った手をカップ状に丸くした。灯火管制は何週間も前に解かれ、記憶も薄れてどこか遠い時代の遠い国の出来事だったような感じなのに、それでも彼女は灯りを外へ漏らさぬ気配りを欠かさない。深夜のトラックが北へ南へと急ぎ、飛行機が夜空に充ちて、東方へ吸いとられるように飛びさっていったあとは、静けさのようなものが訪れる。

　ふたりでホテルに行くことなどできただろうか――空爆避難の用紙に書きこみ、カメラや双眼鏡がないか身体をまさぐられることに耐えて？　ロジャーの円弧とジェシカの円弧の交点にあるこの家、この町は、ドイツ軍のロケット弾に対しても、イギリスの条例に対しても、まったくの丸腰だ……危険な感じはないのだが、それでもまわりに人がいてくれたらと願わずにはいられない。ここがほんとうに村だったら、自分の村だったらいいのに、と。サーチライトが夜空を照らしつづけるのはかまわない、夜明けの空に丸々とした防空気球が浮かんでいてもいい――あらゆるものが、遠くの爆発でさえ、破壊の目的がないのなら……誰も死ぬ必要がないのなら……いまのままで構わない……ただの興奮、ただの音と光、夏の日の嵐の襲来（日々の暮らしをエキサイティングなものにする……）、やさしい雷鳴、そうであってくれたらいいのに。

ジェシカはふわり幽体離脱して、闇夜を見つめる自分を見おろしている。脚を開いて宙に浮かぶ。肩当ての白さと夜着のサテンの光沢となって。ここにさえ落ちてこなければ、近すぎなければ大丈夫、安全は保たれる。ふたりを隠す銀青色の茎は夜になると雲にとどき雲を掃く。緑と褐色に身を包んだ夕暮れの一団、石のような目で遠くを見つめる兵士らが、コンボイをなして前線に向かっていくが、その高貴な運命もふたりには、不思議なほど無関係に響くのだった……ばか、戦争だぞ、わかってるのか？　それは知ってるけど——姉のお下がりのパジャマを着たジェシカと、素っぱだかで眠っているロジャーにとって、戦争なんて、ないも同然——

戦争がふたりに触れてくるまでは。空から落ちてくるまでは。前の飛行爆弾（VI）は、逃げる時間を与えてくれた。でもロケットはだめ。近づくのが聞こえる前に落ちている。まるで聖書か、北国の妖精物語みたいに不思議な話。だけど、これが〈戦争（ザ・ウォー）〉なのかしら。毎日ラジオが流している善と悪のたたかいとは違うでしょ。なのにこれが、理由もないまま、ただ続いていくだけじゃなく……

ロジャーはジェシカに統計的に見たV爆弾について説明しようとしたことがある。上空から天使の目で見たイングランドの地図上での分布と、地上で現実に生きる者にとっての被弾しやすさとの違いを。彼女はほとんど理解した。彼の示したポアソン方程式も理解の一歩手前までこぎつけた。が、両者をひとつに結び合わせることができない——静けさの中に身を押しこめた自分自身の毎日を、純粋な数値の横に置き、その二つを同時に視界に入れようとすると、どこかが必ず抜けおちたり、余計なものが混入してしまう。

「ロジャー、あなたの方程式はどうして天使だけのものなの。地上にいる私たちには、どうして何もできないわけ？　安全な場所を見つけることができるような、わたしたちのための方程式があってもいいのに」

「どうして、僕のまわりにいる人間は」今日もロジャーは、いつものエゴを振りまわす、「どいつもこいつも統計音痴なんだ。逃れる道はないんだよ。集中攻撃の平均密度が一定である限りはね。ポインツマンなんか、そんなこともわからないんだぜ」

　実際、ロンドンに降るロケットは、教科書のポアソン方程式どおりの分布を見せていた。次々とデータが入ってくるにつれ、ロジャーの様相はますます預言者らしくなる。廊下で会う心霊(サイ)セクションの連中は、通りすぎる彼の後を目で追った。予知してるわけじゃないんだ、と、カフェテリアかどこかで演説でもしたい気分になる……僕は自分を自分以上の存在に見せたりしてはいないでしょ。誰でも知ってる方程式に、数値を入れてるだけなんですよ。誰だって、本を見れば、自分でできることなのに……

　いまロジャーの小さな書き物机に広がる、うすぼんやりと光る地図は、冬のサセックス[*1]とは別の景色への覗き窓。名前が書きこまれ、蜘蛛の巣のように街路が這う、ロンドンのインクの亡霊。五七六個に分割されたマス目の一個は、四分の一キロ四方で、ロケット弾の攻撃を受けたところは赤マルがついている。ポアソン方程式にしたがえば、任意の数の被弾集合に対して、一発も落ちていないマス目の数が予測できる。一発、二発、三発と、落ちたマス目の数もわかる。[*2]

　輪っかの上の三角フラスコが泡だつ。ガラスの内側では上昇する対流を、ブルーの光が乾いた音を立てながら練りなおす。古いぼろぼろの教科書や数学論文が机の上や床に散ら

1　〝ホワイト・ヴィジテーション〟の位置する、海峡に面した州。

2　縦二四マス、横二四マス、全部で五七六の区画に全体としてたとえば一〇〇発、五〇〇発、一〇〇〇発のロケットがランダムに降ったとしたとき、それぞれのケースで0度、1度、2度、3度……被弾する区画の標準的な数を、公式に当てはめて求めることができるということ。

3　一九〇二年に初版以来改訂を重ねた、ケン

ばっている。ロジャーがむかし使ったホイッタカー&ワトソン著の解析の教科書[*3]の下からジェシカのスナップ写真がのぞいている。白髪の増えたパヴロフ派心理学者ポインツマンは、朝になると強ばった足を運んで、針のように細い体を実験室へ運ぶ――頬に穴をあけられた犬が、冬銀色の唾液を管からあふれさせ、蠟引きのカップや目盛りつきの試験管にそれを溜めて待つところへ。途中、メキシコの部屋の開いたドアのそばで足を止めた。戸口の向こうの空気が、煙草の煙で青い。凍えるような早朝の勤務の時間に吸いなおしたシケモクも混じった、そのムッとする空気の中へ入っていくのが、ポインツマンの日課だ。きょうもまた、朝の一杯と向かいあう。

　自分たちのつながりが傍目から見てひどく奇異に映るだろうという自覚は双方にある。仮に〝反ポインツマン〟なる者が存在するとすれば、ロジャー・メキシコこそがそれだろう。この男が、心霊研究になびいているわけでないことは、ポインツマンも認めている。この若い統計学者が信じているのは、数(ナンバー)と方法(メソッド)であって、テーブル叩きでも、ご都合主義の理論でもない。だが、0と1、非在と存在とをつなぐ領域の中から、ポインツマンが把握できるのは0か1かに限られる。その両端のあいだを生きるという、メキシコの真似はできない。師と仰ぐI・P・パヴロフ同様、ポインツマンは大脳皮質を、小さなオンとオフとがモザイク状になったものとしてとらえている。常に明るく活発に動いている部分と、暗黒に抑制される部分とがあって、その明と暗とをくっきり分かつ輪郭は、変化しつづけてはいる。が、各点がとりうるのは、二つの状態のどちらかだ。覚醒か眠りか。イチかゼロか。[*4]〝加重(サメーション)〟〝転位(トランジション)〟〝放散(イラディエーション)〟〝集中(コンセントレーション)〟〝逆誘導(レシプロカル・インダクション)〟[*5]といったパヴロフ的な脳のメカニズムはすべて、安定した二点の存在を前提としている。ところがメキシコ

ブリッジ大学伝統の数学のテクスト。

4　「転轍手」の名の通り、ポインツマンは、AかBか、オンかオフという、either/or の思考の体現者として描かれる。

5　条件反射に関する長年の実験研究を二十三章の講義にまとめたパヴロフの著書『大脳半球の働きについての講義』（一九二七）は、英語圏では同年オックスフォード大学出版局から出た、G・V・アンレップ訳 *Conditioned Reflexes* が定本となっている。日本では一九三七年に林髞訳が出たが、一九七五年に川村浩訳『大脳半球の働きについて――条件反射学』が岩波文庫から出版された。本訳書の用語は川村訳による。

は、ゼロとイチのあいだの領域を有しているのだ。ポインツマンには信じられそうにない中間項、確率の世界である。メキシコが数え終えた時点で、ひとつのマス目に一度当たる確率は0.37、二度当たる確率は 0.17 なのだそうだ・・・

「どうやっても・・・わからないのかね」白衣の内側に縫いつけた隠し煙草のポケットからキプリノス・オリエントを一本抜いて差しだしながらポインツマンがたずねる。「この地図を見て、どの場所がもっとも攻撃を受けにくい安全な場所か」

「だめです」

「だって、きみ――」

「どのマス目も危険は同じ。クラスターができてはいないでしょ。平均密度は一定になってますよ」

地図を見れば言われた通りだ。典型的なポアソン分布が、静かに、きちんと、マス目の上に広がっているだけ。データは予期される形に向かって積み上がっている。

「だが、すでに何度も爆撃されたマス目があるだろう、つまり――」

「残念ですけど、それ、〝モンテカルロの誤謬〟って言うんですよ。あるマス目の中にすでにどれほど多く落ちていてもね、落ちる確率に変化は出ない。ある着弾が別の着弾に影響を与えることはない。爆弾は犬とは違うんです。お互い同士、リンクも記憶も条件づけも存在しないの」

これを言われたら、パヴロフ信奉者は立つ瀬がない。高邁でひとの気持ちを考えないのはメキシコらしい。それともわざと辛辣なことを言っているのか。ロケット弾相互の間に、本当に何の関連もないのだとしたら――反射のカーブも、負誘導の法則もないのだとしたら……いったい。……毎朝恒例のポインツマンのメキシコ訪問は、痛みを伴う外科の受診にも似ている。相手の、まだあどけない顔つきと、学生っぽいからかい調子にだんだん怖じ気づいているものの、この訪問はやめてはならない。無制御（ランダムネス）と恐怖の象徴と、あんなに無邪気に戯れることができるのはどうしてだ。子供のようだ。おそらく自分でも気づいていないのだ、遊びの中で、歴史という優雅なつながりを破損し、因果律の概念そのものを危険にさらしているということに。メキシコと同世代の連中がみんなそんなふうだったら、戦後の時代はどうなってしまうのか。その場その場のバラバラな〝出来事〟の集合？　因果の連鎖も何もない？　それは歴史の終焉なのか？

「ローマ人はね」ロジャーが牧師のポール・ドゥ・ラ・ニュイ[*6]と一緒に飲んだくれていたときのこと。いや、酔っぱらっていたのは牧師だけだったか――「古代ローマの祭司たちは、道にふるいを置いて、その目からどんな草が出てくるかをじっと見守ってたんだってよ」

　ロジャーはすぐに話のつながりをキャッチした。「それって」あちこちポケットをまさぐって、ちくしょう、なんで、おっと、これだ――「ポアソン分布になるのかどうか……えーとですね」

「メキシコ」身を乗りだしてきた牧師の顔には敵意がありありだ。「ふるいから出てきた草は病人を治すために使われたんだ。ふるいってのは、彼らにとっちゃ、聖なる道具だったわけだよ。きみがロンドンに被せているふるいだがね、あれは何のためなんだい。死の網目を通って出てくるものをどう使うつもりなんだ」

「え、何の話ですか」ただの数式でしかないのに……

6　「夜のポール（パウロ）」とも「アンニュイのポール」とも読める。

ほんとうは自分の話が他人に通じることを望んでいる。ロジャーの気持ちがジェシカにはわかった。他人に理解してもらえないとき、ロジャーの顔は実際くもって見えるのだ。ちょうど列車のうす汚れた窓ガラスを通して見たみたいに、ぼんやりした銀色の膜がふたりの間に割りこんで、彼を遠ざけ、その孤独感を薄めてしまう。出会ったときもそうだった。身を乗りだしてジャガーのドアを開けたとき、あたしが本当に乗りこむだなんて、これっぽっちも思ってなかった。彼の孤独が見えた気がした。あの顔にも、歯で爪をかみ切った赤い両手の間にも…

「それってフェアじゃないわ」

「この上なくフェアだね」ロジャーは皮肉のモードだ。ジェシカには少年のように見える。「みんな平等なのさ。命中する確率[*7]は変わらない。ロケットの目にはすべて平等だよ」

それを聞いて彼女はフェイ・レイの顔をしてみせる。目をまんまるくして、叫びださんばかりに赤い口を大きくあける。彼も笑いださずにいられない。「よせよ」

「ときどきね…」だがジェシカは何を言いたいのだろう？　いつも愛すべき男でいて？　あたしを求めて？　天使の目で空から見てるのはやめて？　地獄を見たこともないくせに堕（お）ちた天使のふりしないで、って言いたいのか？

「チープなニヒリズム」と、プレンティス大尉はそれを名づけた。ある日〝ホワイト・ヴィジテーション〟の近く、凍った池のそばでのこと[*8]。ロジャーは向こうで氷柱（つらら）をしゃぶったり、仰向けになって両腕を動かし雪上の天使を描いて遊んでいた。

「それは、ロジャーが代価を払ってないっていう意味かしら…」ジェシカが視線を上げる。少しずつ見上げていく。風焼けした〝海賊（パイレート）〟の顔は空まで続いているようだった。そ

7　一九三三年のオリジナル版『キング・コング』（メリアン・クーパー監督）の主演女優。

8　ＳＯＥ直属の工作員プレンティスは、英仏海峡に面した〝ホワイト・ヴィジテーション〟

のつつましいグレイの瞳が、やっと彼女自身の髪に隠れた。パイレートはロジャーの友達だけど、ロジャーと違って戦争と戯れたり、戦争を出し抜こうとしたり、そんなダンシング・シューズでやる戦争なんてまるで通じない人みたいだけど——その必要もないわね、と彼女は思う。だってもう、ちょっと気が多すぎかしら…でもマジじゃないから、ただ彼のこの眼、何を考えているのかまるで見えないこの眼、あんまり素敵でうっとりしちゃう…

「この先向こうで発射されるV2ロケットの数が多ければ多いだけ、こちらにいる彼が被弾する確率も高まるんだから」とプレンティス大尉は言った。「最低限の支払いをしていないとは言えないね。だが、それはみんな同じだろう」

「へえ」このことを後に彼女から聞かされてロジャーは、焦点の合わない眼で考えながらこう言った。「カルヴィニストってさ、いつもそういう狂った事をいうのだ。支払いだ？ ヤツらってどうしていつも取引の言葉で考えるんだろう。プレンティスはどうしたいんだよ？ 〈ベヴァリッジ提案〉*9のようなものを作れってか？ 人それぞれに〈悲痛度ポイント〉とかを与えるってか！ 素敵じゃないか——〈査定委員会〉ってのがあって、ユダヤ人だとポイントがグンと上がるんだ。強制収容所に送られれば何点、手足や臓器を失えば何点って、妻を、恋人を、親友を失えば——」

「怒ると思った」ジェシカがつぶやいた。

「怒ってないさ。プレンティスのいう通り、チープなんだよ。それはいいんだけど、だったらあの男は何をどうしたいのさ——」そういいながらロジャーが歩き回る。閉めきった、小さなうす暗い客間の壁のそちこちに、愛しの銃猟犬が強ばった姿で身構えている肖像画

を、どんな用向きで訪問したのだろう。

9 戦時中に連立与党となった労働党で、ウィリアム・ベヴァリッジ議員を長とする委員会がまとめた社会保障プログラム。

が掛けてある。そこに描かれているのは死についての幻想の中でしか存在しえない草原だ。アマニ油が時を経るにつれて変色して戦前の希(ねが)いよりも黄金色に、もっと秋めいて、もっと死を内包して、輝いている。一切の変化がピタリと止まり、長い、静かな午後、かすみの中で雷鳥が永遠に飛びたとうとし、銃口は永遠になだらかな赤紫色の丘から青ざめた空に向けられ、猟犬は永遠の匂いに、永遠に今すぐ発砲されんとしている銃声に備えて身構えている――そんな希いがあまりに執拗に、あまりに無防備に描かれたその絵をロジャーは――自分のチープなニヒリズムが極まったときですら――外して、一面の壁紙にしてしまうことができずにいる――「毎日毎日わけのわからないこと喚いている狂人どもに囲まれてるのにさ、その僕から何を期待してるんだよ」ジェシカは、あーあ、とため息をついて、折り曲げた美脚を椅子にのせる、「あいつらは、死後の命なんてものを信じてるし、心と心の直接交信も、未来の予知も、透視術も、テレポーテーションも――信じてるの、いいか、ジェス！　それでさ、それで――」何かが引っかかって、次の言葉が出ない。ジェシカは自分のうんざりした気持ちも忘れ、ペーズリ織りのふんわりした椅子から立ちあがるとロジャーを抱きしめる。**どうして彼女にわかるのだろう、**スカートに包まれた暖かい太腿と恥丘の圧力がホットな勃起を引き起こし、口紅の最後の一塗りを、彼のシャツが、筋肉が、まさぐる手が、昂ぶる気持ちと上る血潮に戸惑う肌がこすり取っていく――どうして、ロジャーの言おうとすることがピタリとわかってしまうのだろう。

心と心の直接交信。ロジャーが眠っている夜更け。最後の石炭の残り火でつけた貴重なタバコをもって窓辺に立ったジェシカの胸は、泣きたい気持ちでいっぱいだ。自分には太刀打ちできない。それはあまりにはっきりしている。ロジャーを守らなくてはいけないのにそれができない。空から落ちてくるものから、その日ジェシカにうち明けられなかった悩みから（雪踏みしめる小道、氷の髭を生やして雪にたわんだ木々のアーケード…風が雪のクリスタルを払いおとした——紫とオレンジ色の生き物が彼女の長い睫毛の上で花開く）そしてポインツマンの…あの、見るたびにゾッとさせられる、寒々しい…科学的中立性？　その彼の手から——彼女は身をふるわす。雪と静寂の中に動きがあった。外敵かもしれない。暗幕をめくっていた手を離す——犬だけじゃなく人にも苦痛を与えておいて、その苦痛を感じもしないあの手から、彼を守ってあげなくてはいけないのに…

　カソコソと動く狐や逃げ腰のノラ犬、今宵の庭と小径を行き交うのはそんなところだ。オートバイが一台、戦闘機のような自信満々のうなりを上げて、村を迂回する道をロンドンへ向かって走りさる。真珠のようにまるまる育った大気球が空を流れる。空気はあまりに静かで、今朝がた短時間ふりしきった雪も高く張りめぐらされた鋼鉄のケーブル線についたまま——夜闇の中をペパーミント・スティックの螺旋を描く白色が何千フィートも落ちる。そしてこの村の、からっぽの家々でいまも眠っていられたかもしれないのに吹きとばされてしまった人びと——ある者は永遠に——彼らはいま何の夢を見ているのだろう。ランプの灯りが一面に輝く都市？　ふたたび子供の無邪気さに戻ってクリスマスの夢を見ている？　むきだしの丘の上に身をさらしうずくまる羊となって〈星〉（ザ・スター）の恐ろしい光輝によって漂白される[*10]夢ではなくて？　それとも、目覚めて思いだすにはあまりに可笑しくて可愛くてあまりに真実（トゥルー）な歌の夢？…平和だったころの…

「戦争の前って、どんなだったっけ？」生まれてはいた。それは覚えている。子供だった。でも、そういう意味じゃなく。ラジオ——ＢＢＣの〈ホーム・サービス〉[*11]ステーションか

10　so bleached by the Star's awful radiance＝霊的な光の放散をイメージさせる radiant, radiance という語はキーワードのひとつなので、できる限り「光輝」という訳語で統一する。「ブリーチ」は、北西ヨーロッパ的な思考と信仰による〝世界の脱色化〟の意味を担うだろう。

11　戦時下イギリスのラジオは全軍向けの〈ジェネラル・フォーシズ〉と一般市民向けの〈ホーム・サービス〉の二本立てだった。

ら雑音にまみれて聞こえてくる、縺れた脳みそを梳かすヘアブラシのような「フランク・ブリッジの主題による変奏曲」[*12]。キッチンの窓辺に置いて冷やしているモンラシェの壜は海賊（パイレート）さんからのプレゼントだ。

「と聞かれても――」しゃがれたイジワル爺さんの声色だ。中風に震える手が、最高にいやったらしいやり方で伸びてきて乳房を握る。「どっちの戦争だね、お嬢ちゃん」ほら始まった、ゴホゴホと咳こんで、下唇の端にヨダレを溜めてあふれさせる。ツーとしたたり落ちる銀色の糸。なんて知恵の回る人なの、ロジャーったら、こんな気味悪い芸まで練習して――

「ふざけるのよして、こっちは真剣なのよ。ほんと、覚えてないんだから」

そう言われて考えこんで、ヘンな具合にほほえんだ彼の口の脇にふたつのエクボがへこむ。**あたしが三十になったら、どんな毎日だろう・・・**一瞬目に浮かぶ数人の子供たち、庭、窓、声、**ママ、ほら・・・**まな板の上はキュウリと狐色のタマネギで、目の前は、自生のニンジンが鮮かな黄色の花を咲かせている青々とした芝生で、夫の声が――

「おれの記憶にある戦前って、バカバカしいだけさ。圧倒的にアホだったね。なんにも起こらない。おっと、エドワード八世が退位したっけ。その恋愛のお相手が[*13]――」

「それは知ってる。雑誌を読めばわかる。あたしが聞きたいのは雰囲気よ」

「だから・・・ただもうアホクサかったんだ。それだけさ。どうでもいいことであれこれ気を揉んで――でもジェス、ほんとに覚えてないのか」

たしかに、いろんなゲームはやった。ピナフォアと、友達の女の子、足だけ白かった黒いのら猫、家族全員で出かけた休日のビーチ、海水、揚げた魚、ロバ乗り、タフタ織りの

12 二十世紀イギリスのクラシック界を代表する作曲家、ベンジャミン・ブリテンの作品。

13 世間を騒がせたシンプソン夫人との件は340ページの歌にも登場。

ピンクの服、ロビンて名の男の子…

「ほんとはなんにも失ってはいないのね。二度と取りもどせないものはないでしょ」

「じゃ、おれの記憶をいうぞ」

「いいわよ」ほほえむふたり。

「みんなアスピリンを飲んでばかりいた。酒を飲んで酔っぱらって、背広が身体に合うかどうか心配したり、上流階級を軽蔑して、そのくせ一生懸命彼らのマネして…」

「そしていつもウィーウィーウィーウィー泣いてたの[*14]——」彼女は笑い崩れる。彼女の弱みを知っているロジャーの手が、セーターに包まれた脇腹の、一番くすぐったいところに伸びてきたからだ。身体を折り曲げ、身悶えして逃げると、彼がゴロリと彼女を乗り越え、ソファの背の向こうへ転がりおちたけれど、うまく体勢を立てなおし、彼女のほうはもう体中がくすぐったいのに、足首をつかまれ、肘も——

と突然、ロケットが落ちてきた。村を越えたごく近距離のところだ。ものすごい爆音に、周囲の空気も時の進みも一変する——爆風で一瞬内側に開いた窓が、ギーと木を軋らせてリバウンドし、バタンと閉まり、そのあとも家全体が揺れつづける。

心臓はバクバクと鳴り、耳の中は加圧リングに引っぱられた鼓膜が痛む。目に見えない列車が屋根のすぐ上を走りさっていく…

ふたりは壁の絵の中の犬のようになった。押し黙ったまま、身体を寄せ合うこともできない。〈死〉が食糧貯蔵室のドアから入ってきて、立ったままふたりを見つめる。不変の鉄の顔をして、ワタシをくすぐれるもんならくすぐってみなさいと。

14 子豚を歌ったマザーグースの童謡のひとつからの引用。

□□□□□□□

（1）

TDY[1] アブリアクション病棟
聖ヴェロニカ病院
ボーンチャペル・ゲイト、E1[2]
ロンドン、イングランド
一九四四年冬

ザ・ケノーシャ・キッド様[3]
留置郵便
ウィスコンシン州ケノーシャ、U・S・A

拝啓
僕があなたを、一度たりと、わずらわせたことがあったでしょうか。

1 一時的転属先＝temprorary duty yonderの略。45ページでスロースロップは「PWEの検査プログラム」のため、特別出向を言い渡されている。

2 住所は架空だが、「E1」は移民や労働者の多いイースト・エンドの一角。

3 一九二〇年代から四〇年代にかけて一定の人気があった、少年向け

敬具

タイロン・スロースロップ中尉

留置郵便
ウィスコンシン州ケノーシャ
U・S・A

数日後

タイロン・スロースロップ様
TDY　アブリアクション病棟気付
聖ヴェロニカ病院
ボーンチャペル・ゲイト、E1
ロンドン、イングランド

親愛なるスロースロップ
You never did.[*4]

The Kenosha Kid

パルプフィクション・シリーズの主人公の名と一致する。

4　一度たりともありません。

（2）知ったかぶりの若者：うん、おれ、昔の流行ダンスならぜんぶ踊ったよ。チャールストンも、ビッグアップルだって！

ベテランのダンサー：You never did the Kenosha, kid.[*5]

（2・1）若者：何いってんだい。なんだって踊ったさ。キャッスルウォークだって、リンディだって！

ベテラン：You never did the "Kenosha Kid[*6]"

（3）雇われスタッフ：彼は私を避けるんですよ。どうもスロースロップの一件のことが原因じゃないかと思うんですが。もし私に責任があると考えているんでしたら

上司：（鼻で笑って）You! never did the Kenosha Kid think for one instant that *you*...[*7]

（3・1）上司：（信じられない表情で）You? Never! Did the Kenosha Kid think for one instant that *you*...[*8]

（4）そして輝かしき一日の終わり、天空に燃える文字で、われらに必要な凡ての言葉、今日われわれが辞書に収めている凡ての言葉が与えられた日の終わりに、幼な子タイロン・スロースロップの柔和な声が立ちのぼり〈キッド〉の耳に届いた。それは永らく歌や伝説で言祝（ことほ）がれてきた通りである――You never did '*the*,[*9]' Kenosha Kid!

5 「ケノーシャ」は踊っとらんだろ、お若いの。

6 「ケノーシャ・キッド」は踊ってないだろう。

7 おまえがだと！ ケノーシャ・キッドがそんなふうに一瞬たりと思ったなんてありえんことだ、おまえごときが……。

8 おまえをか？ まさか！ ケノーシャ・キッドが一瞬たりともおまえのことをそんなふうに……。

9 「the」をやってない

“You never did the Kenosha Kid” というテクストのこれらの変化がスロースロップの意識をとらえているさ中に、ドクターが白い背景から顔を覗かせ、スロースロップを起こし、きょうのセッションが始まる。痛くはない、ひじの曲がりにできる窪みのすぐわきに静脈注入されるアミタール・ナトリウム[*10]の一〇パーセント溶液は、一度にきっかり一ccだけ。

（5） あんたはフィラデルフィアをばかにして（fool）、ロチェスターをボロクソに言い（rag）[*11]、ジョリエットの町も笑いのめした（josh）。だが、you never did the Kenosha kid.

（6） （昇天と犠牲を記念する、国を挙げての祭りの日。脂が焦げ、血が滴りおち、塩気のある肉が褐色に焦げる…）シャーロッツヴィルの子豚はやったな。よし（チェック）。フォレスト・ヒルズの子馬は？　これもよし（しだいに小さく…）ラレードの子羊、オーケー。おいおい、待てよ。なんだこれは、スロースロップ。You never did the Kenosha kid.[*12] 気をつけー（スナップ・トゥ）、スロースロップ。

ボッキしてーる　ペーニス
つかーんだ　怒るな
気を　つけー、スロースロップ！

よ。

10 バルビツール系のドラッグ。犯罪小説などではよく真実告白剤として使われる。

11 ケノーシャをからかう（kid）ことはしていない。

12 ケノーシャの子ヤギをやっとらんじゃないか。

俺の知った　こっちゃねえ
〝ずだずたダック〟[13]　くれろよ
気を　つけー、スロースロップ！

誰も愛して、わかって、くれない
俺を回すことしーか、かーんがえてない

脳天に　電気針
両腕に　注射針
気を　つけー、スロースロップ[14]！

PISCES[15]：スロースロップ、きょうはボストンの話を続けてほしいんだが。前回はロクスベリー地区[16]の黒人の話だったな。まあ穏やかではないテーマかもしれんが、がんばってもらいたい。ところで今、きみはどこだ、スロースロップ。何か見えるかね。
スロースロップ：いえ、見えるっていうのとはちょっと……
轟音を立てて地下鉄が高架を走る、ボストンならではの光景。鋼鉄と、古い煉瓦の建物を覆う炭素の経帷子——

リズムにハマった
オー・ベイビー、スイング、スイング、スイング！

13　ruptured duck＝名誉除隊のバッジの俗称。

14　『GRC』の指摘通り「バイバイ・ブラックバード」の節で歌う。もともとは二〇年代のポピュラーソングだったこの歌は、ヨーロッパでもジョセフィン・ベーカーのエロティックなショーで使われるなど、メロディ自体、黒人との連想が強い。

15　文脈を確認すると、聖ヴェロニカ病院に一時転属されたスロースロッ

イェイ、ストンとハマッた
すんげえ、世界中歌いだす
初めてだ、こんなスイート・サウンド
ベーシン通りの角でも鳴ってる
リズムにハマったからにゃ、オラ、チレン[*17]
スイング、スイング、スイング、
カモン…チレン、レッツ…スイング！

ブラックな顔・顔・顔、白いテーブルクロス、すごくシャープなナイフがソーサーの脇でギラリ…タバコと〝ゲージ（マリワナ）〟がトロリ混ざったケムリのせいで、眼ン中がワインみてえに赤くて渋いや。おめえら、このハーッシッシ、ちーと吸ってみ。脳のシワシワがシャン！となるぜ。間違いねえって、ピーンとのびちゃわ。

PISCES：「のびちゃわ」でいいのか、スロースロップ？

スロースロップ：たのむよ…そんな…

ステージの上の「コンボ」にむけて白人の男子学生が大声のリクエスト。いかにも東部プレップ・スクール風の声でasshole（アスホール）と言おうとしたら、唇が括約筋のように動いてehisshehwle（エーイシエーウル）みたいな発音になった…みんな大声で浮かれてる。あたりはジャングルの緑だ。葉蘭、巨大なフィロデンドロン、棕櫚（シュロ）の葉、さまざまなグリーンが暗がりの中へ垂れこめる…色白で細身の口髭男はカリブの島の出身だろう。その相棒は夜会用の手袋をはめた手みたいに黒い。バーテンたちがせわしなく動く向こうは壁一面の鏡が深い海洋の

プの心の深層を、PISCESのドクターが、薬物を使って探っている。狙いは、アメリカ人である彼がとりわけ黒人性に対して、いかに条件付けられているか知ることにあるようだ。

16 ボストン市街の南西にある、黒人の多い地域。

17 chillun は children の黒人訛り。

ように、そのメタルな陰の中へ、部屋の大部分を飲みこんでいる…わずかの間光を保持していた百本の酒瓶も鏡の中へ流れこむ…誰かが背を屈めて点火するライターの炎もダークな日没のオレンジとして映じるだけ。スロースロップの眼に自分の肌の白さは見えない。が、テーブルからチラリと彼を見やる女性の目つきが、彼が何者かを告げている。ポケットにしまいこんだマウスハープ[18]が真鍮の塊と化す。ただの重り。ただのジャイヴな[19]アクセサリー。だが彼はどこへ行くにも、そのハープを手放さない。

ローズランド・ボールルーム[20]の二階のトイレのスロースロップ。なかば意識を失いながら、便器を抱えて跪いて吐きもどす――ビール、バーガー、フライドポテト、フレンチドレッシング入りシェフお手製サラダ、ボトル半分のモクシー[21]、食後のミント、クラークのチョコバー、ソルト・ピーナッツ一ポンド、それにラドクリフ大の女子大生の、オールドファッションドのグラスの中のサクランボ。スロースロップの眼から涙があふれ、それとともに彼のハープが、何の警告もなく、ポチャンと落ちた。*aagghh!*[22] ゲロだらけのトイレの中に落ちてしまった。微細な泡が楽器の金属面を滑りあがり、木調仕立ての、ところどころ口でこすれてニスが剝げかかった面をすり上がって、ハープが便器の白い頸部へ向かうとともに銀の種子となって浮き上がっていく。それからさらに夜の深みへ…この先いつかUSアーミーがポケット・ボタンの付いたシャツを支給するだろう。戦前のこの時期に、胸ポケットから物を落とさずにいる手だては、真っ白なアローのワイシャツにパリッとノリをきかせておくことくらいだ…しかし、バカなことに、ハープはもう、落ちちゃった。便器に当たったその一瞬、低音のリードをふるわせて歌い（窓を打つ雨がどこかで聞こえる、屋根の上のトタンの通気孔も、冷たいボストンの雨が打つ）、最後に吐いた

18 ハーモニカの別称。単に「ハープ」ともいう。

19 jive は、特に一九四〇年代のジャズ文化で流行した言葉。黒人っぽくかっこいいという意味。

20 ボストンの南の黒人の多いロクスベリーにあるダンス場。『マルコムX自伝』第三章によれば、少年時代に彼は、実際ここで働いていた。

21 コカ・コーラより早くマサチューセッツで誕生したソフトドリンク。

22 ピンチョンお得意の漫画風感嘆詞は原文表記のままとする。

23 「レッド」とはマルコムXのニックネーム。『自伝』によると、彼がローズランドで靴磨きを

胆汁色の液が水面にグルリととぐろを巻くところにペチョンと落ちて静かになった。もう呼び戻せない。彼の歌を響かせるチャンスは永遠についえたか。それとも、勇気を出して、後を追っていこうか。

後を追う？　黒人の靴磨き少年レッド[*23]が、埃だらけの革椅子のわきで待っている。荒廃したロクスベリー地区の黒人たち、彼らはあらゆるところで待っているのだ。後を追う？　階下のダンスフロアの、ハイハットとストリングベースと無数の踊る足音から、むせぶような「チェロキー」のメロディが立ちのぼってくる。フロアは薔薇色の照明が動き回って、ハーバードの学生さんも連れの女性も、青白い顔色が飾り立てた赤肌のインディアンのようだぜ。いま流れているこの曲だって、白人の犯した罪をいつわってるわけだ[*24]。だがこの曲、最初から最後まですんなり吹ける代物じゃない、途中まごつく奏者のほうが多いんだな。ながーい長い音符ばっか連ねて…兄さん、そんなチンタラ音を間延びさせて、その間に何か企んでんの。インディアンの精霊の陰謀かい？　ちょうどいま、ニューヨークで――車を飛ばせばまだ最後のところ見られるぜ――七番街の一三九丁目と一四〇丁目の間の店だ、〝ヤードバード〟[*25]パーカーがまさに今夜新しい吹き方を見いだしたんだってよ――コードの構成音を高く駆け上がってメロディを崩すの、どうやるんかと思えばすげえ何だマシンガンかよこれすげえ音だぜアイツ狂ったか32分音符（デミセミクウェイバー）じゃねえかデミセミクウェイバー言ってみな早口の（デミセミクウェイバー）マンチキン[*26]の声で言ってみな。それが〈ダン・ウォールのチリハウス〉[*27]って名前のこの店から通りへ流れるんだ想像（ディグ）しろよ――あらゆる通りにだぜ（ヤツの旅（トリップ）は三九年にはもうすっかり進行してた。圧倒的なソロの内奥で、死神のコンコンチキのおっさんがナマクラ面白半分の韻律をドゥンドゥドゥン

始めたのは一九四〇年六月。

24 “Indian Love Song” という副題がつくこともあるこの歌は、イギリス人バンド・リーダー、レイ・ノーブルの作品。歌詞は大草原のインディアンの少女への愛を歌う。

25 ビバップを創始したサクソフォン奏者チャーリー・パーカーの通称。単に〝バード〟とも。

26 映画版『オズの魔法使い』（一九三九）でドロシーたちを案内する小人たち。一般語としては「ムシャムシャ食べる小鬼」のイメージを持つ。

27 一九三九年十二月にハーレムのこの店で、チャーリー・パーカーが、ギタリストのビディ・フ

って鳴らしてた）電波に乗って流れる、社交界で演奏される、いつか街中のエレベーターやスーパーの壁に隠れたスピーカーから人知れず流れる、そして白人体制（ザ・マン）が流す子守唄に楯つく、ストリングスを録りかさねた果てしなくふぬけた音楽を転覆させる。・・・ほら、その預言が実現しそうな予感を、ここ雨降りのマサチューセッツ・アヴェニューで感じないかい、最近、ここのホールで演奏される「チェロキー」のサックスの音もほら、ヘンテコ（ウィアード）に変わってきた、こんなの聞いたことあったかい・・・

　ハープを追って行くなら、スロースロップ、頭から便器に突入していくほかないが、そりゃまずい。無防備なケツが宙に浮いてしまう。まわりにニグロのあんちゃんがウロウロしてるところで、そういうことはしたくない。だって、汚物だらけの暗黒に頭を埋めているときに、褐色の太い確かな指が延びてくるってどうなんだい。あっというまにズボンのベルトが抜きとられ前のボタンが外れて——ってのはゾッとしない。筋骨隆々の腕がきみのおまたをグイと開く——太腿がライゾール臭つきの空気でヒンヤリしたと思ったらパンツ取られちゃってんの、色鮮やかなスズキのルアーとマスの毛鉤模様のパンツがさ。必死の思いで便器の奥の暗がりへ、もがく身を滑りこませると、臭う汚水を通してモワンと聞こえてきたのは、オッソロしい、白人用男性トイレに押し入ってきた黒肌のギャングたちが陽気にワイワイいってる声、それがヘルプレスに身をよじらせるだけのスロースロップのまわりに集まってきて、「へーイ、マルコム、タルコムパウダーちっとよこしな」連中特有の歌うようなジャイヴなしゃべりのリズムに応えて聞こえてきたのがほかでもない、ありゃ靴磨きのレッドの声だ。いままでに十回も膝をついてボロキレもってキュキュッキュってビートを取ってスロースロップのエナメル黒靴を磨いた・・・ヒョロリ長身の髪の毛

リートとのセッション中、この特別な奏法を作り上げたことは、ジャズ（ビバップ）の歴史の有名な逸話。

をド派手な赤毛をコンクにした*28その少年、ハーバードの学生にはただの「レッド」で通ってる――「なあ、レッド、シークのゴム、*29一丁欲しいんだけどさ」「幸運の電話番号、もってたりしないか、レッド？」――このニグロ少年の実の名前を、トイレに半分潜りこんだスロースロップは――ゼリーかクリームか、ヌルリとした太い指が、尻の割れ目からケツノアナに伸びて恥毛を（地勢図の谷間に這う等高線のように）二手に分けた瞬間に――初めて耳にしたのだ。**ほんとの名前はマルコムってのか。**あのブラックの兄さんたちはみんな以前から馴染みだった――ブッとんだニヒリストのレッド・マルコム。そのマルコムがいう――「驚いた、こいつ、ほんとに、ぜんぶケツノアナじゃん」それにしてもスロースロップ、こりゃまったくひどい恰好だ！　なんとか先へ潜りこんで、いま便器から突き出ているのは二本の足だけ、尻のふくらみは水面ぎりぎりのところ、蒼白いアイスの球みたいにゆらゆら浮沈している。白い便器の壁に外の雨と変わらず冷たい水しぶきが跳ねる。「逃がすなよ、捕まえろ！」「オーラァイ！」彼の脛やら足首に遠い手が伸びる。靴下留めがパチンとはじかれ、ハーバードの入学祝いにとママがせっせと編んでくれたダイヤ模様の靴下が引っ張られる。その靴下に御利益があったか、単に充分深く潜っていたのがさいわいしたのか、スロースロップは彼らの手を・・・

　地上の世界の最後の黒い接触をスルリすり抜け、いまは自由な魚さん、ケツの童貞も守られた。それを聞いてみなさんはホッと胸をなでおろすのか、それともツマンネーと文句をおっしゃるのかは知りませんが、スロースロップ本人は黙ったまま何も言わない――ほとんど何も感じてないから。なくしたハープがどこへ行ったか、いまなお手掛かりひとつない。ここは光もダークグレイで、あたりはほのかにしか見えず、スロースロップの意識

28 水酸化ナトリウム液などを使って縮れ毛を伸ばした黒人のヘアスタイルを「コンク」という。

29 マルコム少年が、ドラッグストアで安くコンドームを買ってはリッチな大学生に売りさばいていたというエピソードも『自伝』にある通り。「シーク」はアメリカのコンドーム・ブランド。

はしばらくの間、糞によって占められた。セラミックの（もうすでに鉄に変わった）トンネルの壁に細妙なパターンをなしてこびりつく、どんな水流も流しさることのできない糞。硬水が含むミネラルと一体化して褐色のフジツボのようにこびりついた、豊かな意味をもつ便界のロードサイン。気色悪くてベトついて、謎めいて彫金的[30]なこれらの形態が薄ぼんやりと現れてはスムーズに通りすぎていくなか、長い曇った排泄の道をスロースロップは進んでいく。上方でいまもほのかに脈打つ「チェロキー」のビートが、海へと向かうこの旅にお伴する。これら糞の痕跡のうちあるものは、ハーバードの知り合いの、どいつの糞かが明白になる。中には当然ニグロの糞もあって、そういうのはどれも同じで見分けがつかんけど。ヘイ、こりゃあの〝がっつき〟ビドルの糞じゃないか、ケンブリッジの〈風愚亭（フーズ・フォリー）〉でみんなして中華（チャプスイ）を食ったときのか、見ろよモヤシがついてるぜ、プラムソースの痕跡もわずかに残ってる…おい、なんか感覚が、すげえ鋭くなってる…〈風愚亭〉かよ、ありゃ何ヶ月も前のことだったな。おっ、そして〝ダンプスター〟・ヴィラードのじゃん。あの晩、あいつ便秘してたろ、この松ヤニみたいに黒くこびりついたのが、いつの日かダークに澄んで永遠の琥珀となるのか。それが壁に、ぶっきらぼうに、イヤイヤへばりついている（こびりついているのではない、その逆だ）のを前にすると、糞に対して感度の上がったスロースロップは感じることができた、前学期にダンプスターが自殺を図ったときのヤツの哀れな胸内が伝わってきた。微分方程式はきれいに解けてくれないし、母親はああだし（つばの垂れた帽子に絹のストッキング姿でテーブル越しに身を乗りだしてスロースロップのカナディアン・エールの壜を飲み干してしまったことがあったっけ）、ラドクリフの女の子は避けるように行っちまうし、マルコムが売りこんでくる黒人

30 原文は icky and sticky, cryptic and glyptic と、韻を踏んだ名調子。

女が「ドル刻み」でやってくれるのは性的虐待ばっかで、苦痛か財布に限界がくるまで（母親からの仕送りが遅れりゃそうなる）痛いのが続くだけ。そんなダンプスターの糞の浮彫も上流のくすんだ光の中へと消えて、スロースロップはいまウィル・ストーニーブロークの、J・ピーター・ピットの、そして大使の息子のジャック・ケネディ[31]の残したしる、、、しを通過する——ジャックは今晩どこなんだよ。ハープを救ってくれるやつがいるとすりゃ、あいつ以外ない。スロースロップもジャックを遠くから敬愛していた——スポーツマンで、ジェントルマン、クラスの人気も集めていた。だけど、歴史のことになると狂ったように夢中になるんだよな。ジャック……ジャックなら、重力に逆らって、あのハープが落ちていくのを食い止めてくれるかも。いま、大西洋へ向かうこの航路にただよう塩と草と腐敗の臭いが、砕け散る波音のように微かに押し寄せてくる。そう、ジャックだったらできたかも。演奏される音楽が変わる日のために……可能性の中に浮かんでいる百万ものブルースラインのために、オフィシャルなピッチからずら（ベンド）した楽音[32]、まだスロースロップには吹き鳴らすだけの息（テク）がない未来の楽音のために……いまはだめでもいつか……もしあのハープが見つかったら、そのときはたっぷり水をふくんで自由に吹き鳴らせるかもしれない、と、そんな希望を抱きながら、ウンコと一緒に運ばれていく……

トイレを下る、なんたる姿
バカにもほどがあるだろに
みなさんオシッコしないでよ
チャップチャップ　ラランのラン……

31　後の大統領ジョン（〝ジャック〟）・ケネディの父ジョーゼフが駐英大使だったのは一九三八年から四〇年まで。ジャックは一九三九年にはイギリスからハーバード大学に戻っていた。

32　ブルースらしく音程を低めにスライドさせる奏法をベンディングという。

まさにそのときだ。押し寄せてきたのだ。津波のような轟音が。排泄と嘔吐と紙と糞滓を詰めこんだビックリ仰天の混成モザイクが。パニック状態のスロースロップを直撃すべく、不運の犠牲者目がけて突進するＭＴＡ[*33]の地下鉄車輌の迫力で。逃げ場はない。金縛りになったまま肩越しに振りかえる。迫りくる壁は糞紙の長い触手をたなびかせている。衝撃波がぶつかる——*GAAHHH!* ぎりぎりの瞬間に彼は華奢なカエルキックを返すけれど、筒状の汚物塊はすでに彼を押し、背骨の上部にそって黒いコールドビーフのゼラチンを這わせ、巻き付いてきたトイレットペーパーが唇と鼻の孔をふさいだ。襲撃の去ったあと、たまらない汚臭の中で瞼をパチパチ、睫毛についた微細な糞片を払いのけるって、こいつぁジャップの魚雷攻撃より悲惨だろ！　褐色の濁流がすごい勢いで通りすぎ、グルリグルリと彼の身体を回して——いるんだろうが、暗黒の糞嵐のなかじゃそれを視覚的に確かめる手だてもない……ときどき身体が下生えをかするような感触がある。それとも何か小さくて繊細な樹木なのか。そういえば、固い壁にふれる感覚が消えた。身体がグルグル転げるような感じになってからは一度もだ……

スロースロップを包む茶褐色の闇があるとき明るくなりはじめた。ほんとうの夜明けのように。頭から眩暈感が消えていき、最後に残ったちぎれ紙も半分とろけて……悲しく、水に溶けて消えていく。うす気味の悪い光が彼の身体を徐々に照らしだす。淡い、大理石の筋のついた光だ。何を映しだす気だろう、見たくない。早く消えてくれないか。だが、こういう荒涼とした土地には連絡員（コンタクツ）がいるものだ。なじみの人びと。ここは古い石造の遺跡、細かく凝集した部屋のひとつのなかだろうか、多くは屋根もなく風化したままの小部

33　ボストン市営交通局。

屋が連なる。黒ずんだ暖炉に薪が燃え、錆びついた業務用サイズのライ豆の空き缶で湯が煮え立ち、その湯気が煙突のひび割れから立ちのぼる。男たちはすり減った敷石に腰を下ろして、何の交渉だろう・・・スロースロップに確かなことはわからないが・・・漠然と宗教的な感じがする。・・・寝室はフルに家具つき。変化し赤々と輝く照明、壁と天井から下がるビロード地。青い数珠玉が人知れず、ケープハートのラジオの下の埃の中に埋もれている。干からびた蜘蛛の死骸。カーペットの複雑なケバ立ち。家々の構成の細やかさにスロースロップは驚かされる。ここは避難所だ。災難からの。いや、トイレに流されることからのとは限らない。この地では、一面の青空に変化を与える、空の彼方の異常現象以外に「フラッシング」[*34]は観察されない。この地は、別の災難に激しく曝されている。それは何か、グショグショにぬれた哀れな姿のスロースロップには見えないし、聞こえもしない・・・毎朝が真珠湾攻撃のようなのだ、空から不可視のまま落ちてきて炸裂する。・・・彼の髪にはトレペがからみ、右の鼻の穴にはケバ立った厚い糞片が詰まっている、うへっ、うへっ。衰弱と崩壊はこの地では音もなく進行する。太陽もなく、月もなく、ただゆっくりと滑らかなサイン・カーブを描いて明と暗とが入れ替わる。これは黒人のディングルベリーだろう、彼にはわかる。指をつっこんでまさぐるが、真冬の鼻クソのようで、固くてとれない。指の爪からは血が出てきた。彼はひとりだ、部族共有のコミューン空間を出て、ひとり、砂漠の朝に身を包まれている。赤茶色の鷹が一羽、二羽、気流に乗って舞い上がり、地平線の彼方を見ている。寒い。風が強い。孤独を感じる。みんな中に入ってほしいようだが、それはできない。一度中に入ると、血判を押したみたいなことになりそうで。二度と放してもらえなくなりそうで。何かをするように頼まれない保証はない・・・何かと

34 flushing＝トイレを流すことのほか、顔を赤らめること、空が暖色系の色に染まることをいう。

ても・・・

はがされた石のすべて、アルミの薄片、木くずや布きれのすべてが舞い上げられ落下する。一〇フィート上がったかと思うと鋭い音を立てて舗道に叩きつけられる。光は水の中のような淀んだ緑。通りに散在するすべてのガラクタが、まるで深い規則的な波に揉まれるかのように、リズムに合わせて上下動を繰りかえす。その垂直のダンスから距離感をつかむのはむずかしい。舗道を叩く音は、規則的なビートだ。12拍子の12拍目をスキップする・・・アメリカに昔からある歌のリズムだ。・・・通りにはひとっ子ひとりいない。夜明けだろうか、さもなくば夕暮れか。ガラクタの金属部分が、強烈に、青くみえるくらい執拗に輝く。

レッド・マルコム、覚えてないか、
悪魔の灰汁（デビル・ライ）で髪の毛まっ赤にした子だよ・・・

登場したのはクラッチフィールド、またはクラウチフィールド。西へ向かう男。西進する男の「原型」ってんじゃなくて、西へ向かう唯一の男。いいかい、たったひとりなんだぜ。こいつと戦ったインディアンもひとりだった。たった一度の戦い。勝利もひとつ、敗北もひとつ。それで大統領も一人、暗殺者もひとり、選挙も一回だけ。そうなんだ。万物すべてはひとつだけ。あんた、唯我論というのは考えたことあるよね。建物のなかの、あんたの階にひとりだけしかいない、他の階のことはノー・カウント――でも実際は、それほど孤独の場所でもないんだ。そりゃスカスカだけど、まったく独りってのよりはぜんぜんマシさ。すべての物がひとつずつある。悪くないよ。ノアの方舟の半分だって、ないよりゃましだろう。[*35] このクラッチフィールドって男は太陽と風と土埃を浴びて肌は褐色だ。納屋や馬小屋の濃い褐色の前に立つと、質感の違う材木が立ってるってふうだ。紫の山の斜面を背にして、なかば太陽を見つめる姿は、気立てのいい屈強な男といったふうだ。男の影が、納屋の中へ粗々しく伸びる——梁、柱、馬屋の仕切り、飼葉桶の組み脚、垂木、陽のさしこむ天井板、それら木材のネットワークによって運びこまれて。陽の傾いたこの時刻も、天上世界は目もくらむほどの明るさだ。離れの小屋の裏で、誰かマウスハープを吹いている。音楽の大食漢(グラトン)というべきか、大きな五音コードをいっぺんに吸いこみながら、鳴らすチューンは——

《赤い河の谷間(レッド・リバー・バレー)》

スイセーンの　クソと　流れる
にいさん　よってらっ　しゃいなぁ
トイレーはどこにも　逃げません
ここらーのウンチは、サイコーよ[*36]

たしかにレッドのリバーだ、ウソだと思うなら〝レッド〟に聞けや、どこにいるか知らねえけど（「レッド(アカ)」の意味を教えてやろう、アカってのは、FDR(ローズヴェルト)のお友達さ、なんでもかんでも自分らの物にしようって手合いだ、女のアカは脛毛を生やしてて、自分らの物

35　「ノアの方舟」にはすべての種が、一対ずついた。原文は「パンは半斤（half a loaf）だって、ないよりゃまし」という言い回しをもじっている。

36　このメロディは、日本でも「サボテンの花さいてる／砂と岩の西部——」の詞で知られている。〝レッド〟には「インディアン」の意味もある。PISCESの探査のテーマは、黒人に対する無意識の感情からインディアンへのそれへと変化した。

にならねえってーと、夜中に爆弾破裂させて黒鉄のまわりに血の雨を降らすんだ、灰色帽子のポーランド人の上にもオクラホマの百姓にもクロンボにもそうさとりわけクロンボだ・・・）

えーと、こっちではクラッチフィールドの相棒[*37]が納屋から出てきた。相棒っていっても、当座の相棒さ。クラッチフィールドってヤツは、広大なアルカリ土の平原で次々と相棒をつくっちゃバイバイしてきた。サウス・ダコタじゃおつむの弱い男をひとり、

サン・バードゥーでひとりのかわいい博打うち、
線路仕事から逃げだした中国人のかわいいの
黄色いケツが、フー・マンチューと一緒！
淋病がひとり、甲状腺がひとり、
ひとりは末期のハンセン病、
右足ビッコ、左のビッコ、
両足ビッコで合わせて三人！
オカマがひとり、オナベもひとり
クーロンボがひとり、ユダ公ひとり
バッファローつれた、インディアンもひとり
ニューメキシコの、ハンターもひとり・・・

どこまでも続く。どれもこれもひとりずつ。このクラウチフィールドはテール・モーヴェ[*38]

37 原文は partner の訛った pard。ローン・レンジャーに対するトントのように、アメリカのポップ・カルチャーでは有色人種（あるいは何らかの意味で「他者」）が選ばれることが多い。

38 不毛の地「バッド

の〈白いチンポマン〉なのであって、男女を問わず、動物の種別を問わず、どんな相手ともやりまくる。ただしガラガラヘビだけは別だ。いや別だったんだが、このごろはそのガラガラヘビ（これまた一匹しかいない）とやるところを夢想しはじめたようす。包皮をくすぐる二本の牙・・・青白く開いた口、悦に入った恐怖の三日月の眼。当時の相棒が、ワッポというノルウェー人と黒人の混血で、そいつが馬具に対して性的興奮を感じるヤツで、馬具収納室で汗と革の臭いにまみれながら鞭打たれるのがたまらない。ふたりの旅はきょうで三週間め。相棒とのつき合いがこんなにもつのは珍しい。ワッポの召し物は輸入もののガゼル革のカウボーイ・パンツ。これはクラッチフィールドがイーグル峠でアヘン吸いの賭博の胴元、焦熱のメキシコの荒野へ向けてリオ・グランデ河を渡りつづける男から買ってやったものだ。マゼンタとグリーンのバンダナ（これは規制品目）もワッポの大のお気に入り。（クラッチフィールドの故郷*39「ランチョ・ペリグロッソ」の家にはこの手の絹のスカーフが押し入れいっぱい詰っているらしく、西部の岩肌と河床の道へ繰りだすときは、鞍袋にスカーフを必ず一、二ダース入れておく——ってことは、「なんでもひとつ」の規則が当てはまるのは、相棒のような生き物だけで、バンダナのようなただの物品に対しては当てはまらないということか）。ワッポはまた日本産の絹で作った、つやつやしたオペラハットをかぶっている。きょうの午後、納屋から歩み出たワッポ君、実にとってもキマっている。

「あっ、クラッチフィールドさんだ」片手をひょいと挙げる。「わざわざ出向いてくれるなんて、感激だなあ」

「おれが来るの知ってたくせに、このぉ」ワッポがこんなに油断のならんやつだとは。主

ランド」を意味するフランス語。

39 サイケデリックな配色の典型として以後も（208ページ等）ピンチョンのテクストに繰り返し登場する。

人の心のスキを突いて、アフロ＝スカンジナビアンの蒼黒い尻に鞭跡をつけてもらおうと画策するんだ。暗黒大陸の種族特有の丸みと、われら北方人種の血統の、たくましきオラフ王の高貴に張った筋肉を併せ持つ可愛いオケツ。ところがクラッチフィールドはプイと背を向け遠くの山々を見つめるだけ。ワッポがむくれる。頭上のトップハットに、近づきつつある大虐殺が映りこんだ。だが白人男である彼には、「トロ・ロホ[40]が今晩くるぞ」みたいなセリフは、冗談にも口にできない。それはふたりとも重々知っていることだ。あの生臭いインディアンの臭（にお）いを運んでくる風が吹くだけでわかる。おうおう、撃ち合いだ、うんざりするほど血が流れ、その血を強風が運んで木々の北側を照り焼きの色にするだろう。インディアンは犬を連れてくるだろう、この灰だらけの荒野にいるただ一匹のインディアンの犬。そいつはワッポと格闘したあとラス・マドレス[41]の埃だらけの広場の露店肉屋に吊される。大きく見開いた目で、疥癬だらけの皮はまだ生きているときのまま。広場の向こうの教会のモルタルや石造りの壁が陽に照らされ、吊された皮膚を黒く跳び回るノミの姿まで見える。ワッポの歯が頸動脈を咬みきったあたりは（頭が一方に傾いているのは首の腱までかみ切ったのか）血が黒く固まっている。吊鉤が刺さっているのは二つの脊椎骨の間だ。メキシコの女たちがつつくたびに、死んだ犬は億劫そうに揺れる。広場は昼前の市場の匂い。揚げ物用の青いバナナや、〈赤い河の谷間〉でとれた甘いベビーキャロット、形のくずれた種々の青果物、ジャコウの香りのシラントロの葉、強烈なホワイトオニオン、陽を浴びて弾けそうなほど発酵したパイナップル、山キノコを積み上げた大棚。ケースが積まれ、衣服が吊された中を縫うように進むスロースロップ。その姿は誰にも見えない。透明人間として、馬と犬と豚の間を、褐色の制服に包まれた国民軍とショールで赤

40 「赤い雄牛」を意味するスペイン語。

41 メキシコの東シエラ・マドレ山脈をさす。

ん坊をくるんだインディアンの女たちと、向こうの山の中腹のパステル色のお屋敷から買い物に来たメイドの間を動き回る。広場は生命の躍動感に充ちる。スロースロップは困惑する。あれれ、ひとつずつしかないはずじゃなかった?

A　そうだ。

Q　じゃあ、インディアン・ガールもひとり……

A　生粋のインディアンがひとり。メスティーサ[*42]がひとり。クリオーリャ[*43]がひとり。それにヤキ族がひとり。ナヴァホがひとり。アパッチがひとり——

Q　待てよ。インディアンはそもそもひとりだけだったんじゃないか。クラッチフィールドに殺されたのが。

A　そうだ。
　最適化の問題として考えてみるといい。国がもっとも効率的に養えるのはそれぞれひとりだけだろう。

Q　それ以外はどうするんだ。ボストン。ロンドン。都市に住んでるインディアンは、存在するの、しないの。

A　存在している人もいるし、存在してない人もいる。

Q　じゃ、その存在している人は必要なの、必要じゃないの。

A　それはきみが抱いている考え次第だろう。

Q　よせやい、おれ、考えねえよ、そんなこと。

A　わたしらは考えるのだ。
一瞬、アルデンヌの森[*44]の、雪の下に埋もれる一万体の死者が、ディズニーのキャラクタ

42　白人の血の混じったインディオの女。

43　これもかつてのラテン・アメリカでの人種カーストの言葉で、純粋なスペイン系の血を持つ現地生まれの女性を示す。

44　105ページ註12の「ルントシュテットの攻勢」参照。物語の「現在」は十二月二十日ころと想定され、まさにドイツ軍の攻勢の最中。

ーのような笑顔をふりまいた。白いウールの毛布にくるまり、番号札をつけて、まるでニュートン・アッパー・フォールズ[*45]かどこかの家族に引きとられていくのを待っている嬰児のようだ。そのイメージは一瞬で消え、次の瞬間には作られつつあるクリスマス・ベルがすべて、ピタリと息を合わせて今にも鳴りだしそうだ。いつもランダムに打ち鳴らされるサウンドが、このときばかりは完全なハーモニーをなして、具体的な慰安と手近な喜びを約束してくれるかのよう。

だが場面はロクスベリーの坂道へ移っている。アーチ型に踏みしめられる雪。黒いゴム底がつけるギザギザ模様。足を動かすたびに、オーバーシューズの留め金がチリンチリンと鳴る。スラムの闇の中の雪は、ネガ・フィルムで見る煤のよう…夜の闇から闇へただよう…朝の光が映しだす煉瓦（夜が明けそめて初めて彼はそれを目にする、オーバーシューズの中で痛む足を引きずり、坂道を昇り降りしてタクシーを探しながら）は繰りかえす霜の襲来に深く芯まで燃えるように腐食している。ビーコン・ストリート[*46]でもこんなふうに時が経過していたなんて、スロースロップは知らなかった。

陰に男が立っている。顔面は黒と白とのパンダ模様。よく見れば傷の癒えた跡やらふくらみだらけだ。この密売人（コネクション）と会うために、はるばるここまで歩いてきたのだ。その顔は飼犬のように弱々しく、顔の持ち主は肩をすくめてばかり。

スロースロップ：やつはどこだよ？　なぜ来ない。あんた誰だ？

声：キッドはサツにパクられた。だがスロースロップ、おれのことを忘れたかい、ネバーだよ。

スロースロップ（まじまじと見て）：*You*, Never?（ポーズ）*Did* the Kenosha Kid?[*47]

45 ボストンの西に隣接する住宅地域。

46 ボストンの中心区を抜けて西へ向かうこの通りは、アメリカを動かしてきたWASP（白人プロテスタントの支配階級）の象徴として、以後も繰りかえし登場する。「ビーコン」の意味は「導きの光」。

47 「あんたが、ネバー？　ケノーシャに一杯食わされたのかよ」

□□□□□□

〃クリプトザム〃[*1]とは、ドイツ国防軍最高司令部ＯＫＷとの研究委託契約によってＩＧ（イー・ゲー）ファルベン[*2]が開発した安定的チロシンを特許登録した製品であり、精液に含有される、現時点［一九三四］では正体不明の因子との接触において、当該チロシンの、メラニンすなわち皮膚色素への転化を促進する。[*3]精液の存在がなければ〃クリプトザム〃は不可視に留まる。この分野で使用しうるいかなる試薬も〃クリプトザム〃の可視色素化を生じさせることはない。暗号文書への適用にあたっては、性器膨張ならびに射精を確実ならしめる刺激が同時に渡るように計るとよいであろう。受信者の性的嗜好を完全に把握しておくことは極めて有用であると思われる。

――ラスロ・ヤンフ教授博士
「クリプトザム」（宣伝用小冊子）ベルリン、アグファ社、一九三四年

クリーム色の厚紙、GEHEIME KOMMANDOSACHE[*4]と黒い文字で銘うった下に、フォン・バイロス[*5]かビアズリー[*6]の作風を思わせる、細いペン先できめ細かく描きこまれた絵。描かれている女はスコーピア・モスムーンとうり二つだ。いつか一緒に住みたいとふたりで語ったことはあっても実際目にしたことはない部屋は、フロアから一段下がったところにプー

1 ギリシャ語の「クリュプトス」（隠れた）と（ドイツ語の）「ザーメン」を合体させた、ピンチョンの造語。

2 一九二五年、化学・繊維・染料・薬品関連企業六社の合併によって成立。有機化学産業における世界最大級のコンツェルン（一九三八年の従業員数二十一万八千）を形成しつつ、ナチ党と結託しその戦略を支えた。この小説の隠れた主役ともいえる存在。

3 チロシンとメラニンの働きについては、283ページに註記した。

4 ゲハイメ・コマンドザッヘ＝極秘指令文書。

5 フランツ・フォン・バイロス侯爵は世紀末ド

ルがあり、天井からは絹のドレープがテントのように下がる――まさにデミル映画の世界であって、[*7]オイルを塗ったほっそりとしたお付きの女性が控え、頭上に真昼の光が降り注いでいる気配がある。厚い枕（ピロー）の間に寝そべるスコーピアはベルギー・レースのコルセットと、黒のストッキングと、靴を履いたままの姿。彼女のこの姿態を彼は何度想像したことか、だが一度も――

そう、もちろん一度も、彼女に漏らしたりはしてない。誰にも告げたはずはないのだ。英国で育つ若者の常として、彼もある種の物（フェティッシュ）に反応して勃起し、おまけにその反応を恥と感じるよう条件づけられているのだから。どこかに自分の調査書類が存在するのだろうか？　思春期以来、彼が見たり読んだりしたすべてが〈かれら〉に――〈かれら〉？――モニターされていたのか…それ以外どうやって〈かれら〉はこんな情報をつかむことができるんだ？

「だまって」彼女がささやく。オリーヴ色の太腿をそっと撫でる指先、コルセットのトップからは露わな胸がこぼれ出そうだ。顔は天井を向いているが、目はしっかりパイレート自身の目に向けられている。欲情した切れ長の目、長い睫毛の向こうでキラリとする二つの点…「あの人とは別れるわ、ここでふたり、暮らしましょ。ずっとベッドの中で愛しあうの。わたしはあなただけのもの。ずっと前からわかってた…」舌先が小さくとがった歯を舐める。すべての光が集まる中心に柔毛のデルタがある。彼の口腔内に、例の味覚が広がりだして…

オッと、あぶない、ズボンから引きだした瞬間にはもう、まわり中に飛びちらせてしまっている。だが、大丈夫だった、絵と一緒に封筒に入っていた白紙の紙片になすりつける

イツの春画のほか、ダンテの『神曲』の挿画などでも知られる。

6 アール・ヌーボー期を代表するイギリス画家のひとりオーブリー・ビアズリー。今も人気の作品として『サロメ』の挿画、『ヴィーナスとタンホイザー』の挿画など。

7 セシル・B・デミル監督の『クレオパトラ』（一九三四）への言及か。

だけの量は確保できた。真珠光沢の膜を指で塗りひろげる。おもむろに、ニグロの褐色となって浮かんでくる——彼に宛てたメッセージだ。シンプルな換字式のニヒリスト暗号だ。[*8] キーワードのいくつかは数字の並びのまま言い当てられる。およそのメッセージは暗算で了解できた。時間、場所、助け（ヘルプ）の依頼。[*9] その暗号は燃やす。大気圏外から落ちてきて、零度の子午線から取り出されたメッセージは燃やして、絵のほうは取っておく。手を洗う。前立腺が疼く。事の全体が見えているわけではないのだ。どこかで援助を得られるわけでも、訴えでる場があるわけでもない。言われるまま出かけていってその諜報員を連れもどすだけ。このメッセージは最高レベルからの命令と同等なのだ。

遠くから、雨を通して、いままたもう一機、ロケットが炸裂した。きょうはもう三機目だ。空がヴォータンの激怒の軍隊[*10]のように暴れまくっている。

パイレート自身のロボットの手が、必要な証票や書類を求めて、引き出しとフォルダをまさぐる。今夜は眠れないぜ。途中で一杯のコーヒーかシガレットを口にする機会すらないだろう。なぜなのだ？

8　一八八〇年代に帝政打倒を謀るロシアのニヒリストが使った、数字による暗号。

9　誰がヘルプを求めているのか、そのメッセージがなぜV2内のシリンダーに入っていたのか、やがてヒントが得られる。

10　ヴォータンは北欧神話のオーディンに相当する、ドイツ神話の戦争の主神。

□□□□□□□

ドイツでは、終わりが近づくなか、壁にいつもの言葉が満ちる。WAS TUST DU FÜR DIE FRONT,[*1] FÜR DEN SIEG?[*2] WAS HAST DU HEUTE FÜR DEUTSCHLAND GETAN?[*3] “白のおとずれ(ホワイト・ヴィジテーション)”の壁の言葉もいつも同じ——氷である。日射しのない日の、氷のグラフィティ。黒ずむ血のような煉瓦とテラコッタに透明な皮膜をかけ、この使用法の忘れられた旧式の装置を、ひとつの建築ドキュメントとして、透明な博物館的プラスチック・シートで気象の作用から覆ってしまおうというのだろうか？　まちまちな厚さをなす氷の凹凸が刻むメッセージは、冬の盟主たる土地の〈氷師(グレイシスト)〉らが読み解き、彼らの論集で議論すべき事柄だろう。海岸よりの、坂をのぼっていくほうには、いにしえの修道院が建っている。風吹きつける窓にまるで光のように雪がはり付いているその建物の屋根は、そのむかしヘンリー八世の躁病的気まぐれによって破壊されたままだ。[*4] 残った壁はいまも建ちつづけ、聖人なき窓穴とともに塩の風を和らげている。風の走る草の床は季節に応じて緑からブロンドへ、そして白へ、変化をリプレイしつづける。パラディオ建築[*5]の屋敷の向こう、恨みのこもるうつろな薄闇に見える景色といえばこれだけだ——修道院か、さもなくば大きな

1　あなたは戦地のために何をしているか。

2　勝利のために

3　ドイツのため今日あなたは何をしたか。

4　ローマ教皇と対立して「国王至上法」を成立させたイングランド王ヘンリー八世により、一五三〇年代後半、四百近くの修道院が王のもとに没収された。

斑点模様のなだらかな登り坂。崖は海を視界から隠しているが、日によっては潮の具合で、嗅覚が海をとらえることがある——太古にまで遡る先祖の悪臭もろともに。一九二五年のこと、〝ホワイト・ヴィジテーション〟に収容されていたレグ・ル・フロイドという患者が逃げだした——町を抜けて坂を駆けおり、崖の淵に立ってふらふら揺れた。髪の毛も、病院の寝間着も風になびき、何マイルもの南海岸のコーストラインの視界が揺れた。右も左も突堤と遊歩道、それが消えていく先は海から立ちのぼる霧のなか。ル・フロイドを追う野次馬の、先頭を走るスタグルズ巡査が叫んだ。「飛びこむな」

「そんなことは頭にない」ル・フロイドは海を見つづける。

「だったら何をしに来た、言いたまえ」

「海を見たかった」ル・フロイドが説明する。「海を見たことがないんだ。海とぼくとは、ほら、血がつながってる関係なのに」

「ああ、そうかい」と、その間にも、抜け目なく距離をつめているスタグルズ、「ご先祖さまに会いにきたってわけだ。たいへんけっこう」

「〈海の王〉（ロード・オブ・ザ・シー）の声が聞こえる」ル・フロイドは、驚異にうたれて叫んだ。

「ほう、そうかい。で、その王様の名前はなんてえの?」ふたりとも顔からしずくを垂らしながら風に向かって叫んでいる。

「知らないよ。何かいい名前あるかな」

「バートってのはどうだ」と応えながらも、この巡査、右手で相手の左肘をつかむのだったか、左手で右肘をつかむのだったかを思いだそうとしている。

ル・フロイドが振り向く。その目が初めて、追ってきた男の姿と、背後に群衆をとらえ

5 十六世紀のベネチアの建築家アンドレア・パラディオに由来する、古代ローマを模した様式。

る。彼の目が丸く、穏やかになる。「バートか、いいだろう」と彼は言って一歩下がり、虚空を踏み抜く。

イック・リージスの住民が〝ホワイト・ヴィジテシーョン〟について知る、気晴らしの逸話といえば、これがひとつあっただけ。ブライトン市からあふれ出てくる、ピンク色に日焼けしたりソバカスだらけの海水浴客を眺め、フロッツァムとジェッツァム[*6]が日々の世相を歌にするのを聞き、落日の遊歩道を歩く夏の日、写真機の絞りは海の光のまぶしさに応じて閉じたり開いたり、風は身に気持よく、凪は空をやさしく見せる、眠れぬ夜はアスピリン、そんな繰り返しからの解放を土地の人たちに提供してくれた唯一つのエンタテインメントが、ル・フロイドの身投げの話だったのだ——この戦争が始まるまでは。

ポーランドの敗北を受けて[*7]、突如として大臣らを乗せた車列が、排気音も漏らさず、帆船(スループ)が漂着するようにしずかに、〝ホワイト・ヴィジテーション〟へ乗りつけた。一夜を通して現れつづけたクロームの光りもない黒塗りの車体は、星明りのもとでは黒光りしたけれども、闇夜であれば、いまにも正体の割れそうな顔々をカモフラージュし、遠く記憶の底へ沈めてしまう。…そしてパリが陥落した[*8]とき、この崖岸にはアンテナを大陸に向けたラジオ送信局が建った。アンテナ自体が厳重に警備され、陸線通信のケーブルは草地を越え建物までミステリアスに続いていたが、その建物の警備がまた厳しく、特別な恨みを抱く、鞭打たれ、腹をすかし、人が近づけば無条件に飛びかかって殺す犬どもが、昼夜を問わず巡回していた。お上(かみ)のトップの誰かが、さらに高く舞いあがって、プッツンとイカレてしまったのかね？　うちの陣営は〈ゲルマンの鬼畜〉の士気を挫くために、狂人のめちゃくちゃな思考とか罵倒の言葉とか、放送で浴びせているのかい？　そりゃまるでスタグ

6　Mr. Flotsam and Mr. Jetsam の芸名（日本語にすれば「ガラさん・クタさん」か）で一九二〇年代から活躍した、自作のコミックソングを歌う二人組。

7　一九三九年九月一日、東部へ侵攻したドイツ軍は、連合軍の反応が遅れるなか、同月のうちにポーランドを制圧した。

8　一九四〇年六月十七日。

9　架空のキャラクター。

10　ヤーコプとヴィルヘルムの兄弟の仕事は、童話の収集や辞典の編集に留まらない。ヤーコプがゲルマン民族の神話的過去を記述した大著『ド

ルズ巡査の話とそっくりだ。ディープでさ、もの珍しい。答えはイエス。お上はそれ全部やっている。いやもっとだ。

〝ホワイト・ヴィジテーション〟の人に聞いてごらんよ。BBCの饒舌なマイロン・グラントン[*9]のマスター・プランは何かって。その溶けたタフィーのような声、覚えてるね、何年も、ブークレ織りの布のすり切れたラジオ・スピーカーからイギリス人の夢の中へ、フォッギーな古い頭へ、半分聞いていない子供たちの心へ染みこんでいた。……グラントンは、ずっと待っていた。最初のうちは、データがなかった。自分の声を放つしかなかった。なんのサポートもなしに、なんとかゲルマンの心に響くテーマを工面しなくてはならなかった——捕虜の尋問文書、外務省の手引書、グリム兄弟の著作[*10]、自身の旅行者としての記憶を手当たりしだい織り交ぜて(ドーズ時代[*11]の若き不眠の日々の旅の記憶断片といえば、ライン南岸の斜面を彩る、陽光に緑まぶしい葡萄畑と、夜は、もうもうとした煙草の煙のなか、ウーステッド地がきらめくキャバレー、カーネーションが連なるような長いフリルのついたサスペンダー、細やかに交差するライティングに照らされた絹のストッキング……)。だが、ついに米軍が来て欧州連合国派遣軍最高司令部(SHAEF)ができあがり、たまげるほどの予算が流れてきた。

その計画の名は〈ブラックウィング作戦〉。準備に五年もかけた、凝りに凝った計画だ。誰ひとり、グラントン自身でさえ、自分が考え出したなどとは言いだせない。「真実の戦略」[*12]という名前で、基本のガイドラインを敷いたのはアイゼンハワー将軍自身。物語を吊すための〝リアル〟なフックがないといかん、と将軍は主張した。銃弾の穴だらけになった処刑場の壁にフックを掛けて、そこに物語を吊るせとばかりに。そうしたところへ、S

イツ神話学』(*Deutche Mythologie*, 英訳 *Teutonic Mythology*)は、作家ピンチョン自身の主要情報源となっている。たとえば、ル・フロイドの語る「海の王」の名がBertであるのは、おそらく同書で触れられている、船乗りをみちびく白き女神Berthaからの連想と思われる(『GRC』)。

11 チャールズ・ドーズは、合衆国の予算局長官として、一九二四年「ドーズ案」によって第一次大戦のドイツ賠償方法を画定し直した。この方法は一九二九年に再度見直される。

12 ファシスト政権のプロパガンダに対抗するには「真実」を流すのが一番、というアメリカの宣伝戦略のモットー。

OEの〝海賊〟プレンティスがみずから仕入れた機密をもってきた。ドイツには本物のアフリカ人がいる。旧独領南西アフリカ、ヘレロ族の男たちが、秘密兵器プログラムに従事しているというのだ。マイロン・グラントンはふとひらめいて、ある晩、完全なアドリブでマイクに向かった。以下の放送が、最初の〈ブラックウィング作戦〉の発令へとつながったのである。「かつてドイツは、厳しいけれども慈愛に充ちた養父のようなやり方でアフリカ人を扱い、必要だった折檻が死をもたらしたこともよくありましたね。覚えてますか？　しかしそれは遠い南西アフリカでのこと、[*13]あれから一世代が経ちました。いまヘレロ族は養父の家で暮らしています。お聞きのみなさんの中にも、ご覧になった方がおいででしょう。いまヘレロ族の人間は消灯時刻を過ぎても眠らず、眠れる養父を見守っています。おのれの肌の色である夜に守られ、その姿は見えません。何を考えているのでしょう？　あなた方の、黒い、秘密の子供たちは今夜どこにいるのでしょう？　いまこの瞬間に何をしているのでしょう？」さらに、この〈ブラックウィング作戦〉は、一人のアメリカ人を見いだした。スロースロップ中尉が、軽い昏睡状態に入って、アメリカの人種問題の深層を照らす貴重な次元のデータを提供してくれたのだ。終わりのころには、外国人の士気に関するデータがどんどん入ってくるようになった。クリップボードを手にしたアメリカの調査班が、真新しい防水ブーツやゴム長をきしらせながら、柔らかい雪の衣に被われた、解放された破壊の地から摘んできたというデータ——それは、古代人が信じたように、嵐の日の稲妻の襲撃によって生まれた真実のきのこ（トリュフ）である。その海賊版コピーが作られ、〝ホワイト・ヴィジテーション〟でも活用可能となった。プロパガンダのための組織PWDのアメリカ人と関係する男の仕事である。〈シュヴァルツコマンド〉という名を提

13　一九〇四年、反乱を起こした南西アフリカの民族に対するフォン・トロータ将軍の無慈悲な対応は、現地人虐待史の中でも特筆すべきもの。ピンチョンは『V.』で、独領南西アフリカの荘園屋敷を舞台とする「モンダウゲンの物語」（第九章）を書いたが、その後日談を『重力の虹』が引きついでいる。

案したのが誰なのかははっきりしない。マイロン・グラントンは「激怒の軍団」という意味の「ヴュテンデ・ヘーア」[14]というネーミングを気に入っていた。大神ヴォータンを頭(かしら)に、空の荒野を猛り狂って敵を追う霊たちこそ、その名にふさわしいと思った。だが、北方の神話だから南独バイエルンでは充分な効力が得られないかもしれないと言われれば、マイロンも認めるほかはない。

　効力というのは、じつにアメリカ的な異端の考えだが、〝ホワイト・ヴィジテーション〟では、誰もがそれを口にする。中でも声高なのがポインツマン氏だ。しばしばロジャー・メキシコから得た爆撃の統計資料をもとにしてしゃべる。ノルマンディ上陸[15]のころには、ポインツマンはすっかり鬱の季節に入っていた。大陸での大挟撃作戦は勝利をもたらす。となると、自分がすっかり住み慣れたこの〈戦争〉の国は滅んで〈平和〉に併合され、再建の運びとなる――〈平和〉から彼は仕事の上でほとんど何も得られたことはないのだ。各種レーダー、マジック魚雷、飛行機やミサイルの予算は降りてくるが、一方で、国防戦略全体から自分の居場所が消えてしまう。自分は一時期、店を任されたということで終わってしまうのか。アブリアクション研究施設(リサーチファシリティ)（略称ARF(アーフ)）を率い、一ダースほどの部下を集めたということで。バラエティ・ショーの舞台に出ていた犬の調教師と、獣医学専攻生が一人かふたり、そして非常にラッキーだったことに、大粛清[16]以前にコルトゥーシ研究所[17]でパヴロフの同僚だった亡命者のポルキェヴィッチ博士が来てくれた。犬は、毎週新しいのが十匹もくる。そのそれぞれに番号をつけ、体重を計り、ヒポクラテスによる気質の分類をし、檻に入れ、しかるべく実験にとりかかる。それから〈正典(ザ・ブック)〉の共同所有者、名づけて「オリジナル・セブン」。その生き残りはみなどこかの病院に勤務し、海峡を渡

14 Wütende Heer＝「激怒した」「狂乱の」という意味の wütende は雷神ヴォータンに由来する。

15 一九四四年六月六日。「Dデイ」と呼ばれる。

16 一九三七年と三八年の二年間だけで、スターリン政権が処刑した〝政治犯〟の数は六十八万人以上に及んだという統計が公表されている。

17 レニングラード近郊の村コルトゥーシにあったパヴロフの生理学研究所。

って送られてくる戦闘性神経症や砲弾ショックにやられた兵士や、本国で爆弾ないしロケット・ノイローゼにかかった人びとの処置にあたっている。V爆弾の落下が激しさを増してからは、かつてなら数世代に一度くらいしかお目にかかれなかったアブリアクションに頻繁に立ち会うようになり、新しい研究の方向も多面的に開けてきているというのに、PWE[18]からの資金はポタポタと滴のようにたれてくるだけ。必死の訴えも、組織の網の目の中でかき消され、ARFに降りてくる予算では、戦争の帝都のコロニーにはなりえても、とても一国としてやってはいけない。…統計学をやっているメキシコの同僚たちは、唾液の数、体重、電圧、音のレベル、メトロノームの周期、鎮静剤の投薬量、切断された求心性神経の数、除去された大脳皮質のパーセント、麻痺、視覚聴覚の機能停止および去勢の日付と期間を図表化してくれるし、〈心霊セクション〉の連中の――世俗的な野心は持たず、黙々と我が道をゆく彼らの――協力さえ得られているというのに。

　年老いたプディング准将は、この霊魂信奉者の一団とは、うまくやっていける。自身、そちらのほうにちょっと傾いているふしがあるのだ。しかしネッド[19]・ポインツマンは苦手である。この、研究費をせしめることとしか頭にない男を相手にすると、ただにらみ返すのが精一杯。事務的にふるまうのにも苦労する。父親は知っているが、息子の方が背は低く、顔つきも一段と不健康だ。父親はサンダー・プロッド連隊[20]の軍医で、ポリゴンの森[21]で腿に榴霰弾の破片を受けた。七時間も静かに横たわってたっけな、助けが来ていきなり一言もなく…あの、泥と恐ろしい悪臭の中でさ、そうだよ、ポリゴンの森だ…待てよ、あの男は――あの生姜色の髪をして帽子を被ったまま寝るやつは別な誰かか、ああ、記憶が。いいか、ポリゴンの森だぞ…だが薄れていく、無数の倒木、その枯れ果てて滑らかな灰

18 45ページ註**3**参照。PWEが統括する数々の組織のうち心理作戦を担当するのがPWDである。

19 エドワードの愛称。

20 この架空の名は、「雷神の刺し針」とも読める。

21 ベルギーのイープルの近く。「パッシェンデールの戦い」として知られる一九一七年七月から十一月までの攻防のうち、九月二十六日に連合軍が仕掛けた攻撃の舞台。幾多の犠牲を払って得たわずかな前進も、結局押し戻された。

色になった木の、木目の渦巻きは霧が凍りついたみたいに・・・生姜か・・・雷か・・・だめだ、もうだめだ、消えてしまった、またもや消失。またひとつ、オー、オー・・・

この老准将、年齢は定かでないが、八十歳が近いことは間違いない——一九四〇年に軍に復職したのだが、戻った先は新たな空間だった。戦場ばかりではない。前線の形が毎日毎日、金色に照らされた意識の境界のように揺らめき変わる（だがここは、あまり不吉な表現は避けるべきだ、まるで彼らと同じになる・・・ここは「輪縄のよう」としておこう）というのもプディングには驚きだったが、それに加えて〈戦争組織〉そのものが別物だった。プディングはときどき、部下のいるのもかまわず愚痴を漏らす。「政治戦争[22]」などというところに入れるとは、どこの敵がワシをそんなに嫌っているのかと。〈戦争（ザ・ウォー）〉の組織には、次々と名前の付いたエリアができて、お互い同士協調が大事だとはいいながら、実際は驚くほどの不和の中で事が進む。体系的な死を目的とする事業では〈母なる都市（マザー・シティ）〉のコロニーができていくのだ。PWEの領分は、情報省とも、BBCヨーロッパとも、SOEとも、経済戦争省とも、そしてフィッツモーリス・ハウスにある外務省の政治諜報部とも重なりあっている。いや、もっとだ。そこへアメリカがやってきて、彼らのOSS[23]、OWI[24]、および陸軍心理戦部門との調整が必要となった。やがて英米合同のSHAEFにPWDができて、ここからの報告は直接アイゼンハワーに上げることになった。それらの全体を統轄するのが、ロンドンの情宣協同委員会であるのだが、これは実際の力をまるで持っていない。

誰がこの、はびこるイニシャルと実線点線の矢印、大小の記入枠、印字され記憶される名称の迷路を、迷わず進んでいくことができるだろう。アーネスト・プディングには無理

22 軍事行動に対し、プロパガンダや心理作戦による戦いを「ポリティカル・ウォーフェア」という。

23 Office of Special Services＝戦略事務局は、一九四二年にウィリアム・ドノヴァンを長官として発足。欧州戦線に勝利した後は、〝東部富裕層の共和党員〟であるアレン・ダレスを長官としてCIAに生まれ変わった。

24 Office of War Information＝戦時情報局。ニュース配信とプロパガンダ活動の拠点として数多くの支局があった。

だ。それができるのは、頭に緑のアンテナをつけた新人類の若造たちだけだろう。彼らは権力の発信波をキャッチし、利用する才がある。アメリカの政治言語に強く、ＯＷＩのニューディール推進派とＯＳＳ戦略事務局のバックにいる東部富裕層の共和党員だってちゃんと見分けられる。他人の心の奥底も、弱点も、茶飲みの習慣も、性感帯も、それらの情報をみな自分の脳内ファイルにしまっておいて、いつかそれを利用できる日を待っている。潜在的に利用可能なすべての人の情報をだ。

アーネスト・プディングは〈命令の連鎖〉を文字通り信じて育った世代である。ちょうど何世紀か前の聖職者が〈存在の連鎖〉[*25]を信じたのと同じこと。新しい結合形態は彼にはワケがわからない。戦場で彼が偉大な勝利をつかんだのは一九一七年、ベルギーはフランダース地方のイープルの塹壕戦。毒ガスのただよう世界最終戦の雰囲気をたたえた汚物だらけの闘いだ。そこで、無人地帯の輪縄の線を、最大で四〇ヤード前進させた——隊の兵力損失率はたった七割に抑えて。[*26]そして世界が大不況の時代を迎えたころ引退し、年金生活に入る。デヴォン州の人気のない屋敷の書斎で、昔の戦友の写真の、誰ひとり正面を正視していない顔に囲まれ、退役将校お気に入りの暇つぶしである「組合せ論」[*27]に、熱気ただよう真剣さをもって取り組んでいた。

ヨーロッパでのバランス・オブ・パワーの探究に趣味の時間のすべてを捧げることになったのも、かつて自分がフランダースの悪夢のなか、目覚める希望も失われたまま、長期にわたる均衡喪失の病理（くるしみ）にみずから堪えたからである。いきなり書きだした大著のタイトルが『ヨーロッパの政治において起こりうること』[*28]、その第一章はもちろんイングランドだ。「はじめに」と彼は書いた、「いわば〝ベレシス〟——ラムゼイ・マクドナルド[*29]が死ん

25 神を頂点に、天使、人間、動植物を経て鉱物に至る存在のヒエラルキー。

26 イープルの、泥と糞にまみれた塹壕戦は、前後三回。一九一四年、一五年（このときはドイツ軍が毒ガスを使用した）の戦いに続き、一七年の「第三次イープル会戦」は、地名から「パッシェンデールの戦い」と呼ばれ、大雨による沼地の中で両軍あわせて数十万の兵士を失いながら、決着はつかなかった。

27 「順列・組合せ」などを含む数学の分野。

28 ヘブライ語の旧約聖書・創世記の最初の言葉。

29 労働党党首として

だと仮定する」その死によって引き起こされうる政党間の提携と閣僚ポストの可能な組み合わせの議論を終えたとき、ラムゼイ・マクドナルドはすでに故人となっていた。「無理だな、これは」――というのが毎朝執筆にかかる前の彼のつぶやき。「書いているそばから状況が変わっていく。なんと変わり身が早いのだ」

ドイツ軍の爆弾がイギリス本土に落ちてくるころまで事態が進行したとき、プディング准将は、みずからのオブセッションを放り投げて、もう一度国のために働くことを志願した。もしそのときに行き先が〝ホワイト・ヴィジテーション〟になることを知っていたなら…そりゃ、戦場行きの指示がくるとはさすがに思っていなかったが、諜報関係の仕事とかもあるって話じゃなかったか？ その代わりに得たのが、使われなくなった精神病院と、形ばかりの患者が数人、誘拐してきた犬の大群、心霊研究家と寄席芸人と無線技師とクーエ[30]療法信奉者、ウスペンスキー[31]信奉者とスキナー箱の実験者[32]とロボトミー手術愛好家とデイル・カーネギー[33]崇拝者の集まりだ。平和な時代が続いたら、それぞれの失敗を味わっていたにちがいない、マニアックな趣味の研究から、開戦とともに飛びだしてきて、さあて、プディング准将は、どれだけの資金を取ってきてくれるだろうかと期待している。〈戦争〉だもの、希望がもてるぞ、〈戦前〉の田舎暮らしとは違うんだ、と。その彼らに対して――犬に対してもだ――プディングは、旧約聖書的ともいうべきスタイルで対応するしかない。スタッフ内部の裏切りにあっているのだと想像し、困惑と傷心を抱えて――

高い壁の無数の窓硝子から雪明かりが差してくる。ダークな昼の褐色のオフィスの中に、チラリ、チラリ、炎のような光が揺れる。アシスタントが暗号化する。目隠しをした被験者のゼナー・カード[34]の図柄を言い当てる声が、隠しマイクに収まる。「ウェーブ…ウェ

一九二四年に初めて首相となった後、第二期を経て、大不況の時代に挙国一致政府の首相を三五年まで務めた。三七年に死去。

30 エミール・クーエ（一八五七～一九二六）はポジティブな自己暗示による精神療法を提唱したフランスの心理・薬理学者。

31 64ページで言及された神秘思想家。

32 アメリカのB・F・スキナー（一九〇四～九〇）は、迷路のネズミを使った「オペラント条件づけ」の学習実験で知られる。第二次大戦中は、ミサイルの誘導を目的にしたハトの学習実験に取り組んでいた。

ーブ…クロス…スター…」　地下室のスピーカーに流れるその声を、〈心霊セクション〉の誰かが記録する。このマッドハウスの建物は隙間だらけだ。冬の冷気が容赦なくしみこんでくる。秘書たちは、ウールのショールを羽織り、ゴムのオーバーシューズを履いているが、かちかち鳴ってるのは、タイプライターだけじゃない。彼女らの歯も一緒だ。セシル・ビートンが撮ったマーゴット・アスキスの肖像写真[*35]のような後ろ姿を見せてすわっているのはモード・チャイクス。紅茶とロールパンの夢を見ているのか。

ARF（アーフ）の棟では、さらわれてきた犬が眠り、体を掻き、やさしく接してくれたかも知れない人間たちのほの暗い匂いを思いだし、ネッド・ポインツマンのオシレーターとメトロノームを涎も垂らさず聞いている。カーテンが引かれた中に、ドアの向こうから流れこむ光はわずかだ。分厚い観察窓の向こうに見える、白衣姿の技師たちは海中にでもいるかのように、白衣も緑がかって、いつもよりゆっくりと翻る。…ある種の無感覚が、暗転の気配が、あたりを包む。毎分八〇ストロークのメトロノームがいきなり木の反響音を響かせると、実験台につながれた犬のヴァーニャの唾液が垂れ始める。メトロノーム以外の音は抑えこまれる。ラボを支える梁は部屋に敷きつめた砂に埋もれ、サンドバッグと藁と死んだ男たちの制服が窓なしの壁の間の空間を覆っている…かつてここでは収容された狂人たちが腰を下ろし、顔をしかめ、酸化窒素の匂いを嗅ぎながらケラケラ笑い、Eメジャーのコードが G シャープ・マイナーに転調するのを聞いてむせび泣いた。それが砂漠のキューブに、砂の部屋に変わったいま、鉄の扉で密封した部屋の中は、メトロノームが絶対的に支配する。

犬のヴァーニャの顎下腺の管は、もうずいぶん以前に、首の付け根のところから引っ張

33　アメリカの著述家（一八八八〜一九五五）。自己啓発ブックのベストセラー作家として知られる。

34　82ページ註**11**。

35　ファッション／肖像写真家でコスチューム・デザイナーのセシル・ビートンが、イギリスのアスキス首相の妻を撮って『ヴォーグ』誌に載った後ろ向きの写真。

り出され、別の管に縫合されている。唾液を集める漏斗は、伝統にしたがい、松脂と酸化鉄と蜜蠟をまぜたオレンジ色の〈パヴロフのセメント〉で顎に固定されている。[36] 負圧をかけて吸いこまれる分泌液は、ひと滴（しずく）ずつ、ぎらつく管を通って赤い油との界面をすこしずつ右へ押しやり、管に刻まれた目盛りによって垂れた滴の数を示す――実験条件は自由に変えられるから、一九〇五年のサンクトペテルブルク[37]での数値がここでそのまま再現されるわけではないのだろう。それでも、この実験室で、犬のヴァーニャを、八〇ビートのメトロノームで刺激するとき、唾液の滴りおちる数はそのつど予測可能なのだ。

ヴァーニャはいま、〈均等相〉にある。これは〈超周辺相（トランスマージナル）〉の最初の段階であって、彼と外界の界面には、ほとんど気づくことのない薄膜が広がっている。内的世界にも外的状況にも変化はないが、そのインターフェイス――犬の大脳皮質――が、予測のきかないやり方で変わっていってしまう、というのが、この「トランスマージナル」な現象の奇妙なところなのだ。もはやメトロノームのボリュームは関係ない。刺激を強くしても、強い反応が得られるわけではなく、したたる滴数には変化が出ない。消音した部屋の遠くの隅にメトロノームを持って行っても同じ。箱の中に入れても、「Memories of Brighton」と綴った文字をミシンで刺繡した枕（ピロー）を被せても同じ…それぱかりか、そのチクタクをマイクロフォンで増幅し、一拍一拍、叫ぶように響かせても、垂れおちる唾液に変化はないのだ。管の中の、透明液と赤い液との境界線は同じ値に留まりつづける。

ウェブリー・シルバーネイルとロッロ・グローストが抜き足さし足、廊下を進む。まだ吸える可能性のあるシケモクを求めて、あちこちの部屋へ忍びこむ。いま研究室には人気はない。我慢強い、または自虐性的な職員はみな、よぼよぼの准将相手にいつもの儀式を

36 『大脳半球の働きについて』第二講に解説されているパヴロフの実験環境の引き写し。英訳本 *Conditioned Reflexes* には図が載っている。

37 パヴロフは帝政ロシアの首都サンクトペテルブルクの軍医アカデミーで生理学の教授を務めていた。ノーベル生理学・医学賞受賞は一九〇四年のこと。

とり行なっているのだ。

「あのジイさん、ハジをしりませーん」、ゲザ・ロージャヴェルディが、陽気な絶望調子で、両の手をプディング准将のほうへ突き立てた（彼もまた亡命者で、強度のソ連嫌い。ARF内に緊張を引き起こしている）。その弾んだ、ハンガリー・ジプシーのようなハスキーな声が部屋一面、タンバリンのように響き渡り、聴衆をそれぞれに刺激するのだが、ひとり老プディングだけはまったく動じるようすを見せず、説教壇からしゃべりつづける。この部屋は、マニアックな時代でもあった十八世紀には私的な礼拝堂として使われたところ、そのときの説教壇が、いまプディングの〈今週の講話(ブリーフィング)〉の打ち上げ台になっているのだ——老人的観点と、職場パラノイアと、（しばしば機密漏洩をも含む）戦争ゴシップと、フランダースの想い出を取り混ぜた、圧倒的な放談の銃火…空に現れた石炭箱(コール・ボックス)が唸りをあげてきみの上に落ちてくる…彼の誕生日の晩などその集中砲火(ドラムファイア)は夜の闇をミルク色に輝かせ…何マイルにもわたる砲弾によるクレーターの水たまりは侘びしい秋の空を映して…サスーン少尉[38]の戦闘拒否に関して、ヘイグ[39]が食事どきに最高の機知を発揮して語ったことにはな…流麗な緑のローブをまとった砲撃手らは今が青春の盛り…夜明け前の杏色の薄明に、道ばたで腐りゆく馬たちの姿が…置き去りにされた大砲の車輪の十二本のスポーク——泥まみれの時計だ、泥まみれの十二宮図だよ、陽光のなか、微動だにせず、さまざまな色合いの褐色に錆びついていた。フランダースの泥は踏まれて練られてほんのりゼリー状になった人糞と混じりあい、積み上がるその糞土に敷板が渡され、塹壕が掘られ、砲弾の穴があいた。四方八方、何リーグにもわたって、一面の人糞なのだよ、木の切株でさえ糞に覆いつくされ見えないのだ——ここで、留まるを知らぬ饒舌芸人

38 詩人のシーグフリード・サスーン中尉は第一次大戦の塹壕戦で負傷し、英国での治療休養中に英国を批判する反戦詩を書いた。

39 ダグラス・ヘイグ卿は、ドイツ同盟軍との塹壕戦を統帥した連合国元帥。

は、目の前のサクラ材の説教壇が、あたかもパッシェンデールの、あの水平次元しか存在しなかった恐怖の最たる部分であるかのようにそれをつかんで揺さぶろうとする…プディングは停まらない。しゃべる。しゃべる。甜菜大根を美味しく食べるための百通りの調理法について、〈アーネスト・プディングの瓢箪サプライズ〉などという、ウリ科的にありえないテーマについて——そうさ、タイトルに「サプライズ」なんて言葉を入れるとは、サディズムもいいとこだ、腹をすかせた者はいますぐに食べたい、ビックリなんてしたくない。ポテトが出てくりゃ、その（ため息）そのポテトをガブリとやりたいと思うだけで、その中にビックリするものは入っていないという確証のほうが欲しい。ナツメグのやつなんかが「サプラ〜イズ！」なんていって出てきたら嫌だろ、ザクロか何かの真っ赤な、つぶれた果肉が中に詰まっていたりしたら…ところが、そういうのこそ、プディング准将お気に入りの、品格疑わしきジョークなのだ。あのとき准将、大笑いしてたね、ほら、ディナーの客が、すっかり信用しきって、ヨークシャーの練り粉で揚げたという〈穴の中の蝦蟇（トード・イン・ザ・ホール）〉にナイフを入れたときさ。ブフッ！　なんですか？　これ甜菜（ビート）のリッソール？　甜菜に詰め物をしたの？　それとも、きょうは素敵なサムファイア[*40]のピューレなのか。海の匂いもする（週に一度、魚屋の太っちょの息子が、白亜の絶壁の上まで息を切らし、自転車を漕いでやってくるので、食材はそいつから手に入るのだ）。そんな異様な野菜で作ったリッソールが、そこらにいる「蝦蟇（がま）」と似ていたりするはずはないのだが、戯歌（リメリック）に出てくる「キングズ・ロードの若者たち」が「関係を持つ」ような、堕落した、邪悪で鈍感な輩とは似ていなくもない。プディングはこういった調理法を何千と知っていて、恥じらうでもなく、ＰＩＳＣＥＳの連中に教えて回るのだ。そればかりか、この毎週の独演会では

40　海辺に密生する緑葉。

あとのほうで、「肩にイーグルをつけた大佐と、膝にチキンを抱いた兵卒、きみはどっちになりたいの」[*41]の歌が出てくる。それを、八小節ぶん歌うのだ。それが終わるとおそらく、予算取りの困難に関しての具体例に立ち入った長話が始まる。それがどれもエレクトラ・ハウス・グループ[*42]すら登場していない大昔の話なのだ…ヘイグ元帥を非難する連中を相手に自分は『タイムズ』で大論争をやったんだとか…

みんなただ、すわっている。黒ずんだ、鉛の交差する高窓の下にすわって、老人が愚行にふけるに任せている。犬の研究班は、部屋の一隅を占め、メモを回し体を傾けささやいている（彼らは策謀する、その策謀はけっしてやまない）、心霊セクションの連中は、きれいに分かれて逆サイドに陣どる——まるで何かしらの議会をやっているかのよう…各自がみな何年も同じ座席、同じ角度で、老人が肝斑のシミに染まった肌を赤らめ熱弁するのに相対している。その両翼に、パワーの均衡を信じる第三の信念が、党派をつくらずに広がっている——ここ〝ホワイト・ヴィジテーション〟になにがしかのパワーがあったとしての話だが。

ロージャヴェルディ博士は、「ゲームを上手に進められれば」可能性も充分あると睨んでいる。問題はサバイバル、その一点。対独終戦（VEデー）という恐るべきインターフェイスを通過して、感覚も記憶も現在のまま、真新しい〈戦後（ポスト・ウォー）〉へいかにして移行するのか。PISCESが、やかましい他の家畜どもと一緒に、叩きつぶされることがあってはならない。光が焦点を結ぶように、全員を集結し、終戦の向こうの数知れぬ年月へと導いていくだけの強力なリーダーまたはプログラムが出現しなくてはならない。それも今すぐ。ロージャヴェルディとしては、リーダーよりもプログラムであってほしい。理由は、いまが一九四

41　一九一八年のヒット曲で、第二次大戦中にもリバイバルした。イーグルは大佐の紋章、チキンは「女の子」の意味。

42　旧イースタン電報会社が、一九〇二年にウォータールー・ブリッジ近くの〈エレクトラ・ハウス〉に移り、この名で呼ばれるようになった。

五年だからだ。〈戦争〉の、その死と暴虐と破壊の背後に、リーダーの原理（フューラー・プリンシプル）というものがあると広く信じられてきたろう。しかし人格というものが、抽象化された権力によって置き換えられるのなら、企業で開発するテクニックを活用して、国家自体が、より合理的に生きていくことができるのではないだろうか。〈ポスト・ウォー〉の時代にもっとも熱く求められること、それはカリズマという恐ろしい病のはびこる余地を消しさること…われらに時間と余力があるうちに、カリズマの合理化が進展することではないか[*43]…

スロースロップ中尉という人物を焦点にした最新のプロジェクトに関しても、ドクター・ロージャヴェルディは、いまの論点こそが重要だという意見だ。被験者の調査書にある、大学時代以来のすべての心理テストは、病的性格を示している。〝ロージィ〟博士は、しゃべりながら強調のためファイルを手で叩く。そのたびにスタッフ用のテーブルが震える。「たとえバ、この男ハ、ＭＭＰＩ[*44]の偏向値が、フツーじゃナイ。セイシンの異常へ、ビョー的な状態への傾き、ツネに大きいデス」

だが牧師のドクター・ポール・ドゥ・ラ・ニュイはＭＭＰＩがそもそも嫌いだ。「ロージィ、対人関係の特徴を示す尺度って、ないんだろうか？」鷹の鼻がまさぐるよう、目線は落として柔らかな人当たりを演出する。「ヒューマンな価値の尺度というのかな…信頼、正直、愛といった――ないものねだりだったら悪いけど――宗教的な尺度というのは、もしかして、ないものかとね」

そりゃ無理だよ、牧師さん。ＭＭＰＩが開発されたのは一九四三年ごろ、戦争のまっただ中で生まれた鬼っ子なんだ。牧師のポール・ドゥ・ラ・ニュイが「より人間的」と感じるようなテストには、三〇年代初期のオールポートとヴァーノンの「価値についての研

43 社会学者マックス・ヴェーバーは権力の三つの支配類型として、①君主専制、②官僚支配、③カリズマ、を分類し、カリズマへの熱狂が冷めて官僚支配に移行することを「ルーティン化」または「合理化」と呼んだ。

44 ミネソタ多面人格目録。46ページ註**4**。

究」[45]とか、一九三五年にフラナガンが改訂した「バーンロイター人格目録」[46]とか、戦争の前の時代のものにはある。しかしMMPIが測定しようっていうのは、その人間が良き兵士に向いているかどうかってことだけなんだから。

「今の時代は、牧師さん、兵士の需要がすごく高くてね」ポインツマン氏がつぶやく。「いや、彼のMMPIのスコアがあまり重視されるのはどうかと言ってるだけで。あれはとても限られたもんでしょう。人の人格全体の広い領域を切り捨てていませんか」

「ダカラこそです」ロージャヴェルディが飛びついた、「ワレワレはスロースロップに、まったくチガった種類のテストをテイアンしています。ワレワレがいまキカクしてるのが〝投影〟テスト。ロールシャッハのインクのシミは有名ですね。ようするに、コウゾウ化されていない刺激、もわっと形のない経験を与えると、被験者のほうでそのうえにコウゾウをアテがおうとしますよ。無形のもの、いかにコウゾウ化しようとするかという点に彼の心のニーズとホープが現れる——そしてかれの夢と空想について、マインドのもっとも深い部分のありさまについて、手がかりを与えてくれます」眉毛が分速一マイルの速度で動いている。手振りは異様なほど流麗で優美——これはきっと意図的なものだ。いや、自分の国の出身者で一番の有名人[47]のしぐさを活用しようとするのも無理からぬこと——もっともそれには、悪い副作用が避けがたく付いてまわる——〝ホワイト・ヴィジテーション〟の北正面の壁を、頭を下にして這いおりる博士の姿を目撃したなどという証言がスタッフから飛びだしたり。「だから、ワレワレも、牧師さんと、同意見。MMPIのようなテストは、この意味で、不テキトー。コウゾウある刺激を与えてしまうと、被験者は、反応をいつわることもできる——意識的に、ウソつくこと、無意識のうちにヨクアツするこ

45 一九二〇年代に作られたこの人物の類型づけには「理論的」「経済的」「美的」「社会的」「政治的」「宗教的」の六項目が性向のカテゴリーとして使われた。

46 一九三一年にスタンフォード大学のバーンロイター教授が開発。「自立性」「内向-外向」「支配-服従」「神経症的傾向」に関して測定。それを精緻化したジョン・C・フラナガンは戦時期に空軍に所属し、パイロットの適性検査プログラムを主導した。

47 ハンガリー出身の俳優、ベラ・ルゴシのこと。トッド・ブラウニング監督の『魔神ドラキュラ』(一九三一)で、ドラキュラ伯爵のイメージを決定づけた。

と、どちらも。しかし、投影という方法を、使うならば、被験者が、意識と無意識で何をしようと、妨害されない。ほしい知識、手に入ります。ワレワレは手綱を握ったまま。被験者は、ジブンをさらして見せるだけ」

「どうも、あなた好みの世界じゃないようですね、ポインツマン」と、口元をほころばせてドクター・アーロン・スロースターがいう。「あなたがたが使う刺激は、構造化されたやつですよね」

「こういうのにも、一種恥辱的な魅力があるのは、感じられるね。どうだろう」

「どうだろうって、やめときましょうよ。あなたの繊細なパヴロフ的な手さばきを、この実験から完全に引っこめるって、そりゃいかんです」

「完全にとは言っていないよ、スロースター君。ま、君からその話が出たので言うのだが、われわれは同時に非常に構造化された刺激を与えることも考えている。そもそもわれわれの関心を掻きたてたのと同じ刺激をね。落下するドイツのロケットに、スロースロップを晒そうと思うのだ・・・」

頭上、型板づくりの石膏の天井は、メソディスト派の解釈によるキリスト王国の図柄で埋まっている。ライオンが子羊と一緒に寝そべり、紳士と淑女の、羊飼いと乳しぼりの娘の腕の中や、足下に果物があふれる。どの生き物も表情がふつうでない。弱い者が冷笑し、強い獣は鎮静剤を打たれたよう、人間たちは互いの目を避けている。だが、〝ホワイト・ヴィジテーション〟で常軌を逸しているのは、その天井ばかりではない。ここは建築的悪ふざけの見本のような建物で、食糧貯蔵室は、今や理由を知るよしもないが、さながら小さなアラビアのハーレムといった趣向で、絹と雷文細工と覗き穴だらけだ。書斎のひとつはある期間、家畜の遊び場として使われた。三フィート低くした床の上に敷居の高さまで泥が盛られ、そこで巨大なグロスターシャー・オールド・スポット種の豚がブーブー浮かれ騒ぎ、夏の日の涼をとり、あるいは布装の本が並ぶ壁を見つめながら自分が食われる日のことを想った。ホイッグ党員の奇天烈な趣味が、この屋敷では不健康の極みに達している。三角形の部屋、球状の部屋、迷路になるように壁を配した部屋…どこを歩いていても突然肖像画や奇形生物の標本がニュッと顔を出す。トイレのフレスコ画では、プラッシーの戦いでクライヴ率いる象の軍団がフランス軍兵士を踏みつぶしているし、[*48]噴水はサロメが持ち上げる洗礼者ヨハネの頭の、耳と鼻と口から水を噴きだすものだし、床のモザイクは、モンスター人間をあしらった模様を並べている——単眼のキュクロプス、麒麟人間、半人半馬など当時人気の獣人をかたどるパターンが四方八方へ延びている。いたるところにアーチあり、小洞窟（グロット）あり、漆喰の花模様あり。壁にはすり切れたビロードやら紋織やら、バルコニーが思いもかけない場所で途切れ、頭上に樋嘴（ガーゴイル）が張りだし、その怪物の牙に、初めての訪問者はしばしば頭をぶつけて、いやらしい傷を負う。だが怪物は、大雨の日も、よだれ程度の雨水しか垂らさない。というのも雨樋が何世紀も放置されてきたため、雨水はスレートの上を狂ったように滑りおち、軒下を這い、ヒビ割れのある付柱を下り、ぶらさがったキューピッドに飛沫を飛ばし、すべての階に面しているテラコッタ、見晴らし台、粗面積みにした接合部、疑似イタリア風の円柱に、かすんだ尖塔、傾きゆがんだ煙突をつたって落ちるのだ——この自己表現の狂宴のような屋敷を、離れた場所から二人の観察者が同じように見たとしても、同じ建物を見ることはないだろう。代々の所有者が好き勝手な趣向を塗り重ねたうえに、いま〈戦争〉に徴用された。装飾的に刈りこまれた木々が車

48 一七五七年、インド・ベンガル地方でクライヴ率いるイギリスの東インド会社の軍が、ムガール帝国ベンガル太守とそれを支援するフランス勢力に圧勝、イギリスのインド支配を確立した。

道にそって続く先は、唐松と楡の木が続く。砕石敷きの道路沿いに、家鴨（アヒル）、璗、蝸牛（カタツムリ）、天使、障害競馬の騎手が並び、その列が淡黄褐色の沈黙へ、ため息を漏らす木々のトンネルの影の中へと消えていく。歩哨も立っている。白い帯紐をつけ、控え銃（つつ）をした姿が、光覆いをつけたヘッドライトの中に浮かびあがって、きみは車を停める。林の中から、きみを食い殺すように仕向けられた犬どもが見ている。やがて夜の到来とともに辛辣な雪片がチラチラと舞いはじめる。

□□□□□□□

お行儀よくしていないと、ドクター・ヤンフのおうちに送りかえしますからね。
ヤンフ博士も、こんな子を条件づけるだなんて、刺激の無駄使いもいいところだ。
ヤンフ博士が今日いらしたでしょ、あなたのその、ちっこいのを見に。

『ニール・ノーズピッカー、侮辱の言葉、五万選』
§6・72「できの悪い我が子」
ネイランド・スミス出版*1
ケンブリッジ（マサチューセッツ州）一九三三年

プディング　：しかしこれは——
ポインツマン：なんでしょう？
プディング　：なんというか、下賤な行為ではないかね、ポインツマン。他人の心をそ

1　この架空の出版社は、『怪人フー・マンチュー』シリーズに登場する警部の名前を社名にしている。

んなふうにいじくるというのは。

ポインツマン：准将、われわれは一連の実験と探求を引き継いでやっているだけです。ハーバード大学の、合衆国軍隊の。それを下賤とおっしゃる?

プディング：ポインツマン、ダメだ。けがらわしい。

ポインツマン：しかし彼にはすでにアメリカ人の手垢がついてるんです! わかりませんか。なにも初物(ヴァージン)を犯そうってわけじゃないんで——

プディング：アメリカがやるからわれわれもやれというのか。アメリカがわれわれを堕落させるのはかまわんと。

一九二〇年ごろラスロ・ヤンフ博士は次の考えを表明している。ワトソンとレイナーが〝アルバート坊や〟を条件づけて、毛皮の襟巻きをした母親を含む、すべてのケバだった物に恐怖心を抱かせることができたのだったら、[*2] 自分にだって〝タイロン坊や〟を使って同じことができないはずはない、その幼児の性的反射を条件づけられないはずはないと。その年ヤンフはダルムシュタットからハーバードに客員で来ていた。研究人生のまだ初期のころ、有機化学に鞍替えする(一世紀前にケクレ[*3]が建築から有機化学へ移ったのにも匹敵する運命的な進路変更を果たす)前のことである。彼の研究には全米研究評議会(NRC)から、ささやかながら補助金が出ていた(欧州大戦中、将校を選抜し、徴集兵を分別するために始まった心理学的研究が継続していて、その中に位置づけられた)幼児の勃起をヤンフが研究対象に選んだのは、研究費の乏しさが理由だったのかもしれない。パヴロフのように、分泌液を測定するとなれば外科的施術が必要だった。また、ワトソンが選んだ反射反応である「恐怖」の測定には主観が入りすぎた(恐怖とは何だろう。どのくらい

2 パヴロフの古典的条件づけを人間に応用した実験で、行動主義心理学の創始者ジョン・ワトソンと共同実験者ロザリー・レイナーは、生後十一ヶ月の子アルバートを使い、白ネズミなど毛のふわふわした動物やオモチャを与える度に、鉄の棒をガンガン鳴らすことで、恐怖の対象が毛皮のあるすべてのものに及んでいくことを確認する実験を行った。実験結果の公表は一九二〇年。

3 ベンゼン環の構造を発見し、有機化学の礎を敷いたアウグスト・ケクレは、一八四七年にギーセン大学の建築科に入学後、化学者ユストゥス・フォン・リービヒの講義に接して転向を決めた。

の恐怖なら「多量」と見なせるのだろう。その判断は誰が下すのだろう——恐怖とはフィールドで起こるその場限りのもの、委員会の審査判定にかけるための緩慢なプロセスを待ってはくれないのだ）当時は、計測器の環境も整っていなかった。利用できたものといえば、せいぜいラーソンとキーラーによる三変数の「ウソ発見器」どまり。[*4] それすらも当時はまだ実験段階だったのだ。

それに比べて、勃つか勃たないかは二つにひとつ。実にすっきりしている。その観察なら、学生にもやらせられる。

無条件刺激＝消毒した綿棒でペニスを撫でる。
無条件反応＝勃起
条件刺激　＝x
条件反応　＝xに対し常に起きる勃起。撫でる行為はもはや不要、xの出現だけで
　　　　　勃起は起こる。

で、そのxって何なんだい。きまってるじゃないか、かの有名な「謎の刺激」よ。何世代もの行動主義心理学専攻生を魅了してきたアレさ。学生が構内で発行しているユーモア雑誌に好んで取り上げられた。一年間の平均値で、コラムの長さにして二センチ七ミリくらい——実はその数値、皮肉なことに、ヤンフ博士の報告にある〈T坊〉の勃起したペニスの長さの平均値とピタリ同じなんだってさ。

さて、この種の実験では、幼児は条件づけを解除されるのが習わしだ。ヤンフもしかる

4 ジョン・A・ラーソンが「血圧」と「呼吸」の測定から考案した装置の信頼性を、レオナード・キーラーがトランプのマジックを使った心理操作によって高めたもの。

べく、勃起反射の——パヴロフ派の用語でいうところの——〝消去(エクスティンクション)〟を行ってから、その子を世に出したと、そう考えるのが妥当であろう。だがイワン・ペトロヴィッチ・パヴロフ自身の言葉によれば、「条件反射の部分的および全面的な消去について語るだけでなく、消去の過程が反射をゼロにする段階を超えて進行する可能性を認識せねばならない。消去の度合を判断するに際して、残余する反射の強さ、または残余の非在を言うだけでは足らない。なぜなら、ゼロの彼方にサイレントな消去が存在しうるからである」(傍線はポインツマン氏による)[*5]

植えつけられた条件反射が、一個の人間の中で、二十年も三十年も眠ったまま生きつづけることが可能なのか。ヤンフ博士は消去をゼロ地点まで行っただけだったのか——幼児が刺激xに接して勃起量がゼロになるまで待って、そこで消去を止めたのか。「ゼロの彼方(ビヨンド・ザ・ゼロ)」の「サイレント消去」のことはどうしたのだろう。忘れたのか、それとも知っていて無視したのか。無視したとすれば何故なのか。〈全米研究評議会〉に問いただしてみたら何か答えが出てくるだろうか。

一九四四年も押しせまってスロースロップが〝ホワイト・ヴィジテーション〟によって発見されたときは——もちろん彼のことを有名な「タイロン坊や」として知っていた研究者は少なくなかった——まるで新大陸の発見のようだった。さまざまに異なる人たちが、さまざまに異なる物を発見したと考えたのである。

ロジャー・メキシコは、これを統計上の異変(オディティ)と見ている。しかし、統計学の基盤が少々ぐらつくのも感じている。単なる異変(オディティ)では揺れるはずのない深みが揺らぎだした。変だ(オッド)、変だ、変だ——このoddという言葉にしても、考えてみると締めのDの舌打ちに、こんな

5 引用部を含むパヴロフのテクストは、『大脳半球の働きについて』(川村浩訳、岩波文庫)第四講で読むことができる。これは英訳(G・V・アンレップ)を訳したもの。

に白い終息感があって、舌先が口蓋の舌止めを突きぬけて向こうへ——ゼロの彼方へ——行ってしまいそうな感じを示している。もちろん実際に超えるわけではないのだが、想像力を働かせれば、本来的に超えてしかるべきだということは理解できる。

　ロッロ・グローストは超感覚的な予知能力を考えている。「スロースロップはロケットが落ちる位置と時刻を前もって知ることができるのだ。いまも生きていること自体、事前の情報に基づいて、落下時間にその場所から出ていたことの証拠ではないか」と。だが、グロースト博士の見解からは、セックスがそれにどう絡むのか、または実際絡んでいるのかどうかさえ、見えてこない。

　だが心霊研究者のうち、最もフロイト寄りのエドウィン・トリークルに言わせれば、スロースロップの有する能力はサイコキネシスである。すなわち自身の心的な力によって、ロケットをしかるべき場所に引き落としているというのだ。物理的に、ロケットに合図を送ってその空中での進行を仕切っているというのではないが、電気的に、ロケット誘導システム内部の信号をいじっているということは考えられなくもない。その方法はともかく、トリークル博士の理論には、セックスとの関連が含まれている。「性的な〈他者(アザー)〉の痕跡を抹消せずにはいられない気持が意識下にあって、この男はそれを、意味深くも、アナル的な☆のマークで地図に表している。アメリカの小学校の教室に溢れかえっている、よくできた子を顕彰するための、あの肛門加虐性愛的(アナルサディスティック)なマークでね……」

　スロースロップが記録している女の子との「遭遇マップ」を、みんなが気味悪く思っている。☆のマークは、ロジャー・メキシコ作成の弾道爆弾落下地図と同様、ポアソン分布をなしているのだ。

いや、分布のタイプが同じというだけじゃない。両者はまったく同一なのだ。ひとマスごとにピッタリ重なりあう。テディ・ブロートが撮ってくるスロースロップの「マップ」のスライド写真をロジャーの地図に重ねて映写すると、二つのマーク、女の子を示す星とロケット落下を示す丸がきれいに重なり合うのだ。

ありがたくもスロースロップはほとんどの星に日付を入れてくれていた。で、☆のマークはつねにロケット落下の前にくる。☆とロケットとの間隔は、最短で二日、最長で十日。平均で約四日半である。

仮に――と、ポインツマンが論じる――ヤンフの与えた刺激xが、ワトソン＝レイナーの実験と同様、大きな音だったとしよう。またスロースロップの勃起反射が完全には消されていなかったとしよう。その場合、彼がヤンフの実験室で味わった不気味な状況に引きつづいて何か爆音が生じれば、それに対し勃起の反応を示すはずではないか。それでいくと、V1なら理屈に合う。飛び上がるほど近い距離に空飛ぶ魚雷が飛んでくるなら、それはスロースロップを勃起させるはずだ。エンジン音がぐんぐん近づいてきてパタリと止まり、宙ぶらりんの沈黙があって、爆発。すると、ピクーンと勃起するという次第。だがそうじゃない。そうじゃなくて、この一連の流れが逆転するときにだけスロースロップは勃起するのだ。最初に爆発があり、次にロケット音が聞こえてくる。これがV2なのだよ。

しかし、ともかく、刺激はV2ロケット以外ではありえない。ロケット自体に先行してその霊が現れるのだろうか？　なんらかの分身（ダブル）が、スロースロップにとっては霊として作用しているのか。乗合バスの乗客に見られる笑顔のパーセントとかいう形で可視化されているんだろうか。ロケットの霊が、女性の月のめぐりをミステリに動かすとか？　女たちが無料で彼に体を提供する気にさせるとか？　セックス市場もつねに揺れていて、ポルノも売春も変動しているということか。もしかして、それは証券取引所の株の上下と連動しているのか。われわれ品行方正の輩には知る由もない作用によって。前線からのニュースがかわいい股間の疼き具合に影響を与えているのか。欲望のうずきの度合は、突然の死が襲ってくる可能性に、正比例するのか反比例するのか。悔しいじゃないか。われわれの目の前に指標（サイン）が存在しながら、われわれの知性にハートの細やかさが欠けていてそれをとらえられないのだとしたら・・・

だが、それが、もし今、ここに、この大気中にあるのだとすれば、その後かならずロケットはやってくる。一〇〇パーセントの確率でだよ。例外なし。そのなにかが発見できれば、この世のすべてが精神（ソウル）も含めて、堅牢な因果の決定性のもとにあることを、あらためて示すことができる。すべてに希望の余地が生まれる。この発見が、いかに重要なものであるかは、きみもわかるね。

雪の吹き溜まった犬柵の列をふたりは通りすぎる。ポインツマンはグラストンベリーの手袋と子鹿色のスカーフで英国風に寒さをしのぎ、メキシコはジェシカに編んでもらったばかりのマフラーをドラゴンの真っ赤な舌のように陸地のほうへたなびかせる。本日はこの冬一番の寒さ、霜の三九度[*6]を記録した。ふたりは崖縁から人気（ひとけ）のない浜辺へ降りていく。顔が凍てつく。波が寄せて引くたびに、残された氷の三日月の、きめ細かい肌が弱い陽の光をまぶしく反射する。ブーツを履いたふたりの男はザクザクと砂や小石を踏みつける。一年の底だ。[*7]海峡を越えてはるばる、フランダースの砲火の音がきょうは風に乗って聞こえてくる。崖の上には廃墟となった修道院が、灰色の水晶のように立っている。

6　華氏三二度（氷点）から一度下がるごとに、逆に一度プラスする言い方で、「霜の三九度」は華氏二五度（摂氏マイナス四度くらい）に相当。

昨夜、立入禁止になった町の外縁の家で、ジェシカが身を寄せ、浮遊しながらささやいた。ふたりで眠りに落ちる一瞬前に——「でもロジャー…女の子たちは？」彼女が口にしたのはそれだけだった。しかし、その言葉でロジャーはすっかり目がさめてしまった。棒のように疲れた体を横たえて、それから一時間も、女の子たちのことを考えていた。

ここは聞き流すのが一番。でもロジャーは。「エドウィン・トリークルのいうことが正しかったとしたら？　ほら、サイコキネシス説。スロースロップが、それと意識もせずに、落としたいところへ落としてるんだとしたら」

「そうなったら、きみら確率論者はとんだ騒ぎになるだろうな」

「でも…どうしてあの男なんだろう。スロースロップが訪ねた先にかならずロケットが落ちるって——」

「彼は女性に敵意があるのかもしれんよ」

「真面目に聞いてるんです、おれは」

「メキシコ、きみは本当に気がかりなのか」

「どうなんだろう。例の〝超逆説相〟というのと、何かしら絡んでるのか、と思ったのかな。たぶん…あなたの研究の真の狙いは何なのか知りたいのかもしれないですよ」

ふたりの頭上で、通常の飛行航路を大きく外して、どこか特別な目的地へ向かうB-17の編隊のエンジン音が響く。これら〝空飛ぶ要塞（フライング・フォートレス）〟*8の背後に、ひんやりとした雲がブルーの下腹を見せている。その穏やかにうねる波間にブルーの筋が伸び——ところによっては、褪せたピンクや紫の色合いも見える。…機体の翼と安定板は、雲から落ちる暗灰色（ダークグレイ）の影の中だ。胴体とエンジン室の曲線のあたりは柔らかく明るくケバ立っている。

7　一九四四年の冬至は十二月二十二日。

8　「空飛ぶ要塞 flying fortress」とは四発重戦略爆撃機B-17のこと。その後日本本土に飛来したB-29の前身で、一九四三年からドイツ本土への戦略爆撃を繰りかえした。

カウリングに包まれた暗闇からスピナーが突き出て、不可視の速度でプロペラを回している。その脆そうな回転面は、空の光を受けて一様にどんよりとした灰色。飛行機はゼロの空に霜を作り霜を散らし、氷の畝を引きながら、堂々たるうなりを上げて飛んでいく。その色は雲の表面のある陰影具合と重なりあって、小さな窓と開口部は柔らかい黒となり、風防ガラスの鼻先には永遠にねじれて流れる雲と太陽とを映している。機内は黒曜石の黒だ。

　ポインツマンが語っていたのはパラノイアと〝対極概念〟[*9]の問題だった。例の〈正典〉に、彼は書き込みをしている。パヴロフがジャネに宛てた被迫害感情（サンティマン・ダンブリーズ）についての公開質問状[*10]や、第五十五章「強迫観念及びパラノイアの生理学的解釈の試み」のページの余白には「!」のマークや「いかにも」との書き込みがある。一人が一ギニーずつ出しあって買い求めた共有者の七人は、この貴重な正典に書き込みはしないことを申し合わせていたのに、ポインツマンはこの暴挙を抑えることができない。闇で入手した本だった。独空軍（ルフトヴァフェ）の空爆のさなかの暗闇でこっそり手渡された（現存していた巻のほとんどは、〈バトル・オブ・ブリテン〉の開始[*11]まもなく、倉庫の中で焼失してしまっていたのだ）。売り主の顔をポインツマンは見ていない。空襲警報解除のサイレンが耳をつんざく夜明けに、男はその正典を研究者の手にあずけて消えたのだった。ものいわぬページの束は握られた手の中ですでに温まり、湿っていた…などといえばまるで稀少な好色本の話をしているようだが、粗い手組みの活字はたしかにそんな雰囲気をただよわせていた…刷ってある言葉も、その粗々しさは、まるで翻訳者のホルスレイ・ガント博士が奇妙な暗号を使って、陵辱された原文が恥辱の悦楽と悪徳の恍惚を並べたてているかのよう…そして彼の実験室にやっ

9　98ページ参照。ガントによる英訳は、idea of the opposite。

10　『条件反射学・第二巻』の第五十四章をなすこの質問状は、人間精神の異常を論じるときも「主観的」な心理学の言葉ではなく、生理学の実験的な事実に基づいた言説に依拠すべきだと主張している。

11　一九四〇年夏。

てきてはスタンドに縛りつけられる、それぞれに麗しき犠牲(いけにえ)の犬心(いぬごころ)は、ネッド・ポインツマンにどれだけ届いたのだろう……このボンデージには鞭も杖も必要ない。メスとゾンデが、快楽の絵図を充分に飾り立ててくれるだろう。

〈正典(ザ・ブック)〉に先立って出版された四十一講のレクチャーを、二十八歳のポインツマンが手にしたときは、まさに山中のヴィーナスから、抗うことのできない召喚状が届いたかのようだった――ハーレー・ストリート[*12]から離れなさい、逸脱して、条件反射研究の甘美なる迷宮へ入っておいで。と。その迷宮へ、彼は十三年ぶりに戻っていこうとしている。過去に自分が通った跡を確認し、そちこちで、若かったころの自分が両手を開いて研究に飛び込んでいった結果に直面しながら……だが彼女は警告したではないか――そうだろう？ ちゃんと聞いていなかったのか――後払いで、全額支払ってもらうと。ヴィーナスにしてアリアドネー！[*13] そんな相手からいくら請求されるかは想像を超えていたが、迷路は彼ら――もうひとりの、内緒のポインツマンを、みずからの運命(さだめ)と引き合わせる薄明の斡旋業者(ポンびき)――にはあまりに複雑多岐であるから、中にいれば見つかることはないと思っていた。だが今は知っている。これほど深入りして、今さら直面したくはないことだが、彼らが落ち着き払って自分を待っているということはわかっていた。このまま進んで迷宮の最奥の間に達したとき、彼ら、すなわち、彼女からも上がりを分捕るシンジケートの手先らが、落ちつき払って待ち構えていることはわかっている。……アリアドネーも、ミノタウロスもみんな彼らが所有している。ひょっとしたら、とポインツマンは戦慄して思う――この自分まで？ このごろ彼らの姿がチラリと見える気がするのだ。裸体の男たち、中心宮のまわりで運動選手のような体勢で、息を荒くしている、その突き立ったペニスは

12 ロンドンの、王立医学会の所在地で医学の権威の代名詞。

13 山中でヴィーナスとの愛に浸るのは、中世のタンホイザー伝説。アリアドネーから手渡された糸玉を手探りに、怪物ミノタウロスの棲む地下の迷宮を進むのは、ギリシャ神話の英雄テセウスの物語。ポインツマンの場合は、探究が性的快楽そのものだから、ふたつの女神が一致するのだろう。

鉱物のよう。それは彼らの眼も同じ――霜と雲母の薄片にきらめいているが、しかしそこに欲情はない。彼を求めてはいない。単に彼らの職務をこなしているだけだ・・・

「そのピエール・ジャネだが、こいつはときどき、東洋の神秘家のように話す。概念の対極化がきちんとできていないんだ。『傷つける行いと傷つけられる行いが、傷害という行動において結ばれる』だと。そんなことを言いだせば、話者と聞き手も、主人と奴隷も、処女と誘惑者も、都合よく不可分のペアになってしまうだろう。どうしようもなく怠慢な逃げ口上だよ、メキシコ君、こういう陰陽（インヤン）の戯言[14]は。そんなふうに言って実験室の厄介事のすべてから逃げようとする。だがそれで何かを言ったことになるのかね」

「宗教の議論を始めたくはないんだけど」寝不足のためにメキシコはいつもより不機嫌だ。「でもあなた方の話を聞いてると、ちょっと分析の価値を信じすぎてるんじゃないかって思うんですよ。つまりね、すべてをきれいにバラバラにするっていうのは、いいんです。その研究に、おれは真っ先に拍手を送ります。でも、それって物事が断片になってそこにあるってだけのことでしょ。あなた方こそ何を言ったことになるんですか」

どうもポインツマンにとって楽しい議論にはなりそうもないが、この赤マフラーの若き秩序破壊者を鋭く見つめながら――「パヴロフは信じたんだよ。科学に携わるわれわれの理想の目標は、真に機械的な説明に行きつくことだということをね。いやパヴロフも現実主義者だから、生きているうちにそこへ到達できるなどとは思っていなかった。数世代たっても無理だろうとね。それでも努力の連鎖でだんだん目標に近づいてはいけるという希望を持っていた。精神（サイキ）の生命活動の純粋に生理学的な基盤を見いだすこと、そこに彼の最終的な信念はあったわけだ。原因のないところに結果は生まれない。明確な因果の連鎖を

14 パヴロフの〝対極の概念〟がピューリタンの「救い」と「破滅」のように対極化されているのとは対照的に、「巴」のパターンで図解される陰と陽の二項は、相補的で不可分であることを強調する。

信じたのだ」

「こういう議論は、おれはもちろん得意じゃないけど」相手の機嫌を損ねることは避けたいと思っているメキシコだが、口をつくのは――「でも、因果論のやり方じゃ、もう来るところまで来てしまったっていうか。この先科学が前進していくには、そんなに狭くないというか、もう少し…不毛でない前提群から出発したほうがいいんじゃないかって。因果関係への執着を完全に振り払う勇気をもったとき、次の大きなブレイクスルーがやってくると思うんですけど。どこか別のアングルを攻めるっていうか」

「それは、攻めることじゃないだろう。後退することだろうが。メキシコ、きみももう三十歳だろうにわからんのかね。別のアングルなどありはしないだろう。前進する――中へ進む――か、逆行するかのどちらかしかない」

ポインツマンの外套の裾を風が吹きあげるのをメキシコは見ている。カモメがうるさく鳴きながら、凍てついた段丘にそって飛んでいく。聳えたつ白亜の崖は死のように冷たく動かない。この沿岸の近くまで渡ってきた太古ヨーロッパの蛮人らは、霧の中にそびえ立つ白い障壁を見て、死者の連れていかれる先を知ったのだ。

向きなおったポインツマンが…なんと、ほほえんでいる。同志の関係を信じきったその姿勢にはあまりに古代的なところがあって――今ではないが、この先数ヶ月後、春になってヨーロッパの戦争が終結したあかつきに――ロジャーはこの笑みを思いだすだろう――いまだかつて人間の顔に浮かんだことのないほど邪悪な表情として、それは彼に取り憑くだろう。

ふたりは歩みを止めた。ロジャーが相手を、〈アンチ＝メキシコ〉を、見かえす。ふたりはそのまま〝対極の概念〟だ。だが、どんな大脳皮質の、いかなる冬半球に位置しているのか。どんな破滅的なモザイク・パターンが、〈荒廃〉の外部と相対しているのか…都市のシェルターを抜けて外へ…外を旅する者だけが解読できる…遠くから見える眼だけが…蛮族の…騎手たちだけが…

「われわれはふたりともスロースロップを手にしている」と、いまポインツマンがそう言った。

「あなたは研究から、栄光以外の、何を得ようとしてるんですか」

「パヴロフが得ようとした以上のものではないな。奇妙に見える行動の、その生理学的な基盤をつかむこと。それがSPR[*15]でどの分野に収まるかはわたしの知ったことではない――きみらの中でまだテレパシー説を持ち出した者はいないのが解せないんだがね。ひょっとしてスロースロップは向こう岸の誰か、ドイツ軍の発射スケジュールを知っている男とテレパシーで通じ合ってるんじゃないかね。それか、自分を去勢しようとした母親への恐ろしいフロイト的復讐劇か。その手の壮大な理論はどうでもいいのだ。わたしとしては、謙虚に、メソッド通りにいくだけ――」

「謙虚」

「そう、限界があるのだよ。手持ちの事実も限られている。ロケットの落下音の逆転現象と…あの男の（おそらくは聴覚刺激による）性的条件づけの臨床記録、そして因果関係の逆転とおぼしき現象。わたしはきみのようにあっさり因果関係を捨てたりしないが、しかしどうしても修正が必要となれば――それはそのときだ」

「だけどそれで何を捕らえようというんです。目的は？」

15 一八八二年以来、ロンドンを本部に活動している「心霊研究協会」。

16 MMPIの性格検査の4つの評価軸のひとつで、テスト中の「好ましくない行動」の度合いを示すもの。意図的にね

「きみはヤツのMMPIを見たことがあるね。Fスケール。[*16] 曲解、ねじまがった思考過程。‥スコアにそれがはっきり出ている。病といえるレベルの逸脱だ。強迫観念に囚われ、潜在的パラノイアだといえる。ところでパヴロフによれば、強迫観念やパラノイア妄想の原因は、脳のモザイク・パターンをつくる、何というか──まあ細胞(セル)、ニューロンと呼んでいい──それが過度に興奮し、相互誘導の過程を経て、周辺域全体がすべて抑制の状態になってしまうからだ。燃えかがやくニューロンの一点のまわりがすべて暗闇となる。いわば闇が呼び寄せられた状態だ。そのためおそらく一生にわたって、他の観念から、感覚から、自己批判から切り離されたままになるんだ。異様な輝きを減じて正常に戻してくれる回路が欠落しているんだからね。その一点をパヴロフは〈病理的不活性ポイント〉と呼んだ。われわれは現在研究中の犬はだね、刺激の強弱にかかわらず同じ数の唾液を流す〈均等相〉はすでに抜けたし、〈逆説相〉──強い刺激のほうがかえって反応が弱くなる段階──も通過した。きのう、そいつを〈超逆説相〉へ引きこんだよ。彼方(ビヨンド)へだ。メトロノームを鳴らすと、それは食事を意味したので以前は犬のヴァーニャの頬から涎が泉のようにわき出たよ。それが顔を背けるようになった。それでメトロノームを停止すると、今度は向き直って、クンクンやって舌で舐めたり歯を立てたり。静寂の中へ消えてしまった刺激を探し求めるみたいにする。[*17] パヴロフは、精神の病いのすべてが、将来この〈超逆説相〉の考えによって説明されるだろうと考えた。すなわち、大脳皮質に生じる病理的な不活性の点が正と反の概念を混乱させることで引き起こされるとね。その理論を基盤に、実証データを得ようと実験に取り組み始めたところで亡くなったのだよ。[*18] だが、わたしは生きている。わたしには資金も、時間も、意志もある。スロースロップの精神はいかにも鈍

じ曲げた回答、異様なふるまい、注意散漫などを含むが、その値とテスト全体から、パラノイアなどの病的な性格が割り出される。

17 簡単にまとめ直すと、刺激と反応の強弱が逆転するのが「逆説相 paradoxical phase」、正の刺激が負の反応を生じさせるものが「超逆説相 ultraparadoxical phase」。

18 一八四九年生まれのパヴロフが、犬を使った実験成果を人間の精神病理に当てはめようと試みたのは八十歳を越えてからのこと。八十六歳半ばで死去する日まで闘志を燃やすが、ポインツマンの〈正典〉である『条件反射学・第二巻』は、死から四年後の一九四〇年の出版となった。

重で、ひとつの相から別の相へ動かすのは容易じゃなさそうだ。最後は飢えや恐怖を与えないといかんのかもしれん・・・どうだろう、まあ、そこまでいかずにすむかもな。だが、わたしはヤツの脳神経の不活性の点々(ポインツ)を見つけ出してみせる。そのためには頭蓋骨切開だろうと何だろうと厭わない。その点々がどのように隔離されているのか、それを突き止めることで、ロケットがヤツの回りに落ちてくる仕組みが解明されてくるかもしれん——そう言うのも、まあ、きみを引きこみたいからだ、それは認める」

「なぜなんです」ほら、不安になってきたか、メキシコ——「どうしておれが必要なんですか」

「理由はわからんが、必要なんだ」

「取り憑かれてるのはあなたのほうじゃないですか」

「メキシコ君」ポインツマンは身じろぎもしない。寄せる波が三度、不毛な薄氷を岸に残して引いていくのを見る間に海に向けた顔の半分が、五十歳も老けた感じだ。「手助けをたのむ」

そんな、他人の手助けだなんて、とロジャーは思う。なのに、その気にさせられるのはなぜだ。危険だし、おまけに変質的、なのに手をさし伸べたい気持になる。ジェシカが、**でも女の子たちは?女の子はどうなの?**と案じる、それと同じ、収まりの悪い不安な気持ちを、スロースロップに対して抱くからだ。〈心霊セクション〉で孤立しているせいだろうか——まわりの人間が抱いている確信を自分は共有できない、といって棄てさることもできない・・・連中の信念、あの苦虫男のグローミングさえ信じている・・・五感の彼方(ビヨンド)に、死の彼方に、ロジャーにとってのすべてである〈確率〉を超えたその彼方の世界を信じることから自分ひとり除け者になっている…ああ、ジェシー。背を向けて眠る彼女の肌に細やかな背骨と腱が浮かび、ロジャーは背中に顔を押し当てる。**おれには深すぎる世界だ…**

海と、不揃いな海辺の草。両者の間に長く伸びるパイプと有刺鉄線が風に鳴る。黒の格子模様を、より長い筋交いの斜線が支え、槍の先が海に向かって突き出ている。置き去りにされた数学的文様、それは力のヴェクトルの形を露呈して、それをその場に押しとどめ、ところどころ前後二つの列を形作り、ポインツマンとメキシコがふたたび歩きだすと、直立線の繰り返しが斜線の繰り返しと視差を伴って重なるために、分厚い斑紋（モアレ）をなして後ろに後退する。そのパターンに下の鉄線のもつれが絡んで干渉する。遠方でカーブして霞みの中へ消えていくところでは、透かし細工の塀は灰色だ。昨晩の雪の後は、その黒書きの線の一本一本に白いエッチングの刻み込みができていたが、きょうは風と砂が吹きつけて元の黒鉄の姿をさらし、潮気のために生じた小さなサビがそちこちに浮きたって…あるいは氷と陽光が、この塀を電気のような白いエネルギーの軌跡に変えている。

そのこちら側、埋められた地雷や腐食しかけたコンクリート製の戦車止めの杭のあるところを上って、断崖から半分ほど来たところ、ネットをかけられ芝土におおわれたトーチカの中で、若いドクターのブレーと看護婦のアイヴィがいま面倒なロボトミー手術をすませてくつろいでいる。いつもの手順で汚れをこすり落としたドクターの指がすばやく入りこんで女のガーターベルトをグイと引っ張って放すと、パッンという音が響いてドクターはハ、ハ、ハと笑い、女は跳び上がって笑いながら身を引く——あまり本気で引かないように注意して。ふたりが横たわる下は、色あせた古い海図と修理手引書、破れた砂袋とこぼれた砂、マッチの燃えさし、かなり前に吸い捨てた煙草からとれたコルクの吸い口。それらの煙草は一九四一年の夜をすごす慰めとなり、海で光る明りをちらっと見て、ズキンと痛む心を慰めてくれたものだった。「先生、ご乱心」と彼女がささやく。「発情期なもんで」と言ってブレーは笑い、もう一度ガーターをパツンと鳴らす。まるでパチンコで遊ぶ少年だ。

高台にはキング・タイガー[*19]を無力化すべく設置された円筒形ブロックの列が、もはや敵軍の上陸はなくなった沿岸の、ところどころ淡雪と露出した薄ライム色の岩盤に彩られた焦げ茶の牧草地の上に、白いマフィンでもつなげたように、一本の鎖となって続いている。小さな池ではロンドンからやってきた黒人男がアイススケートをしている。ズアーブ兵[*20]が滑る。ありえないこと。その堂々とした姿は、砂漠の申し子というよりスケートと氷の申し子のようだ。町の子供が彼の前に散らばっている。ターンするたびに、その湾曲した軌跡から舞い上がる氷粉が頬に当たるほど近くに。男が笑顔を見せるまで、誰も口を開かない。ただピタリと後を追い回し、ちょっかいを出すだけ。笑ってほしいのだが、ほんとうにニコリとされたら怖い、それでも笑顔が欲しい。∴黒い男の魔法の顔を、子供たちは知っている。池の縁ではマイロン・グラントンとエドウィン・トリークルが矢継ぎ早にタバコに火をつけ、〈ブラックウィング作戦〉のことであれこれ考えこんでいる。黒の軍団〈シュヴァルツコマンド〉の存在を敵は信じるだろうか。コマンドの、いわば原型として連れてこられた〝マジック・ニグロ〟を見つめるふたりの研究者はどちらも、子供たちの見ている前で氷の上に乗ろうとはしない――フェン・スケートのスタイルであれ何であれ。

宙づりにされた冬――空は一面、荒んだ輝きを発するジェルだ。浜辺に降りたポインツ

19 一九四四年になって登場した最大最高性能の戦車。ドイツ語名は「ティーガーII」、一般に「タイガー戦車」の英語名で知られるのは「ティーガーI」。

20 十九世紀のアルジェリアから調達され、フランス植民地主義者のために戦った現地人の傭兵。

マンは鼻をかむために、ポケットからトイレットペーパーを一巻き取りだす。その一枚一枚にステンシルで「PROPERTY OF H.M. GOVERNMENT」[*21]と刷られている。ロジャーはときどき頭髪を帽子の中へ押しこむ。どちらも口をきかない。ポケットに手を入れ、また出し、トボトボ歩くふたりの姿が小さくなっていく。子鹿色（フォーン）と灰色（グレイ）の色調にひと刷毛の緋色（スカーレット）をくっきり浮かばせ、足跡にできる疲れ切った星形が、岸辺に長く、凍てつきながら続く、そのガラス化したビーチが反射する曇り空の光はほとんど白色だ。•••ふたりの姿は見えなくなった。さきほどの、初期の会話を聴いたものはなく——偶然のスナップショット一枚残らなかった。ふたりが歩み去ったあとを冬が覆いかくし、その後を残酷な英仏海峡が氷で閉ざしたのだろう。もう誰ひとり、二度と彼らを、まるごと取りもどすことはできない。その足跡に氷が満ちた。それはまもなく海へ運ばれていった。

21 「国王陛下の財産政府」

□□□□□□□

沈黙のなか、物陰に隠れたカメラが追う、部屋いっぱいの空間をわざと無目的に歩きまわる女、長い脚で少女のように伸びやかなストライド、肩のあたりをちょっと丸め、髪はそこらのオランダ娘とはまるで違えた流行のアップスイープ、それを古い変色した銀のかんむりで留めてある。きのうパーマをかけたばかりのブロンド髪は型くずれもせず無数の渦を巻き、ダークな飾り細工の間からも輝きぐあいが見てとれる。きょうの午後はこのところの記憶にない大雨で、[*1]カメラの絞りは最大に開きタングステン灯を照らしての撮影だ。ときどき遠く南や東のほうで爆発するロケットの振動がこのメゾネットを訪れ、雨水の流れおちる窓は無視してドアだけを震わせる。ゆったりとしたノックが三、四回。まるで哀れな精霊が仲間を求めて、中へ入れてくれ、ほんの一瞬でいいからと、必死に訴えているかのよう・・・

　家には他に、身を隠したカメラマンと、キッチンのオズビー・フィールのふたりがいるだけだ。オズビーは屋根の上から収穫してきたキノコで何やら謎めいたことをしている。カップ型のキノコの笠は輝くような赤橙色で、随所に灰白色の薄膜を立てている。せわし

1　一九四四年十二月二十三日の天気と合致する（『GRC』）。

ない軌道の幾何学は彼女をときたま部屋の戸口に導き、キッチンのなかのアマニタ・ムスカリア[*2]（「破壊の天使」と呼ばれる毒キノコの興味深い親戚、これがオズビーの、宙をさまよう意識を引きつけている）を少年らしい手さばきで扱うオズビーにチラリと視線がふれる。その瞬間に女が送る親しみを込めたほほえみに、オズビーは世慣れと洗練と悪意を感じとる。オランダの女の人と話したのは初めての彼には、その人の履き物が木靴でなくハイヒールであることが驚きだ。服はばっちりコンチネンタル風だし（と彼は想像する）、知性的な雰囲気が、ブロンドの睫毛に縁どられた目からも、外出時のサングラスの奥からも、子供っぽい丸みを残す頬からも、口もとの左右にできる笑窪からも感じられ、実のところ頭がグランとするほどの衝撃をくらっている。（クロースアップでとらえた彼女の肌はほぼ完璧ながら、薄く粉を叩き紅を引いた跡は見え、睫毛をわずかに濃くした跡も、二本か三本眉毛を抜いた跡の毛穴も明らかだ……）

この若者の心の中で、いったいどんな考えが廻っているというのだ。今は柿色のキノコの笠の内側を丹念にこすり、残りを細切りにしている。追い立てをくった小妖精たちが屋根の上で、早口でしゃべりながら駆けまわっているとでも？　目の前には橙と灰色の混じったキノコの細片が積み上がっていく。それをひとつかみして、沸騰している鍋の中へ。前からコンロにかけておいた分も煮立って、黄色いアクの浮く、どろどろの粥になってきた。それを掬いとって〝海賊（パイレート）〟のミキサーに入れる。そしてキノコピューレができたら、クッキーを焼く鉄板の上に延ばし、オーヴンをあけ、石綿製の鍋つかみで中から焼け焦げた粉の付いた鉄板を引きだし、それと交代で、いま用意したものを入れる。できあがったものを乳鉢と乳棒で細かくすりつぶし、ハントリー＆パーマーズ[*3]の古いビスケット缶の中

2　和名はベニテングタケ。

3　一八二二年創業の老舗で、その缶には大英帝国を象徴するさまざまな図柄が使われた。

に入れ、少しだけ残したやつをリズラ・リコリス・ペーパー[*4]に手際よく巻き、火を点け、煙を吸いこむ。

　だがオズビーが音を響かせかまど(オーヴン)の蓋を開けたまさにそのとき、たまたま彼女が覗きこんだ。カメラのとらえた表情に変化はない。だが、ドアのところにピタリ動かず立ち止まった理由は何だろう。この一コマを停止させ、縦に伸びる新鮮にして変色した黄金の瞬間として固定すること？　イノセンスを微視的に隠した彼女は肘をすこし曲げ、手は壁にやり、指を肌色の壁紙に扇形に広げている。まるで自身の肌にふれるかのようだ、物憂げな触りかたで。…いつまでも降りしきる外の雨は氷を孕んでシリコンのよう、中世ふうの窓ガラスに荒涼たる音を立て、スローな腐食をもたらす。流水のカーテンが煙のように、テムズ河の向う岸を視界から隠す。広域にわたって爆弾に刺し貫かれた〈都市(シティ)〉。どれほど刺されても果てない強ばった、殺られ(ヴィクティム)の都市…その肌は輝くスレート屋根、煤だらけの煉瓦、それらがあふれる雨水に浮かぶ、その下の、灯りがついたり消えたりの窓は、冬の日の暗鬱に対して無防備な口を開けたシティの開口部だ。雨は洗い流し、水浸しにし、唄いながら溝をゆく。都市は動じない。肩をすくめ、いつまでも雨を受けとめつづける。

…かまど(オーヴン)の蓋がギーギーと軋む音を立てガチャンという金属的な音とともに閉まった。だがカッチェにとって、かまどは永遠に開いたままだ。きょうは何度となく鏡の前に立った。髪も化粧も完璧だという確信はある。ハーヴェイ・ニコルス[*5]から彼らが買ってきたフロックドレスはほとんど透けそうなクレープ地で、パッド入りの肩から胸の谷間へ流れるよう。この国で「ニガー」と呼ばれる濃いココア色をした、デリシャスな絹地を何ヤードも使ったそのドレスをウエストのあたりでゆるめに結んで柔らかなプリーツを膝の上に垂

4　一六六〇年フランスで創業した煙草用ロール紙専門メーカー。おなじみのロゴ「RIZLA +」は、フランス語で「リ・ラ・クロワ」と読む。

5　ロンドン中心、ナイツブリッジ地区、ハロッズ百貨店の近くのファッショナブルな店。

6　以下は、海峡の対岸における、ほんの数日

らす。ふんだんに使われたクレープの流動から思いがけない視覚効果が得られることにカメラマンを喜ばせる。窓から差しこむ雨光の前をカッチェが通りすぎる瞬間、シャッターが数コマ分開閉する間、クレープ自体がうす暗いガラスと化す。炭色の染みた、古めかしい、雨風に傷んだガラスに。ドレスも、顔も、髪も、手も、ほっそりしたふくらはぎも、その宙づりのセルロイド的瞬間、すべてガラスと透明塗装（グレイジング）に変化する——近くに遠くに落ちるロケットの爆風に一日揺れつづける、半透明の降雨の守護神。巻きとられるフィルムが通過する間、その下向きの、暗黒の、破壊の力が地（じ）となって、彼女の像を浮き立たせる。

　鏡に映る自分の像にカッチェみずからが、カメラマンの悦びを感じている。だが心の内奥は彼女自身にしかわからない。高価な服地で、死んだ細胞で、どれだけ念入りに覆っていたとしても、自分の中身は朽ち果て燃え尽きた灰殻なのだ。こんな残酷な想像は誰にもできないだろうが、実は彼女は〈かまど〉に隷属していた[*6]……〝デア・キンダーオーフェン〟[*7]。この単語を発音する大尉殿の、長い恐ろしい、鮮褐色に腐りかけた歯が思いだされる。ブリツェロ[*8]大尉の黄色い歯、網目状に走る汚ない裂け目。その口から吐かれる夜の息が思いだされる。大尉自身の暗いかまどにはつねに腐敗のささやき声が渦巻いて。……最初に思いうかぶのはいつも彼の歯だ。歯は〈かまど〉からもっとも直接的に益を得る——その〈かまど〉は彼女とゴットフリート[*9]のために用意されたもの。大尉はけっして言葉で脅すことはしなかった。ふたりのどちらにも、面と向かって言葉をかけることさえなかった。告げるべきことは、彼女の訓練された繻子の太腿越しに、夜の客にむかって告げた。あるいはゴットフリートの従順な背骨の上を伝わらせて（例のイタリア人がやってきた夜、その背骨をブリツェロ大尉は「ローマ＝ベルリン枢軸同盟」と呼んだっけ。みんなして円

前までの出来事の回想。

7　der Kinderofen＝「ヘンゼルとグレーテル」の物語には出てこない言葉だが（『GRC』）、直訳すれば「子供竈」の意味。なお、V2ロケットの燃焼室も「オーフェン」と呼ばれた。

8　ラテン語としては「ブリケロ」、英語圏では「ブリセロ」と読まれるだろうが、ドイツ語発音の「ブリツェロ」を採用する。電光石火の攻撃（blitz）と、ストイシズム（Blitz spirit）のイメージを併せ持ち、語源的には漂白（bleach）とも関連するらしい、本名ヴァイスマン（白の男）のコードネーム。

9　Gottfried＝英訳すればGod-peace。

形ベッドに乗り、大尉の一物がゴットフリートの突き上げられた尻の穴に収まったのと同時に客のソレが彼の美麗な口に突っこまれて）カッチェはひたすら受身。からだを縛られ、猿轡（さるぐつわ）を咬まされ、つけ睫毛をして、今宵はイタリアの客の香水をつけた白髪の巻き毛（腐り始める一歩手前の薔薇の花と脂肪の匂いがした）をのせる人間枕になっている…発話のひと言ひと言が閉じた蕾、この先無限に開花して内実を啓いていくのだろうか（カッチェの脳裏に浮かぶ関数は、一般項のない冪（べき）級数を、無限に、くろぐろと――しかし完全な不意打ちということもなく――花開かせていく）[*10]…大尉の口から発せられた「神父（パードレ）イグナシオ」[*11]はスペインの異端審問官へ展開し、さらに黒いローブへ、褐色の弓形の鼻へ、胸が詰まるような香の匂い＋聴罪司祭にして死刑執行人＋暗い告解室にふたり並んで跪くカッチェとゴットフリート＋凍えて痛む膝を〈かまど〉の前について誰にもいえない秘密を小声でうち明けるグリム童話の兄妹＋ふたりを疑うブリツェロ大尉の魔女的パラノイア（カッチェはNSB[*12]のお墨つきがあるにもかかわらず）＋聴き手かつ復讐者である〈かまど〉＋ブリツェロ大尉の前に跪くカッチェ。大尉は黒いビロード服にキューバンヒールの靴という最高レベルの女装（ドラッグ）だ――肌色の革のサポーターの中に押しこんで隠した一物の上に、人工膣と黒貂（クロテン）製の陰毛がついている。どちらもベルリンから手にした悪名高きマダム・オフィール直々の手になる作品だ。疑似陰唇と派手な紫の陰核は――マダムはみじめな顔で物不足を嘆いていた――合成ゴムとポリ塩化ビニルの新素材「ミポラム」で…本物そっくりのピンクに濡れ、ステンレス製の小さな剛毛を何百本も逆立てたソコを、跪いた姿勢で舐めるカッチェの唇と舌は傷つき出血し、その唇のキスが〝兄〟ゴットフリートの白塗りしていないブロンドの背中に血の抽象画を描く。兄というのは奴隷のプ

10 カッチェは理系の精神を持ち、ロケットのテクノロジーに通じている。以下「＋」記号でつながれているのは、次々と開いていくイメージの、一枚一枚を級数としてまとめた花全体の数式。

11 オーウェン・ウィスター作の小説『神父イグナシオ』（一九〇〇）の主人公。「異端審問官」とは正反対の、やさしく賢明な存在。

12 オランダでは「国家社会主義運動 Natio-naal-Socialistische Be-

レイの中での話・・・この館が初対面だったのだ、発射場近くの、徴用されたオランダの家が。王都から東へ、ふたつの干拓地に挟まれて舌状にヴァッセナールへ向かって伸びる、小さな農場や屋敷を含んだ森と野原の一帯にロケットの発射台は隠れていた。[*13] 居間の大きな西側の窓から射しこむ秋の陽だまりに初めて見たゴットフリート青年は、飾り鋲つきの犬の首輪だけ身につけて跪き、ブリツェロ大尉の命令がくだると、メトロノームのようにカチカチと自慰を始めた。その白い肌に午後の陽が当たり、人の肌にはとても思えぬ輝くオレンジ色に染める。ペニスは充血の一枚岩、その口がカーペットを敷きつめた沈黙の中で深く喘ぐのが聞こえる。上を向いた顔は（きっといつもそうなのだろう、伏し目がちに）天井を、天井にある何かを、あるいは幻影の中でこの天井が表している大空を仰いでいる――のぼりつめ、堅く締まり、達するときの青年の顔は、幼いころからカッチェが鏡の中に覗き見てきた自身の、研究して身につけたマネキンの眼差しにあまりにも似ていて彼女は一瞬息を呑み、心臓の早打ちを感じるが、一瞬後には彼女自身、同じマネキンの眼差しをブリツェロに向けている。大尉は満足顔だ。「そうだな」とカッチェに告げる。「おまえの髪を切ろうか」 それからゴットフリートに笑いかける。「そしてこの子が髪を伸ばす」砲兵中隊の整列点呼で恥ずかしい目に遭うのは彼にとって好ましいことだ。発射台（シュスシュテレ）3号[*14]の近く、平和だった時代には賭に負けた観客のため息のさ中を競走馬が疾走した場所で、毎朝行う検査にそのつど失格しながら、それでも大尉に庇護されて懲罰をまぬがれるゴットフリートは、その代わり発射の合間、昼夜を問わず、寝不足のまま、気儘な時間に大尉自身の〝魔女の折檻（ヘクセスチュッヒティグング）〟を受けるのだ。だがブリツェロがカッチェの髪を切ったかどうかはもう思いだせない。一、二度ゴットフリートの軍服を着せられたのは憶えている（髪の

weging」が、ナチス占領下で唯一の合法的政党だった。

13 ハーグ市街の北、富裕層の屋敷の建つヴァッセナールにも、事実ドイツ空軍のロケット発射隊が陣取った。

14 敵軍の偵察を恐れ、V2の発射はすぐに移動できる発射台兼用車（マイラーヴァーゲン）から行われた。

毛を、そう、軍帽の下に押しこんで）。それだけで、わけなく彼の分身(ダブル)になれた。「檻の中で」寝かされた。それが大尉の定めた規則だった。ゴットフリートはといえば、カッチェの絹のストッキングにレースのエプロンと帽子、繻子とリボンのついたオーガンディの薄地のドレスを着せられる。だが、事が済むと、檻に戻るのは彼のほう。その規則は変わらない。兄妹のうちメイドはどっちで、肥えた鵞鳥になるのがどっちか、それは明確。その点が揺らぐのを大尉殿は許さない。

　カッチェはどれほど真剣に役を演じているのだろう？　征服された祖国、占領されたオランダに生きる自分には、屋外で日夜、形なく、まともな輪郭もなく続く出来事——即決の死刑執行、逮捕、殴打、ごまかし、パラノイア、恥辱——をもろに浴びるより、それを形式化し合理化した物語に入っていくほうがましだというのが彼女の考えだ。こんなことを話しあいはしないけれど、カッチェもゴットフリートもブリツェロ大尉も、古い〈北のお話〉は、親しんでいるだけに居心地がよい。その、迷子の子供たちと、食べられる家に住む森の奥の女主人による、囚われ肥やされ〈かまど〉で焼かれる物語をルーティンとして保つこと。外で進行している、誰にも耐えられない〈戦争〉から、「偶然」の絶対的支配から、自分たちの身の上のおぼつかなさから逃れるためのシェルターとして…

　家の中も安全とはいえなかったけれど…ロケット弾の打ち上げ失敗はほとんど毎日。十月の末に、この敷地からあまり遠くないところに一発のロケット弾が尻から落ちて爆発し、地上整備員が十二人も死に、周囲数百メートルにわたって窓が壊れた。[*15] カッチェが初めてお話(ゲーム)の中の兄の、金色のからだを見た居間の、西窓も壊れた。軍から流れた話によると、燃料と酸化剤が爆発しただけだというが、ブリツェロ大尉は震えるような——カッチ

15　一九四四年十月十二日に実際に起きた事故。

ェなら「虚無的」と言わざるをえない——悦びにひたりながら、弾頭に積んだアマトール[*16]も一緒に爆発したんだと言った。これじゃ発射基地なのか爆撃目標なのかわからんな。・・・まるで全員死の宣告を受けているようなものだ、と。その一軒家はデュインディフト競馬場[*17]の西にあって、ロンドンとは正反対の方向なのだが、そのぶん危険が少ないことにはならない。しばしばロケットは狂うのだ。でたらめに方向を変え、恐ろしい嘶(いなな)きをあげたかと思うと狂乱のままに落下する。そうなると打つ手なし。後々まで、修正は不能なのではないかとささやかれている。タイミング的に間に合うときは、のたうち回る機体を空中で破壊するが、ロケットの発射だけではない。その合間に英軍の空襲がある。夕食の最中にもスピットファイアは轟音を立て、暗い海面を低空飛行してやってくるのだ。町のサーチライトはふらふらとして狙いが定まらず、サイレンの残響が公園のぬれた鉄製ベンチの上空にただよい、手探り状態の高射砲からポンポンと弾丸が飛び出す合間に、森林地に、干拓地に、ロケット部隊が駐屯しているはずの住宅地に、爆弾が降りおちる。

爆撃はゲームに彩りを添え、音色を微妙に変える。いつかは知れぬ未来のその日、ゴットフリートを待ち構える〈かまど〉に〈魔女〉を押しこむのはカッチェの役目。大尉も彼女が英国スパイか、オランダ地下組織のメンバーではないかと疑いだしたに違いない。ドイツ軍の必死の努力もむなしく、情報はオランダを通してイギリス空軍の爆撃部隊へ確実に流れつづけ、部隊の展開のようすも、補給ルートも、暗緑色の木立のうちのどこにA4ロケットの砲床が隠れているかも筒抜けなのだ。データは毎時変えているし、ロケットも付属設備も次々と移動しているというのに、スピットファイアは発電所を、液体酸素補給所を、砲兵中隊司令官の宿舎を狙い撃ちにする・・・興味をそそる問題だ。[*18]カッチェはいつ

16 硝酸アンモニウムとTNTの混合火薬。V2の弾頭にはこれが一トン近く積まれていた。

17 ハーグの豊かな郊外ヴァッセナールに現存する、由緒ある競技場。

18 いつのまにか語りはブリツェロの意識をたどっている。視点人物の流動的な入れ替わりは、この小説の特徴的なテクニック。

の日かイギリスの戦闘爆撃機をほかならぬこの家に、このゲームの牢獄に呼びよせるのか。そして、みずからの死をもって任務完了とするつもりなのか。ブリツェロ大尉[19]にはわからない。困惑の苦悩も、一定限度内なら、彼にとっては喜びだ。ミュッセルト政権にとって彼女の履歴はもちろん完全無欠。匿われていたユダヤ人家族を少なくとも三世帯は嗅ぎだし、会合にも欠かさず出席していた。スヘーフェニンゲン[20]近くのドイツ空軍保養地でも働いていたが、そこの上司たちは彼女が有能で明朗で手抜かりがまったくないことを褒めていた。党への熱狂をもって自分の能力不足をカバーしようとする、よくいる手合いとは大違いだ、と。まあ、その点は、唯一疑いの影を投げかける点とはなろう。情緒的にかかわっていない——ということは、入党には何かしら理由があるということだ。数学の心得があって、かつ理由(リーズン)を有する女。・・・「変身を欲せよ」とリルケはいった、「おお、焔に感激するがいい!」と。[21] 月桂樹へ、ナイチンゲールへ、風へ[22]・・・欲する、引き入れられることを、抱き留められ、五感のすべてを満杯にすべく燃えさかる炎へ向かって落ちてゆくことを・・・愛する、というのではない、行為としての愛などありえぬ中で、隷属としての愛に無力のまま留まること・・・

だがカッチェは違う。蛾のように炎へ飛びこんでいったりはしない。あの女は人知れず、〈変化〉を恐れているのではないかと結論せざるをえない。変えるのは、つまらぬ装身具や衣服ばかり。政治信条も彼女にとっては服装倒錯(トランスヴェスティズム)にすぎないのだ。ゴットフリートの服を着るだけではない。長身でストライドも長く、髪はブロンド、探索的な肩に翼の存在を感じさせる、[23] そんな形(なり)では不恰好だろうに、マゾヒストの定番であるフレンチ・メイドの服も着た——単にプレイをしているだけ・・・プレイのごっこをしているだけ。

19 ドイツ占領下オランダのファシスト党の党首。ユダヤ人の捕囚を含め、積極的にナチス体制を推し進めた。

20 ハーグの中心から数キロほどのところにある、北海に面した地区。

21 リルケの『オルフォイスへのソネット』第二部、12、富士川英郎訳。テクストの英文は、"Want the Change, O be inspired by the Flame."。

22 リルケだけでなく、月桂樹を好んでうたったウィリアム・ワーズワースを始め、P・B・シェリーの「西風に寄せる歌」や、ジョン・キーツ大尉にできることはない。息絶えだえの第三帝国、命令の通達も無力な紙切れと化す中で彼はカッチェを、ゴットフリートを必要とする。手に残る革鞭のリアルな感触と、カッチェのうめき声、ゴットフリートの尻を赤く這うミミズ、カッチェとブリツェロの唇、ブリツェロのペニス、指先、爪先――冬のあいだはこれらが頼りになる――理由を言葉にすることはないが、ブリツェロの心は信頼していた。もはや、おそらくこの形しか、あらゆるお伽噺と伝説（メルヘン・ウント・ザーゲン）の中でもおそらくこれしか頼れない、魔法のかかった森の家だけは守られる、ここが偶然に爆撃されることはありえない。裏切られているとしたら別だ。カッチェが事実イギリス軍のスポッターとして指示を送っているとしたら――しかしそれは不可能だとブリツェロは確信している。なんらかの魔法によって――発声が骨をふるわすこともない魔法の言葉によって――イギリス軍の爆撃が、彼を〈かまど〉の鉄へ、最後の夏（ファイナル・サマー）へ押しやるという可能性だけは禁じられている。結末は、来るべき彼の運命は、それではない――だがその日はやってくる。…Und nicht einmal sein Schritt klingt aus dem tonlosen Los. …大尉はリルケの詩の中でもこの第十の悲歌[*24]をもっとも愛していた。どの一節を思いだしても、ラガービールのような〈切望〉の苦みが、涙腺と鼻孔を刺激するのを感じる…死して間もない若者がこの世に残された最後の絆である〈悲嘆〉だけを抱き、女性である悲嘆とのかろうじて人間的な接触にも永遠の別れを告げる。たったひとり、最後まで高く踏みのぼっていく、〈原苦〉の山の奥深くに。頭上には見なれぬ星座の煌々たるきらめき…。「やがて跫音さえ、音の無いその身の末からひびかなくなる（ウント・ニヒト・アインマル・ザイン・シュリット・クリンクト・アウス・デム・トンローセン・ロス）」[*25]。…山の登り手は彼、ブリツェロ自身だ。第三帝国の焔を抱きしめるずっと前から、もう二十年も登りつづけてきた。リルケの焔を抱くよりはるかに前、南西アフリカ以来…ひとりで

の「ナイチンゲールに寄せるオード」など、ブリツェロのロマン派詩人への傾倒が幅広い物であることがうかがえる。

23 天使の翼のイメージは、カッチェだけでなく、作品中の他の白人女性の描写にも使われていることに読者は気づくだろう。

24 一九二三年、死の三年前に出版された『ドゥイノの悲歌』の「第十の悲歌」。このパラグラフではその第一〇四～五行に焦点を当てている。

25 手塚富雄訳『ドゥイノの悲歌』（岩波文庫）より。

登ってきた。そこには人喰いの魔法使いをなだめるための肉体はあったし、苦痛の手段に欠けることはなかった。だが精神において彼は孤独を貫いている。〈魔女〉の役は演じていても、彼／彼女を定義する空腹というものがわかっていない。ただ弱気になった瞬間に一緒に自分の体に、そいつが共存していることに気づいて当惑するのである。運動選手と彼の技術とは、別々のものだ。同一の意識には帰属しない。…若きラウハンデルもそれだけは言っていた…あの平和な時代からもう何年になるだろう…ブリツェロはこの若き友人に目をつけて（このときすでに東部戦線のどこかで悲惨な破滅を遂げることが明白だったにもかかわらず）、あるときは酒場の中で、あるときは路上で、窮屈でぎこちない背広姿のときも、華奢なシューズを履いているときも、誰かが戯れにトスを投げこむサッカーボールに対してこよなく優美な反応——不死の妙技！——を返すのを見てきた。即興的な蹴りが信じがたいほど高く舞い上がり、完全な放物線（パラボラ）を描いて何マイルも上昇したボールは、フリードリヒ通りのウーファ劇場の二本の、男性のシンボルのような電飾柱のド真ん中を通過した…ヘディングを続けながら、くっきりと詩うような足取りで街を何ブロックも、何時間も歩き進むことができる。…それでいながら、たずねられても頭を振るだけだ、人なつっこい顔から、言葉が出てこない。「どうやってって、そう動いちゃうんです…筋肉——」それから昔コーチに言われた言葉を思いだし、「筋肉的（マスキュラー）な反応なんで」と続けた。笑い顔は晴朗、だが、そのときにはすでに雑兵に徴兵されて大砲の餌食になることは目に見えていた。短く刈り上げた頭を青白い酒場の灯りがガリガリとさする。「反射っていうんですか。…おれじゃなくて。…反射の運動なんです」この時代、ブリツェロに変化が訪れたのはいつだったろう。それまでの欲情が単純な悲しみに変わったのは。自分の才能を語る言葉をもたずに驚くだけのラウハンデルと同じように、言葉なき悲しみに陥るようになったのは。ラウハンデルと同じ青年たちをブリッツェロは数え切れないほど見てきた、特に三九年以降は。いつも同じくミステリアスな客人をかくまってきた。特異な存在とはいえ、弾丸が落ちてこない場所にいつも身をおく能力をもつという以上の変異者でもない…その、原材料である彼らのうち「変身を欲する」者がいたか？　そもそもわかっているのか。そうとは思えないのだ。…彼らの反射能力はただ使われるだけ。一度に何十万という規模で、他の人間たちに使われる——〈焰〉に感激して飛びこんでくる誉高い蛾どもに、だ。この問題に関してブリッツェロはもう何年も前にすっかり無垢を失っていた。だから、おのれの行き先は〈かまど〉しかない。自分はガスと灰に焼かれ、煙突から出発する、その一方で、迷子の子供たちのほうは、何も知らず、ただ制服を変え身分証のカードを変えるだけで、生き栄えていくだろう。そういうことなのだ。〈苦痛〉の山のワンダーフォーゲル。[*26] それはもうあまりにも長くつづいている。このゲームを選んだのも、結局は自分に終わりをもたらすため、そうじゃない（ニヒト・ヴァール）か。自分も歳だ。風邪もなかなか抜けなくなった、胃はしばしば一日中きりきり痛む。眼も検査のたびに見えなくなっている。〝現実〟に棹さすばかりで、英雄的な死はおろか、軍人らしい死に方さえ望んでいない。望むのはただひとつ、この冬から抜けだし、灼熱の〈かまど〉の暗黒に、鋼鉄のシェルターに入ること。扉が閉じてゆき、キッチンの灯りがなす背後の明るい長方形が細くなって永遠の闇に変わること。それ以外は、なにもかも前戯なのだ。

　だが気になるのだ。子供らのことが、必要以上に気になって、そのことでまた当惑している。動機は何だ。彼が〈かまど〉を求めるのと同様に彼らが切望しているのは、身の自

26　Wandervogel というドイツ語の原意は「渡り鳥」。二十世紀初頭の三十年間ほどドイツの青年の間で盛り上がった運動は、父なる国土である自然との有機的（ときに神秘主義的、中世回帰的）な一体化を模索するもの。リルケもその推進者だったこの運動への参加者は、第一次大戦を熱烈に戦った兵士層および敗戦後ヒトラーに追従した層と重なる。

由なのか。その偏屈さが、頭から離れず、彼の気を滅入らせる。繰りかえし想い描いてしまう、一枚の無意味な破滅の図。森の中の家だったものが、パン屑とベトつく砂糖の汚れに変わり果て、〈かまど〉だけが黒く不屈に居残り、かつての甘美なエネルギーもしぼみつつある子供らが、早くも始まった空腹を抱え、空虚な森の緑の中へさまよい戻っていくという図。・・・どこへ行こうというんだ？　夜はどこに身を寄せる？　子供たちの備えのなさ・・・そして自己破壊をもたらさずにはいない〈かまど〉に依存せずにはいられないという、彼らの〈ミニ国家〉の矛盾。

だがそもそも、真の神というものは、そういうものではないのか。作り上げる一方で破壊する。キリスト教の風土で育った彼にこれを理解するのは容易でなかった。南西（ズュートヴェスト）アフリカへの、彼自身の私的な征服の旅を敢行するまでは。肌を掻きむしるようなカラハリの炎天、あたり一面、空と火と水とのシートが広がる海岸で彼は学んだ。そのヘレロ族の少年は、宣教師から長期に責められた挙げ句、キリスト教の罪に怯えていた。ジャッカルの幽霊みたいな、恐ろしいヨーロッパのハマオオカミみたいなものに追いまわされ、魂を――背骨に生息する大切な虫を――食べられてしまいそうな気持ちになっていた。その上今度は、昔ながらの神々が、言葉の罠で追いつめられて動きが取れない、差しだしなさい、野蛮な心は捨てさりなさいと、言葉に恋をしているらしいこの学者風の白人は迫る。この男の手荷物の中に一冊の詩集が入っていた。南西アフリカへの旅立ちの日、出版まもない『ドゥイノの悲歌』を港で母が手渡してくれたのだ。乗船した古い貨物船が熱帯の回帰線を越えて進む、新しいインクの臭いが彼の夜に眩暈をもたらす・・・空にはいつしか見知らぬ星座が〈苦しみの地〉に輝く新しい星々のように輝いて、地球は季節を反転していた

27　一九〇四年にドイツ人支配層に対して反乱を起こし、大虐殺を受けたヘレロ族の生き残りは、一九二二年、仇敵だったボンデル族やホッテントットと結託して立ちあが

…上陸は、舳の高い木製の船で。それは二十年前、謀叛を起こしたヘレロ族の鎮圧のため、青いズボンの兵士たちを鉄製の停泊船から送りこんだ船だった。[27]彼はもといた奥地へ向かう。そしてナミブ砂漠とカラハリ砂漠の間を長々と走る崩れかけた山々の奥地に、彼自身の忠実な土民を、彼の〈闇の花〉を見つける。

　太陽の砲撃を浴びて炸裂した岩々が行く手を阻む…峡谷が何マイルもどこに向かうともなくねじれ曲がりながら続き、午後の時が伸びて、川底で白い砂が冷たい、女王風のブルーに変わる。**…今したいです、ンジャンビ・クルンガ**[28]**したいです、オムホナ**[29]**…**燃えさかる茨の枝越しに少年はささやいた。焔のまわりの光の外側に存在するエネルギーを、手にした一冊の薄い本で呼び起こそうとしているドイツ人。彼はハッとして視線を上げた。強度の冷気が彼をつつむ。こいつは俺とやりたいという。しかし、その行為をヘレロの神の名で呼ぶ。神への冒瀆を、こいつはライン宣教師協会[30]から習ったのか。その邪悪な悦びを宣教師が教えたのか。よりによって砂漠の中で。町中でも白昼の光の下でも、それを名づける勇気も出ないほどの危険が群れる大陸で。腐肉を食らう鳥たちが、羽をすぼめ、ハゲた尻を冷たい砂につけて待つところで。…今宵、彼は言葉の一語一語にこもる力を感じる。言葉はいま、それが指すものから、ほんの小さな瞬きひとつ離れているだけだ。聖なる名前を耳にしながら少年を犯す、その危うさが彼を狂おしく欲情させる。焔の外側からたちまち復讐がやってくるという恐怖。その覆面（マスク）に直面すると欲情がそそりたつ…だが少年にとって、愛のまぐわいはンジャンビ・クルンガをあらしめるものにすぎない。神は創造者にして破壊者、太陽にして暗黒、黒も白も、男も女も、すべての対立二項を一身に体現する…そして彼は純なままンジャンビ・クルンガの子になるという（時に見捨て

る。その「蜂起」をピンチョンは、ヴァイスマン自身も登場する『V.』第九章でフィクション化して描いている。

28　Njambi Kurunga はヘレロ神話の創造主。同時に死神でもある。「ンジャンビ」が天なる男神を、「クルンガ」が太母の地神を表すという意味では両性具有でもある。

29　ヘレロの精神的指導者オムホナは、「最初の人」ムクルがこの世に姿を表したものと見なされた。

30　ドイツのヴッパータールで作られたルター派の団体。アフリカ人の改宗をうたって、一八四二年に南西アフリカの植民拠点ヴィントフークに到着。

られ、歴史から容赦なく振りおとされた部族の者が、みんなそうなったように）。ヨーロッパの男の汗と、胸板と、下腹筋と、男根の下で（少年自身の筋肉は何時間とも思える間、固く引き攣らせたまま、その力で、彼は言葉を圧殺しようとしているのではない、ただふたりの上を通りすぎる、長い、性痙攣的な、ぶ厚い夜の切り身と闘っているだけ）。

結局俺はアイツを、何にしたのか・・・ブリツェロ大尉は知っていた。そのアフリカ人はいまこの瞬間に、すでにドイツ国土をなかば進んで、ハルツ山地[31]に深く入りこんでいる。この冬に〈かまど〉が中に自分を閉じ込め蓋を閉ざしたとしても、すでにアイツとは最後の別れを交わしている。大尉は、這いうごめく胃と、疾患で詰まり気味の消化腺を抱え、ペンキを濃密に塗った打ち上げ制御車内のコンソール盤の上に屈みこむ。モーターと操縦パネル担当の軍曹らは外で煙草をふかしながら休憩中――彼ひとりが制御盤に面している。うす汚れたペリスコープを覗くと外では身を起こし影のように立つロケットの胴体タンクに液体酸素が注がれているところだ。そこを腹帯のような霜がまぶしく取り囲み、ねじれた霧が立ちのぼる。木々がすぐそこまで繁っている。頭上の空はロケットの上昇をゆるすだけの広さしかない。発射台（ボーデンプラット）は何本もの鋼材を渡した上をコンクリート板で固めたもので、これを三本の木が縁どる空間に設置する。その三本には、ロンドンの位置する二六〇度の角度を正確に割りだすための三角測量の目印がある。その模様は、赤い円の中に太く黒い十字を描いた粗野なマンダラだ。古代の日輪十字（サン・ホイール）に見えるそのマークを分断して鉤十字にしたのは、迫害を免れるための初期キリスト教徒の智慧だったと言い伝えられている。十字の中心には二本の釘が打ちこまれ、ペンキのマークが並ぶその最西端の脇に誰かが、銃剣の先で切り刻んだ――IN HOC SIGNO VINCES. コノ印ニ因リテ汝ハ勝利ヲ得ン[32]、と。

31 V2を製造していたノルトハウゼンの地下工場はドイツ中央部のハルツ山中にあった。

32 コンスタンティヌ

ス大帝がキリスト教に改宗したときの逸話による。三一二年、ローマ帝国統一に向けての「ミルウィウス橋の戦い」の直前に、空に十字のマークとともに、この文字が表れた。

砲兵中隊の連中を調べても白状する者はいるまい。きっと〈地下組織〉の仕業なのだ。だが消去せよとの命令もない。発射台のまわりで、木の切り株が薄黄色にまばたく。新鮮な木っ端やおがくずが古びた落葉と入り混じる。幼い日の、深みあるその匂いを、ガソリンとアルコールの臭気が掻き乱す。雨の脅威、きょうはおそらく雪になるだろう。灰緑色の砲手たちの動きは落ちつかない。黒光りした蛇のようなインドゴムのケーブルが森の中へ消えた先にはオランダ標準の三八〇ボルト屋外電源。待機中（エアヴァルトゥング）…

　どうしたことか、このごろブリツェロは思い出すのが容易でない。この三角柱に枠づけられた汚れたくぐもりが、森の中に毎日新たに拓かれる三角形の空間で日々繰り広げられる儀式が、メモリーのランダムな漫歩に、罪なきイメージ採集に、入れ替わってしまったのか。打上げのテンポが速まるにつれ、カッチェとゴットフリートといられる時間も短縮され貴重になった。ゴットフリート青年はいまもブリツェロ大尉の部隊にいるのだが、勤務中に彼の姿を見ることはほとんどない——無線基地までの距離を測定する技師らを手伝う一筋の金色の動きを、彼のきらめく髪が風になびいて木々の間へ消えていくのを、目にすることはもはやない…なんと不思議な対照だろう、あいつのイエローとブルーは、あのアフリカ人と補色をなしている。大尉はあるとき、感情のあふれるまま、それとも未来を予知したのか、我がアフリカ少年にエンツィアン（りんどう）の名を与えた。リルケの詩にうたわれた山道に咲く、北方人の色をしたりんどうの花。谷間へ持ち帰るべき純粋なる言葉——

Bringt doch der Wanderer auch vom Hange des Bergrands
nicht eine Hand voll Erde ins Tal, die alle unsägliche, sondern

ein erworbenes Wort, reines, den gelben und blaun
Enzian.

とすればこうだ。登山者は山上の懸崖（けんがい）から
言葉にはなりえぬ一握りの土を谷間へもちかえりはしない、
かれがもちかえるのは、獲得した純粋な一語、すなわち黄（き）に碧（あお）に咲く
りんどうだ。[33]

「族長（オムホナ）さま…ぼくを見て、赤いです、褐色です…黒です、族長さま…」

「リープヒェン、[34] ここは地球の裏側だよ。ドイツだったらおまえは黄と碧になるんだ」

鏡像形而上学か。想像の中の優美さ、書物的対称性（シンメトリー）に、ひとり悦に入っているだけでは。…それにしてもなぜ言葉を弄するのか。禿げ山と灼熱と、自身その蜜を吸った野生の花に向かって目的もなくしゃべるのはなぜなのか…なぜそれらの言葉たちを無為に失ってしまうのか——蜃気楼の中へ。黄（イエロー）の太陽と渓谷の凍てつく碧（ブルー）の影の中へ。それが予言（プロフェシイング）であるなら別だ。破局以前のすべての症候を超越し（ビヨンド）、寄せる年波を思う恐怖を（一瞬たりと、〝対処〟の可能性などありえぬと知りつつ）超越した予言であるなら。「向こう（ビヨンド）」とは、なにやらうねり、渦巻く、永遠に彼の言葉以下（ビロー）で以前（ビフォー）の世界。恐ろしい姿をした時の到来を見ることができるもの。その恐ろしさは、この冬の恐ろしさを、いま〈戦争〉が、不可避のラスト・ピースを押しはめて示そうとしてるジグソーパズルの地獄図の恐ろしさをも超えるだろう——金髪碧眼の若者と、その押し黙った分身であるカッチェと演じるこの〈か

33 『ドゥイノの悲歌』「第九の悲歌」二八〜三一行。手塚富雄訳。

34 英語の「ダーリン」や「スイートハート」に当たるドイツ語の愛称。

まど〉のゲームの顚末（だが南西アフリカで彼女に対応するのは誰だ。いまだ見ぬどんな黒人娘がいるのだ。眩暈のする日射しの中、石炭殻を敷きつめた列車がしゃがれた音を立てる夜の線路わきに潜んでいるのか。誰一人、どんな「反（アンチ）リルケ」も名づけたことのない暗黒の星座の中に……）——だが一九四四年ともなってしまえば、もはやどうしようもない。それらのシンメトリーは戦前の贅沢品であり、予言が可能なことなど何ひとつ残っていない。

カッチェの突然のゲームからの離脱にしてもそうだ。これはかりは予知できない。その事態にあらかじめ備えなかったのは、実際カッチェの対極をなす黒人娘が見えてこなかったからだろうか。もしかしたらその黒人娘はメタ解法[*35]の天才であったかもしれない——チェス盤をひっくり返すとか、審判を撃ち殺すとか。だが、損傷と破壊を経た後、このミニ国家はどうなるだろう。修復可能なのか。新たなもうひとつの適切な形態へ……射手と息子と頭上のリンゴからなる……そうだ、暴君役は〈戦争〉そのものがつとめてくれる[*36]……それで続けていけるだろう……ほころびを修復し配役をふり直して。まだ外に打って出るときではない……

檻の中でゴットフリートが見ている、束縛（ボンド）をすり抜け、その一軒家から出ていくカッチェを。直射日光の下で初めて見えるゴットフリートの足の毛は、繊細な重さのない金の毛網だ。まぶたは早くも皺を刻んでいる、老若の意味を同時にこめたその奇妙な文様は、署名の文字か装飾の曲線のようだ。瞳のブルーはなかなか見られない色だ。天候とうまく同期すると、そのブルーはアーモンドの形をした目には受け止めきれず縁から染みだし、ブルーの流血となって顔じゅうを青い光で覆う。ヴァージン・ブルー、溺死者のブルー、か

35 問いそのものでなく、問いの枠組み自体に応えるもの。

36 「ウィリアム・テル」の伝説は、ハプスブルク家（神聖ローマ帝国）の強権支配に抵抗する英雄の物語。ロケット部隊を率いるブリツェロも比喩的に「射手」であるといえる。

つて平和時の昼どきに静かに自転車でめぐった地中海の通りの、チョークのような白壁に吸いこまれつづけていくブルー。・・・彼にカッチェを止めることはできない。大尉が訊ねたら見たままをしゃべるだろう。以前にもゴットフリートは彼女が抜けでるのを見ている。噂もある――彼女は〈地下組織〉の一員だ、スヘーフェニンゲンで会ったシュトゥーカ[37]のパイロットに恋をしている。・・・しかしブリツェロ大尉も愛さずにはいない。ゴットフリートのスタイルは受身の観察者だ。彼はその年齢に達して徴兵通知が届くのを、生意気な恐怖心ともいうべき態度で待っていた。自分にとって初めてのカーブがぐんぐん近づいてくるのを見ながら、横滑りを制御しつつそれに向かっていく感覚。「ぼくを取って(テイク・ミー)」と叫びながら。ぎりぎりの瞬間までスピードを上げていく。連れていって(テイク・ミー)――これが就寝時のおきまりの祈りだった。自分は危険を必要としていると思いつつも、その危険はまだまだ想像の産物で、彼がたわむれに弄ぶ世界にリアルな死の結末としての死はなかった、ヒーローはいつも爆撃の中心から、煤だらけの顔に不敵な笑いを浮かべて歩み出てくるし――爆発は騒音と変化と、身を伏せるダイブを意味するだけ。ゴットフリートはまだ死体に接したことがなかった、間近には。ときどき家からの便りで、友達の死を知ることはある。長い、中身のぐにゃりとしたキャンバス地のズタ袋が毒の灰色をしたトラックへ積みこまれ、ヘッドライトが霧を照らして行くのを遠く眺めたことはある。・・・だが、発射に失敗したロケットが、発射係のきみと、細長い塹壕にすし詰め状態で身を伏せて汗臭いウールを臭(にお)わせて笑いを固くこらえている十二人の仲間の上に倒れてくる、その瞬間も思うことは――すごいやコレ、食事時の会話が盛りあがるぞ、母親(ムティ)にも知らせよう。・・・ロケットは彼のペットなのだ。まだ充分に飼い慣らしていない、ときに問題を起こし、自分を襲う

37 ドイツ軍の二人乗り急降下爆撃機「ユンカース87」の通称。

こともある。それを愛するのは馬を愛するのと同じこと。別の戦線に送られたとしたら、同じやり方でタイガー戦車を愛しただろう。

軍隊は自分を取られた感覚(ティクン)が味わえて、心から安らげる。〈戦争〉がなかったとしたら何を望んでいいかわからなかった自分にも、こんなすごい冒険の一役を与えられたのだ……ジークフリート役で歌うのは無理でも、槍持ちくらいにはなれる。その言葉を聞いたのはどこの山腹だっけ。どんな愛しい日焼け顔の男(ひと)が言ったのだっけ。山なみを這い上がる純白の記憶だけが残っている。キルトを敷きつめたような高原の上を雲が立ち上っていた。……いま彼は見習いのロケットの番人だ。〈戦争〉が終わったらエンジニアになるための勉強が始まるだろう。ブリツェロ大尉が死ぬかここを去るかすれば、自分も檻を出るのだ。それは理解している。でもそれは〈戦争〉が終わったときの話で、〈かまど〉に終わりが来るとは考えない。因われの子供たちは危険が最大化した瞬間に解放されると、彼もみんなと一緒に信じている。しばしば無力に萎えたまま無抵抗の口に押しこまれスラストを始める大尉のペニスの、先から根本までの塩っぽさも、身を刺すような折檻も、大尉のブーツに口づけするとき映りこむ、ベアリングのグリースとオイルとこぼれた燃料アルコールでまだらになって自分の顔とも思えぬほど黒ずんだ像も——そのひとつひとつが必要なのだ。彼の囚われに具体性を与えてくれる。ただの軍隊生活の圧迫とか抑圧とかいう話とは違うものにしてくれる。恥ずべきことに、自分はそれらがつくづく好きだ——売女(ビッチ)という言葉をあるトーンで言われると、それだけで逆らいがたく勃起してしまう——実際神の裁きで地獄に堕ちるのでないにしても、狂気に落ちたのではないかと、そんな不安に苛まれる。砲兵中隊の連中は、何が執り行われているか、みんな知っている。大尉の命令で口はつぐんでいるけれども、彼らの顔を見ればわかる。計測中の鋼尺を揺らされたり、注いでもらうスープが自分のトレイにこぼれたり、分隊の着替えの時間には右袖を肘でつつかれたりする。このごろはよく怖い夢を見るようになった。肌の異様に白い女に求められるのだ。話しかけることはせずに、絶対の確信の目で見つめている・・・が、自分のことを知っていて、顔で招けば言葉など必要ないと思っている——そう確信した彼は恐ろしくなって、深夜のベッドで弾かれるようにして震えながら目をさますと、皺のよった銀の絹布を通してすぐの高さに大尉のやつれた顔があって、見つめる自分の眼を弱々しく見つめ返している。そのザラザラの髭づらにゴットフリートは頬ずりをせずにはいられない。すすり泣きながら、夢の女のありさまを、じろり見つめられたその眼差しを必死になって伝えようと・・・

　大尉ももちろん彼女を見ていた。見ていない者がいるだろうか。大尉は子供をなだめるのに、こんなことを言う——「その女は、この世に実在するのだよ。おまえがとやかく思ってはならない。彼女に求められていることを理解しなさい。そんなことで叫ぶんじゃない。わたしの眠りを邪魔しても何の得にもならないだろう」

「でも、あの女がもしまた来たら——」

「望まれるままをするのだ、ゴットフリート。すべてを差しだす。彼女がどこへおまえを連れて（テイク）いってくれるか見るんだ。俺が初めておまえを犯したときのことを思いなさい。おまえは実に堅かった。だが、俺がおまえの中でイク気だとわかると、かわいい薔薇のつぼみが花開いただろう。おまえに失うべきものはすでになかった。汚れなき唇さえもな・・・」

だが少年は泣きつづける。カッチェは助けてくれない。もしかして眠っているのか。わからない。カッチェと心を通わせたい。だがふたりの間に言葉はほとんど行き交わない。冷たくミステリアスな人。ジェラシーを感じることもある。彼女と交(や)りたいと思ってそれを巧みに大尉に阻まれたりすると、どうしようもなく彼女への思いが高まってしまう。大尉とは違って、この女(ひと)のことは、自分を檻から出してくれる忠実な妹のようには思えない。彼は解放を夢みてはいても、それは外で進行するダークな〈過程〉として、自分たちの思いなどとは関係なく生起することなのだ。カッチェが出ていこうが留まろうが関係ない。だから実際カッチェがゲームを終わりにして去っていったときも、ゴットフリートは無言でいる。

ブリツェロが彼女を罵る。高価なテル・ボルフ[*38]の画布をめがけてブーツ立てを投げつける。爆撃の音が西方、ハーグセ森(ボス)から聞こえる。屋外の池の水面が風に波立つ。スタッフの車がエンジンをうならせ、ブナの林を抜ける一本道を走りさる。靄(もや)のかかる雲間に半月が輝いている。影に埋もれた半円は古びた肉色だ。大尉は全員に地下シェルターへの避難を命じる。そこはジンの入った茶色い瓶の並ぶセラーで、細編みの竹籠の中はアネモネの球根。あのアバズレのせいで我が砲兵中隊にイギリス軍の照準が合ったか。今にも爆撃機が襲ってくるぞ！　みなペタリ尻をついてオード・ジュネヴァを飲みまわし、チーズを包んだ蠟をむく。戦争が始まる前の、可笑しな話を物語る。夜明けまでには全員酔いつぶれた。木の葉のような蠟を床にちらしたまま。スピットファイアは一機も飛んでこない。だが発射台3号は、午前中の移動となった。徴用していた家も打ち捨てて。彼女も消えた。イギリス軍の陣地へ入った。大規模なパラシュート作戦の残骸が冬の沼地に散乱する

38　ヘラルト・テル・ボルフ（一六一七〜八一）は精緻な筆づかいで、人物の日常風景を描いた、絵画全盛期オランダの画家。

戦線突出部（セイリヤント）を越えて。ゴットフリートのブーツを履いて。ふくらはぎまでの長さの古い黒いモアレのドレスはワン・サイズ大きすぎ、ダラリとして見苦しい。これが最後の変装。ここから先、彼女はただのカッチェになる。義務を負うのはプレンティス大尉に対してだけ。他の者は、パイエットもウィムも、ドラマーも、インド人も、みんな彼女を見捨てた。見殺しにして去っていった。さもなくば、これは彼女からの警告――

「わるいが、ダメだ。これは渡せない。弾丸（タマ）はこっちで必要なんで」影が覆ったウィムの顔はもう自分の眼では補えない。スヘーフェニンゲンの桟橋の下、息を殺した、苦々しげな彼の声。頭上には歩行者の耳障りな足音。「手に入る弾丸は一発残らずだ。とにかく音を立てずにいないとな。死体を始末する人手を出してる余裕もないし。もうあんたとこうして五分も無駄にしたよ…」そう言ってウィムは最後の出会いを、もはやカッチェには共有できない技術的な話に費やすのだ。ふと振り向くと彼は消えていた。ゲリラらしく、物音ひとつ立てずに。この日の彼が、前の年に冷たいシュニールの敷物にくるまってしばらく一緒に過ごしたウィムと同じ人間だとはどうしても思えない。あれはまだ逞しい筋肉がつく前のことだった、肩と腿の傷もなくて――遅咲きの花というのか、政治的ではなかったのに突き動かされて閾（しきい）を超えた、その前の彼は愛しかった…愛さずには…

もう自分はウィムたちにとって価値はない。彼らは発射台3号を追っていた。それ以外のことはみんな漏らしたが、大尉のロケット発射位置の正確な情報を教えることだけは、なんとか理由をつけて避けていた。その理由がどれほど正当なものだったか、もう完全にバレているだろう。場所がしばしば変わったのは事実だが、それを教えたからといって、カッチェが組織の中枢に一歩でも近づけたわけではない。無表情な使用人の顔を装って近づいて、低いテーブルの上、シュナップスを注いだグラスや葉巻の煙越しに覗きこむだけ。コーヒーカップの跡のついた見取図、クリーム色の紙面に身体の傷跡のような紫色のスタンプの押された書類を覗きみるのがせいぜいだ。ウィムと彼の仲間はたしかに時間も人命も費やした――ユダヤ人が三家族、東へ送られた――でも、自分だって、スヘーフェニンゲンにいた数ヶ月の間に、それに見合う分以上の働きはしている、でしょう？ あそこの若い男の子たち、神経質で寂しがり屋で、みんな話し好きだった操縦士や乗組員。北海を超えてトップ・シークレットの書類の複写を全部で何把送ってやった？[*39]――飛行編隊（スクワドロン）のナンバーの情報、燃料補給用停泊地の情報、機体のスピンを安定させる技術、その旋回半径の、推力設定の、無線チャンネルの、飛行セクターの、飛行パターンの情報。みんな教えてあげたのに、それでまだ足りていないというの？ カッチェは本気で詰問している。まるで情報と人命との間に現実に変換因子でもあるかのような言い草――だけど、実際そうなのだ。うそだと思ったら、〈戦争局〉のファイルに収まった〈マニュアル〉を読んで。忘れちゃいけない、〈戦争〉というビジネスの本業は売り買いだってこと。殺戮や暴力はおのずと鎮静化するものだから、素人にも任せておける。戦時にあれだけ大量の死者数が出ることは、いくつもの意味で便利であって、ひとつには、壮大な見世物を提供して、〈戦争〉の現実の動きから人びとの目を逸らしてくれる。〈歴史〉を語る素材も提供してくれる。子供たちも〈歴史〉とは暴力の連続だ、バトルまたバトルの連続なんだと学んでおけば、大人の世界に備えるのに役立つ。でも、最大の利点は、大量死が一般の、そこらの人たちへの刺激になって、まだ生きてそれらを貪れるうちに〈パイ〉のひと切れをつかみ取ろうという行動に走らせるところ。市場の祝祭、これが戦争のほんとうの姿なのだ。い

39 ナチスのロケット隊、オランダのレジスタンス、イギリスのSOE――（最低でも）三重スパイを演じるカッチェの諜報活動の全貌は把握しきれない。

たるところで自生の市場が頭をもたげ、それがプロの慎重な手さばきで「闇市」という〝ブラック〟な様式をとる。もちろんスクリップとスターリングとライヒスマルクも動いている——冷ややかな大理石の部屋の中をクラシックバレエのような厳粛な舞で舞い進む。でも、その外で、その下の、民衆の間で、より真実の通貨が誕生する。そう、ユダヤ人が通貨性をもつ。タバコ、オンナ、ハーシーのチョコバー、どれと比べても遜色はない。おまけにユダヤ人には罪悪意識の要素もついて回る。将来脅しに使えるぶん、プロには好まれるわけよね——叫ぶようなカッチェの弁舌を静寂が包む。希望の北海が、〝海賊（パイレート）〟プレンティスが包む。この人とは何度か顔を合わせたことがあった——街中の、広場というにはあまりに狭いバラック小屋に囲まれた空間で。心地よい木の香りのする梯子のように傾斜がきついうす暗い階段の下で。油っぽい波止場の魚を引きあげる足場で琥珀色の猫に上から見つめられながら。それから中庭に雨降りしきる古いアパートの、旧式マシンガン「シュヴァルツローゼ」[*40]がトグル継手やオイルポンプに分解されて散乱する埃っぽい部屋で顔を合わせた——そんなときはいつも、馴染みの顔が一緒だったし、彼女のことは、任務の周縁でチラホラ見ていただけだった。その顔といきなり、文脈抜きで向かい合う。背景には巨大な空と高くたっぷりとわき上がった海の雲。彼女のあまりに孤独なようすにパイレートは危険を嗅ぎとる。そういえば、まだ名前も聞いていなかった。そう、〈天使（エンゲル）〉の呼び名をもつ風車小屋のそばで出会うまで・・・

カッチェは話す、なぜ自分は今ひとりなのか、なぜ戻れないのか。だが顔はここにない。彼女の顔は画布に描かれ、デュインディフト近くの例の家に掛けられ、部屋に残った他の品々と一緒に〈かまど〉ゲームを見つめている——紫に染まる雲が流れるように、幾世紀

40 第一次大戦中に活躍したオーストリア製の重機関銃。

もが過ぎゆき、彼女自身とパイレートとを分かつ薄いニス膜が黒ずんだ、そのおかげで彼女は必要だった静寂の楯を得た、古典派的無関与性(クラシック・イレレヴァンス)を・・・

「しかし、これからどこへ行くんだ」　ふたりとも手はポケットのなか、首にはきつくマフラーを巻いている。波が引いた跡に残る小石の黒びかりが、夢で綴られる文字のように、驚くほどくっきりした形で浜辺に印字され、意味が立ちあがるのを待っている・・・

「わからない。どこがいいか、聞いていいかしら」

「〝ホワイト・ヴィジテーション〟はどうだろう」パイレートは薦めてみた。

「〝白きおとずれ〟、けっこうよ」と言って、彼女はその虚空へ足を踏みいれた・・・

「オズビー、おれ、狂ったのかな」雪の降る晩——きょうは午後だけで五発のロケットが落下した——海賊プレンティスは蠟燭のともる台所で震えながら問いかけた。この家のイディオサヴァンたるオズビー・フィールは今夜はナツメグ相手に忘我のトリップ中、よってこの質問もきわめて適切なものに思える。蒼白いセメント製の処女峰(ユングフラウ)は薄暗い隅にうずくまり、デンと落ちついて見えるのだが、きっとイラツいているだろう。

「狂ってる、狂ってる」そう答えながら指先と手首を流体のように動かしているのは、映画『ホワイト・ゾンビ』[*41]の中でベラ・ルゴシが睡眠薬入りのワイングラスを間抜けな主役の少年に手渡すシーンの真似だ。これはオズビーが最初に見た映画であるとともに、ある意味、最後の映画であって、『フランケンシュタインの復活』[*42]『フリークス』[*43]『空中レヴュー時代』[*44]と並んで、彼のオールタイム・ベストに入る。もう一作、『ダンボ』も入るかもしれない。これを彼は昨晩オックスフォード・ストリートまで見にいって、途中で気がついたのだが、長い睫毛の赤ちゃん象の太い鼻に巻かれていたのは魔法の羽根ではなく、ユ

41　一九三二年公開。ハイチを舞台に、『魔神ドラキュラ』（一九三一）でスタートなったルゴシを起用したハリウッド初のゾンビ映画。当時の邦題は『恐怖城』。

42　ルゴシがイゴール役で初登場した *Son of Frankenstein*（一九三九）はシリーズ三作目。

43　*Freaks*（一九三二）は、『魔神ドラキュラ』同様トッド・ブラウニング監督作品。巡回見世物小屋を舞台に〝奇形〟の登場人物が迫真のドラマを演じる。

44　*Flying Down to Rio*（一九三三）。フレッド・アステアとジンジャー・ロジャースがラテンのリズムで踊りまくる。

ーモアのかけらもないアーネスト・ベヴィン[*45]のグリーンとマゼンタ[*46]の顔だったもので、オズビーは、これは席を外さないと失礼だと思って出てきてしまったのである。「違うんだ」オズビーの先ほどの答えの意味を取り違えたパイレートに説明する、「狂ってるっていうのは、アンタがってことじゃ、プレンティス、ない。全然そんなつもり……」

「だとしたら、どうだ？」オズビーの沈黙が一分経過したところで問いかける。

「はぁ？」とオズビー。

　パイレートがうたぐり出している。森の家について何か言うたびにカッチェが話を避けるのはなぜだ。そのことが彼の頭から離れない。森の中の出来事を一瞬振りかえってはたちまち目を逸らす。出てくる言葉は、真実の結晶板に当たって乱反射するだけ。ところどころ涙に埋もれ、まるで意味がとれないし、そこにきらめく真実の水晶が何であるか推量すらさせてくれない。そう、いったいどうして発射台3号（シュスシュテレ）を去ったのか？　われわれは何も知らされていないじゃないか。だが、ゲームの演じ手はときに、凪のときも危機にあっても関係なく気づくことがある。結局のところどうなのか、と。本気でプレイしていても、あるとき同じには続けられなくなることが。……その瞬間は急に、派手にやってくるとは限らない——ジワジワと来るかもしれない——スコアにも観客数にも関係なく、スタジアムに満ちる期待にも、連盟から課せられるペナルティにも背いて、プイとその場を出ていくことはあるだろう、カッチェも、タフで若々しい孤立者のように肩をすくめ、長足のストライドで、知ったことか（ファック・イット）のセリフを吐いて出てきたのではないだろうか……

「わかったよ」パイレートはひとり言を続ける。麻薬人間（ドーパー）の夢見心地のスマイルに包まれたオズビーは、部屋の隅のアルプスの、熟れた女性の雪肌を追っている——見上げる氷の

45 当時チャーチル政権の労働大臣。

46 緑と紫赤の配色はサイケデリックな模様の定番。二十年後のヒッピー文化を先取りしているかのようなオズビーは、トリップしながら映画を見ていたのか。

山頂と、青い夜のランデヴー……「一時の自分離れってやつだろ。変な趣味だってことは認める。メンドーサ機関銃をもち歩くのと同じさ」〈社（ファーム）〉に属する他の連中はみんなステン・ガンをもち歩く。メンドーサの重さは三倍もあるのだ。メキシカン・マウザーの7ミリ口径の弾丸なんて、このごろじゃ目にすることもない。ポートベロ・ロード*47でだってお目にかからない。すばらしい「分解の容易さ」にも、速射の能力にも欠けるが、この旧式のメキシコ製機関銃をパイレートは愛してやまない（そう、最近の入れこみようはまさに「愛」）。「何をとって何を捨てるかの問題だろ」ルイス銃*48スタイルの直引きボルト・アクションへのノスタルジア、しかもメンドーサは一瞬のうちに銃身を取り外すことができ（ステン・ガンの銃身を外そうとするヤツなんているか）、撃鉄（ストライカー）はダブルエンド式だから片側がやられても大丈夫なんだ。……「重さで判断なんて俺はしないぞ。物好きといわれようとこれが俺の趣味なんだ。重いなんて言っていたら、女を連れ帰ってこられるかよ」

「わたし、あなたの責任（おにもつ）じゃないから」そこに立っていた。ワインカラーのファソネ・ビロードで首から手首、そして足の甲まで包んだ美女の彫像。いつから、みなさん（ジェントルメン）、このひと、ここに立っていたのでありましょう。

パイレートは急に弱気な声で、「おれの責任範囲でしょうが」

「ハッピー・カップル！」オズビーが奇声を発し、嗅ぎ煙草をつまむしぐさで、ナツメグをもうひとつまみ手にとった、模型の山にすっかり同化した目玉が白くグリグリ回っている。台所であたりかまわず大きなクシャミ、その瞬間に気がついた、このふたりがいま同時に同じ視野に収まっている、すごい、信じられない。パイレートの表情にバツの悪そうな影が差す、カッチェの表情は不動だ、隣室からの光が顔半分を照らしている。残りの半

47 ハイドパークの北西。現在も土曜の骨董市で有名。

48 アメリカで開発、第一次大戦中にイギリス陸軍と空軍に採用された軽機関銃。その後ブレン軽機関銃が出回るにつれて時代遅れに。

分はスレート色した影の中。

「きみをあのまま置き去りにすればよかった?」そういわれたカッチェがたまらず口元をゆがめたときにもう一発、「それとも、こちらには誰か、きみを連れ出すべき負債のある男がいるってことか」

「違うわ!」ヒットだったか。こんなことを訊ねたのも、その〈誰かさん〉というのが、数限りなくいるのではないかという疑心暗鬼にかられ始めていたからだ。だがカッチェにとって、負債などは掃いて捨てるためのものだ。その血には揺るがしがたい悪徳が流れていた――彼女の望みは海を越えること。その間に交換のレートも存在しない国と国とを結びつけること。ご先祖さまは中期オランダ語で詩った――

ic heb u liever dan ên everswîn,
al waert van finen goude ghewracht,[49]

愛しさをたとえる比喩に、黄金や黄金の幼牛（ゴールデン・カフ）をもちだすことはあるにしても、「黄金の豚」をもってしても較べようのない愛とは。だが十七世紀の中葉にすでに黄金の豚はなく、豚はみな生身の肉でできた死すべき存在だった。豚と同じく生身の存在だったが、カッチェの別の先祖さまフランス・ファン・デア・フローフは、生きた豚を船いっぱいに積みこんでモーリシャスへ旅立ち、銃を抱えて黒檀の森の中を歩きまわった。[50]沼地や溶岩流の谷をさまよい、何故そんなにもその計画的殺戮に入れこむのか自分でも判らないドードー鳥の殲滅に十三年を無益についやした。オランダ産の豚どもが卵と幼い雛をかたづけ、フラン

49　この詩はヤーコプ・グリムの『ドイツ神話学』にある。ストーリーブラスによる英訳を訳すと「大切なひと、野の豚よりも／その全身が金の糸であったとしても」。グリムの説明によれば、好戦的な北方神話のさらに古層に、愛と平和の象徴として「黄金の野豚」の信仰があった。

スは一〇ないし二〇メートル先にいる親鳥の、羽根の剝けた気色悪い鳥の肌に狙いをつけ、銃身をフックにかけて引金をゆっくり絞る。ワインで湿らせ蛇が口を開いたような点火孔に挟みこんだ火縄を、赤い火の花が開くように下へ下へつたっていく。熱が頰をこがす。その火をフランスは、**僕自身の小さな光明**、と書きつけて、故郷（くに）に住む兄ヘンドリックに送った、**僕の星座の支配者**、と…点火薬を覆っていたもう片方の手を開く——火皿に突然の閃光、火門から火花が舞い上がり、険しい岩々に銃声が跳ねかえる。反動により台尻がはねあげた彼の肩は、当初の生傷が一度火ぶくれになり、やがて夏が過ぎるころ固いたこを生じた)。飛翔の意志もなく、足が遅かろうと逃げようともしない愚図で不器用な鳥——そもそも何のために存在するのか——自分の命を奪った者がどこにいるかもしらぬまま粉砕し、血を飛びちらせ、耳障りな断末魔の鳴き声を上げた…

故郷（くに）もとに手紙がついたのは数年後。何年分もが一度に届いた便箋は、乾いてカサコソいうものもあり、海のしみがついたものもあり、判読不能なものもあった。兄は一応拾い読みはしたものの、内容はほとんど理解できなかった。兄としてはただその日をいつものように庭や温室で、当時のオランダの熱狂であったチューリップいじりをして過ごせればよかったのだ。わけてもお気に入りは、現在の情婦の名前をつけた品種——鮮血の赤に紫の刺青が混ざるもの。…「近頃来島する輩はみな新式のスナップ銃を手にして居りますが…僕は不恰好ながら昔式の火縄銃を手放す積りはありません…あの様に不恰好な獲物には此の火器が適役でせう」*51と書きながら、冬の島を襲うサイクロンの日も休まずに、日焼けした髭もじゃの顔と汚れた服で鉄砲に詰めた鉛弾を軍服の端切れで押しこんでいるのは何故なのか、その理由に手紙はまったくふれていない。身体が汚れていないのは、雨

50 オランダは二度に亘ってモーリシャスの植民を試みた。カッチェの先祖のフランスが参加したのはその二度目の試み（一六六四〜一七一〇）で、オランダ東インド会社による永住と農地開墾の試みが続いたが、撤退を余儀なくされた。島に棲息していたドードー鳥が植民者（と連れてきた豚）によって絶滅したというのは史実の通り。

51 火縄銃は十五世紀から主流の火器で、ポルトガルが種子島に伝えたのもこれだったが、すでに十七世紀前半には火打式のフリントロック銃が実戦での効率の良さを示していた。

にうたれたあとか、高地へ登ったときだけ。そこでは旧火山口が、空の青さそのもののような雨水を溜めて天に向けて差しだしていた。

撃ったドードーは腐るにまかせた。その肉は食うに耐えなかった。通常ひとりで狩りをした。だがしばしば何ヶ月もそれが続くと、孤独が彼を変えはじめる。変調は知覚自体に及んだ——白昼のぎらつきの中に見る鋸山は燃え上がってサフランの花になった。藍色が流れ、空は彼のガラスの家に、島全体が彼自身のチューリップマニアの花園に変じた。さまざまな声が——不眠症の目に南半球の夜の星々は、星座を結ぶには濃密すぎて、集まり合っては顔をつくり、ドードー鳥以上にありえない寓話世界の珍獣の形をなした——眠れる者らの言葉たちが、ソロで、デュエットで、コーラスで聞こえる。リズムも発音もオランダ語、なのに覚醒した理性に対して意味をなさない。ただ、警告を発してはいた…叱っている、彼が理解しないのを怒っている。いちどフランスはドードーの白いたまごを、草の盛り上がりの上に置かれたそれを、まる一日みつめていた。餌をあさる豚たちも入った例（ためし）がないほどの奥地だった。孵化を待つ——最初の一突きが白亜の殻に網目を走らせるのを、出現を、待つ。鋼鉄の蛇の歯にしっかり咥えられた麻縄はいつでも点火可能。輝く太陽から黒い火薬の海へ向けてパチパチと降りくだり、飛びこみ、稚児を吹き飛ばす、その瞬間光明（いのち）のたまごが暗黒のたまごに転じる。世界に向けて見開かれた瞬間の目に驚くべき光景が差し込んだ直後に、濡れた羽毛を南東よりの貿易風が吹きさますなかで。…毎時毎時が一本の銃身の先を凝視するうちに過ぎゆく。このとき彼は理解しただろうか。理解の光がおとずれたなら、きっとこのときだ——自分と餌食（いけにえ）との間を結ぶこの一本の軸に、地軸のような揺るぎなき力があることを。たまごの中には太古へ遡る鎖があって、それと自分とは今も結ばれているのだと。一瞬、現世の光によって飛びちろうと、それは永遠に続くのだと。黙するたまごと狂気のオランダ人、中をむすぶ火縄銃、三者は縁どられ、フェルメール[*52]の絵のように輝きながら動かない。動くのは太陽だけ。天頂の日は傾き、落ちて、反っ歯のような山脈の背後、さらにはインド洋。あとはタールのような闇夜。たまごはピクリともしない。嘴のノックは始まらない。さっさと始末してしまえばよかったのだ。未明までにヒナは孵ってしまうのだから。だがもう巡り（サイクル）は完了していた。彼は立ちあがる、ひざと腰が痛む、頭の中は内なる指示者たちの声でいっぱいだ。寝言のような声がうぁんうぁんと重なり響く中をフランスは、銃を両腕で右肩にかつぎ、足を引きずり、その場を去った。

孤独のためにこんな状況に追いこまれてくると、しばしば居留地（セツルメント）にもどって狩猟隊に加わった。酔っぱらった学生集団の異常な興奮のようなものが彼らをとらえた。夜の夜中に駆けだして、まもなく銃を発射する。木のてっぺんも撃つ、雲に向けて撃つ、耳に届かぬ高音で叫びまくっている革の悪魔（コウモリ）も撃つ。夜の丘を吹き上がる貿易風が男らの夜の汗を冷やす。夜空を薄紅に染める火山の深い轟音は、頭上の蝙蝠同様、人間の可聴域を超えていた。中間のスペクトルに囚われた男たちは、自分らが発する声と言葉の周波数帯から抜けでることができない。

怒り狂う軍勢は敗残兵、神に選ばれた人種に扮した敗者だった。植民の試みはもはやどうみても失敗だった――連中が切りだす黒檀さながら彼ら自身が島から抜かれ、哀れな醜鳥さながら彼ら自身の足跡も地上から消えつつあった。一六八一年にはディドゥス・イネプタスが絶滅、モーリシャス島に最後まで残った植民者も一七一〇年までには島を離れる。

52 有名なオランダの画家ヤン（ヨハネス）・フェルメール（一六三二〜七五）。

この地での彼らの企ては、ひとりの人間の一生ほどの歳月しか生きつづけなかった。

それを無意味な企てと思わぬ者もいた。まともに歩けもしない鳥の姿に、悪魔(サタン)による介入が見えたから。その存在自体が、創世の神の信仰に楯突くほど醜かったから。〈地〉を守る堤防をすり抜けて流れこむ最初の毒の一筋がモーリシャスであるのなら、キリスト教徒たるもの、ここを食い止めねばならない。さもなくば今度は〈神〉ではなく〈敵対者〉の手によって二度目の〈洪水〉が地上を覆いつくすかもしれない。マスケット銃に弾薬を押しこむ行為は、かくして神への忠誠を象徴した。そのシンボリックな意味を彼らは理解していたのだ。

だが、もしかれらが選ばれてモーリシャスに来たのなら、なぜ失敗し、去っていくことになったのか。選ばれたというのは間違いで、実はふるい落とされたのではなかったか。自分らは〈選ばれし者(エレクト)〉なのか、それとも〈過ぎゆかれし者(プレテリット)〉、ドードー鳥のように破滅を運命づけられた者なのか。

フランスには、レユニオン島[*53]にいる少数を除いてドードー鳥が生息するのは地上でこの島だけであり、自分の行為がひとつの種の殲滅に手を貸すものだということは、知るよしもなかった。だがときに、異様なまでの狩りの規模と熱狂には心穏やかならざるものを感じてもいた。「これが若し、かほどに醜く歪んだ生き物でなければ、わが同胞の活力源として末永く資することもできたでせう。ぼくにはこの鳥が他の連中ほど憎めぬのでありますが、さりとて殺生の手をゆるめるのは、はや遅すぎます。・・・少々嘴に可愛気があり、まともな羽根を有して僅かなりと飛べたらば・・・創造主のデザインの細部のことです。或いは島に土人でも居たなら、この鳥の珍妙さは北米に野生する七面鳥とかわらぬ程度であ

53 モーリシャスと共にマダガスカル東方のインド洋上に浮かぶ島。当時フランスが入植を進めていた。

ったやもしれません。島の顕著たる生命形態でありながら、ことばを持たぬところにドードー鳥の悲劇があったのでせうか」

ことばがなければ、それまでだ。丸々とした亜麻色の侵入者どもが〈救済〉と称するものに選ばれる可能性はない。ところがフランスはある日、とりわけ寂しい朝の光の中で、奇跡を目にせずにはいなかった。〈ことばの賜物〉を…〈ドードー鳥の入信〉を。光り輝く岩礁を背にして磯辺に数千羽、火山が一時なりをひそめた無風の朝に、整列した数千羽の啼き声だけが聞こえていた。彼らの上に昇りはじめた秋の陽が深いガラス状の光を投げる…みんな出てきた、それぞれの巣から、繁殖の地から、溶岩台地のトンネルから川水の吹きだすそばから、北海岸沖の、波に洗われる漂積物のような小島から、突然の滝から、錆びた斧の刃が打ち捨てられ腐った懸樋が風に倒れる荒涼たる熱帯雨林から、切株と化した山かげのぬれた朝の中から、ヨチヨチと、不恰好な巡礼者として、集会へ集まってきた——清められ、神に導かれんがために。**…ドードー鳥とて神の被造物であり、理性の言葉を交わす能力(ちから)を賜り、神の〈ことば〉の中にのみ永遠のいのちが見いだされることを知っているかぎりにおいて…**だが見よ、ドードーらの目に光る至福の涙を。彼らも兄弟ではないか、きのうまで迫害を続けてきた人間らと、キリストに於いて兄弟なのだ。いまドードーらは夢みる、厩のなか、救いの御子の近くに、安らかに羽根をたたんですわり、御子を、その愛らしき顔を見まもる、一晩中…

ヨーロッパの進出のもっとも純粋な形がそれだ。ぜんたいあれは何のためだったか。暴れる海を越え、壊疽の冬を抜け、飢餓の春を耐え、神をしらぬ者どもを徹底して追いまわした。〈獣〉と真夜中のとっ組み合いを演じ、汗も凍り涙も淡雪の薄片となった、あれはみな、ひとえにこの奇跡の回心に立ち会うためではなかったか。視界にあふれるほどの改宗者たち、こんなにも柔和な、信頼しきった表情で——そう、その鋭い爪がどうして恐怖に握りしめられよう、我らが必然の剣（ブレイド）を前にして、どうして非信心の啼き声を発せられよう——浄められたいま、鳥たちはわれわれの食糧となり、浄められたその屍と糞は穀物を実らせるだろう。われわれはドードーに〈救済〉について伝えたか、〈神の都市〉への永遠の居住を、〈永遠のいのち〉についての約束を？　この世の楽園は復興し、その島は以前のようにドードー鳥に返されると？　おそらくは。われわれ自身の祝福の仲間のうちに、この弟分たちも含めて考えていたはず。実際もしドードーのお蔭でわれわれが飢えずに済むのならば、彼岸のキリスト王国でのわれわれの救済も、同様に、不可分のものとなろう。さもなければ、ドードーはこの世のいつわりの光がとらえた姿である以外にない。われわれに撃たれて死ぬだけの存在に。神がかように残酷たりえようか。

　どちらのヴァージョンもフランスにとっては現実味のあるものだ。奇跡があったのか、それともただ延々と人間の記憶を超える年数の狩りが続いただけなのか、可能性としてどちらも同程度にリアルだった。どちらにせよ、結局ドードーは死ぬことに変わりはない。彼は何を信じたのかといえば、肩にかついでいる火器を、その鋼鉄のリアリティを信じた。それだけを信じた。「火打ち式の銃のほうが軽量で、コックとフリントとスチールによってより確実な発射が保証されるということも彼は知ってたんだ。それでも懐かしの火縄銃への思いを捨てることはできなかった…重いからってそれがなんだ、物好きといわれようとそれがフランスの趣味なんだから…」

　パイレートとオズビー・フィールは屋上の縁にもたれている。蛇行する河——帝国の蛇

――の向こう岸の河上も壮麗な日没のなか、群れる工場もアパートも公園も、煤けた尖塔と切妻の上にも、燃ゆる空から差すひかりは奥深い道路と切れぎれの屋根が何マイルも続くうえに注がれ、S字にくねるテムズは燃えるオレンジのどぎつい滲みとなって、旅人に生のはかなさを知らせる。視界にあるすべての戸と窓を封印し、または抉りとる。旅人の眼は束の間の友を求めているだけなのに。通りすがりにひと言ふた言かわす言葉があればいいのだ。あとは階段をあがって石鹸の匂いがする借間の、床の一角を珊瑚の夕陽が四角く染める部屋へもどるだけ――このアンティークな、おのれを燃やすだけのひかりは、メーターつきの冬のホロコーストで消費される燃料か。さらに遠くにある、煙の撚糸と織布に包まれた形象は、いまや完璧に灰と化した焼け跡だ。より近くの窓は一瞬太陽光に打たれたがまったく跳ねかえさずに吸いこんだ、同じ破壊のひかりを。強烈なひかりの後退（フェイディング）。逆戻りはありえない。ひかりは歩道のわきに停めた政府公用車に赤サビをふかせ、冷気の中を、まるで巨大なサイレンの音がいよいよ鳴ったかのように、店の前を急ぎ足で過ぎる最後の顔々をてからせる。街路を行き交うものなき凍てついた運河に変え、何百万羽ものムクドリで満たすひかり。夕べのロンドン市街に、大群が集まり舞い降りる、かすみのかかる石の台座へも、人気（ひとけ）の消えた広場へも。全体がひとつの巨大な集合的な眠りをなして。レーダーが捕らえた鳥たちは、凝集する同心円をなしている。技師たちは彼らを「天使」と呼ぶ。

「ご先祖様に憑かれちまった？」ベニテングタケの煙草をふかしてオズビーが言う。

「たしかにな」屋上菜園の端っこを歩くパイレートは、日没に苛立っているようだ、「それだけは信じたくないがね。子孫のほうだけで、もうたくさんって感じだ・・・」

「彼女のこと、どう思ってるの」

「誰か使いたい人が使えばいい、と思うね」そんな気持ちになったのはきのうのチャリング・クロス駅[54]でのこと。〝白のおとずれ（ホワイト・ヴィジテーション）〟に向かったカッチェを送っていったのだった。

「彼女は、そこの誰かにとって、予期せぬ配当金ってことになる」

「その場所、何をたくらんでるところか、知ってます？」

何か巨大なタコを使った計画が進行中だということしか聞いていない。あそこで何をやっているのか、ここロンドンで正確につかんでいるものはひとりもいない。〝ホワイト・ヴィジテーション〟の内部でも、このところ人の入れ替えがきわめて激しく、その理由も沼地のような曖昧さ。マイロン・グラントンがロジャー・メキシコに向ける視線には、同志以上の何かがある。かのズアーブ兵[55]は、北アフリカの〈ロレーヌ十字〉[56]のもとへ戻ったが、その前に、独軍が不吉に感じるであろう彼の「黒さ」を、誰あろうゲアハルト・フォン・ゲール監督直々のメガフォンによってフィルムに収められた。フォン・ゲールといえば、かつてはラング、パープスト、ルビッチらの親密な仲間であり[57]、現在も彼らと比べられる映像の巨匠。氏は近ごろ、亡命政府（いったいどれほどの数の？）をつなぐ網目を飛び回って、乱高下する通貨と、戦闘続行中の欧州大陸にいきなり現れてはふっと消える、驚愕の市場ネットワークの樹立と消滅にかかわっている。銃撃戦の弾丸が通りのあちこちを掠めて、巻き起こる火災が酸素原子を上空へ巻き上げ、買物客が殺虫剤にやられた虫のようにバタバタ倒れる・・・そんな中でもビジネスからフォン・ゲール的なタッチが失われない――ばかりか最近そのタッチはますます繊細になった。これら初期のラッシュプリントは、ナチス親衛隊の制服を着こんだアフリカ人がひとり、ロケットを積みこんだマイラ

54 ホワイトホールに近い、ロンドン中心部の鉄道ターミナル。

55 180ページで〈ブラックウィング作戦〉の撮影に駆り出されたアフリカ兵。

56 横棒二本の十字架で、フランスのヴィシー政権に対抗するドゴールの軍隊のシンボル。

57 フリッツ・ラング（一八九〇〜一九七六）、ゲオルグ・ヴィルヘルム・パープスト（一八八五〜一九六七）、エルンスト・ルビッチ（一八九二〜一九四七）は、みな一九二〇年代のサイレント期、すでに国際的な名声を得ていた映画監督。

ーヴァーゲン[58]（の木摺と粗布製の模型）の間を動きまわるというもので（ロケ地がイギリスだとバレないよう、常に遠くのアングルから、松林と、降りしきる雪を通しての撮影）、駆り出された一同が、それっぽく黒塗りにした顔ではしゃいでいる。ポインツマン氏も、メキシコも、エドウィン・トリークルも、ロッロ・グローストも、アブリアクション研究施設神経外科班アーロン・スロースター医師も――マイロン・グラントンさえも――存在をでっちあげられた〈黒の軍団(シュヴァルツコマンド)〉の、黒肌のロケット射手として、セリフもなくぼんやり映るだけのエキストラ役で登場するのだ。上映時間三分二十五秒、場面(シーン)の数が十二。フィルムは、古めかしく偽装され、黴をつけられフェロタイプ処理[59]までされてオランダへ送られ、レイクスヴェイクシャの森の偽装ロケット発射基地の〝残留品〟に仕立てられるだろう。そしてオランダのレジスタンスがこの基地を〝襲撃〟し、タイヤの跡をつけ、あたり一面荒らしまくって慌ただしく出発したかのように見せかけるだろう。火炎瓶で襲撃された軍用トラックの内部に、灰と焦げた衣服、溶けかかった黒焦げのジンの壜にまじって、〈シュヴァルツコマンド〉を記録したフィルムの一部が見つかるというシナリオだ。わずか三分二十五秒ぶんが焼け残ったかのように工作された、細心の偽造映画作品。これぞわが最高傑作なりと、フォン・ゲールはまじめな顔で豪語する。

「まさしく、後の展開を鑑みるに」著名な映画評論家ミッチェル・プリティプレイスはこう書いている、「彼の自己評価の正しさは論を俟たないであろう。しかしながら本作がそれほどの傑作となった理由は全く別であった。フォン・ゲール自身は、監督の特異な視野をもってしても予見しえぬものであった」

〝ホワイト・ヴィジテーション〟の資金源はまるで当てにならず、そのため映写機も一台

58 V2ロケットを移送するトレーラーが、そのままロケットを直立させ、打ち上げ台として機能するように設計された車。

59 現像した印画紙を、クロームメッキした鉄板に密着させて加熱・乾燥し、光沢のある写真に仕上げる方法。

しかない。毎日のおひるどき、〈ブラックウィング作戦〉関係の人びとが似非アフリカ人ロケット部隊のフィルムを見終わると、ウェブリー・シルバーネイルが映写機を運んでいく。木の床の磨り減った寒々しい通路を通り、ARF棟の奥まった部屋へ。そこの水槽では表情のないタコのグリゴリがゆんわりと体をうごめかし、別の部屋からは犬の泣き声が。悲しげに長く引っぱるもの、激しい痛みに吠えるもの、そこにない、けっしてこない刺激を求めてクンクン鼻を鳴らすもの――そして雪は旋回をつづける、緑色のブラインドの向こう、神経のない窓に不可視の刺青針が刺さった。リールから引きだされたフィルムが映写機に差しこまれ、電灯がパチンと消える。タコのグリゴリの注意はスクリーンに向かう。画像はもう動いている。カメラは追う、部屋いっぱいの空間をわざと無目的に歩きまわる女、長い脚で少女のように伸びやかなストライド、肩のあたりをちょっと丸め、髪はそこらのオランダ娘とはまるで違えた流行のアップスイープ、それを古い変色した銀のかんむりで留めてある・・・

□□□□□□□

まだ早朝である。彼はひとり、よろけた足取りで湿った煉瓦道へ出た。南方に浮かぶ防空気球は、寄せる朝で波乗りをしているよう。日の出を浴びて、桃色に真珠色に発光している。

スロースロップはふたたび放し飼いになった。ストリートに戻された。チェ、セクション8[*1]で帰れる最後のチャンスだったのに、みすみす逃してしまったぜ。

精神病棟にもっと長く入れておいてくれる約束だったじゃないか——数週間っていってなかったか、なのにひと言の説明もない——「チェリオウ！」でさようならだ、ぺらぺらの紙一枚に、ACHTUNG(アハトゥング)に戻れと指令して。ここ何日か、スロースロップの全意識を占めていたのは、ケノーシャ・キッドと、西進男クラッチフィールド、その相棒のワッポだった…まだ問題が解けてないでしょ、冒険だって終わっていないし、強制執行やら取引算段やらも大量に、豚に柵を跨がせて家に連れ帰ろうという老婆の話[*2]規模に膨んでいる。それを、なんと乱暴な、いきなりロンドンの街なかに放り出すとはねえ。

しかしどこか違うね…何か…変えられてる…いや、文句を言ってるわけじゃない

1　精神的な問題による除隊を表すカテゴリー。

2　その豚の足を犬に噛ませようとしたら犬が言うことを聞かない。その犬をこらしめようと、棒に犬を叩くように言うが、棒も言うことをきかない。以下、順ぐりに、火、水、雄牛、ブッチャー、縄、鼠、猫に「こらしめ」を依頼する……というユダヤの民話。

んだけど——でも、ほら、いまもたしかに尾けられている。少なくとも監視の眼が光ってる。尾行者の中にはすばしっこいのもいるのだが、顔が見えてしまうのもいて、きのうなどウールワース[*3]でクリスマスの買い物中に、オモチャ売り場に一対の小さな丸い目玉を、バルサ材の戦闘機と子供用エンフィールド銃の向こうで見てしまった。ハンバーに乗りこむときも、バックミラーに映っているのが、いつも同じ車のような気がする。色とか車種が特定できるわけではないが、小さなミラーに縁どられていつも何かが映っているのが気になって、このごろ朝の出勤には別の車を借り出すようになった。ACHTUNGの自分の机の上もいじられているような気がするし、女の子らも何かしら理由をみつけて約束をすっぽかす。聖ヴェロニカ病院に行ってきてから、それまでの暮らしと静かに切り離されてしまったかのようだ。映画館に入っても、後ろの席から、声を出すまい、紙の音を立てるまい、あまり大声で笑うまいと気づかっているようすが伝わってくる。スロースロップは映画館の常連なので、ささいな異変も感じるのである。

グローヴナー・スクウェア近くの勤務先の、自分の机を囲いこむ狭い空間（キュービクル）が、だんだん自分を捕らえたワナのように感じられて、ときどき追っ手のこない場所を求めてイースト・エンドをくまなく歩く。テムズ河から立ちのぼる不快な空気を吸いながら丸一日を過ごすこともあった。

ある日、狭い路地へ折れたとき。煉瓦の壁に呼び売りの行商人が並ぶ場所で、スロースロップの名を呼ぶのは誰だろう——おお、おお、カモン、ベイビー、三つ編みのブロンドヘアが左右に跳ねる。玉石の道をウェッジ・ヒールがカツカツ叩く。看護婦の服に身をつつんだトマトちゃん、名前が、えーと、ほれその——ダーリーンだ。聖ヴェロニカ病院勤

3 アメリカ資本のデパート。一九一〇年にロンドンに進出している。

務で、近くのクォード夫人の家に間借りしている。夫人はだいぶ昔に夫と死別し、以来、古風な病いをつぎつぎと病んできた——萎黄病、皮疹(テター)、皹(あかぎれ)、紫斑病、膿瘍、リンパ腺炎、加えて近ごろは壊血病の気味もある。そこで家主さんのためにライムを探しに出たら、揺れる麦わらのバスケットに入った実が飛び出して通りをコロコロ。ナースのキャップをかぶった姿で駆けおりてくる若々しいダーリーンちゃん。その揺れる胸は柔らかなフェンダー——灰色の都会の海に生じた衝突を和らげる。

「戻ってきたのね、ああ、タイロン、戻ってきてくれたの」涙がひと筋。もうひと筋。ふたり一緒に屈んでライムを拾い上げるとき、糊の利いた彼女のカーキの制服がカサコソ音を立てる。これでけっこうおセンチなスロースロップの、おやおやっ、鼻がグスッと鳴った。

「ほら、おれだよ」

半分溶けた雪のぬかるみに淡いパール・カラーのタイヤの跡が見える。この界隈の窓のない高い煉瓦の壁を背に、カモメがゆっくり巡航している。

暗い階段を三つのぼった先がクォード夫人のお宅である。キッチンの窓から、煙を透かした遠景に、日によってセントポール大聖堂のドームが見える。居間の薔薇色のフラシ天張りの椅子にクォード夫人の小さな身体があって、ラジオからプリモ・スカラのアコーディオンバンド*4の演奏が流れている。病弱というようすではない。が、テーブル上の丸めたハンカチには、羽状に染みた血が、複雑に捻れた地の上に、絞りの花模様をつくっている。

「わたくしの悪寒がひどかった時期にいらした方ね」夫人はスロースロップを覚えていた。

「ヨモギのお茶をいれましたよね」おお、来た来た、あの日のテイストが、いまスロース

4 このバンドは、四台のアコーディオンにピアノ、ギター、ウッドベース、ドラムスを加えた編成。『GRC』によれば、ピンチョンは『タイムズ』紙の番組欄(一九四四年十二月二十三日、土曜の晩のBBCラジオ)から拾ったようだ。

ロップの靴底からじんわり上がってきて、彼をいざなっていく。彼らが組み立てなおしている・・・これはきっと、記憶が外からいじられているのだ・・・クールでクリーンなインテリア、少女たち、女たち、地図に書き留めた星々、それと関係なく・・・あんなに数が多いのだし、女の子の顔も、風吹きすさぶ運河沿いの景色も、一間（ひとま）の部屋も、バス停での別れも、とてもじゃないが憶えきれないのに、なぜかこの部屋の記憶はどんどん鮮明になってくる。自分の内に棲む誰かが、その後の数ヶ月を頭の外に締めだして、保存しておいた記憶を、ざらついた影の向こうから、いま親切にも届けてくれた。あぶらに霞んだ薬草の壜も、キャンディやスパイスの壜も、棚に並べたコンプトン・マッケンジー[*5]の小説もぜんぶ、マントルピースの上の、金メッキの額入りで立てかけられた亡夫オースティンの、埃にまみれたアンブロタイプ写真[*6]も。その脇には、前来たときにユウゼンギクが活けてあって、彼を騒がしく迎えてくれた。その小さなセーヴル焼きの花瓶は、大むかしの土曜の午後にウォーダー・ストリート[*7]の店で主人と一緒に買ったのだった・・・

「夫がわたくしの健康でした」と夫人はよく口にする。「逝かれてしまってからというもの、自分の身体を守るのが精一杯、もう魔女のように生きるしかありません」キッチンから切ったばかりのライムを搾る匂いがただよう。ダーリーンは部屋から出たり入ったり、あれやこれやの薬草ものを探したり、チーズクロスはどこへ行ったのとたずねたり、「タイロンおねがい、あなたなら届くでしょ――それじゃなくて隣の背の高い壜、ありがと、ラヴ」とかいってキッチンへ。ピンクが目映い糊のきいたその服は、ダーリーンの動きに合わせて軋んだ音がする。「ここで記憶があるのはわたくしだけですから」クォード夫人のため息、「おたがい助け合うことね」そしてクレトン更紗の迷彩模様をめくって大きな

5 著名な俳優一家出身の多作作家（一八八三〜一九七二）。

6 ダゲレオタイプの銀板の代わりに、感光コロジオンを塗ったガラスの湿板でネガティヴ像を捉え、そのガラス板の下に黒い布か紙を置いて、反転したポジティヴ像を見る、一八五〇年代に開発された写真術。

7 その後ロンドンの映画界の中心となった地区。当時はイミテーショ

キャンディの器を取りだし、「ほら」とスロースロップにほほえみかけ、「ご覧なさい、ワインゼリーですよ。戦前のもの」

「ああ、それで思いだしました――あなたは軍需省で働いていた方だ」だがスロースロップは、いまさら礼儀正しくしても、もう手遅れだと知っている。前におじゃましたとき何があったか。後から彼は母ナリーンにこんな手紙を書き送っている――「ママ、イギリス人の味覚というのは本当に手がつけられない。おれたちのとは違うんです。気候のせいかもしれないけど、こんなものを口に入れるかと驚くようなものが大好物なんだ。胃がひっくり返りますよ。この間ワインゼリーというものを食べました。これを彼らはキャンディのように思っているんです。信じられない。こいつをなんとかヒトラーの口の中に押しこむことができたら戦争なんか明日にでも終わります！」いまふたたびスロースロップはこの、深紅のゼラチン物体を眺め回している。クォード夫人に投げかけた笑顔がひき攣っていないことを願いながら。ゼリーのそれぞれには、別のワインの名前が浮き彫りで記されている。

「ハッカ味がほんのりね」クォード夫人がポンとひとつ口に入れた。「おいしいわ」

スロースロップがやっと手で持ったそれには、ラフィット・ロートシルト[*8]の文字がある。それをグイと口へ押しやる。「ああ、おお、う、うまい」

「ほんとうの珍品がよろしければベルンカステラー・ドクトール[*9]をお試しなさいな。あらっ！　あなたじゃなかったかしら、アメリカ製のスリパリー・エルムの飴を持ってきてくださったの。ササフラス風味のきいたメイプル味でしたわね」

「スリパリー・エルムですか、まいったな、すいません、きのうなめ終えちゃいました」

ンの骨董品店が並んでいた。

8　フランスの最高級種のボルドー赤ワイン。

9　ドイツ・モーゼルワインの有名銘柄。

ダーリーンが湯気の立つポットとカップを三つ、トレイで運んでくる。「なんだい、それは」質問のタイミングがとても早い。

「知らないほうがいいわよ、タイロン」

タイロンは一口啜って、「そのようだね」地の味の、むかつく苦みを、もっとライムを効かせて抑えてくれればいいのに。ほんと、狂ってる、この国の人たちは。ノー・シュガーで当然って顔をして。キャンディの器に手を伸ばし、ひとつ摘んだらそれは黒筋入りの甘草(リコリス)ドロップだった。まあ危険はないだろうとガリッと噛んだその瞬間、ダーリーンの奇妙な視線が彼の口に注がれた。この言葉を発するタイミングがすばらしい、「やだ、まだそれあったの、何年も前にぜんぶ――」陽気な、ギルバートとサリバンのオペレッタに登場する純情娘[*10]のアクセント――「始末したと思ったのに」その瞬間にスロースロップの舌が、中心から滴る、マヨネーズとオレンジの皮を一緒にしたような味の液にふれた。

「わたくしの、とっておきの、マーマレード・サプライズ、あなた、食べてしまわれたの！」クォード夫人が叫ぶ。そして手品師の早業でパステル系の、緑色した卵形の、一面ノンパレイユをまぶした菓子を取りだして。「それなら、こちらは食べさせるわけにいきませんわね、この、すばらしいルバーブのクリーム」次の瞬間、それはまるごと夫人の口に消えた。

「自業自得ですから」と自分で言ってる言葉の意味がわからない。マヨネーズ・キャンディの味を流し去ろうと、ハーブ・ティーを一口含んだら――これが間違いで、口の奥へ恐ろしいアルカロイドの荒涼が広がり、軟口蓋にきつくしみた。看護婦のダーリーンが、満面ナイチンゲールの献身をもって渡してくれた、ラズベリーにかたどった固くて赤いキャ

10 16ページ註**7**でふれたパイレートの名の由来にしても、また、初期短篇「スモール・レイン」に登場する〝リトル・バターカップ〟にしても、ピンチョンは、ギルバートとサリヴァンによる田舎の純情娘のモチーフに関心が深いようだ。

ンディは・・・おや、奇妙にも実際ラズベリー味なのだが、この強烈な苦みにはまるで太刀打ちできない。ちくしょう、とばかりに噛みくだいたら、アホめ、また、してやられた、舌を襲う、なんだこりゃ、硝酸百パーセントの結晶か。「たまらん、死ぬほどスッパイ」と、まるでホップ・ハリガンがタンク・ティンカーのオカリナを止めさせようとしているみたいだが[*11]、それも唇がすぼんでしまって言葉にならない。バアさん、なんちゅう悪さをするの、アメリカはイギリスの敵じゃなくて味方だろ、ひでえ仕打ちだな、ちくしょう、目も見えない、鼻孔を突き上げるわ、痺れた舌をいたぶるわ、奥歯はガラスを噛んだみたいにジャリジャリしている。一方のクォード夫人はチェリーキニーネのプチフールをひと噛みひと噛み、上品に味わっておられる。キャンディの器越しに若いふたりを見てはニッコリ。スロースロップは、もう忘れたか、ふたたびティーに手を伸ばした。この責め苦から、見苦しくなく撤退するのはもう無理だ。ダーリーンが棚からもう二つ、三つ、キャンディの壜をおろしてきた。スロースロップは突撃開始。どこかの敵意に充ちた小惑星の中心へ掘り進むように、大きなボンボンにムシャリとかぶりつく。チョコレートのマントルから、強烈なユーカリ味のフォンダンをつぶして核へ噛みこんだら。そこは粘っこい葡萄味のアラビアゴムだった。歯の間にはさまったそれを爪で掻きだして見つめる。紫色をしている。

「そうなんですよ、おわかりになったようね」根生姜とバターボールとアニスの実が大理石模様に入り交じった飴を振りかざしながらクォード夫人、「目でも楽しまないと。アメリカの方は衝動的でいけませんわ」

スロースロップは口ごもって「毎日ハーシー・バーみたいな単純なのしか相手にしてな

11 空軍パイロットのホップと、機械技師のタンク。アメリカABCラジオの戦中戦後の人気番組。

いもんで」

自分の喉を手でつかんでダーリーンは、「食べて、これ」と大声を出し、スロースロップに体を傾ける。

「そいつはスゴそうだ」怪しげな褐色のアイディア商品を疑わしげに見つめれば、そいつはミルズ型手榴弾[12]の正確な四分の一縮尺模型だ。レバーもピンも揃っている。そうか、砂糖不足が深刻になる前に、こういう愛国飴が売り出されたのか。壜の中を透かし見ると――455口径[13]ウェブリーの弾薬筒(カートリッジ)はピンクの縞々タフィー、六トン地震爆弾[14]は銀をまぶした青いゼラチン、バズーカ砲は甘草(リコリス)である。

「ほらほら」ダーリーンはスロースロップの手にお菓子を握らせて、アーンと口へ。

「その前にさ、よく見せてよ、クォード夫人も言ってたじゃないか、目でも楽しめって」

「握りつぶしたらだめよ、タイロン」

タマリンドの上薬の中に透けて見えるミルズ爆弾は、ペプシンのフレーバーが甘く香るヌガーに、砂糖で煮こんだ強烈なクベバの実[15]を埋めこみ、中心に樟脳のガムを配したもの。これは口にできないほどひどい味だ。樟脳の発する臭気でスロースロップの頭はクラクラだし、涙も垂れおちて、舌はほとんどホロコースト状態。クベバだ? それ、おれ吸ってたよ[16]。「毒に、やられた…」しゃがれ声を出すのがやっと。

「シャンと男らしくなさい」クォード夫人が檄をとばす。

「そうよ」ダーリーンの声は、舌で溶かしたキャラメルを通して、「いま戦争やってるのよ、わかってるの? ほら、お口開けて」

涙目でよく見えないが、クォード夫人の「うま、うま、うま」という声と、ダーリーン

12 第一次大戦期の英軍のパイナップル型手榴弾。

13 直径約一一・五ミリに相当。この弾丸を英国軍は第二次大戦終了時まで使用した。

14 この巨大爆弾は、一九四三年八月十七日のペーネミュンデ爆撃の際に使用されている。

15 スマトラやジャワに自生する非常に辛いスパイス。

16 クベバ・タバコは喘息等に効くとされ、商品化されていた。

が笑っている声は聞こえる。口に入れられたそれはとても大きく、柔らかく、マシュマロみたいだが、しかしおかしい——自分の脳がおかしくなってしまったのなら別だが——ジンの味がする。「な、なんな」縺れた舌でたずねると、

「ジン・マシュマロ」とクォード夫人が答える。

「オー……」

「そんなの何でもないわ、こっちを食べて——」瞬間、歯が倒錯的な反射運動を起こし、固くて酢っぱいスグリの殻をグシャリと潰した。ピュッと口の中に広がる不快なものは——タピオカであってくれとの望みもむなしく——粉末クローブのたっぷりしみた膠質状の塊だった。

クローブの粉が喉に入って咽せかえるスロースロップに、「ティー、もう一杯いかがかしら?」とダーリーンがたずねる。

「しつこい咳ねえ」と、夫人が持ちだした缶の中は、イギリスの咳止めドロップの中でもとびきりの、信じられない〈ザ・メゲゾン〉だ。「ダーリーン、このお茶美味しいわ、わたしの壊血病が消えていくのが感じられるよう、ほんとですよ」

〈ザ・メゲゾン〉の効果を喩えれば、アルプスの直撃を頭にくらった感じだといえよう。一瞬にしてスロースロップの口蓋にメンソールの氷柱が降りた。ブドウ状に凍りついた肺の気泡を這い上がろうと、北極熊が爪を立てた。歯がしみる。息ができない。鼻からも無理。ネクタイを解いて、オリーヴ色の褪せたTシャツの下に鼻を持っていってもダメ。ベンゾインの蒸気が脳にしみる。頭は氷でできた光輪の中にある。

一時間後、屈辱的な英国式キャンディ演習は過去に消え、股間をホンワカ彼女の尻にピ

タリつけた時になってもなおメゲゾンは、ミントの霊となってあたりをふわふわ漂っている。彼が試さなかった唯一のキャンディは、クォード夫人も差しだそうとしなかった〈楽園の火（ファイア・オブ・パラダイス）〉という高価にして変幻自在なテイストで有名な糖菓——ある者はこれを「塩漬けのプラム」と評し、別の者は「合成のチェリー」…「砂糖づけの菫」…「ウスター・ソース」…「香辛糖蜜」…と、そのフレーバーはかくも簡潔に、自信たっぷりに、二語で言い切れてしまうのだ——その簡潔さは、訓練マニュアルに書かれた毒ガスや麻酔ガスのケースと似ているといえる。「甘酸っぱいエッグプラント」というのが、これまで知られた最長の記述だ。〈楽園の火〉は今日では戦略上の絶滅状態にあり、一九四五年の時点において遭遇するのはむずかしい。少なくとも陽光に照らされたボンド・ストリート[17]のピカピカのウィンドーや、甘やかされたベルグレヴィア[18]で見かけることはありえない。だが時折、こちらの世界へ、ふつうはお菓子じゃないものが売られる場所へ浮上してくることがあるのだ…古びて曇った大きなガラス壜の中に、似たような品々に混じって、ときには大壜の中にひとつだけ、周囲をジャーマン・ゴールドのコインやトルマリンの原石に囲まれ、あるいは前世紀風の彫り黒檀の指サック、ペグ類、バルブのピース、見かけぬ楽器の弦つきの金物、電子機器の松脂や銅製の部品などなど、常にすべてを呑みこむべく口を動かしている〈戦争〉が、いまだその暗黒の胃袋に呑みこんでいない品々の間に混じって見つかることがある。自動車の大きな騒音がけっして聞かれない、道沿いに樹の植えてあるような場所で。奥まった部屋に年老いた顔が現れる、年の瀬の空の光からずり落ちた、黄色みを帯びた光のもとで…

覚醒と睡眠の間のゼロを横切って、彼の半萎びの陰茎は今も彼女の中にあり、ふたりの

17 おしゃれなショップの並ぶウェスト・エンドの商店街。

18 バッキンガム宮殿の南西にある世界有数の富裕居住区。

19 この謎の皇族は、スロースロップの出身地マサチューセッツ州バークシャーを舞台にした短篇小説「シークレット・インテグレーション」で、大人の昔話を聞いた子供たちの想像に登場している。

20 この年、ロシアの対トルコ戦勝利を受け、ベルリンで一種のサミットが行われ、列強間の権益調整が図られた。トル

脚は力なく同じ角度に曲がっている・・・ベッドルームが水と冷気の中へ沈降する。どこかで夕陽が沈んでいく。彼女の背中の暗めのソバカスが微かに見える程度の明るさ。夢見るクォード夫人はボーンマスの庭のツツジの中にいて、突然の降雨に襲われ、オースティンの叫び声を聞く、**妻の喉にお触れください、王さま、どうか！** するとイリヨ[*19]が――彼は玉座にはないが正真正銘の王であって、一八七八年のベッサラビアをめぐる陰謀[*20]で血筋の不確かな傍系の者に王位を奪われた――そのイリヨは、袖に金の細ヒモが輝くむかしのフロックコートを着て、彼女の前に屈みこみ、王の邪悪（キングズ・イーヴル）を彼女の中から追いだす。[*21] 雑誌のグラビアで見たままの姿で、愛馬ヒリスラは一、二歩下がって優しく神妙に待ち、あたりに雷雨が轟々と降りおちるなか、王は手袋を外した白い手を蝶のようにしなやかに曲げてクォード夫人の喉の凹みにふれる、奇跡の、ジェントル・・・タッチ・・・

稲光――

スロースロップが欠伸をしている。「何時だい？」眠りの湖からダーリーンが浮かび上がったその瞬間、何の警告もなく、目も眩むほどの白光が部屋に飛びこんだ。彼女のうなじに流れる髪の一本一本が昼のようにはっきり見える。と、次に衝撃の震動がきた。貧弱な骨組みが軋み、ブラインドが打ち鳴らされる。あたり一面、白黒の、お悔やみの格子（ラティス）模様が走る。後を追ってロケットの金切声が頭上で膨らむ。空を走る超特急の落下――波紋を拡げる静寂の中へ。戸外に窓ガラスの割れる音、長い不調和なシンバル音が通りに響きつづける。床がカーペットを揺すったみたいにベッドもろとも引き攣った。スロースロップのペニスがそそり立っている。疼いている。突然目をさまされたダーリーンは胸がトクトク、恐怖のせいで指先が手のひらに痛く食いこんでいる。彼女にとっては、脈打つペニ

コ勢力から解放されたバルカン諸国のいくつかは、（ドイツ・イギリスを利する形で）オーストリア＝ハンガリー帝国の権力に組み入れられ、ルーマニアの黒海に隣接するベッサラビア地方はロシアに割譲され、ノヴィ・パザール（33ページ註**20**参照）にはオーストリア軍の駐留が許された。このときに生じた抑圧の力が、三十数年後、第一次大戦を引き起こしたともいえる。

21 瘰癧（るいれき）と呼ばれる結核性頸部リンパ節炎。英名「スクローファラ」。そのむかしは「キングズ・イーヴル」と呼ばれ、十八世紀初頭のアン王女の時代までは、実際に王が治療にかかわる習わしが生きていた。

スが、白い光および大爆音と一体になって襲ってきたのだ。その爆発が、黒い影の上に赤く強く揺らめく光にまで収まったとき、彼女はやっと気づきはじめた・・・たしかタイロンと一緒に・・・と思ったときにはすでにファックの真っ最中。それもいい。空襲(ブリッツ)だって、たまには何かの役に立ってくれなきゃ、やってられないわ。

でもあれは誰だろう？　オレンジ色のブラインドの隙間から息を潜めて覗いているのは？　観察ですか？　地図に記入するの？　そうなら答えて、次はいったいどこに落ちるの？

□□□□□□□

最初にふれあったのは——彼がイジワルを言っていて、そう、いつものメキシコ風の自己非難を——おれのことわかってないんだ、おれ、ホントは私生児（バスタード）みたいなもんなんだぜ——「やめて」と彼女の指が彼の唇を押さえた、「それ、言わないの…」顔面に来た彼女の手首を何も考えず彼は握って押しもどした。それはただの防御——なのに握りしめたまま離さない、手首を強く。眼と眼が見つめ合い、どちらからも離れなかった。握った手をロジャーが引き上げてキスする間も離れなかった。いっときの躊躇。心臓が跳ねて胸板を強く叩いた…「オーッ…」という音が彼女の口からあふれた。彼女は飛び込み、しがみつき、力を抜き、構えを解いて抱き合いながらうち震えた。後で告白した、手首を握られたそのときにもうイッてしまった。そして、彼の手が最初に自分の性器にふれたとき、下着（ニッカー）の上から柔らかなソコを握りしめたとき、太腿上部をふたたび震えが這いあがった。ちゃんと挿入される前に二度もイッてしまった。これはふたりにとって重要なこと、なぜなのか、ちゃんとわかってはいないけれど。

でも、それが起きると、ふたりの光はいつもとても赤くなる。

一度ティー・ショップで会った。赤い半袖のセーター、脇におろした素肌の腕が赤い光に染まっていた。ノーメイクの顔を彼に見せるのはこのときが初めてだった。車まで歩く間、ジェシカが彼の手を握ってほんの一瞬押し当てた、前後に動く太腿の間に。心臓がピクピク勃ってイッてしまいそう。マジにそういう気持になった。体の中心から鋭い突き上げがV字をなして肌の層まで上がってきて、彼の両の乳首をザワザワと洗っていく…恋だ、驚愕の。彼女がいなくても、夢を見たあともザワザワ、通りを歩く影が一瞬、そんなはずはないのにジェシカに見えてもうザワザワ。ロジャーにはどうにもできない、完全にそれの手中。

ビーバー(とは渾名で、この男の母親にとってはジェレミーというのだが)のことはなるべく考えないようにしている。だが男女のことの細部になると穏やかではいられない。やってないよな、おれとしてるアノことをジェレミーともやってるなんて、ありえないよな、ジェレミーが、あのキザな顔して、おまたの間をペロペロかよ——ファックしてる最中にジェシカの手がアイツのケツにまわって、いたずらっぽい指が(あのイングリッシュ・ローズが)やつのケツノアナの中へスルリかよ。やめろ、オマエ、なに考えてんだ(——だけどジェシカ、フェラはするのか? あの男の傲慢で固まった顔面がジェシカの尻っぺたの間を這うのかよ)、ばか、くだらんことで時間を無駄にして、その間にティヴォリ・シアターでマリア・モンテスとジョン・ホールの映画[*1]でも見てたほうがマシだろ、さもなきゃリージェント・パークにでも行って、動物園で豹とかヘソイノシシとか探して、四時半まで雨が落ちてこないか心配してろ。

ロジャーがジェシカと過ごした時間はまだトータルでも数時間ほど。交わした言葉をぜ

1 モンテスはドミニカ出身。一九四〇年代を代表するエキゾティックな美女の一人。ホールはおきまりの相手役だった

んぶ寄せ集めても、SHAEFから来る通達文書の一回分程度だろう。しかも、統計学者として初めての経験だが、これは数値をひねって統計学的な意味を与えられる代物ではない。

一緒にいればふたりは一枚の長い肌(スキン)製のインターフェイス。流れる汗。肉も骨も、これ以上は無理なくらいきつく寄せ合って、たがいの名前を呼び合う以外、言葉も交されない。体が離れれば、とたんに映画ごっこだ。ボフォース[*2]から空へ放たれた砲弾の振動がドアを揺さぶる夜、ビーチ沿いの有刺鉄線を風が揺らす夜、メイフェア・ホテルで、ふたりで演じる即興のシナリオを作り上げる――「これはこれは、わたしら、まさにジェット推進器をつけてるみたいですな。たった半時間しか遅れていない」WRNS(レンズ)やNAAFI(ナーフィ)の女の子[*3]、宝石をつけた若い未亡人たちが横目でチラチラ、ふたりのわきを怪訝そうに通りすぎていく。「そのお時間、あなたは無駄になさったりしませんでしたわよね」

「そうだな、いくつか仕事をこなせた」と言って腕時計を見やるしぐさは、当世流行のWWⅡスタイル。文字盤が手のひらの側にきている。「今ごろはもう、妊娠のひとつやふたつは、確認されているだろう――」

「あらっ」うれしそうに跳んで(跳びつくのではなく、上向きに)「思いだしたわ。あたしからも報告があるの」

「ややや」ローランド・ピーチー楽団の軽やかなサクソフォンの調べが「あ、また言ってしまった(ゼア! アイヴ・セッド・イット・アゲン)[*4]」を奏でるなか、ロジャーは鉢植えのほうへ後ずさりして、恥ずかしそうに身を屈める。

が、一九四四年末にティヴォリでやっていた新作といえば『ジプシー・ワイルドキャット』か。

2 スウェーデン製の40ミリ対空機関砲。

3 ジェシカは陸軍のATS勤務だが、海軍の婦人補助人員はWRNS(Women's Royal Naval Service)に所属した。NAAFIについては72ページ註**19**参照。

4 ヴォーン・モンロー楽団による、この年のミリオンセラー。

「あなたの心の中が透けて見えたわ、なんて不潔なんでしょう」
まわりの人は何がなんだかわからない。ふたりとも、あまりに罪のない顔をしている。この子たちを守ってあげたいとみんなが思う。死の話から、ビジネスのだまし合いの会話から——それほど何もかも不足している。歌も、ボーイフレンドも、映画も、そしてブラウスまでも……

髪の毛を耳のうしろ、柔らかな顎先をしたプロフィールは九つか十(とお)の少女でしかない。窓辺にひとり、日射しに向けた目をまぶしそうにパチパチさせて、向き直ってベッド掛けを見つめるその目に涙がこぼれる。子供が泣きだすとき赤く染まった顔面にシワがよるのとおなじだ、オウオウ……

ある晩ベッドの中の暗く冷たいキルトの中で彼は、自分も眠りそうになりながら、ジェシカを舐めて眠りにつかせた。舌先のまわりにこぼれる熱い息が陰唇に届いたとき、ジェシカの口から猫の鳴き声のような音(ね)がこぼれた。しゃがれた、何かに憑かれたような音が二つ三つ同時に鳴って、夕闇の記憶の中を舞いおちる雪片と一緒に吹き散る。風は通りの枝々を吹きぬけ、姿の見えないトラックが街路を走りぬける。家並みの裏手から、運河を渡り川を渡り、通りすぎる素朴な公園には、そう、犬も猫もいて、粉雪の上に小さな足跡が点々……

「……絵(ピクチャー)というか場面がボッと明るく浮かびあがってくるの、ひとりでによ、ロジャー、わたしが生みだしてるんじゃなくて……」一面ほんのり明るい天井をバックに、一群のイメージが明るく輝きながら通りすぎていく。激しい息がまだ収まらず、ふたりの口は上向き、ロジャーの一物が太腿の上に倒れかかり坂を滑ってジェシカに向かって頭を垂れる。夜の部屋がため息をふくらます。えっ、ふくらます?[*5] そうそう、ここは往年のコメディ・タッチの部屋で、おっと、私もしょうがないな、生まれながらのジョーカーなもんで、縞々の緑の服にパンタロン、ひだ飾りをつけて鏡の縁を抜けて出てくる——ってのはさておくとして、実に古風でしょ、今の時代、部屋ってものはたいてい「うなる」か「呼吸する」かするもんだ。さもなきゃ**息をひそめて待つ**とか。するってえと、ここの部屋がため息を「ふくらます」っていうのは、ここ特有の、奇怪な習わしなのか。香水の濃い、ケープを纏った長くてほっそりしたご婦人方が、夜な夜な部屋で襲われる、螺旋階段に刺し貫かれ、青い花びらをつけた頭上のパーゴラにのしかかられる、そんなとき誰がため息をふくらましたりしますかね、お嬢さん、やれといわれても、頭がヘンになっていても、そりゃない、ふくらましたりなんかしませんって。

　しかし、おっ、こっちの若い女性はですね、ギンガム・チェックを着て、不揃いの眉毛を威勢よく生やして、まるでレッド・ベルベットのケーキのようだ。一度彼女は挑発されてブラウスを脱いだ。ローワー・ビーディング[*6]に近い幹線道路の車上での出来事である。

「アチャー、おまえ頭が狂っちまったのかよ、なんだ、どうしておれにばっか、こういうことが降りかかるんだ」

「アハハハ」ジェシカはストリッパーよろしくアーミー・ブラウスのネクタイを振り回している。「だって、できっこないって言うんですもの。言ったでしょ、臆病者って、こわがりんぼって」ブラウスの下はノーブラ、彼女はブラジャーをしない子なのだ。

「いいのか」顔をそむけたままのロジャー、「逮捕されるんだぞ。あ、きみは大丈夫なの

5　「重々しいため息をつく」という意味の英語の成句 "heave a sigh" をわざと字句通り解釈している。

6　ロンドンとブライトンを結ぶ幹線道路沿いの村。

か」と、その時ハッと気づいた「おれが逮捕されるんだって！」

「みーんなあなたのせいだもんね、ララーッ」と、下の歯を突きだす。イジワルな女の子のほほえみ。「わたしは罪のない子羊、そしてこちらは——」振り上げた小さな前腕にブロンドのうぶ毛がきらめく。小ぶりの乳房が自由自在に揺れ動く。「この淫乱男がやらせたの、ロジャーはケダモノよ、こんなことをさせちゃうなんて…」

このときロジャーが生まれて初めて見るほどの巨大なトラックが、ガタガタ揺れる鋼鉄の車体を器用に接近。運転手一人だけじゃなく何人も——えーと、これは、見たところどうも、うっ…ミゼットですな。変なオペレッタの衣装を着て、どこか中央ヨーロッパの亡命政府の一行でしょうか、みなさん高い運転席に身を押しこんで、下を見ようとひしめきバタつく姿は、まるで母豚の乳房にすがる子豚のようだ。飛び出た眼玉はくろぐろと、口からはヨダレをたらして、胸のはだけたジェシカ・スワンレイクの姿をむさぼり、スピードを落としてトラックをやりすごそうと必死になっているロジャーをじろり——だがうしろからトラックと同じスピードでせき立てるのは、なんてこった、軍警察の車じゃないか。ブレーキも踏めないし、アクセルを踏みこんだら、マジ、追跡が始まってしまう…

「たのむ、ジェシー、服、着ろよ、お願いだ」大げさに手をバタつかせて、いつものように失くしてしまった櫛を探すふりだ。容疑者は名うての櫛マニアのようであります…

轟々と走るトラックの運転手がロジャーに何やら合図を送った。コビトたちは窓に近寄ってヤンヤの歓声、口もとからベッタリと、しゃがれ声の笑いが垂れおちる、リーダー格のコビトの英語は液体的で、いやったらしいヨーロッパのアクセントつき、やたら目をしばたたかせ、まわりを肘でつつきながら「ミースタァ、あんた、まってーな、ウェータァ・ミニーッ！」そこでどっと笑いが起こる。バックミラーの中に見えるおまわりの顔は職務に燃えたピンク色だ。赤のバッジも前のめり、頭をひょこひょこ動かしながら何か相談したと思ったら、今度はキリッと向き直って一点を見据えている。前のジャガーに乗ったふざけたカップルを――「あいつら、いったい何をやっているんだ。プリッグズベリ、おまえわかるか」

「男と女のようですが」

「バカもん」会話はそこまで。あとは黒い双眼鏡。

雨をくぐり・・・夢みるガラスを通りぬけ、夜の緑が掛かる。彼女は椅子に深くすわり、懐かしのボンネットをかぶり、西の果て、大地のデッキの向こう側を染める地獄の赤を、その先の褐色と金色の雲を眺めている・・・

それから突然の闇夜。からっぽのロッキング・チェアに映りこんだ蒼い白亜の光。月光なのか、それとも天空から届く別の光か、ここにはただ、晴朗な夜の中を落ちてくる冷たい光と、からっぽの堅い一脚の椅子。

イメージがめくるめく花開いては、消えていく。美しかったり、ただ怖かったり・・・だが彼女は子羊に、彼女のロジャーにくっついている、彼の首筋がいきなり愛おしくなり――見れば目の前にある、彼のボッコリした十歳の男の子のような後頭部の下に。その肌に、塩辛い酸味を含んだ広がりに、唇を走らせる。腱の張りの上をキスが流れる。流れて止まらぬ吐息そのもののようなキスが流れる。

彼女と最後に会ってから二週間になろうというある朝のこと、〝ホワイト・ヴィジテーション〟の独房で、勃起したまま目覚めたての瞼をこすっていたロジャーは、口に一本、長い淡褐色の毛がからまっているのに気がついた。自分の髪ではない。ジェシカ以外思い当たるふしはないのだが、それはありえない——会っていないのだ。彼は二度ほど鼻をすすってくしゃみをした。窓の外で朝が展（ひら）けていた。右の犬歯が痛んだ。その毛には、唾液のビーズが連なり、歯垢とか、口で息をする生き物の一夜の垢がくっついている。それを伸ばして熟視する。どこから入ってきたんだろう。気持ちわるい。言葉にできない不吉感。小便がしたい。灰色に変わりつつある官給のパジャマ、そのネル地をゴム紐のゆるんだズボンの中へ押しこんで、すり足で便所へ向かう最中にひらめいた——これって藤色（モーヴ）の世紀末の話によくある幽霊の復讐なのではないか。この一本の髪の毛が最初のステップ…と想うのはパラノイアか？　洗面所では心霊セクションの連中が蹴つまずき、屁を垂れ、剃刀傷をつくり、空咳とクシャミをし、鼻づまりをきたしている。その間を、動きながら、さまざまなコンビネーションをこなしていくロジャーは見ものだ。あれこれ終わるころになって思いが走った。ひょっとしてジェシカの身に。おお、何と考え深いロジャーよ。もし、もしだよ、ジェシーが夜中に、弾薬庫の爆発事故でやられて…で、あの世への去りぎわにこの世で唯一大切だった人間に託すことができたのが、髪の毛一本だけだったとしたら。…確率のクモの巣に住むスパイダーが聞いて呆れる。〈次の考え〉が出てくる前に、ロジャーの目には早くも涙——蛇口しめろ、矢口、[*7] ほら、この可能性と向かいあえ。洗面台の上に前屈みになったたまま動けない、ジェシカの安否を案じる気持ちにもホールドが掛かり、うしろを振りかえりたいと思っても、鏡の中を覗きたいと思っても、体が固ま

7 原文は Turn off that fauset, Dorset。この日はロジャーもジェシカも、押韻ゲームにハ

っている……一瞬にして……解けた、すばらしい解（かい）が彼の脳に宿った。こいつは、心霊セクションの連中が秘かにグルになってやったんじゃないか？　だろう？　そうさ、ヤツラが本当に人の心を読めるとしたら！　それで、これが、催眠術（ヒプノティズム）とかだったらどうなんだよ、え？　まいったぜ。オカルト系のヤツラ全員集合か？——幽体離脱、マインド・コントロール（こりゃオカルトとは違うか）、他人をインポにする呪い、おデキの呪い、狂気への呪い、ヤアア、そうだそうだ——薬品か！（と、ここでやっと屈んだ腰が伸び、心眼をオフィスに向けて、喫茶室にいる連中の姿をきわめて慎重に捉える、オー・ゴッド……）制御機構とのサイキックな合一かよ、ロジャーが彼になり彼がロジャーになる？みたいな考えが、次々と彼の頭をかけめぐる。どれも考えとして健やかじゃない——とりわけこの職員用洗面トイレの中だと薄気味わるい、というのもギャヴィン・トレフォイルの顔は赤くテカって風に揺れて輝くクローバーの花のようだし、ロナルド・チェリコークは大理石のように琥珀色の筋が入った痰を洗面台に吐きだしている——何なんだ、こりゃ、**こいつらいったい誰なんだ**。……みんなフリークだぜ、フリーク野郎の群れに取り囲まれちゃった！　あいつら昼も夜も、戦争中ずっとおれの頭を精査してやがるんだ、テレパシーを使い、魔女みたいなサタンみたいなのをあらゆる種類とり揃えて、おれの記録をとってるんだ——ジェシカとベッドでやってるときも——

　ほら抑えて抑えて、パニクるのもいいが後にしろ、ここじゃいかん。……ほの暗い電球に照らされた洗面台の鏡は、石鹸水のハネが何千もこびりついて、ロジャーが頭を動かすたびに、雲のケバが、肌と煙とが混ざり合ったよう。レモン色とベージュに、油煙のブラックと薄暮の褐色がそちこち混じって、ボロボロに剝げ落ちそうなテクスチャーだ。

マッている。

おはよう、第二次世界大戦さん。彼の心の前面にいつもはり付いている言葉があって——テンゾク・キボウ ***I want to transfer***——鏡に向かって、メロディもつけずハミングする。さっそく要望票(チット)に書きこむとしよう、ドイツ戦線に志願、したいで〜す、タラッ、タラッ、タラ。ついこの間の水曜にも、『ナチス・イン・ザ・ニューズ』の求人欄に出ていた、「労働党リバプール支部広報掛モトム」ってのと、「除隊者即時雇用」というロンドンの広告代理店の案内に挟まれて。その広告を出したのは、今後「G5」[*8]として活動するところで、「再教育」の専門家が入用らしい。これって重要任務だよな。ゲルマンの野獣に大憲章(マグナカルタ)とか、スポーツマンシップなんて教えるわけでしょ。ババリア地方のカッコー時計みたいにさ、神経症的な村に出かけていって、奇怪な妖精よろしく夜中の森から出てきて、家々の戸に体制転覆のビラを貼ってまわる。「いいですよっ、やりましょう」ロジャーはバタバタと自分の仕事机に戻ってつぶやいた。「どんな仕事も、ここよりゃマシだろ・・・」

それほどひどい気分だった。この心霊セクションに比べたら、ドイツに行って〈敵〉の間をうろつくほうが、まだ心安らかでいられる気がした。季節がまた、クリスマスときた。**Bwweeeaaagghh!** ロジャーは胃をひっつかんで大げさに吐きもどす声を挙げる。ジェシカがいなきゃ、おれ、人間でいられない。毎日が耐えられない。ジェシカ・・・

その時ある思いが降ってわいた。たっぷり三十秒間彼の心をとらえていた。十二月の明け方である。長袖の下着姿で寒さに震え欠伸をしているロジャーは、本やファイルの鋭いエッジに囲まれ、複写の薄紙やチャートや地図に取りまかれると、いかにもヤワで目立たない（中でひときわ目を引くのが、貴婦人(レディー)ロンドンの顔の図で、彼女の純白の肌には赤い

8 軍の「第5セクション」の意味。占領軍として戦勝地区の統治を行う。

膿疱のブツブツが多数ついている…待てよ…〈レディー・ロンドン〉は皮膚病なのか…皮膚の内側に致命的な病原を抱えていて、できものが噴きだすところはあらかじめ予定（プリデスティンド）されているのか？　シティに潜在する噴火の時刻表に合わせてロケットが飛んでくるのか…だがその考えは保持できない、ポインツマンの「刺激した音の逆転」へのこだわり同様、理解しようとしても無理だ、だから、悪いけど、ちょっとこれは放棄して…）湧き上がってきた思いに包まれる。それが去って、やっと明確に理解した。いまや日々のより誠実なハーフであるジェシカのことがどれだけくっきり見えているか、彼女の美しさに、ロジャー自身もちょっと前から信じていた死の体制から生意気にも自由でいられる軽やかさに、我が母である〈戦争〉はどれだけいきり立っているだろう。いつまでもついえない未来への希望（なのに計画するのは嫌がるのだ）いつまでも子供の国から出てきたままの心でいられる（なのに想い出には無頓着）…

　自分はこれまで過去にしばられて生きてきた。ロジャーの人生は不毛な海を進む波頭の一点であって、既知の過去から投射可能な未来へ向かって進んでいた。その波を崩したのがジェシカ。突然ビーチが目の前にあった。予想もできない、ニューライフ。過去と未来とは岸辺で止まる、それは最初から決まっていたことだが、しかしロジャーは信じたかった。ジェシカへの愛と同様、すべての言葉を超越して信じたかった——どんなひどい時代にも、固定されたものはない、すべては可変的であって、自分の過去の暗い海も、ジェシカが否定し、愛の力で消しさってくれる、と。そして（自己本位にも）信じていたい——死の上に立ち、死の上を進む波動のような陰鬱な少年だった自分がいま、ジェシカとふたり生と悦びへの道を見出したのだ、と。いや、そんな話を彼女にしたことはない。自分にさえ、言わないようにしてきた。しかし、〈戦争〉の七度目のクリスマスが、彼のやせ細った震える脇腹にまたもぶち当たろうという今、ロジャーの信じる気持はこれほど強くなって・・・

やかましく動き回るジェシカ。同じ寮の女の子たちが吸っているシケたウッドバインにたかったり、ナイロン・ストッキングの修繕キットを貸してよとせがんだり、戦争を皮肉るセリフを雀のようにチュンチュン明るく吐きだしたり（それがお互いへの思いやりなのだ）。今夜はジェレミーと、そう、彼女の中尉さんと一緒だけど、でもほんとうはロジャーと一緒にいたい、でも行かない、そうでしょう？　こんなに頭が混乱したこと前にあったかしら。ロジャーと一緒にいるときはアツアツでいられるのに、ちょっとでも、ほんのわずかでも距離ができると、彼のことで気がめいってくる。怖くもなる。どうしてかしら。激しい夜は、彼の上で堅い棒を軸にして一途に身体を上下させながら、からだがクリームの蠟燭のようにとろりと溶けてオーガズムとともにベッドの上掛けに流れおちてしまわないよう背筋をしっかり保っている、その時は息の尽きるまでロジャー、ロジャー、ロジャーなのに、ベッドを出て歩行（ウォーク）や会話（トーク）が始まると、彼の心に苦々しさが、ダークな思いが、〈戦争〉よりも冬よりも深く流れているのを知らされる。イギリスを憎み、体制（システム）を憎み、悪態ばっかついて、戦争が終わったらイギリスなんかおん出てやると言い、書類と冷笑の洞窟に閉じこもっては自分が嫌でたまらなそうにしている・・・そんな人を引っぱりだしたくはない、でしょう？　ジェレミーと一緒にいたほうが安全でしょう？　あまり考えないようにはしているけれど、そういう疑問が引っかかっていることは確か。ジェレミーとはもう三年。三年っていえば、ほとんど結婚してるようなもの、何か実を結んでもよさそうなのに、日々の継ぎはぎと取りつくろいばかり。彼の古びた浴衣も自分は着たし、お茶もコーヒーもいれてあげた。トラックの駐車場、娯楽室、雨でゆるんだフィールド越しに彼の視線を探し求めたこともあった——その日一日のじめじめと嫌ったらしい出来事も、親しげな、信頼に満ちたビーバーの目にふれさえすれば消えていってくれると思って。古風な装いや微笑のために言葉が呼び出されるような季節に。その安らぎをぜんぶひき裂いてしまうなんて。三年もよ。あの突飛で気まぐれな自己中心の子のために?——そうよ、まだ子供なの。泣き虫。もう三十は越えてるはず、わたしよりかなり年上のくせして、何か学んでいても…だめか、人生のコクなんて柄じゃないか。

最悪なのは話せる相手がいないことだ。ここは男女混成の砲兵中隊特有のポリティクスで、職場結婚とか男女関係、どこそこの誰が昔誰に何を言ったか、みたいなことへの不健康なこだわり。一九四二年の春にケント州のグラフティ・グリーンで誰がどう答えるべきだったのにそうせずに、別の誰かにこう伝えてそれが今日も憎しみの連鎖を繁茂させている——六年も続いている中傷と野心とヒステリー、そんな中で誰かに秘密をうち明けるなんて、マゾキズムの骨頂だ。

「きょうは苦悩のジェシカでしかない?」マギー・ダンカークが通りがかりに声をかけた。長手袋のたるみを伸ばしながら。タンノイの拡声器(スピーカー)から、BBCのスイング・バンドがホットなリズムで演奏するクリスマス・ソングが聞こえている。

「ねえ、マグ、ファグ[*9]ない?」このくらいのレスはジェスならオートマティックに出てくるのだ。

9 fag は巻きタバコの意味のイギリス俗語。このあたり、名前と韻を踏む単語を使うゲームが進行中。

さあどう来るか。「あなたのところは、ガルボ映画みたいに、[10]ニコチン不足と無縁なのかなって思ってたんだけど？　ごめーん、また勘違いしちゃった、タターッ…」もう、早く出てってよ。「クリスマスのお買い物に行こうかなと思って」

「それでビーバーへのプレゼントは何にするの？」

ナイロンの靴下をガーターで留めることに専念しながら――前上がりで後ろ下がりの時代物が、指の間からふわりと記憶のままに浮き上がる、白く洗われシワの寄ったゴム状物質が直線に伸びて、いま太腿前面のたおやかな曲面に接する、赤いマニキュアの爪の下で、後ろで、サスペンダー・クリップが銀に輝く、赤い刈り込み（トピアリー）の背後に噴水がきらめくように――ジェシカが答える。「あ、そうね、パイプかしら…」


ジェシカの属する砲兵中隊の近く、ケント州のどこかをある晩ロジャーとドライヴしていたとき、暗闇の中に地面からぽっこり浮かび上がった教会の灯りが見えた。日曜の晩の、夕べの祈りが始まろうとしていた。厚地のコート、油布製の雨具、黒のベレー帽を入口で脱いで入っていく男たち。アメリカ人の飛行機乗りは羊毛の裏地が付いた革ジャンパーを着ている。婦人たちの中には金具の鳴るブーツや肩広のコート姿もあるが、子供はいない、一人の子供も見えなかった。大人だけが、爆撃の野から、気球[11]の上がった露営地から、浜辺にできたコンクリ製の前哨地から出てきて冬枯れの蔓がからんだノルマン式のドアをくぐっていた。「憶えているわ…」ジェシカの言葉は続かない。脳裏をかけめぐったのは別の降臨節のこと。窓から見える、羊のような雪が積もった生け垣と、また今年もお空に貼るお星さま。

10 男の人生を狂わすファム・ファタールの演じ手グレタ・ガルボは、数々の映画で印象的にタバコを吸った。

11 敵機の低空攻撃を防ぐべくケーブルで係留された阻塞気球。

ロジャーが車を止めた。ネズミ色の一群が足を引きずり夕べの祈りへ向かうのをふたりで見つめた。風が新雪の匂いを運んできた。

「だめよ、帰らないと」少ししてジェシカが言った。「もう遅いから」

「ちょっとだけ覗いてみよう」

ビックリした、ほんと、何週間も辛辣なセリフばかり吐いておいて、礼拝だとは。霊魂なんかを信じる連中と一緒で頭がおかしくなるって文句ばっか言ってるくせに。クリスマスまでのショッピングの日数が減ってくるとそれにつれてどんどんスクルージ[12]みたいになってくるくせに――「柄でもないことはよしなさいよ」とジェシカは言った。でもほんとうは、自分も教会に入ってみたい。今夜の雪空にはノスタルジーが垂れこめて、いまの彼女の声にも、言葉とは裏腹に、駆けだして聖歌隊に加わりたい気持ちがありありだ。降臨節の日々が過ぎゆくにつれクリスマス・キャロルの歌声は頻繁に、凍てついた丘を越え、プディングに埋もれたプラムの実のように地雷が埋まった丘を越えて聞こえてきていた…ときどき、融けて流れる雪の上を吹いてくるクリスマスの空気じゃなくて、時のエーテルがそよいでいるような風が、子供たちの歌声――六ペンスの白銅貨を投げてもらう歌声を運んできた。それはジェシカに滅びゆく我が身を感じさせることはなくても、この歌声を失ってしまうかもしれないという不安は与えた――いつか、ある冬の日に、ハッと気づいて門まで走り、木立ちまで追っていっても、子供たちの声はどんどん遠くへ行ってしまう…

雪道にできた足跡をたどって歩いた。ジェシカの手はロジャーの腕を神妙につかんでいた。風が髪をかき乱し、氷の上でヒールが滑った。「音楽を聞きに行くんだ」ロジャーが

12 ディケンズ作『クリスマス・キャロル』のケチな老人。

釈明した。

今夜の聖歌隊は男声のみ。エポレットのついた肩が白いローブの大きくあいた襟ぐりから見えている。誰の顔もほぼ一様に白いのは、ぐっしょりとぬかるんだフィールドで深夜の見張りをしていた疲れからか。雲の中からナーバスな釣り糸を垂らしている気球のケーブルを風がつまびき、中の灯りがうすぼんやりした光核をなすテントはまるでガーゼのよう、その膜を風が打ち鳴らす。ところが、聖歌隊の中にひとつ、黒い色の顔があった。カウンターテナーを受けもつ伍長はジャマイカ出身、暖かな島からここへ連れられてきた——子供のころは、ハイ・ホルボーン・ストリート*13のラム酒に煙る酒場で歌っていたのだ。そのスイングドア越しに、赤いマンモス爆竹が——ダイナマイトの四分の一もありそうなのが——飛んでくる、そいつを投げた船乗りが道の向こうへ笑いながら逃げていく、別の船乗りは短いスカートをはいた島の女、中国女、フランス女を連れて通りへ出ていく…つぶれたレモンの皮の香りがドブにただよう早朝にも、彼は歌っていた。オウ、おれの可愛いあの娘を見たか、名前はローラ、ボディラインはコカ・コーラ。水兵たちが茶色い路地の影を走りまわる、ネッカチーフをなびかせて、ズボンをはためかせて。女の子らはヒソヒソ、クスクス…朝はポケット半分ジャラジャラたまった各国の硬貨を、数えながらまわりに与えた。椰子の繁るキングストンから、「アングロ＝アメリカン帝国」（一九三九〜一九四五）内部の事情によって徴用され、いま彼はこの冷たい野ネズミのような教会に連れてこられた。景色など見ることもなく渡ってきた北の海にもほとんど声が届きそうなところにある、その教会で終禱をつとめる。今晩は英語の単旋律聖歌、それはときどきハモがついてポリフォニーをなす。トマス・タリスやヘンリー・パーセル*14、さらにはハイン

13 ジャマイカの首都キングストンの中心街。

14 タリス（一五〇〇

リッヒ・ゾイゼ[*15]が書いた曲として伝わる、ドイツ語とラテン語が混じりあった十五世紀のナンバーも歌う――

In dulci jubilo 甘キ歓喜ニアリテ
Nun singet und seid froh! イザ歌え、慶べ
Unsers Herzens Wonne 溢るる悦び、流るる先は
Leit in *praesipio,* カイバ桶
Leuchtet vor die Sonne 陽のごとくに輝きて
Matris in gremio. 母ノ膝ニ抱カレル
Alpha es et O. αニシテΩナル人

黒人シンガーの高音が合唱のひときわ上を乗り進む。裏声（ファルセット）なのではない、腹の底から偽りなく出してくるバリトンの声、長年の鍛錬によってここまで上りつめた・・・この男は、どぎまぎしながら見つめるヨーロッパ新教徒らの前に、褐色肌の女のすり足ダンスを運んできたんだ、古来きまっている音楽の経路を通って、ビッグでリトルなアニタちゃんも、スティレット・メイも、うれしそうな顔してタダでおっぱいに挟んでいかせてくれるプロンゲットも連れてきた――しかし、ラテン語に加えて、何だこのドイツ語は。それもイギリスの教会でさ。いや、これは異端ってのとは違うな、むしろ帝国主義の必然だろう。その黒人さんの存在も、帝国主義が生みだしたんだ。ちょっとしたシュールリアリズムさ。これが大衆レベルで起こったら自殺行為だが、夢を抜いた、病的に醒めた現実の中でなら

五？〜八五）とパーセル（一六五九？〜九五）は、共に英国王室礼拝堂のオルガン奏者にして作曲家。賛美歌を数多く残している。

15 英語読みの「ヘンリー・スゾー」の名でも知られる十四世紀の聖職者。

〈帝国〉は、この手のシュールな行いを日々何千となく、無自覚のまま繰りかえしている。……というわけで、この純粋なカウンターテナーの声が高音域を舞い上がる。ジェシカの心を浮き立たせ、きっとロジャーも……と、レチタティーヴォ[16]やリリーズ[17]のところで、お隣りをうかがってみれば、褐色の霊のようなジェシカの髪を通して見えるロジャーの顔はニヒルじゃない。チープなニヒルさもない。いまの表情は……

こんなロジャーを見るのはジェシカも初めてだ。何台かのオイルランプに照らされて――炎は揺るがず、とても黄色く、ランプのガラスには花粉のような聖堂番の指の跡が、勝利のVを記している――ロジャーの顔はピンク色で子供のようだ。眼がキラめいているのは、灯りが映りこんでるせいじゃない、でしょう？　それともジェシカの願望が映りこんでるの？　建物内の空気は戸外と同じ、ジンメリとした冷たさ、湿ったウールの匂い、教会特有の、蠟燭と溶けた蜜蠟と抑えた屁とヘアトニックと燃える油の混じり合った匂いが、母親がそうするように他の匂いを包み込んで押さえつける。〈地〉に属する、深層に、別の時代に属するものは匂ってこない。聴け……聴くんだ、これが〈戦争(ザ・ウォー)〉の夕べの祈り(イーヴンソング)だ。〈戦争〉の定めた正統な時間に歌われる、真にリアルな夜に。黒の厚地の外套が集まってくる。からっぽのフードの中に教会の中の色濃い影が入りこむ。海岸沿いではミソサザイ[18]が夜番の勤務だ。枠組みだけの寒々しい建物に、懐中電灯の青い光が夜の満ち引きを飾る新生の星々のよう。船体の板は空中で揺れる大きな鉄の葉、支えるケーブルがギーギーと裂けるような音を立てる。作業を終えた、番を待つ者のトーチランプの炎は和らいで、丸い計器のガラス面を杏色に染める。氷柱(つらら)の下がる配管工の小屋が、海峡を強風が吹きぬけるたびミシミシと音を立てる。小屋の中は使い古された歯磨きチューブの山だ。幾千個

16 叙唱。歌というよりむしろ朗読のように歌う。

17 AABA型式の歌のBの部分。

18 海軍婦人部隊員の通称が「ミソサザイ」であるのは、略称 WRNS を wrens と読むため。

もがしばしば天井にまで積み上がっている。幾千個もの陰気な人間の朝を、ミントの泡とわびしい歌に変換して耐えられるものにした歯磨きの、その残骸。泡と歌はハロー[19]からグレイヴセンド[20]まで、水銀鏡に白いスポットを残した。幾千もの子供らが、その柔らかな口の中（スリバチ）を搔き回しながら泡の間に、千倍の言葉をぶつぶつ吐いていただろう――就寝時の不満も、好きな女の子の名前も、毛布をつっかぶった田舎出の、デブだったり半透明だったりぼんやりしてたり大人しかったりする少年のうわさも――泡と甘草（リコリス）の時のカケラ（モーメンツ）が、みんなペッと吐きだされ、下水を通って河口にできる灰色の薄膜へ流れつく。朝の口腔は、一日の進行とともに煙草と魚の垢に覆われ、恐怖の乾きが累積し、怠惰に汚れ、ありつけるはずもない食事を想って出てきた涎が、今週の分泌腺パイに入った臓物とハウスホールド・ミルク[21]と、いつものカケラの半分しかないビスケットパンと混ざりあう。メンソールって素晴らしいよな、それらの匂いを毎朝いい按配にぬぐい取って排水溝へ運んでくれる。流れだしたらボコボコ大きな泡に育って、頑丈なモザイクになって瀝青色の海岸線へ流れつく、繊細な図形を描きながら下水出口からドドーッと海へ注ぎこむ――その一方で歯磨きチューブはひとつずつ空になって〈戦争〉へ戻っていくんだ。ほんのり香る金属の山、冬の小屋に宿るペパーミントの亡霊、ロンドン子の無意識の手によるシワと箔押しをつけたまま、指また指の圧力で干渉縞ができたそれらは、いま待っている、真の回帰を待つ、溶かされてハンダになって、板金に、鉄に混ぜられ鋳物に、ベアリングに、ガスケットに、煙の叫び（スモークシュリーク）を発する内壁になるのを待つ。子供たちは見ない。家の中で別の輪廻をめぐっている子供たちの目にはふれない。それでも、身体と同族の金属を、家庭と生け垣のない海とをつなぐ連続性が存在した。これらの転生を分けるのは死ではない。ペイパーだ。紙

19 ロンドンの北西の郊外。バイロンもチャーチルも学んだ名門寄宿校（ハロー・スクール）で知られる。

20 テムズ河口に近い町。

21 戦時中、食糧省の管理の下で売られていたパッケージ入り粉ミルク。

の契約書、書類のルーティン。〈戦争〉は、〈帝国〉は、われわれの生を隔てる仕切りを張り巡らせる。やれ統一だ同盟だ団結だとふれ回るくせに、〈戦争〉というヤツはいつだって分け隔てに走る。果てしない細分化を必要とする。戦争は、民族意識など望んでいない。「アイン・フォルク、アイン・フューラー」とドイツ人は叫ぶが、民族を束ねる指導者すら必要としていない——戦争が欲しがっているのは別個の部品を無数に組み合わせたマシーンだ、一体性（ワンネス）じゃない、複雑な合体性（コンプレクスシティ）……しかし、〈戦争〉が何を欲してるかなんて、誰に言えるね？　あんな茫漠とした、超然とした……現場にいないんだ、この戦争ってやつは、おそらくひとつの〈意識〉でも、〈生命〉ですらないだろう。生命に似たふるまいをするといっても、そりゃ偶然に、残酷にもそう見えるだけなんだ。〝ホワイト・ヴィジテーション〟に、病歴の長い分裂病患者がいてさ、こいつは自分が第二次世界大戦だと信じている。新聞も読まない、ラジオには耳をふさぐ、それでいてノルマンディ侵攻の日にはなぜか体温が四〇度にはねあがった。で、いま東西から挟撃作戦で戦線が反射収縮みたいに縮退するだろ、するとこの患者さん、自分の心に暗黒が侵入してくるというんだ、自己が削りとられるとね。……それがさ、ルントシュテットの攻勢[*22]で立ち直った。新たな生気がみなぎってきて——「すばらしいクリスマス・プレゼントですな」って、病棟のヤツラに言ったんだと、「何といっても降誕の季節ですから、起死回生ってわけで」ロケットが落下して、それが耳に届くとニッコリと起きだして病室を歩きまわる、うれしげな目の縁からいまにも涙がこぼれそうだ。赤ら顔の強壮状態で病棟の仲間に活を入れずにはいられない。死期は迫っている。VEデイまでしか生きられないんだ。この男、戦争そのものではないにしても、父なる戦争のあらわれとしての「子」ではあって、一定期間、気高く

22　カール・ルドルフ・ゲルト・フォン・ルントシュテットはドイツ陸軍最長老の元帥。西方軍総司令官として年末のアルデンヌ攻勢を指揮した。

生きた後、セレモニーの日を迎える。さて、その日にどうなるか。真の王（キング）は死なないんだ、死ぬ儀式をするだけで、身代わりに死んでいくのが無数の若者さ。で、真の王は死なない。狡猾な古ダヌキみたいに生きながらえる。その王様、例の〈星〉の下にやってくるのかい？　冬至の季節が近くなると、何食わぬ顔して他の王様と一緒にベツレヘムに跪くのかい？　スルタンの宮殿からどんな贈り物を持ってくるの？　タングステンと爆薬と、ハイオクタンのガソリンか？　黄金の薹の地面から「子」が顔を上げ、マントを広げて深く身を屈め、贈物を差しだす老いた王の眼を覗きこむの？　そのとき視線が合うのかな？　王と幼い王子との間にどんなメッセージが交わされるんだ？　グリーティングか、それとも協約かい？　で、幼な子はほほえんでる？　それともこの話、誰かがデッチ上げたのかい？　みなさん、どっちがいいですか？

　降臨の風が海から吹く。今夜の日没、海は緑にかがやき鉄分豊かな鏡のように輝いた。生まれくる救いを孕んで風が日々われらに吹きつける、見上げる空に聖人の顔とほっそりとした使者の喇叭が見えてきそう。冬の中に置きざりにされ、今年もお呼びのかからなかったウェディングドレスの、物言わぬサテンの列、白いギャザーに黄ばみを生じ、きみの足音が通りすぎるときだけほのかに波打つ。きみは観る…街のあらゆる行き止まりを訪ねて…ウィンドーに映ったきみのうっすらとした影が、ドレスを着ている姿が一度、二度、目に入る。ポードソワ[23]の上をかすめていく肉色の霊がきみを招く、ほら、ここに入ってごらん、ちょうど生えてきたばかりの白カビが、うまいこと花嫁の匂いを消しさってくれるよ、中流の娘らしい汗の匂いも、お上品な石鹸と白粉の匂いも。それでも心は純白（ヴァージン）だ、希望は白い。だがここにはスイスの冬山のような結晶のまぶしさはない。田園をガウンの

23　サテン織りにした光沢のある絹地。

ように覆う雪はどんよりと波打つ冬の雲から落ちてきた。冬のガウン、それは夜は優しく、きみのまわりを無風の息のように包む。都市の駅にインドシナから捕虜の兵士が帰ってきた。[24]骨の浮き出た体があまりに軽くて、夢の中か月の上を歩いているようだ。一緒に進む乳母車の列――クロームのスプリング、黒革から太鼓の音が響きそう、ブロンドウッドのハイチェアのピンクと青の花模様は剝げかかり、コーンミールのこぼれ跡がついている。折り畳み式のベビー寝台と、赤いフェルト舌のクマさんと、小さな毛布が、石炭と蒸気の臭うこの金属の空間に、明るいパステル調の雲となって流れていく。列をつくり、漂流し、用心しながら眠る人びとが、その何百人ものかたまりが押し寄せる。クリスマス休暇を楽しもうって。モリソン[25]の陰鬱な警告など――川の下をくぐる地下鉄チューブを今この瞬間にもドイツのロケットが貫通するかもしれないのです、行く手は全滅し、行き先の住所も街から消えているかもしれません――お構いなしだ。百の困難を生きぬく女たちの列にビルマからトンキンから復員した兵士の眼が注がれる――彼らの青っぽい軌道から、アラシル錠剤も癒せない頭痛を通して届く視線。郵便局の袋を背負ったイタリア人戦争捕虜が悪態をつく。毎時、蒸気とクランクの音を響かせ駅構内に貨物列車が入ってくるのだ。雪のかかった貨車の中からマッシュルームのようなのがあふれ出ている、一晩中地下の冥界を走ってきたのか、いやそれ全部が積荷なのだ。こいつらが、もしいま歌を歌いだすなら、それは「ジョヴィネッツァ」[26]ではなくて、きっと『リゴレット』か『ラ・ボエーム』[27]のアリアだろう――実は英国郵政省が〈禁止歌〉のリストの発行を検討中だ。ウクレレ・コードが付いていたりする歌は、それを目印にしてダメと決める。彼らの陽気さと歌好きは本物だ、だがそれにも限度はある、クリスマス・グリーティングの攻勢が日を追ってかくも

24 日本軍から一九四四年九月に解放された二万人に及ぶ英国兵捕虜の一部だろう。捕虜の虐待が国際問題になったのは周知の通り。

25 内務大臣ハーバート・スタンリー・モリソン。戦後の労働党政権では副首相を務めた。

26 Giovinezza は、「若さ」「若人」の意味のイタリア語。ムッソリーニ時代に国家ファシスト党の党歌として、国歌に代わる扱いを受けていた曲。

27 ヴェルディの『リゴレット』も、プッチーニの『ラ・ボエーム』も恋心を歌うアリアで知られる。前者の「女心の歌」は特にポピュラー。

病的に激しくなり、ボクシング・デイ[*28]までは封じ込めの見込みもたたないとあっては、歌に替わって繰り出されるのは、よりプロフェッショナルなイタリア男の腕前だ――疎開へ旅立つご婦人方のほうへグルリと目玉を回したまんま、片手で荷袋のバランスを取る。もう片方は〝死んだ〟ふりをしているのだが、それはつまり（チョエ）、条件次第で生の躍動を開始するってことであって、人混みに女性が密集し列の流れが止まった時…うん、期待が高まり、生が昂ぶり、ああ、もちろんイギリス人の捕虜にしたって気持は同じだ――ではあるけれども、CBI[*29]からの復員兵に死に手の技（マノ・モルト）はない。それっぽいお尻や太腿のお許しあらば、一挙に生（ライフ）へひとっ飛び――ってわけには、彼らはいかないのだ。生と死とで戯れるとは不信心な！　彼らはもう冒険にこりごりしている。古女房が古びたストーヴに不平をこぼし、古びたベッドを暖める生活も、それはそれでいいじゃないか。冬枯れの日のクリケット、二軒一棟（セミ・ディタッチト）の家の日曜日の枯葉だらけの眠気に充ちた乾いた庭、それで満足、すばらしい新世界がタナボタで落ちてきたらそのときはそのとき、適応できないはずもないだろうって。…そんな彼らも今週ばかりは、勝利の日までおあずけのはずの贅沢に心が走る、子供に電動電車セットを買ってあげたいと、そんな思いに顔を輝かす――いや、とりすました表情がくずれないよう計算しながらなのだけれど、そのひとつひとつに（どれも写真でよく見るすました小顔に）命の光がさしてきて、オー、アー、だが感情の露出はおあずけ、こんな駅構内じゃ、ダメだダメだ、なんとしても抑えるべし、〈戦争〉に禁止されている、そんな不注意で破壊的な愛のシグナルは、土に埋めろと。去年子供たちはおもちゃの袋を広げて何を見たか。スパムの缶詰の生まれ変わった姿だったろ[*30]。子供もちゃんと知ってるんだ、クリスマスのゲームの醒めた面に気づいていて、それは仕方ないのだ、

28　十二月二十六日を、イギリスでは休日に定めている。使用人が暇をとり、子供たちがプレゼントを開くのはこの日。

29　チャイナとビルマとインドを一括した呼び名。

30　戦時の資源節約のため、スパムの空き缶から、ブリキのおもちゃを作る仕事に「ホーム・フロント」の人員が従事していた（84ページ註）。

と思っているのかもしれない。田舎の疎開先で過ごした春と夏、子供たちは本物のスパムの空き缶で遊んでいたんだ——これはタンク、こっちはタンク・デストロイヤー、あれがトーチカで、これはドレッドノートだよ。物置部屋でも、酒貯蔵室の埃っぽい床にも、病院や診療所の寝台やソファの下でも、肉色と黄色とブルーの戦陣を配置していた。ほら、またプレイの季節が来たよ。石膏の赤ん坊、金の葉っぱをまぶした雄牛、人間の目をした羊が、また本物に戻るんだ。ペンキの膜も生きた皮膚に早変わり。信じることは彼らにとって代価じゃない、全部が自然に起こること。ほら、この子が〈ニュー・ベイビー〉だよ、生まれる前の魔法の晩に、動物たちは言葉をしゃべり、お空はミルクになるんだ。爺さん婆さんも待っている。〈ラジオ・ドクター〉[*31]の質問を——ウォットト・イズ・痔？ ウォットト・イズ・気腫？ ウォット・イズ・心臓発作？——毎週のお楽しみにしていた年寄りたちは、その夜はいつもの不眠を引きのばし、起こるはずのない奇跡が今年もやっぱり起こらないのを見届けるだろう。だがその残滓は残るのだ。丘はそこにあり、空だってそれなりの光は与えてくれるのだから——だからこれはスリルのある、待ち遠しすぎるお楽しみで、完全にダマされたとはいえないが、しかし、これのどこが奇跡だよ？……セーターとショールで寒さをしのいだ不眠の一夜、大袈裟に失望はしてみせたけれど、期待の残余は心の中で冬の間も熟成する。年々弱まっていくにせよ次の冬には必ず息を吹きかえす。……老人たちはもうハダカも同然だ。若い時分には一張羅を着てパブを回った、そのスーツもひき裂いて、給湯パイプやヒーター（所有者の大家は顔も知らない）の断熱布にしてしまった。そうでもしないと屋内にいる意味を、冬将軍から守ることができないから。石炭は〈戦争〉にもっていかれた。もう終わりの手前まできてしまった。自分の体のことな

31 戦時中のBBCホーム・サービスで流していた、木曜夕方の5分間番組。

ら分かっている。〈ラジオ・ドクター〉のお墨付きをもらっている。クリスマスのこの季節、彼ら鵞鳥のような裸身を、くすんだウールの老人用安物ガウン一枚でグルグル巻きにしている。部屋の電気時計は進みが速い。ビッグベンの大時計さえ早回り——新しい春が走りこんでくるまでは。まわり中で時間が早回りしているのに、誰もそのことを理解しないし、気にも留めない。電気も〈戦争〉にもっていかれる。〈エレクトリック・モノポリー〉という勇ましいゲームだよ。電力会社と中央電力委員会と他の戦争執行機関が一体になって、彼らの決める〈グリッド・タイム〉[*32]をグリニッジ標準時とシンクロさせておくのが狙いだ。夜の深み、夜のコンクリートの井戸の底で、極秘のダイナモがひそかに速度を上げる。それに応じて国中の年老いた眠れぬ眼（まなこ）の脇で電気時計の分針がグルグル、うなりの音程を上げながらサイレンのめまぐるしさで回っている。夜のマッド・カーニバルだよ。分針の影が陽気に踊る、文字盤の蒼白い顔面がヒステリアの症状をきたす。電力会社は説明する——負荷が大きいのですよ。戦争の消費は莫大です。夜の間にこうして進めておかなくては、時計が遅れてしまうのです。だが実のところ日中にそれほどの負荷はない、だから〈グリッド・タイム〉はぐいぐいと進行を早めていくのだ。老人たちは時計の顔とにらめっこして、こりゃ陰謀だ、と考える。数字がくるくる戻っていくではないか、御子の誕生（ネイティヴィティ）へと、われわれの首をグルリと回して、存在の忘れられたルーツへと永遠にくくりつける。見よ、心の新星爆発だ、と。だが海の向こうに目を向ければ、いまもただ霧が静かなホタテ真珠の光沢を発している。遠い街路ではアーク灯がバチバチと怒りの音を立てて、センターラインの先へと走るくすんだ光は、氷の色をしてキャンドルには向かないし、冷たい夜露が付着してホロコーストにも適さない・・・背の高い赤いバスが走る。ライ

32 〈グリッド〉という表記で、電気の流れを制御する権力機構を表す。

トの覆いは今は外れた。払いのけ、交わり、横切り、ギラつくビーム。巨大な拳が引きちぎった霧が、濡れた風となって吹きぬけていく。真珠の霧に包まれた浜辺も陸地と変わらず荒涼として、電流の突き刺すような痛みを知らない有刺鉄線が、悲惨に冷たくサソリのようにチクチクする身を水底の草のようにグルリと横たえ、ただ静かに酸化の過程に身を任せている。その先、足跡のない砂浜が何マイルも続くところに、平和な夏の休日を満喫させた遊覧船が棄てられている。〈戦争〉の向こう側ではワインとオリーヴの木立とパイプの煙の夜を演出した船体、それがいま見る影もなく剝げおちて、錆びた軸と腕木をむきだし、中は浜辺と同じ匂いがたちこめる。その浜辺に〈戦争〉は散歩を禁じた。草丘の向こうには幾筋ものスポットライトが見える。秋には渡り鳥がこれに群れ、光線を押さえ込もうとする闘いを死ぬまで続けて、力尽き、死んだ鳥のシャワーとなって地に墜ちた。その光の向こうに教会はある。終禱の礼拝者たちは暖のない教会で身を震わせ、口を結んですわっている。聖歌隊が問いかける。喜びはいずこにあらん？　〈天使〉が新たな歌をうたうところ、〈王〉の宮廷に鐘の鳴るところ。アイア——奇妙な一千年の吐息——eia, wären wir da! アア、ネガワクバ、カノチヘ[*33]！・・・疲れた会衆と先導する黒い羊は、可能なかぎり上りつめる。羊としての彼らの身から今年さまよい出ることができるかぎり。さあおいで、戦争なんか、紙の戦争も鉄の戦争も放っておけ、ガソリンの戦争も肉弾の戦争もほっぽりだして、恋人と一緒に来いよ、喪失のおそれも、きみの疲労もぜんぶ一緒にかなぐり捨てて、一日じゅう戦争はきみを追い回してきたじゃないか、無理強いし、だまくらかし、真実でもないことを信じこませてきたじゃないか、おいおい、それが本当のきみか？　身分証明書に貼ってあるその犯罪者めいた顔がきみなのか？　政府のカメラのシ

33 249ページと同じ賛美歌「甘き歓喜にありて」の歌詞。

34 ブロードウェイの四四丁目にあった軍人向け慰安施設。同名の映画から、"I Left My Heart

ャッターが、ギロチンのように落ちて、そのとききみの魂も抜きとられたみたいな顔してるぜ――それとも例の「ステージ・ドア・キャンティーン」[*34]で、心臓（ハート）と一緒に魂までも置いてきたのか。NAAFIの女の子が今夜の収穫を数えてる、アイリーンって名前の子が、冷蔵容器に（黄色い脂の付け合わせのついた）くり色のゴム状臓器を注意深く仕分けしてる。ねえねえ、リンダ、こっち来てよ、触ってみてよ、すごいわよ、指をこの心室に入れると、ほら、うっとり（スウーニー）でしょ、まだトコン・トコンっていってる。……みんなグルになってるのさ、思いもよらぬ人たちが、仲間でないのはきみだけだ――牧師も、医者も、きみのおふくろさんだって金星章[*35]をつけたがってる。ゆうべのBBCホーム・サービスの番組で気の抜けた歌唱を聞かせたソプラノ歌手もだ。死と来世を描いて観客を笑いに包む、ミスター・ノエル・カワードも忘れちゃいけない。ああいう芝居でダッチェス劇場を四年続けて満杯にして。[*36]ハリウッドへ行った若者が、そのスケールの壮大さに舌を巻く。面白いんだ、ウォルト・ディズニーが、子象のダンボに羽根をつかませるだろ、[*37]今夜の雪の下に墜落して埋もれている屍だって、みんなそうじゃないか。白く塗りこめられた戦車の間には、凍りついた手がいっぱい、その手は何を握ってる？〈奇跡のメダル〉かい、幸運の古骨片かい、自由の女神の薄衣の裾からニヤケた太陽が覗いている半ドル銀貨か、バカ、88[*38]の砲弾が降ってるんだ――これって、子供向けの話だろうか？　あんたはどう思う？　いや、子供なんかここにはいない、子供はよそで夢を見てる、帝国内に夢見る場所なんかないんだよ、今夜のこの光景は成人指定さ、深々とランプが燃えるこの避難所には、先カンブリア紀の呼気がただよい。焦げた料理の風味と、煤の重々しさに充ちている。そして上空六〇マイル、漆黒の北海の上空の一点で、いまロケットが一瞬止まった。重力がそれ

at the Stage Door Canteen" という歌がヒットした。その「ハート」を臓器に解釈したブラックユーモアが続く。

35　アメリカでは、名誉の戦死を遂げた兵士の母親は、金の星のついた腕章をする習慣が第一次大戦中に始まり、戦後「ゴールド・スター・マザーズ協会」の設立を見る。

36　芝居の題名は『陽気な幽霊』。降霊会を催した主人公が、亡き妻の魂を呼び出してしまう。

37　ディズニー四作目の長編アニメーション『ダンボ』の公開は一九四一年。

38　ドイツの88ミリ大砲弾。

を引きおとす。スピードが上がる。オレンジの熱光。降誕節の星。クリスマス・スターが大地に向って、なすすべなく墜ちていく。低空層には飛行爆弾（V1）が〈魔王（サタン）〉のようになりながら炎に呑みこむ餌食を求めて飛びまわる。今夜は長い家路になりそうだ。ニセの天使が歌っている。聞くだけでいいから、会衆に混ざってみろって。きみの望みをそのまま、心の闇に巣くう恐怖をそのまま語っていなくても、聞いてみなって。キリストが語られるずっと前から夕べの祈り（イーヴンソング）はあったはずだ。そうさ、今夜みたいなひどい夜を太古の人間も生きてきたとしたなら、彼らも祈らずにはいなかったろう——何かが現れ、一晩だけでも少しはやさしいものにしてくれることを。愛と夜明けの光をもって家路を照らし、〈魔物〉をうち払い、土地の境界を消し、肉なるものを滅ぼし、人間の本来の姿についてのウソで固めた物語も霧散させて、その晩だけは、ただ明るく照らしだされた家路といつか見た幼な子の記憶だけが浮かんでいることを。望みはあまりにか弱く、道は糞でいっぱいで、ラクダやら何やらが外でうようよしてる。そのひづめにかかれば幼な子はひとたまりもない、ただのありふれた「救済者」にされてしまいかねない。ほらみろ、もう賭けを始めたヤツがいる。町では、ユダヤの裏切り者が〈帝国諜報部〉の役に立つゴシップを売ってるし。地元の娼婦がヨソ者の割礼していないペニスを慰める。お代はなんでも手持ちのもんでけっこうだ。宿屋の亭主も、台帳を手にしてほくそえんでる。帝国の都じゃ、全員片っぱしから番号つけようって話だから、これでＳＰＱＲ[*39]の記録係も喜ぶだろうって……ヘロデ王もヒトラーも同じだぜ、いいか、みんな（バルジ戦線[*40]に出ていった牧師さんは、大酒飲みの、荒くれ男だ）、まったくなんちゅう世界なんだ（会衆の後ろのほうからヤジが飛ぶ「神父さん、ローズヴェルトを忘れちゃいないか」声の主の姿は見えない。怪しい声が、

39　「ローマの元老院と人民」の意味で、ローマ帝国の公文書などに記された記号。

神父さんの夢の中までつきまとう――「ウェンデル・ウィルキー[41]もだろ！」「チャーチルは？」「ハリー・ポリット[42]！」）、トレドの秤[43]の針を揺らせた三四〇〇グラムの赤ちゃんがよ、大きくなって世界を贖うなんて、そんなことがありうるかい。そいつの脳を、診てもらったほうがいいんじゃないか……

でも、今夜の帰り道、きみはその幼な子を拾い上げてみたかった。少しの間抱いていられたらと願った。ただ抱き上げるだけでいい、その子を胸にぴたりと抱き寄せ、ぐっすり眠ったその子の頬を肩のくぼみに押しあてる。まるでその子をきみが救いうるかのように。その瞬間、自分が誰であろうと、そんなことはどうでもよくなる――自分がどんな人間として記載されるかなんてことは、シーザーたちがきみにどんな烙印を押すかなんてことは。

O Jesu parvule,　　オオ、幼キ　イエス
Nach dir ist mir so weh…　　あなたを思うと心が痛む

かくしてこの雑多な集合の聖歌隊――亡命者、色気づいた若者、召集された気難しい中年市民、空腹にもかかわらず腹の出た、空腹ゆえガスがたまった、潰瘍になりかかりの、しゃがれ声の、鼻水たらしの、目の赤い、咽頭痛の、小便のたまった男たちが、腰痛と翌日いっぱい続いた二日酔いに悩まされ、憎き将校たちの死を願いながら歌っている。むっつり顔で街を歩いているのを見かけたことがあったにしても気に留めなかった、むこうもこちらを見かけたが忘れてしまった、そんな連中が、睡眠を貪るべきこの時間に、見知らぬきみのために夕べの祈りを捧げているのだ。いまはそのクライマックス、三つ四つのパ

40　この時期アルデンヌ地方の戦線ではドイツ軍の最後の総反撃が続いていた。105ページ註**12**参照。

41　一九四〇年のアメリカ大統領戦の共和党候補。選挙後は、解放者アメリカのスポークスマンとして「ひとつの世界」をうたい文句に世界を回った。

42　イギリス共産党書記長を二十年にわたって務めた。

43　アメリカ、オハイオ州に本社を持つ秤の老舗。

ートが重なりあった歌声が、古代の音階の断片を駆けのぼる、反響がうつろな教会の全体に充ちる。ここには人だましの幼な子はいない、〈王国〉からのお告げもない、このひどい夜にほんの少しの明かりと暖をもたらそうというのでもない。ただ、義務として引っぱり出され、むさ苦しい、小さな叫び声を、外へ向かって精いっぱい差しだしているだけなのだ——神に称えあれ！——おつとめを果たしたら、あとはトボトボ戦争のなかのきみの住所へ、戦争が決めたきみのアイデンティティへと、雪上の足跡とタイヤの跡をたどり、最後は暗闇のなか、あんたの足跡を新たに刻しながら闇夜の道をひとり進む。望むと望まざるとにかかわらず、どんな海を渡ってきたかにもよらず、きみの家路をたどる・・・

□□□□□□□

パラドクシカル・フェイズ。弱い刺激が強い反応を引きだす逆説の相。・・・それがいつ起こった？　眠りの初期の段階だろう。モスキート[*1]とランカスター[*2]が上空をドイツへ向けて飛んでいくのをあんたは聞いていない。丸一時間、無数のエンジンが空を打ち、揺り動かし、ひき裂き、鉄板が釘付けされた夜の腹部の下を流れる冬の千切れ雲が、出撃する数多の爆撃機の恐怖を受けて休みない震動を続けたのに、それが聞こえていなかった。あんたのからだは不動のまま、口で息をして、狭い寝台にひとり仰向けに横たわっていた。脇の壁は、絵もなく、図表も、地図もない。この一面のブランクに彼は馴化していた。足指の見える先には、壁面の上方に細いスリット状の窓があって、そこから星明かりと、出撃する爆撃機の変化のないエンジン音と、真冬の隙間風とが入りこむ。散らかったテーブルには背表紙の落ちかかった本と、ノートに書きつけた表（その各欄に、ぞんざいな字で、時間、刺激、分泌量（三十秒）、所見、という見出しが書いてある）と、紅茶のカップとソーサー、鉛筆、ペン。あんたは眠ったね。夢を見た。顔面上数千フィート、鋼鉄の爆撃機が波をなして次々に通りすぎていった。どこなのだろう、巨大な屋内の集会場に、大勢が

1　英空軍初の、レーダーを搭載した夜間戦闘機。

2　大きな爆弾搭載量を誇った英空軍の爆撃機。

集まっていた。近ごろある時間になると丸くて白い強烈な光が一本の直線上を滑空して落ちてくる。突然ソレがまたも姿を現した。右から左へ、軌跡が一直線であるところはいつも通りなのだが、今回のは光の強さが定まらない――ときどき短いバーストを起こしてジャーン、ジャーンと音を立てて燃えさかる。集まった人びとは今回の突然の「おとずれ」を、警告と受けとめる――きょうはマズイぞ、何か恐ろしくヤバイことが起きそうだ・・・丸い光の意味するところは誰も知らない。委員会ができて調査が行われ、真相究明までもう一息のところまできたのだが――いまになって光のふるまいが変わってしまった。・・・総会は解散。こんなふうに光がジャンジャラ降ってくるのを見れば、恐ろしいことを予期するだろう――空襲ではないにせよ、何かそれに近いことを。あんたは急いで時計を見やる。六時ジャスト、時計の針が一直線だ。光の顕現は六時に起こるとあんたは知る。夕闇へあんたは出てゆく。そこは子供のころに住んだ家の前の通り。石ころだらけで、車の轍にひびが走り、水溜まりが光っている。あんたは左へ向かう(ふつう故郷の夢を見るときには家の右手の景色を好ましく思うのに――広々とした夜の芝生と、その上に枝を広げるクルミの老木、丘陵、木の柵と、その向こうのうつろな目をした馬たち、遠景には共同墓地。・・・これらの夢の中で、あんたには任務があって、多くの場合それは向こうへ渡ることだ――木の下を通り、影を抜け、事が起こらないうちに向こうまで行きつかないといけない。あんたはよく、墓地のすぐ下の草むらに入る。そこは秋の野バラと兎がいっぱいで、ジプシーも住んでいる。ときどきあんたは空中を飛行する。しかしある高さ以上は飛べない。だんだん動きが遅くなってついに止まる――が、墜落の恐怖はない。抗弁できない停止を余儀なくされるだけだ・・・景色がだんだん薄れてくると・・・ほら・・・もう・・・)

だが今夕、丸い光の現れる午後六時に、あんたはいつもと変えて左手の道を進んだ。連れの女性がいる。あんたの妻だ。あんたに結婚歴はないし、この女性とも会うのは初めてだが、古くから知っている。彼女は口を開かない。雨が降り止んだばかりで、すべてが淡く光っている。物のエッジが異様にくっきりとし、ほのかな透きとおった光があたりを包んでいる。目を向ける先々に白い小さな花の房が顔を出す。あらゆるものが花開く。上空の丸い光が下向きに傾いてから、一瞬点滅するのが目に入った。新鮮な、雨上がりの、花咲く野辺、その光景があんたの不安をかき立てる。景色にふわさしい匂いを嗅ぎとろうとするのだが、何も匂ってこないのだ。何ひとつ音がしない、何ひとつ匂わない。光のふるまいのせいで、これから何かが起こる。それを待っているしかない。風景が光り輝いて、舗道は雨でぬんめりとしている。首筋と肩を暖かいフードで包みなおして、あんたは妻に言葉をかけようとした。「いまが今夜で一番不吉な時間だ」と。だが正確には不吉（シニスター）よりピッタリの言葉がある。あんたはそれを探す。それは誰かの名前なのだ。薄暮（トワイライト）の向こう側、透明さの、白い花の向こうに、その名前は控えている。光がやってきてドアを叩く。

　あんたはベッドの上に跳ね起きる。胸が恐怖に脈打っている。もう一度、ドアを叩く光を待つうち、上空を爆撃機の一隊が飛んでいるのに気づいた。二度目のノック。トマス・グウェンヒドウィだった。スペクトロ博士の悲報をもってロンドンからやってきたのだ。飛行機の轟音は気づかずに眠っていたのに、グウェンヒドウィの小さな気の進まぬノックの音で目がさめた。〝パラドクシカル〟な相（フェーズ）。実験の犬とよく似た大脳皮質の反応が、あんたの脳にも起こったか。

幽霊たちが軒下に群がっている。伸び上がって雪の積もった煙突や通気孔の間をヒューッと（しかし存在のはかなさゆえに実際には無音のまま）過ぎゆき、湿った強風にもけっしてぬれない体をくねらせ、ヌーっと伸びてもプツンと切れず、数多の屋根の上にガラス製の雲形定規のような軌跡を描きつつ立ち並ぶ屋根を飛び越え、銀色の草丘の上を進み、岸にぶつかる波頭が凍てつきながら飛びちるところもかすめていく。日を増して濃密な集団になっていく幽霊、イギリス人の幽霊、夜になれば大挙して騒ぎ回る。抱えた記憶は冬の風に散ることも、種子になって根を下ろすこともない。まったき喪失、とはいえ時たま言葉となって生者に手掛かりを与えることもある——「foxes（きつね）」スペクトロE[*3]が声を発した。霊界の空間を渡ってきたその言葉は、ポインツマンに宛てられたのだが、会に出席していない彼のもとに届くことはあるまい。この交霊の場で少数の心霊研究者がキャッチしたとしても、どんなセッションにもよくある謎めいた雑音のひとつとして片付けられがちだ——たとえ書き留められたとしても、行き先はミルトン・グローミングの頻度計算プロジェクトになるのがオチ——“foxes”午後聞かれた無意味な発声、“白のおとずれ（ホワイト・ヴィジテーション）”の専属霊媒師キャロル・イヴェンター（天然の巻き毛が頭皮を覆っている）が非常に赤くて細い唇を動かして発した…聖ヴェロニカ病院が被弾したのは午前中。[*4]建物の半分が、イック・リージスの古い聖堂（アビー）のように屋根を吹き飛ばされた。粉塵が粉雪のように舞い散った。ロケットの落下地点に居合わせたあわれなスペクトロは爆風に飛びちった。閃光を浴びた小部屋もろとも。暗黒のうちに破壊された病棟もろとも。落下音は爆発後に遅れて届いた。ロケットの亡霊が、みずから生みだした人間の亡霊たちに呼びかける音。そして静寂。ロジャーにとってこれは一個の「出来事（イヴェント）」にすぎない。地図を刺す丸頭のピンが一個増え、

3 Eはイヴェンターを表す。霊媒Eを通したスペクトロ、の意味。

4 スロースロップのアブリアクション（120ページ〜）が行われていたのはこの病棟。ポインツマンは当然、彼が原因で、ロケットがここへ落ちたと疑っているだろう。

方眼のそのマス目のヒット数が二から三へ上昇した。なかなか達しなかった期待値に、これでやっと到達した…

ピン一個？　いや、それにすら相当しない。紙にあいた針穴ひとつ――その紙にしても、ロケットが落下をやめるか、統計学の若造がカウントを止めるかすれば、掃除婦の手で片付けられ、ひき裂かれ燃やされる。…ポインツマンはうす暗い仕事場でひとり、出てくるクシャミをどうにもできず、寒さで平坦に、途切れがちになる犬の鳴き声を聞きながら首を振る。違う…私の中では、脳の記憶の中では…一個の「出来事」を超えて…人間の死すべき運命を…この時代の悲劇を。…だが彼の身体はすでに震えはじめている。堅い視線が部屋の向こうの〈正典〉(ザ・ブック)に注がれて――最初は七人いた所有者が、いまは二人になってしまった。自分と、そしてステップニー*5の先に住む哀れな患者の相手をしているトマス・グウェンヒドウィの二人だけ。透明な五体の霊が天に釣り上げられた。パムはジープの事故で、イースタリングは初期のドイツ空軍の爆撃で。砲弾降下地区(シェルファイア・コーナー)に居あわせたドロモンドはドイツの大砲の餌食となり、*6ランプライターは飛行爆弾(フライング・ボム)。そしてとうとうケヴィン・スペクトロ…自動車に始まり、空爆、大砲、V1と来て、今度はV2。ポインツマンの思考は止まり、恐怖一色だ。肌にヒリヒリ痛みが走る。ひとりずつ、順を追って、工学の枠を凝らしたものが襲ってくる。それの背後には一つの弁証法的展開が明らかだ…

「ミイラの呪いだ。ばか者め、それに決まっとるじゃないか。ふむ、そろそろ私もDウィング行きだな」

D翼棟(ウィング)とは〝ホワイト・ヴィジテーション〟の活動を隠蔽するカバーとして機能し、い

5　イースト・エンドの貧しい地区。ドイツ軍の爆撃でもっともひどく破壊された。

6　大陸のカレーに設置されたドイツ軍の大砲は四年間にわたり、ドーバーへの攻撃を続けた。

まも本物の精神病患者を少数ながら収容している。ＰＩＳＣＥＳの連中はここを避けており、人員整理後も残った正規の病院スタッフは、専用の食堂と、ＷＣと、寝台部屋と、事務室を使って戦争以前と同じ仕事をこなしながら、割りこんできた〈よそ者たち〉を迷惑顔で眺めている。それはまあ、お互いさまで、ＰＩＳＣＥＳだって、Ｄ翼棟ののどかな、平和時の精神疾患などにかかわりたくはない。治療や徴候の情報を交換するのもごく稀だ。もっと強い結びつきがあってもいいんじゃないか、ヒステリアは、結局のところヒステリアなんでしょう？――と思うと、これが違う。来て見てくれ、違うんだ。正統派の人間がこれだけ大きな変転に長いこと心安らかでいられるはずはない。コーヒーカップの中に蛇のトグロが見えるとか、手が麻痺するとか、言葉の恐怖で視線を逸らすとか、そんなヤワな症状から、こっちに移ってみろって。いまや爆風に消えた病棟でスペクトロが毎日どんな症状と接していたのか…ポインツマンの犬にしたって同じだ――ピョートルも、ナターシャ、ニコライ、セルゲイ、カティンカ、それからパヴェル・セルゲヴィッチとヴァルヴァラ・ニコラエヴナと、その後その子供たちでも観察された――医者の表情にも、あんなにハッキリ読みとれるんだ…もじゃもじゃの顎髭に包まれたグウェンヒドウィにもいつもの落ち着き払った表情はない。注射器を手にして自分の〈キツネさん〉のところへ急ぐスペクトロもだ。空襲（ブリッツ）に終わりがこないかぎり、〈闇の王のアブリアクション〉は止まらない。空襲が止み、ロケットが解体され、フィルム全体逆回しにならないかぎりは――ロケットのつややかな肌が鉄鋼に戻り、それがまた鋳塊に、溶鉱炉の白熱に、原鉱に戻って大地に埋められるまでは。だが現実は可逆的でない。最初に焔の花を開かせ、次に爆音、最後に落下を聞かせるとは。そんな可逆性のまがい物を見せつけるとは〈何か背後に意図があるにきまっている）。一回ごとに、〈王(ロード)〉は自身の〈国(ステイト)〉を正当化していく。なのに彼を見いだせない、目にすることもできないわれわれは、死について相変わらずの無頓着ぶりだ…警告を受け取ることができず、まして飛来するものを撃ちおとすことなどできずに、空襲(ブリッツ)を知らなかった時間の中を生きているふりをするしかない。死に見舞われたら、それは「偶然(チャンス)」なのだと。そう考えるようにしているわけだ。偶然なんてものは、あるレベルまで突きつめれば消えるものであるのに。ところがロジャー・メキシコのような徒がいて、彼らにとって偶然は一種の音楽になっている。それなりの威厳もあるではないか、$Ne^{-m}\left(1+m+\frac{m^2}{2!}+\frac{m^3}{3!}+\cdots+\frac{m^{n-1}}{(n-1)!}\right)$ という冪(べき)級数には。各項の数字は、網目の一マスのロケットの落下数と相応する。ポアソン分布というのが成り立つのは、逃れえない厄災だけではない。騎兵隊の事故も、血球数のカウントも、放射能の減退も、年ごとの戦争の数をも支配しているのだと…

　ポインツマンは窓のそばに立っている。ぼんやり映しだされた顔を夕暮れの風に吹かれて飛ぶ雪が横切る。草丘の連なりの遥か向こうから、夕霧のように切れ切れの列車の汽笛。―・―・――と、それは雄鳥の鳴き声を発した後に、長いホイッスルを連ね、ふたたび雄鳥、それから線路際に火の手が上がり、ロケットの音、さらにロケットの音、落ちたのは森なのか谷なのか…

　なあ、どうだろう、ネッド…そろそろ〈本(ザ・ブック)〉の教えを放棄しては。なあに、ギブアップするだけさ、簡単だろ？　データも時代遅れだし、その洞察にしても、師匠(パヴロフ)一流の独特な詩的ひらめきの産物だ、所詮は紙だろ、本当に必要なのかね、呪いのかかったその〈本〉が…いまならまだ遅くはない。…そう、自説を取り下げる、深々と頭を下げる、そりゃまた法外な、誰の前にひれ伏すって？　誰が聞きたがる？　だが彼はすでに机に戻り〈本〉の上に手をかけていた…

「意気地なしめが、迷信深いアホめ」何も考えられず、ただ部屋をうろつくだけ…そんな症状がこのごろ頻繁である。みずからの墜落を思って、寒気が肌を這い上がる。パムも、イースタリングも、ドロモンドも、ランプライターも、スペクトロも逝ってしまった…ならどうしたらいい？　心霊研究班を訪ねてイヴェンターにお願いするのか、降霊会でそのうち誰かの声を届けてくれってか…悪くないじゃないか…よし…何をぐずぐずしているんだ。「おれは」ガラスに向かって微かにつぶやく、「そ」の音が歯を擦り、「プ」の破裂とともに息が、暖かくも陰鬱な息が、扇状に拡がって冷たい窓ガラスを曇らせる――「そんなにプライドが高いのか？」あの廊下は渡れんだろう、思いを漏らすこともできない、仲間の死をどれほど痛切に感じているのか、メキシコにさえ言えない…ドロモンドやイースタリングとはまともなつきあいもなかったが…アラン・ランプライターの死は心から悼んでいる。あいつは何でも賭けにしたから――犬のこと、雷のこと、路面電車の数、風の日の街角ではどのスカートがめくれるかに賭けた。飛行爆弾（V1）が飛んでくると、どこまで届くかに…なんてことだ、そのV1が自分の上に落ちてきてしまったよ。…パムのやつはよくピアノを弾いていた、派手にアレンジして酔っ払いのバリトン声で歌いだして…看護婦ともいろいろあったっけな…スペクトロ…頼めないことはないじゃないか。ものは言いようだ、ズバリでなくても…

そうすべき…べきだった。…自分の生涯は、しようと思ってしなかったことの連続ではないか――彼女と結婚すべきだった、彼女の父親の助言にしたがうべきだった、ハーレー・ストリート[*7]に住みつづけるべきだった、人にもっとやさしく、他人にもほほえみかけ、今日モーディ・チルクスに挨拶されたときも笑顔を返すべきだった…なぜできない？　口をニタッとさせるだけでいいのに、何が私にそれを禁じるのだ、いかなる抑制機構が、脳のモザイクより発するいかなる怒声が？　官給の眼鏡の奥の、琥珀色の目はそれなりに端正なのに…女たちは敬遠するのだ。なぜなのか、漠然とはわかっている。自分は薄気味わるいのだ。どんなときに薄気味わるいのかもわかっている――顔面のどの筋肉の、発汗をともなうどんな動きが…わかっていても無理なのだ、意識で抑えつけようとしても長くは続かない、いつのまにか顔面から薄気味わるさを発散している…それに対する彼女らの反応は予測通り。逃げ出すのだ。叫びながら。その叫びはまわりに聞こえない――だが私には聞こえる。ちくしょう、いつか、その喉から、絶頂の叫び声を上げさせてやりたい…

下腹部がもぞもぞ。今夜もまた自慰をして眠りにつくのか。快感などなきに等しいルーティン。彼の人生における定数。だが目の前が明るく開ける直前に、彼を絶頂に駆り立てるイメージの渦は、飾り小塔、ブルーの海水、帆船と教会の塔――これはストックホルムの街だ――黄色の電報用紙、式典に向かうリムジン、振り向いて車中の彼を見つめる長身の美しい女性、彼女は彼を知っていて、式典後、ちゃんと理由があってグランド・ホテル[*8]のスイートルームに訪ねてくる…といって、ルビー色の乳首と黒いレースのキャミニッカーで、ってわけじゃない。静まりかえった戸口、中の部屋の紙の匂い、いくつもの委員

7　173ページ註12参照。

8　ノーベル賞受賞者とその家族が滞在することで知られる北欧の最高級ホテル。

会でのサテライト投票、受賞者の椅子、そして〈賞〉そのもの…これに比肩する何がある！　あとで、**歳を重ねてみればわかることだと**彼らは言った。ほんと、その通りだ、心に取り憑いたこの思いは、戦時には毎年、平和時の十年分も成長する…

　彼には強運が備わっている。彼の大脳皮質の奥には動物的生存の才覚が埋めこまれている。ほかの優れた男たちが〈死〉へ連行されても生き残っていられる天与の才能が彼にはある。その才能が知っている、ドアはここだと。長年テカテカの研究人生の回廊をひとりでテセウス[*9]のように歩きながら思い描いていたドアは。正統派パヴロフ主義の思考の迷路を抜けでられれば、その向こうは、ストックホルムのまばゆい景色——ノルマルム[*10]、セーデルマルム[*11]、鹿公園、そして古市街区…

　ひとりずつ毟りとられていく。同僚の研究者のうち死者対生者の比率はどんどん頭でっかちになる。冬が来るたび幽霊が増え生者が減る…一人逝くたびポインツマンの大脳皮質のパターンが立ち消え、永遠の眠りにつくのが感じられる気がする——それまで自分の一部としてあったものが輪郭を失い、知性なき化学反応へと還っていくのが…

　ケヴィン・スペクトロはポインツマンのようにきっちりと〈内〉と〈外〉とを区別しなかった。スペクトロにとって大脳皮質とは、内にも外にも同時に帰属し両者を媒介する器官だった。「事実をあるがままにとらえればわかるだろう。人間はみなつながっている、どんなやつでも」とのたまわったこの男をポインツマンは自分にとってのピエール・ジャネだと思っていた…

　まもなく、〈本〉の弁証法的展開[*12]は、ポインツマン一人をこの世に残すだろう。彼を囲む黒いフィールドはイソトロピーへと落ちこみ、ゼロの地点に彼ひとりがたたずんで、最

9　ミノタウロスを倒す、ギリシャ神話の英雄。

10　ストックホルム中心街の商業区。

11　中心部南側の島をなすトレンディな地域。

12　向きによる差異が

ない状態。等方性。

後に自分が召されるのを待つ…それまでに間に合うだろうか。なんとしても生き残らなくては…〈賞〉は一人の栄誉のためならず——約束したのだ、かつて七人が構成したフィールド、その生き残れなかった友と約束したのだ…この部分はミディアム・ショット、ポインツマンは逆光を受けてグランド・ホテル上階の窓辺に立ち、北極近くの輝ける空に向けてウィスキーグラスをちょっと傾ける。**あんたがた全員に乾杯だ、あしたは全員舞台に上がる、たまたまネッド・ポインツマンが存命しただけの話だからな…いざストックホルムへ、**これがネッドのバナーの文句、彼の雄叫び、ストックホルムの後はおぼろだ、長い金色の黄昏にかすんでいる…

　いや、たしかに、かつてはミノタウロスが彼を待ち構えていると信じた。最奥の間へ駆けこんで、きらめく剣を振りかざし、特攻隊員の叫び声をあげながら、積年の思いを果たすことを夢みた。人生の、後にも先にも一回きりの、真に燃える瞬間。怪物の顔がこちらに向けられる。古代の、疲れた顔が。その眼はポインツマンを人間として見ていない。ただ長年のお定まりの角の一突きと蹄の一蹴りで始末しようと（だが今度はそうはいかん、闘いだぞ、ミノタウロスよ、オマエのけだものの血を吹きやがれ。腹の底からわき出る勇猛さ、荒々しさに自分が感激している）。…これが夢だった。朝一番のコーヒーと平たいベージュのベンゼドリンを一粒飲んだ後で、その夢は形を変えた。構造自体は同じであっても、セッティングも登場する顔ぶれも変わった。たとえば、夜明けの大きなトラック駐車場。舗道は新しく水を撒かれ、ところどころ茶色い油の染みができ、オリーヴ色の幌のかかったトラックはそれぞれが秘密を持って待機している…しかし彼は知っている、このうちの一台の中にいることを…とうとうその一台の、声にできない認識コードを探り当て、荷台の後ろの幌の下から潜りこみ、埃だらけの茶色い光の中で待っていると、やがて運転台との仕切りの、横長の曇った窓から頭が見え、ある顔が、彼の知っている顔が、こちらを向きはじめる・・・だがそれが、振り向く顔と目が合うことが、夢の基底構造なのだ・・・大股で犬が歩く、名前はライヒスジーガー・フォン・タナツ・アルプドリュッケン。[*13]ナチの犬の中で最速の逃げ足を誇る、一九四一年のヴァイマル種ポインターのチャンピオン。４１６８３２という血統登録証のナンバーを耳の内側に刺青して。ロンドン化したドイツの町を駆けていく犬は肝灰色（レバーグレイ）。夕闇迫る運河沿い、戦争の瓦礫が散らばる中を、ゆったりとした長足で逃げていく。次々と爆裂するロケット。その直撃を免れながらの追跡は終わらない——銃弾の掻き傷を刻んだプレート、生贄にされる都市の地図、ヒトとイヌの脳の地図、犬の革製耳覆いがふわりふわり揺れる。頭の上部に冬の雲を反射させながら、シェルターへ、地下数マイルの深みへ、鋼鉄に囲まれた避難所へ。だがバルカンの陰謀のオペラの、不規則な周期でブルーの不協和音群に取りこまれる、密封された安全の中へは、完全に逃げこむことはできない。なぜなら第三帝国のチャンピオン犬は悠然と追っ手を引っぱる走りを止めないから、止めることができずに、こうして文字通りの追跡に戻ってしまうから。追っ手としても、熱病のように繰りかえされるロンドの舞いに戻るしかない。世界の終わり（アルマゲドン）の報せが届いた午後も日暮れて、ここはどこか丘陵地帯の土手道、ブーゲンビリアの赤い花が咲いている、埃の立ち上る金色の道の遠景にはいま通ってきた街、蜘蛛のようなその街から幾筋もの煙の柱。空をわたる声が告げる。南米は灰燼と化した、ニューヨーク上空は圧倒的支配力をもつ新型爆弾で赤紫に輝いている。そのときついに、犬がこちらを向いた。その琥珀色の眼がネッド・ポインツマンの眼を覗きこむ・・・

13 この犬の名には後出の主要キャラクター（ミクロス・タナツ）の名と、彼の妻が主演した映画名「アルプドリュッケン（夢魔）」が埋めこまれている。訳せば「死と夜の恐怖の帝国のチャンピオン」。

どの夢でも、相手が何であっても振り向かれると彼の心臓と血流は刺激され、高揚した心が白燐弾の引き金で燃え上がり、テルミット[14]を溶かしながら膨張を始める。光を押さえこめない。部屋の壁が血の輝きに染まり、それがオレンジからホワイトへ変化して滑落する。蠟のように流れ出す。迷宮の同心円状の隔壁が外側へ崩れていき、英雄も恐獣も設計者もアリアドネーも呑みこんだ。すべては彼自身に発する光、狂乱の自己爆発…

何年前だったろう。もう記憶からも薄れてしまった夢だ。以後、最後に待つ獣との間にいろいろなことが割りこんで、みずからの死を思慕するという小さな倒錯すらポインツマンに許そうとはしなかった…

だがそこにスロースロップが出現した。突然の天使か、熱力学上の驚異か、それはともかく…これで状況が変わるのか？　ポインツマンはいよいよミノタウロスに向かって進んでいくのか？

スロースロップは今ごろリヴィエラに到着し、暖かい空気と、食べ物と、たっぷりのセックスを楽しんでいることだろう[15]。ここ晩冬のイギリスでは用なしになった犬たちがなおも裏通りや厩の並びをうろつき、ごみ箱を漁り、雪の絨毯に足をとられ、喧嘩し、逃走し、プルシアンブルーの水たまりで震えている…ソレを逃れることはできないのか。臭いもない、姿も見せない。だが到来の雄叫びはものすごい。その猛獣（プレデター）の前で犬たちは弱々しい鳴き声とともに雪に沈みゴロリと寝返って柔らかな無防備の腹部をさらすしかない…

ポインツマンは犬たちを見捨て、まだ試されていないひとりの男に研究テーマを鞍替えしたのか？　いや彼にしても、おのれの計画の正当性に、少なくとも疑念は抱いている。道義的に「正しい」かどうか、これは部局担当の牧師ドゥ・ラ・ニュイに任せておけばい

14　白燐弾に使われる混合粉末。金属アルミと酸化第二鉄からなる。

15　ポインツマンが仕組んだこの〝実験〟は、第二部で詳しく語られる。

いことだ。しかし…犬たちは？　犬の心なら、自分は知っている。犬の意識の箱にかかった錠前を自分は巧みに外したのだ。もはや犬に秘密はない。狂気に追いやるのも、適量のブロム剤によって正気に戻すのも意のままだ。しかし、スロースロップは…

　パヴロフ主義者ポインツマンは迷う。自分の専門のことで迷い、落ち着きを失い、うち寄せる年齢の波を感じる。眠らなくてはいけないのだが、眠れない。これは単なる条件反射ではないぞ、そんな大昔のことで、こんなことが起こるはずがないという反応を、彼は長年の医学研究の中で条件づけられている。これには奥がある。深いわけが。スペクトロがやられたその二日前に、スロースロップのやつ（おっと、おっさん、被迫害感情(サンティマン・ダンプリーズ)に走ったらいけませんぜ）、ここ聖ヴェロニカ病院からほんの数ブロックのところでダーリーン嬢とお愉しみだったではないか。

　あることが次々と、こんなにも恐ろしい規則性を備えて起こった――といって、もちろんそれだけで因果関係を推断するものではない。だが事態の理解の助けとなるメカニズムを探すのは当然だろう。手探りしながら、ささいな実験をやってみるのだ。…スペクトロに報いるなら、それだけはやらないといかん。あいつは、あのアメリカ人は、法的な意味では殺人者でないとしても、病んでいることに間違いはないのだ。その病因を探ることだ。治療法を見つけだす。

　この企画には誘惑の危険がある。それは承知の上だ。シンメトリー…こいつに魅せられて、つい庭園の迷路を先へ先へと進んでしまったことが以前にもあった。実験結果を見て…一つのメカニズムがその鏡像的イメージを内包しているに違いないと考えてしまったのだ――たとえば〝放散〟*16とか、〝逆誘発〟*17とか…そのような過程が存在する必然性

16
「放散」はパヴロフ

を誰も語ってはいないではないか。だがこの対称性の思考から逃げ切るのはむずかしい。〈外〉に目を向ければ、V1とV2の音が対称的だ。独軍空襲(ブリッツ)を構成するふたつの兵器の音は、まるで互いの映し身のよう。∴パヴロフは〈内〉なる鏡像イメージ——互いに正対しあう観念——が、どのようにして混乱をきたすかを示した。だがいま〈外〉にいかなる病理が生じたのか。出来事の世界——歴史そのもの——に生じたいかなる病変が、これほどの対称的に逆転した一対のロボット兵器をこの世に送りだしたのか？

示現(サイン)と症候。スペクトロの言っていたことは正しかったのか？〈内〉も〈外〉も、どちらも同じフィールドの部分だということがありえるのか？　もしも公平のために、公平を期すだけのためにも、ポインツマンが答えを求めるべき領域が、内と外の界面(インターフェイス)だったとしても∴調べるべき大脳皮質はスロースロップ中尉のそれをおいてほかにあるまい。あの男も苦痛は被るだろう——ある種の臨床的な意味で破壊されるかもしれない——だが、それを言えば、あいつの名の下に今夜もどれだけの人間が苦しんでいる？　いいか、毎日毎日英国政庁(ホワイトホール)は、たいへんな決断を通して、大きな賭けを背負いこんでいるんだ、それに比べれば当人の苦痛などほとんど取るに足らんと言っていい——ほとんど。そこには何か透明で素早くて把握の手をすり抜けてしまうものがある——心霊セクションはそれをエクトプラズムと呼ぶのだろう——しかしうってつけのタイミングで恰好の実験材料を手中にしたという確かな感触がポインツマンにはある。しっかり握りしめろ、さもないと、この敷石の廊下とともに自分の研究人生も解体されることになる。だが可能性にはオープンでなくてはならない——心霊研究の連中が正しいという可能性に対してすらも。「われわれはみなそれぞれ正しいのかもしれない」と、今夜の日記に書きつける、「これまで考えて

の用語で、英語では irradiation。大脳皮質の特定の点に生じた興奮や抑制の過程が、近隣の領域へ必然的に拡がり、その後また限られた領域に「集中」すること。

17 英語で reciprocal induction。条件づけによって生じた興奮の地点が、その後、抑制の過程を誘発したり、抑制の地点が興奮の過程を誘発すること。

きたことのすべてが、それ以上のことが。見いだされる事実がどうであろうと、あの男が、生理学的にも、歴史的にも、怪物であるということに疑問の余地はない。**制御の手を放してはならん！**　戦争終結によって、やつが一般社会に紛れてしまうと思うと、我が脳は消しさることのできない深い恐怖で満たされるのだ……」

□□□□□□

天の使いの訪れと彼らの声明（コミュニケ）で明け暮れる今日このごろ、キャロル・イヴェンターとしては、自分の怪異（フリーク）な才能に虐待されている思いである。この特殊能力を、ノラ・ドズスン＝トラックは一度「あなたの立派な弱さ」と呼んだ。その「弱さ」が最初に発現したのは人生もだいぶ進んで三十五歳になってのこと。その朝彼はテムズ河沿いにエンバンクメントを歩いていた。片側に二本のパステルを揮って鮭肉色（サーモン）や子鹿色（フォーン）の陰影を表現している街頭画家。もう片側に二十人ほどのボロを着たヒョロリと哀しい通行人が鉄の欄干や河の煙と交錯する。その瞬間誰かが突然イヴェンターの口を借りてしゃべりだしたのだ。とても静かな声で、一緒にいたノラには何をいっているのかほとんどがキャッチできず、誰が憑依して彼を使っているのかもわからなかった——まだその時は。語りの一部はドイツ語で、単語はいくつか記憶できたから、午後にサリー[*1]で夫[*2]に会うとき聞いてみようと思ったのだが約束に遅れてしまった。男と女と犬と煙突の影が広大な芝生の上に黒々と伸びる日没時、ノラの手に握られた、夕陽の眩しさでほとんど見えない黄土色（オーカー）の小片が、垂れかかる彼女のヴェールの先に扇形を描く——その朝、街頭画家の木箱からつかみ取ったパステルだ。

1　ロンドンの南西に隣接した州。

2　第二部に登場する博識のサー・スティーヴン・ドズスン＝トラック。

つかんで彼女はくるり体を翻し、片方の靴の爪先とパステルの二点だけで接地して、柔らかなパステルの先をボロボロ崩しながら路面を擦って、路上に大きな一筆書きのペンタクル*3を描いたのだった——薄紫（ヘリオトロープ）と海緑色（シーグリーン）の二色で描かれたむっつり顔のロイド・ジョージ*4のすぐ隣、上流の側に。そしてイヴェンターの手を取って中心の星形の中に立たせると、頭上に鳴き回るカモメが白いディアデム*5をつくる下、ノラは本能的に、母的（マザリー）に、一緒に五角形の中へ入った。愛する相手には誰であれそうせずにはいられない、このペンタクルも遊び半分で描いたのではない、警戒はいくらしても足らない、まわりからいつも魔（イーヴル）の手が

・・・

あのときからすでにイヴェンターはノラが退きはじめていたのを感じていたのか・・・そのために〈壁〉のアチラ側から支配霊（コントロール）*6を呼びだして縋（すが）ろうとしたのか？ 彼のノラは覚醒視覚の深みへ退いて、日常の視界が夕闇を縁どる光のようになる、その危険な十分間ほどは為すすべもない。眼鏡をかけランプを灯しても、西側の窓辺にすわってみても効果はなくて光は遠ざかるばかり。今度こそ永遠の闇へ連れさられてしまうのではと思う・・・降伏する術を会得するにはいい機会だが——光のように、ある種の音楽のように、すーっと自分を消していくこと。イヴェンターの才能とは、この降伏する能力に尽きる。あとから思いだそうとしても何ひとつ出てこない。ごく稀に、漠とした感覚が——言葉ではなく、自分が言ったに違いない言葉のまわりに意味の光輪（ハロー）のようなものが——残っている。しかしそこにどんな「意味」があったのかは憶えていない。あとに残った感覚も夢の残滓と同じで、保持することもできないまま消えてしまう。〝ホワイト・ヴィジテーション〟に来てからは、ロッロ・グローストに何度も脳波測定にかけられた。結果はおお

3 一筆書きの星形に円が外接する図形。星形の中心の五角形の中に入れば、呼び出してしまった霊から身を守ることができる。

4 第一次大戦中と戦後に首相を務めたデヴィッド・ロイド・ジョージはこのとき八十一歳。現職議員としてチャーチルの路線に反対してきたがすでに健康優れず、翌年三月に死去。

5 東方の王が頭に巻く帯状の飾り。

6 65ページで、ペーター・ザクサが彼の支配霊になっていた。その経緯が語られている。

むね正常な大人の脳波だったが、一度か二度、側頭葉から五〇ミリボルトほどの電圧の棘波(スパイク)波形が飛び出ていた。左脳からかと思うと今度は右脳という具合で、何のパターンも作らない――だからイヴェンターの脳に関しては、もう何年も火星の運河論争みたいな議論が戦わされている。アーロン・スロースターが緩慢なデルタ波の波形が前頭葉の左から出てくるのを見たと言って脳腫瘍の疑いを指摘したのに対し、昨夏エドウィン・トリークルが「てんかんの小発作(プチマル)を示す棘波(スパイク)とデルタ波*7が交互に出現、そのサイクルは奇妙にも、通常のデルタ波の毎秒三回という値よりだいぶ遅い」と。ただしその前夜、トリークルはアラン・ランプライターをはじめとするギャンブル仲間と連れだってロンドンで一晩中遊んでいた。それから一週間たらずで、飛行爆弾(V1)がランプライターを彼方(アチラ)へ連れていった。だからランプライターは、その気ならアチラからイヴェンターに取り憑いて、イヴェンターこそまさしく霊界と地上を繋ぐインターフェイスだと証明できてしまうわけだ。みずからその説に5対2のオッズで賭けていたランプライターの霊は、しかし平静を保っている。柔らかいアセテートやメタルの盤*8にも彼がしゃべった形跡はなく、タイプライターで書きとられた言葉もすべて正体のわかっている一ダースほどの常連だけによるものだ……

彼らはみな、異なる時期にやってきた。中にははるばるブリストルの研究所から来た者もいる。だがここ心霊(サイ)セクションのフリークたちの異様さにはひと目で唖然とし、観察してからは断固として不信の念を募らせている。たとえば名うてのサイコメトリスト*9として知られるロナルド・チェリコーク。この男は目を軽くパチパチさせ、両手は一インチ離して包み紙でくるんだ箱を包みこむようにしている。箱の中は、暗いえび茶の首巻(クラバット)、シェーファーの壊れた万年筆、変色した白金の鼻眼鏡――みな大戦初期の遺留品だ。この持ち主

7 リラックスした状態で出るアルファ波、活発な活動期に出るベータ波に対し、障害を持つ部位が時に発する、非常に緩慢なサイクルの脳波。てんかん（epilepsy）は、ヨーロッパでは昔から「天界からの憑依」だと考えられていた。

8 レコード制作は、まず柔らかいアセテート素材の盤をカットして凹盤をつくり、それを元にメタルの凸盤をつくって、これにプレスをする手順をとる。

9 物体から、その履歴を、特にそこに染みついた人間の思念を読みとる霊能者。

はロンドンの北のはずれに駐屯していた聖ブレーズ空軍大佐。〈殲滅請負人（バッシャー）〉の異名をとった名飛行士である。見たところ（やや肥満体ながら）ふつうの若者と変わらないチェリコークが、中部イングランド訛りの、旋盤がうなるみたいな発声で空軍大佐の私的な身上書を物語っていく。このごろ抜け毛が多くてな、と愚痴で始まったその語りは、ドナルド・ダックの漫画映画への偏愛の告白を経て、リューベック空襲[*10]のさ中に起きた一件にふれた。これを知るのは大佐と（すでに彼方の住人となった）ウィングマン[*11]のふたりだけであって、報告はしない約束だった。しなくても国家の保全が侵されるものでもなかろうと考えた。その秘密を今に至って抜き取られてしまった聖ブレーズはポカンと口を半開きにして、おいおい、たしかにそれは俺のことだ、と苦笑いしてみずから確認してしまう。まったくの話チェリコークはどうやって情報を引きだすことができるのか？　いや、不思議なのは、ほかの異能者たちも同じだ。マーガレット・クォータートーンは何マイルも離れたところから、しゃべることも装置にふれることもせず、どうやって音盤やワイアレコーダー[*12]の中に声を生みだすのか？　ここに集まり始めた「しゃべり手」たちはいったい誰で、ここの牧師にして自動筆記者（オートマティスト）[*13]のポール・ドゥ・ラ・ニュイがもう何週間も書きつづけている五ケタの数字の暗号はどこから来るのか？　不吉な報せの気配がただようだけで、ロンドンに送っても誰ひとり解読できない。エドウィン・トリークルの最近の飛翔の夢は何を意味しているのか？――中でもノラ・ドズスン＝トラックの墜落の夢との時間的相関から見えてくるのは？　いったい何が彼らの間に群れているのか？　それぞれの怪異（フリーク）な方法では示すことはできても、直接的に言葉では語れないし、部局全体として共通語（リンガ・フランカ）もない。エーテル界の乱流。カルマの凪における不確定要因。ともあれ私たちが「死者」と呼ぶ、

10　一九四二年三月二十九日（棕櫚の主日）未明に起きた英空軍による、軍事的に重要でもなかった北ドイツの都市への爆撃。V兵器による報復のもととなった。いまPISCESの「サイ・セクション」では、チェリコークが、大佐の遺留品に手をかざして当日の出来事を読んでいる。

11　リーダーの戦闘機の脇および後方を固めるパイロット。

12　テープレコーダーに先立って実用化された、鋼やステンレスのワイアを用いる音声磁気記録装

界面（インターフェイス）の向こう側の住人は、近ごろとみに不安げでハッキリ物を言ってくれない。キャロル・イヴェンター自身の支配霊（コントロール）であるペーター・ザクサも、普段はクールな皮肉屋で、あの朝のテムズ河畔の降霊以来、伝えることがあると気さくに降りてきてくれたのに、その彼までも何か気を揉んでいる雰囲気だ……

ここ〝白のおとずれ（ホワイト・ヴィジテーション）〟には、このごろ新種の異能者がどんどん集まる。BBCが何かしらエーテルの周波数で〝X番目のプログラム〟を流していて、[14]それを聞いてやってくるのだろうか。夜も昼も、時間を問わず集まってくる。閉じた口、凝視する眼、しかるべく応対してもらって当然という顔。黒い金属機器やガラスのジンジャーブレッドを手に持ち、蠟人形のような忘我の表情。と思うと質問の引き金が引かれたとたん、自分の特殊でめちゃくちゃな才能について、毎分二百語のスピードでしゃべりだす。まさに襲撃だ。たとえばこのギャヴィン・トレフォイルという青年をどう理解したらいいのだろう。彼の能力にはまだ名前がない（ロッロ・グローストは「オートクロマティズム」[15]というのを提唱しているが）。ギャヴィンは、ここでは最年少の十七歳で、アミノ酸の一種であるチロシンを自由意志で化学分解することができる。これによって、人の肌色の加減を司る黒褐色の色素メラニンが生成されるのだが、彼は——おそらく血液中のフェニルアラニン値を変化調節することで——チロシンの分解を抑えることもできて[16]——彼の皮膚の色は、ほとんど幽霊みたいな「ホワイト」から濃紫色の気味を帯びた「ブラック」までなだらかなスペクトルを自由に移行することができるのだ。集中さえしていられれば、好きな肌色のレベルに数週間は留まっていられる。しかしたいてい気をとられたり忘れたりで、休息状態の自分、すなわち赤毛とソバカスの白肌少年に戻っていってしまう。この〝才能〟は、〈黒の軍団（シュヴァルツコマンド）〉

置。

13 意識を伴わずに文章や絵画作品などを生みだしたり、自分の知らない外国語をしゃべり出す異能者。

14 BBCラジオは戦時中、兵士の娯楽向けに九つの番組を、戦用周波数帯から流していた。

15 「自動染色症」などと訳すことができる。

16 フェニルアラニンはチロシンに変化する酵素。チロシンは皮膚細胞の基底部のメラノサイトでメラニンが生成されるときの元になる物質（アミノ酸の一種）。

を撮影中のゲルハルト・フォン・ゲール監督にとってありがたいことこの上なかった。ギャヴィンを「可変反射板」として使えば、メークや照明の調整にかかっていた幾時間もが節約される。どうしてそんなことが可能なのか、最良の説明はロッロの理論だが、それも雲をつかむような話である——皮膚にあってメラニンを形成する細胞「メラノサイト」は、胚成長の初期にあっては中枢神経系(CNS)の一部をなしていたが、胚が成長し組織が分化するにつれて神経細胞の一部はCNSから分断され、それが皮膚へ移行してメラノサイトとなる。したがってそれはツリー構造、つまり神経細胞の図に見られる軸索と樹状突起による分枝の構造を保持しており、ここを電気信号に代わって皮膚の色素が通っていく。ここでロッロ・グローストは考えた。メラノサイトの細胞の中に発生の遠い記憶が残っていて、これがレトロ-コロニアル[*17]に働いているのではないか。つまり未知のリンクを通って、おそらくトレフォイル本人も意識しないまま、脳内メトロポリスからの指令を受けているという可能性はないだろうかと。「太古から続く秘密の陰謀です」——ロッロは自説をこんな話にまとめ上げて、故郷ランカシャーに住む兄に書き送る（幼いころ「緑の歯のジェニー」[*18]の話でさんざ怖がらせた兄への、念の入った復讐である）。「われわれの認識など到底及ばないレベルで展開されているドラマの一部。人間の身体を調べても、謎のドラマのかすかな暗示しか見ることができない。われわれに測定可能な身体などは、劇場近くの路上に丸めて捨ててあるプログラムのようなものでしょう。その壮麗な石造りの劇場には入れない。ドラマを綴る複雑怪奇な言語がわれわれをその偉大な舞台に寄せつけないのです。タイロン・ガスリー演出の暗黒演劇[*19]さえ足元にも及ばない暗黒のシアター。・・・金のメッキ、鏡、赤いビロード、何重にも積み上がったボックス席、そのすべてを包む影、舞台にはわれわ

17 ここではCNS—メラノサイトの関係が、白人支配者—有色人種との類比によって語られる。「レトロ-コロニアル」とは、植民地の独立以後も、過去に退行して中央（宗主国／シティ）の支配や指示を受ける状況。

18 主にランカシャーの子供たちの間で継承された沼の精霊または小悪霊。体に藻や水草を生や

れのあずかり知らない深遠な幾何学による深い深い奥行きがあって、たくさんの声が、人知を超えた秘密をしゃべっているんです[20]…」

――CNSからくる情報は、すべてここにファイルしておくのよ。そのうち退屈でやりきれなくなるわよ。こんなもの、だいたいが役に立たないんだから。それでいて、たまにひょっこり指令がくるのよね。真夜中でも、最悪の紫外線砲撃のさ中でも、おかまいなし。そんなこと、アチラさんの知ったことじゃないんでしょ。

――あのう、外出は、ちょくちょくあるんですか…その、〈外界レベル〉まで？（長いポーズ。相手の顔を直視する先輩作業員、最初は面白いことを言うわねという顔をしていたが、しだいに憐れみと懸念の表情に変わっていく――若い方が言葉をつぐ）あ、ごめんなさい。いけないことを言っちゃったかな――

――（だしぬけに）どうせ伝えなくちゃいけないことだし、これも申し渡し事項のひとつだから。

――伝えるって何を？

――あたしもむかし言われたの。世代から世代へ伝えていかなくちゃいけないんです。（何か逃げ口上を探すが見つからないといったようす。彼女自身、まだこの伝達の仕事に慣れていないようすが伝わってくる。品位を保って、努めて静かにしゃべろうとするが、「やさしく」とはいかないようだ）。わたしたちはみんな〈外界レベル〉へ行くんです。いますぐ行ってしまう人もいれば、まだしばらくお呼びのかからない人もいるけど、遅かれ早かれ、この世界の者はみんな必ず〈表皮〉へと行きつくことになるのよ。例外なしに。

――必ず…

した姿で水面下に潜んでいて、子供が近づくと沼に引き入れる。

19 ロンドンのオールド・ヴィック・シアターで演じられていた暗黒のステージを特徴とするシェイクスピア悲劇。

20 次のドラマは、若いメラノサイトと先輩の会話。ここではCNS（中枢神経系＝精神界）から落とされて外皮になり剥離していく細胞の一生が、宗教的な意味での破滅の過程と重なり合っている。

——そうです。

——でも、あの…ぼくは〈外界〉ってところがただの「層（レベル）」だと聞いたもんで、訪ねていけるところかと思ってたんだけど…そうじゃないのか。

——不思議な異世界が〈外〉にあると思ってたのね、うん、あたしもそうだったわ——見たこともない造形、きらめく〈外の光輝〉[21]、一度でいいから見てみたいって。でもね、そこは元はといえばぜんぶ私たちなの。この身に生まれたからには、いずれはインターフェイスとなって角化する、完全に無感覚、音ひとつしない。

——オー・ゴッド！（しばしポーズ、いわれた事態をなんとか飲み込もうとするが——パニックを起こして拒絶する）うそだ——そんなことがあるはずない——あなたは想い出（メモリー）を感じることがないんですか。後ろ髪を引かれるような故郷への思いが…ぼくたちは国をあとにしてきた亡命者なんです。帰るべきホームがある！（相手は沈黙したまま）回れ右だ！　インターフェイスへ上るのやめ！　CNSへ戻ろう！

——（おだやかに）そう考える人、多かったわ。堕ちた閃光（スパーク）、〈創造〉で破壊された容器（ヴェッセル）[22]の破片、いつか終末の前に家（ホーム）に召される時が来るとか、最後の最後に王国の使者が現れるとか。でもね、いいこと、そんなメッセージはこないの、召還されるホームもない——あるのはただ無数の最後の瞬間だけ…最後の瞬間（ラスト・モーメンツ）の積み重なりが私たちの歴史なのよ。

彼女[23]が横切る。複雑で濃密なその部屋にはしなやかな獣皮、レモンで磨いたチーク材、うなるように立ちのぼる香の煙、きらめく光学器械、金と紅の色の褪せた中央アジアの絨毯、吊り下げられた錬鉄の肋（あばら）。そのとても長い舞台の上を手前に進む、オレンジを一房一

21　原文は、the Outer Radiance。

22　ユダヤ教神秘主義で、身体的存在は、本来的に聖なる光を運ぶためのヴェッセル（容器）なのだが、これが破壊される瞬間が訪れ、その後、あらゆる存在は損傷だらけの世界をさまよい、完全だった過去へ向けて贖われなくてはならない。ちなみに最悪の損傷を受けた容器が「クリフォト」（338ページなど）である（『GRC』）。

23　ノラ・ドズスン＝トラック。カッチェが戦場での諜報において男たちを操るのと似たはたら

房酸っぱそうに食べながら。流麗なファイユ地のガウンの、思いきり広く仕立てた肩幅の両端から下がる複雑な仕立ての袖は、長いボタンの列が閉じる袖口に向かってギャザーをなして絞りこまれる。その全体が名状しがたい土（アース）のトーン——生け垣の緑と粘土の茶色に、酸化（サビ）の気配とわずかばかりの秋の息吹だ。フィロデンドロンの茎と多指の葉をつかんだまま最後のひと伸びをして消えていく太陽光線、差しこむ街灯の光が葉の間を抜けて靴の甲に落ち、その彫金のバックルを黄色い静寂で染め、パテントシューズの側面と高いヒールに光の縞を走らせる。完璧に磨かれた彼女の靴に柔らかな蜜柑色の光が当たるところはまるで無色に見え、ふれようとする光をスルリ拒むところはまるでマゾヒストのキスのよう。踏みしめられた絨毯の毛が天井に向かって緊張をほぐし、ウールの毛並から靴とヒールの跡形が消えていくさまがありありと見える。ロケットの爆音が一度、ロンドン市街を横切って、遠く東方から届いた。東南東の方向だ。靴面の光が、昼下がりの車流（トラフィック）のように流れて停まる。彼女の足も。何か思いだしたのだ——震える軍服のフロックコート、絹の衣に密に織りこまれた何千本もの横糸の揺れ、無防備なふたりの背中にゆらゆらと這う光。ジャコウやビャクダンの香り、革とこぼれたウィスキーの匂いが、部屋に濃厚に立ちこめている。

[*24]彼はトランス状態にあるのか、無反応だ。彼女の美しさが自分を包もうと離れていこうと、それは相手の望むまま。自分はおとなしく受身であって、沈黙を充たす、それ以上ではありえない。この部屋の行動半径はすべてノラが支配する。いま踵を返して回転した。その円と接線をなして、乾いた音とともに濡れたセロファンの光が、ノラが後退する瞬間にこちらへ差しこむ。もうほとんど十年になるのか、彼女を愛して。信じがたいことだ。

きを、ノラは霊界との通信においてなしているのか。

24 キャロル・イヴェンター。

「立派な弱さ」を見ぬくプロである彼女を動かしているのは愛欲ではなく、淡い期待ですらない、それは虚空(ヴァキューム)。すべての人間的希望が拭い去られた虚空。彼女は恐怖を催させる。誰だったか、彼女をエロティック・ニヒリストと呼んだ者がいた…チェリコークも、ポール・ドゥ・ラ・ニュイさえも、きっと若いトレフォイルもだろう、マーガレット・クォータートーンもだという噂もある、みんなこうやって〈ゼロ〉のイデオロギーに使われて…結果的にノラの大いなる拒絶の威厳を高めている。というのも…仮に彼女が自分を愛していたとしたらどうか。彼女が過去に発した言葉のすべてに、過去十年一緒にいた部屋と交わした会話に何かしらの意味があり…自分を愛しているにもかかわらずなおかつ自分を拒絶するのなら——自分の特異な才を5対2のオッズですら信じてくれず、自分の全細胞に行き渡っているものを否定するなら…それは…

仮に彼女が自分を愛していたとしたら。彼はあまりに受け身であって、チェリコーク[25]のように探りを入れる度胸がない。…もちろんチェリコークは変人だ。すぐに笑いこける。ただ笑うのではなく、自分に見えているものが他人にも見えていると思い込んで、そのおかしさを笑っているのだ。みんなして深刻なニュース映画を見ている、乳白色の映写光が、パイプ、両切り葉巻、アブデュラやウッドバイン[26]から立ち上る煙によって深みを増す、その雲の縁に軍人と連れの女性の照らされた横顔がある。ギャリソン・キャップの凜々しいクレープがキリッと尖って画面の暗がりに刺さっていきそう、絹の光沢で丸く包んだ足先は内向きに曲げて前列の椅子の間の隙間に置かれ、ビロードの縁なし帽(ターバン)の鋭利な影の下には羽根のような睫毛が伸びる——今宵また息を潜めて欲情する男女の間に、チェリコークの笑いが炸裂し、誰とも共有できない寂しさにひび割れ、逆にけたたましくなり、その割

25 『メイスン&ディクスン』には、この男の祖先であるウィックス・チェリコーク牧師が語り手として登場する。

26 どちらも代表的な英国の両切りシガレットの銘柄。

れ目からゴムの樹液をにじませる、まるで不安定な合成樹脂でできたマック[*27]のような笑い。……ノラのいわゆる「立派な弱虫さん」たちの中で唯ひとり敢然と彼女の虚空に入っていけるのがチェリコークだ。ハートを探し、その拍動リズムをみずから呼び出そうとする。ハートレスなノラもきっとドギマギだろう。跪いたチェリコークが彼女の衣（シルク）をうごめかせる。掌の間に彼女のどんな過去が渦巻き流れるのか――ライム、アクアマリン、ラベンダー、さまざまな色のスカーフにまつわる渦流。ピンとブローチ、トリスケリオン[*28]をかたどる金の台座に埋めこんだオパールの蠍（さそり）（蠍は彼女の誕生宮だ）、靴の留め金具、壊れた真珠張りの扇と劇場のプログラム、黒く長い（節約が必要なかった時代の）ストッキング――どれもみな霊気の渦となる……ひざまずいた慣れない恰好で、両の手が行きつ戻りつ、物たちの流れの中に今にも失われてしまいそうな頼りない分子の軌跡を感じ、彼女の過去を探りだす。すると、それを彼女が否認する、それが彼女の悦楽。だから事実を言い当てられても（かすめる言葉も、ど真ん中を射ぬく言葉も）シラをきって切りぬける、まるで上流社会の風俗劇のように……

チェリコークは危険なゲームを敢行している。自分を焼き切ってしまいそうなほど多量の情報が指を伝わって入りこんでくる……ノラは彼を圧倒しようと、過去の物語とその苦痛とを全開にしてきたようだ。そのエッジは、いつも砥石で研ぎたての刃のように鋭利であって、彼の望みを、ふたりのあらゆる望みに切りかかる。ノラに対しては敬服している。彼女のしぐさに「女の芝居っ気」などない。実際彼女は、その顔を〈外の光輝〉に向けたのだ。一度だけのことではない。そこに無を見いだすたびに、自分の内にゼロを抱えこんできた。それは彼女の中で勇気となった――悪く言うなら、自己誘導したとも取れるが、

27 ゴム引きの防水外套、マッキントッシュの略称。

28 三つ巴、または三つ脚のパターン。ノラの衣服に見られる「土」「金」「錆」のイメージや、ここで描かれる装身具も、冒頭のパラグラフに出てきたペンタクルやディアデムと同様、古代的なイメージがある。

そういう部分は限りなく少ない。果敢さを賞賛すべきだ。ただ、彼女のガラスの荒涼――怒りの日[*29]へではなく最終的(ファイナル)な冷淡さへと訴える点――は許容できない。…チェリコークが自分に関する真実として知っていることを彼女が許容しないのと、それは同じか。だが自分は、発散してくるもの、印象を刻むものはそのまま受け入れている…石の内なる叫びだって…一枚の古シャツの肩貼(ヨーク)に接吻のあとが不可視のステッチとなって縫いこまれているのも感じるし…裏切って秘密を漏らした罪悪感が咽頭癌に病変して、それがぼろぼろのイタリア製手袋の指の間から日光のようなチャイムを鳴らしているのも感じられる…「殲滅請負人(バッシャー)」聖ブレーズの見た天使もだ。指定の場所を何マイルも超えてあの棕櫚(パーム)の主日(サンデー)[*30]、リューベック上空に立ちあがった。天使の足下には毒々しい緑青色のドーム、爆撃機が機体を傾け降下するたびに、千のトンガリ屋根から舞い上がっては舞い落ちる赤煉瓦。それらが執拗に空中を交差しつづける流れ。もうもうと立ち上る火煙がバルト海を遮蔽する。ここに天使がいた。翼の後端から氷の結晶が音を立てて飛び去り、徐々に開いて新たな白い深淵をつくるところに。…沈黙していた無線機が三十秒だけ割れるような音で鳴った。交信内容――

聖ブレーズ　：フリークショー・ツー、あれを見たか、どうぞ。

ウィングマン：こちらフリークショー・ツー――見ました。

聖ブレーズ　：よし。

任務に同行した他の者が、無線通信を行った形跡はない。爆撃の後、聖ブレーズは基地に戻った攻撃隊員の装置を点検したが異常はなかった。鉱石検波器はすべて設定された周波数にあり、電源の供給にもまったく欠けるところはなかった――だが、飛行中に起こっ

29 最後の審判における裁きの日。

30 復活祭の直前の日曜日。282ページ註**12**参照。

31 オランダ系アメリ

た異様な「顕現（ヴィジテーション）」を覚えていた者たちもいた。ほんの短い間だったが、ヘッドフォンの中の騒音がピタリと止んだと。高音の歌声を聞いた者もいたかもしれない。ドックヤードに停泊する冬の艦隊の帆（マスト）や横静策（シュラウド）やベッドスプリングやパラボラアンテナの間を吹き抜ける風が歌うかのような・・・しかしそれを目撃したのはバッシャーとお供のパイロットの二名だけだった。リューベックの街全体が何リーグにもわたって燃えさかる中に顔があり、眼があった。それは何マイルも伸び上がり、向きを変え二機を追い回した。天使の眼の虹彩は、残り火のような赤から次第に黄色へそして白へと変色。そいつを目がけて爆撃機は抱えた爆弾すべてをとにかく落としまくった。できそこないのノルデン照準器[*31]め。ぐるぐる回る接眼レンズのまわりから汗が空中に飛び散る。こんな高度まで来てしまった。地を爆撃するつもりが天を撃っている。

　聖ブレーズ空軍大佐は公式の事情聴取の席上で、天使のことを証言しなかった。彼を尋問したWAAF[*32]の女性将校が最悪の堅物で、基地周辺では逐語解釈の鬼として有名だったせいもある。ペーネミュンデにかかった虹の橋[*33]をのぼっていくヴァルキューレ[*34]を見たというブロウィットも、自分の操縦するタイフーン戦闘機[*35]の翼から鮮やかなブルーの小鬼（グレムリン）が蜘蛛のように散ってハーグの森まで同じブルーのパラシュートで降下していったと報告したクリーファムも、彼女は精神科へ送りこんでいる。だが真実は真実だ。あれは雲などではない。リューベックの爆撃から、その復讐を誓ったヒトラーが「報復的性格を有する恐怖の攻撃」――Vの頭文字をもつ兵器のことだ[*36]――を宣言する二週間の間に〈天使〉のうわさは広まりをみせた。空軍大佐自身は嫌がっていたようだが、爆撃に携行したいくつかの物品がチェリコークの霊的パワーにさらされ、かくして〈天使〉がヴェールをぬいだので

カ人カール・ノルデンが開発した、爆撃の照準を定める装置。

32　空軍婦人補助部隊。

33　原文で rainbow の語はここが初出。ペーネミュンデでは実験用V2ロケットの打ち上げに成功したのは同じ一九四二年のこと。

34　主神（戦争と死の神）ヴォータンに仕えて死や勝敗を定め、死んだ勇士を戦場からヴァルハラへ迎え入れる複数の女性的存在。

35　強力なエンジンを搭載した英空軍の一人乗りの戦闘機。

36　V1、V2のVは、ドイツ語で「報復兵器」Vergeltungswaffe の略。

ある。

　次はキャロル・イヴェンターが、聖ブレーズのウィングマン、テレンス・オーバーベイビーへの接近を試みた。空一面のメッサーシュミット機に逃げ場を失った霊。届く情報はしかし混濁している。ペーター・ザクサが暗に言うには、該当する〈天使〉には多くのヴァージョンがあるらしく、オーバーベイビーの天使とはなかなか易々とはつながらない。階位（レベル）の問題も絡むし、[37] タロット的な意味での審判（ジャッジメント）の問題もからんでいる。[38] ・・・これもまた、死の壁を挟んだ両サイドを吹き抜けるストームの一部。なんともやりきれない。こちら側ではイヴェンターがだまされたような、やや憤慨した気持になっている。むこう側ではペーター・ザクサが柄にもなく、生前の時代へのノスタルジアを募らせ、ヴァイマル時代[39]の安らかな飽食と頽廃の日々を回顧する。一九三〇年、ノイケルン[40]でのデモで浴びた警棒によって生死のアチラ側へ追いやられたペーターがいま感傷の中に思い浮かべる——よく擦られたダークな木製ウィジャ盤とシガーの煙の晩。ご婦人たちを飾る翡翠彫り、パン[41]の衣、ダマスクローズの香。壁にかかった最新流行の角々しいパステル画、テーブルの多数の小さな引き出しに入った最新の薬物。集まった人びとはきわめて多様だ。ただの「サークル（クライス）」に留まらない。ほとんどの晩に社会のマンダラの華が十全に開く。あらゆる層の人たちが、首都ベルリンのあらゆる区画からやってきて、有名な血の合板の上に手のひらを置き、小指の先だけをふれ合わせる。ザクサを待つ盤は森の深い池のよう、その水面下で物事が回り、滑り、無音のまま立ち上る。・・・ヴァルター・アッシェ（〝雄牛（タウルス）〟）にある晩とんでもないのが憑いて、連れ戻すのに「ヒエロポン」[42]（二五〇ミリグラム）を三錠飲ませた、が、まだ眠ろうとしない、みんな体操のフォーメーションのように不規則に

37　天使は「熾（し）天使セラフ」を最高位に九つの階級に分かれる。

38　ピンチョンが依拠するライダー版のタロット・カードで「審判」は、両手を挙げて見上げる裸体の人びとの上に、ラッパを吹く天使の図像が描かれる。

39　一九一九～一九三三。共和国憲法制定からヒトラー政権への全権委任法の成立まで。

40　ベルリン南東部の、ボヘミア等からの移民が多かった区域。

41　艶のあるビロード地。

42　「神聖な」を意味する hiero- を接頭辞にした、架空のドラッグ。

並んで見ている、ヒエロポンを手にしているのがＩＧ（イー・ゲー）ファルベンの男ヴィンペ、その視線の先には、市民として参謀本部にかかわるザーグナー、ザーグナーの両脇に最近南西アフリカから戻ってきたヴァイスマン中尉と彼が連れてきたヘレロ族の副官[*43]、見つめている、みんなを、まわりのすべてを…背後の人だかりを衣ずれの音を立てながら縫いすすむ婦人たちのセクイン地のまぶしさ、きらめくストッキング、白黒のメーク、上品そうに鼻にかけた驚きの発声、目がカッと見開いて、オウ。…ヴァルター・アッシェを見る顔はどれも人形芝居のよう、それぞれが別個のルーティンをこなしている。

…手がいい具合だダラリとして手首から上の筋肉をゆるめて呼吸を楽に圧力を抜いて…

…同じ…同じ…鏡の中のわたしの白い顔三時三時半四時　時が進むカチカチ刻む部屋だめです入れません灯りが足りないだめだ　あああ——

…芝居だ決まってるヴァルターだ頭を見ろアングルがインチキだ光をほしがっている充分なフィルライトの投光イエローのゼラチン…

（空気式のゴム蛙が蓮の葉の上に跳びのり震えている。水面下に恐怖が…いまさら捕獲される…だが今はまだ浮かんでいる、引き戻そうとするものの頭上に…彼の目を読むことはできない…）

. . . mba rara m'eroto ondyoze . . . mbe mu munine m'oruroto ayo u n'omuinyo . . .[*44]

（さらに奥には糸や紐が縺れている、巨大な網、深夜に何かに飛びかかられ格闘した、毛皮がつかまれ、筋肉が捻られる…死者の霊がたずねてきた感覚もあった、親しく思えたがそうではなく、あとで嫌気が沸いた…目覚めて叫び、まわりの人に訳をたずねるが納

43　この時はまだ中尉のヴァイスマンは、カッチェの回想を通して登場したブリツェロ大尉のこと。副官とはエンツィアンのこと。

44　アルファベットで書き取られたヘレロ語。意味は「私は悪夢を見た……私は夢の中で、まるで生きているような彼を見た」（『ＧＲＣ』）。

得のいく返答は得られなかった。死者は自分に話しかけた。一緒にすわって彼のミルクを飲み、先祖の話をし、ヴェルト[*45]のそちこちに住む霊たちの話をした——死者の側では時間も空間も何の意味もない、すべてがみな共にあるのだ)。

「社会という研究対象にもいろいろあって」エドウィン・トリークルの髪はクシャクシャに立っている。火を点けたパイプの中身は惨めにも、わずかなシケモクに落ち葉と糸屑を混ぜたものだ。「まだ研究が始まってもいない分野もある。たとえば、われわれ自身が関わっている社会についてはどうだろう。ここの心霊セクション、SPR[*46]、デビルを呼び出そうとしているオルトリンガム[*47]のご婦人連、それはみんなわれわれの側だろ。それだけじゃ、ソサエティ全体の半分だ」

「〝われわれ〟って、一緒にしてほしくないね」きょうのロジャー・メキシコはいろいろなことで気が散りっぱなしだ。カイ二乗分布の計算がどうしても合わない[*48]、教科書はなくなる、ジェシカはいない……

「アチラ側へ逝ってしまった人たちも含めて考えるんでなけりゃ意味がない。われわれとかかわっているわけだからね——イヴェンターみたいな専門家や、彼らをコントロールする霊たちのお世話になって。その全体がひとつのサブカルチャーを構成しているわけだ——お好みならサイキック・コミュニティと呼んでもいい」

「おれの好みじゃないけど」メキシコはドライに言い放つ、「そのコミュニティを調査する人間がいていいと思うよ」

「世界には、このヘレロ族の男のように、御先祖様と日々通じ合っている民族もいるわけだよ。死者だからといって生者よりリアルでないということはなくてさ。彼らのことを理

45 アフリカ南部の、ところどころ低木のある平原。

46 176ページ註**15**。

47 マンチェスター郊外にある歴史の古い市場町。

48 ロケット落下の確率計算がランダムな標準型に収まらないのか。

解しようとしたら、死の壁の両側に対して、同じ科学的アプローチで臨まないとだめだろ?」

だがイヴェンターにしてみれば、トリークルの頭の中に理念として存在する社会的相互作用など関係ないのだ。アグラのことは記憶にも残らない。パーソナル・レコードはゼロであって、他人のメモを読むか、ディスクに耳を傾けるかしないかぎり何もわからない。つまり他人を信じるしかない——これは社会関係としてきわめて複雑だ。人からそう見なされる自分と自分自身との間に、他人が作るインターフェイスがあって、そこで役を演じる人たちが、どれほど人間的にまっとうであるかということに彼の人生の大きな部分がかかっている。霊界にいるザクサと、とても近い関係にあることは知っているが、それを記憶しているわけではないし、おまけに西ヨーロッパのキリスト教徒に育った自分は、「意識的な(コンシャス)」自己と記憶の優位を信じて、それ以外は異常な、とるに足らないものと見なす性癖から抜けられない、これは辛い…

書きとられた記録はペーター・ザクサが接する諸々の魂についてのドキュメントでもあるが、同時に彼自身についてのドキュメントでもある。そこからはペーターがいかにレニ・ペクラーとの愛に執心していたか読みとれる。レニはある若きケミカル・エンジニアの妻だったが、ドイツ共産党の活動家として第十二地区で活躍しながら、ザクサの配属先にも通っていた。彼女がやってくるたび、ザクサは囚われの身にあるレニをまざまざと見せられて泣きたくなった。レニの澱んだ目には、それでも捨てられない結婚生活への、あきらかな憎悪が宿っていた。夫は愛せないし、子供をすんなり愛せない罪悪感からも抜けだせない。

夫のフランツは軍の兵器との関わりがあったが、どんな関わりなのか、あまりに漠然としていてザクサには接近のすべがなかった。おまけにイデオロギー上の障壁もあって、それを乗り越えるだけのエネルギーは、ふたりとも持ちあわせていなかった。レニは街頭活動に出かける毎日で、フランツは、家に集まった婦人たちが、はやく出勤してくれないかと苛ついているのを感じてはそそくさと一杯の紅茶を飲みほし、ライニッケンドルフのロケットの研究施設[*49]へ出勤する。彼女たちは早朝から集まってくる、パンフレットの束をかかえ、ナップザックを本と左翼系の新聞でいっぱいにして、夜明けのベルリンのスラムの中庭をこっそり抜けて…

49 ロケット開発の中心は、ベルリン市内から北西に数マイル行ったこの地から、市の南東のクマースドルフへ、さらに一九三七年に北海沿岸のペーネミュンデに移行する。

□□□□□□□

からだが震える。おなかが空いた。学生寮は暖房がなく、明かりもわずか。ゴキブリが百万匹。キャベツの匂い、第二帝国時代[1]の、祖母たちのキャベツの匂い、ラードの煙とそれを押し流そうとする空気との長年の相克がデタントに到達して醸しだす匂い、長い闘病の、死の床の匂い。崩れかけた壁にそれらの匂いが渦巻いている。上階の下水の漏れが一枚の壁に黄色くしみ出ている。レニは四、五人の仲間と床に腰を下ろし、黒いパンの塊を回す。誰も読まない『ディー・ファウスト・ホッホ』[2]の湿ったバックナンバーに囲まれた部屋で娘のイルゼが眠っているが、寝息はあまりに浅く、見た目では息をしているのかどうかもわからない。そのふっくらしたほほに睫毛の影が長く伸びる。

今回は帰らぬ覚悟で家を出た。ここにはあと一、二日居させてもらえるとして……その先、当てはない。……母と子と旅行鞄がひとつ。レニは蟹座[3]だ、蟹の母がホームのすべてを一個の鞄に詰めて生きる、その意味が彼にわかるだろうか？ 手持ちの金は数マルク。フランツには月ロケットとのお遊びを残してきた。これでほんとに終わった。

頭の中で繰り返し夢想していた家出は、ペーター・ザクサのところへ直行するというも

1 一八七一〜一九一八。ビスマルクの台頭からヴァイマル共和国の成立まで。

2 *Die Faust Hoch* は「突きあげた拳」。いかにも左翼系のジャーナル名。

3 「水の星座」として蟹座の人間は、繊細で情に深いが、所有と過去への執着は強いとされる。

のだった。そのまま一緒に暮らすというのは無理でも、職探しの力にはなってくれるだろう。でも本当にフランツと切れてしまったいま…ペーターはときどき陸生生物の星座特有のいやらしい、激しい気性を見せることがある。…近ごろはムラ気で当てにならない。かなり上層部から指示を受けているせいか、プレッシャーをやり過ごせずにいる感じ…

　でも、たとえペーターが子供のように激怒しても、魚座の夫との穏やかすぎる晩よりはましだ。あの人は空想の海を、死の願望（デス・ウィッシュ）とロケット神秘主義の海を、一人静かに泳ぎ回るだけ。そういうタイプは彼らにとって都合がいい。その性格が使いやすいことを知っている。彼らはほとんどの人間の使い方を知っている。使えない人間はどうされてしまうのか？

　ルディ、ヴァーニャ、レベッカが揃った。これでベルリンの暮らしの一片が描ける。ウーファ映画[*4]の傑作が作れるかも。『ラ・ボエーム』[*5]に出てくるみたいな学生がひとり、スラヴ人がひとり、ユダヤ女もひとり。見てよ、まるで〈革命〉を地でいくみたいなトリオ。もちろん〈革命〉は起こらない。映画（キノ）のなかでも。ドイツ版『十月』[*6]なんて存在しないのだ、この〝共和国〟には。〈革命〉は死んだ。まだレニが政治的な考えを抱くには幼すぎたころ、ローザ・ルクセンブルクとともに死んだ[*7]。いまとなっては、亡命先で潜行している革命に期待を寄せるくらいしかない。火種を絶やさず、ヴァイマル時代の寒々とした辺境で生きつづけて、機をうかがう。ルクセンブルクに生まれかわりを待つ…

　恋人たちの軍隊も不敗ならず。[*8]〝アカい地区〟の壁に夜の間、こんな落書きが現れる。どれひとつ、誰が書いたのか、作者も描き手もわからないので、どれも同一人物の仕事だという気になる。民衆意識というものを信じる気持がわいてくる。これらはスローガンと

4　第一次大戦中、ドイツが国家的イメージ戦略の一環として既存企業の合併によって作った映画製作会社。サイレント時代の芸術映画を多数生みだしながら、しだいにナチスの体制下に組みこまれていく。

5　アンリ・ミュルジェールの戯曲および小説『ボヘミアン生活の情景』

いうよりテクストなのだ。それについて人びとが考えるために、拡張し、行動へと翻訳するために掲げられる…

「その通りよ」とヴァーニャ、「資本主義の下でどんな表現形態がはびこるか見てごらんなさい。ポルノグラフィーばかり。愛も——エロティックな愛、キリスト的な愛、犬と少年の愛——すべてポルノ化されてしまう。日没のポルノ、殺しのポルノ、推理のポルノ——ああそこか、と殺人犯がわかったときの気持ちよさ——小説から映画から歌から、よってたかって人びとの気持をなだめてくれる。程度の違いはあってもみんな絶対的な慰み（アブソリュート・コンフォート）の極致をめざしている点は同じよ」ポーズをついてルディがすばやく苦みの利いた冷笑を差しはさむ。「自家製オルガスムスか」

「〝絶対的〟？」レベッカがむきだしの膝でいざってきて彼にパンを渡す。湿けたパンは、レベッカの齧じった跡が濡れてとろけている。「それならふたり必要でしょ——」

「ふたりでという考えにみんななびくんだ」ルディの口元はニヤリとまでは開かない。注視するレニの視界を男性優位主義という言葉が、悲しげに横切った（これは前にもあったこと）…男たちはどうしてマスターベーションなどを後生大事に抱えているんだろう？

「自然界ではほとんど見られないことだがね、たいていは孤独に射出する、それはきみも知ってるよね」

「私が知ってるのは一緒にいくこと」とだけ言いかえす。彼と愛しあったことなどないのに、彼を非難するかのような口ぶりで。だがルディは顔をそむける。まるで相手の信条告白に困惑して二の句がつげなくなったかのように。

ひとりでいくことならレニだってベテランだ。空虚に過ぎたフランツとの愛の生活。な

の物語にもとづく、プッチーニのオペラ。一八九六年初演。

6 十月革命を描いたセルゲイ・エイゼンシュテイン監督によるロシア映画（一九二七年製作）。

7 ドイツ革命による第二帝政の崩壊後、盟友カール・リープクネヒトとドイツ共産党を結成。一九一九年、呼応する労働者や兵士と「一月蜂起」を起こした、反共産の義勇軍によって虐殺された。

8 プラトンの『饗宴』におけるパイドロスの議論「恋人たち（＝同性愛者）の軍隊は不敗なり」のもじり。

んでも受身の彼だから、最初はオルガスムスまで達しなかった。そのうち彼の受身がもたらす自由を好きに埋めることを覚え、それからは慰安が増した。ふたりの間に（やがては別の男たちとの間にも）愛が満ちていると空想するのだ——ただし孤独は深まるだけだった。だからといって、そのままどんどんシワが増えていってはくれないし、唇から弾力が抜けていくわけでもない。鏡を覗けば白昼夢に耽る子供の顔があった。自分で見ても驚くほどだ。ポッチャリした、ぼんやりした、弱さ丸出しの表情。こんなのを見たら男たちはレニのことを「他人（ひと）を頼る女の子」だと思うだろう——ペーター・ザクサでさえそんな目つきを見せたことがあった。そして、その女の子が夢みることは、今も変わらない——隣りでフランツが暗い苦痛願望を夢にして呻いているときに見ていたのと同じ夢だ。優しさの、光の、ハートから罪を洗い流される夢。もう逃亡も揉み合いも必要ない穏やかな自分の前に優しくたくましい男が現れ、街頭デモを遠い記憶に追いやってくれる——そんな夢に、いまこの場所で浸るわけにはいかない、絶対に。今は別の自分を装う時。イルゼもこのごろレニの顔をよく見ている。あの子だけは権力（かれら）に使わせない。

　レベッカがヴァーニャとの議論に愛の戯れを混ぜてくる。相手のなまめかしいしぐさをヴァーニャは知的なやりとりの中に枠づけようとするけれども、ユダヤ女のレベッカは肉体の伝達に固執する…なんて官能的な——太腿の内側の、膝のすぐ上のところがオイルのように滑らかで、筋肉はすべて堅く締まり、表情も真剣そのもの、ユダヤの鼻面（ユーデンシュナウゼ）から押しだされる偽りの吐息と厚ぼったい唇から押し出される眩しい舌先…どんな感じだろう、この女にベッドに連れこまれたら。ふつうの女とではなくユダヤの女とするのは。…彼女の動物的暗黒…汗ばんだ尻が荒々しく彼女の顔に押しかぶさる、ふたつの半球の割れ目に沿ったヘアと細い三日月状の暗がり…肩越しに振りかえる野卑な悦びの顔…それはいきなりだった、ちょっとだけ入り込んだ壁の黄ばんだ部屋で、クスリでニンマリした男子の顔が廊下をうろついているところで…「ダメ痛いから、そっとおねがいね、激しくしてほしいときはそう言うから…」レニの肌は白く表情は清廉、ユダヤ女の浅黒い肌、荒々しい行為とは好対照のデリケートな骨格と肌。股からお腹にかけて骨盤が蜘蛛の巣を拡げる。スライドし、うめき、あえぐ…ほら、同時にいったでしょ…目覚めるとレニはひとりだ——ユダヤ女は、もうどこか次の部屋へ出かけてる——どの瞬間にこんな赤ん坊のように眠りに落ちたのか、こんなに柔らかな変化の揺らぎをフランツとの間で経験したことはなかった。…指先で髪を梳いて叩き、そんなしぐさにベッドを共にした相手への気持ちをにじませながら浴場へ歩いていく。注がれる視線にかまわず裸になって、体温のぬくもりに、いつもながらのお湯の香りに包まれる。…とそのとき見えたのだった、ざわめきと湯気の立ち上る、ぼやけた視界の向こう、壁の張りだしから見下ろしているあの顔は…間違いない、リヒャルト・ヒルシュだ、もう何年になるだろう、マウジッヒ・ストラッセ[*9]で彼と…あらら、こんな無防備な目を見られてしまった、見たぞと彼の目が言っている…

　風呂の中では湯水が跳ね、愛の交わりやらコミックなモノローグやらが続く。みんなリヒャルトの友達だろうか、そうそう、あの蛙足で泳いでいるのはジッギだ、みんな「トロールのジッギ」と呼んでいた、むかしのまま、背も一センチも伸びていない…運河沿いの道を一緒に家まで走って帰る途中、世界一固い丸石が敷かれた上で思いっきり蹴つまずいたっけ、そう、目をさますと荷馬車の車輪のスポークに雪が積もって、年老いた馬の鼻

9　訳せば「ネズミ通り」となる架空のストリート。

から白い息が出ていた。…「レニ、レニじゃないか」リヒャルトはオールバックの髪に金色の身体、湯気もうもうの浴場から彼女を抱きあげ、自分の脇にすわらせる。「あなた、こんなところで…」動揺している、言葉に詰まった。「フランスに行ったきり帰ってこなかったって聞いていたけど…」そういって自分の膝を見つめる。「フランス娘さえ僕を引き留めておくことはできなかったのさ」リヒャルトはまだそこにいる。自分の目が覗きこまれるのをレニは感じる。彼のしゃべりはシンプル、生き生きしている、フランス娘ってすごく押しが強いんだぜ、イギリスのマシンガンなんかよりずっとだ――わかる、彼の純粋さに胸が詰まる。こんな彼がフランス女と実際一緒に暮らせるはずはない、フランス娘はいまだに彼の、美しく遠く輝く愛のエージェントなんだ…

レニのいまのようすに、長いやりくり人生の痕は見えない。職になど就いたことがないみたいだ。公園の小道の向こうで見かけたり、焼きパン（クラスト・ブラウン）色の夕陽に染まった路地（ガッセン）をとぼとぼと家に帰る子供のころのレニそのものだ。そのふっくらした顔はうつむきかげんで、金髪の眉毛は不安そう、学校のカバンを背負い、両手をエプロンのポケットに入れて…壁の石の中にはペーストのように白いものも…向こうからリヒャルトが近づいてきたのに気がついただろうか…でも彼は年上でいつも友達と一緒だった…

騒いでいたリヒャルトの仲間たちが静まりかえる。厳かに、すこし恥ずかしそうに幸せなふたりを取り巻いて、「長かったけど、ゴールインおめでとう！」祝福するジッギはこびとの早口だ。爪先立ちしてメイワイン[*10]をみんなのグラスに注ぎまわる。レニは髪のスタイルを変え、今より明るくしてもらうために部屋を出る。レベッカがついていく。ふたりの計画について、将来について話すのは初めてだ。リヒャルトの肌にはふれたこともない、

10　夏の到来を祝う「メイデイ」に、ドイツでは定番のワインベースのドリンク。

でも恋に落ちた、あのころはそれで当然だった。彼がレニを連れていくのも当然のことと見られていた・・・

ここ数日、次々と到着する、ギムナジウム時代の友だち、外国の珍しい食べ物、ワイン、新しいクスリ。セックスに関してはみんなとっても気楽であけっぴろげだ。服なんか着なくても構わない。お互いの体をさらし合う。乳房が大きかろうと小さかろうと、ペニスの長さがどうであろうと気にしない。・・・みんな美しくリラックスしている。レニが新しい名前を口ずさむ「レニ・ヒルシュ」リヒャルトと朝のカフェで同席しているときもだ。「レニ・ヒルシュ」するとリヒャルトははにかむように笑う。目を背けようとするけれどレニの視線に捕まって引きもどされ、ついにレニの顔を正視して大声で笑いだす。純粋な悦びをこめて。彼の手が伸びる。いとおしい手のひらが彼女の頬を包む・・・

何層も積み上がったバルコニーとテラス。それぞれから、階にわかれた聴衆たちが見下ろしている。腰に緑の葉っぱを巻いた若い娘たちのギャラリー。背の高い常緑樹、芝生と流水と国家的荘厳。大統領の、聞きなれた鼻づまりの声[11]、連邦議会（ブンデスターク）に巨額の戦時予算の承認を求めているとき、突然「やめたやめた（フィックテス）[12]」のフレーズが永遠の生を得て空に轟き、国家全体に響きわたる。ヤー、フィックテス！「兵士はみんな召還だ。兵器工場は閉鎖、すべての武器を海に捨てる。戦争なんてやってられますか。毎朝、きょうも生き延びられるかとビクビクしながら目覚めるなんてこりごりだよ」この男、もう憎めなくなった。突然の大変身で、モラルのある、人民の誰とも同じ、死すべき人間のひとりになった。これから新しい選挙。左翼陣営からは女性候補が立つという。名前は発表されてないけれど、それがローザ・ルクセンブルクだということはみんなの了解事項だ。ほかの候補者はみんな

11 パウル・フォン・ヒンデンブルク（一八四七～一九三四）。一九三二年の大統領選には、ヒトラーの当選を食い止めるために高齢を押して再出馬し勝利したが、まもなくそのヒトラーを首班指名せざるをえなくなる。

12 原文 Fickt es. は、英語の Fuck it. をドイツ語に直訳したもの。

小物で魅力もなく票は取れない。革命だ。革命を大統領が約束した。

浴場の中はたいへんな歓喜だ。仲間の盛り上がり。真正なよろこび。出来事の弁証法的過程からは生じないだろう、このハートの爆発は。愛がみんなを包んでいる・・・

恋人たちの軍隊も不敗ならず。

ルディとヴァーニャは街頭戦術のことで議論になった。どこかで水が滴りおちている。〈街頭〉が勝手に伸びて、どこにいてもつきまとわれる。レニはそれを知って嫌っている。これでは息もつけない・・・見知らぬこの人たちを信じなくてはならない。警察と通じているかもしれないのに。今は信じられても、この先、ストリートが彼らにとって耐えるに辛すぎるところになったら・・・ストリートからイルゼを遠ざけておく方法があったらとは思うのだが、それももはや遅すぎるのだろうか。フランツは――フランツはそもそも街頭には出なかった。いつも何かしらの口実。身の安全を不安がった。闘争の輪の辺にはいつもレザーコートのカメラ男がいて、偶然のフレームにいつ捕えられるかわからないと恐れた。さもなければ、「イルゼをどうする。乱闘になったらどうするんだい」まったくよ、乱闘にでもなったら、フランツが心配でたまらないわ。

彼に説明しようとした。デモの渦中ではどういうレベルまで上昇するかを。両足踏みこんで恐怖心をなくしてしまうの、すると全部が消えて、今の瞬間に全存在が浸る、グルーヴの中へ完璧に溶けこむ、メタルのグレイでありながら乳液のように柔らかい世界へ突きぬける。するとみんな、振りつけられた通りの動きを始める。バブーシュカを巻いた子が屈んで石を拾うと真珠色のワンピースから膝小僧がキラリ。黒いスーツと茶色の袖なしセーターを着た男が片腕ずつ警官につかまれながらキッと頭を起こし歯を見せている。こちらへ曲がってきたデモ隊を身を翻して避けた年長のリベラルが薄汚いベージュのオーバーの襟越しに叫んだ、何をするんだ、あるいは、何を見てる、おれじゃないぞ。その眼鏡一面に冬の空がきらめいている——この一瞬、可能性がうごめく一瞬。

彼女はその説明に、昔習った微積分の知識まで繰りだした。Δtはゼロに近づくわよね。限りなく近づくんでしょ。切りとられる時間はどんどん薄くなって、連続する仕切りの壁がどんどん銀色に、透明になっていって、ゼロの純粋な灯りが近づいてくる[13]…

しかしフランツは首を横に振った。「レニ、そういうのとは違うんだ。関数の極限値を得ることが大事なんであって、Δtというのはそのための便宜上のものにすぎない。リミットに到達できればいいんだ」

ほんの数語で、それも適当に選んだ言葉で、魅惑のすべてを拭いさる。以前から。本能的に。ふたりで映画へ行ったとしても寝てしまう。『ニーベルンゲン』[14]の上映中もずっと眠りこけていた。アッティラ王が東方から猛然と攻めてきてブルグント一族を一掃するシーンでも目をさまさなかった。映画好きのくせして、いつもコックリを始めてはまた画面に向きなおるというのが彼の映画鑑賞法なのだ。「あなたは原因結果が命なんでしょ」彼女は声を荒らげた。目覚めているときにだけ入ってくるバラバラの断片をどうやってひとつにつなげるの？」

実際フランツは因果関係に執着する男だった。星座のめぐりを信じる彼女に容赦なく口を挟み、何を信じるべきかを諭して、占星術は否定した。「潮位や電波障害は影響を及ぼしうるとしても、それ以外の外的変化が内的変化を生みだすことはありえない」

「生みだすなんて言ってないし」彼女も対抗してはみた、「引き起こすとも言ってないわ。

13 ピンチョンが「微分」を映像化した類例は『競売ナンバー49の叫び』（新潮社）161ページにも。逆に「積分」を視覚化した例としては、本書の572〜573ページ参照。

14 第一部「ジークフリート」第二部「クリームヒルトの復讐」合計五時間に近いサイレント作品。中世の叙事詩『ニーベルンゲンの歌』を映像化したヴァイマル時代のウーファ映画の代表作。フリッツ・ラング監督、一九二四年。

並存するの。パラレルなの。直列じゃなくて並列。メタファーとも言えるし、きざしや兆候と言ってもいいし、異なる座標へのマッピングっていうの？…よく知らないけど…」知らないなりに、フランツの心に思いを届かせたいと思って。

なのにフランツときたら、「きみのいうようなやり方で設計して、ちゃんと作動するものがあるのかい？」

ふたりは『月世界の女』[15]を見た。フランツは楽しんでいた――子供だましの娯楽として。技術的なことになると口を挟んだ。特殊効果を担当した何人かを個人的に知っていた。レニが見ていたのは飛翔の夢だった。多くの可能性のうちのひとつ。夢の飛行と現実の飛行とは併存する。両方が合わさって同じひとつの動きをつくる。Bの前にAが来るのではなく、全体がひとつなの…

フランツのすることで、何かひとつでも続いたことがあったろうか。あのユダヤ狼のプフラウムバウムが、運河沿いの自分自身のペンキ工場に火をつけなかったら、フランツは不可能なペンキの開発の仕事にふたりの日々のすべてを注ぎこんでいたかもしれなかった。あのユダヤ人なら模様ペンキとかの開発も命じるだろう。結晶を溶かし、辛抱強く次のを溶かし、細心のケアを重ねて微妙に温度を調節しながら、冷却中のある時点で、無定型の渦の中から突然、縞模様や水玉模様や格子縞、ダビデの星[16]が生まれるのを待つ。ところがある朝早く工場に行ってみたらあたりは黒い焼け焦げだった。ペンキ缶が大音響とともに真っ赤な、そして暗緑色の炎をあげて爆発し、焦げた木やナフサの臭いが立ちこめるなか、プフラウムバウムは揉み手をしながら嘆いていた。オイオイオイって、保険金が目当てのくせに、卑劣よ、偽善者め。

15 原題 *Die Frau im Mond*。人間の月面到着を描くＳＦサイレント映画、フリッツ・ラング監督、一九二九年。

16 正三角形を二つ重ねたヘクサグラム。「ダビデの楯」とも呼ばれ、シオニズム（ユダヤ人のパレスチナ帰還運動）のシンボルとなった。イスそれからフランツとレニは、イルゼがお腹の中で日々大きくなっていくあいだ、ずいぶんひもじい思いを強いられた。ありついた仕事はみな雑役で、稼ぎといえるほどの額にもならない。フランツは滅入り、壊れはじめていた。沼地の広がる町外れで、ミュンヘン工科大学時代の旧友と出会ったのは、そんなある夜のことだった。

　プロレタリアートの夫として彼は一日、宣伝のビラ貼りをやっていた。マックス・シュレプツィヒ[*17]のおめでたいファンタジー映画の宣伝ポスター。その間レニは集合住宅の一番奥手のヒンターホフ[*18]に面した、家具つきのゴミ箱のような部屋に大きなお腹を横たえ、腰の痛みに耐えかねて寝返りをうっていた。糊を入れたバケツがカラになったのは日没をだいぶ過ぎ、寒さが肌身を刺す時間だった。貼れば破られ、小便がかけられ、鉤十字が落書きされるポスターを、フランツはとにかく貼り終えた。（それは割り当て消化のための映画[*19]のポスターだったかもしれない。だから印刷のミスということもありえるが、書いてあった上映日に出かけたところ、映画館に灯りはなく、漆喰の破片がロビーの床に飛びちっていた。館内の奥からものすごい破壊音。劇場を取り壊しているのだが、それにしては作業員の声もないし、中に灯りのついているようすも見えない……呼びかけても、破壊が続くだけ。入口のひさし（マーキー）の奥、館の腹底からギーと大きく軋む音が聞こえるだけ。見上げるとマーキーは真っ白だった……）[*20]すでに彼は北方向へ何マイルも歩いて疲れ切っていたが、そこはもう、ライニッケンドルフだった。小さな工場の並ぶ一角。錆びついた屋根と売春宿と掘っ建て小屋、夜闇と廃物に向かって延びる煉瓦の列、修理場の大桶に溜まった古い冷却水を覆う浮きカス。明りはまばらだ。空き屋、空き地の雑草、人気（ひとけ）のない通り。住宅の窓ガラスが連夜割られる地区の石ころだらけの道を通って彼をそこまで連れていったの

ラエル建国後は国旗に描かれている。

17　この架空の男優の名前は第三部で重要になる。

18　ベルリンの古い住宅には、通りからアーチをくぐると中庭（ヒンターホフ）が幾重にも続くつくりのものがある。具体的には下巻80ページで描かれる。

19　当時のドイツは外国映画の攻勢から国内映画を守るため、各映画会社は法令によって一定数の製作と上映を義務づけられた。

20　296ページ註**49**参照。

はきっと風だったのだろう。地方警察署になった昔の軍隊の要塞を過ぎ、バラックと道具置き場を通りぬけると、金網のフェンスがあって、入り口を押すと開いたので中に入った。前方のどこかで物音がしているのが聞こえる。第一次大戦が始まる前の夏休みのことだが、両親に手を引かれてシャフハウゼンに行ったことがあった。ラインの滝まで電車に乗り、階段を降りて、トンガリ屋根のついた小さな木造りの展望台へ出た。一面の雲と虹、燃える水滴。そして滝のとどろき。両手でつながったムッティとパピと三人して、冷たい飛沫（しぶき）の雲に浮かんだ。視界の上部にかろうじて見える――滝の縁にしがみついた木々が、ぬれた緑のシミを拡げていた。下を見れば瀑布がライン河の水面に怒濤となって落ちるすぐそばに小さな観光船の姿があった。しかし今、冬のライニッケンドルフの中で彼はひとり、両手には握りしめるべき何物もなく、霜に固まった泥土の上をつまずきながら、樺や柳の木と一緒に成長した弾薬の山が遠くにうねる中を進んでいくだけ――闇のなか、大地は遠くの丘に向けて上り、沼に向けて下る。中景にはコンクリートの兵舎や土塁が四〇フィートの高さに聳え、その向こうから滝の音がだんだんと大きくなって、記憶の中から彼を呼んだ。時の深みから戻ってきた声の主は、人間たちではなかった。それはエネルギーの、抽象物の、集団だった・・・

　胸壁の隙間から小さな銀色の卵が目に入った。その下から、純粋で揺らぎない炎を噴出し、その光が、掩蓋や塹壕から見つめるスーツやセーターやオーバー姿の人影を照らしていた。それはロケットだった。発射台に乗せての、静止テスト。

　音が変わり始めた、ときどきバリッと途切れる。驚嘆の中にあったフランツには、不吉には聞こえず、ただの耳慣れない音だった。だが光が強まり観ていた者たちが突然身を伏

21　これは、熱したアルコールと液体酸素を、適正な圧力のもとで混合させて、爆発の推力を調

せるとロケットは乱れた轟音をあげ、つづけて長いバースト音を響かせた。「伏せろ」の怒声に地面に身を投げ出した瞬間、壮絶な爆発、銀色の物体が粉々になって彼の立っていた空中を飛びちる。フランツは地面に抱きついた。耳が鳴り、そのときは冷たさの感覚すらなく、自分の魂が身体の中にあるのかどうかも一瞬わからなくなった[21]・・

駆けてくる足音に目を上げるとクルト・モンダウゲンの姿があった。その晩吹きつづけた風が、きっと一年中吹いていて、ふたりを引き合わせたのだと彼は信じることにした。風のおかげだと。生徒だったころの丸みを帯びた肌は精悍な筋肉に置き換わり、頭髪の生え際も後退し、顔は真っ黒けだった。その冬フランツが通りで見かけた何にも増して黒かった。固体の影が折り重なるなか、散乱したロケット燃料がチラチラ燃えるこの場所でも黒さがきわだった。それでもこの顔はモンダウゲンに間違いない。七、八年会ってはいないが、お互い同士一目でわかった。ミュンヘンのリービヒ通りにある、隙間風の吹きこむ屋根裏部屋でふたりで住んでいた。(フランツは化学者ユストゥス・フォン・リービヒ[22]を信奉していたから、同じ名前の通りの住所を幸運なめぐり合わせだと思った。その幸運を確実にするため、後に彼はラスロ・ヤンフ教授博士に師事してポリマー理論を学んでいる。ヤンフ教授は、リービヒから、アウグスト・ヴィルヘルム・ホフマン、[23]ハーバート・ガニスター[24]を経て受け継がれた正統なる連鎖の、最新の継承者だった。工科大学へは、ふたり一緒に市電で通った――細い昆虫の足のような三本の連結アームが頭上のワイアをキーキーと音を立てて滑る車体に揺られながら。モンダウゲンの専攻は電気エンジニアリング、卒業後は、とある無線波の研究プロジェクトで南西アフリカに渡った。しばらく手紙をやり取りしていたが、やがてそれも途絶えた。

べる実験であるようだ。ピンチョンが依拠した一冊、ヴァルター・ドルンベルガー著『V2』第三章に、彼が陸軍兵器局でロケット開発の責任者となった一九三二年、ベルリン工科大学の学部を卒業したばかりのフォン・ブラウンを交えて行った実験のようすが記されている。

22 一八〇三～七三。炭水素定量法や化学肥料の開発に数々の業績を残す。ギーセン大学に長く勤めた後、ミュンヘン大学へ。

23 一八一八～九二。リービヒの下でコールタールを研究、巨大な化学産業が拓けていく基を築いた。

24 317ページ註**35**参照。

再会の宴は、ライニッケンドルフのビアホールで夜が更けるまで続いた。労働者の酔っぱらいに混ざって、失敗に終わったロケット実験について、大学生に戻ったみたいな、喜び勇んだ壮大な議論を繰り広げた。ぬれたペーパーナプキンになぐり書きをし、グラスをガチャガチャ鳴らしながら、テーブルを挟んで同時にわめき合う。煙と騒音が熱流束をなし、比推力や推進流を生む中を議論が行き交う…

「失敗だった」フランツの影が午前三時か四時の電球の下で揺れている。口元はニタリとして締まらない。「レニ、失敗だったよ。だけどな、連中は成功のことだけをしゃべる！二十キログラムの推進力がほんの数秒だったとしてもさ、それが前人未踏の偉業なんだ。おれも目を疑ったよ。未だかつて誰もやっていないことが起こったんだから…」

この人、わたしを非難してる、とレニは根拠もなく思った。絶望を感じるように条件づけていると。でも、そうじゃないの、ただ大人になってほしいだけ。だって夜中に沼地を駆け回って、おれたちは〈宇宙飛行倶楽部〉*25だとか叫ぶなんて、あまりにワンダーフォーゲル的な愚行でしょう？

レニはリューベックのトラーヴェ河畔の小市民的（クラインビュルガー）な家庭で育った。家の前の丸石敷きの道の向こうは川縁で、すっきりとした木が等間隔に立ち並び、大きな弓なりの枝を川面に張りだしていた。寝室の窓から、大聖堂の二本の尖塔が家々の屋根の上に突きでているのが見えた。だからベルリンの集合住宅の奥まった臭気のただよう部屋での暮らしは、彼女にとって、心の減圧ロックとなった。生家の、趣味に凝ったビーダーマイヤー様式の家具*26の、絞め殺されそうな圧力を逃がしてくれるもの。〈革命〉が成就した後のよりよき時代に入るのに、そのくらいの課徴金は当然と思っていた。

25 ドイツ語で Verein für Raumschiffhart という団体は一九二七年創設。青年フォン・ブラウンの出発点が、このアマチュア研究会。

26 「ビーダーマイヤー」は、十九世紀前半、ウィーン体制成立後のドイツ・オーストリアの小市民文化を総称する語。

フランツは戯れによくレニのことを「レーニン」と呼んだ。ふたりのうち、どちらが活動的でどちらが受動的かは明白だったが、それでもレニはフランツに成長を期待していた。精神科医とも話した、思春期のドイツの男子のことなら自分も知っている——草原や山で仰向けに寝ころがっては、空を見て憧れに胸をふくらませながらマスターベーションをするのだと。その子たちを運命が待ち構える——夏の日の風の中に織りあわされた暗黒が。運命はあなたを裏切り、理想を潰す。運命はあなたを、日曜日の教会帰りに川縁に並ぶ家々の前を漫然とパイプをふかして散歩した父親と同じ、忌まわしい市民根性（ビュルガーリッヒカイト）の中へ送りこむ。マイホーム主義者の灰色の制服を着せられたあなたは、文句ひとつ垂れずに一生の刑期を終える。苦痛から義務へ、歓喜から仕事へ、没入から枯渇へあなたは飛ぶ。それはみんな運命の力。

フランツはレニを神経症的に、マゾヒスティックに愛した。フランツはレニに隷属した、レニが自分を背負って運命の力が及ばぬところへ連れていってくれると信じて。運命は重力のようなものだったのだろうか。ある晩彼は、半分寝ぼけたまま彼女の腋の下に顔を押し当ててつぶやいた。「きみの翼……ああ、レニ、きみの翼……」

でもレニの翼は自分ひとりの重量しか運べない。イルゼならしばらくは運べるだろう。フランツは死んだように重かった。彼を乗せて飛んでくれるものは、「ロケット発射場（ラケーテンフルークプラーツ）」にあるはず。彼は毎日そこへ出ていく、軍とカルテルに使われるために。月面の死の世界へ飛んでいきたい？　それならどうぞご自由に……

イルゼが目をさまして泣いている。一日中何も食べていないのだ。やっぱりペーターを頼っていくしかないのだろう。ペーターのところへいけばミルクもある。レベッカが食べ

家具は実用的で落ちついたスタイル。

ていたパンの耳の残りを差しだした。「赤ちゃん、これ食べるかしら」

レベッカの内面はあまりユダヤ人らしくない。知り合いの左翼の半分がユダヤ人なのはなぜだろうかとレニは考え、すぐにマルクス自身がユダヤ人だったことに思い当たる。あの書物に人種的親近感があるのだろうか、マルクス主義には、声高な論争を好むラビのようなところが・・・もらったパンの一かけをイルゼに与え、抱きあげる。

「フランツがここにきたら、わたしの姿は見なかったことにしてね」

レニとイルゼがペーター・ザクサの家に着く。日はとっぷり暮れ、ちょうど降霊会が始まるところだ。急に自分のみすぼらしいコートが気になった。木綿のドレスも（スカートの裾がこんなに高いのは私だけ）、すり傷と町の埃だらけのシューズも、宝石ひとつもないことも。それを気にする自分のいかにも中流の出らしいところがうとましい。過去の痕跡が疼いているだけであってほしい。だが御婦人連の多くはお年寄りで、それ以外はキラキラさせすぎのタイプ。男たちはいつもの集まりより裕福な感じだ。襟についた銀の鉤十字が、そちこちに見える。テーブルのワインは、一九二〇年と二一年のヴィンテージものがずらり。シュロス＝フォルラッド、ツェルティンガー、ピエスポルター――そうか、今夜は特別な会なんだ。

その目的は元外務大臣、故ヴァルター・ラーテナウ氏と接触すること。[*27] ギムナジウムにいた頃、ほかの子供たちと一緒に、ユダヤ人差別丸出しのチャーミングな俗謡を歌ったのを思いだす。

Knallt ab den Juden Rathenau,　　ユダ公ラーテナウ射ち殺せ

27 一八六七～一九二二。産業界の大物として、第一次大戦後にドイツ民主党結党に参加。ヨーゼフ・ヴィルト政権の外務大臣となり、ソ連との間

Die gottverdammte Judensau . . .　ユダヤの豚(ユーデンザウ)のこんちくしょう

ラーテナウ暗殺ののち何週間も、レニはどんな唄も歌うのをやめた。歌が殺しの引き金を引いたのではなくても、予言(プロフェシー)の言葉にはなると思ったから、一種の呪い(まじない)に……

今夜の降霊会は具体的な情報を求めるものだ。前大臣へ質問がなされる。入り口でそれとなく入場者のチェックが行われている。セキュリティ上の理由だ。ペーターの居間に入れるゲストは最初からきまってる。断られた落伍組(プレテリット)は外に立ってゴシップを語る。強張った表情で歯茎を見せ、手を動かしながら。……IGファルベン周辺での今週のビッグ・スキャンダルは、子会社のシュポットビリッヒフィルム社が、OKW[28]への武器納入計画に、半径十キロ内の全住民の目を完全に潰すことのできる新型機上搭載光線の設計案を送ったこと。その責任をとって、経営陣全員がまもなく更迭される[29]。IGの検討委員会がその計画を見つけて、なんとか事なきを得たのだが、シュポットビリッヒの連中は、そんな武器がはびこったら、次の戦争後、染料市場がどうなってしまうのかという認識が、会社ぐるみで欠落していたようだ。〈ゲッターデメルンク[30]・メンタリティ〉の一例といえようか。その武器の名はL‐5227。Lは灯り(リヒト)のL。ドイツ人は可笑しな婉曲表現をする。たとえばロケットは集合体(アグレガート)の意味のAで表すし、IG自体、インテレッセン・ゲマインシャフト、すなわち「利益共同体」の略だし……プラハで起きた触媒中毒事件にしても、その「緊急事態」への対応を任されたのがCIA、すなわちChemical Instrumentality for the Abnormal（対異常化学対策）なる組織の第6b班のスタッフだったというのは本当だろうか。その原因がセレニウムにもテルルにも同時にかかわる――名前を聞けば「癌」

にラパロ条約を締結。その二ヶ月後に国家主義者に暗殺された。

28　国防軍最高司令部。実質上ヒトラーが陸海空の国防三軍を直接指揮する形になっていた。

29　一大コンツェルンを形成しつつあったIGファルベンが、実際にOKWと癒着的な関係にあったことは史実だが、シュポットビリッヒ（訳せば「嘲笑の安物」）というフィルム社の名は創作。

30　訳は「神々の黄昏」。悪との戦いにおいて神々全員が世界とともに滅びるという北欧系神話の結末。ヴァーグナーの歌劇『ニーベルングの指輪』第四作（第三夜）の題名でもある。

と同じで会話も凍る——毒性物質だったというのだが・・・
今夜の会に着席を許された選ばれし者（エリート）は、ナチ企業体連合のグループを代表する面々だ。IGの一支社の取締役（ゲネラールディレクトール）スマラークト*31の姿があるのがレニに見えた。彼の会社はある時期フランツとコンタクトをとっていたが、ある日からプツリと接触がなくなった。どうしてか、謎めいて不吉な気配もただようけれども、あの時代のことだから、経済的な理由だといわれれば疑うわけにもいかない・・・
人混みの中でペーターと目があった。握手を交わすとき「家出してきた」とささやいて、うなずく。
「どこのベッドルームでも、イルゼを寝かせつけておいで。あとで話ができるかい?」
今夜の彼の目つき。色めき立った牧神のようにつり上がっている。自分はフランツのものじゃないし、ペーターのものでもない。そのこと、わかってもらえるだろうか。
「もちろんよ。今夜は何の会なの?」
彼は鼻をフンと鳴らした。聞かされていないという意味だ。自分はただ使われるだけ——さまざまなかれらがもう十年も彼を使っている。それなのにどのように使っているのかは知らされていない。稀に、ある偶然から、さりげないひと言から、微笑の傍受から、何か仄めかされそうになることはあっても。永遠に曇ったままの歪んだ鏡に映って見えるかのように、依頼人の笑みが何かを伝えるように・・・
なぜ今夜ラーテナウに登場願うのか? 死に際にシーザーが何をささやいたかと尋ねるのと同じ。「ブルータス・オマエモカ」みたいな公的なウソしか彼らは漏らしはしない。あれは厳密に何も言っていない。暗殺の瞬間には「権力」と「権力の無知」とがひとつに

31 ドイツ語で「エメラルド」という意味。この人物は創作。

なる。それを〈死〉が見届け正当化する。そういう瞬間に伝達される言葉が「プルータス・オマエモカ」などという日常の暇つぶし的発言になるはずはないだろう。死の瞬間には、歴史――歴史とはよく言って「紳士」とは見なせない者たちによる虚飾の陰謀だ――が認めるには恐ろしすぎる伝達が生じる。その真実は抑圧され、あるいは、特有の上品さが求められる時代であれば、何か別物につくり変えられる。死の瞬間を超え〈あちら〉に存在するようになって久しいラーテナウが、生者の世界のことに関して何が言えるのか知らないけれど、銃弾のショックが彼の生身の神経に閃き、空から天使が飛びかかった瞬間にこそ伝達しえた真実の衝撃は期待できそうもない。

まあ、それはいずれわかる。ラーテナウは――歴史の書き記すところでは――カルテル化した国家を予言し構築した人物だ。ベルリンの陸軍局の小さな部署から出発して、世界戦争の只中にあるドイツ経済全体の調整者となった。供給量・割当量・価格の制御を行い、各企業間を画していた守秘事項やら私有資産やらのバリアを切り崩した彼はまさにビジネス界のビスマルクであって、その権力の前では、特権を主張できる帳簿も、秘密の取引もありえなかった。父エミル・ラーテナウはドイツのゼネラル・エレクトリックに相当するAEG[*32]の創立者だが、息子のヴァルターは単なる事業の継承者ではなかった。彼は哲学を持ち、戦後の〈国家〉に関するヴィジョンを持っていた。いま起こっている戦争は世界革命であり、それが終結した暁には――アカの共産主義でも感情まかせの右翼でもなく――ビジネスこそが真に正当な権威をもつような合理的な構造が支配を確立しているだろう。その構造が、世界戦争を戦うために彼自身がドイツにおいて設計したものであっても別に不思議はない。

32 エミルは一八八一年、銀行の援助を得てトマス・エディスンからヨーロッパでの制作販売権を購入した。AEG（総合電機会社）創立は一八八七年。

ということなら、オフィシャルな歴史書にも書いてある。壮大な見解だけど、スマラークト取締役も彼の同僚も、一般大衆すら信じるような話を告げられるために会に集まってきたのではない。なにしろ今夜のこの光景、これはまるで——パラノイドの眼で見れば——物質界と霊界が壁の両側から手に手を取っているかのようだ。権力のない者には知らされない、どんなことを彼らは知っているのだろう。企業活動の俗界的多様性の背後に、どんな凄まじい構造が隠されているのだろう。

冗談にしても薄気味悪い、呪われた室内ゲーム。スマラークトには実際のところ何一つ信じることができない。技術屋上がりの経営者である彼に、これを信じろといっても無理だろう。彼はこの会に、すでにこの世で形をなしている物事の示し(サイン)や予言(オーメン)や確証を求めているだけかもしれない。紳士クラブの集まりでひと言、「あのユダヤ人さえ、われわれを祝福してくれてるよ」と言って笑いを取れたらいい。霊媒を通して伝えられるものをあの人たちは、歪曲し、編集し、祝福のメッセージにしてしまう。まさに、天地をつらぬく侮辱ではないか。

中国の象牙や絹の壁掛けが数多く飾られた部屋の、その静かな片隅にカウチを見つけたレニは、片方の脛をソファから垂らして横になり、リラックスしようとする。フランツはいまごろロケットの実験場から帰宅し、電球の下で目を瞬いてお隣りのジルバシュラーク夫人が渡しに来たメモを読んでいるころだろうか。レニの最後のメッセージを。メッセージは今夜のベルリンの光を運ばれる・・・ネオンの光、電球の光、星あかり・・・メッセージは情報の網となる。その網からは誰も逃げることができない・・・

「路(パス)はクリアだ」声がザクサの唇とこわばった白い喉を動かしはじめる。「そちらにおら

33 それぞれ貝紫、茜色、藍色。どれも古代からの染料。

34 イギリスの化学者パーキンは、ドイツ人の師アウグスト・ヴィルヘルム・フォン・ホフマンから習ったやり方で、コールタールから得られるナフタリンから(マラリ

れる諸君は、時間軸にそって、逐一ステップをたどるしかないだろうが、こちらにそういう制限はないのでね。一度に全体の形を見渡せる。いや、わたしはまだ新米なのでうまくできんが、こちらに居られる多数の方々には明瞭な…存在(プレゼンス)として——形(シェイプ)と言うと違うのだよ。…見えている。言わしてもらうとだな、もはや諸君の状況に自分を押しはめるのが億劫になってきている。諸君が思い悩んでいる問題は、いくらグローバルなものに思えても、われわれの多くにとっては、ちっぽけな寄り道にしか見えんのだ。曲がりくねった細道を行ったり来たりしているようで——そちらから見れば、広くてまっすぐなアウトバーンを軽快に飛ばしている気分なのだろうがね。諸君が現実だと見なしているものがみな幻影だと告げても、わたしの役に立つわけでもなし。きちんと受け止めてくれるのか無視されるだけかもわからない。諸君には諸君の路、諸君のアウトバーンがすべてなのだろうしね。

「よろしい。モーヴだ。モーヴもパターンの一部である。モーヴの発明によって、それが諸君のレベルへ到達したことが。聞いているかね、ゲネラールディレクトール?」

「聞いております、ヘル・ラーテナウ」IGファルベンのスマラークト[*33]が答えた。

「染料といえばティリアンパープル、アリザリン、インディゴがあり、ほかのコールタール系染料もあるが、鍵はモーヴだ。イギリスでウィリアム・パーキンが発見した[*34]。パーキンはホフマンの弟子で、そのホフマンはリービヒに鍛えられた。そういう連鎖があるのだよ。業(カルマ)の連鎖と言ってもいいが[*35]、きわめて限定的な意味でだな…もうひとり、イギリス人でハーバート・ガニスターという化学者とその教え子たちがいる。…それとオナイリン[*36]の発見だ。IGにヴィンペという男がいるだろう、彼に聞いてみなさい。環状構造にし

アに効くアルカロイドの)キニーネの合成を試みている最中、偶然にモーヴ色(彩度の低い紫色)の染料が生成されているのを発見した(一八五六)。この発見が、それまで廃物でしかなかったコールタールの活用を促し、織物やファッション産業と結びついて、ドイツのIGファルベンやイギリスのICIに巨利をもたらす過程が始動した。

35 ロンドン大学で教えたホフマンの弟子。ドイツのバイエル社(後にIGファルベンに吸収合併)の研究所で化学薬品の開発に所期の成果をあげる。

36 このドラッグはピンチョンの創作。詳しくは659ページ。

たベンジルイソキノリン[37]の専門家だ。あのドラッグの臨床効果を調べてみるといい。いや、そちらの方向を探るといいのではないかということだ。モーヴ染料、パーキン、ガニスターという線に収斂していくラインを。だがわたしには分子のことしか見えていない、ほんの大まかなスケッチしか・・・メトナイリン、これは硫酸塩だ。ドイツではなく、合衆国を探るといい。合衆国とのリンクがあるのだよ。ロシアとのリンクもだ。フォン・マルツァン外務次官とわたしとがラパロ条約[38]にあそこまでこだわったのはなぜだと思うね。東へ進む必要があったのだよ。これもヴィンペに聞きなさい。連結人（Vマン）[39]のヴィンペはいつも現場にいたからね。ソ連に農業機器を売るように、わたしらがクルップ[40]にかくも執拗に望んだのはなぜだかわかるかね。それもプロセスの一部だったのだ。当時は今のようにいたわけではないのだが。しかし、やらなくてはならないことはわかっていた。

「石炭と鉄鋼を考えてみたまえ。両者が出会うのはどこだ。コールとスチールのインターフェイス、それがコールタールだろう。石炭とはどのような存在か。地中に埋もれた、真っ黒な、光もない、まさに死をつくる物質だ。太古の、先史時代の、もう二度と目にすることのできない絶滅種の死骸。それがさらに古く、黒く、深く、永遠の夜の層に埋まっていく。鋼は地上の真っ赤な火の中で作られていくが、その鋼を作るには、より黒くより重いコールタールを石炭から取り除かねばならない[41]。大地の糞便が、輝く鋼鉄の高貴さのために絞りおとされる。選びにもれて棄てられる。

「これをわれわれは単なる産業の進展としてしか考えていなかった。そんなちっぽけなものではない。われわれはコールタールを棄却した。その棄てられた（プレテリット）糞便の中で何千もの異なった分子がわれわれを待った。これは啓示のしるしだ。謎の包みがひらかれていく。モ

37 キニーネ分子の一部をベンゼン環で置き換えたつくりで、モルヒネ等さまざまなアルカロイドの構造的中心をなす。

38 ドイツ同様ヴェルサイユ体制下の鬼っ子となったソ連との間で秘密裡に交渉を続け、一九二二年に電撃的に締結。第一次大戦に関連する領土と金銭の主張を相互に放棄し、経済的協力体制の促進を目指した。

39 原文 V-Mann はドイツ語 Verbindungsmann の略。「フェアビンドゥング」は、「コンタクト」「リンク」「コネクション」の意味。

40 プロシアの時代からドイツの鉄道敷設や兵器産業を支えてきたエッセンの企業。

ーヴのひとつの意味がここにある。何マイルもの深み、何千万年もの時の墓場から掘り出され、地上の光に晒された。地上の新たなる色彩の第一号。もうひとつの意味としては・・・連綿とした系譜・・・そこまで遠くはわたしにはまだ見通せないがね。

「しかしそういう語り方では、生を装うことになってしまう。本当の動きは、死から再生ではない。死から死の変換へと向かう。人間にかかわれるのは、死んだ分子を重合体（ポリマー）*42にする程度のこと。しかし重合化は復活ではない。ゲネラールディレクトール、君のＩＧの話ですぞ」

「私たちの、でしょう、ヘル・ラーテナウ」いつも以上に冷ややかな、堅い調子でスマラークトは答えた。

「それは君のがんばり次第ではないか。これを、リエゾンと呼びたいなら、そうしなさい。わたしも必要とされるなら出てくるつもりだ。聞いていなくてもいいんだよ。君に関心があるのは〝ライフ〟というやつだろうからね。成長する、有機的なカルテルとしての生――だがそれも幻想なのだ。カルテルというのは巧妙にできたロボットで、君たちの目に活発に見えれば見えるほど、現実にはより深層の死へ向かって伸びているのだ。都市に煙突が増殖するのを見るがいい。オリジナルな糞滓を燃やして、その滓をぐんぐん広がるシティの上空へ撒きちらす。構造的にも、潰す力への耐久性は煙突が一番強いのだ、爆発にも耐えぬくことができる――新型の宇宙爆弾（コズミック・ボム）*43の衝撃波にさえもだ」――と、ここでテーブルの回りから小さなどよめき――「まあそれは諸君も知ってる通りだ。死に傾斜していく構造こそが持続性をもつ以上、死は、死以上のものへ変換され、かくしてその統治を完成させていく。地中に埋もれた石炭層がどんどん濃密に層を積み重ねていくのと同じだ――

41　製鉄所では、石炭を乾溜してコールタールやピッチ、硫黄などを取り除いたコークスを使って、高炉での高温燃焼を得る。

42　ナイロンやポリエステルなどは、単量体の分子（モノマー）が鎖状（または網状）に結合したポリマーである。

43　想定されたナチス・ドイツによる核開発に対抗する名目で一九四二年に実際のスタートを切った原子爆弾の「マンハッタン計画」は、一九四四年中には、ウラン２３５とプロトニウム２３９の着実な生産体制を完備し、爆発実験の手前まで進んでいた。

ひとつの時代の上に別の時代をのせ、古い廃墟の上により新しい廃墟を積み上げる。みんな生を偽装する〈死〉のやり方だよ。

「それらの表われ、示し(サイン)はまやかしではなく現実である。であるとともに、プロセスの症状(シンプトム)でもある。このプロセスは同じ形態、同じ構造にしたがう。それをとらえるには徴し(サイン)を追うことになるだろう。原因と結果によって語られるのは俗な歴史だけであって、それは真の過程から目を逸らすはたらきしかない。諸君の役には立つだろうが、われわれにはもはや不要だ。諸君は真実を手にしたいか。手にしたいなら——そう思ってはいかんかな——こうしたことの技術的(テクノロジー)側面を見ていかなくてはならない。ある種の分子の内奥(ハート)を探ることだ。結局それらの分子が取り仕切っているのだからね——温度も圧力も流動率も、コストも利益も、塔の形も・・・

「諸君がするべき質問が二つある。ひとつ、合成(シンセシス)とは何か。合成の本性(ネイチャー)とは。二つ、コントロールの本性とは何か。

「わかっているつもりだろう。自分たちの答えにしがみつくのはけっこうだ。いつかは手放すことになるんだがね・・・」

一個の沈黙が生じ、それが伸びていく。椅子の上ですわり直す動き。だがテーブル上にふれあった小指と小指は離れない。

「ヘル・ラーテナウ？　ひとつ教えてもらえますかね？」手に負えないナチスのひょうきん者、ハインツ・リッペンシュトスが言った。テーブルを囲んだ人たちの間に笑い声が漏れる。ペーター・ザクサは席を立って自分の部屋へ向かう。「神様がユダヤ人ってのはホントですか？」

□□□□□□□

パムも、イースタリングも、ドロモンドも、ランプライターも、スペクトロもだ。みんなポインツマンの聖夜の樅の木の星になって、それぞれが冷たい終末を告げている。留まることのない太陽たち、われわれを果てのない北に残して南へ南へ逃げていく。中でいちばん輝きの明るいのがケヴィン・スペクトロ、この星が一番遠いのだ。そしてナイツブリッジの繁華街[*1]は買い物客であふれ、ラジオからはクリスマス・キャロルが絶えず、地下鉄は暴動かと思うほどの人出。だがポインツマンはひとりだ。でも、Xマス・プレゼントをいただいた、ラッララ。今年のギフトはスパム缶の犬[*2]などではない。奇跡が起こって、人間の脳を授かった。かのタイロン坊やの。大人になってからも、その大脳皮質（コーテックス）のどこかに〈心理学〉自体の幼年期の一片を抱えている——そうです、みなさん、これは歴史の純粋なる一片です、包嚢に包まれたまま時の汚染を免れ、ジャズにも、不景気にも、戦争にも動かされずにいた——故ドクトル・ヤンフ御自身の一カケラと申してよろしいでしょう、それをプレゼントされたんです。死を超えて、神殿の中央の間の決裁（さばき）も通過して、なおもこの世に生きつづけるその一片をね。

1 ハイドパークの南、ハロッズやハーヴェイ・ニコルスなどが並ぶ高級商業地域。

2 255ページ註**30**参照。

誰からも聞かれない、誰にも言わない。私のハートが感じている、精と希望が充ちてくるのを。・・・リヴィエラからのニュースは申し分ない。こちらの実験のほうも急にうまく行きだした。プディング准将からは――闇の資金にダブつきがあったのか、一般流用というやつなのか、それともどこかの計画がポシャったのか――予算増額の通知さえ来た。准将も、ポインツマンのパワーを感じ、保険の意味で賭けてきたのか？

日中あらぬ時間にポインツマンは夢想を始め、股間を脈打たせている自分を見いだす。ジョークすら飛び出す。英国人パヴロフ学者のジョークとは？　ほとんどがひとつの不幸な偶然に絡むものだ。英語で「大脳皮質」を意味するcortexは、そもそもラテン語で「樹皮(バーク)」の意味[*3]――となれば、犬と樹木の、みんな知ってるユーモラスな関係がごていねいに指摘される（これだって充分にひどい、品格あるＰＩＳＣＥＳの面々は相手にしていない、だが続いて登場する常規を逸した作品に比べれば、まだまだウィットのきらめきすら感じさせる。たとえば、これ――「サン・アントニオからやってきたカウボーイにロンドン子(コックニー)が叫んだ。なんと言ったか？」[*4]恒例のＰＩＳＣＥＳのクリスマス・パーティも宴たけなわの会場からポインツマン、モーディ・チルクスに手を引かれクローゼットの中へ入る。ベラドンナ製剤とガーゼと漏斗管だらけの、手術用ゴム手袋の臭いが立ちこめるなか、彼女はいきなり真っ赤なストッキングに包まれた膝をつき、ズボンのボタンを外しにかかった。ややや、度肝を抜かれたポインツマン氏はガタガタ震える手でモーディさんの頭を撫でたら、ワインカラーのリボンで縛った髪の毛がバラけた――おいおい、これ、本物だ、つるんと赤くてホットにキュッキュッと音のするストッキングに包まれた奴隷女のアンヨちゃん。どこか遠くの蓄音機からルンバが流れる。そうです、この蒼白な冬色の病

3　犬が「吠えるbark」という意味がかかる。

4　『ＧＲＣ』によれば、答のひとつはcortexをもじった“Koh, Tex.”。コックニー（ロンドンの下町訛り）では「ゴッド！」という驚きの発声は「コー」となる。「テックス」はテキサス人への呼びかけ。

院ホールで、ベースと拍子木（クラベス）の刻むリズム、けだるいトロピカルなストリングの抑揚のなか、固いむきだしの床の上でみんなが踊る、その音の波を、パラディオ建築の天井の、千の部屋の巻き貝が受け、反響し、強弱の具合を変えて壁や梁に伝えている…おおっと、大胆にもモーディちゃん、ピンク色をしたパヴロフ主義者の一物を口一杯にくわえ、刀飲みの芸人のように顎先から鎖骨まで見事に垂直に差しこんだ。喉の奥から戻しぎわ、ウッフ、アッフと女らしくむせ返る。高価なスコッチの香りが花びらを拡げる。彼女の両手につかまれたズボンの尻のウール地のたるみが伸びたり縮んだり――あまりに突然のこと、ポインツマンはただ身体を揺らしながら、酔っぱらったようにとろけた眼をパチクリさせて、これは夢なのか、それともついに私はパーフェクトな調合比を見いだしたのだろうか、忘れるなよ、硫酸アンフェタミンを六時間毎に五ミリグラム、ゆうべ就寝時にアモバルビタール・ナトリウム〇・二グラム*5、けさ朝食の時に飲んだビタミンカプセル各種、それにアルコールがだいたい毎時一オンス、それがいつからだったか、cc換算では…おお何てことだ、達しそうだ、ホントに？ イエス…ウッ、ウー…で、モード嬢を見れば、健気にもゴクンと飲んだ、一滴もこぼさない…顔に静かなほほえみを浮かべ、今やっと、アンプラグド。垂れつつある鷹の首を冷たい独り者の巣に戻してあげると、なおもしばらくクローゼットに跪いたまま。隙間風と白い明りの入りこむ瞬間、一緒に入りこんでくるこの曲、えーとエルネスト・レクオーナ*6の何かだろう、「シボネー」か、その流れくる長い回廊がキューバの椰子の夜へ続く航路のようだ。緑の浅瀬にスライムストーンの胸壁…ポインツマンの脚に頰をあずけ、血管の浮きでた彼の手を顔に押し当て、モードはちょっぴりヴィクトリアンなポーズをとった。けれども見る者はいない。そのときも、それ

5 硫酸アンフェタミンは覚醒剤。アモバルビタール・ナトリウムは鎮静剤。ちなみに、スロースロップにトイレを下る幻覚を引き起こした「アミタール・ナトリウム」は同じ物質の略称。

6 キューバの代表的作曲家・バンドリーダーとして一九三〇年代、合衆国やヨーロッパにもラテン・ブームを作った立役者。

以後も。この先、冬の廊下で、ふたりの視線が交わって彼女の頬がこの晩のひざ小僧のように赤く染まることはあっても、ラボから一緒に彼の部屋に同行することはあっても、この秘め事は二度と繰りかえされまい。戦争と英国の十二月（イングリッシュ・ディッセンバー）、その両方がひと息ついた隙に生じたトロピカルな、完璧な平和の瞬間は、二度ともう・・・

誰にも言えない。何かが起きているとモードは感づいている。PISCESの資金の流れはすべて彼女の手を通過するのだ。すり抜けるものはひとつもない。そのモードにさえ言わない・・・自分の望みを明確な言葉でさらすなど、とてもできない。自分自身に対しても、そんなこと、したことがない・・・彼の望みは前方の暗闇のなか、黒々とした恐怖に取り囲まれることで否定的に定義されているのだ。その希望もいずれは暗黒に飲みこまれる運命なのか。パヴロフ主義者の歴程（プログレス）の果てには、むなしくも馬鹿らしい冗談のような死が見いだされるだけなのだろうか。

仲間の医者のトマス・グウェンヒドウィも感づいている。ポインツマンの表情にも足取りにも、筋繊維の動きの変化があきらかだと。グウェンヒドウィはすばらしい恰幅と、その歳でもないのにサンタクロースの白髭を持ち、何事も思いのまま、ボサボサの恰好をしていつもショーマンシップを発揮する。コミカルなウェールズの田舎弁と、硬いダイヤモンドのような真実を伝える医学者の弁を、同時に重ね合わせる芸を披露する。この男の歌声がまた常軌を逸したボリュームだ。時間があくと戦闘機の滑走路までぶらり歩いていって金網を抜け、あたりを見回し、いちばんデカイ機体を探す——なぜかというと〝空飛ぶ要塞（フライング・フォートレス）〟B-17がパワー全開で飛び立つときを狙って讃美歌「天つ御使いよ」[*7]の低音（バス）のパートを響かせるのが趣味なのだ。しかもその声が人の耳に届くのである。骨格を震わすそ

7 讃美歌一六二番。
英語の歌詞を直訳すると「讃えあれ！ イエスの御名の力よ／天使も平伏し、舞いおちたまえ／ディアデムを差しだして／〈彼〉をすべての王とならせ」。

の純粋な発声は爆撃機の飛び立つ音を振り切って、遠くストーク・ポージス[*8]までも流れつく。いつだったかベッドフォードシャーのルートン・フーから、『タイムズ』紙に手紙で問い合わせた女性がいた。あのすてきな太い声で「ディアデム」を歌ってらっしゃる方はどなたでしょうと。ミセス・スネードという名前だった。グウェンヒドウィは酒飲みで、グラスの中にマッド・サイエンティスト風の調合品を混入する。ビーフティー、グレナディン、咳どめシロップ、吐きだしそうになるほど苦い立浪草(たつなみそう)・吉草根(きっそうこん)・益母草(やくもそう)・敦盛草(あつもりそう)など煎じ薬の数々。飲みっぷりがまた堂に入っている。伝説や歌を通して国民的に言祝がれる、矍鑠(かくしゃく)たるアル中の飲みっぷりなのだ。シェイクスピアの『ヘンリー五世』に登場するウェールズ人[*9]、みんなに韮を食べさせようとする男だが、恐らくはその直系なのか、グウェンヒドウィは静かにすわって飲んだりしない。ひっくり返ることもないし、まっすぐ立って飲むこともない。病人の顔と瀕死の顔が続く長い廊下を、巨体に縦揺れ横揺れ(ピッチ&ロール)を起こしつつ、ああだこうだ罵りつつ進んでいくその姿、ささいな身振り、声や息遣いの変化からは無骨ながらも人間愛が感じられ、その温かみはポインツマンにすら届いた。彼のうけもつ患者は黒人、インド人、中欧出身のユダヤ人(アシュケナジック・ジュー)――ハーレー・ストリートでは聞き慣れない言葉をしゃべる連中だ。爆弾で飢えと寒さの中に追いだされ、住むところも満足にない人びとの顔は、子供たちさえ、古い時代の人間の、苦痛と逆境に慣れきった表情を見せている。ポインツマンには驚きだった。自分が診てきたのは、神経性の無食欲症か便秘かという両極端、ウェスト・エンド流のお上品な徴候のかずかずだが、そんなものはグウェンヒドウィには診察にも値しないのだろう。この男の病棟では基礎代謝率の値がマイナス三五だの四〇だのという数値を平気で示すのだ。X線写真の骨の線は白く膨らむ。舌の裏

8 バッキンガムシャー南部の村。ロンドンの西にある空軍滑走路からさらに七マイルほど西。次のルートン・フーはロンドンの真北で、五〇マイルほど離れている。

9 王に仕える騎士フルエレンを指す。ローレンス・オリヴィエ監督、主演の映画『ヘンリー五世』は、大陸侵攻を前にしたこの時期、ちょうど製作中だった。

から採ったグレイの粘膜を旧式の黒い褶(ひだ)つきの顕微鏡に載せてみれば、ヴァンサン口内炎[*10]の菌の大群が雲をなし、彼らを生んだビタミンの乏しい細胞を潰瘍化しようと狙っている。これはまったく別世界である。

「わからん、おれにはさっぱりだ」ハリネズミ色のケープから太いスロー・モーションの腕が伸びて、出てきたばかりの病院に向けられる。ふたりは降りしきる雪の中を歩いている。ポインツマンにとって、修道士と修道院、兵隊と駐屯地とは別々の存在なのに——グウェンヒドウィにとってはそうではないらしい。自分の一部が病院に残る——人質に取らせて。通りも閑散としたクリスマス・デイ、グウェンヒドウィの下宿部屋まで坂を登っていくふたりの研究者と爆弾に突き抜かれた建物の壁面の間には雪の幕。それが石の視差を生みだしながら行進を続け白い陰鬱の中へ霞んでいく。「どうしてあんなにシブトイのかわからん。貧者も、黒人も、ユダヤ人も！ ウェールズの人間もだ。ウェールズ人はむかしユダヤ人だったのか？ イスラエルの〈消えた部族〉の、黒き民族の、末裔か。陸地伝いにやってきたのか[*11]。何百年？ 途方もない旅だな、その果てに見いだしたのがウェールズの地であるわけだ」

「ウェールズ・・・」

「そこに留まってカムリ族になった。どうだ、この世の人間はみなユダヤ人ってことはないだろうか。人類みんな、原初の握りこぶしから放出されたタネからできた。タネはいまもって外に向かって飛んでると。おれは信じるぞ」

「もちろん、君なら信じるな」

「お互い様だろ？ アンタは違うのか」

10 第一次大戦で塹壕内の兵士を襲った凄まじい口腔内の炎症。通称「トレンチ・マウス」。

11 イスラエル王国が紀元前八世紀にアッシリアに滅ぼされたとき、それまで聖書および他の歴史文書に記載のあった十の部族が謎の消失を遂げた。ウェールズに住み着いたカムリ族は、ノアの息子ヤペテの子孫だと信じる人が少なくなかった。

「わからん。きょうはあまり自分をユダヤ人とは感じていない」
「飛散している感じはないか?」ポインツマンにふと、相手の言う意味が通じた。グウェンヒドウィは孤独について、散り散りになる寂寞感について語っている。その一言が、驚いたことに、心のうちの何かにふれた。ブーツの裂け目からクリスマスの雪が滲みこむ。痺れるような冷たさが入りこもうとする。視界の横隅に、グウェンヒドウィの茶色いウールの横腹が揺れる。白一色の世界の中で、孤軍奮闘している色彩の小さな陣地。飛んで散っていく。飛んで……グウェンヒドウィの巨体が羽織ったケープには何百万もの白い氷の点々が斜めにかかり、それが一向に消えるそぶりも見せないので、ポインツマンにはいつもの不安が——偏揺れの酩酊のガタガタの恐怖、〈正典〉の呪いの恐ろしさが——舞いもどってくるのだった……頼むからコイツだけは連れていかんでくれと、しみったれたハートで思う……でもシャイであるがゆえに、プライドゆえに、隣の男にほほえみかけることもしない——ほほえみには必ず釈明がつきまとう男、せっかくの笑みも台無しだ……

ふたりが近づくと、犬が吠えながら駆けてくるが、ポインツマンの〈プロフェッショナルな眼〉に睨まれて静かになった。グウェンヒドウィがハミングしているのは「アベリストウィス」[*12]だ。守衛の娘エステルの足下にはガタガタ震えた子供がふたりほどまとわりついている。手の中にはクリスマスのボトルが一本、強烈に鼻をつく飲み物だが、飲みこんで一分後には胸の中がホカホカになる。歩く廊下は石炭の煙と小便とゴミと昨夜の肉野菜炒めが混ざった匂い、グウェンヒドウィはボトルから口飲みをして、エステルと走りながらのスラップ(ペチン)&ティックル(コチョコチョ)、末っ子のアーチとママの太いムートンの腰回りで高速度の「いないいないバー」をやり始めた。盛んにグウェンヒドウィを叩こうとする子をヒョイ

12 ウェールズの美しい港街を題名にした讃美歌。

と避ける大男の、身のこなしの軽いこと。

グウェンヒドウィがガスのメーターに息を吹きかける。メーターがすっかり凍りついて、コインも通してくれないのだ。べらぼうめ、何ちゅう寒さだ。ガスのメーターを手でくるみ、罵りながら、身を屈めてケープの翼で包みこむ彼のしぐさは、シネマ・スクリーンで見る愛撫のよう――グウェンヒドウィは自前の光熱を発する太陽か・・・

居間の窓の向こうには、葉の落ちたアーミー色のポプラの木、一本の運河、雪をかぶった鉄道操車場が続いている。さらに向こうで長いノコギリの歯のような石炭殻の山がきのう落ちたV爆弾でいまなお煙をくすぶらせている。不規則な煙が横に流れ、くるりと回ってちぎれる。降る雪がそれを運んで着地させる。

「いままでで一番近い着弾だな」グウェンヒドウィがヤカンを置いた。擦ったマッチの酸っぱい硫黄の匂い。ややあって、なおもコンロの火を見守りながら、「ポインツマン、すごくパラノイドな話を聞かせてやろう」

「君までか」

「最近、ロンドンの地図は見てるか。V爆弾の大流星群だが、どこを目がけて落ちてきてる？　ここなんだぞ、ほら。官公庁（ホワイトホール）が狙われてしかるべきだろ？　だが、そうじゃない、おれのところが狙われてる、ひでえ話だ」

「そういう非国民的な発言はつつしめ」

「そうか」咳払いをして、ペッと流しに吐きだす。「信じたくないってのか。そりゃそうか。あんたはハーレー・ストリートの人間だもんな。おうおう（ジーザス）、まいったまいった」

王立協会の人間をこうやっていびるのが、グウェンヒドウィの十八番である。上空に異常な気流が発生したのか、それとも温度躍層のせいか、米軍爆撃機の羽音のコーラスが流れ降りてくる。〈死〉の白きカマンヴァ・ゲイニー。[13] 地上では入れ替えの機関車が音もなく、操業上のレール網を移動する。

「ポアソン分布にしたがって落ちてるだけだろう」ポインツマンの声は、疑念を示すかのように遠慮がちだ。

「そりゃ、きっとそうなんだろう――いいポイントだ。イースト・エンド一帯には満遍なく落ちてるわな」アーチか誰かが、茶・オレンジ・青の三色でグウェンヒドウィを描いたことがあった――医者のカバンを持ち、一本の水平線にそって緑色のガス工場の前を通りすぎる。カバンに押しこんだ何本ものジン・ボトル、笑顔の下の顎ヒゲから、そこに巣をかけたコマドリが覗いている。空は青く、太陽は黄色く。「でもあんた、その理由を考えてみたことがあるかい。〈シティ・パラノイアック〉。この妄想都市が、何世紀にもわたって、どんどん田舎を飲みこんで繁殖してきた。知能を持った生き物みたいにな。こいつは役者だぞ、ポインツマン、物まねが得意だ！　いろんな力を正確に真似る。経済の、人口統計学の、そう、ランダムな力の作用も真似られる、ほら、わかるか」

「ほらと言われても、わかるわけがない」窓辺のポインツマンは、白い昼のバックライトを背にしている。顔面に浮かんでいるのは、眼球を縁どるふたつの三日月だけだ。手探りで後ろの窓の掛けがねを探るべきか。このヒゲもじゃのウェールズ男、完全に狂ってしまったのか？　ならば逃げるしか・・・

「あんたにゃ、彼らが見えんのだよ」緻密に織った錦のような蒸気が鋼鉄のシミのついた白鳥の口から立ちのぼり始める。「暗闇にいる、黒人たち、ユダヤ人。あんたに見ろった

13　ウェールズのアバリストウィスで毎年三月一日に行われる聖歌祭。無数のパートにわかれた大合唱がわき起こる。

って無理か。彼らの沈黙だって聞こえとらんだろ。言葉と光にばかり慣れてしまった」

「それはどうかな。犬が吠えるのには慣れたがね」

「わしの病院にはな、回復などないのだ。失敗が通りすぎていくだけさ」ぴたりと静止した、道化者のアル中の、笑みを含んだ凝視。「何を治すことができる？　送りかえすのか、また外へ放りだすのか、あんなところへ。大陸の戦場と変わらんだろ、戦闘だよ、副木を当てて麻酔を打って、なんとか人が殺せる最低の状態に戻して送りかえせってか」

「おい、国がいま戦争してるんだぞ」と言ってポインツマンは、相手の睨みつける視線を自分のカップで受けとめた。トンマな受けこたえでも構わない、とにかくグウェンヒドウィに〈妄想都市(シティ・パラノイアック)〉の話をやめてもらいたい、むしろ本日のロケット弾で病院に運びこまれた怪我人の話でもしてくれたほうがましだと思う。しかしポインツマン、グウェンヒドウィは、いまお祓い(エクソシズム)をやっているのだよ。白の騎手(ホワイト・ライダーズ)たちの無言の暴挙をだまらせるべく、この詩人は沈黙を唱いかえしているのだ。最初からそのつもりだった。きょうはこのシケた部屋で、話の通じない相手に向かってわめきたてて過ごそうと。ポインツマンにはいつも通りの、型にはまった、怒りっぽい、無理解な男でいてもらえばいい……

「金持ちが高台に住んで、貧乏人が下に住むような街(シティ)もあるし、金持ちが海辺を占めて、貧乏人は内陸に押しやられるというところもある。さてロンドンだが、ロンドンにゃ悲惨が勾配をなしている。そうじゃないかね。河が海へ向かうにつれて、惨めさも増えていくだろ。なぜなんだと、わしは問いたい。海運業のせいでそうなるのか？　土地利用のパターンが、工業化に伴ってそういう分布を生むってことか？　古代からの民族的タブー感覚がずーっとイギリス人の間に受けつがれて今も生きてるってわけか。違うな、そういうのは違う。ほんとうの理由は〈東からの脅威〉を感じているからだろう。もちろん〈南〉もだが。間違いないぞ、欧州大陸の大衆が脅威なのだ、わかるね。まず最初に東南側にいる連中がやっつけられる。わしらはやられてもいいってわけだ。一方ウェスト・エンドの連中、河の北に住むやつらがやられては困る。いやその〈脅威〉は、具体的な形があるもんではない。政治的な解釈は無用だ。〈妄想都市〉の見る夢を、わしらが理解することはできん。想像するに、ロンドンの街は、敵の街が、海をわたり河をのぼってやってくると妄想しているのだろうか……暗黒の波……戦火の波が押しよせてくるのを。……巨大な、沈黙の〈母なる大陸（マザー・コンティネント）〉が、ふたたび自分を飲みこみにやってくる悪夢にうなされているのか。わしは知らん、都市が見ている夢のことなど。……だがもし、〈シティ〉が、増殖する腫瘍細胞だったとしたらどうだ。世紀を超え、絶えず形を変えながら、いつの日か、まさにおのれが秘かに抱えてきた最悪の恐怖を目の当たりにする。ボロをまとった歩兵（ポーン）も、俗世にまみれた僧正（ビショップ）も、腰抜けの騎士（ナイト）も、みな糾弾され、歴史からふり落とされ、ここに残され、さらけ出され、ただ待っている。最初からわかってたことなんだ、知れてたことだ、ポインツマン！　否定するなよ、ヨーロッパの前線がいつか、こんな展開をみせるってことは決まってたんだ。下々の民衆を東へ押しやっておくこと、ロケットが作られること、いかなる不具合で飛距離が出ずにどこへ落ちるか、ぜんぶ決まってた。あんたの友達の、メキシコといったか、そいつに聞いてみろ。やつの地図を見てみろ。どこが濃い？　東だろ。東と、テムズの南、そっちばかり集中して落ちてるだろ。ゴキブリが集まっているところにかぎって、こっぴどくやられるんだ」

「君の言った通り、グウェンヒドウィ」と、お茶をすすって、裁くように、「明らかなパに乾杯するの。

「そうさ」彼は祝宴ムードでヴァット69のボトルを出してきた。グラスがふたつ、で、何

ラノイアだ」

「赤ん坊のために」ときっぱり言ってニヤリ。こりゃ完璧にイカレてる。

「赤ん坊だ?」

「ああ。わしはな、自分でも、地図を、作ってきた。産科病棟からデータを取ってきてな。空襲時に、生まれてくる、赤ん坊もな、やっぱりな、ポアソン分布に、したがうのだよ」

「そんなものにしたがって生まれてくるとは、可哀想に。その奇妙さに乾杯だ」

時間がたって夕暮れ時、巨大ゴキブリが数匹、すごくダークな赤褐色の生き物が羽目板の隙間から妖精のように登場し、ガサガサと食糧貯蔵室のほうへ向かっていった——ひとはらの子を宿した母ゴキブリもいて、その前とまわりを進む半透明の赤ん坊ゴキブリが、付添いの護衛隊のよう。夜も更けて、爆撃機も高射砲もロケットの落下も一たん止んだ深夜の静寂に彼らは、ネズミのような大きな物音を立てながら、グウェンヒドウィの紙袋の中を食べ進み、その体色と同じ色の排泄物の跡や筋を残していく。ソフトな食感の果物・野菜は好物ではなさそうで、固いヒラマメやインゲンみたいなガリガリ齧れるものがいいらしい、紙も齧る、漆喰製の障壁も齧る。堅い界面を食い破るこいつらは斉一化(ユニフィケーション)の担い手だ。だってほら、クリスマスのゴキブリだもの。ベツレヘムの飼葉桶の藁の奥に棲んでいたのさ、黄金の藁が格子状に織りなす中をヨロヨロ進み、登っていっては、赤肌をきらめかせてヒラリと落ちた。きっと何マイルも延びているように思えただろうね、上にも下にも食べることのできる棲み家が続く。ときどき噛み切った拍子に、その神秘のヴェク

トルの束が崩れて近くの仲間がひっくり返り、触角とケツを逆さにしてきみの脇を落ちていく。でもきみは踏みとどまった、六本の足すべてを震えつづける金色の茎に差し入れて。静寂の世界は、保温も保湿もいい具合で、日々のめぐりは柔らかで、金色の昼からアンティーク・ゴールドの夕方へ、光は移ろい影になり、もう一度金色の夜明けが始まる。赤ん坊の泣き声が君に届く、目に見えない遠くで、ひとつひとつの泣き声がエネルギーの噴出のよう、はっきりとは聞こえない、気づかぬ者も多い。きみの救世主だよ、ほら。

□□□□□□□

ガラスの鉢に金魚が二匹、魚座(パイシーズ)のしるしをつくってる。頭と尻尾を巴(ともえ)のようにくっつけたまま動かない。前にすわったペネロピーは金魚の世界を見つめてる。沈んだ小さなガリオン船。潜水服のダイバーは瀬戸物だ。きれいな石と貝殻は、きょうだいで海から持って帰ってきた。

ジェシカおばさんとロジャーおじさんがキッチンでハグして、キスした。エリザベスは廊下でクレアをかまってる。ママはWC。猫のスーティは椅子でねんね、スーティはほんとは黒いカミナリ雲で、これから形が変わっていくけど、いまは猫の形をしているの。きょうはボクシング・デイ。夜はとても静かだ。最後にロケットが落ちたのは一時間前、南のほうだった。クレアがゴリウォーグ[*1]をもらって、ペネロピーはセーターだった。エリザベスがもらったフロックコートは大きくなったらペネロピーが着る。

きょうの午後、ロジャーおじさんが子供たちを『ヘンゼルとグレーテル』のパントマイムに連れていった。クレアはたちまち椅子の下にもぐりこんだ。椅子の下では、ほかの人たちが秘密の通路を通って動いている。おさげ髪と白い襟に、軍服を着た背の高いおじさ

1　十九世紀末のイギリス児童文学に登場した〝黒ん坊〟のキャラクター。現代人の目にはきわめて差別的なその人形は、長らく人気商品であり続けた。

んたちが付きそって、椅子の背もたれにはコートが掛かって。舞台の上では、おりの中でヘンゼルが背中を丸めている。ヘンゼルは男の子だけど、ほんとうはノッポの女の子がタイツの上にスモックを着ているの。おかしな魔女のおばあさんが、怒りまくって口の中を泡だらけにして大道具を昇っていった。グレーテルはかまどのわきで構えてる・・・

そしたら劇場の通りのすぐ先にドイツのロケットが落ちた。小さい子が何人か泣きだした。すっかり怖がってる。魔女のお尻を叩こうと、ちょうどほうきを振りかざしていたグレーテルは、それを置いて、静けさが戻ってくるなか、フットライトの輪に立って歌いだした――

ダメです、それにやられちゃダメ
ウカウカしてると　やられちゃうから
でもね、あなたに見えてないでしょう――
大きくて、悪いのが、真上から
あなたの頭をねらってる！
オー、八百屋さんが虹に祈るよ
ゴミ屋さんはネクタイ結ぶ・・・
みんな一緒に、陽気な歌で進行だ
空から出てきた、ペパーミント・フェイス！

「さあ、ご一緒に」ニッコリほほえむと観客席の大合唱だ。ロジャーまでも一緒に歌った。

空から出てきたペパーミント・フェイス
あなたのハートにゃ　しぼんだ夢
顔にパイが、ベシャッと当たって
パントマイム始まるよー
オー、イギリス兵は今夜は雪の中
ドイツ兵は　飛行を学ぶよ
月まで飛ぼうよ、天より高く
ポリエチレンの家で舞い上がれ

ポリエチレンのきれいな家で、舞い上がれ
プラチナのきれいなピンを持って
オー、ママはどでかい　マシンガーン
パパはさえない　ヤング・マーン

［スタッカート、ささやき声で］
オー、社、長が、吸います　社、長の、パイプ
頭、取が、食べます　頭、取の、奥さん
世界はまどろむ　バンドはかなでる
ポケットをひっくり返せば、サプライズ

ポケットをひっくり返せば、サプライズ
そこには誰も、いなかった
階段の上であかりが消えてく
舞踏会の季節が終わったばかり…
オー、浜辺の椰子が、ささやくよ
救命係がため息をつく
優秀賞に選ばれた子供たちにも、聞こえてますか
死ぬのを学ぶ子供の声が

隅の、ランプを置いたテーブルのお隣りに、ペネロピーのパパの椅子がある。からっぽの椅子がこちらを向いている。背にかかったクローシェ編みのショールの、灰色と黄褐色と黒と茶の編み目のひとつひとつが、驚くほどくっきり見える。それの模様か、それとも前に何かいるのか、わからないけど、何かが動いている。始めのうちは、ただの光のゆらめきだった。椅子の直前にストーヴでもあって、陽炎（かげろう）がゆらいでいるのかと思った。

「だめ」小さな声を出す。「出てこないで。あなたは違う人なの。知らない人よ、パパじゃない。消えてちょうだい」

そいつの腕と足は、黙って固まったままだ。ペネロピーは見入っている。

おまえを訪ねてきたくなってな。

「あたしに、とりつくんでしょ」

この家の魔物のうわさは今に始まったことではない。これは、本当にパパのキースなんだろうか。まだペネロピーの年齢が、今の半分だった時に戦争にとられた父親が、自分の知っている姿ではなく、殻だけになって戻ってきた——中に入っていたヌルリと軟かな魂はすっかり抜かれて? 笑って愛する、死を敏感に感じて恐れる魂は腐って溶けたか、さもなくば、政府という死神の、死の針を持つ口についばまれてたか——生きた魂が自分で望みもしないのに魔物になっていく過程が西洋魔術では知られていて、この魔物は伝統的に〈クリフォト〉、と呼ばれる。つまりは〈死者の殻〉。・・・いや、いまの時代には同じことが、この世でふつうに生きている男女の誰にも起こることだ。墓のこちら側だろうと向こう側だろうと、事は尊厳も慈悲もなく進む。ママたちもパパたちも、自分の好きなやり方を選んで勝手に死んでいくよう条件づけられているのだ。癌や心臓発作を発症する。自動車事故を勝手に起こす、さもなくば好きこのんで〈戦争〉に出かけて殺しあう。そして子供たちを森の中に置き去りにする。戦争に〝とられた〟とか、大人の人は言うけれど、それはウソだ。パパは勝手にいなくなった。大人たちが互いにカバーしあっているだけ。もしかしたら、こういう殻になっていてくれたほうがいいような気もする——ガラスみたいに乾いた体で部屋をはい回ったり、古い椅子にすわったりすべり降りたりしていてくれるほうが。愛するパパがまだ死んでいなくて、これから死ぬのを見なくちゃいけないよりましだわ・・・

台所でヤカンの湯が揺れる。沸騰に向かって軋んだ音を立てる。外で風がうなっている。どこか別の通りで屋根のスレートが一枚すべり落ちた。ロジャーがジェシカの手を取って、自分の胸で暖めようとする。かじかんだ手の冷たさが、セーターとシャツ越しに、しみ込んでくる。でもジェシカは離れて立っている。彼女の震える身をまるごと暖めたい、とロジャーは思う。手足の端っこだけなんてお笑い草だ。ぜんぶに熱を伝えたい、それって望みが高すぎるのか。ハートが、煮え立つヤカンのように、カタカタ震える。

　ロジャーに理解の光が射してくる。彼女がいなくなるときは、命が尽きるように、あえなく去ってしまうのだろう。そして自分は泣くのだ。なぜなのか、いま初めてロジャーは理解した。いつかこの自分の、腕立て伏せ二十回が限度の腕の力でしかジェシカを引き留められなくなる日がくる、その覚悟を、彼は身につけつつあった。…いなくなってしまったらもう、ロケットがどこに落ちようと同じだ。だが地図と女とロケット弾がひとつに重なる偶然が、その概念が、彼の心に氷のようにひそかに忍びこんでいた。クウィシュリング分子[*2]が勝手に格子状（ラティス）の配列を組んでロジャーの思いを氷結させる…もっと長い時間ジェシーと一緒にいられて…ふたり一緒のときにそれが起きたとしたら——別の時代だったらずいぶんとロマンティックな話だろう。でも死の文化にあっては、死ぬ状況などどれも似たりよったりだ。どっちが恰好がつくか[*3]というだけのこと——ともかくジェシカといられる時間が少なすぎる…

　ロケットにやられなくても、中尉の野郎がいる。ビーバーって名前の、ジェレミーって名前の。あいつは〈戦争〉そのものだ。戦争が要求してくることをいちいち代弁している——おれたちは労働のため、政府のためにあると。鍛錬あるのみ。愛だの夢だの、魂の飛翔だの、五感の悦びだの、そんなハンパな代物にかかわるなと。そんなもんを大事に思う精神はたるんでると。…フン、よく言うぜ。あいつらホント狂ってるな。ジェレミーは天使の流儀でジェシカを連れていくのかな——悦びのない、曖昧めかした言葉を羽ばたか

2　ヴィドクン・クウィシュリング（一八八七〜一九四五）はノルウェーへのナチス・ドイツの侵攻を手招きし、傀儡政権の首長となった政治家。売国奴の代名詞。

3　原文は hep to the jive。キャブ・キャロウェイの歌を通して広まった黒人ジェズメンのスラングで、「ヘップ」は後に「ヒップ」に代わられた語。

せて。ロジャーは忘れられていくのだろう。マニアックでおかしいけどさ、来るべき平和な時代の、合理化された権力の儀式にああいうヤツの居場所はないね。ジェシカは夫の命令にしたがい、家庭で事務を支える、官僚のジュニア・パートナーになるだろう。ロジャーのことは、犯したかもしれない人生の間違いとして、神への感謝の気持ちとともに思いだすのがオチだ。・・・一瞬、発作的な絶望感がロジャーを襲う——あああ、ジェシーなしにどうやって生きてきゃいいんだ。ジェシーこそ「英国の暖かみ」[*4]。前屈みのロジャーの肩を守ってくれる。ジェシーは越冬ツバメ、ロジャーが手のひらで暖めてあげるひと。ジェシーは枝々と乾し草の最奥部に秘めた無垢。願いが分化し、名づけられ、叶わないものになる可能性を与えられる以前を生きる。そしてジェシーは永遠の鏡の下の、しなやかなパリの悦びの娘。香水なんか絶対つけない、脇の下までくるケープスキン[*5]などはめたりしない。それではあまりにたやすくロジャーをメロメロにしてしまう。愛の値打ちをつり上げてしまう。

きみはおれの中で、夢から夢へ動き回る。きみはおれの心の最後のみすぼらしい曲がり角までやってきて、ガラクタの間に命(ライフ)を見いだした。もう、どの言葉、どのイメージ、どの夢、どの霊がきみのものか、どれがおれのものかわからない。区切ることなどもう必要ない。きみとおれとで、何かこれまでにないような信じがたい存在になっている・・・

ロジャーの信仰告白だ。通りで子供たちが歌う。

お告げの天使が歌います
シンプソン夫人が王様ぬすんだ[*6]

4　「ブリティッシュ・ウォーム」とは厚手の軍用外套のこと。

5　南アフリカ産のやわらかい羊皮（の手袋）。

6　一九三六年に即位

スーティの子のキムはとんでもなくデブで寄り目のシャム猫。そのキムがマントルピースの上で、このごろの唯一のお楽しみをしようと身構えている。食べて眠ってまぐわう以外、彼の頭を占めているのは、母猫の上にどうやって飛びのろう、倒れこもうという画策だけだ。そのたびに母猫がギャッと叫んで部屋を駆けまわるのを見てキムは寝そべったまま笑いこける。ジェシカの姉ナンシーがWCから出てきて、本気でケンカを始めたエリザベスとクレアを制止する。ジェシカがロジャーから離れて洟をかむ。鳥の鳴き声のような、ロジャーの耳にはもうおなじみの——イ、イ、イ、ジューンググ。ハンカチが鼻から離れる……「なんてことでしょう（スーパー・デューパー）。風邪を引いたみたい」

〈戦争〉を引いたのさ。戦争がきみに感染したんだ。おれにはわからん、どうやったら戦争を遠ざけておけるのか。オー、ジェス。ジェシカ。おれを置いていかないでくれ……

したエドワード八世は、アメリカ人女性ウォリス・シンプソンとの結婚のため在位十一ヶ月で退位したが、それを歌ったこの歌は、全英の子供たちに広まった。

第二部　カジノ・ヘルマン・ゲーリングでの休暇

きみの今度のお相手は、
ハリウッドで一番のトールでダークな男優だ。
――『キング・コング』メリアン・C・クーパー監督が
主演女優のフェイ・レイに

□□□□□□□

今朝の通りは早くも市民の木底の靴[*1]が近くに遠くにカランコロン、見上げれば風の中に、残飯狙いのカモメたち、広げた翼を休めて右へ左へ軽々と滑空しながら時折わずかに肩をすくめるようにして浮力を保ち、白くスローに羽根を撓(しな)らせ、また戻す。まるで見えない親指がファローシャッフル[*2]しているかのようだ。……きのうの午後に遊歩道(エスプラナード)をぶらついたとき、モンテカルロの第一印象は陰鬱なものだった——灰色の雲の下、海はさまざまな灰色のグラデーション、カジノ・ヘルマン・ゲーリングの白一色の建物に、棕櫚の葉が黒いノコギリ歯となってそよともせず貼りついていた。……それが一転、けさは樹々が揚々と陽を浴びて緑を取りもどし、左手遠くには古代の水道橋の崩れかけたループの群れが、干からびた黄色い姿を岬沿いに並べている。岬に見える民家や貸別荘は暖かい錆色に焼かれ(ベイクト)、蒼白い生地の色から濃い照り輝きまで大地の色(アースカラー)の全領域の色彩を帯びている。

　陽はまだ低いが、やがて鳥の翼の先端をとらえ、きらめく羽毛にかき氷の感触を与えるだろう。スロースロップは自分の部屋のかわいいバルコニーに立ち、鳥の群れを見あげながらガチガチ歯を鳴らす。部屋の電熱器は遠すぎてふくらはぎに届かない。彼らはスロー

1　モナコは一九四四年九月には解放されたが、ナチスにゴム製品も革製品も取り上げられていた市民の間では木製の履き物での往来が普通に見られた。

2　半分に分けたトランプを両側から巧みに交互に差しこんで弓なりにするシャッフル法。

スロップに、白亜のファサードの上階のまるまる一室を与えたのだ――タンティヴィ・マッカ＝マフィックと彼の友人テディ・ブロートは、廊下を行った先の相部屋という処遇なのに。スウェットシャツの畝織りの袖口に両手を差しいれ腕を組み、この見事な異国の朝、大気の中へ吐きだされた自分の息の霊（ゴースト）と、朝一番の陽の暖かみに、煙草がほしくなった途端、やだなあ、もう身構えている、本日最初のロケットがドーンと一発、一日の開始を告げる号砲を打ち鳴らすのを。大戦は北へ行き、ここは跡地にすぎないことは充分承知しているのに。ここで炸裂するものといったら、シャンパンのコルク栓を抜く音と、手入れのいいイスパノ＝スイザ*3のエンジン音、あとは妙に色っぽい平手打ちぐらい（であってほしい）。…ロンドンじゃない、ロケットもこない。その現実に適応できるのかい？　できるさ、でも、そうなったらまたロンドン召還ってことだ。

「あいつ、起きてるよ」制服姿のブロート、煙のくすぶるパイプを嚙みかみ、するりと部屋に入ってきた。後ろに続くタンティヴィはピンストライプの洒落たスーツ姿。「早いなあ、エスコートなしのかわい子ちゃんが浜辺に出てないかってかい…」

「眠れなくてさ」スロースロップが欠伸をしながら部屋に戻る。後景の日射しの中は凧のように舞うカモメたち。

「こっちもさ」とタンティヴィ。「ここに慣れるには何年かかるか」

「豪華（ゴーッド）だなあ」ブロートの反応は異様に大げさだ。舞台で演じているかのように、巨大なベッドを指さし、その上に倒れこんで思いきり跳ね上がる。「きみの到着をきっと前々から知らされていたのだろう。スロースロップ様、特別室！　おれたちなんか、使っていない物置小屋をあてがわれた」

3　かれら上層部が使う高級車。下巻172～173ページ参照。

「おい、おい、何を言ってるんだ」スロースロップは煙草を探し回っている。「おれは、ヴァン・ジョンソン[*4]じゃないんだから」

「いやあ、女の子に関しては」タンティヴィがバルコニーからクレイヴンズの緑の箱を投げてよこした。「そっくりだろ——」

「イギリス男は、シャイだからね」ベッドを揺らしてブロートが強調した。

「正気とは思えん」ぼやきながらスロースロップは私用洗面室に向かう。「精神異常(セクション8)の連中に入ってこられた」だが悪い気はしない。手放しスタイルで放尿しながら煙草に火をつけ、このブロートという男のことを考える。タンティヴィの昔からの友達だというのだが——便器にはじき落としたマッチが一瞬ジュッ——あいつのおれへの対し方がどうも気になる。上から観察しているような、そわそわしたところがあって・・・

「女の子の斡旋を？　このおれに頼むだって？」迸(ほとばし)るトイレの水音に負けない大声で、「情けないなぁ。海峡わたってフランスに来れば、みなヴァレンティノに早変わり、っていうのがイギリス男児じゃなかったのか」

「戦前にはそんな伝統もあったらしいが」タンティヴィが戸口で切なそう、「ブロートと僕は新種のイギリス人で、ヤンキーの専門的な技量に頼らざるをえないのさ・・・」

ここでベッドからはね起きたブロートが、スロースロップを啓発すべく歌いだす。

《イングリッシュマンはとてもシャイ》〔フォックストロット〕[*5]

（ブロート）　イングリッシュマンは、とてもシャイ

4　戦時中のアメリカの代表的な二枚目スター。東京空襲を扱った最初の映画にもパイロット役で主演している。

5　「ウン・パッ、ウン・パッ」の2拍子のダンス・リズム。第二部では三曲のフォックストロット曲が流れる。どれにもフレッド・アステアらのミュージカル映画の流麗な雰囲気が感じとれる。

カサノヴァの真似できません
レディーズ攻撃作戦も
先陣切るのはアメリカ人

（タンティヴィ）
イングリッシュマンは持ってない
大西洋（トランス＝アトラーンティック）の向こうのがむしゃらさ
アメリカ的な無鉄砲の、どこがそんなに
ロマーンティック？

（ブロート）
ご婦人たちをたんまり連れた
一夫多妻のヤンキー見てると
英国的な酒乱と淫行に火がつきそう

（タンティヴィ）
それでも秘かに畏怖の念にうたれてる
エロティックなクラウゼヴィッツ[*6]か、さえないな…

（ふたり一緒に）
米国流のベッドの手管と
英国紳士が連合組んだら
あの子もこの子もイチコロだろう
わかっていても踏みだせない
イングリッシュマンは、とてもシャイ

「そうだな、ロケーションは抜群だ」スロースロップは自信ありげにうなずいて、「しかしおれにお膳立てを期待するなよ」

6 プロイセンの軍人カール・フォン・クラウゼヴィッツ（一七八〇～一八三一）は、『戦争論』を著して全面戦争を美化した。

「最初の一声だけでも頼むよ」とブロート。

「モワ」タンティヴィは早くもバルコニーから下に向かって声を掛けている。「モワ（ぼく）、タンティヴィ、わかりますか？　タンティヴィ」

「タンティヴィ」下から若い女のくぐもったコーラスが返ってきた。

「ジェ・ドゥ・ザミ・オスィ――ぼくにもツレがふたりいますよ、奇妙な偶然、えーと、ビザール・コーアンシダンス、ウィ？」[*7]

　ひげ剃りの最中だったスロースロップが、どうしたとばかり、泡のついたタヌキ毛の刷毛を握って飛び出てきて、タンティヴィの左肩のエポレット越しに下を覗こうと駆けだしたブロートとごっつんこ。見れば、こちらを見上げるマドモアゼルたちの三つの顔は、それぞれが巨大な麦わらの光輪に囲まれている。眩しい笑顔だ。背後にひろがる海のような神秘をたたえる瞳たち。

「ウ・・・どこ」とブロートが訊ねる、「ウ・デジュネ？　あさごはん、どこ、しますか？」

「いや、お役に立てて光栄だ」タンティヴィの肩胛骨の間に泡をべっとり付けながら、スロースロップが言った。

「だったら一緒にいらっしゃいな」波音に乗った黄色い声がバルコニーに届く。三人のうち二人の娘がとても大きな籐のバスケットを差し上げた。その縁からは緑色の細身のワインボトルが飛び出ている。白いクロスの下には、ゴツゴツとしたフランスパン。まだ暖かくて、その栗色のつや塗りから、ひび割れたところから、白い小さな羽根のような湯気がクルリクルリ上がっている。「ご一緒しませんか？　浜辺で――スュ・ラ・プラージュ」[*8]

「おれ」すでにドアから一歩踏み出たブロート、「ちょっと相手してくるから。きみたち、

7　原文のフランス語部分は、J'ai deux amis, aussi, ...Par un bizarre coincidence, ...oui?。

8　sur la plage

後から……」

「スュ・ラ・プラージュ」夢見心地のタンティヴィは眩しそうに眼をしばたたき、朝一番に現れた夢のような現実をニンマリと見下ろしている。「まるで絵画の中にいるようだよ。印象派か。いや野獣派か[*9]。光があふれて……」

スロースロップの両手からウィッチヘイゼルローションのハネが飛ぶ。この匂いには故郷バークシャーの土曜日の、床屋のひと時がこもっている――壜入りのプラム・トニック、アンバー・トニック、頭上でまわる扇風機、脇で揺れている捻れた蠅取り紙、ときどき痛い思いをした切れないハサミ。……くわえ煙草のまま苦労してスウェットシャツを脱ぐ。シャツの首から煙が出てきてまるで火山だ。「もう一本、恵んでくれ」

「何言ってんだ」タンティヴィが大声を張り上げた。「冗談よせよ、口にくわえてるのは何だよ」

「なんだって何がさ?」タンティヴィを仰天させたシャツの袖に腕を通し、ボタンをかけるスロースロップ、その顔はイノセントそのものだ。

「ふざけてる場合か。ヤング・レディーズを待たせているんだよ。なあ、スロースロップ、少しは人間らしい身なりをしてくれ、たのむよ」

「これでキマリ」スロースロップは鏡の前を横切りながら櫛を出して、いつものビング・クロスビー風、ポマードたっぷりのオールバックを掻き上げた。

「本気かい、こんな恰好したやつと、僕が一緒に歩くの――」

「これはな、兄貴のホーガンが送ってきてくれたんだ。おれの誕生日に、はるばる太平洋からだぜ。裏を見ろや、アウトリガーの付いたカヌーに人が乗ってる、その下、ハイビス

9　タンティヴィが思い浮かべているのは、後期印象派のセザンヌや野獣派の代表アンリ・マチスか。

10　一九六〇年代のバークシャー（その架空の

カスの花の左、SOUVENIR OF HONOLULU って字が書いてあるだろ。ホノルルの真正な土産品だぞ、その辺のイミテーションとはわけが違う」

「なんと（ディア・ゴッド）」タンティヴィは嘆き、スロースロップの後について行くのだが、廊下の薄暗がりでシャツがほんのり光るのを見て目を覆った。「裾をズボンにたくし込むくらいはしてくれ。上に何か羽織ればいい。ほら、このノーフォーク・ジャケットを貸してやろう……」痛手もいいところだ、それは本場セヴィル・ローの仕立屋で仕立てた高級品で、試着室の壁に羊のポートレイトがいっぱいで驚いた。断崖で上品にポーズをとっている羊や、物思いに耽る羊のソフトなクロースアップ写真——この背広は、その高貴な羊たちから直々にいただいた霧銀色の羊毛で仕立てたのである。

「これ、有刺鉄線（ばらせん）で織ったんじゃないかい」とスロースロップ。「こんなの着てたら、寄りつく女も寄りつかなくなる」

「しかしだね、きみのそのケバケバしいシャツのまわりに寄りつく女性がいるだろうか。半径十マイル以内には誰も入るまい」

「おっと、そうだ」いつの間にかスロースロップが取りだしたのは、黄・緑・橙、三つの原色を配したハンカチーフ、タンティヴィから漏れる恐怖のうめき声を無視して、彼の背広の上着のポケットに三色の角が切り立つように折り入れた。「これだよ。シャープなスタイルってのはこういうのをいうんだ」

　日射しの中へ。つんざくようなカモメの鳴き声。スロースロップのアロハが、俄然生気を帯びて輝きだした。タンティヴィが瞼を閉じる。薄目をあけると女たちはみなスロースロップに近寄り、フランス語でささやきながらシャツを撫で、その襟先を囓っていた。

町ミンジバラ）を舞台にしたピンチョンの短篇「シークレット・インテグレーション」に登場したホーガン・スロースロップという子の父（医師）であろう。

「そうなのだ」地面に落ちたバスケットを自分が拾いあげながらタンティヴィ、「いつもこうなる」

彼女たちは踊り子だった。解放軍がやってきてから日も浅いうちに、カジノ〈ヘルマン・ゲーリング〉の支配人、セザール・フレボトモはステージ一杯に並ぶコーラスラインを雇い入れたが、店の名前を変える余裕はなかった。屋根の上に、小さな完璧な貝殻で描かれたその名を気にする人もいそうになかった。古い屋根の一部をごっそり取りはずし（カジノの脇に今も瓦が積んである）漆喰の上に桃色、褐色、紫色の貝殻を数千個、モザイク模様にあしらって、空から名前が読めるほどの大きなドイツ語式の活字体で帝国元帥の名を描いたのは、二年前に滞在したメッサーシュミットの中隊である。この遊びの作業が彼らの「レクリエーション療法」だった。今まだ太陽は低く、屋根の上の単語たちは、モザイクの地とは分離しているものの、まだ単語として浮き立っておらず、いわば抑圧されて宙に浮かぶ。人間と関わりを、火ぶくれが化膿し流血して黒くなった男たちの手の痛みとの関わりはもはや持たず、通りすぎる――ホテルのシーツと枕カバーがビーチの坂に干してある（シーツの皺模様の緑の青みは日が高くなれば消えていくのだろう）その脇を過ぎる――一行の後景に退いていく。浜辺の乾いた砂を求めて散らばりながら進む六対の足が、誰も拾わぬ浜の貝殻を踏み散らす――なかば色が抜けおちたカジノのチップ、半透明化したカモメの骨、ドイツ国防軍の支給品の黄褐色のアンダーシャツはひき裂かれ、ベアリングのグリースがついている・・・

浜辺を進む。スロースロップのド派手なシャツも、タンティヴィのハンカチも、女たちのワンピースも、緑の襞も、みんな揺れて踊ってる。一斉にしゃべり出される男女の国際共通語、エスコートの男のほうにチラチラ目をやりながら、女同士、何を伝え合っているのか。これって朝一番の、ヘッ、ヘッ、パラノイアの肩慣らしにはいいのかもしれない。今日もまた襲ってくるに違いない事態に心をセットする一服のカンフル剤には、しかし、ならないだろう。だって、この朝の光景、こいつはちょっと素晴らしすぎる。小さな波が寄せて崩れてくろい小石を打ちながらパイの皮のように広がり、遠くの岬では突き出た岩のまわりが白く泡立って、太陽と広大な距離に曳かれるように沖をゆくヨットの帆が銀色のウィンクをする。アンティーブ岬[*11]の方角へ向けて帆を操る手慣れた手がゆるやかなタッキングを繰り返している。低くうねる波の上をザバザバと不規則に揺られるヨットの気持ちが、けさのスロースロップには伝わってきた。戦争が始まる前のケープ・コッド[*12]の浜辺から見えたコメットやハンプトン[*13]が思いだされる。浜の匂い、打ち上げられて干からびつつある海藻の、古い揚げ物のオイルの匂い、日焼けした肌にジャリジャリする砂の感触、チクチクと素足をつつく砂丘の草。…岸に近いところでは、ペダルボートにびっしり乗りこんだ兵士と女——船尾の白と緑のラウンジチェアにもたれ、飛沫を跳ね上げ、寝そべる者たち。波打ち際では子供たちの追いかけっこと叫び声、くすぐられた子供が発する、あの無力にかすれた笑い声。遊歩道のベンチの、青・白・クリーム三色のパラソルの下に、一組の老夫婦がすわっている。一日の航海に出る前に錨を降ろして休んでいるのか。

　六人の一行は最初の岩場まで歩いていって、ビーチからは見えず、彼方にそびえるカジノからも半ば隠れた小さな入り江を見つける。朝食はワインとパン、たっぷりの笑顔、太陽光が踊り子たちの長い髪の回折格子（グレイティング）でスペクトルに分光し、その髪はヴァイオレットと栗色（ソレル）とサフランとエメラルド色に揺らめき跳ねて、けっして留まることがない。…まわ

11　ニースとカンヌの間に突き出た岬。

12　マサチューセッツ州東端に腕上に突き出た半島。

13　どちらも一本マストに大きなメインの帆をつけた、一九三〇年代に人気を博したヨット。

りの世界がすべて溶けだし、堅固なものはすべて崩れて、ほんわり温かいパンの内部がきみの指先で待つ――花のワインが、きみの舌根を春の小川のように流れていく・・・

ここでブロートが一声、「スロースロップは、あちらのお嬢さんともお友達なのかい」

ン？　なに・・・あちらのお嬢さん？　ブロートが得意顔で、近くの潮溜まりに注意をうながす・・・

「きみがご所望って目つきだよ、色男くん」

ふむ・・・彼女は海中から出てきたのか。膝丈の黒いボンバジーンのワンピースからすっくり長い素足を伸ばし、まばゆいショートの金髪の、内巻きにしたカールが頬にふれて顔を影に隠している。二〇メートルほど離れたこの位置からでは、それだけしかわからない。だが、ほんとだ、スロースロップのほうを見ている。彼はニコリとして、軽く腕を上げて振るが、彼女はただその場に立ちすくみ、袖を風になびかせるばかり。向き直ってワインの栓を抜いたときだった。そのポンという音を装飾音にして、踊り子のひとりから悲鳴が上がる。タンティヴィは中腰、ブロートはあんぐり開けた口を彼女に向け、踊り子たちは防衛の反射行動なのか、髪を浮かし、ねじれたフロックドレスの裾からはみ出た太腿を陽光に眩しくさらしたスナップショットの像になった。

なんてこった、あの、ほら、動いてるの――あれはタコかい？　そうさ、タコだよ、こんなデカいの、映画館でしか見たことないぜ、そのくらい巨大なタコが今、水面上に伸び上がって、黒い岩のひとつへにじり寄ってきたのだ。邪悪な目をして美女を睨みながら触腕を伸ばす。みんなが見ているその前で、イボイボだらけのそいつを首に巻きつけ、もう一巻きで腰をとらえてグイとばかりに水の中へ・・・

スロースロップは立ち上がり、ワインボトルを摑むや、タンティヴィ——この男、その場でおずおずダンスの足踏みをしながら、あるはずもない武器を求めてポケットをまさぐっている——の前を過ぎて駆けだした。近づくにつれ敵の全貌があらわになる。ベラボーめ、なんとデッカイやっちゃ。岩場で急ブレーキ。ハタと停まったスロースロップは片足を浅瀬につっこみ、手にした壜をタコめの頭へ打ちすえた。足のまわりをヤドカリが必死に逃げる。はやくも半分海に沈みかけた彼女は叫ぼうとしているのだが、ぬんめり動く冷たい触腕に締められた気管は息を通すのがやっとだ。子供のようにしなやかな指関節(ナックル)を持つ手が伸びてくる。手首に男物のスチールの名入りブレスレットが巻かれた手がスロースロップのアロハシャツを握りしめる。彼女の一生の最期に、漫画的原色のフラ・ガールズとウクレレと、波乗りのお兄さんが現われるとは、誰が想像しただろう。**…おい、やめろ、たのむ。**緑色のワインボトルがぬんめりとしたタコの皮膚に打ち下ろされる。しかしまったく効果はない。タコが勝ち誇ったようにスロースロップを見やった。スロースロップの目は、自分の胸をつかんだまま確実に迫り来る死を前にした女の手に釘づけだ。アロハの布地にピンと走った溝は彼女の恐怖の接線が。引っぱられ伸びた糸が一本、弾き飛ぶ寸前のボタンをかろうじて繋ぎとめている。ブレスレットにエッチングされた名前の、それぞれのアルファベットはくっきりと銀色に光っているが、意味ある単語として見えてこない。ネットリとした灰色の、液状(リキッド)的な締めつけが、二人掛かりの抵抗をものともせずにグイグイ強まる——ブレスレットが囲う哀れな手が、無残にも筋収縮を始めた、これで彼女は地上から——

「スロースロップ!」一〇フィート先のブロートが大きなカニを渡そうとしている。

「なんだよ、それは・・・」岩にぶつけて叩き割ったワインボトルをヤツの眉間に突き刺してやればいいのだ——

「腹が空いてる、カニをほしがる。**タコを殺すな、スロースロップ**。ほら、たのむぞ——」飛んできた、空中をクルクルと、遠心力で足がピンと張ったカニ。気持ちの揺らぐスロースロップはワインボトルを落とし、パチャンと手のひらでカニを受けた。ナイス・キャッチ。その瞬間、彼女の指と自分のシャツの変化から、タコの反射反応が感じられた。「よしよし」震えながらスロースロップは、カニをタコの前で振ってみせる。「うまうまの時間だよ」　別の触手が伸びてきて波状をなす粘液が彼の手首にふれる。ビーチの数フィート先にカニを放ると、わからんもんだ、そいつは実際、カニを追ったのだ。最初は彼女もスロースロップも引き連れて——途中で触手を離した。急いでカニを拾い上げ、タコの目の前でぶらぶらさせ、踊るようにしてタコを誘うと、タコは口から涎を垂らし、カニに視線を固定してビーチを下る。

会ってまもない相手だし、別に比較の対象があってのことではないが、スロースロップはこのタコが、精神に変調をきたしているのだろうと思った。こいつには狂った過剰さがある。テーブルの上の物体がこちらが音に対して神経質で、自分の無器用さもよくわかっていて、どうか落ちないでくれと強く願うときにかぎって、ガシャンと落ちるみたいな感じ。**バシン**、ハハハ、いまの聞いたか、もう一丁、バシン！——と、そいつの一挙手一投足がすべてそんな具合で、この八本足野郎とはこれで永遠のサヨナラだ、とスロースロップは手にしたカニを円盤のように海を目がけて投げ飛ばしたら、喜ばしいことにタコは大げさな水音を立てながらそれを追跡、たちまち目の前から消えてくれた。

消耗した女は砂浜に倒れ、周囲をみんなに取り囲まれて、荒い呼吸をしている。踊り子のひとりが抱き起こして話しかけた。Rの音と鼻母音とはフランス語のままだが、話の聞こえる位置まで来ても、何語で話したのかはスロースロップにはわからない。

タンティヴィが、ほほえみながら軽く敬礼する。「お見事」と、テディ・ブロートが賛辞を送る。「ああいう真似は自分じゃやりたくないもんだ！」

「どうしてだよ。そもそもカニ持ってたのはきみだろ。で――そのカニ、どこから持ってきたんだ」

「見つけたんだよ」ブロートは真顔だ。その目をスロースロップは覗き込もうとしたが、目を逸らされた。はて、これはいったい。

「そのワイン、飲ましてくれよ」そうでもしないとやってられない気持ちだった。ボトルを握って口飲みする。緑のガラスのなか、傾いた球体をなして空気がのぼり、パシャッと跳ねた。助けた女がこちらを見ている。ボトルを離して息を継ぎ、ニコリほほえむ。

「ありがとう、中尉さん」わずかな震えもない、なめらかな声、ゲルマン風のアクセント。顔も今ははっきり見える。牝鹿系のソフトな鼻、金髪の睫毛の奥には酸緑色(きみどり)の瞳。ヨーロッパ的な細い唇。「本当に、呼吸が戻らなくなる一歩手前までいったんです」

「あなたのお国はドイツじゃないですよね」

強く頭を振って、「オランダよ」

「ここに来たのは――」

彼女は視線を外し、手を伸ばして彼の手からボトルをとった。海を見ている。タコの去っていった方を。「タコって、あんなに視覚的な生き物だって知らなかったわ。わたしを見て、わたしと知って、襲ったの。わたし、カニには見えないでしょ？」
「いやあ、とびきり極上のヒト科の女性に見えますけど」「海の向こうの(トランス＝アトランティック)がむしゃらさ」というやつを目の当たりにしたブロートが、後景でうれしそうにタンティヴィの脇腹をつつく。スロースロップが彼女の手首を取った。ブレスレットに彫られた名前は、いまはスラスラ読める。KATJE BORGESIUS(カッチェ・ボルヘジアス)　彼女の脈が強く打つのが伝わる。スロースロップのことをすでにどこかで知っているのか。ふむ、なかなか微妙だ、この表情は。計算ずくのようすが半分、臨機応変のすばしこさが半分…

　というわけで、砂浜に集った見知らぬ、その会話の声に少々金属的なエッジが生じる。一語一語に打ちこむような響きが伴い、あたりの光も、明るさに変化はないものの、物事を照らしだす力が減退し…目に見える世界の背後に意味の秩序を求めるピューリタン的反射反応——別名パラノイアとして知られるもの——が、この場を仕切り始めたのか。海の空気に力線[*14]がほんのりと蒼白く浮かんで見える…窈かな取り決めが結ばれた部屋が爆撃され白昼にさらされ、その内実が示唆される——それも戦争の偶然からでなく、ある意図によって。ウソだ、たまたまカニを見つけたんじゃない、あのタコも、この女も、出会ったのは偶然じゃない。構造とディテールは後からついてくるだろう。とにかく。スロースロップは即座に感じる、周囲になにやら陰謀が進行していることを。

　みんなして、もうしばらく浜辺に留まり朝食を終えたけれど、鳥と太陽、女とワインで始まった単純な一日はすでにスロースロップのもとにはなかった。タンティヴィは酔っ払い、ボトルが空いていくにつれ、どんどんリラックスして陽気になって、最初から目をつけていた娘(こ)だけじゃなく、スロースロップと（タコさえ出てこなかったら）いい感じにな

14　力の作用を示す「磁力線」など。

っていたであろう娘まで引きこんだ。この男は陰謀に関係ない。スロースロップの、タコに先立つイノセントな過去からの使者である。一方のブロートは、まったくの素面、口髭一本乱さずに軍服姿でスロースロップを見張っている。彼のわきには小柄で細くてピンナップ・ガールの脚をしたギスレーヌが、耳の後ろを通した長い髪を腰の近くまで垂らし、砂の上の丸いお尻を動かしながら、ブロートが砂に書いたメッセージにコメントを書き添えている。スロースロップは彼女から目を離さない。女たちは火星人と同じで、男にはない触角(アンテナ)を備えているから。一度だけ彼女はスロースロップを見た。その目は不思議そうに大きく見開いた。何か知ってる、と彼は確信した。カジノへの帰り道、手に持った空瓶と、朝食ピクニックのゴミでいっぱいになったバスケットをいじくりながら、一言彼女にぶつけてみる。

「とんだピクニック、ネスパ(でしたね)?」

その口のお隣りにえくぼを作って――「タコのこと、みなさん最初から知っていたの? そう思えたわ、だってみんな振りつけられてるみたいに動くんですもの」

「いや、おれは知らなかったね。きみには計画された悪ふざけみたいに思えたの?」

「リトル・タイロン」突然彼女がささやいた。芝居っぽい笑顔をみんなに振りまいて彼の腕に手をまわす。リトルだ? この子の二倍のサイズがあるんだぞ。「おねがい――気をつけてね」それだけ。もう一方の手はカッチェと繋がれていた。かわいい悪魔がふたり、対照的なのが左と右に一人ずつ。浜辺から人気(ひとけ)が消え、舞い降りた灰色のカモメたちが五十羽ほど、じっと海を見つめている。海の彼方で積乱雲が白い背丈を増してきた。その堅そうな頬を、智天使(チェラブ)のように膨らませて[*15]――遊歩道の遠い向こうまで、パームツリーの葉

15 小さな天使が口から吹く天からの風が、前ページで感じられた「力線」を作っているのか。

がそよいでいる。ギスレーヌが腕を外し、ビーチを駆け戻って堅物のブロートの手をとった。スロースロップの腕をとっていたカッチェに力がこもり、いま一番聞きたくない言葉が発せられる――「わたしたち、きっと出逢う運命だったのね」

□□□□□□□

海から見たこの時刻のカジノは、水平線上に燃え立つ宝石だ。薄れゆく光の中で、建物を包む棕櫚の葉は影と化す。すべてのものが影を増していく——小さな黄褐色のギザギザの山も、ブラックオリーヴの中味のような色をした海も、白いヴィラも、山上のシャトーも、その廃墟も、松の林や一本松の深緑色も。みなだんだんと色を深め、昼の光のヴェールの下に一日隠していた夜の姿をあらわにしていく。浜辺のそちこちで焚火が始まった。英語で話すかすかな声が、ときどきわき起こる歌とともに、沖合のデッキに立つポルキェヴィッチ博士のところまで聞こえてくる。階下では、カニの肉をたらふく頂いたタコのグリゴリが、特製の囲いの中でご満悦。岬の灯台から伸びる光線が一定の円周を描いてかすめてゆく。ポツポツと浮かんだ小さな漁船が沖をめざす。グリシャ[*1]や、これでしばらくおまえの出番もないだろう。…〈ポルキェヴィッチと天才タコ君〉[*2]の出番は終わった。今後ポインツマンからの支援は見込めない。

　指令というものに対し、もはや彼は疑いを抱かない。みずからの国外追放に関しても、疑問に思うのはもうやめた。ブハーリン[*3]の陰謀に自分が加担した証拠があるというのだ。

1　「グリゴリ」のロシア語の愛称。

2　ポルキェヴィッチ博士は103ページに、タコと一緒に登場していた。

3　ボリシェヴィキ革命を支えた中心的理論家。スターリンの粛清を受け、一九三八年銃殺。

具体的な話は何ひとつないのだが、きっとその通りなのだろう。トロツキスト陣営がきっと自分の評判を聞いて、本人には永遠に知られざるところで利用していたのだろう…永**遠に秘密のところで**。そのことがどういう意味か理解できず、そんな理不尽な運命を受け入れるなどとんでもないと言う無垢な人間たちもいることは彼は知っていた。だが彼は受け入れていた。結局のところこれは、スターリンの見ている壮大で病的な夢の中の、些細な挿話にすぎないのかもしれないのだ。自分には少なくとも生理学がある…党以外の何かがある。党の上にのみ人生を築いてきた者たちは、追放されたときにほとんど死と変わらぬ経験をするのだろう…彼らは何ひとつ確実に知ることがないままに一生を終えるのだろう。実験室で得られる確実な知とは無縁なまま…その知を頼りに過去二十年間、彼は正気を保ってきたようなものだ。いくら彼らでもこれだけは——

まさか、そこまでは、そんなケースは聞いたことがない…もちろん隠蔽されたとすれば別だが。科学ジャーナルに載るはずもないし——

ポインツマンが——

あの男なら、やらかしかねない。やったのか。

グリシャ、グリシャ！　夢がかなったぞ。こんなに早く。外国の街を回るんだ——破れた帽子のコメディアン、カンカン・ガールズ、火の泉、楽団席で吹き鳴らすオーケストラ…グリシャ、おまえなら万国旗をぜんぶ一度に持てるかい…演し物の間に、採れたての貝と温かいピロシキ、夕方には温かいお茶のグラス…ロシアのことは忘れるようにしないとな。放浪の先々では割り切って、ウソっぽいロシア風で満足することにしよう。

伸びやかな空に一番星が見えてきた。だがポルキェヴィッチは願を掛けない。ポリシーなのだ。来るべき事態の徴し（サイン）に関心を示さない。去りゆくものの徴しにさえも。……エンジン全開。航跡に波が盛り上がる。夕焼けを反射したピンクの波。白亜のカジノがかすんでゆく。

今夜は電気が来ていた。フランスの配電網（グリッド）に、このカジノも復帰した。クリスタルのケバが立ったシャンデリアの針先が燃え立つ。戸外のガーデンには、より淡い灯火の光。タンティヴィや踊り子たちと食事に降りてきたスロースロップは、カッチェ・ボルヘジアスの姿を見て、文字通り目を丸くした。髪をエメラルドのティアラに収め、体のほうは海緑色の長いビロードのメディチ・ガウンに包んで、二つ星の少将と准将のふたりにエスコートされている。

「RHIP」[*4]タンティヴィが節をつけて言う。絨毯の上で当てつけがましくシャッフルダンスのステップを踏みながら、[*5]「オー、RHIPにゃ、かっなわーないっ」

「おれのこと、怒らせるつもりかな」スロースロップが笑顔を振りまく。「だったら無駄だ」

「たしかにな」と言いながら、タンティヴィの笑顔が固まった。「ああ、スロースロップ、やめてくれ、頼む、僕たちこれからディナーに行くんだ」

「知ってるよ。これからディナーだ」

「そんなものを身につけて入れないだろ。外しなさいよ」

「気に入った？　本物の手書きだぜ、このお姉ちゃん、見ろよ、ナイスなボインだろ、ハ？」

「何だいそれは、ワームウッド・スクラブズ[*6]のネクタイか」

4 Rank has its privilege. ＝上官には特権がある。

5 原文は shuffling off sarcastic buffaloes。ミュージカル映画『42番街』の挿入歌で、新婚旅行をテーマにした「シャッフル・オフ・トゥ・バッファロー」の振付けを真似たということ。

6 69ページ註**14**参照。

メイン・ダイニングルームの中は、給仕と士官と淑女とがつくる巨大な往来の渦。踊り子の手をとって渦の中に入っていったスロースロップはやっとの思いで空いている二つの席にすべりこんだ。すると、なんということだ、左隣の席にカッチェがすわっている。彼は頬をふくらませ、寄り目をし、指で髪を忙しくかき上げる。じきにスープが運ばれてきた。爆弾を解体する慎重さでスープに向かうが、お隣りのカッチェはこっちのほうは見向きもせず、少将の向こう隣りにすわっている大佐の徽章をつけた将校が戦前にコーンウォールで経営していたゴルフ場の話で盛りあがっている、ホールのこと、ハザードのこと、地形の感覚は身につきました。しかし一番の楽しみは、夜のコースでね、穴から出てきたアナグマがプレイをしてるんです・・・

魚料理が出て、その皿が下げられた時からおかしな具合になりだした。カッチェの膝がスロースロップの膝にすりよってきた感じがする。テーブルの下でビロードの温かみがモワン。

さあて、とスロースロップは考えた、ここらで一発、奸計をめぐらそう。だってここは、ヨーロッパなのだからして。彼はワイングラスを高く挙げ、一言「タンティヴィ・マッカ＝マフィックのバラッド」をリクエストする。拍手歓声が巻き起こった。タンティヴィは謙虚に頬を赤らめて、笑顔を抑えつけている。みんな知ってる歌なのだ。スコットランド人のひとりがグランドピアノへひと走り、セザール・フレボトモはツルンとした口ひげをひねってサーベルの刃の先端を整え、鉢植えの棕櫚のかげに取りつけた調光器のつまみを一ひねりして光量アップ、頭だけ出してウィンクすると、給仕人頭に場内静粛の合図を送る。ワインで口をすすぐ音、咳払い、それに続いて、相当数の客による合唱が始まった――

《タンティヴィ・マッカ＝マフィックのバラッド》

オー、イタリアのジンは母の呪い
フランス・ビールはバイ菌だらけ
スペインでバーボン飲めば
聖人と癲癇病みの孤独が見える
濁酒（どぶろく）造りの山奥じゃ
毒の甕（かめ）に眠らせて
地獄の槌で香りをつけた！
〈白き稲妻〉[*7]が霊柩車を走らせる！

〔リフレイン〕
オー――タンティヴィは世界中で酔っ払ったぞ
南仏でも酔ったぞ、北の果ての島でも
タンティヴィが酒を断つことあったらば
俺は死んでみせる、白眼剝いて、ニタリ笑って

百人の大合唱に聞こえるが、実際はたぶんウェールズ人二人で歌っているのだろう。南

7 「ホワイト・ライトニング」とは、アメリカ・テネシー州の山中などで非合法に作られる強烈なウィスキー。「ムーンシャイン」とも呼ばれるが、ここでは、稲妻のイメージから雷神トールのハンマーを歌い込んでいる。

部出身者がテノールで北部出身者がバスなのか、とにかくその音量は、スロースロップの狙いどおり、すべてのテーブルの秘密の会話もそうでない会話もみな押し流すに充分だ。カッチェのほうへ体を傾ける。

「わたしの部屋で会ってちょうだい」彼女がささやく。「306、深夜零時を過ぎてからね」

「がってん(ガッチャ)」スロースロップは立ちあがる。ちょうど二番の頭で合唱に加わるのに間にあった。

クジラも千鳥足になる
ラム酒の海で骨が透け
南アからドーバーまでの航海中
杯を傾けっぱなしだった
マストにかけた布が四枚
ぐでんぐでんに翻っていた
霧のロンドン、サハラの太陽
マッターホルンの氷壁でも
ぜったい酒ビン離さずに
かならずグイッとやっていた
タンティヴィ様に、節度は無用・・・(この先続く)

ディナーが済んだ。スロースロップがタンティヴィに合図を送る。同席の踊り子たちが腕を組んで大理石のラウンジへと——そこのトイレには各個室間に、真鍮製の音響管が張り巡らされ、腰掛けたまま他室にすわっている人と楽に話せる。スロースロップとタンティヴィは最寄りのバーへ。

「聞いてくれ」スロースロップはハイボールのグラスの中へ言葉を吐いた——氷に触れて戻ってくる言葉にしかるべき冷気を与えようというのか。「オレの頭がおかしくなったか、それとも現におかしなことが進行中か、どちらかだよな」

タンティヴィはリラックスした雰囲気を擬装して、「ユー・キャン・ドゥー・ア・ロット・オブ・シングズ・アット・ザ・シーサイド」[8]のメロディをハミングしてから こう訊いた。「ああ、そうね。きみは本当にそう思うのかい」

「まじめに聞けよ、まず、あのタコだ」

「オクトパスはだね、地中海海域ではごく一般的に見られる。ふつうはあれほど大きくないがね。サイズが気に入らなかったのか。アメリカ人は何でも大きいのが——」

「タンティヴィ、こりゃ偶然じゃない。ブロートのやつ、たしかに言ったぞ、『そのタコ殺すな』って。都合よくカニが出てきたのは、あいつのミュゼット・バッグに最初から入れてあったんだ。タコをおびきだす道具としてさ。あいつ今夜、どこへ行ってるんだよ」

「ビーチなのではないだろうか。あちこちで飲み会をやってるし」

「あいつ、酒好きだったか?」

「いや」

8 「浜辺でなら、街じゃできないことがたくさんできる」という題の、第一次大戦期のヒット曲。

「ブロートはきみの友達だろ――」

タンティヴィがウッと呻いた。「おいおい、スロースロップ、おれにはわからんよ。きみとだって友達だ、でもさ、いいか、ときどききみはこうやって、スロースロピアン・パラノイアってのに引っぱり込もうとするよね…」

「パラノイアなんかであるもんか。きっと何かある。企みがある。おまえだって知ってるくせに！」

タンティヴィは氷を噛み、かきまぜ棒を覗き、ちぎった紙ナプキンの吹雪を降らせ、バーで人が行うしぐさをひと通りやり終えたあと、声をひそめて――「あいつ、暗号を受信している」

「ほれみろ！」

「きょうの昼過ぎに、荷物の中に入っていたのがチラリと見えた。詮索はしなかった。彼も結局、最高司令部と関わりがあるわけだからさ――それだけのことだ、きっと」

「いや違うね、それですむ話じゃない。いいか――」今夜カッチェの部屋に呼ばれたことをスロースロップは漏らした。一瞬、ACHTUNGの仕切り部屋に戻った気がした。ロケットが着弾し、手にはペーパーカップのお茶、すべてふたたび…

「行くのかい」

「行ったらマズイか、彼女、危険だと思うか？」

「女としたら最高だろ。僕だって、フランソワーズのことを、いやもちろんイヴォンヌもだが、気にしなくていいのなら、彼女のドアまできみと競走をするね」

「だけど？」

だけど、カウンターの上に掛かった時計が、一度カチッと動いて止まる。そしておもむろに、分針が過去に向かってカチカチと動きだす。

「きみの病気というのは、伝染性のものなのか」タンティヴィが始める。「それとも実際、僕も監視されているのか」

　顔を見合わせるふたり。今夜タンティヴィ以外に頼れる相手はいない。スロースロップは改めてそのことを思った。「話してみてよ」

「話せたらいいんだが。あいつ、変わったよ——といってもその証拠はひとつも挙げられない・・・秋だったかな。急に政治の話をしなくなった。それまでは侃々諤々（かんかんがくがく）やっていたのに。除隊したら何をするという話もしなくなった。以前はその話ばっかりだったんだよ。飛来する爆弾にすっかり竦んでしまったのかと思ってたんだが・・・きのうのことがあってから、それだけじゃないんだとわかった。ちくしょう、悲しくなる」

「きのう何があったんだ」

「ああ、まあね、脅迫ではないな。まともな脅し、とはいえない。僕が冗談を言ったのさ、きみのカッチェのことでね。いい女だ、惚れちまったよって。そしたらあいつの目が急に冷たくなった。『邪魔な割り込みはしないほうがいい』と言って、すぐに笑ってごまかして、まるで自分自身が手を出したがってるかのように取り繕ったが、違うね。あれは演技だ。話せないことがあるんだよ。僕はもう、あいつにとって〝使えるやつ〟でしかないんだ。どんな目的かわからんけど、使い物になるかぎりは、友達としていられるってわけさ。昔ながらの大学のコネクションって。きみはハーバードか。この感覚、通じるかな・・・たまにオックスフォードの街に戻ってみると、誰も口にはしないんだが、なんか奇妙な構造（ストラクチャー）が伸びているのを感じるんだよ。タール・ストリートを遥かに超え、コーンマーケット・ストリートも超えて…結局それは契約という構造になっていて、面倒は見てもらえる、しかし請求もくる…誰がいつ、どんな形で徴収にくるかはわからない…僕も知ってはいたんだが、まじめに考えていなかった。大学に行く本来の目的とは別の話だと思っていた。わかるか…」

「わかるさ。アメリカじゃ、入学のときに、ちゃんと言われる。ハーバードが存在するのは別の理由のためだとね。〝教育機関〟ってのは表向きの看板にすぎない」

「イギリス人は世の中を知らない阿呆ってことか」

「残念ながら、ブロートは違うみたいだ」

「まだ信じていたいという気持ちはあるんだが」

「だろうな。で、これからどうする？」

「そうだな、デート相手を手放さず、油断せず、ようすを知らせてくれ。明日は僕も冒険して、たまにはきみに報告ができるようにするよ。助けが要るなら」白い歯がキラリ、ちょっと顔を赤らめて、「僕を頼れ」

「サンクス、タンティヴィ」いやはや、米英同盟だぜ。戸口でイヴォンヌとフランソワーズが覗いている。出ていらっしゃいと手招きしている。ヒムラー遊戯室（シュピールザール）*9で深夜零時まで賭けトランプ（シュマン・ドゥ・フェール）に興じよう。スロースロップはイーブンで終え、タンティヴィは一人負け。勝ったのは彼女たちだ。遊戯室には何十人もの士官が、ひっきりなしに出たり入ったりを繰り返している。遠景に茶色い輪転グラビア印刷のように見えるその人影に、ブロートの姿はない。彼とくっついたギスレーヌも見えない。スロースロップがたずねる。イヴォン

9 ドイツ警察のトップとして、全欧のユダヤ人虐殺に最も直接的な責任を負う人物の名をつけた賭博ルーム。

ヌは肩をすくめ、「しらない。あなたのお友達と一緒じゃないの？」ギスレーヌの長い髪、日に焼けた腕、六歳の女児のほほえみ。……何か知っているとバレたら、彼女の身は安全か？

十一時五十九分、スロースロップはタンティヴィの方を向き、ふたりの女の子にうなずくと、わざとスケベそうに笑って、友の右肩に素早く一発、好意のパンチをくらわした。昔マサチューセッツのプレップスクールで、フットボールのコーチがこんな一発とともに、高校生のスロースロップをグラウンドに押しだしたことがある。そのときもらった勇気は五十秒しか続かなかった。レッドドッグ[10]で押し寄せてきた殺人犀(キラー・ライノ)の本能と重量をもったチョート高校[11]の選手らに、体もろとも押しつぶされた。

「グッド・ラック」気持ちのこもった励ましを返した次の瞬間、タンティヴィの手は早くもイヴォンヌの、甘美なシフォンに包まれたお尻に伸びている。数分の躊躇が事を……わかった、わかった、スロースロップは赤の絨毯をしきつめた階段を上る（ウェルカム・ミスター・スロースロップ、私どもの建物(ストラクチャー)へようこそ、どうぞ快適なご滞在を）ひっそりとした踊り場で、マラカイト製のサテュロス[12]とニンフたちが常緑の追いかけっこの時の中で固まっている。階段の上を見たら、灯りがひとつ、こちらを睨み返した……

部屋の前で立ち止まり、髪に櫛を入れる。今見る彼女は、白のペリース[13]を羽織っている――一面のスパンコール、肩パッド、ネックラインと手首のところにダチョウの羽根。ティアラをとった彼女の髪は、電灯の下で見ると新雪のよう。だがスイートルームの奥の間のライティングは、流れこむ月光と、香料入りの蠟燭一本。古い石英ガラスのスニフターにブランデーが注がれる。スロースロップが伸ばす指先が彼女にふれた。「あなたがゴル

10 敵軍のディフェンス全員がクォーターバックをめがけて突進する作戦。

11 コネティカット州にあるジョン・F・ケネディの母校。

12 森に住む、ギリシャ神話の好色のキャラクター。山羊の下半身を持ち、牧神パンやローマ神話のフォーン（ファウヌス）とも、しばしば同一視される。

13 十九世紀前半（ナポレオン時代もその後も）、ヨーロッパの婦人たちの間で流行した、ミリタリーなイメージのガウン。

フ狂いだったとは驚きです」もの柔らかな、すっかりロマンティックなスロースロップ。

「感じのいい方でしたもの、失礼なことはできませんわ」片目を吊り上げ、額に微かにシワが寄るのを見て、スロースロップは一瞬、ズボンの前が空いているのかと焦った。

「僕のほうは無視なんだ。どうしてかな？」巧みな一突き、と思ったけれど、そこに彼女はいなかった。部屋の別の場所に、別な姿勢で出現する…

「あなたのこと、無視してます？」窓辺に立つカッチェの向こう、下のほうに海が拡がる。真夜中の海、寄せる波のそれぞれを追うことはこの距離からでは不可能だ、すべてはひとつにまとめあげられ古い絵画の大いなる静けさをつくる——その絵を打ち捨てられた画廊越しに見るきみは影で待つ、なぜここに立っているのかも忘れて、ただ明かりのあまりの白さが怖い、夜の海を照らす月と同じ、空の白い掻き傷からこぼれる光の白さが…

「どうだろう、でも、遊び相手は多そうだね」

「そういう役柄なのかも」

「で、僕に出会うのも、役柄として？」

「そんな。わたしのこと、少し買いかぶりですわ」滑るようにカウチに腰かけ、足を組む。

「ほお、きみはただのオランダの農家の娘さん？　毎朝乳搾りをして、そのクローゼットの中は糊の利いたエプロンと木靴がならんでるって？」

「覗いてみたらいいわ」キャンドルの香料の匂いが部屋を横切って神経繊維のようにのびてくる。

「ようし、それでは」クローゼットを開く。月光のなか、鏡に反射したのはぎっしりつまった衣装の迷路だった。繻子（サテン）に琥珀織（タフタ）、寒冷紗（ローン）に絹紬（ポンジー）、ダークな毛皮の色、装飾品類、ボタン類、帯紐類、モール類、柔らかな、頭をくらくらさせる、女性的な網のトンネル。それがきっとこの先、数マイルも伸びていて、おれなんか三十秒で完全に迷子だろう…レースが淡く光り、鳩目金がウィンクする、クレープのスカーフが頬をなでる…待てよ、わかったぞ…ここの条件づけの匂いは、四塩炭[14]ってわけか。このワードローブの中も大部分はプロの小道具ってわけだしね。「ほー、スナジーだね[15]」

「褒めているの？　ありがとう」

　ベイビー、感謝の言葉は〈かれら〉に言わせなさいって。「そう、アメリカ英語なのさ」

「アメリカ人と話したのは、あなたが初めてなのよ」

「ってことは…きみはあのアーネムを通って逃げて来たの？[16]」

「頭の回転、速いのね、驚いたわ」その話題はもうよしましょ、という口調だ。スロースロップはため息をつき、爪の先でスニフターを叩いてリズムをとって、暗い部屋のなか、無音の麻痺した海をバックに、自慢のノドを披露する。

《トゥー・スーン・トゥ・ノウ》〔フォックストロット〕

トゥー・スーン
まだわからない
口づけもまだのふたり
踊り明かす月下の芝生
露にぬれた秘め事も

14 CCl_4 ＝わずかに甘い特異臭をもち、かつてドライクリーニングの溶剤として利用された。

15 snazzy は「モダンでイカした」という意味の、一九四〇年代の流行語。

16 ノルマンディ上陸後、ドイツ国内への進撃をもくろむ連合国が、オランダの複数の河川の橋の奪取を試みたがアーネムで壊滅（一九四四年九月）。スロースロップは、なおもナチスの支配するライン河を渡って、カッチェが南へ逃げてきたのかと想像した。

まーだ・・・これから

だから、トゥー・スーン
まだわからない
ため息まじりのカンバセーション
あれはただの恋のお遊び（フラーテーション）？
朝靄の中に消えてくだけなの？
それを知るのは・・・トゥー・スーン

わからない
まだなにも、みえてない
愛の魔法は影ではたらく
ふたりの自由になるものじゃない

これは楽しい恋のはじまり？
それとも地球が回るように
まぶしさ転じて闇に変わった？
ダーリン、いったいどっちだろう
まだわからない——
トゥー・スーン・トゥ・ノウ

役の心得にぬかりはないカッチェ、スロースロップが歌い終えるまで興ざめしたような顔で待ち、メローな木管楽器の密集和音の余韻を空中にただよわせてから、片手を伸ばし、彼女の唇めがけてスロー・モーションで倒れこむスロースロップの腕に包まれ溶けていく。羽根飾りは抜けおち、袖がまくられ出てきた月光の肌理の腕が彼の背中を這う。彼女のぬれた舌は蛾のように飛び回り、衣服をさする彼の手がスパンコールをカチカチ鳴らす…彼女の両手が彼から離れるや、胸が押しつけられ、張られた肘の向こうで指先が背中をまさぐる。アグレッシブな音とともに背中のジッパーが、吠える野獣の口のように開く。

白い衣の中から、さらに白いカッチェの肌が立ちあらわれる。**生まれかわって…**けさタコの魔物が襲撃をかけた岩場が、窓の外にほとんど浮かんで見える気がする。カッチェはトゥ・シューズで爪先立ったバレリーナのように歩く。長い彎曲した太腿。スロースロップはベルトを緩めボタンを外し靴紐を解いて、片足ずつホップしながら脱ぎおとす。オー、オー、なんと、なんと。だが月光は彼女の背中を白くするばかり。光の届かぬ暗部、腹のダークサイドの方はもはや見えず、顔も隠れた。影の中でその顔は野獣になるのか。頑強な鼻筋が伸びて下顎が変化し、黒い瞳が拡大して白眼を覆い尽くすのか。光が当たったその時にアニマルな赤い眼光がギラリとするのか、**わからない、光のもとで**――

彼を引き込み深くベッドに沈みこむ。ダウンとサテン、天使と花柄刺繍の中へ。そしてすばやく向きなおると彼の硬直をすっくり伸びた叉（フォーク）の間へ導き入れ…単一の振動に、夜のすべてはそれを軸にめぐるところのヴァイブレーションにゆだねる…交わるほどに彼女の震えは激しく、まるでストロボのよう。自分の体の何マイルも奥でクリーム色とナイトブルーが明滅する。すべての音は遮蔽された。金の睫毛、奥には三日月の目、長い黒玉の八面体のイヤリングが無音のまま頬を打つ。路面を打つ黒い雹のように。彼女の上で彼の表情は動かない。次のテクニックを冷静に繰り出すだけ――彼女のために？　それとも〈かれら〉がカッチェに仕込んであったスロースロップ相手のプログラムと一体化したためか――彼女が彼を動かす、プラスチックの殻(シェル)になど乗っかられるものですかと…彼女の息が激しさを増し、閾を乗り越え発声にたどりついた…絶頂までもうすぐと見たスロースロップは片手をカッチェの髪に差しいれ頭を抑えにかかる。顔を見ずにはいられない。だが突然の抵抗、敵意もリアルな闘争――彼女は顔を許さない――揉み合ったまま、どこからともなく、彼女が震えだした、スロースロップも一緒だ。

　なぜだか知らないが、ふだん笑ったことのないカッチェが、今や立ち上る笑いの風船だ。深みからこみ上げるおかしみの頂点で笑い転げている。眠る段になって、かすれた声で「笑ってる」とささやいてまた笑うだろう。

　すると自分は「大丈夫、誰も咎めない」と言いたくなって、それから、待てよ、〈かれら〉は咎めるかもしれないと思うだろう。だがカッチェはすでに眠りの中。やがて彼の目も閉じた。

　ロケットのバルブのうちには、遠隔操作で、あらかじめ設定された瞬間に開いたり閉じたり操作できるものがあるが、スロースロップの鼻もそれと同じだ。眠りに入るある段階で、鼻からの呼吸をやめて口呼吸に移行する。口からでる息はまもなくいびきに成長する。いびきといっても、ありきたりのものではない。雨戸をガタガタ、シャッターをゆらゆら、シャンデリアを狂った鈴のように鳴らすスロースロップ級の大いびき。冗談ぬきで、これはヤバい。…その第一声が始まるや、目をさましたカッチェが枕で頭をバチンと叩いた。

「それ禁止」

「フム」

「わたし、眠り浅いの。いびきかいたら、一回ごとに、また叩くわよ」と、枕を振って威嚇する。

　カッチェは本気だった。いびきと枕と目覚めと睡眠、ガーゴー↓ベシン↓ムニャムニャ↓バタンのサイクルは夜が白んでからも続いた。「いいかげんに」堪忍しかねたスロースロップ、「しろ!」と大声。

「口呼吸する蛮人め!」こう罵られては、こちらも枕を振り回すしかない。彼女はヒョイと首を引っこめ、ゴロリと向こうへ回転し、枕をぶつける構えをみせてベッドを抜けだし、後ずさりでサイドボードに行きついた。何を企んでいるのかいぶかしがるスロースロップに、カッチェはいきなり枕を投げつけ、炭酸水(セルツァー)の壜を手にとる。

　え…何を? セルツァーの壜? なんてものを繰りだしてくるんだ。他に〈かれら〉はどんな小道具を用意してるの。どんなアメリカ的反応ってのを期待してるんだ。かのバナナ・クリーム・パイってやつか、そいつはどこにある、え?

　両手から枕をぶらさげ、彼女を見つめる。「一歩でも近づいてごらんなさい」と言ってクスクス笑いするカッチェに向かって突進をかけたスロースロップが、お尻に枕を打ち据えれば、待ってましたとばかりセルツァー壜の反撃だ。大理石の尻を打った枕が砕け散る、部屋にさしこむ月光が羽根と羽毛でむせかえる、加えてセルツァー壜からジェット・スプレーが噴出する。躍起になって壜を奪いとろうとする男を、ぬれた女はつるり身をよじって逃れ、椅子の向こうに身構えた。サイドボードからブランデーのデカンターを取りだしたスロースロップ、栓を外して思いきり中身をぶちまける。透明な、琥珀色の、原生動物の偽足のように伸びていく濃い液の飛跡が一本、また一本、差しこむ月光の束を突きぬけ、女の首にはね掛かる。首のまわりに飛びちって、ブランデーが黒い乳首の間をつたう。横腹をたれ落ちる。「やってくれたわね」セルツァー壜の攻撃再開。寝室を駆けまわるふたりの肌にゆっくりと舞いちる羽毛がまとわりつく。斑になった彼女の体がじりじりと後ずさり。だがこの光量では、ときどきまったく見えなくなる。スロースロップも家具につまずいてばかりだ。「いいか、捕まえたらひどいからな!」とそのとき、カッチェが居間に通じるドアを開けてそこからすり抜けバタンとしめたものだからスロースロップはもろにぶつかり跳ねかえった。チッ、舌打ちしてドアを開ける。カッチェは赤い大きなダマスク織りのテーブルクロスを振り回している。

「なんだよ、それは」

「マジック!」そう叫ぶと、テーブルクロスがふわりとこちらに飛んできた。折り目正しいシワが、結晶の活断層のように空間を赤く伝播する。「よーくご覧あれ。アメリカの中尉さんをひとり消してご覧にいれまーす」

「よせって」布に包まれたスロースロップは手をバタバタ、外に出そうともがくのだが、「ご覧になんかなれるかよ、このザマで」手がテーブルクロスの端に届かず、スロースロップはいささかパニック気味だ。

「狙い通りよ」だしぬけに布の内側、すぐお隣りから声がして、彼の乳首に女の舌がいきなりふれた。うなじの髪の生えぎわを両手がまさぐり、長い絨毯のケバの上にそろりそろりと引きこんでゆく。「わたしのチカディーちゃん」[*17]
「その映画、どこで見たの。憶えてるかい、ヤギとベッドインしちゃうシーン」
「シーッ…」お次は、息の合った仲睦まじいクイックな交わり、ふたりとも体に羽毛をまとわりつかせ、半ばうとうと…達した後は寄りそって、完全にとろけてしまった。もう動けない、ダマスク織りと絨毯のケバの間、うーん、なんて気持ちいいんだ、赤い感じが胎内みたい。…足と足をからめあい、お尻の半球の窪地に突き出た尖点(カスプ)の中にペニスを宿して、精一杯の鼻呼吸を心がけようとする間にふたりとも眠りに落ちていた。

　朝の光。海面を反射し、窓の外の棕櫚の葉に濾され、テーブルクロスの赤を抜けてきた地中海の陽光にスロースロップは目をさました。鳥の声。階上の水管の音。横たわったまま意識の戻りを待つ、酔いはない。意識が消えかかりまた戻ってくるそのサイクルに彼は〝無スロースロップ状態〟のまま留まっている。目の前にソフトでセンシティブなカッチェがある。彼のS字とカーブを合わせたS字になって寝ている彼女の体が、今もぞもぞと動きだした。

　お隣りの部屋で音がした。間違いない、軍用ベルトのバックルの音だ。「誰かが」そうだよ、そういうことだ、「おれのズボンの中身を盗んでるぞ」絨毯を踏む足音。ポケットの小銭がジャラジャラ鳴る。「どろぼう!」と叫んだらカッチェが眼をさまして両腕を巻きつけた。昨夜(ゆうべ)はまるでつかめなかった布端をなんとか手探りで探しあて、テーブルクロスをはねのけた瞬間、大きな足が視界に入った。珈琲色と藍のツートンカラーの靴を履いて、今まさに、ドアの外へ消えるところだ。寝室に駆けこんで見ると、靴も下着も、自分の衣服はすべて持ち去られている。

17 W・C・フィールズとメイ・ウエスト主演のコメディ『マイ・リトル・チカディー』(一九四〇)。

「おれの服!」駆けだして、ダマスク模様から這いだしてきたカッチェのタックルをフットボールのランニングバックの動きでかわし、ドアを開けて勢いよく廊下に飛びでてから自分がスッパダカなのに気がついた。近くに洗濯物のカートがあったので、紫色のサテンのシーツを失敬し、古代ローマのトーガみたいにそれを羽織る。階段のほうから笑い声。ゴム靴のペタペタ音も。「いたな!」と叫んでダッシュするが、サテンのシーツがすべり落ちてままならない。はためきズリ落ち足下に絡むシーツもろとも、階段を一段おきに駆け上がりなんとか上までのぼりつめて廊下を見わたす。誰もいない。みんなどこへ消えたんだ?

廊下の向こう端、曲り角から小さな頭がのぞいた。小さな手も現われた。こちらに向けて小さな中指を突き立てている。次の瞬間、不快な笑い声が耳を突いたが、すでにそいつ目がけて全力疾走のスロースロップは、階段を駆け下りる足音をとらえた。ののしりながら、巨大な紫色の凧と化し、階段三つ一気に下り、ドアを開けて小さなテラスへ出た瞬間に、人影は石の手すりをとびこえて緑の繁みの中へ消えた。繁みというのは、地面から伸び上がっている太い木の高みだ。「へへ、木に追いつめたぞ!」とスロースロップ。

とにかく木の中に入りこむのが先決だ。そうすれば、あとは梯子を上がっていくのと同じ。だが入ってみると木の中は、葉の照り返しが強烈で、二つ先の枝を見るのがやっと。それでも木が揺れているからには、泥棒はこの中にいるはずである。スロースロップは一途に枝を登る。引っかかったシーツが裂ける。とげが刺さり、樹皮で手足がすりむける。足の裏もヒリヒリして、だんだん息も切れてきた。緑の光の円錐が先細ってくるにつれて眩しさも増す。幹を上っている途中、下からノコギリを引くような音が聞こえてきたが、それが意味する事態に考えが及ばぬうちに木の頂に登りつめていた。揺れる梢にしがみついて眼下を見下ろせば、まさに目を奪わんばかりの絶景だ。港が見える、岬が見える、青の絵具で塗りこめた海面、白い波頭、遠く水平線にモクモクと湧いた雷雲、はるか下にうごめく人の頭。おい、なんだこりゃ、下からメキメキ裂け目の走る音が聞こえる。震動は彼がつかまっている枝に到着した。

「そりゃないぜ…」すばしこいヤツめ。登るとばかり思っていたのに！　このおれを、下から見上げてやがったのか。彼らは知っていたんだ。スロースロップが下ではなく、上に向かうのを——アメリカ人の反射反応を見越していた。追いかけられた悪者は必ず上に逃げていくって——まったく、どうして上なんだ。おまけに彼らはこの木の幹をほとんど切り倒そうと、してる、じゃ、ないか——

　彼ら？〈かれら〉？

「えーと」スロースロップは考えた、「いまなすべきことは…」木の裂け目の突端が天辺を走りぬけたのがその時だった。猛烈な勢いで葉が擦れ枝が風を切り、ザザザーという大音響とともに濃緑の枝々と針葉とが旋回し、何千もの尖った落下物体が渦を巻き、そのただ中に放り出されて旋回しながら落ちてゆくスロースロップは、枝にぶつかり跳ねかえりながら、落下傘代わりの紫色のシーツを必死に頭上にかかげた。ウーフ、ムム、地面まであと半分というところ、テラスの高さあたりまできたとき、ひょいと下を見たら——なんたること、軍服姿の高級将校と、白いバティストのワンピースに花飾りのハットを被った小太りのご婦人方が、みんなしてクロッケーに興じているまっただ中へ着陸するのか。彼は眼をつぶる。そして熱帯の小島とか、安心な部屋の中とか、こんな悲惨なことが起こるはずもない場所を思いうかべてみようとする。地面にたたきつけられる頃合いに眼を開けた。静まりかえったなか、激痛のパルスが彼の脳に届く前に木と木がバキバキぶつかる音がして、彼の鼻先一インチのところを真っ黄色の縞入りボールが転がっていった。次の瞬間、まわりから祝福の拍手歓声がわき上がった。熱狂するご婦人方。駆けつける足音。どうやら、イテテ、背筋をすこし痛めたようだが、それよりも起き上がろうという気になれない。見上げた空にぼんやりとふたつの顔が現れた。不思議そうに自分を覗きこんでいるのは、どこぞの大将と、もう一人、テディ・ブロートじゃないか。「紫のシーツをまとっておりまする
「これはスロースロップであります」ブロートのやつが言った。「紫のシーツをまとっております」

「何なんだ、これは」大将が訊ねる、「仮装大会でもやっとるのか、え?」そこに二人のレディーズが加わり、スロースロップに笑顔をむけた。いや、彼を通り越した向こうへほほえみかけているかのようだ。

「あら、閣下、どなたとお話しですの?」

「このトーガ姿の大馬鹿者だ」大将が答える、「わしと次の柱門の間に、ころがっとるのだよ」

「まあなんてことでしょ」連れのレディーをふりかえり、「ロウィーナには、〝トーガ姿の大馬鹿者〟が見えまして?」

「いいえー、ジューエル、見えませんわ」いかにも嬉しそうにロウィーナが応える。「閣下、きっと酔ってらっしゃるのよ」といって、くすりと笑う。

「こんな大将が、戦争を指揮されたら大変だわね」——笑いで息をつまらせながら「スト

ランド街がザワークラウトでいっぱいになってしまいますわ[*18]」ふたりの喉から壮烈な金切声が上がり、それがウンザリするほど長く続いた。

「そしたらあなたの名前、ブリュンヒルデ[*19]になるのかしら」その顔は、まるで喉を締め上げられたバラの花のよう、「ジューエルって呼べなくなるわ！」ふたりは息も絶えそうなようすで互いの腕にすがっている。スロースロップが見上げるこの一大パフォーマンス、キャストはいまや何ダースにもふくれあがった。

「あのですね、誰かがぼくの服をぜんぶかっぱらっていってしまったんです。そこでホテルに苦情を言いにでかけたところが――」

「気が変わって紫のシーツを羽織って、木に登ることにしたわけだな」大将はうなずいて、「ならば何かをあてがわんといかん。ブロート、きみはこの男とサイズがほぼ等しいだろ」

「はい」クロッケーの木槌を肩にかついだポーズは、さながらキルガーかカーティス[*20]の宣伝写真といったところ。ニタリとスロースロップを見下ろしながら、「おれの制服のスペアがある。来いよ、スロースロップ、大丈夫だろ、きみは、どこもケガしてないよな」

「アオオッ」ずたずたのシーツに包まれたスロースロップ、心配そうに手を貸すクロッケーの競技者たちに支えられて立ちあがると、びっこを引きひきブロートの後に続いて芝生を抜け、カジノの建物に入る。最初立ち寄ったのはスロースロップの部屋。中はきれいさっぱり、スッカラカンだ。次のゲストがいつでも入れる。「まいったぜ・・・」簞笥の引き出しを引っぱりだしても、中は太鼓のようにカラッポだ。自慢のアロハを含めて、着る物を一切合切持っていかれた。なんてこった。呻き声を上げながら机の引き出しの中をまさぐる、何もない、クローゼットにも何もない。軍の外出許可証も、ＩＤも、何からなにま

18　ロンドンの中心がドイツだらけになることの喩え。

19　『ニーベルンゲン』の王妃の名。原意は「胸甲をつけた女戦士」。

20　キルガーはセヴィル・ローのスーツ専門店。（ホーズ＆）カーティスはジャーミン・ストリートのシャツの老舗。

で盗られてしまった。背中の筋肉がズキズキする。「どういうことだい、え?」一応は部屋番号をチェックしに廊下に出てみる。だが、何者かが意図的に自分を狙ってやったことだと、すでに彼は確信している。ホーガンにもらったシャツを取られたのが何より悲しい。「まともな服を着るのが先だな」規律にうるさい校長のような、嫌みたっぷりの声でブロートが言う。下級士官が二人、バッグを手にして部屋になだれ込んできて、スロースロップの姿を見るなり、口を開けて立ち止まった。「おい、相棒、間違った戦線に来ちまったんじゃないか」ひとりが叫ぶ。「口をつつしめ」もうひとりが笑いながら、「こちら、アラビアのロレンス様だぞ!」

「うるさい」とスロースロップ。だが腕を振り上げるのも辛い状態で、振り回すなどとても無理だ。とにかくも、ブロートの部屋まで行って一揃いの制服を工面してもらう。

「おい」ふと気がついたスロースロップ、「マッカ゠マフィックのやつはどこだい?」

「わからんな。女と出かけたか、さもなきゃ女たちと出かけたか。そういうきみこそどこにいたんだ?」

スロースロップは答えずにあたりをうかがう。直腸をしめつけるような恐怖が今になって襲ってきた。吹き出た汗が頸と顔面にビーズ玉のように連なっている。この部屋はタンティヴィとブロートの二人部屋だ。やつの痕跡が何か残っているだろう。剛毛のノーフォーク・ジャケット、ピンストライプのスーツ、なんでもいい・・・

何もない。「タンティヴィは、別の部屋に移ったのか?」

「あの、フランソワーズってったかな、彼女のところに入り浸ってるんじゃないだろうか。いや、早々とロンドンに帰っちまったかな。別におれはファイルをつけてはいないから。尋ね人の係じゃないし」

「しかし友達だろう・・・」するとブロートは今までスロースロップに見せたことのない横柄な態度を見せた。肩をすくめ、こちらの眼を覗きこんで、「きみは違うのか？　きみはなんなんだ？」

ブロートの眼差しがその答えを告げている。この薄暗い部屋が、合理の権化のような場に変化した。もはや休暇の雰囲気はない、セヴィル・ローの高級店で仕立てた軍服と、直角に並べられた銀のヘアブラシと剃刀、パステルのカーボン紙が八角形の台の上、きらり光る釘に刺さった半インチの厚さは、きちんと角がそろっている・・・この部屋は在リヴィエラの英国政庁（ホワイトホール）の一角だ。

うつむいて視線を逸らすスロースロップ。「探してみる」部屋を出ながらつぶやいた。制服は尻のあたりが風船のようにプワッとふくらみ、ウエストもきつきつだ。しばらくはこれを着てろって、その窮屈を感じろってか。

まずは昨夜彼と話したバーに行ってみると、帽子を被り、たっぷりした口髭をくるりとカールさせた大佐がひとり、大きな泡立つ不透明の、白い菊の花を添えたグラスを前に、身を硬くしてすわっていた。「サンドハースト[*21]じゃ敬礼のしかたも教えんのか」と怒鳴られたスロースロップは、一瞬ためらった後、敬礼する。「英国軍の士官見習いの養成は、今はナチスがやっとるのか、バカモノ」バーテンダーの姿はない。思いだそうとしても――「何の用だ？」

「実をいうと自分は、えーと、アメリカ人でして、この制服は借り物であります。それで中尉（ルーテナント）、もとい 中尉（レフティナント）[*22]のマッカ＝マフィックを探して・・・」

21　ロンドンの南にある王立陸軍士官学校。

22　同じ綴りの単語をアメリカとイギリスで別様に発音する。

「きさま何者だと?」大佐は歯で菊の葉をちぎって咆えた。「何なんだ、そのナチの戯言はいったい、え?」

「ども、ありがとうございます」後ずさりしながら再度敬礼。

「信じられん!」反響がスロースロップの後を追ってヒムラー遊戯室へ向かう。「ナチめが!」

白昼の時の弛みの中に放棄された響き渡る空間――マホガニーと緑のベイズ地、[23] マロン色のビロードを吊した掛け輪。賭け金を集める長柄の木の熊手(レーク)が卓の上に扇の掌を拡げている。黒檀の柄の銀のベルは口を下にして朽葉色の化粧板の上。卓のまわりにはカラの帝国椅子(エンパイア・チェア)が精確に並んでいる。だが中には背の高い椅子が混ざっている。ここに見える図は、ゲームの偶然性を外的に可視化していたものではもはやなかった。ここでは別な企てが、もっとリアルで、もっと熾烈な営みが、スロースロップなどには見えないレベルで進行している。高いほうの椅子にすわるのは誰か。〈かれら〉に名前はあるのか。その滑らかな、彼らのベイズ地の上に何が置かれるのか。

真鍮色の光が頭上から舞い降りてくる。その大部屋を囲っている壁画には、軽やかなる男女の神々、パステルで描いた羊飼いの青年と娘たち、霧が包んだ茂み、風にはためくスカーフ。…刳形(くりがた)にもシャンデリアにも柱にも窓枠にも、金メッキの花綵のようなものが渦をなして垂れさがって…寄木張りの床の傷が天窓の光にきらめく…天井から卓面の上、数フィートまで垂れた長い鎖の端に鉤(フック)。これに何を懸けるのか?[24]

英軍の制服を着たスロースロップはひとり、彼らの調度品たちとともにある。自分らとは異なる等級(オーダー)にて結託した彼らの物が、ありきたりの目覚めた世界に紛れこんでいるんだ

23 賭博テーブルに張るフェルト状の生地。

24 「ヒムラー」の名をつけた部屋で「鉤に掛ける」といえば、残忍な処刑のイメージが避けがた

とは、つい最近まで気づかなかった。
きっとここに、金色をした、根っこの形とも人の形ともつかぬ存在が、[25] その褐色と明るいクリームの影と光の中に、ふっと姿を表したこともあるのだろう。だがいつまでも夢想に浸るスロースロップではない。まもなく、不快な考えが浮かぶだろう――この部屋にあるものはすべて、何か別の日的に使われているのではないか。〈かれら〉にはこれ全体が意味をなしているのに、その意味をわれわれが知ることはない。けっしてない。存在にふたつの等級がある、見かけは同一でも……でも背後に……

おお、彼方なる、世界（ザ・ワールド・オーヴァ・ゼア）
なんとも説明しがたい世界！
脳の迷路をさまよう夢か！
禁断の翼棟（ウィング）をフールのように踊り進むと、
灯りがチラチラふるえ出す
向こうへ行くなと、誰か言った？
試してみたっていいだろう
痛い思いをさせられたのなら
またあらためて出直せばいい
さよならの日は永遠に来ないのだから

なぜここなのか？ 彼の上にのしかかってきた世界の、その虹の端が、暗号に充ちたことく浮かぶだろう。

25 このフィギュアは、下巻435ページに登場。

の部屋で、とりわけ強くさざ波だっているのだ？　ここを歩くと、まさに〈禁断の翼棟（ウィング）〉を進んでいるような気持ちになるのはなぜなのだ？――いつも変わらぬ長い部屋、古きが固まり悪が蒸溜され、忘れ去られた過去の腐敗の匂いがただよう恐ろしい凝結と残滓の部屋。グレイの羽毛の翼を拡げて直立する彫像であふれかえる、ほこりだらけの部屋。ほこりは隅や内奥を曇らせ、黒の礼服の折り襟に降り積もり、白い顔の彫りを埋めて表情を柔和にし、白いシャツの胸元にも宝石やガウンにも降りかかる。この空間を、あまりに速く飛び交っている不可視の白い手（ホワイト・ハンズ）の上にも…〈かれら〉がカードを配る、これはどんなゲームなのだ？　この、あまりにぼやけた、あまりに古びた、あまりに完璧なパスはなんなのだ？

「ファッキュー」と、小さな声でスロースロップ。彼の知っている唯一の、あらゆる用途に使う呪文がこれだ。吐き捨てられたその呪文が何千もの小さなロココ様式の模様にぶつかる。今夜ひっそり忍び込もうか――いや夜はまずい――だがいつかはきっと、バケツとブラシを持ってきて、あそこのピンクの女羊飼いの口から出てくる吹き出し（バルーン）に「ファッキュー」と書きこんでやろう…

逃げだすように部屋を出る。ドアの外に出てからも、まるで腹部側の半身が、王の威光（レイディアンス）にうたれたみたいな感覚が続いている。恐怖しつつも求める〈プレゼンス〉に顔を向けたまま退却する。

外へ。ビーチに遊ぶ人たちと、飛ぶカモメ、降り止まぬカモメの糞の間を通って埠頭に向かう。ブワドゥブーロンを歩こうよ、ララ、アンデパンダンな風を吹かせ*26…制服姿にはとにかく敬礼しておこう、反射的にふるまうのが一番だ、よけいなトラブルは避けて、

26　モンテカルロで大勝ちして帰ってきたパリ

なるたけ透明人間のようになって…敬礼のたび、肘がだんだらしなく垂れて脇に近づく。雲がみるみるうちに海からこちらに近づいてくる。ここにもタンティヴィの気配はない。

過去の亡霊——漁師の、ガラス職人と毛皮商人の、背教伝道師の、丘の上の長(おさ)と谷あいの政治屋の亡霊。それらが、今ここに在るスロースロップから、なだれを打って背後へ飛んでいく。一六三〇年へ。総督ウィンスロップが偉大なるピューリタン船隊の旗艦〈アーベラ号〉でアメリカに渡ってきた年だ。その艦上では、アメリカでの初代スロースロップがコックか何かの仕事をしていた。[*27] だがその〈アーベラ〉率いる船隊も後ろへ飛んでいく。風は船隊を東へ吸いこむ。世界の果てから身を乗りだした風神の子らが頬をへこませ、懸命な寄り目の顔をして息を吸いこむ黒く深い空洞は、もはやミルク色の天使の臼歯ではない、鋭利な歯の思うままだ。ふるき船隊はボストン港から引き剝がされ、またたく間に大西洋を後戻り。潮も波も逆回しに流れてうねる…デッキがガクンと動いた拍子に転(こ)けたコック全員、ピコンと起ち上がる。その夜のシチューはこぼれた床の上から、または、怒りにまかせてそれを踏みつけた、より〈選ばれし者〉の靴の下から飛び上がって皿に戻り、くねった噴水となって白錫(ピューター)のケトルに逆戻り。床に倒れた給仕もシャッキリ立ち上がり、足をすべらせたゲロ溜まりは噴きあがって口の中へスポンとはまる…素早いチェンジだ！　タイロン・スロースロップは先祖の故国英国へ！　しかしここの〈かれら〉が思い描いている救済とは、そういうのとは違うようだ…

玉石を敷きつめた広い遊歩道を進んでいく。雲が太陽を隠すにつれて、脇に並ぶ棕櫚の並木が粗目の黒に変わってゆく。タンティヴィは浜にもいない、女の子たちも見あたらな

男を歌った懐メロソング "The Man Who Broke the Bank at Monte Carlo" を口ずさんでいる。「ブワドゥブーロン」は、「ブローニュの森」の英語訛り。

27 初代スロースロップの名はウィリアム。ピンチョン家のアメリカでの初代ウィリアムはコックではなかったが、アーベラ号を旗艦とする一隻で、イギリスから渡ってきた。

い。スロースロップは低い防壁に腰をおろし、足をぶらぶらさせながら前を見つめる。鼠色や泥紫のシーツとなって、雲が海から流れこんでくる。空気も冷えてきた。彼は震える。〈かれら〉は何を仕掛けてるんだ？

スロースロップがカジノの前に戻ってきた丁度そのとき、蜂蜜が降ってきたかと思うほど濃密な雨玉が、ベチャリベチャリと舗道に大きな星印をつけ始めた。雨粒が彼を誘う——ほら、見ろよ、今日一日のことを書き並べたテクストの最後を見てごらん、そこに脚註があって全部説明されてるから、と。だが彼に覗く気はない。一日の雑多な出来事が最後にきちんと意味を形作らなくてはいけないなんて話は誰からも聞いたことがなかったから。雨に降られりゃ走るだけだ。雨脚が強さを増す。降りかかる水のクレッシェンド。着地するたびに、ハネの花弁が開き、宙を飛んでる彼の後ろの中空に一秒間だけ、水の花が姿を留める。いや、これはまさに飛翔である。館内に跳びこんだ彼は、斑点やパイのサイズのシミをいっぱいつけて、生気のない広いカジノを狂ったように探しはじめた。まずは今も変わらず煙たく酒臭いバー、お次は小劇場へ——今夜は『無駄な見張り（イヌーティル・プレカウツィオーネ）』（『セビリアの理髪師』の中でロジーナが後見人を欺こうとして利用するあの架空のオペラ[28]だな）の簡略版をやっている。ホール脇の緑の部屋は女たちと絹の衣装で充ちているが、スロースロップの求める三人はいなかった。ガーターをなおし、睫毛をつけ、スロースロップにほほえみかける女たちの中に、ギスレーヌかフランソワーズかイヴォンヌを見かけた者もいない。別の部屋ではオーケストラがロッシーニの軽快なタランテラ[29]を練習している。リード楽器から鳴る音はどれもみんな半音フラットしている感じ。彼はすぐに理解した。ここの女たちはみな、人生のかなりの部分を戦争と占領の中で生きてきて、周囲の人間が

28 ロッシーニのオペラ『セビリアの理髪師』（一八一六）、第二幕で演じられる劇中オペラ。

29 速いテンポの $\frac{6}{8}$ 拍子でクルクル回って踊る曲。

日に日に消えていくのに慣れっこになっているんだと・・・ほら、この女、二つの瞳に、古来からのヨーロッパ的憐憫があふれている。こんな表情に彼もそのうち慣れていくのか。自分自身がイノセンスを失って同じ目になるのはまだ先だとしても・・・

　流れにまかせて進んでいく。客のひしめくいくつもの賭博ルームの照明の下を通り、ダイニングホールを抜け、サテライトの小部屋では密談中の男たちに睨まれ、ウェイターとは鉢合わせ。どこを見ても知らない人間ばかり。**助けが要るなら、僕を頼れ**。[*30]・・・話し声と音楽とカードのシャッフルがだんだん大きくなって耳を圧迫する。もう一度ヒムラー遊戯室を覗きこんでみると、かなりの混雑ぶりだ。宝石がきらめき、レザー地が光り、回転するルーレットのスポークが互いに溶け合っている――ここでスロースロップが過飽和状態の圧力に屈した。まわり中がゲームだらけ、あまりに濃密で、耐えきれない。目に見えないクルピエの、鼻に掛かった執拗な「メシュー、メダーム、ル・ジュー・ソン・フェ」[*31]という声が、突如〈禁断の翼棟〉から直接彼の耳に届いた。スロースロップに宛てたそのメッセージは、きみは今朝から目にも見えない〈ハウス〉に敵対しようとしているようだが、それはすなわち手前の命を賭けて動いていることなんだぞという意味か――怖くなって目を背けると、そこにはただ雨に濡れた舗道があるだけ。ガラスを刷いたような丸い敷石が、エレクトリックなカジノの灯りを反射して、ホロコーストのように全面がギラッいている。襟を上げ、ブロートの帽子を耳に引き下げ、数分に一度「クソ！」と毒づくスロースロップ。だが震えは止まらない。背中の打撲は疼きつづける。雨の舗道をつまずきながら進んでゆくうち、泣きたい気持ちに襲われた。この足早の変化は何だ。どうして世界は自分に敵対するようになってしまったのか。友達も――旧友から最近知り合ったのま

30　タンティヴィのセリフ。370ページ参照。

31　フランス語で「レディーズ&ジェントルメン、賭けは成立しました」。クルピエがルーレットを回すに先立って唱える決まり文句。

で——消えちまった。自分にかかわる書類も衣服も、なにもかもが消えちまった。こんな目に遭わされて、紳士然としてられるか。彼がカッチェのことに思いを馳せたのは、それからかなりの時間を経てから。ズブぬれになったウールの軍服の中で、疲れきって鼻を啜りながら、寒さと惨めさにじっくり身をひたしてからのことである。

カジノに戻ったのは真夜中近く、「カッチェの時間」が迫っている。バシンバシンと洗濯機のような音を立て、ぬれた足跡をつけながら階段をのぼっていって彼女のドアの前で止まる。水滴をボタボタ敷物の上に垂らしながら。ノックするのが今夜は怖い。彼女もまた敵の側にまわっているのか。ドアの向こうでどんな野郎が待ち伏せているのか。〈かれら〉はどんな装置を持ちこんできたのか。だが彼女に気づかれた。にわかにドアが開いて現れた顔に、グショぬれの彼を叱るような笑窪が浮かぶ。「タイローン、心配したわー」

彼は肩をすくめる——どうしようもなく痙攣的に肩が動いて、ふたりの上に飛沫がかかる。「ここ以外、どこに行っていいのかわからなくてさ」。彼女の顔に微笑のさざ波が拡がった。奥深い部屋への閾（しきい）を、慎重にスロースロップは跨ぐ——これはドアなのか、それとも高い窓なのか。どちらだかもうよくわからない。

□□□□□□□

なつかしき情欲の朝。早朝の雨戸は海に開き、棕櫚の葉をザワザワこする風が部屋に吹きこみ、港では海面を突き破るイルカたちの鳴き声。その飛びはねる体が日射しを跳ねかえす。

「オーッ」バティストとブロケードの二つの布地の間のどこかからカッチェがうめいた。

「スロースロップのブタめ」

「ブーブーブー」楽しげにスロースロップが鳴く。海からの光が天井を舞い、闇市のタバコの煙がカールする。朝の光のふるまいの厳密さが、立ちのぼり、蛇行し、巻き込み、繊細に散って透明さの中へ消えていく紫煙の優美さを際立たせる…

　やがて漆喰の白が港の青を反射して、高背の窓の鎧戸がふたたび閉じられるだろう。光の網目模様の中に波のイメージがきらめくだろう。その頃にはスロースロップも起きだし、英軍の制服を着込み、クロワッサンをほおばりコーヒーを飲みこんで、技術系のドイツ語の復習をしているか、矢羽根つき飛行物体の弾道理論に頭を悩ませているか。図面に鼻先をくっつけんばかりにして、抵抗器のように見えるコイルとコイルのように見える抵抗器だらけの回路をなぞっていることだろう。[*1]「なんてヘンテコリンな回路図なんだ」やっと理解が及んだスロースロップ、「これ、カモフラージュのつもりかい、何なんだよ」。

「きみもゲルマン人の子孫じゃないか。古代ルーン文字を思いだしてみたまえ」とサー・スティーヴン・ドズスン＝トラック。PID[*2]から派遣されてきたこの紳士は、強烈なオックスフォード・スタイルの英語を含め、三十三ヶ国語を話す。

「古代の何だって？」

唇をギュッとすぼめて出したOhの音は、脳のもよおす嗚咽だろうか。「そのコイルの記号は、古代スカンジナヴィア語のルーン文字のS[*3]と酷似しているんだ。Sはsôlすなわち太陽のこと。高地古独語のsigilに相当する」[*4]

「ヘンなかっこうの太陽だな」とスロースロップ。

「まったくだ。古くは、ゴート族が円の中心に点を打った形象を用いていた。この破線は明らかに不連続が生じた時期にさかのぼるな。一族の分裂というか疎外というか、要するに、幼い精神における独立した自我の形成過程と類比されうる社会的現象だよ」

といわれてもスロースロップにはサッパリである。ドズスン＝トラックのとなりにすわると、必ずといっていいほどそんな話を聞かせられる。この男、ある日突然、どこからともなく、ビーチにいた彼の前に姿を現したのだった。ニンジン色の、薄くなった髪の毛から落ちたフケを、その黒い服の肩に、星のようにちりばめて。ダークな服が近づいてくる背景では、カジノの白い建物がゆらめいていた。スロースロップの手にはプラスチックマンの漫画。[*5]顔を空に向けて居眠りしていたカッチェは、彼のステップが耳に入ると、肩肘をついて手をふった。「サー」の爵位をもつ男は全身を投げだした。態度(アティチュード)分類項8―11、

1 ドイツ式の回路図では、コイルはギザギザ、抵抗は丸みのある記号が使われた。

2 Political Information Division ＝英国の外務省政治情報部。

3 <

4 出典はヤーコプ・グリム著『ドイツ神話学』。ストーリーブラスの英訳 *Teutonic Mythology* をネットで読むことができる。

5 ジャック・コール作。雑誌連載の始まりは一九四一年。一九四三年には単行本化。

6 ドイツ国防軍少将ヴァルター・ドルンベルガーが戦後著した『V

無気力な学生風。「これがスロースロップ中尉ですか」

カラー刷りのプラスチックマンが鍵穴から抜けでて、角をまわり、ナチのマッド・サイエンティストの実験室の流し台に通じている管の中をのぼってゆく。蛇口からプラスチックマンの頭が、白縁で覆われたブランクな眼と非プラスチックな顎が、ちょうど現われたところで、「当たりだ。そういうあんたは?」

サー・スティーヴンの自己紹介。日射しの中でソバカスが映える。もの珍しそうにマンガ本をじろじろ眺めて、「今は研修時間ではないようですね……」

「こいつ、承認ずみかい?」

「大丈夫、パスしてるわ」ドズスン＝トラックに対して肩をすくめながらスマイルする。

「さっきまで、テレフンケンの無線電波制御[*6]の学習をしていたところだ。″ハワイI″ってのはご存じかい?」

「名前の由来を考えてみたくらいですけどね」

「ナマエ?」

「なかなか詩的な名前じゃないですか……Hawaii(ハワイ)という語はHaverie(ハヴェリ)、すなわち英語の″アヴェレージ″の響きがある――平均(アヴェレージ)というのは、もちろん、進路に対して左右対称に出っ張った左右対称なロケットの形状への言及になっているわけですが……hauen(ハウエン)の響きもありましょうね、hoe(くわ)または棍棒で打つ、叩きつけるという意味の[*7]……」その先はすっかり一人旅だ。誰に向けるわけでもない笑みを浮かべて。戦時に多用されるabhauen[*8]というドイツ語も、もとはといえば、六尺棒の棒術[*9]から来たものであって、その農夫的ユーモアは古代ギリシャの喜劇に見られるファルスのモチーフに遡るとか。……はじめのうち

2』によると、テレフンケン社の誘導ビームは、実戦用には間に合わなかったものの、一五〇マイルの距離を飛ぶロケットを、一〇〇ヤード以下の誤差で命中させる性能があった。

7 hauen は「打つ」「切る」「たたき割る」の意味で、Haue(つるはし、まさかり)と同根語。同じ根から古仏語のhoueを介して中英語howeが生まれ、現代英語のhoeになった。

8 「切り落とす」を原意とするこの語は、「出ていけ」「失せろ」という意味のスラングにも、また飛行機の「離陸」やロケットの「発射」に対しても、使われる。

9 下巻665ページ参照。

スロースロップは、プラスチックマンの漫画に早く戻りたいと思ったけれど、この男、彼らの企みと繋がっていることは明白なのに、ついつい話に誘いこまれてしまう…ある純粋なひたむきさというか、自分が入りこんでいる世界がいかに喜びあふれるものであるかを、〈言葉〉への愛情を、相手と分かち合おうとする以外に人と親しくする方法を知らないようなところがあるのだ。

「ただの枢軸国側のプロパガンダだとも言えないかい。ハワイといえば、真珠湾の線も考えられるだろ」

サー・スティーヴンはその可能性を考える。表情がうれしげだ。〈かれら〉がこの男を選んだのは、スロースロップ家の家系樹からコトバにいかれた面々がぶら下がっているからだろうか。〈かれら〉は他人の脳や、文字を読む目も、誘惑しようというのだろうか。〈かれら〉から自分まで、いかなる力の連鎖があるのかは知らない。その形態や造形を思い描くことはスロースロップはできないが、しかしときどき、そこにクラッチのメカニズムを見いだすことはできた。それを踏んで、はるか上方にある鉄製のエンジンから、切り離されたあとの、慣性で回りつづける無力感を実感する…いや、不快ではない。それも変だ。〈かれら〉の望みが何であるにせよ、自分の命が危険にさらされるわけでも、生活に難が生じるわけでもないと、ほぼ確信できるのだ。ただ全体がうまくひとつに噛みあわない。ドズスン＝トラックのような男が、どうしてカッチェのような女と結びつくのよ…

誘惑女とお人好しかい。いいだろう、このゲーム、悪くはない。無理を装う必要もないし、彼女を恨むこともない。真の敵はロンドンのどこかにいるわけで、彼女は雇われ仕事をしているだけだ。自由自在にどうとでも変われる女で、このまま陽気でやさしいままでいてくれるのなら、爆弾の降るロンドンで凍えているより、そりゃあ彼女とふたりで温々やってられるほうがいいにきまってるのだが……しかし彼女の顔にときどき、制御しきれずに立ちあらわれる翳りのようなものが気になる。一瞬の仄かな表情で、うまくは捉えられないのだが、それがスロースロップを滅入らせる。夢にも出てきた。その顔がぐっとズームして、心底恐怖を感じさせた。彼女もまた、彼らにいいように使われているだけなのか。自分と同じ犠牲者なのか——不運にも、理不尽にも、未来を奪われた顔……

　ある灰色の午後、ヒムラー遊戯室で。そうさ、そこに決まってる、ひとりでルーレット盤の前に立っていたカッチェをふと見かけた。頭を垂れ、片方のヒップを引き上げた優雅なポーズで、クルピエ役を演じている。〈ハウス〉の従業員かよ。村の娘らしい白いブラウス、虹のストライプ入りのサテンのダーンドル・スカートが、天窓から差す光にゆらめいている。ルーレットの玉がスポークを打つカラカラとした長い引っ掻き音が、壁画で囲まれた空間に響きわたる。隣りに立つまで、スロースロップのほうを見なかった。彼女の息遣いには、ゆっくり重々しいビートを伴う震えがあって、それがスロースロップの心の鎧戸(シャッター)を叩く。その一瞬、田園のきらめく秋の光景が差した。スロースロップの不安が高まる。この光景は自分の外から、彼女の内から差してきたものに違いない……

「ヘイ、カッチェ……」すらっとした腕が伸びて指先がスポークにかかる。盤は回転を止め、玉が落ちる。どの数字に落ちたのか、ふたりとも見ていない。数字を見なきゃゲームにならないが、しかしゲームの背後で続いていくゲーム[*10]では、そんな数字に意味はない。

　彼女は首を振る。彼にはわかる、アーネム以前の、オランダでの出来事だろう——ふた

10　373ページ註16参照。

りの電気回路にあらかじめ組み入れられたインピーダンス。[*11] スロースロップにしても、パームオリーヴやキャメイの香りのするいくつの耳に、どれだけの甘い歌を吹き込んだだろう――ボーリング・アレーの脇でも歌った、道路脇のモクシー・ドリンクの看板の後ろの歌でも、サタデー・ナイトの、もう一本クォート壜を開けてくれって歌も、みんな意味するところは同じだった――ハニー、過去なんか問題じゃないぜ、いまこの瞬間がすべてじゃないか……

　故郷じゃそれでよかったが、ここでは無理だ。カッチェの素肌の肩を指でタップしても、その目の中にヨーロッパ的な暗がりが見えたとたんにストップがかかる。困惑。やっと櫛の通る直毛に、皺ひとつないひげ剃り跡もつるんとした顔をひっさげて、このヒムラー遊戯室のゲルマン＝バロック的に紛糾した形の中へ入っていこうという自分の童貞ぶりに困惑する（ゲームの最後の一回りで、それぞれが差しだす手はみんな過去の刻印（サクラメント）なのだ――なぜなら、その手はすでにそうであったのだし、そうならざるを得なかった、まさにこのように収まる以外になかったから……すべての凍えと、トラウマと、過去に自分に触れ、いま離れていく肉のすべて……）　そのねじ曲がった金ピカの遊戯室では隠された自分の秘密も、いくぶんか、明瞭になる。〈かれら〉のオッズは過去に、過去だけに属するのだ。オッズといっても、これは確率的なものではなく、すでに観察された頻度を意味する。ここで要求をつきつけるのは過去なのだ。過去がささやく。後ろから、不愉快そうにニタリと迫ってきて、犠牲者のケツに、過去が、突きを入れる。〈かれら〉は番号を、赤や黒を、奇数や偶数を選ぶことで、何を意味したのか？　どんな運命の〈輪〉を〈かれら〉は始動させたのか？

11　導線の抵抗に交流回路のリアクタンスを加えた、実質的抵抗の全体値。

ある部屋で、生まれてまもないスロースロップに、もはや戻ることを許されないその部屋で、何かとてもわるいことが起きた。そこで何かが彼になされた。それが何か、カッチェが知っているかもしれない。彼女の「未来のない顔」に、自分の過去とのリンクを見いださなかったか、ふたりを恋人のように結びつける何かが見えなかったか？　生の進行の端っこに、次の一歩を失ったまま立っているカッチェの姿が彼には見える――賭けるべきものはすべてを賭けてしまい、あとはただルーレットの上をカラカラ回るだけの倦怠な現在がある だけ。番号のついた仕切り部屋を次から次へ跳ねていくけど、その番号は関係ない。ただ惰性の回転がやんで、どこかの仕切りにはまるだけ。それだけ。

ナイーブなスロースロップは、そんなふうに終わる人生があるなどとは考えてもみなかった。そんな殺伐とした世界とは無縁だった。だが今はもう、あまり奇妙な気持ちもわかない。まさしく同じ〈制御〉の手が、すでに自分の上にも置かれているという、やりきれない可能性に、自分から、恐れつつ、昂ぶりつつ、自慰にふけるかのごとく、すり寄っていく。

〈禁断の翼棟〉。ああ、おれの夢の袖を引っぱる手は、そこを仕切る恐ろしきクルピエの手だったのか。なんてことだ、自由なランダムなものと信じてきたもののすべてが、〈制御〉のもとにあったとは。おれの人生、これまでずっとそうだったとは。仕掛けのあるルーレット・ホイールとまるで同じに。個々のゲームで勝とうが負けようが関係なく、長期にわたる確率と最終的な結末だけが重要なのであって、結局いつも〈ハウス〉が確実に利益を上げていくだけなんだ・・・

「ロンドンにいたのね、あなた」と、まもなくカッチェがささやくだろう。クルリと後ろを向いて彼女のルーレットをもう一度回しながら。そして顔をそむけたまま、夜を織りこんだ彼女の過去を、女性っぽいひねりを加えて紡ぎ出すだろう。「ロケットの降るロンドンに。あたしがいたのは、スフラーフェンハーヘ[12]よ。その地名には、いかにも亡命者らしいためらいが、摩擦音に充ちたため息が、伴う——「スフラーフェンハーヘから飛んでいくのを見ていたのよ。あなたとあたしをロケットの軌道がつないでいた、いいえ軌道だけじゃない、ロケットの〈生〉がわたしたちをつないでいたのよ。きっとあなたもそう思うようになるわ、二点の間で、ロケットは与えられた五分間の一生を生きる。あたしたちが握ってる飛行曲線（フライト・プロフィール）のデータさえあなたは知らないのよね、ロケットの、目に見える、跡を追える部分さえわかっていない。それ以外にもいっぱいあるのよ。わたしたちの誰一人として知りえないことが限りなくあるの」

だがふたりが感じるのは曲線だ、間違いなく。それは放物弧（パラボラ）。きっと一度か二度、そのことに気づいたのではなかったか（気づきながらも信じるのは拒絶した）——すべては、つねに、全体として、空に潜む純粋化された形へ収斂していたということを。何の偶発性（おどろき）もない、やりなおしも引きかえしも受けつけない弧の形へ。それなのにふたりとも、その下を動き回るだけなのだ。そのブラック&ホワイト[13]の凶報に確実にやられるべく、弧の下を、それがあたかも虹の弧であるかのように勘違いして……まるでふたりがその虹の子どもたちであるかのように……

戦争の前線が遠のき、カジノがしだいに後衛に退くにつれて、水質汚染と物価上昇が顕著になり、休暇で来る軍人一行の騒々しさと痴呆の度合も高まってきた——タンティヴィの優雅なスタイルを、そいつらに期待するのはハナから無理。酔ったときに見せるあのツ

12　通称「ハーグ」の正式名称。

13　V2ロケットは多く白と黒に塗り分けられていた。小説全体を通じて白黒世界とカラフルネスとの対照が明確である。

フトステップのタップダンスも、ハイカラを気取ったポーズも、照れつつも真っ当な反抗をせずにはいられないところも、そう、権力を（あるいは無関心を）目にしたときは、どんな些細なものであっても、どうにかして反抗を企まずにはいられない男。…どこへ行ったのだ。誰も知らない。仲間をひとり失ったというより、ひとつの存在が、あるやさしさが、ごっそり持っていかれたように感じられる。スロースロップときたら今も信じているのだ。南仏でのんびり羽を伸ばしながら、この干渉は一時的なもの、書類上のものにすぎないと思ってる。メッセージが組織をまわり、指令が下されただけのことで、〈戦争〉さえ終わればこの不都合は消えるんだ、と。〈かれら〉はなんと巧妙に、徹底的に、スロースロップの頭の中の大平原を掘り返し、鍬を入れて種播きし、彼自身の思考が芽を出さぬよう計らったことか…

　ロンドンからの便りは皆無、ＡＣＨＴＵＮＧからの知らせもない。すべてが消えた。テディ・ブロートもある日プイといなくなり、カッチェとサー・スティーヴンの背後に、ときおり別の荷担者たちが、コーラスラインのようにどんどん姿を見せては、規格品の企業風スマイルを浮かべる。舞台上でニコリとして、その白い歯にスロースロップの意識を向け、その間にこっそり、彼のＩＤ、軍用書類、そして彼の過去までも奪いとっていこうという寸法なのか。知ったことか。好きなようにさせておけ。これがどこまで進むのか、興味深く（ときどきちょっぴり不安な顔して）なりゆきを見守っている。あるとき彼は、気まぐれに――いや、確信は持てないが、これは仕組まれたのではないだろう――口ひげを伸ばすことにした。そんなことを考えたのは十三歳のとき以来だ。あのときはジョンソン・スミス社のカタログ通販で、口ひげキットを注文した。怪人フー・マンチューからグルーチョ・マルクス風まで、二十種類入り、黒い厚紙製のその口ひげは、鼻の穴に差しこむフックが付いていたが、しばらくするとフックに鼻水がしみてフニャリとし、そしてポロンと落ちてしまった。

「なんなの、それ？」スロースロップの鼻の下に黒いものを見た瞬間、カッチェがたずねる。

「バッド・ガイだ」とスロースロップ。刈りこんだ、細い口ひげは悪漢風、と説明する。

「だめよ、それは。ワルの態度は許さない。善人のひげを生やしてよ」

「善人は、そもそもひげなんか生やさない」

「うそ、ワイアット・アープはどうなの」

これに対しては、はたしてワイアットが善人なのかどうか議論をふっかける手もあるわけだが、これはまだスチュアート・レイクの解釈によるイメージ[14]が幅をきかしていた時代の話で、西部の英雄保安官というイメージに変更が加わるのは後のこと。スロースロップにしてもグッド・ガイのワイアットを信じていたのだ。ある日、SHAEFの技術班のワイヴァーン大将がやってきて、その口ひげに目を留める。「両端が垂れ下がっとる」

「ワイアットもそうでした」と釈明すると、

「ジョン・ウィルクス・ブース[15]はどうなのだね」と切り返された。「えっ？」

スロースロップは考えてから、「ブースはバッド・ガイでした」

「その通りだ。端っこをひねってピンと上に向けなさい」

「英国スタイルですよね。やってはみたんですが。気候が合わないのか、すぐダランと垂れちまうんです。なんていうか、ハタキみたいで。で、あんまり厄介なもんで、つい両端

14　「OK牧場の決闘」で有名なアープについて最初の伝記（一九三一）を出版したスチュアート・レイクは、一部事実を曲げて、正義を守る保安官という側面を強調した。

15　リンカーンの暗殺者。

を歯で噛み切ってしまう」

「きたない話をするな」とワイヴァーン。「次回の見回りのとき、ワックスを持ってきてやる。それをつけておけば、苦い味がするから端っこを噛む気にならんだろうからな」

というわけで、スロースロップのひげが寸法を伸ばすと、スロースロップがひげにワックスをつけるという寸法。*16 そんな新しいことが、毎日何か起こる。〈かれら〉は毎日カッチェを送りこんできた。枕もとにコインを置くみたいにカッチェを忍ばせる。そのうちに彼のアメリカン・イノセンスが——歯の生えかわる子供の腔内の門歯と臼歯のように——揺らいできて、このごろカジノを歩いているとカタカタ音を立てるようになった。そして、まことに不思議ながら、学習の時間が終わるとスロースロップはなぜか必ず勃起している。なぜだろう、ドイツ語から拙速に英訳された文献に、特別エロティックなところなどあるはずもない。切れ切れのガリ版印刷だし、その情報のうちにはブリズナのロケット打ち上げ実験場の便所からポーランドの地下組織がさらってきたものもある*17というのに、そんな、マジにナチス親衛隊(SS)の糞尿にまみれたもののどこがセクシーだというのだ…授業でやってることといえば、インチとセンチの換算や、ホースパワーからプフェアデシュテルケへの換算率*18を覚えたり、オクシダイザーとスチームと過酸化水素と過マンガン酸塩用の管にバルブと通気孔と各種チェンバーをつなぐ複雑な回路をそらで描かされたり——そんなことのどこがセクシーだというの？　訳がわからんまんま、とにかく授業が済むたび、激しく勃起した腰をもち上げ、そのすごい圧迫とともに席を立つはめになる…端(はた)から見たら狂ったみたいに思えるだろう、ヘンな恰好で身を引きずり、カッチェを求めて学習室を出ていく——両手を後ろにあてがってカニ歩きだ、シルクのストッキングを骨盤で軋らせな

16 原文は as the mustache waxes, Slothrop waxes the mustache. という、きれいな洒落になっている。

17 一九四四年九月に実際にあった話。ポーランド南東部ブリズナの屋外便所の糞尿の中から、V2の燃料に関する重要情報を記した書類が救出され、連合国側にもたらされた。

18 英米の一馬力（ホースパワー）がフィートとパウンドで決められたのに対して、ドイツでは一キロの重量を一秒に七五メートル運ぶパワーを一PS（プフェアデシュテルケ）と規定。両者の間にはごくわずかな違いがある。

がら…

授業中、周囲を見まわすと、サー・スティーヴン・ドズスン＝トラックがストップウォッチを睨みながらノートをとっているのをよく見かける。何だ、それ。何してんだ。彼には読めない。その観察行動が、自分の不思議な勃起と関係しているかもしれないことに思いいたらない。疑惑が走り出さないよう、疑念を脇に逸らすよう、ああいうキャラクターが選ばれた（か、造形（デザイン）企画された）わけなのだ。見ればその横顔を、冬の陽光が偏頭痛のように染めている。毎朝六時起きして浜辺を散歩するという彼のズボンの裾は、折り返しがヨレヨレで湿った砂利がついている。サー・スティーヴンが扮装しても見破るのはやさしいが、彼が陰謀全体の中で果たす機能はなんなのか、よくわからない。スロースロップの知るかぎり、彼は作物学者かつ脳外科医にして、オーケストラのオーボエ奏者だ。ロンドンにはこういった多レベルにわたる才能を駆使する多次元的天才ってのがいる。しかし、博識に裏打ちされたドズスン＝トラックの一徹な動作の影にもやはり、カッチェと同じ、独特の香気（アウラ）がある――使われ、捨てられていく者の…

ある日、スロースロップにそのことを確かめる機会がめぐってくる。ドズスン＝トラックはどうやらチェスに目がないらしく、とある午後のバーで、一局やるかと誘ってきた。

「ダメダメ、おれって、チェッカーもできないから」とウソを言う。

「じっくりゲームを楽しむ時間がようやくできたというのに、それは残念だ」

「ゲームなら、いいのを知ってる――」タンティヴィ譲りの何かが、心にしかと宿っていたのか、「酒飲みゲームで、プリンスってんだ。*[19] きっとイギリスが本家だろ、プリンスのいるお国柄だし、アメリカにゃそんなのはいない、いや、いて悪いとは言ってない、だが

19　このゲームの起源は不詳ながら、『GRC』によれば、一九三〇年代

番号をつける、スタートだ、最初のやつが、プリンス・オブ・ウェールズ、なくした尻尾（テールズ）——ごめんよ、悪気はない——時計回りの順番に回っていって、ナンバー2がその尻尾をみっける、プリンスから時計回りの次のやつ。あ、そいつでなくてもプリンスが番号を呼んだやつならいい、そいつが次のプリンスになる、ナンバー6って言われたらそいつがプリンス、まずプリンスを選ぶんでそいつから始めてナンバー2にいくかプリンスが指名した番号のやつにいくか、とにかくスタートはプリンスだ、ウェールズ、テールズときて、2（トゥー）、サー、と言ったら、テールズどうして失くしたの、と聞く、次のやつがそれに答えて、ノット・アイ・サー——」

「それはわかるが」スロースロップに向けられた表情の異様なこと、「ひとつ解せない、つまり皆でそれをやるポイントがわからない。つまり、どうなったら勝ちなんだい？」

　ハ！　どうなると勝ちかって。「勝ちはない」リラックスして、タンティヴィのことを考えて、さあ、これからささやかな即興の〈対抗陰謀〉を始めるぞ、「負けていくだけなんだ。ひとりずつ負けていって、最後にひとり残ったのが勝ちさ」

「後ろ向きなゲームのように思えるが」

「ギャルソン！」ここの店の飲み代はいつも無料だろう——〈かれら〉のツケになるんじゃないかとスロースロップは踏んでいる。「いつものシャンパンな！　ジャカスカ持ってきてくれ。なくなったらすぐに補給だぞ。補給、コンプロンデ?（わかるか）[20]」これがマジック・ワードとなった。下っ端の士官が涎を垂らして集まってきて、スロースロップがルールを説明している近くに席を占める。

「僕もやるのか」ドズスン＝トラックが蒸しかえす。

末、エドワード八世（プリンス・オブ・ウェールズ）の退位とともに実際に流行した。

20　フランス語の活用を間違えている。正しくは「コンプルネ（-ヴ）?」。

「やるんだよ、チェスばっかやってたら体によくない」

「そうだ、そうだ」と、まわりも騒ぐ。

ドズスン＝トラックは腰をおろしたまま、緊張気味だ。

「グラスが小さすぎるなあ」スロースロップが大声を張りあげた。「あそこのジョッキ、あれにしてくれ！ そう、そう、そうこなくっちゃ」ウェイターがヴーヴ・クリコの大辛(ブリュット)のジェロボアム[*21]の栓をシュパッと威勢良く。そして全員にたっぷり注ぐ。

「よし、プリンス・オブ・ウェールズ」スロースロップがゲーム開始、「なくした尻尾(テールズ)、ナンバー3が見つけたと。ウェールズ、テールズ、スリー、サー！」

「ノット・アイ・サー」ドズスン＝トラックが警戒気味に応答する。

「フー・サー？」

「ファイブ・サー」

「え、何ていうんだ？」ナンバー5が助けを求める。パレード用のタータンズボンをはいたスコットランド高地民(ハイランダー)、狡猾そうな顔つき。

「よし、キミは負け」プリンス然としたスロースロップの指示、「飲み干せよ、一滴のこらず、イッキだぞ、途中の息継ぎは禁止だ」

ゲームは続く。スロースロップがプリンス役をナンバー4に取られ、それぞれのナンバーが変わった。最初の脱落者はスコットランド——最初のミスはわざとだが、じきに避けがたいミスをした。ジェロボアムが来ては消える。どっしりした太い緑のボトルの首にはシワになったグレイのホイル、それがギラギラ照明を反射する。キノコ型のコルク栓がやがて真っすぐの型に変わり、酔いが回るほどに、シャンパンの澱引き(デゴルジュマン)の年もしだいに大戦

21 三リットル入りのワインの大瓶。

期の内側へ侵攻。[22] スコットランドの男は椅子から笑い転げ、一〇フィートほど歩行したと思ったら、鉢植えの棕櫚の樹にへたり込んで眠ってしまった。その空いた席に喜色満面とした下級士官がただちに滑りこむ。ゲームのうわさはたちまちカジノ中を駆けめぐり、テーブルの周りはやじ馬が群れ、早く次の犠牲者が出ないかと期待の目つき。どでかい氷塊が運びこまれてきた。内にシダの筋、四面からは白い蒸気を発している。それをハンマーで叩き割り、砕いて大きな桶に入れ、ワインセラーからリレー式に運ばれてくるボトルの行列に備える。ウェイターたちは大忙しだ。空の大ジョッキをピラミッド型に積みあげ、その頂上からシャンパンの噴水を注ぎこまなくちゃならない。泡立つ滝。ジョッキの段々をしたたり落ちる。群衆の歓声が上がる。となれば、きっとどこかの悪戯者が、底のジョッキに手を伸ばす、ひとつ抜きとる、ピラミッド全体がグラリと揺れる、まわりを囲んだ群衆が押し寄せる、床に流れてしまう前にちょっとでも御相伴に、おっと崩れる、わ、軍服も靴もびしょぬれ——で、始めからピラミッドを積みなおす。ゲームは変わって「回るプリンス」が始まった。こちらは番号を呼ばれた者が即座にプリンスになるというルールで、それにしたがって各自のナンバーがシフトする。もはや誰がミスを犯したのか区別がつかず、言い争いも収拾がつかない。遊戯室の半数は卑猥な歌を歌っている。

《ヒワイ・ソング》

昨夜（ゆうべ）のクイーン・クイーンは　トランシルヴァーニャ
今夜のクイーン・クイーンは　バーガンディー

22 より最近の、ありふれた品に替わったということ。

これじゃ頭が　スキゾフレーニャ
女王陛下と　イイことします
女王陛下は　やさしいな
朝っぱらからシャンパン、キャヴィア
紅茶はシャトーブリアンつきで
煙草は十シリングのパナテラ葉巻
ワッハッハッハ、世界はジョークだ
下がれ、下がれ、我が輩は
トランシルヴァーニャのクイーン・クイーンと
チンチンカモカモの仲なるぞ

スロースロップの頭が風船となり、それが垂直でなく水平に上がる。同じところにいるはずなのに、のべつ部屋中を行き来する。脳細胞のひとつひとつが泡粒となる。自分がエペルネ産の黒ぶどう[*23]に、冷たい影に、そして高貴なシャンパンに変身する。サー・スティーヴン・ドズスン＝トラックのほうを見やると、彼の背筋は（奇跡だ）ピンと伸びている、ただし目の焦点は定まっていない。やった、チャンスだ、ここで一丁、彼らに対抗する陰謀を企んでやろう、そう、ってことは……ここでスロースロップの視線の先に、ふたたびピラミッド噴水が現れた。こんどのはラベルに年の記載がない。ただの甘口のスパークリング・ワイン。ウェイターとオフになったディーラーがカウンターの上に鳥のように一列に並んで眺めている。騒音レベルがまたすごい。テーブルの上に立ったウェールズ人がア

23　パリの東、マルヌ河沿いの町エペルネで産する葡萄。最高級のブラン・ドゥ・ノワール（黒葡萄の白シャンパン）ができる。

コーディオンの蛇腹を狂ったように伸縮させながらハ長調の「レディー・オブ・スペイン」[*24]を弾いている。部屋には煙が濃密に渦巻き、その濁りを通してパイプが点々と赤く光る。少なくとも三ヶ所で殴り合いが続く。プリンスのゲームはどこでやっているのか、もうわからない。ドアのあたりに群れた女たちが、指を差して笑っている。制服が群れをなして部屋の光も熊のような褐色だ。スロースロップは自分の大ジョッキ（タンカード）を引っつかんでヨロリ立ち上がったが、世界がグルリ一回りして、クラウン&アンカー[*25]をやっている真ん中に音を立てて倒れこんだ。優美にやれ、とスロースロップは言い聞かせる、もっと優美に。……周りの連中がわいわいと彼の腋の下と尻ポケットをつかんで、ドズスン＝トラックの方向へほうり投げた。テーブルの下を這っていくと、スロースロップの上に、中尉らしい男が一人ふたり蹴つまずいて倒れてきた。こぼれたシャンパンの池を過ぎ、ゲロのぬかるみを通っていくと、砂だらけのズボンの裾が目に入った。これはドズスン＝トラックだな。「ヘイ」椅子の脚の間を縫って首をもたげ、顔はどこかと捜すと、あった、あった、房飾りのシェードがついたランプの光輪にドズスン＝トラックの頭が包まれている。「おい、歩けるか」

注意深くスイングした視線がスロースロップの顔面で止まる、「どうでしょう、自分で立てるか……」スロースロップ自身、絡まった椅子から身を解きほぐすのが一苦労、立ちあがらせるのもまた一筋縄ではいかなかったが、ふたりはなんとか、めざすドアを見つけて歩きだした。……よろけ合い、支え合い、暴徒の群れをかきわけて。ボトルを振りまわす、白眼を剝く、ボタンのはずれた、呼び咆える、蒼白な顔をして吐きもどした胃をひくひくさせている連中。彼らを抜けて出口に着いたら今度は香水の匂うしなやかな、麗し

24 一九三一年以来、諸々のレコードが出ている情熱的なナンバー。アコーディオン曲として人々の記憶に定着するのは、戦後のテレビ番組「ロレンス・ウェルク・ショー」の定番曲となってから。

25 67ページの註**10**。

いほろ酔いの若い女の群れにもみくちゃにされた。中にふたりを挟みこんだ彼女らは、まるで減圧締具、ふたりを外へ送り出す装置のようだ。

「すげえ、なんちゅう景色だ」これはこれは、今日(こんにち)なおこんな日没の景色があったとは。まるで十九世紀、アメリカ西部の「荒野のサンセット」だ——そう、かつて無名の画家たちが数枚のキャンバスに描きとめた入り日、まだ土地に値段がなく、人びとの眼も純粋で、創造主の存在もずっと身近に感じられていたころの日の入りだ。ここ地中海では上空に雷鳴が高く寂しく轟いている。いまどきこんな色が存在したのかと思わせる鮮やかな赤と、もはや誰も見ることができないかと思われたピュアーな黄色は、汚して下さいといわんばかりに純粋だ…もちろん〈帝国〉は西進した。あのヴァージンの日没を見て、突っこまずにいられるか。犯しまくらずに。

　だが水平線の彼方、つややかに光る世界の果ての近くに立つ、あの訪問者たちは何者だ…ローブをまとった人影、その身の丈は、この距離からするとおそらく数百マイルはあるだろう——表情は穏やか、解脱したような風情をたたえ、まるで大仏が海を覗きこんでいるかのよう。あるいは、そうだ、あの棕櫚の主日(パーム・サンデー)の爆撃の日、リューベックの上空に立ち、破壊に加担する街を守護するでもなく、ただそこに立ち会って誘惑と爆撃の性的遊戯を眺めていた天使のようでもある。*26 あの密通(リエゾン)が呼び水になったのだ——ロンドンの街がついに消耗性の疱瘡をあらわにし、ロジャーの地図に切傷と吹出物の跡を見せるようになったことの。夜をかきむしる熊手の死の神(ロード・デス)との情事を始めたとき、すでに決まっていたことなんだ…リューベックの非武装市民にイギリス空軍を差し向けて恐怖の爆撃を敢行したというのはだな、死神さんに、色気たっぷりの流し目を送るのと同じだぜ、もたもたしな

26 リューベックの爆撃と〝天使〟の出現、それに対する報復としてのV兵器開発の経緯については290〜291ページの本文と註**36**参照。

いではやくだいて。案の定やってきた。ビンビンに硬いロケットが金切声あげて襲ってきた。もちろんA4はどのみち飛んできたさ。だがリューベックで流した色目がロンドンの陵辱を早めたのは間違いない……

　世界の縁を見て回る聖者の一行は、今夜は何を見にきたのか？　しだいに色の深まる、モニュメント的サイズの、ストイックな表情の一行が、鉱滓と灰の山へ向かってゆく。その色を最終的に夜が塗りつぶす……彼らが立ち会うべき巨いなる何かがどこかにあるのだ？　いまここにいるのはスロースロップと……サー・スティーヴン。ふたりで戯言を言い合いながら、遊歩道に並ぶ高い棕櫚の影がつくる牢獄の鉄格子に、おのれの影を交わらせている。影と影の間は、とても暖かい落陽の赤色だ。それがザラザラしたチョコレート色の砂浜にかかっている。この光景から、恐ろしい進行は何も予感できない。環状のドライヴウェイをささやくように走る車もなく、カジノのテーブルで——女をめぐって、国家間の協約をめぐって——何億フランもの金が賭けられているわけでもない。ただこの遊歩道に、ちょっぴりかしこまったサー・スティーヴンのすすり泣きが聞こえている。日中の熱の残った砂上に片膝をついた彼の、押し殺した喉からソフトな嗚咽の声が漏れている。それが、これまで受けてきた抑圧をあまりにリアルに表していて、スロースロップの喉にさえ同じ苦しみがこみあげてきそうだ。だってコイツ、胸のうちをさらしちまったらどんなに痛いツケがくるのか……

「そうですよ。ぼ、ぼ、僕はできない。それは、きみもわかってるね——だ、だけど、だったらどうして彼らはきみに教える？　彼らはみんな知ってるんだよ、僕は職場の笑いものだ。みんな知ってる。ノラは心霊世界のスイートハートだと。まさにゴシップ誌が喜び勇んで買いつけにくるネタじゃないですか――」

「あ！　そうなんだ！　ノラって――あのときアイツ、ほら肌の色を自在に変えられるアイツとの現場をおさえられた…そうか！　へえー、あのノラ・ドズスン＝トラックの！　どっかで聞いた名前だと思ったら――」

　しかしサー・スティーヴンはお構いなしに「…息子がいたんですよ。すごいでしょ、僕ら夫婦にプラスして神経質な子供とくりゃ、完璧なセットだ。ちょうどきみぐらいの年齢か、フランクは、インドシナに送られたのだと思う。…僕は問い合わせましたよ。当局は慇懃に応対するばかりで居所は知らせるまいという腹なんだ。…いや、フィッツモーリス・ハウス[*27]の連中は悪党じゃない、スロースロップ君、みんな悪意などこれっぽっちもない。たいていは自分の落ち度なんです。…ノラのことは愛していた、本当だ。しかし他のことが…それは重要だった、重要だと思ったし、今でもそう思っている。そうするしかないじゃないか。ノラが連中と仲良くなる…わかるよね、連中のふるまい。きみも知ってる通り、高圧的で、ベッドにだって、力ずく、連れこもうとする。ああ、ボ、僕は」　夕暮れのオレンジ色に染まった髪を振って…「無理だった。上りすぎていた。別の枝で、もはやノラのところへ降りていくわけにいかなかった。いや、ノラは、〈あちら〉とのセ、セ、接触を得ることを歓びにすら感じていたのかもしれない。…スロースロップ君、きみのカ、カッチェ、あの女性はすこぶる美人だ」

「知ってるよ」

「彼らはもう僕がド、どうでも構わないと思って、『きみなら熱くならずに監視できるだろう』って、コノヤロウ…おっと、今のは取り消そう。…スロースロップ君、僕らは

27　外務省政治諜報部。

みなとても機械的な存在なのだよ。機械仕掛けで与えられた任務を果たしてる。それだけだ。なあ、スロースロップ——僕がどういう気持ちでいるか、きみにわかるか？　授業のあと、きみはあの娘と籠もる、なのに僕は男としてフノウなのだよ——書物に向かうしか能がない、報告書をまとめるだけ……」

「おい、おい——」

「怒らんでくれ。僕は無害な男だ。殴るなら殴りなさい、デンと倒れてヒョコンと起きあがってみせるから、ほうら」といってほんとにそれを演じてみせる。「ほんとに心配なのだよ、きみたちのこと、きみの行く末、カッチェの行く末、気になって仕方がない、ほんとうだ、スロースロップ君」

「わかった。何がどう動いてるのか教えてくれ」

「僕は構うぞ。構わないと思うな！」

「わかった、いいから……」

「僕の〝機能〟はだね、きみを監視すること。それが僕のキノウ。どうだ、気にいったか？　どうなんだ？　きみのキノウは……ロケットについて学ぶことだろ、ロケットの機構を順番に一インチずつ学んでいくだろ。僕は……きみの日々の進展を記録して報告書を提出する。それだけだ、僕が知っているのはそれだけだ」

しかしそれは違うだろう。この男は何か隠している、何か深い真実を。だがスロースロップはトンマなことに、酔いがまわって、それをきちんと礼儀にかなったやりかたで聞きだすことができない。こんな下品な質問しかできない——「おれだけじゃなく、カッチェのことも観察してるの？　鍵穴から覗くとか？」

鼻をすりながら、「どっちにしろ鍵穴から覗いているみたいなもんじゃないかね、どこが違う。僕はこの手のことには非の打ちどころがない男だ。過ちを犯しようがない。マスターベーションさえマトモにできないのだし……提出した報告書にザーメンが飛び散ってたなんてことになりようがない。彼らからすりゃそんなのゴメンだからね。余分な要素がついていない、単なる記録媒体を彼らは望む。……残酷無比、ひどいもんだ。残酷という意識もない。……加虐の歓びを感じてもいない。……そもそも感情（パッション）っていうものをまるで持っていないんだ。

スロースロップはサー・スティーヴンの肩に手をかける。温かみのある鎖骨の上でスーツの肩パッドがコブをつくった。何を言ってあげたらいいのか、どうしたらいいのかわからない。頭はカラッポだし、眠たいし。……だがサー・スティーヴンはなおも膝をついたまま、スロースロップに恐るべき秘密をいままさに告げようとして、その瀬戸際で震えている。決定的な秘密の漏洩、その秘密とは――

《自分のもんじゃなかったチンコ》

（リードテナー）：そのチンコ、自分のもんだと思ってた――
そそり立ってるおチャメなキノコ
笠は見事なパープルで
ベッドに集まるオナゴらは
いつもそいつで、テレフォンごっこ――

（バス）：グリグリまわして、リンチンチン
（中間声部）：夜中にカレラが侵入し
　（バス）：闇の言葉を吹きかけた
　　オッタチンコはひゅるんと消えた
（中間声部）：きれいさっぱり、そのコカン
（テノール）：ひとりになって男はうめく
　　ハートはつぶれ、ペッチンコ
　　自分のもんだと思ってたんに
（中間声部）：もんじゃなかった、オッチンコ

海の向こうから訪問団は見ていたが、光が寒々と細った今、その姿は風と距離に紛れてしまう。・・・彼らに接近しその正体を把握するのはとてもむずかしい。キャロル・イヴェンターは、リューベックの天使の調査の任を負いながらも、その困難ぶりに頭を抱える。支配霊（コントロール）ペーター・ザクサにしても同じだ。霊界と地上に挟まれたぬかるみで両者とも難儀を余儀なくされている。後日、所はロンドンに、神出鬼没の二重スパイ、サミー・ヒルバート＝スペースが現れた。*28 誰もがストックホルムにいるものと思っていたのに——いや、パラグアイだったかな。

「よお」人のよいサカナ風（サバの類だろうか）の顔が、イヴェンターを見回（スキャン）する。その顔の動きの緩慢なこと。艦上の射撃管制用パラボラアンテナを思わせるが、それ以上に執拗だ。「ちょっとだけ——」

28 天界は地上を視察し、地上では降霊会を通して天界からの情報受信が続けられる。PISCESの心霊セクションの活動も〈ファーム〉によって統括される。この男も〈ファーム〉の諜報員。

「様子うかがいですか?」

「ほう、テレパシーもできるのか。驚くべき男だ」と相変わらずサカナのように虚ろな目をして言い放つ。ガランとしたこの部屋は、ギャラホー厩舎小路の裏手にあり、[29] ふだんは現金取引のために使われる。彼らは〝ホワイト・ヴィジテーション〟からイヴェンターをここへ呼びだした。ロンドンにあっても、魔除けのペンタクルの描き方、呪文の唱え方、望みどおりの人物を連れてくる術、みな知っている連中である…… テーブルの上は汚れたり白っぽくなったグラスがいっぱい。それらカラッポの、または焦げ茶や赤の飲み残し液の入ったグラスとともに、灰皿やら造花の切れ端やらも散らかっている。造花を毟ったり、元にもどしたり、謎めいた曲面や結ぼれをつくっていたのがサミーだった。半開きになった窓から汽車の煙が吹きこんでくるこの部屋の、壁面の一つはブランクで、長年映った影によって蝕まれている。食堂の鏡がときどき客の鏡像に蝕まれるのと同じだ。独特の性格を煮つめてきた面、老人の面と同じだ。

「だが、あんた、彼らとしゃべることはしないんだよな」ああ、サミーは実に巧妙だ、ソフトにソフトに迫ってくる――「真夜中に電信技師が、カチャカチャおしゃべりするみたいなのとは違うんだろ……」

「はい、そういうのとは」イヴェンターには事情がわかった。ペーター・ザクサを通して得た交信の書き起こしに、彼らはすべて眼を通している――のみならず、イヴェンター自身が読むことができるものには、すでに彼らの検閲が入っているのだ。それは別に、いまに始まったことではないのかも。……だったらここはじっくりと、受身になって、サミーの話からどんな形が浮かび上がるのか見ていこう。結局それは、アクロスティック[30]ができ

29 この厩舎小路はピンチョンのフィクション。525ページに出てくる〈第十二宮〉はここにあることになっている。

30 各行頭の文字を並

あがるのを見ているようなもので、何が浮かんでくるのか、最初からわかっていた――自分をロンドンに呼びだしても、天界の誰々と接触を図れという要求はない、ということは、彼らの関心はザクサ自身にあるのであって、自分を呼びだしたのは任務ではなく警告を与えるためだったか。自分の、陰に隠れた人生など曝すなと、抑えるべきは抑え込めと。情報（ビッツ）に、声のトーンと、選択されたフレーズが絡みあった全体が飛んできた。「…気がついたらアノ世だったというんじゃあの男もショックだったろう…ワタシもザクサの手合いには一人ふたり手を焼いた…少なくともキミを街頭（ストリート）に出さずに…きみがうまくやってくれるのを見ていよう、もちろんザクサもだがね、データに個性（パーソナリティ）が混じりこんでくると具合がよろしくないのでな、そこはうまく遮断してほしいのだよ…」

街頭（ストリート）に出さずに、か。ザクサがどのようにして命を落としたのかはみんな知っている。だが、なぜ彼がそこにいたのか、それまでどんな経緯があったのかを知るものはいない。しかも、サミーはイヴェンターに明白に告げている――**それを訊いてはならない**、と。

とすると、彼らはノラとも接触を図っているのか？ 仮に類比（アナロジー）が成りたって、イヴェンターが何らかの意味でペーター・ザクサと同位に置かれるなら、ノラ・ドズスン＝トラックは、ザクサの愛した女、すなわちレニ・ペクラーと重なりあうということか？ ノラの煙ったい声も、あの手遣いも、みな遮断せよという指示なのか？ そしてイヴェンターは、これが続く間もしかしたら一生の間、きわめて洗練された軟禁状態に置かれるということか。自分が何を犯したか、その罪状も告げられないまま？

ノラは今も〈冒険〉を続けている。石像のように髪をまとめた、最後の白き守護神の一人として、その〈ゼロのイデオロギー〉をしっかりと携え、あるいは暗黒の中、あるいは

べると、ちゃんと単語になっている詩文。

光輝の中へと最後の一歩を踏み出そうと。…だがレニは今どこにいる？　赤ん坊と、成熟することのない夢を抱えた放浪はレニをどこへみちびいた？　われわれがうっかり彼女を見失ってしまったのか——精一杯のケアをしていた（「愛していた」と言い張るものもいるだろう）にもかかわらず？　さもなくば誰かがある秘密の意図をもって——ザクサの死もその一部だ——連行（ティク）していったのか。彼女はみずからの翼でもうひとつの命も掃きだしたのか——夫のフランツではなく（フランツはまさにこのような連行を夢みて祈っていたわけだが、全然違う目的のために徴用されている）ペーター・ザクサ。この男はまた違った意味で受動的だった…どこかに手違いがあったのだろうか？〈かれら〉にも間違うことがありえるのか、そうでなければ…どうしてザクサがここでレニの終着点に飛びこんでいくのか（まさに、イヴェンターがノラの激烈な航跡に引きこまれてきたのと同じだ）、彼女が前に立つと、前方の視界が完全にふさがれてしまう。あれほどほっそりとした身体なのに、まるで樫の木のような恰幅と母性を獲得したかのよう…ふたりの時間の残骸だけが脇を流れ、背後で渦をまきながら、長い螺旋を描いて、ほこりのわき立つ不可視の世界へ落ちていく、最後の光粉が路上の石の上に降り掛かるところへ。…そうなのだ。ばからしくも、彼はフランツ・ペクラーの幻想を再現している。彼女の背中で丸くなって、とても小さくなって、連行される、エーテル[31]の風の中へ。その匂いは…いや、違う、生まれる直前に嗅いだ**あの匂いとは違う**…その呼吸を彼が憶えてなどいようはずはない…ということは、それが今また匂うのであれば…それが意味するのは…ひょっとして…

警官隊の列に押しもどされていくデモ隊の中にあって、ペーター・ザクサは、もみくち

31　65ページにも出てきたが、天界の上層空間を満たす霊気を言う。

ゃにされながら地面を踏みしめようと足掻いている。もう抜けだすのは不可能だ・・・レニの表情がひっきりなしに動く、ハンブルク・フライヤー[32]の窓に押しつけられて――コンクリートの道路が、台座が、メルク博物館の塔が時速一〇〇マイル超のスピードで飛びさっていく。背景は完璧だ、褐色の霞み。これだけの速さになると、ポイントや路盤のほんのささいなミスが文字通りの命取りになる・・・レニのスカートの後ろがたくしあげられ、列車の座席のせいで赤くなったむきだしの腿の裏側が彼のほうに向けられる・・・そうなのだ・・・惨事が切迫している、誰が見ていようが、イエス。・・・「レニ、どこだ?」彼のすぐ脇にいたときから、まだ十秒もたっていない。前もって決めていた、できるだけ離れないようにしていようと。だがいまここは二種類の異なる動きが同時に進行している――見知らぬ人たちの偶然の入れ替えが、治安部隊との間にある明確な押し合いのラインを横切って、一定時間この状態のまま居つづけようとする人たちを、抑圧の力をも挫折させかねない愛に引き入れる動きが一方にある。と同時に、その愛の力を遠心方向へ引きちぎらんとする動きがある。これが見納めとなる顔々、肩越しに聞こえる無駄口、彼女が当然そこにいると思って気楽に吐いた、今となっては最後の言葉――「ヴァルターが今夜ワインを持ってくるかな? 僕は忘れてしまって――」個人的なジョークだ。忘れたのは、自分が青春期のような愛の混乱にあるから。幼いイルゼのことをどうしようもなく愛してしまった。社会から党派から顧客たちからの避難場所にイルゼをしてしまった・・・彼の正気の拠り所にすら。幼女のベッド脇にしばらくすわって、その寝姿を眺める。それが毎晩夜が更けてからの習慣になった。尻を突きだし、顔を枕にうずめた寝姿・・・なんと純粋で、正しいのだろう・・・ところが母親のほうは、このごろは夜中に歯ぎしりをする、顔をしかめ、

32 ベルリンとハンブルクを結ぶ、一九三三年開業の、当時世界最速の二両電車。

意味不明な寝言を発する――自分が、いつかどこかで、こんな言葉を流暢にしゃべるようになるとは考えたくもない。最近一週間ほどのことだ…政治のことは自分にわかるはずもないが、それでもレニがある閾値を越えたのはわかる。時の分岐点が来た、この先はもうついていけないかもしれない――

「きみは母親なのに…逮捕されたらあの子はどうなるんだ？」

「それこそ彼らの――ペーター、わからないの、彼らが欲しがってるのは、まさに、お乳の張ってる女なのよ。人間性なんかすっかり萎縮して、その陰でメエメエいってるような女がご所望なんです。どうしたらあの子に対して人間的になれるかが問題でしょ。母親じゃないでしょ、〝母親〟っていうのは政府の役職のカテゴリーよ。〈かれら〉のために仕える存在。〈かれら〉は魂を取り締まる官憲なんだから」彼女の顔が黒ずむ。口にした言葉が彼女をユダヤ化したのか。強く言ったからではなく、本心を口にしたせいで。真実を。彼女に信念をぶつけられると、ザクサには自分の人生の浅さが見えた。例の夜会の澱み、水を替えないバスタブのように何年たっても同じ顔ぶれ…ぬるま湯の歳月がどこまで続くのか…

「でもあなたを愛してる…」ザクサの汗ばんだ額に垂れた髪を、彼女はブラシで掻き上げる。窓際に体を横たえたふたり。ガラスを通してコンスタントに流れこむ街灯とネオンサインの光が、ふたりの肌に打ち寄せ、その丸みと陰影とを際立たせる――占星術師が描く月のスペクトルよりさらに冷たいスペクトル。…「無理して変わろうとしないで、ペーター。いまのあなたを愛してないなら、ここに来たりしないんだから」

彼女は彼をデモへ押しやったのか。彼女が彼の死神となったのか？　いま天界から聞かれるザクサの答えはノーだ。愛の中で、言葉の持ちうる意味など定めようがないと言って一蹴する。それでも彼が、ある具体的な理由のために、ストリートへ送り出されたという印象はぬぐえない…

イルゼはといえば、黒い瞳ですっかり彼を虜にしている。彼の名は言えるのだが、言わずに彼をじらしたり、わざと「ママ」と呼んでみたり。

「ノーノー。ママはあっち。ペーター、忘れた？　ペーターだよ」

「ママ」

レニは見ているだけだ。口元に、ほとんど「得意満面」な微笑を浮かべて——名前を混同される男が、どんな気持になり、どんな反応に駆り立てられるか彼女も知らないはずはない。もし彼に街頭デモに参加してほしくないのだったら、こういうとき、どうして何も言わずにいたのか？

「わたしのこと、ママと呼ばれなくてよかったわ」と、彼女は説明したかもしれない。だがその言い方はあまりにイデオロギー的であって、そう言われても彼の心は落ちつきようもない。そういう、スローガンをつなぎ合わせたような話をどうやって聞いていいのか彼にはわからなかった。革命者のハートで話を聞く術を学んではいなかったし、この先も、鬱々とした同志愛をかき集めて革命家の心を自分の中に起ちあげていくのは端的に言って無理だった。そんな時間は今はない。実のところ、息をひとつ吐くだけの時間しかない。街頭デモの中で、恐怖に襲われた男の、荒々しい息をひとつだけ。昔ながらの勇敢なやり方で恐怖を克服する時間すらないのだ。だって、ほら、来た来た、警官のユッヘ。はやくも警棒を頭の後ろに振りかざしている。自分の存在、自分の権力に、まるで気づいていない一人のノロマな共産主義者の頭の一角を彼の視界にとらえている…くっきりと曝された打ちごろの頭、今日初めてのビッグ・チャンス。タイミングもばっちりだ。腕にもその先の棍棒にもいい手応えを感じた、打ち下ろされた棍棒は、警官の脇に垂れる暇もなくふたたび張りつめた筋肉のカーブを描いて振り上げられ、最高点に、ポテンシャル・エネルギーの最大地点に達していた…はるか下方で、男のこめかみの灰色の静脈は、羊皮紙のようにペラペラになって、あまりにくっきり浮きたっている。それがピクリと動いた。これは最期から二つ目の脈拍…SHIT！　おお——これはまた、なんと——

なんという美しさ！

夜の間に、サー・スティーヴンがカジノから消えた。

だがその前にスロースロップに告げていった——彼の勃起はフィッツモーリス・ハウスで非常な関心を呼んでいる、と。

朝になって、カッチェが駆けこんでくる。たいへんな形相だ。濡れた雌鶏以上の騒がしさで、サー・スティーヴンが消えたわ、いなくなったわとわめき立てる。なんだろう、みんな突然、おれに何かを言いまくってる、まだよく目も醒めていないのに。鎧戸と窓を打つ雨音、数々の月曜の朝、ムカムカする胃袋、さよならの言葉…雨にけぶる海に向けた目をしばたたく。灰色のマントにくるまれた水平線、雨が濡らした重々しい棕櫚の葉は、光を含んでグリーンがあざやかだ。シャンパンの酔いがまだ残っているせいだろうか——異様な十秒間、かれの視野には、目に見える世界に対する素朴な愛しか存在しない。

それから、思いとはうらはらに、景色に背を向け、カッチェとのプレイタイムに戻っていく…

カッチェの顔の、髪の毛に劣らぬ白さ。雨の魔女。[*33] 帽子の縁が、顔のまわりにシックなクリーム・グリーンの光輪を添えている。

「あの男、消えちゃったのか」。ここで鋭く反応して彼女を刺激する？ 「そりゃ残念だが、しかし――どうだろ、ラッキーとも言えそうだ」

「彼のことはもう忘れて。スロースロップ、あなた、どこまで知ってるの？」

「〝忘れて〟ってどういうことだよ。きみはそうやって人をポイ捨てするのか？ それがきみの役目か」

「知りたい？」

彼は突っ立って口ひげをひねっている。「教えてくれ」

「あなたのせいよ。ほんとにもう、あの泥酔学生のゲームで、何から何まで台無しにしてくれたんだから」

「実際、何から、何まで、なんだい。教えてくれよ、カッチェ」

「彼から聞きだしたことを言いなさい」彼女が一歩近づいた。その両手の位置を見てスロースロップは、軍専属の柔道インストラクターを思いうかべた。ふと気がつくと、自分は裸だ。それに、ほらほら、スロースロップ、なにやら勃起も始まっているぞ。この勃起をノートに書き留め、理由を詮索する者はもういない……

「きみにジュードーの心得があるとは聞いてなかったな。オランダで活動していたときに教えられたのかな。ほうら、こういうささいなことから」子供っぽく三度ずつ音程を下げながら「化けの、皮が、はがれる……」

「あああああ――」激したカッチェが突っこんできた。頭をめがけて飛んできたチョップを

33 原文は rain-witch。グリムの語るゲルマンの神話伝承の世界では、天気の急変は魔女のせいとされ、ゆえに魔女は「天気猫」（Wetterkatze）などと呼ばれた（『GRC』）。

かわしたスロースロップは、カッチェの腋の下に両腕を差しいれ（まるで人命救助の消防士）、ベッドの上に放り投げ、その上にのしかかろうとするところ、カッチェは足を上げスパイク・ヒールの先をかれの急所に向ける――のだが、だったらどうして最初から急所蹴りでこなかったのだ、このキック、タイミングもハズしてるし、さっきからずっとそんな感じじゃないか、こいつがもし本気で急所をとらえたら、スロースロップの股間の一部がそぎ落とされるに違いない……股間じゃなくて、スロースロップの脚をヒールでかすめることに狙いをつけたのか。彼は向き直って、カッチェの髪をつかみ腕を後ろにひねり上げ、ベッドに顔を押しつけた。スカートが尻のところまでめくれ上がり、スロースロップの目の下で太腿がくねって彼のペニスをビンビンにする。

「いいか、あま《カント》、おれを怒らせる真似するなよ。オンナ叩くくらい屁でもねえんだ。リヴィエラ海岸のジェイムズ・キャグニーとはオレのことだ[*34]」

「殺してやる――」

「何を――何から、何まで、台無しにしたのか、ちゃんと聞かせてもらおう」

カッチェの首が伸びてスロースロップの上腕の肘に近いところにガブリ、歯が食いこんだ。ペントタール[*35]の注射をさんざ打たれたところ。「オー、クソーッ」ひねり上げていた腕を離して下着をずりおろし、片方の尻肉をつかみ、後背位から刺しつらぬく。そうして下から指を這わせて乳首をはさみ、クリトリスを押しつけ、腿の内側に爪先を熊手のように走らせる。ミスター・テクニック参上――などと粋がるまもなくふたりともすでにイッちゃう寸前だ。最初にカッチェが枕に顔をうめて叫び出す。一、二秒後にスロースロップが続く。彼女の上に倒れ伏し、汗はタラタラ、息ハアハア。目の前のカッチェの顔が四分

34 キャグニーが女を虐待するシーンのひとつに、『民衆の敵』（一九三一）の朝食シーンがあって、そこではメイ・クラークの顔面にグレープフルーツを押しつけた。

35 麻酔および自白剤。

の三だけ傾いでいる。横顔（プロフィール）ってわけでもない。この顔には顔がない。恐るべき〈ノーフェイス〉、抽象の彼方にあって手が届かない。眼窩の窪みはあっても、そこに変化する眼はなく、頬の曲線、凸状の口のラインも匿名的、これは〈存在の別の様式〉に属する無鼻のマスクだ。カッチェという存在の、生命に欠けたノンフェイス、この顔をしたカッチェしかスロースロップは本当には知らない、この先も記憶に残るのはこの顔だけだろう。

「おい、カッチェ」とぶっきらぼうに。

「ンン」彼女の口から漏れ聞こえるのは、さっきの憎しみの残響だけ。所詮ふたりは恋人ではない。陽光の降り注ぐなか、ボイル地[*36]のパラシュートでゆるやかに流され、手に手をとって牧草地に降り立つなんてことにはならないのだ、驚いた？

　カッチェが向こうへ動いた。押しだされたペニスがプラリ、部屋の冷気にさらされる。

「ねえ、スロースロップ、ロンドンってどんなようす？　ロケットが落ちてくるとき」

「ああん？」射精後はゴロリ横になって煙草をふかし、食べたい物を考えるのがスロースロップは好きだ。「ああ、ロケットは、落ちてきてから、そうなんだ、落ちたあとになって初めて落ちたとわかるんだ。当たってなけりゃ大丈夫、次の一発まではね。爆音が聞こえたら、生きのびたんだとわかる」

「爆音で、生きていることを確かめるの」

「そんなとこさ」カッチェは立ちあがり、下着を引きあげスカートを下ろし、鏡のそばで髪の乱れを直しながら、「境界層温度について質問します。服を着ながら答えなさい」

「境界層温度がT_e、なんだよ急に、燃焼終了まで指数関数的に上昇、それが水平距離七〇マイル付近、そこから急上昇し一二〇〇度のところで尖点（カスプ）をなし、その点から若干下降、

36　木綿の柔かい生地としてカーテン地などに使われる。

一〇五〇度まで落ちて、これが大気圏脱出まで続く。さらに一〇八〇度の尖点ができて、再突入まではほぼ一定」云々かんぬん。このシーンをつないで流れるBGMとしては、木琴の音が弾む懐メロ・ナンバーがふさわしい。ちょっと斜に構えた、でも穏やかにコメントするような曲想の、たとえば「スクール・デイズ、スクール・デイズ」でもいいし、「乗りなよジョセフィン、僕の空飛ぶ機械に」でも「オールド・タウンはホット・タイム」[*37]でも合うだろう——だがその音楽もスローになってしぼんでいき、場面は階下のガラス張りポーチの中。スロースロップとカッチェが差し向かいにすわり、隅に数人の楽器弾きが、首を振って文句たらたら、こんな具合じゃオーナーのセザール・フレボトモにまた演奏料を踏み倒されてしまう、どうしたらいいんだと画策している。ひどいギグもあったもんだ。・・・雨はガラスをたたき、戸外のレモンとマートルの木が風に揺れる。クロワッサン、ストロベリー・ジャム、本物バター、本物コーヒー。カッチェの出した課題は——壁温とヌセルトの熱情伝導係数[*38]からおよその飛行曲線を割りだしなさい。ヒントとして与えてもらったレイノルズ数[*39]をもとに、頭の中で計算する・・・運動方程式、減衰の瞬間、復元の瞬間・・・燃焼終結（ブレンシュルッス）の計算法にはIG方式と無線方式があって・・・この方程式で、これを変換すると・・・

「こんどは噴射拡散角度ね。わたしが高度を言いますから、角度を答えて」

「なあ、カッチェ、ついでに角度も言ってみてよ」

以前カッチェは、発射台を離れるロケットの炎を見て、求愛中の孔雀を思った。炎の中に緋色、オレンジ、玉虫色の変化を見せるグリーンが、孔雀の羽をひろげた姿に見えてうれしくなった・・・その場にいたドイツ人——SSも混じっていた——もロケットのことを

37 どれも二十世紀初頭にヒットした軽快な流行歌。

38 熱伝導の「ヌセルト数」とは、流体の熱移動を対流を含めて考えるときに使われる。ただし、ヴァイキングとバンタムとペンギンのすべての版で、「熱伝導 *heat* transfer」ではなく、*heart* transfer となっているので、「熱情伝導」と訳した。

「孔雀（プファウ）」と呼んだ。「孔雀2号（プファウ・ツヴァイ）」[*40]と。愛の儀式をプログラムされた「孔雀」の上昇。だが〈ブレンシュルッス〉でそれは終える。ロケットの〈男〉に対応する純然たる〈女〉——標的の中央をなす「ポイント・ゼロ」——が屈服したのだ。残りの部分はすべて弾道学の法則にしたがう。もはや〈ロケット〉は無力、そこは工学の企図をこえた、別の力の支配下にある。

　その巨大な真空中の弧が、この地球を駆動し彼女自身も（彼女を利用する者たちも）駆動する、ある秘められた性的欲望の明確な表現になっていることを、カッチェは理解していた。頂点を通過してあとは下降する、突入する、燃えながら、最終的なオルガズムに向かっていく……こんなこと、スロースロップに教えられるはずもない。

　すわっているふたりの耳に聞こえる風と雨の音、ほとんどみぞれの音。冬が集まり、息づき、深まる。どこかの部屋の奥でルーレットの玉がコロコロ転がる。彼女は逃げの姿勢だ。なぜ？　彼がふたたび接近しすぎたから？　スロースロップは記憶をたどる、カッチェはいつもこんなふうにしゃべっていたろうか。こんな、ビリヤードのドローショットみたいに、縁にぶつけて跳ねかえってからおれに触れるなんて。いいだろう、ここで質問作戦といこうか。彼は暗闇の中で陰謀への対抗を開始する。手あたりしだいにドアをこじあけ、何がとび出すか、さあお立ち会い……

　黒ずんだ玄武岩が海から突きでている。岬に立つシャトーに蒸気の薄膜がかかっている光景は、印刷の粗いむかしの絵ハガキそのものだ。スロースロップはカッチェの手にふれ、素肌の腕に指を這わせる。

「んん？」

39　管の径、流体の密度と粘性が与えられているとき、流体の速度の計算に用いられる。

40　ドイツ語で「孔雀 Pfau」と「V」とは発音がほぼ同じ。つまり「V2」。

「上に行こう」とスロースロップ。

カッチェはためらったのだろうか。ほんの一瞬のしぐさ、スロースロップはキャッチできなかった。「いままでずっと何の話をしていたのか言ってみて」

「A4ロケットのことだろ」

彼を見つめ続けている。最初は吹きだすのかと思った。次に、泣きだすのでは、という気がした。何なんだ、これは。「スロースロップ。あなた、わたしを求めてない。あなたに関して彼らが調べようとしているものはわたしを求めているにしても、それはあなたじゃないの。A4がロンドンを求めているのでないのと同じよ。でも彼らだってきっとわかってないのよ……別の自己(アザー・セルヴズ)——あなたにも〈ロケット〉にも別の自己があるってことを、あなた同様わかっていない。今いってること、通じなくてもいいから、憶えておいて。わたしがあなたにしてあげられるのはそれだけよ」

ふたたび上階、カッチェの部屋——ペニス、ヴァギナ、窓を打つ月曜の雨。……午前の残りと午後の早い時間、スロースロップは勉強だ。シラー教授の再生式冷却、ヴァーグナーの発火方程式、パウアーとベックの排気ガスならびに燃焼効率。そしてあられもない姿をさらす青焼きの設計図。正午に雨があがった。カッチェは私用で外出。スロースロップは階下のバーで数時間すごす。眼が合うとウェイターはニヤリ笑ってシャンパンの壜を差しあげ、いかがですかと振ってみせる——「メルシ、ノン(けっこうです)」いま、あのペーネミュンデ*41の組織図を暗記しているところなのだ。

どんよりした空から光がこぼれてきた。カッチェと一緒に外へ出る、一日の終わりの遊歩道の散策。握ったカッチェの素手がひんやり冷たい。細身の黒のコートを着たカッチェ

41 バルト海のウーゼドム島にあるこの村で、V1およびV2の開発が行われた。その詳細は、この小説の主要なソース

は実物よりさらに長身に見える。言葉はない。長いこと押し黙った彼女の存在は、希薄化してほとんど霧のよう。…立ち止まって手すりにもたれる。真冬の海をスロースロップは眺める。カッチェが眺めているのは何だろう。背後にヌッと立つ、目に見えぬ冷え冷えとしたカジノだろうか。上空を果てしなく無色の雲が滑ってゆく。

「きみの姿を見かけたときのことを考えてたんだ。あの日の午後」具体的に切り出せない。だがヒムラー遊戯室でのことだとカッチェは察知し、鋭く振り返って、「わたしも、同じときのこと考えてた」

ふたりの吐く息がちぎれ、霊（ファントム）になって海へ舞っていく。きょうのカッチェの髪型は高く上げたポンパドール。ブロンドの眉は毛抜きで翼のかたちに整えて、眼のまわりを黒で縁どり、染めそこねた睫毛が数本だけ金色のままはみ出ている。雲を抜けて斜めに差しこむ光に照らされ色を奪いとられたその顔は、まるでパスポートの、フォーマルな白黒写真そのものだ…

「あの時のきみは遠かった、手を伸ばしても届かなかった…」

その時。カッチェの顔に憐憫に似た表情が浮かんで消える。そして口からささやき声。それは、突然舞いこんだ電報のような、命取り（リーサル）な輝きを帯びている。「きっとわかる日が来るわよ。どこか彼らが爆撃した街で、彼らの河か森の近くで、雨の日かもしれないけれど、きっとあなたに訪れるわ。ヒムラー遊戯室と、わたしの穿いていたスカート*42の記憶から、理解が踊りはじめるでしょう。あのときも今も、言えずにいることが、わたしの声になってあなたに聞こえてくるでしょう」。なんなんだ、この女の一瞬の笑みは。あっという間に消えて、運のない、未来のないマスクに戻る——望ましい、容易な、初期設定のカ

ブックの一つであるドルンベルガーの『V2』に書かれている。物語の「現在」は確定しがたいが、V2の攻撃はまだ盛んに続いている時期で、したがって、カッチェが教えている情報は、スパイ活動——または陣営を越えた〈かれら〉の癒着——によってしか入手できないはずのもの。

42 虹のストライプのダーンドル・スカートだった。397ページ参照。

ッチェ顔に。

　柵のない遊歩道が湾曲するところ、カールした鉄の骨組みのベンチが並んでいる周りにふたりは立っている。そこは切り立った堤にしてあるが、眠っていない人間なら、こんな高さにする必要はあるまい。そこに立てば眼がくらみ、海に吸いこまれ、何もかも終わりにできそうだ。一段と冷えこんできた。ふたりとも長いこと直立していられない。数秒おきに、どちらかがぐらつき、足場を確かめなおす。手を伸ばしカッチェのコートの襟を立て、両の掌で頬を包む・・・肌の色を取りもどしたくてそうしているのか？　目線を下げて彼女の眼を覗きこむ。なぜなんだ、みるみる涙が溢れてくる。ぬれた睫毛からマスカラがほんのり黒みがかった渦巻きをなして流れだす・・・それぞれの眼窩の中で震えるふたつの半透明の石・・・

　波が浜辺の小石にぶつかり引き寄せる。波止場の波もすでに凪に砕けだした。白波がまぶしすぎる。くすんだ色の空以外からも光を集めているのだろう。またもや姿を現したのか、〈異なる世界(アザー・ワールド)〉の不変の光景が――こんな場面で、またこの恐怖にさらされなくてはならないのかよ――この木立を見ろよ、長い葉先のひとつひとつが垂れたり、ピンと立ったり、空に目も眩むようなドライポイント描法の線を刻んでいる。どの点の位置も、あまりに完璧・・・

　カッチェが太腿を動かし尻の突部でコート越しに彼をこすった――こうすることでまだ彼の気を引き留めることができるとでも？――息は白いスカーフのよう、涙の跡は冬に照らされ氷のよう、女の体は温かくても、それだけでは不充分。充分だったためしはない。彼にはちゃんとわかっている、この女はだいぶ前からここを去るつもりだったと。眼下に崩れる白波が感じさせる風ゆえか、舗道の傾斜のせいなのか、ふたりは互いを抱き寄せる。カッチェの眼にキスをしたスロースロップは、おやおや、またも股間がクキンクキン、古き良き、いや良くも悪しくも昔ながらの性欲のうずきに捕まった。

海辺で始まったクラリネットのソロがコミカルなメロディを聞かせる。数小節後からギターとマンドリンが加わる。浜辺に群れた人たちの眼が輝く。そのサウンドにカッチェの心も少し軽くなったようだ。スロースロップにはまだ、ヨーロッパ人がクラリネットに対して示す反応が身についていない。これを聞くと、サーカスの道化ではなく、ベニー・グッドマン*43を思い浮かべてしまうのだ――でも、待てよ…近づいてくる音、これはカズー隊ではないのか。すげえ数のカズーだ！　カズーの軍楽隊だ！

夜遅く部屋に戻ったカッチェは、厚い絹地の赤いガウン。背後に、どのくらいの距離だろう、長い蠟燭が二本燃えている。何かが変わった。セックスが終わると彼女は片肘をついて彼のほうを見つめる。深い息に乳房がうねる。ダークな乳首は白い海に浮かぶブイのようだ。だが彼女の眼には緑青がふいて、いつも見慣れた引きこもりを、仄暗い心の奥への優美な退行を、最後にもう一度見たいと思っても見られない。

「カッチェ」

「シーッ」夢にまどろむフィンガーネイルの一掻きが、朝をわたる――コート・ダジュールを過ぎてイタリアへ。スロースロップは歌がほしくなる。歌おうとする。しかし今の気持ちに合う歌が思いつかない。腕を伸ばし蠟燭の芯をつまんで火を消す。その前に指を濡らさなかった。焦がした指先にカッチェのキスが余計にしみる。女の腕の中で眠りに落ちたスロースロップ。目覚めたら彼女は跡形なく消えていた。一度も袖を通したことのない

43　それまで限られた聴衆を相手に、基本的に黒人の音楽として発展してきたジャズは、一九三五～三六年（スロースロップの青春時代）に白人のクラリネット奏者ベニー・グッドマンの率いる楽団の人気によって、ポップなダンス・ミュージックに生まれ変わり、以後「スイング」の大流行へとつながる。

服の大半を衣装簞笥に残したまま。彼の指先に火ぶくれと、わずかな蠟を残したまま。何口か吸って乱暴にもみ消した煙草が一本、釣針形に横たわっている。…彼女が煙草を吸い残したことはなかった。すわって一本ふかしながら、おれの寝姿を見つめていたのか…そのとき急に何かが（それが何だったのかこの先たずねる機会はないだろう）引き金となって、吸い終えることを彼女にゆるさなくなったんだ。曲がったその一本を伸ばして火をつける。最後まで吸い終えよう——まだ戦争は続くんだ、煙草を無駄にはできないぜ…

□□□□□□□

「われわれは通常、行動する際に、反応を個別的に返してはいない。そうではなく、複数の刺激に対し複合的に反応することで、刻々と変化する環境の実情に対応している。ところが老齢者にあっては、」これはパヴロフ八十三歳のときの講義、「これとは全くしくみが異なり、単一の刺激にのみ神経が集中する。それに随伴したり共時的に届いている刺激に対し、われわれ老人はこれを無関係なものとして排除してしまう。環境の現状に対して補完的な作用を果たしていないと見なして〝負の誘導（ネガティブ・インダクション）〟を発動してしまうのである。

かくして「けっして他人に見せることなくポインツマンがしたためた詩文より」

テーブルの花に手を伸ばしつつ
私の部屋の冷えたモザイク[*1]が
開花の、刺激の、欲求のまわりを囲みて
緩慢たる抑止の消却を始めるを知る
赤々とした拡がりが急速にうちしぼむ

1　パヴロフが考えていた大脳皮質のしくみの大枠については、111ページ参照。

周囲の物体から吸い寄せられ、一点に凝集し
（閃光には至らぬが）ひとつの炎に集中する
残りの物は、部屋のどんよりとした夕刻の
眠気のなか——本も、器具も
老人の服も、古ぼけたゴロドキ[*2]の棒も
存在はおぼろ気に認められてもその魂（スピリッツ）は
私の中に保持されるべき場所の記憶は
消えるのだ、この瞬間、凝集した炎によって
儚く待つ花へこの手が伸びるとき・・・
何か——ペンなのか空（から）のグラスなのか——
いまあった場所から落ちて、私の記憶の空白の縁の向こうへ
（おそらくは）転がり行く・・・
だがこれは、「耄碌ゆえの散逸」にあらず
むしろ「集中」だ、若者であれば
楽々と笑いながら避けられること
彼らの世界はつまらぬものがひとつ欠けても
補って余りある豊潤の中にある——
ところが、ここ八十三歳の地にあって、皮質（コーテックス）は弛緩し
抑制の節くれ立った指にひねりつぶされ
わが興奮の諸過程は灰と消えて

2　野球のバット大の重い棒を（ロケットのように）投げて、敵陣に並べた木のブロックを弾きだすロシアのゲーム。

部屋の中がぼやけ始める度に
灯火管制演習の街を覗き見る思い
(ドイツがこのまま狂気の道を進むならば
避けえまい)。街の灯がつぎつぎと消えて…
残るはただひとつの、頑固に開く明かりの花
監視員も消せない灯火、少なくとも今はまだ

〝ホワイト・ヴィジテーション〟では週に一度の概況報告も、もうめったに開かれない。近頃ではプディング老准将の顔を見かけたものもない。PISCES[*3]の施設の、智天使像(チェラブ)が蔽う廊下にも部屋隅にも、資金面での不安定は隠しようもない。「ジイさん、おじけづいたか」マイロン・グラントンが吠えた。彼自身、このところ不安定だ。いまARF[*4]棟では、スロースロップ研究班の定例会合が進行中。「企画全体を葬りさるか。悪夢の一夜で総くずれか…」

列席の面々の間に一定の、育ちのよさをにじませたパニック反応が広がる。背後で、実験助手たちが犬の糞を掃除し、針の指す数値を記録している。百個もの籠の中で、ネズミたちが——ラットもマウスも、白いの、黒いの、いろいろな明度の灰色の——車輪をカタコト回している。

中でひとり平静を保っているのがポインツマン。なんら動じたようすもない。実験用の白衣すら、このところセヴィル・ロー的な紳士の装いをたたえている——ウエストの締まり具合、フレアーつきのスリット、布地の質感、粋なステッチの入った襟の折り返し。計

3 降伏促進のための心理学的諜報企画。「パイシーズ」。

4 ポインツマンを代表とするアブリアクション研究施設。「アーフ」。

画全体が干上がったに見える今、この男だけは裕福な雰囲気を立ちのぼらせているのだ。集まった面々の吠える声が一段落したところで、なだめるようなポインツマンの発言――

「危険はない」

「危険はない?」アーロン・スロースターのヒステリックな声に続いて、部屋の中はふたたび呟きとうなり声で満たされる。

「スロースロップのやつに、ドズスン=トラックも、あの女も、一日で壊されたんですぞ!」

「崩壊だよ、これ以上支えきれんでしょう、ポインツマン!」

「サー・スティーヴンの帰国以来、フィッツモーリス・ハウスは計画から手を引いてしまったんだ。ダンカン・サンディス[*5]からも、嫌味な問い合わせがきているし――」

「チャーチル首相の娘婿殿からですよ、ポインツマン。これは、どう考えたってまずいでしょうが」

「すでにもう赤字運営になってるわけで――」

「資金なんてものは」もし君が知性を失わざれば、[*6]「調達可能なものだし、じきにきっと入ってくる、深刻な資金難に陥る前に打開できる。サー・スティーヴンは〝壊れて〟などいないし、フィッツモーリス・ハウスで元気に勤務してる。どなたでも確認したければ、そうなさい、ほんとにいい顔をしているから。ミス・ボルヘジアス[*7]にしても、現行プログラムをバリバリこなしているしね。ミスター・ダンカン・サンディスから上がってきた疑念にも、ひとつ残らず返答した。何より心強いのは、われわれが一九四六年度も充分活動できるだけの予算をすでに得ているということだ――資金難が現実に頭をもたげる事態に

5 戦時連立政府の要職にあった彼は、「独軍V兵器防衛委員会」のトップも併任していた。

6 ラドヤード・キップリングが戦場の息子に宛てた詩 "If" の冒頭の句。

7 この姓は、タコに襲われたシーンで、カッチェの腕輪に刻まれていた。

はなりませんて」

「また例の、利害を共にする団体からの寄付ですかね？」とロッロ・グロースト。

「そういえば、一昨日はインペリアル・ケミカル社[*8]のクライヴ・モスムーン氏[*9]と密談していたようだが」と、エドウィン・トリークルが言及する、「クライヴとはマンチェスターの大学時代、一緒に有機化学の授業に出た仲でね。ＩＣＩもウチの、なんというか、スポンサーになったのかな、ポインツマン？」

「いや」スムーズな即答、「モスムーン氏の最近の仕事場はマリット・ストリート[*10]とは別のようだ。残念ながら、〈黒の軍団〉（シュヴァルツコマンド）に関する協力関係以上に不吉なものが始まる気配はないようですな」

「とんだお笑いぐさだな。クライヴはＩＣＩにいて、ポリマーに関するなんらかの研究を担当していることくらい、私の耳にも入ってるんだ」

　にらみ合うふたり。一方が嘘かハッタリをかましている。さもなくば両人とも。どんなケースも考えられるが、ともあれ、分があるのはポインツマンのほうだろう。みずからのプログラムの廃止という可能性に直面して彼は相当の〈智慧〉をつけた。自然界には奥深い生の力が働いていようとも、官僚世界にそれに相当するものはない。神秘的な力などはなくて、すべて煎じつめれば、男たちの個々の欲望にゆきつく。もちろん女たちもだ――彼女らのかわいい脳タリンの頭に祝福あれ。この世界では、より強い欲望を持つことが生存につながる。すなわち、〈制度〉（システム）を他人よりよく理解して、その使い方に通じること。これは仕事である、たいへんな仕事である。超常現象などにビクついている暇はないのだ――不安は意志を砕き、心を女のように脆弱化する。不安にかまけるか、それを克服す

8　「インペリアル・ケミカル・インダストリーズ」（ＩＣＩ）は、大英帝国を代表する化学合成薬品企業。

9　〝海賊〟プレンティスを愛人にしたスコーピアの夫。

10　ロンドン大学の研究所が並ぶ界隈。

るか二つにひとつだ。「わたしとしても望んでるんだよ、ＩＣＩがどうにかして出資を検討してくれないかとね」といってポインツマンは微笑を浮かべる。

「弱い、弱い」若輩のグロースト博士がつぶやいた。

「ほんとに何をいってるんだ」アーロン・スロースターががなる、「あのジイサンが悪いタイミングで機嫌を損ねれば、それだけで研究全体が墜落するんですぞ」

「プディング准将なら大丈夫だ。一度コミットしたら後へは退かん方だからして」ポインツマンは落ちつき払っている。「准将とはうまいこと取引が成り立っている。詳細は重要ではないが」

ポインツマンが場をしきれば、詳細など、いつも問題ではない。トリークルの挑戦はうまくかわされ、議事はモスムーン問題にすり替わった。ロッロ・グローストが不満をこぼしつつも、正面から渡り合うところまでには至らず、結果的に自由なディスカッションが行なわれたという印象を与えただけ。スロースターのヒステリックな物言いも、他の面々の注意を逸らすだけの結果に終わった。・・・というわけで会議はお開きとなり、謀り事の仲間たちはコーヒーへ、妻のもとへ、ウィスキー、睡眠、無関心へと散っていく。ウェブリー・シルバーネイルは後に残って、視聴覚装置を確保し、複数の灰皿を自分のまわりに寄せ集める。犬のヴァーニャの精神状態は今は平常に復帰（もっとも、臭化カリウム[11]の投与によって腎臓はだいぶ弱ったろう）。実験用スタンドへの縛りを解かれた短い間、ヴァーニャは鼻をクンクンさせてラットのイリアの檻に近づき、イリアは電気刺激が走る金網に鼻づらを押しつける。二匹はそのまま鼻と鼻を、命と命をくっつけている。・・・シルバーネイルは鈎型の吸いさしをふかし、16ミリのプロジェクターを引きずって、長い檻の列

11 鎮静剤・抗てんかん剤として早くから知られ、パヴロフも著書で犬に対する使用を薦めている。

の前を通り、蛍光灯の下でネズミの漕ぐ回転車輪がストロボ効果を見せるのをあとに、ARFを出てゆく。オラオラ、気をつけな、看守のヤローがやってきたぜ。ああ、やつなら大丈夫さ。ルーイ、あいつはいいやつだ。みんなが笑う。だったらここで何してるんだ？　長くて白い光が頭上でジージー鳴る。グレイのスモック姿の助手たちが雑談し、煙草を吸いながら、日常業務をこなしている。気いつけな、レフティ、あいつらオマエに眼をつけるぜ。見てろ、と言ってマウスのアレクセイが笑う、あいつがおれをつまみ上げたらその手のひらに糞こいてやる！　そいつぁ感心しねえなあ、スラッグのこと忘れたか、あいつそれやってフライにされちまったろ、迷路を走りながら垂れちまってさ、ほんの一回のことでよ。百ボルトだぜ。それが〝事故〟だってさ。そうほざいてた。ああ、事故もいいとこさ。

頭上から、ドイツ風のカメラ・アングルで見たとしたら――ウェブリー・シルバーネイルは思う――この実験室にしたってそれ全体が迷路だろう……テーブルとキャビネットの通路をかけまわっている研究者も、ラットやマウスそっくりだ。丸めた餌のかわりに、実験の成功が彼らを発奮させる。そのようすを、上から観察しているのは誰だ？　研究者の反応を誰がいったい書き留めているんだ？　檻の中の小動物が交尾し、授乳し、灰色のカドリーユの踊りを通して意志伝達するのを聞いているのは誰だ？　ほら、今、彼らが歌いだす……ネズミたちが囲いを出て、ウェブリー・シルバーネイルのサイズになって（実験室の人間は誰ひとり気づいてはいないようだが）、コンガを叩くリズムに合わせ、彼と一緒に踊り出す。実験器具をあしらった長い通路を踊りぬける。オーケストラの奏でる、ごきげんなビギンのメロディは――

《パヴロヴィア》〔ビギン〕

パヴロフ・ランドは春だった
おれは迷路を何日も
出口求めてさまよった
消毒スプレー、そよぐなか
袋小路で出会ったおまえも
おれに劣らずめいってた
鼻と鼻を寄せ合った
ハートが空へ飛んでった

おまえとふたり、道を見いだし
落ちてた餌を半分こ
カフェへディナーに出かけたみたいに
おまえを見つめた、しあわせだった・・・

パヴロフ・ランドに秋が来て
いつしかおれはまた独り
数ミリボルトの悲しみが

骨とニューロンに流れてく
名前も知らないおまえとの
想い出だけにすがって生きる
北風わたるパヴロフ・ランドにゃ
迷路とゲームしかありゃしない・・・

ネズミたちが流麗に踊り交わる。ラットとマウスが輪になって、しっぽを巻きしっぽを伸ばして菊の花、燃える太陽のパターンを描く。フィナーレは全員で描く巨大なマウス。描きだされた眼を見つめほほえみながらシルバーネイルは、壮大なネズミのコーラスとオーケストラが響きわたるなか、両腕をV字に差し上げてエンディングの音を支えている。

最近のPWD[12]の宣伝パンフレットのヒット作に、ドイツ軍民間選抜隊員（フォルクスグレナディア）に呼びかけた「V2を起たせよ（ゼッツ・ファウ・ツヴァイ・アイン）[13]」というのがある。脚註の説明によれば、〝V2〟とは、両腕をV字に上げた「名誉ある降伏」のことなのだそうだ。その際に「コウフクします／アイ・サレンダー」と言うようにと、指示も書いているのだが、さて、今のウェブリーのVは、勝利のVなのか、降伏のVなのか？

ネズミたちの自由も一瞬でおしまい。ウェブリーもただの客演にすぎない。一同、檻の中へ。理性化された死——みずからの死すべき身を意識する唯一の動物に仕える死へと——戻っていく。・・・「自由にしてあげたいのだが、方法がわからない。ただ檻の外も不自由なんだよ。動物も植物も鉱物も、一部の人間もだ、毎日分解され組み立てなおされている。一握りのエリートを守るために。まっさきに自由を口にするのがその連中だが、そ

12 英米合同のヘッドクォーターSHAEFに属する「心理作戦部局Psychological Warfare Division」。

13 「フォルクスグレナディア」とは、戦争末期に編成された主に少年と老人から成る隊。"SETZT V2 EIN!"というスローガンはおそらくピンチョンの創作で、「V2を挿入せよ」という意味にとれる。

の実誰よりも不自由なのがやつらさ。いつかはましな状況になるという希望すら、与えてあげることはできなさそうだ。〈かれら〉が死のビジネスから自由になるなどとは想像しがたい。自分らのテクノロジーが入念に作りあげた恐怖をなくし、他のあらゆる生命体を無慈悲に使いまくるのをやめ、みずからに取り憑いた魔物を許容範囲に収めておくというのはね。きみたちのように、ただこの世でシンプルに生きるようになるのは無理らしいのだ…」 客演スターは廊下を歩みさっていく。

〝ホワイト・ヴィジテーション〟の、スプリンクラーのような灯りは今は消えている。今夜の空は深いブルー、海軍の大外套のような青さを背にした雲の白さが目を見張らせる。風は肌にきつい。プディング准将は老体を震わせ、裏階段から忍び出る。星空の下、ひっそりとしたオレンジの温室を抜け、レース姿の伊達男、馬、目の代わりに堅ゆで卵をはめた婦人像などが掛かった回廊(ギャラリー)を通り、小さな中二階(他人に見られる危険はここが最大…)から物置ルームへ。そこに置かれたガラクタの山と形なき暗闇は、子供からこれだけ隔たった老人にも、寒気をもよおすに充分だ。ふたたび戸外へ、金属製の階段を降りながら彼は、誰にも聞かれないよう秘かに勇気づけの歌をうたう——

　あんたの汚れた娘さん
　洗った水でわたしを洗って——
　漆喰の壁より白くなれるよに

どうにかD翼棟に到達。三〇年代に収監された狂人たちが居残っているこの棟で、夜間の見回りがデイリー・ヘラルドの新聞紙をつっかぶって寝入っている。粗野ななりをした男だが、社説を読んでいたと見える。おい(オー・ディア)おい、これは来るべき選挙[*14]の成りゆきを予兆してはいないかい……？

だが老准将の通行には許可せよとの指示が出ている。つま先立ちして、荒い息で、通りぬける。だが老准将の通行には許可せよとの指示が出ている。

だが老准将の通行には許可せよとの指示が出ている。つま先立ちして、荒い息で、通りぬける。痰が喉にからみつく。この齢になると、痰は日々の友、老人たちはみんなして痰を培養している。痰の出現形態は千変万化、テーブルクロスの上に不意に飛び降りて友をびっくりさせたかと思うと、夜、気管にへばりついてそこをベンチュリ管のように細く絞り込み、彼の夢の縁に恐怖の影をもたらして、目覚めさせる――後生だ、やめてくれと咳き込みながら……

どこからか、遠すぎてわからない檻の中から誰かが詠じる――「われは聖なるメタトロン[*15]なり、秘密の護り手、玉座の番人……」この建物では、ホイッグ党時代の過剰な装飾は御法度。削りおとされるか塗りこめられる。収容者の不安をかき立てぬよう、すべては中間色だ。カーテン類も目にやさしく、壁に掛かった複製画も印象派でまとめている。元のままなのは、白熱電球の光を水のようにギラリと反射している大理石の床だけだ。目的地に到達するまで、半ダースほどのオフィス、または控えの間と、掛け合わねばならない。始まってまだ二週間とたっていないが、この巡礼にはつねに儀式めいた、繰り返される手順がある。それぞれの部屋にひとつずつ、気分のよくないものに出くわすのだ。そのテストを通過しなくてはならない[*16]。これもまたポインツマンの仕業か、という考えがよぎる。そうだ、そうにきまっている……あのろくでなしの若造はどうやって見破ったのだ？　わしが寝言をいってそれを聞かれてしまったか？　夜中に真実吐露の血清をたずさえて忍び

14　欧州終戦後七月に行われる英国総選挙では、労働党が圧勝する。「デイリー・ヘラルド」は労働党よりの日刊新聞。

15　ヤハウェの神を護る最高位の大天使。

16　カバラ（ユダヤ神秘主義思想）によれば、魂が神のおわす「メルカバー Merkabah」へ上っていく際に「篤信」「純潔」「誠実」など、六つのテストを受けなくてはならない。ここではそのパロディが、戦場の糞泥にまみれた〝地獄〟へ降りていくプディングの前に展開される。

こむ連中がいたのか――そんな考えがくっきりと浮かんだとき、プディング准将は今夜の最初のテストにたどりついた。第一の部屋には、皮下注射の器具が一式。テーブルに置かれたそれは透き通り、光輝き、周りは焦点がぼけた感じに見える。そうだ、朝はいつも、夢の後、ぐったりして起きられなかった。いやあれは夢なのかな、わしがしゃべっていたのは。…だが、准将には誰かがそこにいて聞いていたという以上の記憶はない。…からだが震えている、顔は漆喰の壁より白い…

第二の控室には、空の赤いコーヒー缶だ。ブランド名はサヴァリン。これにはピンと来た。つまりわしがセヴェリン[*17]というわけだ。なんという汚らわしい当てつけをするやつだ。…だがこれは単なる悪意の語呂合わせではない。高級にしろ低俗にしろ、ありふれた一種の共感呪術なのだ（たとえば、正常な神経の爆破工作員なら、食器洗いのさい、カップとカップの間で、あるいはガラスのコップと皿の間で、スプーンを洗ったりしない、時限装置の振動板（トレンブラー）を想起してしまうから…だって左右の破裂物にはさまって、トレンブラーの舌を、自分の指で宙づりにしていることに突然気づくのは怖いです）。…第三の部屋にはファイル・キャビネットの引き出しが半開きになって、カルテの束がのぞいていたほか、読みかけのクラフト＝エビングの書物[*18]も置いてある。第四の部屋には人の髑髏。老将の胸が高鳴る。第五の部屋にはお仕置き用のマラッカ・ステッキ。わしは祖国のために何度戦争に行ったことか…誰のために危険な目に遭ってきたか、それでもまだ償いが足りないのか。…どうして年寄りを苦しめるんだ。第六の部屋には、白いシーツの畝の上、ボロボロに殺られた英国歩兵が頭上からぶら下がっている。その戦闘服には、マキシム機関銃で撃たれた穴がいくつも開き、縁がぐるりと黒く焼け焦げていて、マスカラを塗った

17 レオポルド・フォン・ザッハー＝マゾッホ『毛皮のヴィーナス』（一八七〇）の主人公。

18 サディズムの命名者でもあるリヒャルト・フォン・クラフト＝エビングの主著は『性的精神病質』（一八八六）。

クレオ・ドゥ・メロードの目を思わせる。[19] 左目は射ち抜かれ、死体は悪臭を放ちはじめている……おっとこれは……ノー！　一着のオーバー、ただ誰かの古いオーバーが壁のフックにかかっているだけのことなのに……この老人は臭覚機能を失ってしまったのか？　毒ガスだ。見たくない夢が侵入するときのように、窒息しそうになるときのように、低音のうなりとともに彼の脳裏にマスタード・ガスが噴きこんできた。独軍側のマシンガンがリズミカルに「ダム・ディディ・ダダ」とうたっている。すると英国が「ダムダム」と応じる。夜がギュッと締まる。死体に巻きつき締め上げる。例の時刻までもうすぐだ。

第七の小部屋の前、黒い樫材にとまどい気味にノックする。錠前は電気仕掛け、リモコンで一気に開いた余韻があとに続く。老将は足を踏み入れ、後ろ手にドアを閉じる。小部屋はうす暗く、奥のすみに一本だけ香の匂いをたてながら燃えている蠟燭が、遥か遠方に感じられる。背の高い十八世紀風アダム・チェア[20]に腰かけて彼女は老将を待っていた。白い肉体、黒い制服――ユニフォーム・オブ・ザ・ナイト。老将はひざまずいた。

「ドミナ・ノクトゥルナ[21]……光り輝く母にして最後の恋人……アーネスト・プディングが、仰せにしたがい参上つかまつりました」

戦時中の、女の顔の焦点といえば口である。口紅が、タフな女たち――残念ながらオツムのほうはしばしば浅薄――の口を血のように彩っている。目はといえば、天候と涙のなすがままに萎れてしまった。空にも海にもいたるところ死が潜み、偵察飛行写真に映ったシミや汚れにも死がうごめいているという昨今、たいていの女の眼は物を見る機能しか果たしていない。だがプディングは別の時代の人間だ。そうした細部についても、ポインツマンは念入りに事を運ぶのを忘れない。老将の「レディー」は虚栄の鏡の前で丸一時間、

19　准将の記憶にいつまでも生々しい、ベルギーでの第一次大戦の塹壕戦のイメージ（150ページ註**21**参照）。クレオ・ドゥ・メロードは、ベルギー王の愛妾となったフランスのバレリーナ。映画『クリムト』（二〇〇六）で描かれる画家の恋人レアのモデルでもある。

20　イギリス新古典主義を代表する十八世紀の建築家、ロバート・アダム、ジェイムズ・アダム兄弟のデザインによる。

21　グリムの『ドイツ神話学』によれば、ドミナ・ノクトゥルナ（夜闇の貴婦人）は魔女であって、戦場の上を天翔て、死者から魂を取り上げる。

マスカラとアイライン、アイシャドーと眉墨、ローションとルージュとブラシと毛抜きを駆使する。ときどき、三十年も四十年も前に君臨した美女たちの写真を収めたルーズリーフのアルバムが参照される。夜の儀式における彼女の輝きは、正式とは言えなくても真正な格調を帯びる。これは男の側だけでなく、彼女自身の精神にもかかわることであるのだ。彼女のブロンドの髪はピンでまとめて大きな黒髪のかつらの下。女主人の姿勢を忘れて首を前に傾げるとその黒髪が肩を越えて前に垂れ、乳房の下に届く。長い黒貂（クロテン）のケープをまとい、ヒールの高い黒いブーツを履いた以外は裸身だ。身にまとう唯一の宝石は銀の指輪についた人造ルビー。多面体にカットしていないオリジナルの丸石が、傲慢な血の滴を思わせる。それがスッと伸びて、老将のキスを求める。

　刈りこんだ口髭の剛毛が、震えながら彼女の指をさする。その先の爪はやすりで尖らせ、彼女のルビー、ふたりのルビーと同じ赤い光沢のある赤に塗りこめてある。灯火の下で爪はほとんど黒に見える。「もういい。用意なさい」

　老体が服を脱ぐ。勲章がチリチリと鳴り、糊のきいた襟がカサコソ音を立てる。彼女は煙草が吸いたくて仕方ないが、それはできないというお達しだ。動きそうになる手をぐっと押さえて、「何を考えているの、プディング」

「初めてお会いした晩のことを」――泥の悪臭。高射砲のダダダダという音が暗闇に鳴っていた。部下が、哀れな羊らが、その朝ガスにやられていた。彼はひとりだった。展望鏡ごしに、空に懸かるスターシェル[*22]の光で、彼女を最初に見たのだった・・・隠れていたのだが、自分も彼女に見られてしまった。全身黒ずくめの白い顔が両軍の中間地帯に立っていた。彼女の周りは機関銃の弾丸が型通りに地面を掘り返しているのに、何のプロテクショ

22 第一次大戦期に使われた、落下傘つき缶の中に燐光体を入れて打ち上げる、白光の照明弾。

ンも必要ない。「みなが知っておりました。男たちはみなご主人様のものでしたから」

「おまえもね」

「ご主人様はわたくしめに呼びかけられ、こういいました。――おまえからは離れない。おまえはわたくしのものです。このさき何年後になろうとも、繰り返し一緒になるの。そしておまえは常にわたくしに仕えるのです、と」

　ふたたび両の膝をつく。赤ん坊とおなじ丸ハダカ。床を這う老いた肌が、蠟燭の光に、そのザラザラした質感をさらす。古い傷跡に、新しいミミズ腫れが絡まる。ピンと〝ささげ銃(つつ)〟をしているペニスを見て彼女の口元がほころんだ。命令にしたがい、前に這ってきてブーツにキスをする。ワックスとレザーの匂いがし、彼女の足指の力が抜けるのが、黒革をとおして彼の舌先に伝わってくる。視界の端、小さなテーブルの上に、彼女の早めの夕食の食べ残しが見えた。プレートの端、二本のボトルの頸部――ミネラル・ウォーターとフレンチ・ワイン…

「さ、苦痛のお時間ね、准将。今夜おまえの捧げ物がわたしを喜ばせるなら、十二発たっぷり打ってさしあげましょう」

　彼にとって最悪の時間だ。以前にも拒絶されたが、突出地[*23]の記憶に、彼女は関心がない。大量殺戮のことは知らんぷり、神話と、個人的な恐怖のほうがお好きらしい…だが、どうか…聞き入れてほしい…

「あれはバダホス[*24]でありました」丁重にささやく、「スペインの内戦のさなか…フランコの大軍の旗(バンデラ)が町に迫っておりました。連隊の歌をうたいながら…掠奪した花嫁の歌もうたっておりました。その花嫁とは、ご主人様、あなた様のことであります。あ、あやつ

23　敵の領土の中へ突きでた、攻撃を浴びやすい陣地。

24　ポルトガル国境に接するスペインの町。スペイン内戦の一九三六年には共和派が敗れ大量の処刑者を出した。

らはあなた様を花嫁と公言しておったのです」

　彼女はしばらく何も言わず、彼を待たせた。間をおいてゆっくり目と目を合わせる。彼女のほほえみに潜む邪悪なものにいつもと同じく好き勝手をさせること。彼がそれを必要としている。「そう。…あの日わたしの花婿は大勢いました」ツヤツヤしたマラッカ・ステッキをしならせ彼女はささやく。部屋の中を一陣の冬の風が吹きぬけて、彼女の像(すがた)は一瞬、ハラハラと無数の雪片へ崩れおちてしまいそうになった。老将はその声に魅せられている。それはあのフランダースの村の、壊れた部屋から聞こえてきた声だ。独特な訛りをもった声の主は、低地の国で齢を重ねていった少女たちの声。戦争が長引き、めぐる季節がどんどん辛くきびしくなるにつれて若さを失い、陽気な調子を失って無関心につつまれた。…「スペインの男たちを次々に抱きしめました。彼らの褐色の肌は、土の色、夕闇の色、完璧に食べごろの炙り肉の色でした。みんな、あどけない若い兵士で。その夏の日、愛の一日は、わたくしの過去の日々の中でも傑出した一日になっています。おまえには感謝していますよ。今夜は苦痛を与えてさしあげましょうね」

　一夜のルーティンの中で彼女が、少なくとも楽しめるところである。英国の古典ポルノを読んだことはない彼女だが、目前の出来事の流れの中には、魚のような自然な泳ぎで入っていける。まずは尻に六発、乳首を横切るようにしてさらに六発。バシッ！　どうしたの、おまえの〈瓢箪サプライズ〉は、え？　ゆうべ作ったミミズ腫れから血を滲ませるのが彼女は好きだ。老人の苦痛の呻きに合わせて彼女自身が呻いてしまうのを抑えるので勢一杯のときもよくある——二つの声が重なったら、そのそぐわなさ(ディソナンス)は、実際聞こえるよりもずっと意図的に響くだろう。…飾り紐で猿轡(さるぐつわ)をかませる晩もあったし、金房のついた飾緒（フラジェール）や彼自身のサム・ブラウン・ベルトで体を縛ることもあった。だが今夜の老将はただ背を丸めて床の上、打ち据えられることを求めて、しなびた尻を突きあげている。ただひたすら痛みが欲しいのだ――リアルなものが、純粋なものが。そのシンプルな神経の感覚から、〈かれら〉は准将をここまで引き剝がしてしまった。彼と真実との間に、書類（ペーパー）のイルージョンと軍の婉曲作法を詰めこんだのだ。それをぜんぶとっ払い、裸になって彼女の屹然とした足下に屈する今こそは、貴重な、まっとうな時間なのだ…いや、やましく思っているわけではない――大臣や科学者や医者たちが、それぞれの領域でほざいている嘘ばかり何年も何十年も聞いてきたことは、むしろ驚きだ。ここに来ればいつでも彼女に会えたのに。彼の老いさらばえる真の肉体を確信をもって所有してくれる人が。ここには己の正体を偽る制服もない、眩暈と吐き気と苦痛による彼女のコミュニケを防御する薬品もない。…なかでも直に伝わるのが苦痛（ペイン）。それは最高に透んだポエトリー、きわめて高価ないつくしみの形。

　准将は苦しげに跪き、お道具にキスをした。彼女はいま、彼の上に跨って立つ。足を大きく開き、骨盤を前に突きだし、開かれた毛皮のケープのへりを両の手で尻のうえにおさえた恰好で。そのヴァギナを、あの恐ろしき渦巻きを、彼は勇気をふるって見上げるが、彼女の陰毛はゲームのために黒に染まっていた。老人の口からため息とともに小さな恥辱のうめき声が漏れる。

「ああ…そうだった」笑い声が響く。「お気の毒さま、これはわたしの最後の秘密の暗がりよ」爪が陰唇をなでる、「女の秘密の場所を開かそうなんて、そんなワルイことは考えていないわよね」

「どうか・・・」

「だめ。今夜はだめです。ここにひざまずいて、わたしが出すものを受けなさい」

老人の視線は、意志に反して——もはや条件反射になっているのか——テーブル上のボトルと（肉汁とオランデーズ・ソース、肉のすじと骨を少々残した）プレートに向けられる。・・・彼女の影が老准将の顔と胸を覆う。太腿と腹部の筋肉がピクッと動き、革のブーツがキキッとかすかな音を立てる。次の瞬間、尿がほとばしる。彼は口をあけて流れを捕らえる。息をつまらせ、必死に飲みつづけるが、尿はあふれて口の端から首筋そして肩にかけて生暖かい流れとなってしたたり落ちる。シャーシャーと吹き荒れる嵐に彼はもうずぶぬれだ。彼女の排尿が終わると彼は、口のまわりの数滴をペロリ舐めとる。彼女の陰部の繁みには、まだ金色に澄んだビーズがついている。両の乳房の谷間から見上げる顔はスチールのような滑らかさ。

彼女がくるり角度を変えた。「毛皮を持ちあげて」いわれるままにしたがう。「気をつけなさい。わたくしの肌にふれぬように」このゲームをはじめたころ、彼女は緊張して便意を失った。男がインポになる気持がわかった気がした。だがポインツマンはそんなところまで注意を回し、食事のトレイに軟便剤も一緒にのせるのを忘れない。いま彼女の腸内で柔らかな鳴き声をあげながら便がすべり落ちる。門から外へ。彼は跪き、両腕を宛てて壮麗なるケープにしがみつく。黒々とした糞塊が裂け目から、白くたおやかなふくらみの谷間、その暗黒の中から現れでる。もぞもぞと、彼女のブーツの革にふれるまで膝をひらき、前屈姿勢をとると彼は熱い便を唇で囲い込み、そっと吸いつきながらその底部に舌を這わせる。彼は思う、こんなふうに思うのは残念だがどうすることもできない。もちろん現実の食糞を通過することで、埋めこまれた条件づけの一部は解除されるだろう。だが野蛮なアフリカ人に屈服を強いられているというイメージは否定されようもない。……悪臭が鼻孔に染みわたる。彼を囲い、包みこむ。これはパッシェンデールの、塹壕線が突出したあそこの臭いだ。朽ち果てていく屍が泥と混じった臭いだ。これこそふたりの慣れ初めの専横的な、彼女を象徴する臭いだ。便が口腔内の奥深く。さらに食道へと滑りこむ。こみ上げる吐き気。彼は雄々しくも歯をくいしばってこらえる。ふつうなら、陶器の水の中を、誰にも見られず味わわれず、行方もしれずに流れていってしまうものが、大腸の苦い〈かまど〉で焼かれたパンとなってここに姿を現したのだ。一家団欒のように明るく、ベッドの中の死のように窃かに……喉元の痙攣は続く。苦痛が襲う。舌と口蓋を使って彼は糞を潰し、そして噛み始めた。そのネチャネチャとした音だけが部屋に響く。

　あとふたつ糞がきた。今度は小ぶりのやつ。これを食べ終わり、肛門に付着した滓も舐めとった。いま彼は祈っている――ケープの裾を引っぱり落として、絹の裏地の暗闇の中にとどまり、屈従の舌先を彼女の尻の穴の中へ突き入れることを許されないかと。だが彼女は行ってしまう。彼の手のひらから毛皮がフワッと消える。主人は彼にマスターベーションを命じた。ブリツェロ大尉とゴットフリートのを観察していた彼女は、その正式な方法に通じている。

　准将はすぐに達する。精液の濃厚な匂いが煙のように部屋にたちこめる。

「さあ帰って」老将は泣き叫びたい。だが、以前にも懇願して、命を捧げるとか、バカを言ってしまった。涙があふれ、頬をつたう。彼女の目を覗くことはできない。「口のまわりがうんちだらけよ。その顔、写真にとっておこうかしら。わたしのことを厭きられると困るから」

「めっそうもありません。わたしが厭きているのは、あれだけで」頭をグィと動かしてD翼棟から抜きとるふり。〝ホワイト・ヴィジテーション〟の全体を見回すしぐさ。「あれにはほんとにウンザリだ…」

「服を着なさい。口のまわりを拭くのをわすれないことね。また欲しくなったら呼びにやらせます」

退室のとき。軍服姿に戻って独房の戸を閉め、来た道をたどって帰る。夜の番人はまだ眠っている。老体に冷気が打ちかかる。プディングはすすり泣く――背を丸め、ひとりぼっちで、パラディオ建築の館の壁に頬を一瞬押しつけて。彼の常勤する一画はもはや異国。〈夜の女主人（ミストレス）〉の棲むところ、彼女の柔らかなブーツとオランダ風英語の堅い発声こそが、心安まるホームなのだ。いまの彼を待つものは、深夜のブロス・スープと、サインすべきいつもの書類と、大腸菌を抑えるためにポインツマンから服用を命じられているペニシリンの摂取。だが、たぶん、明晩がある、明晩にはまた、きっと…それまでどうやって持ちこたえていけるのか。しかし、ひょっとしたら、夜が明ける直前に…

□□□□□□□

春分の季節は大いなる変化の尖点（カスプ）。夢みる魚座（パイシーズ）から若やいだ牡羊座（アリエス）へ、水の眠りから火の覚醒へ、世界は継ぎ目を通過する。西部戦線の向こう側、ブライヒェレーデのハルツ山地では負傷して腕を吊ったヴェルナー・フォン・ブラウン[*1]の三十三歳の誕生パーティの準備が進み、午後のあいだ砲音が轟いた。そのはるか彼方で、ロシアの戦車が土煙りの化け物（ファントム）を巻き上げ、それがドイツの草原を覆った。コウノトリはねぐらで休む。気の早いスミレの花は咲きだした。

〝ホワイト・ヴィジテーション〟周辺の白亜の海岸も、晴朗にして澄みわたった日々が続いている。OLたちの重ね着もだいぶゆるんでセーターの胸の隆起が目立ってきた。三月の到来は、おずおずとした羊のよう。ロイド・ジョージは死の床の中[*2]。いまだ立入禁止の浜辺に入りこむ旅行者の姿もチラホラ見える。旧式の鉄柵とケーブルが張り巡らされた間で、ズボンを膝までたくし上げ、あるいはスヌードを外した髪を垂らし、冷たそうなグレイのつま先が海辺の小石をつついている。そのすぐ沖の海面下には何マイルもの送油パイプが隠れている。バルブをひねって火をつけて、上陸を図ろうとするドイツ兵を黒焦げに

1　この時フォン・ブラウンは、自動車事故で左腕を複雑骨折、それでもなお開発チームを率いていた。だがすでにロケット作戦は最期を迎えつつあった。

2　第一次大戦中から戦後に英国首相を長期に務めたデヴィッド・ロイド・ジョージは、三月二十六日に死去。享年八十二。

するこの計画も、すでに過去の夢となった[*3]・・・そのハイパーゴリックな点火[*4]が起こるとすれば、研究所の若僧がいたずらを企んだか、「魂の五月蜂起」が起こって、ババリアの作曲家カール・オルフの勇ましき、

オー、オー、オー
トートゥス　フローレオ
ヤム・アモーレ・ヴィルギナーリ
トートゥス・アルデオ[*5]・・・

の音楽に合わせ、ポーツマスからダンジェネスに至る要塞の沿岸一帯、春を想い焦がれて燃えあがったときだろう。いや実際、そんな魂の暴発の企てが〝ホワイト・ヴィジテーション〟の活発な頭脳の中で日々孵化している——犬たちの冬、争点なき黒い降雪の冬は終わろうとしている。じきに背後に過ぎゆくだろう。だが過ぎゆきてからも、フードの付いた寒気を送りこんでくるのか、海上でいかに炎が燃えようとも？

　カジノ〈ヘルマン・ゲーリング〉でも、新しい体制ができてきた。今や知った顔はワイヴァーン大将くらいで、そのワイヴァーンもどうやら降格の目にあったかに思える。スロースロップの中で、自分をめぐる陰謀のイメージは膨らんだ。最初のうち、謀略は一枚岩で、強力無比に思えた。自分の手で触れられるようなものではなかった。あの泥酔ゲームとカッチェとの事が起こるまでは。ところが不意の別れがふたつ起きてからは——

〈パラノイドのための格言〉その１——陰謀のマスターには手が届かなくても、その犬ど

3　大戦初期の一九四〇年、ドイツ軍のイギリス上陸に備えてとった防衛措置。

4　Vロケットの燃料のように、他の液体と混ぜ合わせるだけで自然発火させる方法。

5　「オーオー／わたしは完全に花開く／いま乙女の恋が／わたしを燃やし尽くす」もともと十三世紀の修道院で歌われていた歌に基づいてドイツの作曲家オルフがまとめたカンタータ「カルミナ・ブラーナ」の一節。

もをくすぐることはできる。

そして、そのスロースロップの「意識」というやつが、このごろ変容を被りがちなのである。いや「夢を見ている(ドリーミング)」というのではない。むしろ、ひと頃よく「夢想(レヴェリー)」と呼ばれたものに近い。ただし、目にする色はパステル系ではなくて、目に鮮やかな原色系……その種の意識状態で彼はふれたのだ。そう、タッチして、しばらく接触を保った。タッチした相手は、われわれにもなじみの御霊である。研究施設のお雇い霊媒キャロル・イヴェンター氏を通して一度ならず天から語った故ローランド・フェルズパス氏は、あちこちの航空系研究所に長年出入りをしている制御システムの専門家。誘導方程式とフィードバックのエキスパートである。そのローランドが、どうやら個人的な理由から、スロースロップの空間の上空に停滞浮遊しているようなのだ。日射しが彼にはなかなか感じにくい快晴の日も、背中にちょっぴり静電気を感じるだけの雷の日も、「野蛮な高度(サベージ・ハイト)」と呼ばれる上空八キロ[*6]からささやき続けてきた。ここで彼は――いわば成層圏の不可視の防衛網の一部として――絶対に侵入されてはならない〈最後の放物線(ラスト・パラボラズ)〉と呼ばれる軌道を見張っている。天界でのこの業務も、生者の世界に負けず劣らず官僚的であって、ローランドは、予想される通り、アストラル体の肉吊るしをクルッとカールさせ〝空〟の中に(どのようにしてかは想像にお任せするが)隠している。いや、ここは、なんとか通り抜けようとする霊どものフラストレーションで充ち満ちていて、たとえていえば夢の中にいる者が、目を覚まして話したいのにそれができない不能感を抱えながら、目覚めていたら耐えきれないほどの圧迫感と頭蓋内部を探られる感覚に耐えているといった感じ。そんなところで見張っているローランドの前に、スロースロップのごとき男がふらり現れるとは――

6 上空八キロ周辺は、だいたい地上からの「対流圏」とその上の成層圏の境界に相当する。

ローランドは身震いする。これですか？　これ？　こいつを最新の航行の船首像（フィギュアヘッド）にしろと？　神様、勘弁してくださいよ。このスロースロップごときが、どんな霊気の嵐を、エーテルの怪物を、お祓いできるというんですか。

　ともかくローランドとしては現状の中でがんばるしかない。彼らがここまでやってくるなら、制御（コントロール）に関する自分の知識を知らしめてやる。それこそが死んだ自分の密かな使命のひとつだ。あの晩、〈スノックソール〉に集まった者たち、経済システムの話をしたが、[*7]その謎めいた発言も、コチラでは巷の民衆のおしゃべりみたいなもの、いわば存在の初期条件だ。ドイツ人に聞いてみると一番いい。いや、悲しい話さ。彼らはみじめにも〈制御〉に対する熱狂を、権力者に利用されてしまったのだから。『PSH』（『パラノイア・システムズ・オブ・ヒストリー』）という短命の雑誌が二〇年代にあって、その組版（プレート）は、今はすべて謎の消失を遂げているが、それも当然で、この雑誌の社説欄では、数度にわたってこんなことを示唆していた――ドイツのインフレは、〈サイバネティックスの伝統〉[*8]への若い熱狂者を〈制御〉の仕事に駆り出すことを目的に、意図的に創り出されたものではないかとね。膨れあがった経済が、気球のように空をのぼる。それが定義する地表面の価値にしても、制御を外れて漂流する。マルクの価値をコンスタントに保持すると期待させたフィードバック・システムも、屈辱的な崩壊をきたしてしまった。…ループ[*9]ができれば、一つにまとまる。統一されれば、変化はゼロで、その静まりは永遠に――というのが〈コントロールの学〉の揺籃時代に、密かに歌われた、恐るべきわらべ歌であったわけだ。左翼系の歴史書を見れば書いてある、〝発散的揺動（ダイヴァージェント・オシレーション）〟は、何であれ〈最悪の脅威〉のように見なされたわけだ。ブランコを漕ぐにも、一定の角度以上漕ぎあげるのは禁止。

7　63〜64ページでローランドは、経済を動かす「不可視の手」を否定し、内的な制御について語っていた。

8　「サイバネティックス」という学問体系は、戦後になってノーバート・ウィーナーらが整備したが、蒸気機関の調速機など、システム恒常化のための思考は、十九世紀から活発だったといえる。

9　基準から外れたことが引き金となって、そのズレをなくすプロセスが作動するような「負のフィードバック回路」について語られている。

喧嘩が始まろうにもすぐに、きわめてスムーズに、ブレイクがかかる。雨は降っても雷や稲光を生じることなく、ガラスのような高慢な灰色が地表近くを覆うだけ[*10]——苔むした倒木の群れなす谷間のモノクロームの眺めだ。倒木の根は天を差しても、そこに悪意の戯れもなく（心なき天上のエリート主義者たちに向けて白い根を突き立てているわけでもない）、谷間は秋を凝集させ、秋の黄金色は雨の中で萎びゆくオールドミスのような褐色を背に纏う…雨の帳はつややかな部分と光沢の剝げ落ちた部分が選り分けられて、疫病を患うかのよう。その雨にからかわれながらきみは空地を抜け、裏通りへ導かれる。あたりは謎めき、舗装はひどく、街は深みを増し、生け垣をそれぞれの角度に曲がるたびに、前よりもっと傾いだ地区へ出る、それを七度、時にはそれ以上も続け、狂ったような昼の光も突っ切って、ついに道路の空間を離れ、昂揚しながら、声もなく、田園を進むと、キルトを敷きつめたようなダークな野辺と森、真正な森がここから始まる、ゆく手に待つ試練が、ちょっと顔をのぞかせて、きみの心を恐怖が覆いはじめた…ところでストップ。ブランコをある角度以上に振り上げられないのと同じで、この森も、中心から一定範囲へは立ち入ることができない。つねにリミットが宛てがわれる、そういう世界なら、成長するのに苦労もいらない。すべてが理想的に健全であって、崖縁（エッジ）を覗く瞬間もないし、限界との戯れも起こらない。もちろんそこにも破壊はあるし、デーモンたちも（マクスウェルの悪魔[*11]を含め）存在した——森の奥深くには他の野獣（ビースト）も棲んでいて、きみを護る土塁の間を跳躍していた。

〈ロケット〉の暴れる航跡も同様に、文字通りブルジョワ的な秩序観念の中へ手なずけられた。たとえば次のような、哲学とハードウェアの優雅な融合、抽象的な変化と現実の蝶

10　次第に大きく揺れるブランコも、応酬が激しくなっていく喧嘩も、発散するプロセスの例。同様に、平衡がとれた空気から、雷雨や竜巻が生じる過程も、小さな変化が次第に大きな変化を呼び込む発散的過程の産物。

11　高速の気体分子と低速の気体分子を振り分けることで度差を作り出し、エントロピーの法則をくつがえす思弁的存在。『競売ナンバー49の叫び』107ページに〝登場〟する。

番でつながった金属版の回転角の結託によって、偏揺れ角の制御(ヨー・コントロール)という面で運動の記述が可能となった[*12]——

$$\Theta\frac{d^2\phi}{dt^2}+\delta^*\frac{d\phi}{dt}+\frac{\partial L}{\partial \alpha}(s_1-s_2)\alpha=-\frac{\partial R}{\partial \beta}s_3\beta$$

によって安定を保持し、スキュラとカリブディスの間の荒れる難所[*13]でも舵を失わずに、〈燃焼終結(ブレンシュルッス)〉にまで辿りつく。当時の若手エンジニアの中にも、〈フィードバック〉の持つ根源的な保守性と、それを導入する過程で人の暮らしにどのような変化が起こるかを対応させて考えた者はいただろう。だが両者を一つのプロセスとして見た——少なくとも生きている間に——はいなかった。ローランド・フェルズパスにしても、死を通過して初めて、おそらく遅きに失した知見を得ることができたわけだ。他にも無数の霊たちが今もなおヒュイヒュイ上がってくる、ロケットにでもなった気分で、石青色(ストーンブルー)の〈虚空〉を目指して飛んでいる——自分の運命がどんな名前の〈制御〉の下にあるのかも知らずに、その名も知らずに・・・コチラの光の、天の羽衣のような穏やかさに見とれ、霊の群がりと不可視の力、聞こえる〝声〟の断片に、オーダーの違う存在のあり様を垣間見ながら・・・

接触のあと、スロースロップの頭の中に、その明確なシンボルや図解が残るわけではない。何かしら漠然としたアルカリの後味のようなもの、消すに消せないストレンジ感、何ひとつ受け入れられない自己閉塞感だけが残る。

まあ、いってみれば、とてもゲルマン的なエピソードだ。このところスロースロップは、夢もドイツ語で見る、というのも種々のドイツ語方言を教えこまれているのだ。英国軍の

12 ミサイル飛行のそれぞれの時点tにおいて、この等式が満たされている限り、偏揺れ角は、常に放物線の接線にあり続ける。すなわち、すべてのパラメーターがこの等式にかなった内的制御の下にあるとき、重力に抗する飛翔が獲得される。ただしシャックタールとアラヴィンドの調査によると(*Pynchon Notes* 46-49)、この数式はピンチョンの創作であって、実際に工学者たちが使っていたものではない。

13 不安定な揺れをもたらす空域。ホメロスの『ユリシーズ』の渦巻く海峡にたとえた表現。

占領予定ゾーンを想定して低地ドイツ語を学習する。またロシア軍がノルトハウゼン（ロケット開発の中心拠点）まで攻め上がってこないことを想定してチューリンゲン方言も。語学教師ばかりじゃない。砲兵器、電子工学、航空力学の専門家も訪れる。「シェル石油」[*14]からはヒラリー・バウンスと名のる男が派遣されてきた。「推力」に関する講義をするのだという。

一九四一年のはじめ、英国の軍需省がシェル石油に一万ポンドの委託研究費を渡して、コルダイト爆薬とは別の物質で駆動するロケットエンジンの開発を要求したそうである。コルダイトは、人間たちを吹き飛ばす用途に、毎時ものすごいトン数が使われているから、ロケットにまでまわす余裕がない、と。そこでアイザック・ラボックという男を指揮官として、ホーシャムの近くのランガーストに静止実験のための施設が作られた。そこで始まった液体酸素と飛行燃料を用いた実験は、一九四二年八月に初の成功を収める。ラボックは、ケンブリッジ大学の優等卒業試験（トライポス）の二科目でトップスコアを記録した天下の秀才、かつ英国液体酸素研究の創始者であり、酸素について彼の知らないことは知る必要がないと言ってよかった。そのラボックの第一助手を最近務めているのがジェフリー・ゴーリン氏で、ヒラリー・バウンスが報告書を提出する相手がこのゴーリンだった。

「おれはエッソ派[*15]なんだけどなあ」とスロースロップがわざわざ応える。「以前運転していた愛車がとてもガソリン食うやつだったんだけど、こいつがグルメでね、シェルのガソリンなんか飲ませた日にゃ、後からセルツァー水のブロモをまるまるひと罎タンクに注いでやらないと、テラプレイン[*16]の管がつかえちゃったもんだ」

一一〇パーセント会社人間のバウンス大尉は、目玉を上下にキョロキョロさせて、スロ

14 正式には「ロイヤル・ダッチ・シェル・グループ」。一九〇七年、米国のスタンダード・オイル社に対抗して、イギリス・オランダの石油会社が合併して成立。

15 世界最大の独占的企業だったアメリカのスタンダード・オイルの分割後、「ジャージー・スタンダード社」（後のエクソン）が売り出したブランド。

16 一九三〇年代にハドソン社が作っていた安価なパワー車。

ースロップの苦情の対応にしきりである。「実際のところ、当時我が社は移送と貯蔵にしかかわっておりませんでな。まだナチもジャップも登場する以前には、生産も精製もすべて、ハーグにあるオランダのオフィスの担当だったものでして」

これを聞いて傷心のスロースロップはカッチェのことを思いだしてしまった。故郷の街の名を口にし、オランダ語の愛のフレーズをささやいたカッチェのことを。海辺の朝をふたりで歩いたのは別の時代、別の世界の。……チョット待ッタ、「あんたがいたのは、バターフシェ・ペトロレアム・マーチャペイ、NV[*17]のオフィス?」

「そうですけど」

その建物を、街の偵察写真がとらえていた。ダークブラウンのネガに、水斑が花綵のようについていた。ちゃんと乾かす暇もなかったのか——

「あなたらも気づいとるでしょう」——いかなる理由からか、彼らはスロースロップにイギリス英語も教えこんでいて、ときどき、こんなケーリー・グラントもどきのしゃべり方になる——「ハーグの街には、ドイツの軍隊がいらしてて、あのベランメーなロケットを、ハーグの街から、ロンドンに向けてぶっ放してた。そのとき……ロイヤル・ダッチ・シェルの本社ビルを使ってたんだよね。場所はヨーゼフ・イスラエルプレインだっけ、そこのビルで無線誘導送信ってのをやってた。それ、どういうことなんだろう。説明つきますか、あなた」

バウンスは胃の上で揺れている宝石をジャラジャラさせて睨んでいるが、このスロースロップという男の意図を計りかねているといったようす。

「つまりだよ」スロースロップとしては、個人的に漠然と不安に思ってきたことを質問の

17 オランダ語で「バターフシェ石油株式会社」。ロイヤル・ダッチ・シェルの子会社として、オランダ領東インド産の原油の精製に当たっていた。

形にしてぶつけているだけで、なにも一悶着起こそうとしているわけではない、はず。

「あなたらも少々ヘンだとは思わないですかね。あなたらシェル石油の人たちは、英仏海峡のあなたらの側で、あなたらのリキッド・エンジンを開発してる。そこへもってきて敵のやつらが、やつらのベランメーな殺戮兵器を、あなたらに向けて発射してる。そのとき使うのが、あなたらの……とんでもねえや……シェルの無線誘導タワーだったなんて」

「いいや、筋の通った質問とは思えませんがね、きみは何が言いたいんですか？　発射地点とロンドンを結んだ直線上にある建物のうち、一番高いのがそれなんですから、そりゃ当然、選ばれるでしょう」

「そのうえ、距離までピッタリなんだぜ。いいかい、忘れちゃ困るよ――発射地点から測ってキッカリ十二キロのところにそれはある。おれが言ってるのは、そのことなんだよ」

おいおい、ほんとか、スロースロップ、ほんとにそのこと、言ってるの？

「ぼくは、そんなふうに考えたことはありませんでしたな」

ぼくもありませんでしたよ――ハハ、おれだってねえよ……

ヒラリー・バウンスの、そのうろたえた微笑。ここにもうひとり、スティーヴン・ドズスン＝トラックと同様の、無垢でおとなしい熱狂者がいる。だが、

〈パラノイドのための格言〉その２――犬ども（クリーチャーズ）がイノセントであればあるほど、マスターの悪徳の度は大きい。

「何か悪いことを言ったのでなければいいんですが」

「そりゃまたどうして？」

「どうにもきみが不安そうなものですから」バウンスの口から息がもれた。本人は優しげ

に笑っているつもりなのだろう。

不安？　そうさ、得体のしれない〈クリーチャー〉の、そら恐ろしい〈存在(プレゼンス)〉の、顎と牙が見えるんだ。あまりに巨大で、自分以外は誰にも見えない……あそこだ、あの怪物だよ――ばかな、あれは怪物じゃない、雲だろうが！――そうじゃない、おまえ見えないのか？　ありゃ怪物の足だぜ――そうなのだ、スロースロップは空の上にこの野獣の気配を感じることができるのだ。その鋭利な爪と、連なるウロコが、雲やなんかのありふれた物の姿に擬態して空に浮かんでいる……さもなくばスロースロップに聞こえるところで、みんな結託して、別の呼び名で呼び合っている……

「きみは〝放縦(ワイルド)な偶然〟を結びつけようとしてますね」

他人の発言の中に引用符を聞きとる術に、スロースロップもまた熟達してくるのだろう。書物読みの条件反射というべきこの性癖と、もしかしたら彼は遺伝的になじみがあるのかもしれない。スロースロップ家の遠いピューリタンの御先祖はみな、住み着いたブルーの丘陵地帯で、荷物の中にいつも聖書をいれて各章の詩行を暗誦していた。方舟や寺院や幻視された玉座の構造、その材質からサイズまで頭に叩きこんでいた。それらのデータの背後には、聖なる神の存在が、疑いようのないものとしてあった。

そんな家系に生まれたタイロンには実にお似合いだ。この寒い日の朝、こんなふうに〈それ〉と遭遇したのは。

それはドイツ製の部品リストの青写真なのだが、複写の品質があまりに粗悪で、よく判読できない。「Vorrichtung für die Isolierung(フォアリヒトゥング・フュア・ディー・イゾリールング), 0011-5565/43」え、なんだと？　番号自体はソラで憶えていた。A4ロケット全体の当初の契約番号である。だが「絶縁のための装置[18]」という表記の次に、どうして集合体(アグレガート)[19]の契約番号がついているんだ？ それにこのDEの文字のついたレーティングは、ナチスにとって最高のプライオリティを持つ印ではないか。まずいぜ、これ。ＯＫＷ[20]の事務官が大失態を演じたか（それも聞かない話じゃない）、何かの正しい番号が思い浮かばず、次善の策としてロケット番号を挿入してしまったのか。請求、部品、製作番号——どれもみな同じ旗記号がついている。それを頼りにスロースロップは「文書ＳＧ‐１」に行きついた。旗が二本立っているところには、「Geheime Kommandosache![21] §35 R5138 の意味での国家機密」と書かれている。

「ああ、もしもし」ちょうど入ってきたワイヴァーン大将に向かって、「文書ＳＧ‐１の写しをいただきたいんですけど」

「面白いことをいうやつだ。そいつは、わが軍の誰もが欲しいだろうよ」

「冗談はよしましょう」Ａ４に関する連合国側の情報は、その分類にかかわらず、すべてロンドンで秘密の漏斗に入れられ、それがパイプを通って、ここのカジノでスロースロップが滞在する素敵な独房に現れるようになっているのか。これまで彼らが差しとめた情報はない。

「スロースロップ君、〝ＳＧ〟なんて文書は存在しない」

その瞬間、この男の鼻先で、部品リストを振ってやりたい衝動にかられるが、きょうのスロースロップの役どころは、米国独立戦争で赤服兵(イギリス)を出し抜く頭の冴えたヤンキーである。「するとおれの読みちがいですかね」と言いながら、書類の散らかった部屋をキョロキョロ見回して、「５６と書いてあったのをＳＧと読み違えたのかなあ、へんだなあ、たしかこのへんにあったんだけど・・・」

18 「イゾリールング」は絶縁、「フォアリヒトゥング」は装置を意味する。

19 ロケットと同義。「アグレガート」は「（装置の）集合体」という意味で、開発されたロケットの機種はアグレガートの頭文字をとって「Ａ１」に始まるコード名で呼ばれた。

20 ドイツ国防軍最高司令部＝Oberkommando der Wehrmacht

21 ゲハイメ・コマンドザッヘ（極秘指令文書）。

大将が去った後に、スロースロップとひとつの謎(パズル)が残る。まあパズルと言っておこう、まだオブセッションというほどじゃない…いまのところは…部品のリスト対面に、原材料の欄の上に、ほら、書いてあるこの名前――〈Imipolex G〉。あ、そ。〈イミポレックスG〉でできた絶縁装置なのね。スロースロップは部屋中の書類を蹴とばしながら、ドイツの商品名ハンドブックはないかと探すが、その種のものはまるで見えない…つぎに「A４とその補助装具全品の原材料の元リスト」の項をチェックしてみるが、ここにも〈イミポレックスG〉なる名前は見つからない。鱗と爪が感じられる。自分以外誰にも聞こえぬ怪物の近づく足音が…

「どうかしたかい?」ヒラリー・バウンスがふたたびドアから首をつっこんだ。

「液体酸素の件なんだけど――明確なインパルスの数値データが欲しい…」

「明確な…何をだ、推力(スラスト)の数値?」

「そうそう、スラスト、スラスト」。イギリス英語の助け船がきた。バウンスが話の向きを変える。

「液体酸素とアルコールの混合なら二〇〇はいくだろう。ほかに何を知りたいね?」

「でもあんた方はランガースト[*22]で、ガソリンを使ってたんじゃなかったのか?」

「ガソリンも使っていた、他のも使っていた」

「その他のやつのことを知りたい。まだ戦争は終わっていないんだぜ。そういうのを独占的にやってていいの?」

「しかし、われわれの社への報告書はみんなロンドンにあるんで。次にきたときには調べておきますから」

22 459ページ参照。一九四二年十月にペーネミュンデで打ち上げに初成功するA４のエンジンは、液体酸素とアルコールを使用。

「その役人みたいな答え方、なんとかしてよ、大尉。おれは答えが今ほしいんだ」スロースロップのこの強気は、〈知りたい放題知る自由〉を〈かれら〉から与えられていると思うに至ったから。そのカンの正しさを、バウンスが裏打ちする――

「テレタイプで送付してもらうことはできると思いますよ……」

「そうこなくっちゃ！」しかし、テレタイプだ？　ヒラリー・バウンスはシェル・インターナショナル・ネットワーク・テレタイプ機――「端末」というのだっけ、それを自室で私用に使っているというのか。なんとも羨ましい話だ。そんなもんがホテルの彼の部屋のクローゼットのなか、アルキット[*23]の制服と堅いカラーのシャツが並んでいる奥に収まっているなんて。スロースロップはミシェルに頼みこんで忍びこむ――バウンスのおっさんが、この娘に色目を使っていたのを知っているから。「ようカワイコちゃん」茶色のストッキングが垂れている屋根裏部屋の、踊り子たちの寝室で、「今晩ビッグな石油男（オイルマン）とおつきあいするのはどう？」彼女は誤解してしまう。金属の部品とか使って、原油をボタボタ垂らしている汚い男とくっつくのかと。そういうの、わたし趣味じゃないかも……だが誤解がとければミシェルの目はランラン、バウンス大尉を猫なで声で引き寄せているその隙に、スロースロップがロンドンに接続して〈イミポレックスG〉の情報を聞きだすという計画だ。ミシェル本人も、バウンス大尉のことは、夜な夜な自分目当てに通ってくる客のひとりとして知っていた。お腹の上に掛かった金属メダル、すなわち中心に末広十字をあしらった金のベンゼン環は特にはっきり記憶していた。これはスロースロップも見たことがある。金のベンゼン環の中央で、中心が細くなった十字が交差している。合成分野での立派な研究成果を顕彰するIGファルベン賞だ。バウンスはこの賞を一九三二年に授与された。

23　ロンドンの高級男性洋服店。

それが示唆する産業界の結びつき（リエゾン）についての想像が心の底でフツフツしていた矢先に、スロースロップはあのロケット誘導の送信器（トランスミッター）の一件を聞かされた。いま遂行しようとしているテレタイプ作戦も、ある意味で、この怪しいリエゾンが生みだしたものといえる。こういうことを誰よりも一番よく知っているのはシェル石油のような団体だろう。国籍も曖昧、連合国側か枢軸国側かも不明、特定の顔もなければ継承すべき何物もなく、わたくしどもはただひたすら地球の最深層の深みから、化石燃料を汲み上げては、企業としてそれを所有しているだけです、という顔をしている。

　オーケー。今夜はキャップ[*24]でパーティがある。会場はラウール・ドゥ・ラ・ペルランパンパンの邸宅だ。リモージュの花火産業の立役者ジョルジュ（通称〝プードル〟[*25]）・ドゥ・ラ・ペルランパンパンの跡取りであるラウールはとんだ変わり者で、このパーティにしても（そんなものを〝パーティ〟と呼ぶのかどうか知らないが）南仏解放以来、途絶えることなく続いている。その館へスロースロップは——いつも通りの監視は受けつつ——気が向くときはいつでも入れる。客の出入りの激しさに目がまわる。ヨーロッパの連合国側に属する、あらゆる地方から流れてきた、家族の絆、性愛の絆、過去の同類のパーティとの絆がつくる関係のネットワークはあまりに複雑でスロースロップの頭でもって整理するのはとてもムリ。そちこちを、さまざまな顔が通りすぎる。ハーバードやＳＨＡＥＦで見かけた、名前は忘れたアメリカ人も、ときどき通りすぎる。過去の亡霊が戻ってきたのか……偶然に？　それとも……

　ミシェルがヒラリー・バウンスを誘惑して連れてきたのがこのパーティだ。ロンドンからの返事がバウンスのテレタイプに——暗号ではない文字で——現れるのを最後まで見届

24　モナコの西、フランスに入ってすぐのリゾート町。

25　英語で言うなら「パウダー」。

26　"Sta-Comb" と綴る、「櫛いらず」という名の

けると、スロースロップはパーティのためのおめかしを始めた。入手情報を読むのは後回しにして歌いだす——

マイクロフォーンの輝きだ
髪のテカりはステイコム[26]
アイスクリーム・コーンに負けない魅力
おれはミスター・デボネアー[27]・・・

歌いながら、スロースロップは大胆なカットのグリーンのフランス製スーツ（微妙な紫のチェック入り）を着込み、「三〇と四〇（トラント・エ・カラント）」[28]でせしめた花模様の幅広タイを締め、茶と白のウィングティップ・シューズ[29]、白のソックス、ミッドナイト・ブルーの中折れフェドーラを被ってこれでよし、足音軽くカジノ・ヘルマン・ゲーリングのロビーを出た。すると、車寄せの引っ込みに身を寄せていた痩せた民間人、まさにシークレット・サービスが思い描くアパッシュ[30]のイメージそのままの恰好をした男がふらりと出てきて、暗くうねった道をラウールのパーティへ向かうスロースロップを乗せた車を尾行する。

整髪料。

27 Debonair＝「スワーヴ suave」と共に、この時期盛んに使われた、「エレガントでスタイリッシュ」という意味の言葉。

28 「赤と黒」（ルージュ・エ・ノワール）とも呼ばれる、モナコでは定番の、カードを使うカジノゲーム。

29 甲の部分に翼状の飾りが縫い込まれている。

30 （アメリカのズートスーターにもつながる）派手な服装をしたフランスの不良。ドイツ映画『アパッシュ』（一九二七）を通し、ナイフを手にしたジャンパー姿のイメージで国際的に知られるようになった。

□□□□□□

どこかのイタズラ者がオランデーズ・ソースに百グラムのハッシシを混入したのが発覚、そのうわさが広まって、パーティ客はブロッコリに殺到し、部屋の端から端まであるビュッフェ・テーブルで直火焼の肉類がひっそり冷えていく。客の三分の一はすでに寝ていてその大半は床の上、なのでどこへ行くにも、転がる人体を縫って進むしかない。

だがどこで何をやっているのか。庭では、いつも通り小グループが体を寄せ合うようにして取引している。スペクタクルは、今夜は不作のようだ。男同士の三角関係がホットになって抓（つね）ったり詰（なじ）ったり、バスルームに入れろ、入れない、の攻防が続く。年若い将校が百日草の繁みで吐きもどし、カップルがうろつく。女は豊富だ。ビロードのリボンをつけたの、ボイルの袖をつけたの、痩せているの、肩幅の広いの、パーマをかけたの…が半ダースにおよぶ言語でおしゃべりしている。こんがりと日焼けした女も、〈戦争（ザ・ウォー）〉の東部からやってきた、死の司祭さながらに白い肌をしたのもいる。エナメルを塗ったような黒髪の若者たちは、レディーズの気を引こうと大奮闘。その一方でツルツル頭の中年男は何気ないそぶりで部屋から部屋へ視線を走らせ、ビジネスの話をしながら反応をうかがう。

サロンの片隅はダンスバンドが占めていて、痩せたウェーブヘアのシンガーが赤い眼をして感傷的に歌うのは——

《ジュリア》〔フォックストロット〕

ジューリア
ぼくって、そんなに変わり者(ペキューリア)?
望みはきみをだまくらかして(フール・ヤー)
キスをせしめるだけなのに

ジューリアーーー
誰よりも、ぼくの愛が誠(トゥルーリア)
崇拝するから、宝石で飾るから(ビジューエル・ヤー)
ちょっとだけ、ぼくにキスして

ああジューリャーー
誰よりも、ぼくの心は乱れてる(アンルーリャー)
口から涎がだらりんこ(ドルーリャー)
つのる思いが天井ぬけた
その上おまけに

ジューリア
叫んでみせる　ハレールヤー
この両腕で　ジューリアー
ギュッと抱きしめられるなら

サクソフォニー[*1]というべきか、パークレイン風[*2]のサウンドが、ラリった頭にピッタリだ。ヒラリー・バウンスは、かのオランデーズにすっかり舞い上がったようすで、ミシェルとふたり特大のクッションの上でトロリとしている。その腹の上のIGファルベンのメダルを、ミシェルはかれこれ二、三時間もいじくりまわしているだろう。スロースロップが手を振るけれども、どちらも彼に気づかない。

ヤク酔いもサケ酔いも、破廉恥な点においては変わりがない。よろよろとビュッフェ・テーブルに近寄り、キッチンに出かけていって、クローゼットの中を引っかきまわし、キャセロールの底をなめる。ビーチへ向かおうとステップを降りていく裸体の一行が通りすがる。ホスト役のラウールはといえば、テンガロン・ハットに、俳優トム・ミックス風の[*3]シャツを着て、両の腰に六連発拳銃、手にした手綱の先にはペルシュロン種の馬もいる。馬は馬糞を落とす——ブハラ製絨毯の上にも、仰向けになった客の上にも。すべては焦点を失ったまどろみの中。と突然、楽団の皮肉のこもったファンファーレとともにフランケンシュタインの映画[*4]以外ではスロースロップもお目にかかったことがないほどの悪役顔が登場した。着ているズートスーツはリート・プリーツつきで、長い金のキーチェーンが垂

1　Saxophony という造語は、いかにもサクソン人（イギリス人）の吹きならしそうなサックスの音、という洒落になっている。

2　ロンドンのハイドパークの東沿いの路で、スロースロップのオフィスから近い。ホテルのダンスホールなどを指しているのだろう。

3　トム・ミックスはサイレント映画時代からのカウボーイ・ヒーロー。ペルシュロン種はフランス西部ペルシュ地方産の

れている。それをクルクル・キラキラ回しながら、会場の面々をひとりひとりしかめ面（つら）で見返してゆく——急ぎ足のようでいて、相手の顔と体をスキャンするスピードはヤケにゆっくりだ。ぐるりと規則的に首をまわしていくようすは少々不気味でもある。男はついにスロースロップの前で止まった。スロースロップはシャーリー・テンプル[*5]をミックス中である。

「おまえだ」見れば、トウモロコシの芯ぐらい太い指が、スロースロップの鼻先一インチのところにある。

「ちげえねえ」と答えたのはいいけれど、指につまんだマラスキーノ・チェリーが絨毯の上にポトリ、後ずさりした拍子にそれをグニャリと踏んでしまった。「図星よ、やるのは（アイ・アム・）おれ様（ザ・マン）だ。で、用向きは？　何だっていいぞ……」

「ついてこいや」ふたりして外に出る。ユーカリの木立の下。そこにいたのは、マルセイユの売春業界でその名をはせているジャン＝クロード・ゴング、ちょうど〝白人奴隷〟のスカウトの最中だ。「おい、ねえちゃん」ゴングが木々の間へ向かって叫んでいる、「白人奴隷（ホワイト・スレイブ）、やる気ない？」「いやよ、まっぴら」と、どこからか女の声、「グリーンの奴隷ならやってもいいけど」「あたしマゼンタ[*6]！」という別の声がオリーヴの木の上からも聞こえた。「あたしはヴァーミリオン！」「おれ、ドラッグのディーラーに鞍替えしたい」とジャン＝クロードが頭を掻いた。

「こいつを見ろや」スロースロップのお友達が茶封筒を取りだした。薄暗がりではあったけれども、中身が米軍発行のイエロー・シール[*7]の軍票であることはすぐにわかる。はちきれんばかりの枚数だ。「おまえさんに預かってもらいたい。返してほしいときにゃ指図す

ずんぐりした農耕馬。

4　『フランケンシュタイン』（一九三一）以来、一九四五年時点において、ユニバーサル・スタジオは七本のフランケンシュタイン映画を製作。

5　人気子役スターの名にあやかったソーダポップ。

6　鮮紅色。赤紫、緑と合わせた配色はサイケデリック・カラーの典型。

7　ヨーロッパの解放地域で発行されていた臨時紙幣。ニセものが大量に出回った。

る。イタロの野郎が、タマラより先に着いちまいそうで、金の行き先がまた面倒になりそうでな——」

「先に着いちゃいそうって、今夜（あした）の前にタマラがくるのかい」[8]とスロースロップが割って入る——グルーチョ・マルクスの声色で。

「おまえを信用してるんだ。不安にさせるようなアホを言うな」でかい男が忠告した。

「憶えておけよ、やるのはおまえだ（ユー・アー・ザ・マン）、いいな」

「あいよ」と封筒を内ポケットへ入れて、「ところでそのズートスーツはどこで手に入れた？」

「おまえさん、サイズは？」

「42、ミディアム」

「一着、都合する」そういってドシドシと屋内に戻っていった。

「ピッカピカのキーチェーンもたのむぜ！」背中に向かって声をかけたスロースロップ、いったい何がどうなってるんだろうと、その辺の一人、二人に訊いてみた。男の名はブロートヘット[9]・ワックスウィングというらしい。セレブの脱走兵で、ETO[10]全域で最悪の営倉であるパリのモルティエ兵営（ソルトブッフ）から逃げてきた。専門は、PX用配給カード[11]偽造、パスポート偽造、独軍兵士の軍人手帳偽造など多岐にわたるが、副業として軍の火器の売却もやっている。バルジの戦闘以来、無断離隊を繰り返し、頭上からすでに死刑のリスクが迫っているにもかかわらず、夕闇が降りれば米軍基地の娯楽施設に現れる。ただしそれは西部劇をやっている場合だ。この男、「糞蹴り（シットキッカーズ）」と呼ばれる派手な悪漢ブーツに目がない。メタルスピーカーから馬の蹄の音が、異国の戦地の、ドラム缶と軍用トラックからなる百ヤ

8 Tamaraの発音は真ん中の「マ」にアクセント。米国人がカジュアルに発音するtomorrowとほぼ等しい。

9 Hurleyの*Pynchon Character Names*によると、Blodgettはよくあるオランダ姓で、bloed（=blood）とgoed（=good）から成る。

10 欧州作戦地域。

ードの列に響きわたれば、それだけでワックスウィングの胸には一陣のそよ風のような心地よさが訪れる。数人のツテを手づるに、戦域内のあらゆる映画上映スケジュール表を入手しているワックスウィングは、将軍のジープだろうと裏技でエンジンを掛けてそのままフランス中部のポワティエまで乗っていく。それもボブ・スティールやジョニー・マック・ブラウンの映画[*12]を観にいくためなのだ。詰所には必ず彼の手配写真が貼ってあったろうから、何千もの憲兵の脳裏にワックスウィングの顔が刻みついているはずだが、にもかかわらず彼は『拳銃稼業』[*13]を二十七回観ているのである。

で、今夜起こっていることだが、これが第二次大戦中のロマンティックなスパイ映画の筋書きに似て、いかにもラウール邸の夜の出来事らしい話なのである。タマラがイタロに借金があり、そのかたとして阿片が届くのを待っている。イタロはイタロでワックスウィングからシャーマン戦車を一台あずかり、これを仲間のテオフィルがパレスチナへ密輸しようとしている。しかし、国境を越えるのには数千ポンドの賄賂が必要だ。そこで戦車をかたにしてタマラに融資を頼んだら、タマラはテオフィルにイタロから借りた金の一部を貸してくれた。ところが肝腎の阿片調達の雲行きが怪しくなってくる。というのも前金を渡してあった仲介人から、数週間も連絡がこないのだ。トンズラしてしまったのだろうか。渡した金はワックスウィング経由でラウール・ドゥ・ラ・ペルランパンパンに用立ててもらったものだが、そのラウールがワックスウィングをせっつきだしたのだ。というのも、例の戦車をタマラのものと思いこんだイタロが昨晩、このラウール邸にやってきて、当然の権利であるかのように戦車に乗ってどこかへ行ってしまった——それでラウールはパニクッている、と、まあ、ざっとそんな話。

11 軍の売店(PX=ポスト・エクスチェンジ)で兵士がタバコの配給などを受けるためのカード。

12 ともに三〇年代を頂点に西部劇映画の大衆人気を盛り上げた大スター。

13 一八六〇年頃、駅馬車や小馬郵便の監視役をしていた無法者のジャック・スレイドを描く。原題 *The Return of Jack Slade*。『コロラドの決闘 *Jack Slade*』の続編(実はどちらも一九五〇年代の作品)。

バスルームで取っ組み合いを演じている男色のうち二人がスロースロップの尻を見そめ、卑猥な申し出をしてきた。バウンスとミシェルはどこにも見えず、ワックスウィングの姿もない。ラウールはしきりに馬に話しかけている。スロースロップは一人の女の子を見つけた。戦前のウォルト・フロックを着た、額も鼻も髪の毛も例のテニエルが描いたアリスそっくりというお嬢さん。[*14] その隣に腰をおろそうとしたまさにその瞬間、屋外から恐怖の轟音が。ガリガリ、グォー、メキメキメキ、巨大な金属塊が立木を折り曲げているかのような音だ。脅えきった女たちがユーカリの繁みを飛びだして家の中へ駆けこんでくる、その向こうから、すべてを踏み倒して庭の青白い光の中へ出てきた、シャーマン戦車！キング・コングの眼のようなヘッドライトをぎょろつかせ、草と敷石を無残にも踏みしだいて進軍、そして停止。75ミリ砲が旋回し、その先がフレンチ・ウィンドーを突きぬけて部屋の内部にかっちりと照準を定める。「アントワーヌ！」若い女が巨大な砲口をまじまじと見据えている、「こんなときに、そんなことをしないでよ……」ハッチがぱっと開いて、中から出てきた女がきっとタマラなのだろう、スロースロップは思った――あれ、この戦車はイタロに渡ったんじゃなかったの――そのタマラとおぼしきが、ラウール、ワックスウィング、イタロ、テオフィル及びアヘンの仲介人を金切声で罵りだした。「いまならさあ、全員一発でノックアウトよね。稲光の一打ちで！」[*15] ハッチが閉まった――オー・ジーザス――3インチ砲弾が砲尾に装填される音。女たちは悲鳴をあげて出口へ殺到。ドラッグにいかれた連中は、首を回し、目をしばたたき、ニコリとして、種々様々なニュアンスのイエスを口にする。ラウールは馬に飛びのり逃走を計ったが、尻がサドルをとらえそこねてそのままツルリと向こう側の、闇市用のジェローの桶のなか、ラズベリー味の上にホ

14 ジョン・テニエルが描いた『不思議の国のアリス』の挿画で、アリスはおしゃれなフロック（ワンピース・ドレス）を着ているが、これはオートクチュールの父と謳われるシャルル・フレデリック・ウォルトのデザインに拠っている。

15 原文はフランス語で、coup de foudre。このフレーズは「一目惚れ」の意味で使われる。

イップクリームののったところに頭から突っこんだ。「や、やめ・・・」スロースロップが戦車の側面に走り寄ろうと決心したその瞬間、ＹＹＹＢＬＡＡＡＮＮＮＧＧＧ！　戦車砲のすさまじき咆哮とともに、室内に向かって三フィートの火炎が吹く。衝撃波で鼓膜が脳の中ほどにまで引っ込む。全員壁に叩きつけられた。

　カーテンが燃えている。スロースロップはパーティ客につまずき続ける。耳は聞こえず、頭もガンガン、それでも走る、煙の中を戦車めがけて――ハッチに飛び上がり、かんぬきを外したところタマラが飛び出て、もう一度みんなを罵りまくる。吹っとばされそうになったスロースロップはなんとか組みつき、エロスの誘惑に屈しそうになったけれども――タマラというのがもとより美女であるうえに身のくねらせ方がたまらないのだ――どうにかこうにか取り押さえて、戦車から引きずりおろすが、おや、なぜだ、ものすごい爆音つきの砲火を見たのに、スロースロップのペニスは勃起の気配もみせていない。フム、このデータ、ロンドンには届かないな、誰にも見られていないから。

　実のところ、発射したのは不発弾で、被害は何枚かの壁に開いた穴と、〈美徳〉と〈悪徳〉とが怪しくもつれる――〈美徳〉はドリーミーな微笑を浮かべ、〈悪徳〉は当惑顔でモジャモジャ髪をかきむしっている――巨大な寓意画を破壊したに留まった。燃えあがったカーテンはシャンパンで消し止められた。ラウールは涙を浮かべ、命の恩人スロースロップの手を握り頬にキスするので、そのたびにスロースロップにジェローがべとり。タマラはラウールのボディガードに付きそわれて出てゆく。ラウールを振りほどいて、スーツのジェローを拭いているスロースロップの肩に、ふと重い手が――

「おまえさんのいった通りだ。やるのは、おまえだ（ユー・アー・ザ・マン）」

「なんのこれしき」スロースロップはエロール・フリン[16]を真似て口髭をひねる。「このあいだなんか、タコにつかまったダンサーを救ったんだ」

「ひとつ違っている点はだな」とブロートヘット・ワックスウィング。「今夜のこと、これは現実だ。いつかのタコの話は、現実ではない」

「どうしてわかる?」

「おれはいろいろ通じてるんだ。何でも知ってるとは言わねえが、おまえさんの知らねえことで知ってることはいくつかある。いいかスロースロップ——おまえにも仲間が必要になる、案外すぐにな。もうこの別荘には、きちゃいけねえ——やつらの手が回るのは早えからな——だが、もしニースまで逃げおおせたら——」と、そこで一枚ワックスウィングは名刺を取りだした。チェスのナイトの絵とロッシーニ通りの住所が箔押しされた名刺だ。「封筒はそっくり返してもらうからな。ほれ、おまえさんのスーツだ。世話ンなったな」

そういい残してスッと去る。ワックスウィングには意のままに消える能力があるようだ。

ズートスーツは紫のリボンで結んだ箱に入っている。中にはちゃんとキーチェーンも。どちらも、イースト・ロサンジェルスに住んでいたリッキー・グティエレスという青年が身につけていたものだ。若いグティエレスは、一九四三年の〈ズートスーツ暴動〉[17]のさい、ウィッティアから来たアングロサクソンの自警団の車に乗っていた一団に襲われ、叩きのめされた。そのあいだLA警官は事態を眺め、大声で指示を出し、それから秩序紊乱のかどで逮捕に踏み切った。ズートスーツ一派に対して判事が下した決定は、監獄か軍隊か、どちらか選べというもので、グティエレスは入隊した。そしてサイパンで負傷し、壊疽におかされ、片腕を切断、いまは帰郷し、結婚した。妻はサン・ガブリエルのタコス・ショ

16 一九〇九～五九。海賊、騎兵隊など、ロビン・フッド、剣戟ロマンスに活躍した口髭の二枚目スター。

17 イースト・ロサンジェルスのさらに東のウィッティアに多かった「パチューコ」と呼ばれるメキシコ系移民の不良(キザな黒人たちと同様ズートスーツを着ていた)グループと、海軍基

ップの料理場で働いているが、グティエレス自身は職がなく、昼間から飲んだくれている。…だが彼の愛用したズートは、あの夏逮捕された何千もの同志のズートと同じく、LAのメキシコ系住民の家のドアの背後に長い間誰も着ることなく吊され、それから誰かに買われてこの館へ辿りついた。まあ市場を流れて、少々の利益をもたらすのもいい。脂煙の立つ、赤ん坊のおしめが臭う部屋の中よりましだろう…窓に降ろしたシェードに毎日白い太陽の打ちつける、乾いたパームツリーと濁った暗渠に面した、蠅ばかり飛び回るガランとした部屋の中にただ吊されているよりは…

地の水兵とのケンカに端を発した民族的・人種的色彩の強い暴動で、その夏、各地へ飛び火した。

□□□□□□

〈イミポレックスG〉とは新種のプラスチックと判明、それ以上に恐怖すべきものではなかったが、恐るるに足るものではあった。芳香環と複素環をつないだポリマーであるこの新物質を一九三九年、IGファルベンの研究所で開発したL・ヤンフ博士は、時代を数年先取りする仕事を成しとげたといえる。この物質は、摂氏九〇〇度まで壊れない安定性と、充分な強度、および低い電圧低減ファクターを兼ね備えていた。構造的には「芳香環」――ヒラリー・バウンスのヘソの上で揺れている金の六角形がそれである――の緊密な連鎖に、ときおり「複素環」を埋めこんだというものであった。*1

〈イミポレックスG〉の起源はデュポン社でなされた初期研究にさかのぼる。プラスチックの世界には大いなる伝統をなす一本のメインストリームがあり、その流れを語るのに、デュポン社とその研究員、「偉大なる合成者（グレート・シンセシスト）」の異名をとるウォーレス・カロザースを抜きにはできない。この男が行った巨大分子の古典的研究は一九二〇年代の全体に及び、結果的にわれわれにナイロンをもたらした。ナイロンの誕生は、フェティッシュな快感をもたらし、武装した暴徒に便宜を与えたにとどまらなかった。〈システム〉の奥深いところ

1　「芳香環」は「ベンゼン環」とも呼ばれ、炭素原子六個を環状につないだもの。炭素だけではなく「環」の構成要素に別の元素や基の混じったものを「複素環」という。これらの環が無数に連結して高分子をなしたもの

で、当時それは〈プラスチック〉の中心的教義の宣言ともいえるものだった。もはや化学者は自然の意に屈することなく、分子の属性を自分たちでプランし、その通りの物質を製造していくことが可能になったのだ。かくしてデュポン社ではナイロンの製造にひき続き、ポリアミドの連鎖と芳香環との連結が図られ、ほどなく、芳香族ポリアミド、ポリカーボネート、ポリエーテル、ポリサルフェインなど一連の「芳香族系ポリマー」の誕生を見ることになる。[*2] 研究の力点は多くの場合「強度」にあった。プラスチックの三つの恵みとされる「強度」「安定性」「白さ」の中でも、筆頭に挙げられるのが「強度」だったのだ。(ドイツ語でこの三語は、Kraft, Standfestigkeit, Weißeとなる。並べてみると、まるでナチスのスローガンそのもののように見えるだろう。雨にぬれた壁にこれらの言葉が落書きされていたとして、どちらのスローガンだか区別がつくだろうか？ 向こうの通りでバスがギアの歯を擦らせ、路面電車は金属音を軋らせる、人びとは無言のまま通りすぎていく、あたりの空気がしだいにパイプの煙のテクスチャーを帯びていくかのような夕暮れ時、通りすぎる人の腕は袖を通さずコートの中ですくんでいる。小人(ミゼット)をコートの中に隠し抱いているのか、それとも新しいナイロンよりももっと誘惑的な裏地の生地の感触にふけっているのか、時間割の世界からさまよい出て…)。このとき、研究者の中からラスロ・ヤンフを含む数人が、論理的かつ弁証法的な提案を行った。新たに形づくられた連鎖の、ポリアミドの部分をそれぞれ円環にしていって、その巨大な〝複素環〟をベンゼン環の列と交互につないでいったらいかがかと。[*3] この原理は、他の先駆的合成分子にも容易に応用された。分子量の大きなモノマーを設計通りに合成したら、グルリと曲げて複素環をつくり、それをより〝自然〟な芳香環と重合させて一本の鎖にしていく。〈ベンゼン環＝複素環ポ

が〈イミポレックスG〉という(創作された)ポリマー重合体。

2 カロザース(一八九六〜一九三七)についての解説からここまでは有機化学史の事実。

3 ポリマー(重合体)をつくる単位となる「単量体」。

リマー〉のできあがりである。ヤンフが大戦前夜に考えだした仮説上の鎖状構造が、後の修正を経て〈イミポレックスG〉となって誕生したのだ。

ヤンフは当時サイコケミーAG[*4]というスイス企業に勤めていた。元はグレッスリ・ケミカル・コーポレーションといい、サンド社（小学生も知っている通り、かのホフマン博士が伝説的な発見を遂げたところ[*5]）から分割してできた会社である。一九二〇年代の初頭、サンド、チバ、ガイギーの三社がスイス化学業界のカルテルを結成し、ヤンフのいたグレッスリもほどなくそこに吸収されたのだが、もとよりほとんどの契約はサンド社から得ていたようである。このスイスのカルテルとドイツのIGファルベンの間をつなぐ動きは、一九二六年の口頭での協定にさかのぼる。その二年後、ドイツがダミー会社IGケミーをスイスに設立したとき、グレッスリ株の大半はそこに売却され、グレッスリはサイコケミーAGとして再編成される。かくして〈イミポレックスG〉のパテントはIGとサイコケミー双方の登録となった。シェル石油がそのパテントに加わったのは、英国のインペリアル・ケミカル社との協定によってだが、これが一九三九年のことで、スロースロップが後に調べたところ、たいそう興味深いことに、ICIとIGとの間の協定の日付[*6]はすべてその年以前になっていた。この〈イミポレックスG〉協定によって、ICIはこの新物質の英連邦内における市場開発を任される。それと引き替えにIG側からは一ポンドの対価に加え、高価な便宜がたんまり図られた。ふむふむ、これはいい、サイコケミーAGは今も存在し、同じスイスのチューリッヒのショコラーデ・シュトラッセ[*7]の旧住所で営業を続けている。

スロースロップはちょっと興奮して、ズートスーツについた鎖をスイングさせた。今の

4 AGは「アクツィエンゲゼルシャフト」の略。英語の「コーポレーション」に相当する。

5 一九三八年、アルバート・ホフマンはここで「LSD」を合成している。「心の化学社」とでも訳すべき「サイコケミー社」は創作だが、他の会社はすべて実在。

6 原文のスペリングは、氷の眼（Icy Eye）と洒落ている。「インペリアル・ケミカル・インダストリーズ」は一九二六年に結成。三九年までにはIGファルベンに次ぐ勢力に成長していて、両グループ間で市場分割などの取り決めができていた。

情報からは、いくつかの点がすでに明らかである。パラノイアの症状がひどいときでさえ考えもしなかったことが、客観的事実として集まってくるとはすごい。「ダッチ・シェル」本社のビルの屋根についたトランスミッターの助けを借りて打ち上げられるロケットには、謎の「絶縁装置」がついていて、これが〈イミポレックスG〉という物質なのだが、そのマーケティングの権利をダッチ・シェルは共同で保有している。またこのロケットの推進システムは、ほぼ同時にブリティッシュ・シェルが開発したものと、不気味なほど酷似している。そして……オー、オー、今スロースロップの頭の中がパッと光った。これらロケットに関する情報はどこに集められるのか。ダンカン・サンズのところじゃないか。そうだよ、チャーチルの娘婿。彼が現在勤務している軍需省のオフィスといえば、まさにシェル・メックス・ハウス[*8]だぜ……

ここでスロースロップは、忠実なるブロートヘット・ワックスウィングをお供に、シェル・メックス・ハウスに巧妙なコマンド隊の襲撃をかける。ロンドンの〈ロケット〉支局の本部オフィスそのものにだ。重装備の防備軍をステン・ガン[*9]で撃ち倒しながら、悲鳴を上げるWRAC[*10]の、熟れた秘書たちを蹴散らして（それ以外に反応しようがないでしょ、たとえ演技でも）ファイルの束を荒々しく奪い取り、火炎瓶（モロトフ・カクテル）をほうり投げる。かくして「ズートスーツの道化師（ゼィニーズ）」はついに敵の最後の牙城に乱入。腋の下までズボンを引っぱりあげた恰好で、チリチリに焦げた髪と、飛び散る血の匂いをただよわせて――だがスロースロップらの義憤の前で恐怖に震えるダンカン・サンズの姿はない。窓も開いていないし、ジプシー逃走の形跡もない。タロットカードも散乱しておらず、一大資本合同（コンソーシアム）の意思確認書すらもない――あるのはただ、おだやかに瞬く壁にそって事務機器が機能的に並んでい

7　訳せば「チョコレート通り」。架空の企業がある架空の通りの名。

8　ロンドンはストランドの（旧ホテル・セシルの敷地に建った）アール・デコ様式のビル。元来オランダのシェルとブリティッシュ・ペトロリアムとの合弁企業の建物。

9　英国製の軽量サブマシンガン。

10　英国陸軍婦人部隊＝Women's Royal Army Corps

るありきたりの光景だ。ワイアに刺し貫かれたカードファイルは角砂糖の面のよう、爆撃後のドイツに支えもなく立つ最後の壁のように脆くみえる。高い壁の上方が捻れて、折れて空から崩れおちてきそうな気配、大気の煙を払拭する風の一拭きで今にも。…火器の匂いが空中にただようなかに、女性スタッフの姿も見えない。機械類はカチャカチャリンリン作動するばかり。帽子を目深にかぶり直そう。ひと暴れのあとのタバコを一服してから、どうやって逃げ出すかを考えるべきときだ…おい、どうやって入ってきたか憶えてるか？　憶えてねえな。見てもいなかったろ。どのドアだってエスケープに通じる可能性はある、だが充分な時間がない。

しかし、ダンカン・サンズとて単なるひとつの名前だ。ひとつの機能。「どこまで上があるんだろう」と尋ねてみても意味はない。なぜならこの組織図自体が、〈かれら〉の作成したものなのだから。地位も名前もすべては〈かれら〉が書きこんだ。なぜなら——〈パラノイドのための格言〉その３——こちらが的外れな質問をしているかぎり、彼らは回答に苦慮する必要はない。

気がついたら、スロースロップは青焼き文字の部品リストを前にしている。ここから疑問が始まったのだ。**どこまで上があるのか…**あ、そうかー。このトリッキーな質問は、人間のことではなくて、ハードウェアにとって「どこまで上にあがれるのか」ということなのだ！　眼を細め、上から下へ注意深く欄を指でたどって、絶縁装置（Vorrichtung für die Isolierung）からさらに一段踏み上がった組み立てレベルにある装置に行き当たる。

“S - Gerät, 11/00000”

これはいかにもロケットの通し番号らしくみえるが、実際そうだとしたら、特別のモデルにちがいない――ゼロが五つも並ぶというのは、いや四つ並んだものも、スロースロップは聞いたことがなかった…それは〈Ｓ装置（ゲレート）〉にしても同じ。「Ｉゲレート」や「Ｊゲレート」なら手引書にものっているのだが〈Ｓゲレート〉というのはない…存在してはならない文書〈ＳＧ－１〉には、きっと書かれているのだろう…

部屋を出る。行くあてはない。胃の周辺の筋肉がスローなドラムのビートを刻む――ダンダダ・ダダダ、シンジツ・アバけ、ヨーイは・イイカ。…カジノのレストラン。入室に際して感じる抵抗値（インピーダンス）はゼロ、気温低下も肌には感じられない。スロースロップが着席したテーブルには、誰が置いていったのか、ロンドンの『タイムズ』火曜版が置いてあった。フム、これは久しぶりだ。…ページをめくる、ダンダダ・ダダーダ、イェイ、戦争は終わらない、連合軍はベルリンへ東西から迫ってる、[*11] 乾燥粉末卵一ダース、一シリング三ペンス、「戦没将校」、マグレガー、マッカ＝マフィック、ホワイト・ストリート、個人弔辞欄…『若草の頃』[*12]（思いだすぜ、あそこで「ペニス・イン・ザ・ポプコーン・ボックス・ごっこ」して遊んだ子は、マデリンっていったっけ、やけに小さな――）

タンティヴィだ…ゲッ、おい待てよ、待てって――

「真に魅力的…控え目な…強い忍耐力で…篤信のキリスト教徒としての清廉かつ善良なる…みんなに愛されていたオリヴァー…敢然として心優しい不屈の精神はわれわれみなに勇気を与えた…ドイツ軍の砲火で窮地に陥った部隊の仲間の救出のため決死隊を指揮して勇敢に突撃し、名誉の戦死を…」弔辞を書いているのは故人の無二の戦友…セオドア・ブロート少佐、少佐かよ、テディ・ブロートが昇進したもんだ――

窓の外を見つめるが、何も眼に入らない。テーブル・ナイフを握りしめる、手の骨が折

11　『タイムズ』四月二十四日火曜の一面見出しと合致する。ヴァイスマンらのロケット隊は、三月中に本国のリューネブルク・ハイデへと撤退を強いられた（『ＧＲＣ』）。

12　ジュディ・ガーランド主演のミュージカル映画。原題 *Meet Me in St. Louis*（一九四四）。

れてしまうくらいに。癩病ってのは、こんな感じらしい。脳へのフィードバックがうまくいかないんだと。自分でどのくらい激しく拳を握りしめているか知る手段がないんだと。そうなんだと、癩病を病むと…

十分後。部屋の中。ベッドに顔を埋めている。心がカラッポ。涙も出ない。何もできない…

かれらの仕業だ。タンティヴィのやつを死の罠に追いつめて、〝名誉の〟戦死を選ぶ自由を与えた…そうやって、彼のファイルを綴じた…

その後、スロースロップにこんな考えがわくだろう。これぜんぶ、作り話じゃないか。かれらにしてみりゃ、ロンドン『タイムズ』に嘘ネタを流すくらい屁でもない。あの新聞も、スロースロップに読ませるために置いていったんじゃないか？　しかし、その答えをつかんでしまったらもう、後戻りはできないな。

お昼どき、ヒラリー・バウンスが目をこすり、やけにニチャニチャ笑いながらやってきた。「きみは昨晩どうでした？　ぼくのほうは凄かったよ」

「そりゃよかった」スロースロップもニコニコ顔だ。**アンタのこともチェックしてんだぜ、コノヤロウ。**こうして笑っているのは、単調なアメリカン・ライフを生きてきた身としては辛いところだ。ふるまいの優美さ（グレイス）ってやつが要求される。そんなもの、おれには持ち合わせがないんじゃないかと思っていたのに、どうやらちゃんと演じられる。驚いた。と同時にありがたいという気持があふれる。もう少しで泣きだしそうなくらい。いや、バウンスが、おれの笑顔にだまされたってことじゃなく、この手を、またいつか使えそうだってことがうれしい…

というわけでスロースロップはなんとかニースへ脱走する。海岸縁のコルニッシュ[13]をすんなり抜けて、タイヤを軽く軋らせながら、日射しに暖められた渓谷脇を登っていく。車のオケツを海辺に向けて振りながら——まんまと敵を出し抜いたのだ。浜辺で出くわした背恰好の似ている男（アシスタント・シェフのクロード）に、新品の似非(エセ)タヒチ風海水パンツを貸してあげて、やつらがみなクロードを監視しているその隙に、キーを差しこんだままの黒のシトロエンを失敬した。簡単よ、そんなの。白のズートにサングラス、シドニー・グリーンストリート風のパナマ・ハット[14]の縁を揺らせて市内の道へ入っていく。早くも夏服に衣替えした軍人さんやマドモワゼルの間に溶けこんで——というわけにはいかない姿だが、ガリバルディ広場から入った脇道に車を乗り捨て、ラ・ポルト・フォスの旧市街側に立つビストロへ入り、ロールパンとコーヒーで一息ついた。さてと、ワックスウィングが教えてくれた住所は・・・ 探し当てたそこは古びた四階建てのホテルで、通路には明るいうちから酔いつぶれた連中が寝そべっている。その小さなパンの塊のような瞼に、沈む陽が最後のひと刷毛の上薬をかけた。灰褐色(トープ)の光を通して、夏のほこりが壮麗な渦をなして拡がるのが見える。向こうは夏にくつろぐ街路だ。四月の夏、ヨーロッパからアジアの戦線へ、兵員移動の巨大な渦が通りすぎていく。もうしばらく南仏の静寂にしがみついていたい兵士を毎晩、マルセイユという排水孔にこんなに近いこの街に残して。ドイツから彼らを呼び戻した紙切れのサイクローン、その渦が抜けていくほんの一歩手前に。彼らは川の流れる谷をつたってやってきた、そのうちアントワープや北の港町からの一行も流れに加わり、経路が固定化するにつれて渦全体がくっきり締まってくるだろう。・・・この鋭利な一瞬、ここロッシーニ通り[15]で、異国の黄昏時に味わいうる最高のフィーリングが

13 「崖の道」という意味のフランス語で、モナコから南西へ、ニースに至る海岸道は、その美しさから「黄金のコルニッシュ Corniche d'Or」と呼ばれる。

14 パナマ帽姿のグリーンストリートを、映画『マルタの鷹』（一九四一）のカスパー・ガットマン役でも、『カサブランカ』（一九四二）のシニョール・フェラーリ役でも、見ることができる。

15 ニース駅の南（海岸側）を東西に走る。

スロースロップに訪れる。天空の光と街路の電灯の光が均衡を保つ今このとき、一番星が瞬きはじめる直前にだ。原因もなく、驚きもないままに、ある出来事が起こりそうな予感。何かが起こる——彼の人生が過去に見いだしえたどの方向とも直交する方向から。

一番星が待ちきれないスロースロップはホテルの中へ入ってゆく。埃っぽいカーペット。アルコールと漂白剤の臭い。寄りそったり離れたりして通りすがるぞろ歩きの船員と女たち。パラノイア全開のスロースロップは、情報がもたらされるべきドアを嗅ぎ回っている。頑強な木造の部屋の中でラジオが鳴っている。階段の吹きぬけは垂直でない。妙な角度に傾いでいる。壁についた電灯は土色か、さもなくば木の葉色でそれ以外の色はない。最上階まで上がっていくと、替えシーツを抱えたメイドがひとり、ちょうど部屋に入っていくところだ。老いた母親風の容貌——薄暗がりの中でシーツの白さが眩しい。

「なぜ抜けだしてきたのよ?」悲しげなささやき声は、まるでどこか遠くの受話器を通したかのよう。「みんなあんたの力になりたがっていたのに。悪いことなどするもんですか・・・」ジョージ・ワシントン風に全体をクルリと巻きあげた髪をして、斜め四五度に構えている。彼女の眼差しは公園ベンチのチェスプレイヤーのように忍耐強い、とても大きく優しい鷲鼻に、明るい瞳、澱粉質の体にがっしりした骨組み。革靴のかかとはわずかに反っている。極端な大足に赤白ストライプの靴下を履いたところは、お伽の国の住人を思わせる。この妖精は、睡眠中に靴を作ってくれるばかりか、掃除もすませ、眼がさめればポットの用意もしてあって、窓辺に花まで飾ってあるのか——

「いま何て言いました?」

「まだ時間はあるのさ」

「いい加減なこと、言わんでください。ぼくは彼らに友達を殺されてるんだ」しかし証拠はあるのか。『タイムズ』紙に、きわめて公的に掲載されてただけじゃないか…そのうちタンティヴィ本人がひょいと戸口に現われて、よう元気かいな（ハウディ・フォークス）と、照れた笑顔を見せないとも限らない…なんだよ、タンティヴィ…オマエどこ行ってたんだよう。

「このぼくが、どこ行ってたかだって？　そりゃいいや」ふたたび時を照らすスマイル、世界を解き放つような笑み…

ワックスウィングがくれた名刺を見せつけたら、老女の口元が崩れ、驚くべき笑みに変わった。夜の新たな電球の下、頭蓋骨にまだ二本だけくっついている前歯が光る。そして親指で合図して彼を階上に連れていくと、今度は指をVの字に開いて見せた。Vサインなのか、それともどこか遠くの国の、ミルクを腐らす魔物に向けての呪いなのか。いずれにせよ、老女は冷ややかな笑いをやめない。

階上とは屋根の上だ。中央にペントハウスらしきものがある。アパッシュ風のもみあげを生やした若い男が三人、革で編んだ袋に鉛の詰め物をしている。若い女がひとり、入口の前にすわって細い煙草をふかしている。正体不明の匂いだ。「迷ったのね、モナミ（マイ・フレンド）」

「どうなんだろ」ここもワックスウィングの名刺の出番だ。

「アー、ビアン…」一同が脇にどいて、部屋に足を踏み入れたスロースロップは一瞬目が眩んだ。カナリア・イエローのボルサリーノ帽、足先が漫画みたいにプーッと膨れたコルク底の靴には、サドルステッチがワンサカあって、その配色がみな（ブルーとオレンジ、永遠に人気のマゼンタとグリーンという）補色関係になっている。葉巻きの煙幕に包まれた電話口の声にまざって、よく公衆便所から聞こえてくる、苦痛が緩和されたときのうめき声も、聞こえてくる。ワックスウィング本人はいないが、ひとりの同僚が彼の名刺に眼を留めて、騒々しい取り引きを中断させた。

「何が必要なんだ」

「身分証明書（カルト・ディダンティテ）、チューリッヒまで行きたい。スイスへ」

「明日だな」

「寝場所もほしい」

男は階下の一室の鍵をわたす。「金はあるのか？」

「あまりない。いつとは約束できないが――」

数える。睨む。札の耳に指が走る。「ほらよ」

「これは・・・」

「心配するな、貸し付けじゃない。空から降ってくるんだ。いいな、表には出るな、酔っぱらうな、ここの女に手を出すな」

「おー・・・」

「あした会おう」と言って商売の話へ戻る。

安息のない一夜。十分と同じ姿勢で寝ていられない。虫どもが散開部隊を編成し、眠りの深さが一定値に達したところで、彼の体に突撃をかける。酔っ払いがドアを叩く。酔っぱらいと、死の国からの来訪者。

「ようタイロン、開けてくれ。ダンプスターだ、ダンプスター・ヴィラード[*16]だ」

「誰だって？」

「今夜はまたやけに冷えるなあ。すまん、押しかけたりしたくはないんだが、これ以上ひ

16 130ページで言及されたハーバード時代の友達。

と様に厄介かけたくない…でもな…寒いんだ…今までずっと遠くの…」

強烈なノック。「ダンプスター――」

「そうじゃねえ、マレー・スマイルだ。基礎訓練のクラスでとなり同士だったじゃねえか、第八四中隊だよ。忘れたか？　軍籍番号は二番しか違わなかったぞ」

「ダンプスターを泊めないといけないんだが…あいつ、どこ行ったんだ。おれ、眠ってたのか？」

「おれが来たってこと言うなよ。おまえは戻らなくていいと知らせにきたんだ」

「ほんとか？　戻らなくていいと言われたのか？」

「大丈夫だ」

「わかった、しかしかれらが言ったのか――大丈夫だと」沈黙。「おい、マレー」沈黙。

強風が建物の鉄を鳴らす。下の街路で野菜の箱が転がっていく音。木の、空虚の、闇の音。今はきっと午前四時だろう。「帰らないと、やばい、遅れる…」

「ノー」単なるささやき声。…だが彼女の「ノー」は、彼の中から去っていかない。

「誰かいるな。ジェニーか？　ジェニーが言ったのか？」

「そうよ。ダーリン、うんと探してたんだから。うれしいわ」

「でもおれは…」彼と彼女が一緒にカジノで暮らすことを、〈かれら〉が許すなんてことがありえるだろうか…？

「だめ、できない」しかし、**どうしてそんな声をしている？**

「ジェニー、おまえの家の近くに落ちたって聞いてさ。正月の二日の日…ロケットが…すぐに行こうとしたんだ、おまえが心配でさ、しかし…行かなかった…そしたら

〈かれら〉にカジノへ連れていかれて…」

「大丈夫よ」

「大丈夫じゃない、行かなくちゃ」

「だめなの、彼らのところに戻っちゃだめ」

流れのどこかに、サカナが二匹隠れているはず。水の屈折率の関係で見えないだけだ。カッチェとタンティヴィ、訪ねてきてほしかった。ドア越しに届く声を「曲げて（ベンドして）」みたらどうかと試みる。ブルース・ハープでやるように[17]。だがうまくない。彼が望むものは、深くにありすぎるのか…

夜が明ける少し前、激しく、鉄のように硬いノックの音がする。このときはスロースロップも返事をするなどというバカはしない。

「おい、開けろ」

「MPだ、開けろ」

アメリカ人、田舎出の声だ。かん高く、情け容赦ない。ベッドの中で身を堅くする。スプリングの音ひとつで一巻の終わり。生まれて初めてかもしれない。アメリカ人でない人間にとって、アメリカ人の声がどう聞こえるのかを自分の耳で聞いたのは。何がそんなに驚きだったのか、あとになって思い浮かんだ。連中の狂信ぶり——単に力を頼みにして動くだけじゃない、計画通りに事を進める窮屈さ…これはずっと前にナチの性格として、あるいはとりわけジャップの性格として、教えられたものだ——われわれはつねにフェアプレイを演じると——しかし今ドアを叩いている二名は「BANZAI!」を叫ぶジョン・ウェインのクロースアップ（映像のアングルは彼の目のつりあがりを強調している[18]、

17 微妙に音程を「曲げる」（特にフラットさせる）のは、黒人音楽でよく使われる感情表現法。

18 「つりあがった目」

ジョン・ウェインの目がこんなだったとは、ヘンだな、気づかなかった）を見せられているみたいに気が滅入る。

「おいおい、レイ。あいつ、行ってしまうぞ――」

「ホッパー！　このアホウ、戻って来い――」

「拘束服なんかもう、二度とごめんだもーんねえ・・・」ＭＰたちが後を追う、角を曲がったホッパーの声がうすれゆく。

スロースロップに夜明けが訪れる。黄褐色のカーテンを通して、文字通りの夜明けが。ここは〈外〉。その最初の日。初めての自由な朝。戻る必要はない。自由ってやつ、だろ？　彼は今やっと眠りに落ちる。正午近く、合鍵で入ってきた若い女が一式の書類を渡してくれる。これから彼は、イアン・スカッフリングという名のイギリス人従軍記者だ。

「チューリッヒにいる仲間の住所よ。ワックスウィングから幸運を祈る、ですって。それと、なんで今までかかったのかって」

「その質問に答えろってか？」

「自分で悩め、って言ってたわ」

「なあ、聞かせてくれ」今になってそのことに気づいた、「なんでみんなおれを助けてくれるのよ。無料奉仕でさ」

「とにかくパターンがあって、それをこなさないといけないの。今のあんたもパターンの中にいるわけよ」

「はん・・・」

だがもう女の姿はない。スロースロップは部屋を見回す。昼間の光で見ると特徴もなく

は日本兵の差別的ステレオタイプ。

単にみすぼらしいだけだ。こんな部屋、ゴキブリも居心地悪く思うだろう。……この自分も、ルーレット盤に乗ったカッチェと同じく、カチカチカチと次から次へ部屋(ポケット)を変えていくことになるんだろうか。風が、あるいは絶望がたまったら次へ移動する。だが逆向きはありえない。ロッシーニ通りとなじみになる時間もない。窓の向こうは叫び声。料理のうまい店はどこよ、気の早い夏の日に、みんなが口笛を吹いていくあの歌の名前は何だ……

一週間のち、長い汽車旅を経てスロースロップはチューリッヒに到着。居心地よさそうに居すわった霧のなかを、孤独な金属の車体(クリーチャー)が、分子合成を真似て、切れたりつながったり、くっついてさらに長くなったりと連結ゲームを繰り返すあいだ、心はアルプスと霧の幻影、渓谷とトンネルの幻想を出たり入ったりの数日間だった。壮絶な勾配を骨を軋らせ登っていく機関車、暗闇にも朝の緑の岸辺にも聞こえるカウベル、湿った牧草地の匂い、どこかの線路の工事に出かける無精髭の一団、レールの筋がタマネギを縦切りにした断面のようになった操車場での長い待ち時間、グレイの荒涼とした場所、汽笛の夜、連結、衝突音、側線、暮れなずむ山腹で目をこらす牛たち、列車の通過を踏切りで待つ護送部隊。国の違いはさだかでなく、連合国か枢軸国かの違いすら曖昧で、ただ〈戦争〉(ザ・ウォー)に徴用された同じひとつの風景があるばかり。そこでは〝中立国スイス〟というのも、どこか口はばったく感じられる。〝フランスの解放〟とか〝全体主義のドイツ〟〝ファシストのスペイン〟というのと同じで、皮肉なしには使えない……

〈戦争〉は、おのれのイメージに合わせて時間も空間も再構築した。鉄道も以前とは別のネットワークをなす。一見破壊されたように見えて、実は別の目的に鉄道を再編する企て

が進行中だ。その中を初めて走りぬけたスロースロップはいま、大いなる意図の前翼を感じている・・・

チェックインしたホテル・ニンバスは、チューリッヒのキャバレーが集まったニーダードルフ地区の、名の知れない通りに面している。部屋は屋根裏で、昇降には梯子を使う。窓の外にも梯子があったので一応安心だ。夜になって街に出て、ワックスウィングのコネを探す。リマ川を上っていった橋の下、大小のスイス時計と高度計でごった返した部屋にその男はいた。セミヤヴィンというロシア人。窓から湖川に浮かぶ船の汽笛が聞こえてくる。上階からはつっかえ気味の、甘美な歌曲(リート)を練習するピアノの音。淹れたばかりのお茶にリンドウ根のブランデーが注がれる。「まず理解してほしいんだがね、ここではすべてが専門にわかれている。腕時計なら、こっちのカフェだし、女だったら別のところ。毛皮も黒テン、白テン、ミンク、その他、別々だ。ヤクにしても同じだよ。覚醒、鎮静、向精神。・・・あんたが欲しいのは何だね?」

「ええと、情報かな?」なんだよ、このお茶、モクシーみたいな味だ。

「あんたもその手合いかよ」不愉快そうな一瞥。「最初の大戦前は単純だった。あんたは知らないだろうがね。ドラッグとセックスと贅沢品を商ってりゃよかった。あの頃、紙幣関係はサイドでやってただけだし、〝産業スパイ〟なんて言葉もなかった。だがおれの生きてる間に変わった——たいへんな変わりようだ。ドイツのインフレが起こった時分に足を洗っときゃよかったんだろう。なにしろ、ゼロの数字がここからベルリンまで並ぶって感じだった。自分に向かって言ったもんだ、『なあセミヤヴィン、ほんのいっとき現実から逸れてしまっただけだ。小さなイッダツってやつよ、心配いらない。今までどおりにきちんと振る舞え――強いキャラクターで、精神衛生をしっかりして、勇気だ、セミヤヴィン！　そのうちすべて正常に戻る』と。そしたらどっこい、何がきたと思うね、あんた」

「何だろ」

悲痛なため息。「情報だ。ヤクやオンナのどこが不足なんだ？　世の中が狂うのも当たり前だな、情報なんてのだけがリアルな交換媒体になっちまうんだから」

「煙草がその役をしてると思ってたけど」

「おまえさん、夢を見てるんか」セミヤヴィンは市内のカフェや会合場所のリストを取りだした。「諜報、産業関係」[*19]の項目の下には三件の名があった。ウルトラ、リヒトシュピール、それにシュトレゲリ。リマ川の両岸にわたって、距離をおいて分散している。

「歩かせられるな」スロースロップはズート服の特大ポケットにリストをしまいこんだ。

「そのうちもっと楽になる。ぜんぶ機械がやってくれるわ。情報マシーンってな。あんたは未来のウェーブだよ」

三軒のカフェを動き回るシャトル運動の日々が始まる。おのおのの店でコーヒーを注文して数時間。食事は日に一回、〈民衆食堂〉でチューリッヒ産のボローニャ・ソーセージとレスティ・ポテトを食らうだけ…しかし目にするのは紺のスーツを着込んだビジネスマンの群れと、何マイルもの氷河と雪上を直滑降してきたばかりの雪焼けスキーヤー、キャンペーンもポリティックスも耳に入れず、読むものといえば温度計と風向計だけの彼らにとって、雪崩と氷塊が恐怖であり、上質のパウダースノーを見いだすことが勝利である…油の沁みた革ジャケットやボロの作業衣をはおった外国人、出身は南米だろうか、毛皮のコートにくるまって陽ざしのもとで震えている者もいれば、大戦勃発時にどこかの温

19　これらの店のうち、三つめの Sträggeli は『ドイツ神話学』に出てくるスイスの一種の悪戯霊の名。二つめの Lichtspiel が「光のたわむれ」だとすると、Ultra も可視光線に対する「外の光」のイメージか（『GRC』）。

泉地をぶらついていて捕らえられ、以来ずっとこの街にいる年配の心気症（ヒポコンデリー）患者もいる。むっつり口を閉ざしたままの長い黒ドレスの女も、うす汚れたオーバーコートを着てニッコリする男も・・・そして狂人たち、彼らは週末の休暇をもらって高級な癲狂院から出てきたのだ——スイスの精神病患者さんにもスロースロップは知られている、薄暗がりの通りを行き交うひとつの顔として。無数のカラーに混ざって今日のスロースロップの召し物はすべて白だ。靴もズートも帽子も白、アルプスの雪の斜面の墓地みたいに真っ白。・・・しかも彼は〈町の新たな標的〉だ。彼にたかる産業スパイの第一波。みんなほとんど区別がつかない——癲狂院から暇をもらった狂人（ルーニー）たちと同じに見える。

《街へ出てきたルーニーさん》

（コーラスラインは通常の男女別の列ではなく、看視人（キーパー）と狂人（ナッツ）にわかれる。舞台上には看守・狂人／男・女を掛け合わせた四種が存在する恰好だ。ほとんどは白縁の黒メガネをかけているが、これはファッションではなく雪眼を病んでいること、施設の清潔さを歌い上げることに加えて、心の闇黒を表すことも意図されていると思われる。ただし、見かけはみんな楽しげで、リラックスし、堅苦しいところはない・・・抑圧の徴しは見えない。服装にも区別がないので、舞台袖から一斉にとび出してきて歌い踊る集団の中から看守（キーパー）と狂人（ナッツ）を区別するのもむずかしい）

ほうら来た来た、ルーニー軍団
みなさん扮装して陰謀ですか
こっちはそりから笑いとヨダレをこぼすだけ

もしスロースロップがこういうことに感じやすい男だったら、襲ってきたこの第一波を侮辱的だと思ったろう。なにしろジェスチャーたっぷり、当てこすりもたっぷり、絡みつくように通りすぎてゆくのだ。だがスロースロップはこの波を動じずにさばいてみせた。ややあって、次は本物がやってきた。最初はゆっくり、だが次々と、集まってくるわくるわ。合成ゴム、ガソリン、電子計算機、アニリン染料、アクリル、香水（サンプル・ケースの小壜の中には盗んだエキスがはいっている）、百人委員会メンバーのさまざまな性的趣味も、工場のレイアウトも、コードブックも、コネも献金も——欲しいと言えばなんでも出てくるのだ。

そしてついに…ある日スロースロップがシュトレゲリで、朝から紙袋に入れてずっと持ち歩いていた焼きソーセージと厚切りパンを食べていると——どこからともなく、マリオ・シュヴァイターなる人物が出現する。フロッグ留めの緑のベストを着て、「アッホー、アッホー」と二時を告げるカッコー時計の中からでも現れたのか、果てのない廊下の暗がりを背に、スロースロップに運の転換をもたらすべく。「おい、ジョー」とマリオが呼ぶ。「ヘイ、ミスター」

「人違いだろ」食べ物で口をいっぱいにしたスロースロップが答える。

「L、S、Dに興味はないか」

「ポンド、シリング、ペンスかい？　金融関係なら、来るカフェが違うだろ」

「違う国に来てしまったか」シュヴァイターが少しばかり悲しそうな顔をした。「わたしは、サンドの者なんだが」

「そうか、サンド社かい！」スロースロップが声を張りあげ、椅子を引っぱりだして男を掛けさせる。

実際シュヴァイターはサイコケミーAGに内通する男だった。〈カルテル〉内を自由に動き回って、トラブルをシュートする。日雇いで働きながら、サイドでスパイをしているわけだ。

「そうだな」とスロースロップ、「L・ヤンフについて知りたい。それと、〈イミポレックスG〉のこともだ。やつらが知ってることなら何でもいい」

「げええっ――」

「何だいその声は？」

「そんなもんに手を出したらイカンです。そもそも専門が違うって。インドール環*24の専門家しかおらんところで、ポリマーを開発しようなんてムリでしょうが。われわれは北の巨大な親会社に、毎日最後通牒をつきつけられてるんですよ、ヤンキーさん。〈イミポレックスG〉というのが、社にとっての永遠のアルバトロスでね、呪うべき憑きものなの。日曜にヤンフの墓につばを吐きかける儀式の執行を専門にする副社長を置いてるくらいなんだから。おたく、インドール系の人たちを知らんでしょ。とんだエリート主義者ですよヤツラは。自分らのことを、ヨーロッパの弁証法的展開の末端に位置していると思ってる。つまり、彼らが扱う麦角(ばっかく)病で枯れた穀物*25っていうのが、箒の柄にまたがった魔女から、村の乱痴気騒ぎ、アルプスの褶曲に埋もれて過去五百年、幻覚をみない日はない州(カントン)――それらの長い伝統に連なるもんで、彼らは偉大な伝統の守り手として、自分たちを貴族のように思っとるんですわ」

24　ＬＳＤやシロシビンなど、向精神性のドラッグに共通する「基」で、ベンゼン環とピロール環がくっついた恰好をしている。

25　ＬＳＤの正式名は「リゼルギン酸ジエチルアミド」。このリゼルギン酸はライ麦などに麦角病をもたらすカビから得る。

「待ってくれ・・・」ヤンフは死んだのか？「いまヤンフの墓と言わなかったか？」生きてるのと死んでるのとで、スロースロップにとっては大違い——かというと、実のところ、あの男を生きた人間と感じたことは一度もなかった——

「ユトリベルク[*26]の山の上だぞ」

「あんたは——」

「なんだい」

「ヤンフには会ったの？」

「こっちはまだ若すぎた。しかしサンドのファイルにはヤンフ関連のデータが大量に整理してある。あんたの望みのものを仕入れるのは一仕事だった」

「で・・・」

「五百」

「五百何？」

スイス・フラン。五百なんて数のカネは、どの通貨でも持っていない（心配の種なら五百くらいはありそうだけどね）。ニースで手に入れた金もほとんど底をつきそうだ。彼はセミヤヴィンの家に向かう。ゲミューゼの橋を歩いて渡る。これからはどこへいくのも歩きだ。手にした白ソーセージにパクつくと、次にこいつにありつけるのはいつかと心細くなる。

「まずだな、質屋に行って、そいつをカタに何フランか調達したらどうだ」と、セミヤヴィンがズートスーツを指さす。冗談じゃない、こいつはダメだ。セミヤヴィンは奥の間へ行ってごそごそしていたかと思うと、仕事着をひとかかえ持って出てきた。「目立つ恰好

26 チューリッヒ市西方にあって市街を眺望できる山。

はそろそろ控えたほうがいいんじゃないか。明日もう一度来いって。何かいいものを探しておくからさ」

白のズートを小脇にまるめて、今日は人目に立たぬイアン・スカッフリングのお出かけだ。ニーダードルフの中世の午後へ、落陽の射す石壁が、いま焼き上がりそうなパンに見える。まいったぜ、事の次第が見えてきた。タマラとイタロを巻きこんだ錯綜の渦におれも深く深く巻きこまれ、出られなくなっちゃうの…

ホテルの通りへ曲がろうとしたとき、影だまりに、黒のロールスがエンジンをふかして停まっているのが見えた。遮光性のウィンドーは夕方の薄暮の中では中の様子がまったく見えない。こんなカッコいい車を見るのは久しぶりだ。好奇心がうずく。ちょっと見に行くくらい…やっぱりまずい。というのも、

〈パラノイドのための格言〉その4――おまえは逃げる、彼らが捜す。

ズーン、ディリルン、ディリディィッタッタッタ、ヤッタッタッタ　ウィリアム・テルの序曲がバックの暗がりに流れてきた。あのハーフミラーの窓からお兄さんがこっちを覗いてないことを願うだけ――ズイーン、ズイーン、疾走開始、角のところシュイッと曲がって横道を駆けぬける、追ってくる音は聞こえないが、しかしあのロールスってのは、キング・タイガー戦車以外で路上で一番静かなエンジンだというじゃないか…

ホテル・ニンバスも、もはやこれまでか。足がそろそろふらつきだした。ルイーゼン通り[*27]にたどりつき、閉店間際の質屋に駆けこむ。ズートスーツを質入れし、わずかばかりのキャッシュを得る。一日か二日分のソーセージにはなるだろうか。あばよ、ズート。そのときなんとまあ店じまいの早い街であることか。今夜のねぐらはどうしたらいい。そのとき

27　チューリッヒ市街北西部、工業地帯方面の道路。

一瞬、楽天的な考えに誘われてレストランに飛びこみ、ホテル・ニンバスのデスクに電話をした。「アー！　イエース」とスロースロップはイギリス英語で、「ずっとロビーで待っていた英国人がいたと思うんだがね、今もまだいるかね…」

しばらくして電話口から、上品で遠慮がちの声が「アー・ユー・ゼア？」と言ってきた。その声はあまりに天使（セラフィック）のようであって、怖じ気づいたスロースロップはたまらず電話を切ってしまった。その場につっ立ち、自分のほうを見ている食事中の客の目をひとりひとり見返す。——やっちまった、しくじった、これで〈かれら〉は、おれが気づいていることを確信しただろう。自分のパラノイアが手におえなくなっているだけだという可能性もありはするが、それにしては偶然の一致が頻繁すぎる。そのうえすでにスロースロップは、〈かれら〉の計算ずくの無垢の装い方が、耳で聞いてわかるのだ。それが〈かれら〉のスタイルで…

ふたたび街の中。精密な銀行、教会、ゴシック建築の入り口が、彼のわきを重々しく過ぎ去る。もうホテルには戻れない、あの三軒のカフェもアウトだ。…夕暮れ時の紺を着込んだ永遠のチューリッヒ市民が行き交う。たそがれる街の、深まる紺（ブルー）。…スパイもディーラーも、今はみんな屋内だろう。セミヤヴィンを訪ねてもいけない。ワックスウィングの仲間内にはあれだけ親切にしてもらったのだから、危険にさらしちゃ申しわけが立たない。この街で、よそから来た人間はどのくらいいるのか、その総重量はどのくらいか。リスクを冒して別のホテルに入ってみる価値があるか。おそらく、ない。寒くなった。風はすでに湖から吹いている。

気がついたらカフェ・オデオンまで流れ着いていた。偉大なワールド・カフェのひとつで、ここの「スペシャル」はどこにも書いていない――それを書きとめた者もいない。レーニン、トロツキー、ジェイムズ・ジョイス、アインシュタイン、みなここの店外のテーブルについた。この男たちにどんな共通点があったのか、ここに来ることにどんなメリットがあったのか……おそらくそれはなんらかの形で人民（ザ・ピープル）と、道行く人びとの可死性（モータリティ）とかかわることではなかったか。ここからは人びとの欠乏と絶望が慌ただしく交差するのが見える……ここでは弁証法もマトリクスも元型（アーキタイプ）も、ときどきは、すべてひとつに交わってプロレタリアートの血に還ることを必要としている。大衆の体臭へ、テーブルを挟んでの無意味な叫び合いに、その欺きの人生と最後の希望へ。そこへの回帰がなくてはすべては埃を被ったドラキュラ性に陥るはかはない、西欧の太古からの呪いから這い出られない……

　コーヒー代くらいは払えそうだ。スロースロップは店内に入り、入り口に正対した席をとる。十五分後、早くも二つ先のテーブルからスパイの合図。緑のスーツを着た、色の浅黒い、カーリーヘアの異邦人だ。そいつも同じように入口に向かってすわっている。テーブルにはスペイン語とおぼしき古ぼけた新聞。その開いたページに、奇妙な政治風刺漫画が見える。ドレスを着てカツラをつけた中年の男たちが列をなして交番に押しかけている。中では警官が腕に何か白いものを……抱えているのはパンじゃなくて赤ん坊だ。おむつの上にLA REVOLUCIÓN革命と、その子の名前が貼ってある……そうか、押しかけた政治家たちは、必死に子どもを取りもどそうとする母親のやかましさで、この「革命ちゃん」が大事なわが子であると主張しているのだ。で、この風刺画を使って人の反応をうかがっている緑のスーツを着た男、名をフランシスコ・エスクアリドーシというアルゼンチン人であることがわかった。漫画のキメの文句は行列の末尾にある。そこにアルゼンチンの大詩人レオポルド・ルゴーネス[*28]がいて、こんなことを宣っている——「その子が〈原罪〉の汚物からどれだけ自由か、詩にしてうたってみようかね……」 言及されているのは一九三〇年のウリブル革命[*29]——この新聞は十五年も前のものなのだ。これを見せてエスクアリドーシはスロースロップからどんな反応を期待したのか知らないが、得られたのは無知だけだった。だがそれで問題なし、このアルゼンチン人はたちまち打ちとけ、軽い調子で話しだした。彼には一ダースほどの仲間がいて、中には奇人ぶりで国際的に知られる女傑グラシエラ・イマゴ・ポルタレスも含まれる、数週間前にマル・デル・プラタ[*30]でUボートの中でも初期のヴィンテージ物をハイジャックし、それに乗って大西洋を渡ってきた、戦闘が終わったらさっそくドイツに政治亡命したい……

「ドイツだ？ あんた頭おかしいのと違うか。ドイツは今めっちゃくちゃだぞ」

「いやいや、俺たちが国に残してきたカオスに比べりゃ遠く及ばんね」と悲しそうにアルゼンチン男は返した。口もとに何本も長いシワが浮かぶ。このシワは、何千頭という馬と暮らして若馬の不幸に接し、リバダビア（真の〈南〉はここに始まるという町）の南に沈む太陽を見すぎたゆえのシワだ。……「軍の大佐らの政変が起きてからメチャクチャの混乱だ。いまはペロンがのし上がってきていて[*31]……我らの最後の望みはアクシオン・アルヘンティーナ[*32]だったが」こいつ何を言ってるんだ、おれは腹が減りすぎてる「……クーデターから一ヶ月して弾圧された……今はみんなが成り行きを見守っているときだ。デモには出るが、惰性だよ、希望なんかもってない。俺たちはペロンがもうひとつ大臣職を手に入れる前に動くことにきめた。おそらく戦時相に就任するだろう。ペロンはすでに、デスカミサドス[*33]を掌握している。これで軍を掌握したも同然だ……時間の問題だな……ウルグア

28 ジャーナリストとしても、政治活動家としても知られるモデルニスモの代表的文人。一九三八年に自殺している。

29 大不況下のアルゼンチンで起きたホセ・ウリブル将軍一派の軍事クーデター。

30 ブエノスアイレスの南三〇〇キロ、外洋に面した港町。

31 ファン・ペロンは一九四三年のラミレス将軍の政変で権力を得てから、人民の英雄というイメージで実力を顕在化。物語の現在（四五年春）まだ衝突は起きていないが、すでにラミレス大統領にとって煙ったい存在になっていた。

32 戦闘的なカトリッ

イへ出て様子見をするというやり方もあったが――アルゼンチンじゃよく使う手だ――だがやつの天下は長いことと続くだろうとも考えた。モンテビデオは亡命失敗者の挫折と失望でいっぱいだ……」

「それにしても、ドイツへ行くってのはないだろう」

「*Pero ché, no sós argentino*（ペローチェ、ノ・ソース・アルヘンティーノ）――アルゼンチンの人間じゃないオマエに何がわかる……」

そう言って、スイスの精密工学的な街路の傷跡の遠く向こうに目をやる。国に残してきた〈南〉を求めているのか。おっと、スロースロップ君、それはきみの知ってるアルゼンチンじゃないぞ――ボブ・エバリーが、どこのバーでも麗しのタンジェリンのために祝杯をあげてるようなのとは別の国だ。[*34] ……エスクアリドーシの胸の中にはこんな思いがたぎっている――ヨーロッパという蒸溜器の、そのゴボゴボとモクモクした蒸気から生成された魔法の凝結物の中で、俺たちがいちばん希薄で、一番危険で、世俗的な目的への使い勝手は一番すぐれたやつらなのだ。……あんたらと同じで、俺たちも土着民を抹殺しようとした、つまり自分たちで好みの、閉鎖的な白い現実を作っていったんだが、その挙げ句、いつのまにか煤けたラビリンスができてしまった。真昼のバルコニーや、中庭と門を見りゃわかるだろう。濃密さの極致だろう、あれは。あの複雑怪奇さは、忘れようにも忘れさせてもらえない。……だが実際に口をついて出てきた言葉は、「あんた、腹がすいてるみたいだな。食ってないんだろ？　俺はこれから夕食だ。もしよかったら喜んで……」

クローネンハーレ[*35]の二階にふたりは空席を見つけた。夕食時の混雑はおさまりかけている。ソーセージとフォンデュ。スロースロップの腹が鳴る。

「ガウチョの時代、俺の国はまっさらの紙だった。想像力の及ぶかぎり無限の、囲いなき

ク集団。

33　文字通りには「シャツを着ていない」という意味の descamisados とは、アルゼンチンの最下層の人びとを指す。反ペロン派が、彼の支持層を侮蔑的にこう呼んだところから広まった言葉。

34　ミュージカル映画『艦隊入港 The Fleet's In』（一九四二）でボブ・エバリーが歌った「タンジェリン」の歌詞を踏まえている。

35　レミ通りの由緒あるスイス料理店。

パンパスが広がっていた。馬に乗ってガウチョが行けば、その土地は彼のものとなった。だが田舎の覇権をブエノスアイレスが握ろうとしてから、所有に関する神経症が盛りあがり、それが田舎を侵しはじめた。フェンスなんてものが建って、そのぶんガウチョの自由が侵害された。国家的悲劇だ。だだっ広い平原と空しかなかったところに、俺らは取り憑かれたように迷路（ラビリンス）を作っている。まっさらの紙にどんどん複雑な模様を描いていく競争さ。遮るもののないオープン状態に耐えられないんだな。広所恐怖症か。ボルヘスを見ろ。[*36] ブエノスアイレス郊外を見ろ。暴君だったファン・マヌエル・デ・ロサス[*37]が死んで一世紀になるが、ロサス信仰は衰えちゃいない。街の通りの地下窟で、スラムのタコ部屋や暗い廊下で、フェンスの間の隘路や鉄道の網の目で、今や倒錯と罪悪感に苛まれたアルゼンチンのハートは、何も書きこまれていない原初の静けさを・・・パンパスと空とのアナーキックな一体性を求めているんだ・・・」

「そ、それでもさ、バラ線[*38]てのは」口をフォンデュでいっぱいにしたスロースロップ、ひたすらモグモグやりながら「あれは進歩じゃないの。この先永遠に、ただ広々ってわけにもいかんだろ――進歩ってのは、妨害しようとしても、なかなかうまくいくもんじゃ――」この調子で三十分しゃべりかねない。神聖な〈所有〉の観念に捧げられたかのような、土曜午後の西部劇も引き合いに出してスロースロップはしゃべり続ける――それも食事をおごってくれている外国人相手にだ。

　エスクアリドーシはそれを無作法とは受けとらない。こいつは少々頭がおかしいのだと、一、二度まばたきしただけだ。「平時には」と、この男は説明を試みる、「つねに中央が勝つ。中央集権は時とともに強くなる。それを逆行させるのはムリだ、通常のやり方じゃな。

36　フィクションと〝現実〟とが絡まり合う迷宮を描くホルヘ・ルイス・ボルヘスの最初の短編集 *Ficciones* の本国での出版は一九四四年。その英訳とは別に、英語圏で編集された作品集のタイトルは *Labyrinths*（一九六二）という。

37　一八二九から五二年までアルゼンチンの独裁的指導者だったロサスは、ガウチョをインディオの大量虐殺に駆り立て、これがホセ・エルナンデスの叙事詩『マルティン・フィエロ』の背景をなしている。

中央の権力を散らしてアナキズムにもっていくには、非常時が必要だ…今のこの〈戦争〉な――すごいよ、こいつの威力は、ドイツに千年にわたって繁茂してきた小国をきれいさっぱり拭いさってしまった。**いまは完全にオープンだ**」

「いつまでもつんだい」

「もたない。長いことはない。しかし二、三ヶ月は…まあ、秋が来るまでには終戦になるだろう――おっと失礼（ディスクルペーメ）、秋じゃなくて春だな、北半球にはなかなか慣れない――春のうちなら、短期間ではあっても…」

「うん、だがよ、何をするんだい。土地を抑えてキープしてようってか。彼らに簡単にはじきだされてしまうぜ」

「土地を所有するってことは、そのぶんフェンスを増やすということではないか。そうではなくオープンにしておきたいのだ。われわれの望みは土地が成長し変化するところにある。〈ジャーマン・ゾーン〉が開放されている間は、希望は無限だ」そう言って、突然額をぶつけたみたいに目玉を回し、入り口のドアではなく天井を見上げたのだ――「危険のほうも無限だけどな」

彼らのUボートは今スペイン沖を巡航していて、一日の大半は水面下を潜航し、夜になると浮かび上がってバッテリーを充電し、時々こっそり入港して燃料を補給する。誰からどうやって調達するかという話にエスクアリドーシは立ち入らないが、共和派の地下勢力との間に何年にも及ぶコネクションが――慈悲の共同体が、変わらぬ信念の贈与が――あるらしい。…エスクアリドーシはチューリッヒにいて、理由はともかく彼の「亡命アナキズム」を支援してくれるかもしれない複数の政府と連絡を取り続けている。で、明日ま

38 牛馬を命綱として開拓が進んだ南北アメリカで、バラ線（有刺鉄線）は所有と切り離せないものだった。

でにジュネーヴまで伝言を届けなくてはならない。その先メッセージはスペインを経由して、潜水艦まで届けられるしくみだ。だがチューリッヒにもペロン勢力の密偵がいて見張っているので、ジュネーヴの相棒の名は明かされない。

「その手伝いならできそうだ」指を舐めながらスロースロップ、「だが先立つものが、今のところ足りていない——」

エスクアリドーシが口にしたのは、シュヴァイターへの支払をすませて、スロースロップを何ヶ月も空腹から救うに充分な額だった。

「前金で半分いただけりゃ、すぐにも出発するよ」

アルゼンチンの男は、メッセージと住所と金を差しだし、店の伝票にさっと手を伸ばした。三日後に、ここクローネンハーレで再会する約束をして——「無事を祈る」

「あんたの無事もな」

テーブルに独り残るエスクアリドーシの悲しげな最後の一瞥、掻き上げた前髪、光の薄れ。

それはオンボロのDC-3型飛行機だった。これを選んだのは月光との折り合いのよさ、窓がつくる前面部の顔のやさしさ、内外両側の暗さが理由である。

スロースロップは、積み荷に包まれて丸くなっている。金属の闇黒、骨に伝わるエンジンの振動…進行方向前方の隔壁を通して微かに赤い光が入ってくる。小さな窓に這いよって見れば、外は月光を浴びたアルプスだ。思っていたより小さいもんだ、もっと壮大なのを想像していた、へえ。…かれはソフトな木の削りクズのベッドに今また身を沈め、エスクアリドーシがくれたコルク・フィルターの煙草に火をつけて考える。悪くないもんだぜ、飛行機にとび乗って好きなところに行けるってのも・・・ジュネーヴで降りなくちゃいけないのか、残念だな、どうせなら遠いところへ――スペインとか、いや、あそこはファシストだったな。南太平洋――は、ジャップとGIだらけか。ならば暗黒大陸アフリカか、あそこは土人と象だらけだろ、それとスペンサー・トレイシー[39]・・・

「行けるところはどこにもない、スロースロップ、どこにもだ」その人影は木枠に寄りかかってうずくまっていた。体を震わせている。弱い赤光のなか、眼をこらして透かし見ると、そこになんと、気ままな冒険家リチャード・ハリバートン[40]の、口絵でおなじみの姿があった。だが、妙な具合に変化している。両頬があばたになってその上から新たにひどい発疹が、左右対称に出ているのだ。医学の心得のある目には、ドラッグの作用と映ったことだろう。乗馬ズボンはひき裂かれ、汚れている。その明色の髪はネットリと垂れている。腰を屈めてしずかに嗚咽しているようだ。B級のアルプスを見下ろす嘆きの天使。はるか下方では夜のスキーヤーたちがゲレンデに出て、勤勉にスロープを行き交っている――アクション、アクション、行動あるのみという彼らのファシスト的理想を磨きあげ、完成に近づけているのだ。かつてはハリバートン自身がその理想を、みずからの輝ける存在理由としていた。今はその影もない。

スロースロップは体を伸ばし、床面で煙草をもみ消す。床は天使のように白い木の削りカスだ。これに火が点いたら、一瞬で火だるまになる。歪んだ形でガタガタ飛んでいる飛行機の中でおとなしく寝ているしかなさそうだ。そうだよ、トンマ野郎、あれだけだまされて、まただまされた。リチャード・ハリバートン、ローウェル・トーマス[41]、ローヴァー・ボーイズ[42]、モーター・ボーイズ、兄ホーガンの部屋に積んであった黄色い『ナショナ

39 一九三七年と三八年のアカデミー主演男優賞を連続受賞したトレイシーは、三九年『スタンレー探検記』で、行方不明のリヴィングストン博士を発見するスタンレー役を演じた。

40 一九三九年に北大西洋上の海難事故で死亡している冒険家・人気作家。

41 冒険家、作家、ブロードキャスター。アラビアのロレンスを有名にした男として知られる。

42 どちらの愛国的冒険物語シリーズも、世紀の変わり目から一九二〇年代にかけて二十タイトルほど出版されている。

ル・ジオグラフィック』――みんな嘘をついてたんだ。むかしは誰も――屋根裏部屋の植民地時代のゴーストさえも――嘘だとは教えてくれなかったけど・・・

衝撃、横滑り、旋回。不様な着陸を「パンケーキ・ランディング」というが、まったく、こいつの飛行技術では凧揚げ学校も落第しそうだ。スイスの夜明けの光が小さな窓からさし込んでいる。スロースロップの身体じゅうの関節と筋肉と骨が痛んだ。さてと、出勤の時間である。

無事飛行機から抜けだして、むっつり顔で欠伸をしている早朝の旅客と届け物のエージェントと空港労働者らの群れにまぎれる。早朝のコアントラン空港の一方には鮮やかなグリーンの丘が、もう一方には茶色の街並みが続く。舗道はなめらかに湿っている。悠然と雲が流れる。モンブランが「やっほー」といい、湖も「こんちは」とほほえんだ。スロースロップは煙草二十本と地元の新聞を買い込み、道順を訊くと、やって来た路面電車に乗りこむ。昇降口と窓から眠気をとばす冷気が入りこむ。電車は〈平和都市〉ジュネーヴへ。

接触すべきアルゼンチン人と会うのは、路線からだいぶ離れたカフェ〈蝕(レクリプス)〉だ。玉石舗装の道をたどっていって出た小さな広場には、ベージュの日よけの下に青果を並べた屋台が並び、周囲は各種のショップやカフェ、植木箱、きれいに散水した歩道が取り囲んでいる。路地から犬が走り出てきて、また駆けこんだ。スロースロップはコーヒー、クロワッサン、新聞を手にテーブルにつく。頭上を覆う靄がやがて晴れ、太陽が広場に投げかける影が、彼の近くまで届く。さっきからアンテナは張っているが、見られている気配はない。彼は待つ。影は縮む。日輪は昇り、落ち始める。ようやく男がやってくる。言われた通りの風貌だ。真昼のブエノスアイレスに見る黒のスーツ、口髭、金縁メガネ。口笛のナンバーは、ファン・ダリエンソ[*43]の古いタンゴ。スロースロップはあらゆるポケットを大げさに捜す。エスクアリドーシに使えといわれた札を出して、目を細め、立ちあがり、近づいていく。

　コモ・ノ、セニョール、もちろんです、五十ペソ紙幣、くずれますよ——椅子をすすめ、貨幣、ノート、カードを取りだす。テーブルは紙切れでいっぱいになり、それが徐々に正しいポケットに収まって、しまいに男にエスクアリドーシからのメッセージが、スロースロップにはエスクアリドーシへの返信が、しっかり渡った。これでオーライ。

　チューリッヒへ戻る午後の列車はほぼ眠りつづけ、真夜中、おそろしく暗い時刻にシュリーレンで下車する。中央駅で〈かれら〉が張っている気がしたからだ。ヒッチハイクで市内へ向かい、ザンクト・ペーターホフシュタット[*44]前で降りる。ひとけのない通りの一角、教会の大時計が彼の上にかぶさると、無言の悪意が読みとれた。記憶は、遠い青春時代のアイヴィ・リーグの中庭へと接続する。影が濃すぎていつも時刻が読めなかった時計台。ますます不分明になっていく時の暗がりへ身を委ねてしまいたくなる誘惑。名前のない時間（いや、名前はあるのか、それは……やめろ……**ヤメロ**……）の恐怖を最大限かき抱いてしまいたいという衝動が、かつてないほど強くなって。虚栄だったのだ。昔のピューリタンたちは、それを虚栄と知っていた。彼らは、骨から心臓から、この世の虚しさを意識していた。構内に流れるサクソフォンの柔らかな音（ね）も、白のブレザーの襟元についた口紅も、神経質にくゆるファティマの煙も、ツヤツヤの髪から揮発していくカスティール石鹸も、ミント味のキスも、朝の滴にぬれたカーネーションもみな虚しく、その基（もと）には〈空無（ナッシング）〉しかない。無は迫っていた、夜の明ける直前に、下の学年のイタズラ者らに目隠

43 激しいタンゴ音楽の作曲、演奏によって「ビートの王様」と呼ばれたイタリア系アルゼンチン人。

44 「聖ペーター教会」は千年以上の歴史を持ち、その大時計は教会のものとしてはヨーロッパ最大の大きさ。

しされ、ベッドから引きずり出され、やめろラインハート、戸外へ運ばれていった。秋の冷気と、影と、足下の落葉。そのとき疑念に襲われた。こいつらは本当は誰か別者ではないのか——今この瞬間までのことは何ひとつ現実ではなく、ただおれたちを欺くための手の込んだ見せかけでしかなかったのでは。いま、スクリーンの像は消えた。タイムアップ。エイジェントが、とうとうおまえに追いついたのだ。

空無(ヴァニティ)の再発見の場としてチューリッヒほど適した場所もあるまい。宗教改革の国、百科事典のしんがりに載っている Zwingli の街だ。[*45] いたるところに建つ石碑が思い起こさせてくれる。スパイもビッグ・ビジネスも、この街なら快調に墓石の間を動きまわっていられる。安心しろ、スローストロップ、おまえの昔の学友もここに来ている。大学の中庭でよくすれちがった顔、ハーバードで〈ピューリタンの秘儀〉の仲間入りをした連中だ。支配者〈ヴァニタス〉すなわち〈空無(エンプティネス)〉を敬い、[*46] それを信じて行動すると厳かに誓った級友……その彼らがしかるべき人生設計にしたがって、ここスイスにてアレン・ダレスとその〝情報収集〟ネットワークのための諜報活動を行っている。ダレスの組織は最近では「戦略事務局 Office of Strategic Services」というらしいが、[*47] イニシエーションを受けた者にとってはその頭文字OSSも秘められた意味を持つ。危機が迫ったとき、彼らはマントラとして、心の中で oss ……oss と唱えよとの導きを受けている……oss とは、後期の、崩れた、暗黒時代のラテン語で「骨」を意味する……

翌日、カフェ〈シュトレゲリ〉でマリオ・シュヴァイターと会い、請求の半額を手渡したときスローストロップは、ヤンフの墓のある場所を訊いてみた。ではこの取引はそこで終わらせるとしよう、と決まった。墓は山中にある。

45 フルドリッヒ・ツヴィングリ(一四八四〜一五三一)は、ルターと同世代。チューリッヒの要職にありながら、カトリックの体制と闘い聖書主義の運動を展開した。

46 ハーバード大は徽章に Veritas(真理)の文字を入れている。それを Vanitas(空無)ともじる学生っぽい、と同時にそら恐ろしいジョーク。

47 スイスを本拠地としてナチスに関する諜報を行っていたスパイ組織。

エスクァリドーシは〈クローネンハーレ〉にも〈オデオン〉にも姿を見せない。以後数日、思いついた場所は覗いてみるが会えない。ここチューリッヒに失跡事件が起こらないわけではないが、スロースロップはあきらめず探しつづける。メッセージはスペイン語なので一、二語しかわからないが、誰かに託す場合もあるだろうから、これをしっかり持っていないといけない。それに、まあ、アナキストの信条というやつには惹かれるところがあるのだ。その昔、シェイズの反乱軍がマサチューセッツで挙兵して連邦政府と戦ったとき、反乱軍側に「スロースロップ統御隊（レギュレーターズ）」という隊が結成されて、バークシャーの警備に当たった。*48 連邦軍と間違われないよう帽子に毒人参の小枝を飾った。これに対し、連邦軍兵士が帽子に差したのは白い紙の切れ端だった。当時のスロースロップ家は、紙との関わりは薄く、大規模な木々の殺傷とも無縁だった。生きたグリーンと死んだホワイトとの対比でいえば、まだ前者にくみしていた。後のスロースロップ家では、過去にどちらの側で戦ったのかという認識自体を喪失した。売り渡した、と言ってもいい。で、タイロンも、この一件に関し、世間体のよい無知を保って継承している。

いま彼の後ろから、ヤンフが埋葬された地下を通して風が吹きぬける。このところ何泊かスロースロップはここで野営をしているのだ。持ち金もほとんど尽きて、シュヴァイターが持ってきてくれるはずの情報を待っている。風を避け、うまいことくすねてきたスイスの軍用品の毛布にもぐり込む。眠ることさえできた。「ミスター・イミポレックス」が永眠するその真上でだ。最初の晩はヤンフの霊の訪れを怖れて寝つけなかった。ドイツの科学の魂は、死して後、どんな冷酷無比な反射行動に走るのか。その魂はきっと、無言のニタニタ笑いを浮かべて横たわっている亡骸（シェル）にも嫌がられるだろう……ヤンフのイメージ

その長アレン・ダレスは、戦後OSSがCIAに改組されると、その長官に就任。

48 一七八六年から翌年にかけ、マサチューセッツ州中部と西部で続いた「シェイズの反乱」は、自分たちを苦しめる法律の撤去を求めての蜂起という点で、独立戦争と同じ構図を持つ。ダニエル・シェイズの率いる農民たちはスプリングフィールド市の兵器庫を占拠した。争点のひとつが紙幣の扱いにあったことと、反乱軍が木の枝を目印にしたことは事実通り。ピンチョン家の祖先（アメリカでの元祖ウィリアムから数えて六代目の）ウィリアム・ピンチョンは連邦軍側の少佐として、反乱の鎮圧に当たっている。

のまわりで複数の声が月光とさえずっている。と、一歩一歩、彼が、〈ソレ〉が、〈抑圧されたもの〉が、近づいている。・・・ナンダコレは？　起き上がり、無防備な顔を異国の墓石に向ける・・・エッ、ナニに？　そしてふたたび眠りに落ち・・・ほとんどソレにふれそうになって跳ね起き・・・目覚め、また眠る、その繰り返しで宵の口が過ぎていく。

訪れはなかった。どうやらヤンフは単に死んだだけのことであるらしい。翌朝、腹を空かし洟の垂れたスロースロップの目覚めは、それなりに快適、というかここ数ヶ月なかったほど気分がいい。これでどうやら、テストは合格したようだ。他人に課されたテストじゃなくて、今度ばかりは自分で課したテストにパスした。

眼下の都市が部分的に、朝の光に染まり始める。教会の尖塔、風見鶏、城の天守の白い塔からなる死者の都市（ネクロポリス）、そのマンサード屋根のついた幅広の建物の千個の窓が光をちらつかせる。朝の山々は氷のような半透明感をたたえている。日が高くなるにつれ、青いサテン地の皺ができていくだろう。湖は鏡のように滑らかだが、湖面が映す山や家の輪郭は細雨のような細かな斜線でかき乱されて不思議にぼやけている――アトランティスの、ズッゲンタールの夢のせいで？[*49]　おもちゃの村々、雪花石膏（アラバスター）に着色した生気なき町。・・・スロースロップは身を屈め、山道の冷えたカーブを下りてゆく。戯れに雪を固めて大きなロブを放つ。他にすることがない――それか、スイス中で最後の一服になるかもしれないラッキー・ストライクのシケモクを吸う以外に。

道の向こうから足音。雪靴の金具の金属音。小脇に大きな分厚い封筒が見える。マリオ・シュヴァイターの配達人だ。スロースロップは金を払って、煙草一本とマッチ数本をせびる。別れてから納骨所に戻ったスロースロップは、焚きつけと松の枝の山にもう一度

49 ニーベルンゲンの伝説（その一ヴァージョン）では、ズッゲンタールという町が、金の宝物を秘蔵したまま水没したと語られている。

火をつけて、手を暖めてからデータに眼を通しはじめる。ヤンフの不在が、なにか匂いのように、彼を取り巻いている。慣れ親しんでいるのに名指すことのできない匂いに、いつ暴れ出すとも知れない癲癇質のオーラに包まれているかのようだ。情報がここにある。欲しい情報のすべてではないが（おっと、どれだけ欲しいんだ？）現実的なヤンキーとして期待していた以上の情報だ。この先何週間か、彼には好きなだけ自分の過去に浸る贅沢がゆるされる瞬間も、ごくわずかだがあるだろう。何も読まずにいたほうがよかったと後悔する時間さえできるだろう。

□□□□□□□

白の日曜日（ホワイト・サンデー）[*1]は海辺で過ごそうとポインツマン氏は決めていた。このごろ少し誇大妄想（メガロ）っぽいが、たいしたことではない。"白のおとずれ（ホワイト・ヴィジテーション）"の廊下を快速の足取りでとばしながら抱く印象が——みんな体が固まってしまったみたいで、これは明らかなパーキンソン病だな、頭も体も冴えているのは私だけだ、なんて思いにとらわれるくらいのこと。国は平和を取りもどした。戦勝祭（VEナイト）の晩のトラファルガー広場は、鳩の入る隙間もないほどの人出で、"ホワイト・ヴィジテーション"でもみんな狂おしく酔っぱらい互いに抱き合いキスを浴びせていたのだが、心霊（サイ）セクションのブラヴァツキー派だけは別で、この連中は「白蓮の日」の巡礼に、セント・ジョンズ・ウッド、アヴェニュー・ロード十九番地へ出かけていた。[*2]

　終戦で、休日の催しも復活、ポインツマンにも少々はリラックスする義務感のようなものが生まれもしたが〈危機〉は厳然と存在する。組織の危機にあって、リーダーは常に——たとえ休日気分に浸っていても——手綱を引きしめていなくてはならない。

　軍諜報部のヘマなやつらがチューリッヒで見失ってからというもの、スロースロップに

1　イースターから七週間後のペンテコストの祝日のイギリスでの呼び名。新たに洗礼を受けたクリスチャンは白いローブに身を包む。一九四五年は五月二十日だった。

2　ドイツが正式に降伏した五月八日のVEデイは（ピンチョンの誕生日であるだけでなく）、神智学の創唱者ブラヴァツキー夫人（一八三一〜九一）の命日で「白蓮の日 White Lotus Day」と呼ばれる。この住所はブラヴァツキー最晩年の

関するニュースは一ヶ月近くも入っていない。〈社〉（ザ・ファーム）のやることにポインツマンは、もはやうんざりだ。あれほど巧妙に仕組んだことなのに、失敗するもんだろうか。クライヴ・モスムーンらと練った当初の計画は、鉄壁と見えた。スロースロップをカジノ・ヘルマン・ゲーリングから逃走させ、その後はPISCESでなくシークレット・サービスの監視下におく。経費削減策だ。このプロジェクトが始まって以来、監視にかかる費用の問題は、財政全体の荊冠（けいかん）の中でも、突出した苦痛をもたらすトゲだった。たかが経費のことで、偉大なキャリアが潰えていくというのか・・・その前に、スロースロップのことで正気を失わなければの話であるが。

　ポインツマンは失策をおかしたのだ。テニスンの詩のように「誰かがしくじった（サムワン・ハド・ブランダード）」＊3と言えればいいのだが。しかし、ハーヴェイ・スピードとフロイド・ペルドゥー＊4の英・米人ペアに、スロースロップの性の冒険のランダムなサンプルを与え、その実地調査の権限を与えたのはポインツマン、彼以外の誰でもない。予算的にも問題なく、厄害の生じるはずもないことだった。英米混成のふたり組は、さながらオズの国のマンチキンのごとく、ほとんどスキップしながら、エロティックなポアソン分布の中へ跳ねていった。ドン・ジョヴァンニのヨーロッパ地図――イタリアで六四〇、ドイツで二三一、フランスで一〇〇、トルコで九一、スペインでは、それが、なんと、一〇〇三！＊5――これがそのままスロースロップのロンドン地図だ。さてその愛欲の地に出かけていったふたりの密偵は、心なき快楽（マインドレス・プレジャーズ）の香りにすっかり感染してしまい、午後はひねもすレストランの庭園に腰を据え、菊の花のサラダやマトンのキャセロールをつっつついたり、果物の並ぶ前で戯れあっている。

――「おーら、スピード。カンタロープ！　こいつにお目にかかるのは三期目以来だぜ＊6

の住まいで、神智学協会ヨーロッパ支部局となっている。

3　引用は「軽騎兵旅団の突撃 The Charge of the Light Brigade」（一八五四）より。

4　Perdu は英語では「パードゥー」と読むのだろうが、監視人の名前が「見失った」を意味するフランス語に似ている点にも注目。

5　モーツァルトの歌劇『ドン・ジョヴァンニ』では、主人公の遍歴のようすが国別の女性の数で示される。

6　ローズヴェルト米大統領の三期目は、この年一九四五年の一月まで。

――うおお、この匂い、嗅いでみな、こたえられんなあ！　カンタロープ一個どうだ、スピード？　おい、ほら」

「エクセレントだね、ペルドゥー、エクセレントだ」

「お、おー……おまえどれがいいんだ？　一個選べよ」

「一個？」

「そうさ。こいつ――」悪漢が怯えた少女の顔をつかんで手荒にねじ向けるようにして、メロンの顔を相棒に差し向ける。「こいつはおれが選んだ一個、だろ？」

「あれ？　ふたりで食べるのかと――」と、いまなおペルドゥーのメロンとは認めがたいそれに向けて弱々しく手振りする。メロンの凹彫の皺模様から（クレーターだらけの月面に女の顔が浮かぶみたいに）囚われの女の顔が現れてきた。伏し目の表情、上瞼はまるでペルシャの天井……

「いやいや、おれは、いつも――」ペルドゥーにとってはなんともバツの悪いことになった。リンゴを食べてしまったり、口の中にブドウを放りこんだ後で、その釈明を求められているみたいな。「そのさ、つまり、なんていうか、食べるのよ……まるごとさ」と、そういって、エヘヘと（本人の期待するところでは）フレンドリーに笑ってみせる。このやりとり、どう見てもオカシイよと、やわらかく伝えられないかと願ってのこと――

――なのだが、スピードは相棒の笑い声を、情緒不安定さの表れと見てしまう。なにしろこのいささか反っ歯気味の骨張ったアメリカ人が、イギリスの家々をひょいひょい訪ねて回るさまは、風になびく街頭のあやつり人形のようなのだ。スピードは首を振りながら、結局自分のカンタロープ・メロン丸々一個を選ぶのだが、気がつけば支払い役が自分になっていた。それも途方もない額だ。たちまちペルドゥーの後を追って駆けだした。ぴょんぴょん、トゥララ、ドタン——で埒があかない。

「ジェニーですか？　いいえ——ジェニーという名の子はいないわ」

「ジェニファーさんか、あるいはジュヌヴィエーヴさんは？」

「ジニー嬢？」（データの綴りが違っていたのかもしれないし）「ヴァージニア？」

「ねえ、お兄さんたち、お楽しみが欲しいんだったら」戸口の女はニタリとする、赤ら顔いっぱいの笑みから、〝まあオハヨー、すばらしくグッドなモーニングですわね〟の声が響き渡ってきそう。その笑顔の太さは、ふたりの男を包みこむに充分だ。ふたりとも口で笑って体で震えている。このご婦人は母親ほどの年齢——であるばかりか、ミセス・ペルドゥーとミセス・スピードの最悪の特徴を兼ね備えた合同の〈マザー〉たりうる存在なのだ。いや「たりうる」どころか、今ふたりの目前でその実物に変身した。難破の海には妖婦が多いというけれど、ここにも水気も色気もたんまりの誘惑女が現れた。ポカンとみつめるヘナチョコ捜査員が、彼女のオーラに引きこまれていく。人目をはばからないウィンク、ヘナで染めた髪の金属的な艶、レーヨン地に描かれた情熱の花（パッション・フラワー）——彼女の紫の眼の狂気（ルナシー）にヨロヨロ屈しそうになる一歩手前で、彼らは罪の意識のノックに応えた。自分らはここに何をしに来たのかを思いだした。スロースロップの逸話ゾーン、毎週の遍歴の観察（Slothropean Episodic Zone, Weekly Historical Observations：略称 SEZ WHO（ダレがいった））の仕事にかからなくてはならない——その意識が、道化師の変装をして、頭の中から飛びでてきたのだ。下卑た、しまりのない道化師だ。無言のまま体液を話題にしたジョークをかませる。禿頭で、両方の鼻の穴から鼻毛の滝が落ちていて、それを三つ編みにし小さなアシッド・グリーンの蝶ネクタイで結んでいる——そいつが、サンドバッグの山をまたぎ、幕が降りる直前にドタバタと駆けこんできて、息が戻るひまもなく耳障りなかん高い声でふたりに念を押す。「ジェニーも。サリー・Wも。シビルも。アンジェラも。キャサリンも。ルーシーも。グレッチェンも。誰も見つけていないんだぞ。おまえら、いつになったらわかるんだ、いつになったら現実を見るんだ、え?」

「ダーリーン」もいない。その報せが入ったのが昨日のこと。ふたりはクォード夫人の住居までその名をたどっていったのだが、この派手な身なりの若々しい未亡人は、「ダーリーン」などという名前を子供につける親がこの国にいるもんですか、とまで言い切った。「ご愁傷さま(ドレッドフリー・ソリー)」とのことだ。このクォード夫人、ペディキュアもこってりとしたメイフェア地区に暮らす有閑マダム[*7]で、その一角から抜けだした密偵ふたりはほっと一息ついたのだった…

いつになったらわかるんだい? いや、ポインツマンにはすぐにワカルのだが、そのワカリ方というのがただならない。寝室に入った瞬間、誰かに飛びかかられるのがワカルときの感じ。天井の片隅に、マヌケな死の笑みを浮かべた巨大なウツボが潜んでいて、そいつが、こちらの無防備な顔めがけて飛びかかる。そいつの声は恐ろしいことに、引きのばされた人間の声、**セックスに喘ぐ声**だとわかるのだ…

要するにポインツマンは、悪夢から眼をそむけるのと同じく反射的に問題を避けているのだ。しかしこれが空想ではなく、ゲンジツだったとしたら…

「まだデータが揃っていない」この点はすべての陳述において、まず強調しておかなくてはならない。「われわれは認めるにやぶさかでないが、初期のデータにおいては」いい

7 スロースロップが訪ねたイースト・エンドの家の病気持ちのおばさんのイメージとは明らかに異なる。

か、誠実さを振りまく、「スロースロップ中尉の地図に登場する名前が、彼のロンドンにおける行動としてわれわれが時系列上に確定しえた事実集合と一致を見ないケースが一定数存在する。もちろん、現時点（ソー・ファー）において、だ。これらは、ほとんどすべてがファースト・ネームであって、いわばYのないX、縦軸のない横軸のようなものであるから、〝きわめて遠い（ツー・ファー）〟といっても、どの程度遠いのか知るのはむずかしい。[*8]

もう一点。スロースロップの星印の多く——そのほとんどであってもいいのだが——いつか遠い将来において事実ではなく性的幻想を示しているにすぎないことが証明されたとしたらどうか。そうであっても、われわれのアプローチの有効性が脆弱化することはあるまい。ジークムント・フロイトにしても、初期のウィーン時代、よく似た蓋然性侵害の問題に行き当たった。〝パパがあたしをレイプした〟というような数多くのストーリーは、たとえ実証のレベルでは虚偽であろうとも、臨床のレベルでは間違いなく真実であろう。このことは明確にしておきたい——PISCESでわれわれがかかわっているのは、かなり厳密に定義された、臨床的真実である。それ以上に広義の作用因を求めることはしない」

ここまで、ポインツマンはひとりで重荷を背負ってきたのだ。フューラーの孤独。[*9] スロースロップという、共にスターダムへ上りつめるべき黒子の相棒から差す光線を感じるときには力がみなぎる…だがそれを他人とシェアすることは望んでいない。今は、まだ、だめだ…

彼のスタッフ・ミーティングはこのところ日を追ってひどく無意味なものになってきている。すでにドイツは「降伏」したのだから、「降伏促進のための…」というPISC

8 スピードとペルドゥーについての回想を含め、この節で語られるポインツマンの想念には、精神病の症状が露わだ。

9 「リーダー」の意味で、ふつうヒトラーを指す。

ESの名は変えるべきだとか、レターヘッドはどうするとか、些末なことにばかり時間が割かれる。政府側を代表してシェル・メックス・ハウスから来ているデニス・ジョイントの意向は、このプログラムを〈SPOG〉[10]の傘下に収め、ロケットの部品回収を司る〈バックファイア作戦〉の付属機関として位置づけたいというものだ。それの本部はクックスハーフェンの沖合、北海の海上にある。二日に一度は、どこかしらからPISCESの統合、いや解散という話さえ舞いこんでくる。最近のポインツマンは、「朕は国家なり（レタ・セ・モア）」の精神モードに容易に落ちこむようになった——他に誰が何をしているというのだ。このワタシひとりが組織をまとめているではないか——しばしばワタシのむきだしの意志だけによって…

当然ながら、シェル・メックス・ハウスはスロースロップの失踪を知って大慌てだ。何しろA4について（のみならずA4について大英帝国がどこまで知っているかについて）知りうることのすべてを知っている男が、自由に泳ぎまわっているのだ。チューリッヒにはソヴィエトの諜報員がうようよしている。スロースロップがすでに彼らの手に渡っていたら？　ソ連は春にペーネミュンデを占領した。ロケット製造の中心地ノルトハウゼンもソヴィエトの手に渡るということは、ヤルタでの取り引き[11]で決まっているらしい…

少なくとも三つの機関——VIAM、TsAGI、NISO[12]——に加えて他の人民委員会（コミサリアート）出身の技術者たちが今も、東側へ連行すべき人間と機械のリストをもって活動している。SHAEF勢力圏内では、米陸軍の兵器部門と、対抗する無数の研究チームが目に入るかぎりのあらゆる物の収拾に余念がない。すでにフォン・ブラウンをはじめとする五百名の身柄を確保し、ガルミッシュで拘束している。[13]彼らの手にスロースロップが落ちたら、ど

10　「特殊発射体事業グループ Special Projectiles Operations Group」は、ドイツの科学技術を計画的・組織的に「回収」する目的で、米英共同の諜報組織CIOSの傘下に、ちょうどこの頃誕生した。「バックファイア作戦 Operation Backfire」とは、V2の部品を回収してロケット打ち上げを目指すもので、この年十月には、クックスハーフェンから三機の打ち上げを成功させた。アメリカは「ヘルメス計画 Project Hermes」のもと、ニュー・メキシコ州の砂漠へ、部分的に組み立て終わった百機のロケットを持ち去った。

11　チャーチル、ローズヴェルト、スターリン

ういうことになるのか？

　危機に輪を掛けて、メンバー離脱の問題がある。ロッロ・グローストは心霊研究協会に戻っていったし、トリークルはクリニックを開業した。マイロン・グラントンもフルタイムのラジオ・パーソナリティに復帰。メキシコも離れつつある。カッチェ・ボルヘジアスは相変わらず〈夜の女王〉のお勤めを果たしているが、准将が健康を害したことで（老いぼれめ、せっかく与えた抗生物質を飲み忘れたか。そんなことまでポインツマンが心配せねばいかんのか）不安を募らせている。むろんゲザ・ロージャヴェルディはいる。狂信者。ロージャヴェルディはけっしてプロジェクトを離れることはないだろう。

　というなかで計画した海辺の休日。メンバーが、ポインツマン、メキシコ、メキシコの彼女、デニス・ジョイント、カッチェ・ボルヘジアスの五人になったのは、政治上の理由が大きい。縄底の靴をはき、戦前の山高帽（バウラーハット）をかぶったポインツマンは口元に稀有な笑みを浮かべている。天候は理想とはほど遠い。空は曇り、午後遅くには風も冷たくなりそうだ。遊歩道には、グレイの鉄のガード下から出てくる豆自動車（ドッジェム・カー）のオゾン[14]の匂いが、行商人が売り回る手押し車のエビ・カニや、潮の香りと混じり合う。小石の浜辺は家族連れでにぎわっている。靴を脱いだ父親はラウンジスーツと白いハイカラー。母親は戦争中の樟脳の眠りから眼をさましたブラウスとスカートをまとい、子供たちは思い思いのサンスーツ、ナッピーズ、ロンパース、ショートパンツ、ニーソックス、イートンハットに頭や胴や尻や足を包んで駆けまわっている。アイスクリームとスイーツとコカ・コーラ、ザル貝（コックル）とオイスターとシュリンプには塩とソースがかかっている。熱狂した軍人たちと連れの女が覆いかぶさるピンボール・マシンが身をくねらせる。人間がボディ・ラングイッジを投げつけ、

による連合三ヶ国首脳会談は、この年二月に開かれた。

12 それぞれ「飛行体についての全連邦機関」「中央空気流体力学研究所」「航空機器のための科学研究所」。他のコミサリアートの技術者も、ロケットの科学技術の諜報に集中的に駆り出された。

13 ヴェルナー・フォン・ブラウンは五月二日、部下の研究スタッフ全員を連れ、自ら選んでアメリカ軍に投降した。ガルミッシュ・パルテンキルヒェンは、バイエルン州のアルプス山麓の町。

14 電気で走るバンパーカーは、モーター内で繰り返される火花によってオゾンを発生させる。

罵倒し、うめく一方で、光る鉄球は木製の障害コースをゴロゴロと転がり、カチャーン、ピカピカッ、フリッパーがダン・ダダン。ロバがヒーンといなないて糞をすると、子供はそれを踏みつけ、親が悲鳴を上げる。縞模様のキャンバス地の椅子に深々と沈みこんだ男たちのまわりでは、ビジネスとスポーツとセックスの話に花が咲くが、一番人気は政治の話題。オルガン弾きがロッシーニの『泥棒かささぎ』序曲を奏で（ちなみにこの曲は、後にベルリンでふれるように、[*15]ひとつの音楽史的頂点をなすのだが、人びとはその事実を無視して、意志の伝達のレベル以上に深まることのないベートーヴェンの音楽を好むのだ）、今ここで小太鼓も金管楽器も響かないメロディはしっとりと希望にあふれ、ラベンダー色の夕暮れとステンレス鋼のパヴィリオンを約束する。あらゆる者に貴族の地位と、あらゆる種類の無償の愛を約束する……

今日は仕事の話をせずに、会話の自然(オーガニック)な流れにまかせる。その中で、みんなが本心を漏らす瞬間を待つ――これが今日のポインツマンの作戦だ。だが、うちとけないのか、自制しているのか、集めた仲間の口は重い。会話はミニマル。デニス・ジョイントはスケベそうな薄笑いをカッチェに向け、ときどきロジャー・メキシコを疑り深そうに睨む。そのメキシコは、ジェシカと何かあったようで――この頃トラブルの頻度が増している――今日のふたりは互いに眼も合わせない。カッチェ・ボルヘジアスの視線は海の向こうへ行ったきりだ。この娘が何を考えているのか、一向に見えてこない。彼女にどれだけ人を動かす力があるのかは知らないが、それでもポインツマンは彼女に怖れを抱いている。いまも知らないことが多すぎるのだ。さしあたっての不安は、パイレート・プレンティスとの関係だろう。プレンティスは何度か〝ホワイト・ヴィジテーション〟にやってきて、カッチェ

15 下巻86ページからロッシーニ好きとベートーヴェン好きによる論争が始まる。

に関するかなり具体的な質問をしていった。最近、ＰＩＳＣＥＳの新しい支局がロンドンにできてからは（すでに「〈第十二宮(トゥウェルフス・ハウス)〉」というばかげた渾名[16]がついたというが、あのワルガキのウェブリー・シルバーネイルか誰かの仕業だろう）、プレンティスはよく出没して付近をうろつき、秘書に色目を使ってはファイルをのぞき見ようとした。……何なのだろう？　〈ファーム〉は、ＶＥデイを乗りこえて、新たにどんな死後の生(アフターライフ)を見いだしたというのか。プレンティスは何を求めて……何を賭けているのか？　このボルヘジアスに恋しているのか？　この女も、恋(ラヴ)に落ちることがありえるのか？　ラヴ？——聞いただけで叫びたくなる、この女にとってラヴとはいったい……

「おい、メキシコ」若い統計専門家の腕をつかむ。

「えっ？」妨害されたロジャー。ほっそりした背中にＸ字のストラップがかかる花模様のワンピースを着た、ちょっとリタ・ヘイワース[17]的な美貌に目をやっていたのに。

「なあメキシコ、わたしはいま幻覚に襲われている」

「えっ、そう、幻覚ですか。いったい何が見えるんです？」

「メキシコ、見えるのはな……えーと、だな……馬鹿を言うな、わたしには見えてはおらん。聞こえるんだ」

「じゃ、何が聞こえるんです」ロジャーの声はややむかつき気味。

「『じゃ、何が聞こえるんです』っていうきみの言葉が聞こえる。それが気にいらん！」

「どうしてです？」

「どうしてかって、それはだな、わたしの幻覚がどれだけ不快だろうと、きみの声を聞かされるよりはずっとましだからだ」

16　双魚宮（パイシーズ）は黄道十二星座の十二番め。

17　この時期、フレッド・アステアに続いてジーン・ケリーも共演（『カバーガール』一九四四）したトップスターのヘイワースは、戦場のピンナップ・ガールとしての人気もトップだった。

このふるまい、ただでさえ衆目を集めるだろう。それが通常正しいふるまいしかしないポインツマンなのだから、みんなの頭の中で回転していたパラノイアも一時停止を余儀なくされる。そばには「ホイール・オブ・フォーチュン」。そのスポークを通して景品が見える。ラッキー・ストライク、キューピー人形、キャンディ・バー。

「ほら、きみはどう思う?」逞しいブロンド男のデニス・ジョイントが、膝ほどもある肘でカッチェをつつく。職業柄、この男は瞬時のうちに交渉相手の値踏みをする。カッチェのことは、お楽しみが好きな愉快な子と思いこんだ。そう、リーダーになれる器、まちがいなく。「あの人、急にアタマがおかしくなったのかな」声をひそめ、スポーツマン風パラノイアのニタリ笑いを偏屈なパヴロフ主義者の方向へ向ける——のだけど、直接ぶつけるわけではない、相手がこんな精神状態でいるときに、目と目を合わせてしまったら命取りだ…

いっぽう、ジェシカはお得意のフェイ・レイのポーズ[*18]をとりはじめた。一種の防衛的麻痺というか、ウツボに天井から飛びかかられたときの反応にも似ている。だがジェシカを襲おうというのは、巨大な類人猿の握りこぶしだ。安全で侵されえないと思っていたその部屋に白く差しこむニューヨークの電光…黒い剛毛、魂の必要が、悲劇の愛が動かす腱に対しての…

「そうなのですよ、みなさん」映画評論家のミッチェル・プリティプレイスが全十八巻の決定版『キング・コング研究』の中で述べている、「コングはその女を心から愛していた」と。そのテーゼから出発して、プリティプレイスは一滴の水も漏らさぬ分析を行った。カットされたシーンも含めたすべてのショットをくまなく調べて象徴性を探査し、エキスト

18 ジェシカが『キング・コング』の女優の演技を真似るのは二度目。一度目は114ページ。

ラから小道具係、果ては特殊効果技術班を含む関係者全員の履歴を掘りおこし・・・さらには〈キングコング・カルト団〉（このメンバーシップの条件が、作品視聴百回以上、プラス八時間に及ぶテストに合格すること）の会員たちとのインタヴューも入れた。・・・それでも充分ではないのだ。世に「マーフィーの法則」というものがある。そう、ゲーデルの不完全性定理[*19]を、アイリッシュ・プロレタリアート流に無骨に言い換えたやつ。**あらゆる点にチェックを入れて、万事順調、突発事故など起こりえない・・・というときにも、きっと何かが起こるという法則。**プディング准将の『ヨーロッパ政治において起こりうること』の一九三一年（といえばゲーデルの定理が出た年）の版では、あらゆる可能性の順列組み合わせを網羅したはずなのに、ヒトラーの登場に関してはまったくふれられなかった。いくら遺伝の法則を確立したといっても、突然変異は生じるのだ。A4ロケットのような決定論的な工学の産物から、〈Sゲレート〉のような、スロースロップが聖杯のように思って追い求めるものがひょっこり出てくるのも同様。さらにいえばニョッキリと世界一の高さに勃起したビルのてっぺんから堕天使ルシファーのごとく墜落した黒き「身代わり(スケープ)類人猿(エイプ)」が、時充ちて産みおとした子供たち、すなわち〈黒の軍団(シュヴァルツコマンド)〉の面々が、いまなおドイツ国内をかけめぐっているだろうとは、ミッチェル・プリティプレイスにしても予見できなかったであろう。

　ＰＩＳＣＥＳではこんな話が広く信じられている――〈シュヴァルツコマンド〉は、今はなき〈ブラックウィング作戦〉が、白日のもと、大地の上へ〝呼び出して〟しまった悪霊だ、と。心霊(サイ)セクションの連中は、しばらく大笑いしただろう。黒人のロケット発射隊が実在しただなんて。去年の敵を怖じ気づかせるために考案された架空の物語が、文字通

19　完全無欠と思える論理体系に必然的に穴がありうることを、クルト・ゲーデルが論理的に証明した定理。

りの真実だったなんて。出してしまった霊を、今から瓶に戻す方法はない。呪文の綴りを逆にして唱えようにも、誰一人その全体を知らない、チームワークというのはそういうものだ。……ともかく「黒い翼」にまつわる最高機密文書を捜してみよう、そうすればいったいどこで何が起きたのか、ぼんやりとでも想像がつくかもしれない、と、よくよく捜してみたところで、奇妙なことに、特に枢要な文書にかぎって紛失していたり、作戦終了時以降の日付で書きなおされているのがオチだろう。今となっては呪文の作りなおしは不可能だ。もちろん、エレガントでバッドな詩的推論が出てくるのは毎度のことだ。だが初期の推測さえ、虫食いまたは全面黒塗りになるにきまっている。たとえば、フロイト派のエドウィン・トリークルの一派（最終的には同じフロイト派でも少数派の心霊セクションの精神分析一派と仲たがいを始める）が提出した試論も、跡形なく消されるだろう。その研究は、死者に憑かれるというよくある現象の定量的把握の基盤を探る意図で始まった。しばらくして、転出願いが提出されたり、「最近ここはタヴィストック・インスティテュート[20]みたいだな」という悪口が地階ホールのそちこちでささやかれたり。クーデターの幻想がわき起こる。その多くは壮大で絢爛たるパラノイアで、錠前職人や溶接工が流入し、オフィス用品は謎の消失、加えて断水や暖房停止の事態も招いた……けれども、トリークル一派はフロイトの、さらにはユングの思考枠への執着をやめない。そんな彼らのもとに〈シュヴァルツコマンド〉が実在するという知らせが入ってきたのがVEデイの一週間前。ひき続き巻き起こった非難と怒号と神経衰弱の渦、および詳述すべからざる悪趣味な事態の中で、実際誰が誰に向かって何を言ったかという個々の記録は喪失したけれども、誰かの記憶によれば、ギャヴィン・トレフォイルが、クリシュナ神のような青い色の肌をして、[21]

20 第一次大戦直後に設立させた精神衛生研究所で、イギリスでのフロイト、ユング派分析医の牙城。

21 皮膚のピグメントを自在に調節できるキャラクターだが、283ページでは彼の能力について「オートクロマティズム」

装飾的に刈りこんだ樹木の間をスッパダカで駆けぬけ、その後を、斧を手にしたトリークルが追いかけてきたという――「巨大な類人猿(エイプ)といったな、だったら見せてやる、巨大エイプとはな……」と叫びながら。

　実際、彼は人を選ばずそいつを見せようとする。われわれが見たいわけはないのに。純真なトリークルは、同じ部局で同じプロジェクトにかかわった者は、革命の同志のように、全員が自己批判にさらされるべきだと考えているのだ。相手の感情を害する意図があったわけではない。ただみんなに――みんな育ちのよい連中だから――示そうとしたのだ、黒さに対する自分らの思いは、糞便に対する感情と結びついていること。そして糞便への感情が腐敗と死への感情と一体化していること。彼自身にとってそれは明白な事実なのに……なぜ連中は耳を貸そうとしない？　なぜ彼らは認めようとしない、みずから抱えこんだ抑圧こそが魔法の力を呼び戻したのだと。ヨーロッパ文明が倒錯を突き進んで疲弊していく中で失った魔術を使って、現実に、生きた姿の人間たちを生みだしたのだと。それも（最精鋭の諜報によれば）本物の、生きた武器をもつ人間をだよ。ちょうど、ほら、ペネロピー、生前は一度も一緒に寝たことのない死んだ父ちゃんが、夜な夜なベッドにやってきて、きみの背中に体をすり寄せてくるみたいな……それとも流産した赤ちゃんが夜泣きをしてきみを起こし、幽霊の唇できみの乳房に吸い付くようだというべきか……そう、これらの連中は実在し、生きているんだ、きみが〈巨大類人猿の手〉の中で叫んでいる間にも……だが向こうを見やれば、ずっと適任なのがいる。運命の輪(ホイール・オブ・フォーチュン)の下を、クリーム色の肌をしたカッチェが、いまにも浜辺を駆けて、比較的穏やかなローラー・コースターの中へ消えようとしている。これはポインツマンの幻覚だ。彼は心の制御を失った。カッチ

という言葉が使われている。これは元来二十世紀初頭にリュミエール兄弟が開発したカラー写真技術。トレフォイルの皮膚もRGB三色の色素を配合して「青」にも「赤」にもなれるのかもしれない。

ェを完全に手中において制御するはずの当人が。ならばカッチェはどうなる？　狂った制御に操られるままか。ひどい話だ。情味のあるブリツェロ大尉の革鞭と苦痛の世界にいたときも、こんな恐怖を味わったことはなかった。

ロジャー・メキシコはこれを、自分への仕打ちととる。なんだよ、おれはあんたのために動いてるんに・・・

現実からのたがが外れたポインツマン氏は、この間ずっとある声を聞いていた。その妙になじみのある声の持ち主を、〈戦争〉報道によく出てくる顔と結びつけて想像したことがあった。

「いまおまえのなすべきことを伝える。メキシコを確保せよ。いまほど彼が必要なときはないぞ。歴史が終焉するというおまえの寒々しい懸念はすっかり癒され、過去の悪夢としておまえの伝記の一部となった。だがアクトン卿は常日頃なんと言っておったか。歴史の織物は、無垢な織手が織るのではない[*22]ということだな。そこにいるメキシコの恋人は、おまえの企画全体にとっての脅威だ。彼女と別れずにいるためなら、メキシコは何だってしかねない。いくら彼女が嫌な顔をし、ひどい言葉を吐いたとしても、結局、彼は後を追って消えてしまうだろう。軍職を去って市民の間に紛れてしまえばもう探せなくなる。いま動かないと大変だぞ、ポインツマン。〈バックファイア作戦〉がＡＴＳの女性陣を〈ザ・ゾーン〉へ送りこんでいる。ロケット・ガールズといってな、クックスハーフェンの試射場では秘書としてだけでなく、専門的な仕事の補佐もしている。このデニス・ジョイントに頼んで、ＳＰＯＧ本部に一言耳打ちしてもらうだけでいい。そうすりゃこの娘は、おまえの邪魔をしなくなる。メキシコは騒ぐだろうが、それも一時（いっとき）のこと、うまく導けばさび

22　「権力は腐敗しやすく、絶対的権力は絶対に腐敗する」という一文の後に続く、歴史家ジョン・アクトン卿の言葉。初出はクレイトン司教への手紙（一八八七）。

しさをガソリンにして〈滅私の精進〉をするだろう、違うかね？　サー・デニス・ネイランド・スミスは若い時分のアラン・スターリングに何と言ったか。アランのフィアンセが悪辣な黄色人種の手に落ちたときのことだ。憶えているか、『わしにも憶えがある、スターリング、身を焼かれるような痛みだろう。だが、火傷に一番よく効く軟膏は、職務への埋没なのだよ』と。わかるね、われわれにはわかる、だろう？　このネイランド・スミスの表すものが何であるか*23」

「わかるぞ」ポインツマンが声を発した。「だがあんたにわかっているかどうかは疑問だな。なんとなれば、あんたが誰であるのかわからないからだ」

　いきなり噴き出たこの言葉に、まわりの者は不安を隠せない。警戒の表情をあらわにして後ずさり。「医者を捜したほうがいい」とつぶやきながらデニス・ジョイントがカッチェに目配せする——まるで金髪でクルーカットのグルーチョ・マルクスみたいだ。ジェシカはさっきの不機嫌も忘れてロジャーの腕をとる。

「ほおら言った通りだ」声がまた始まった。「あの女、おまえに対して彼を守っている気だ。さあ、今こそ稀有な機会ではないか。東と西を一身に体験するチャンスなど、そうあるものではないぞ、ポインツマン。今おまえはネイランド・スミスとして職業倫理を説く立場と、フー・マンチューになって、若い女性を意のままに操るパワーを兼ね備えているのだよ。どうだね、ヒーローと敵の両方同時に体現するというのは。わたしならすぐに飛びつくね」

「しかしあんたはわたしじゃない」などと言いかえしそうになってポインツマンはかろうじて気づいた。まわり中、皿のような目で自分を見ていた。「いやあ、ハハハ」とごまか

23　東洋の悪の首領フー・マンチュー博士に対峙するロンドン警察の刑事が、ネイランド・スミス。言及されているのは *The Trail of Fu Manchu*（一九三四）で、刑事の友人の娘——その恋人がアメリカ人青年のアラン——がフー・マンチューの一味に掠われたという設定。

して、「独り言を言ってしまった。ちと——なんというか——エキセントリックかな、ハハハ」

「陽と陰だよ」例の声がささやいている、「陰陽の巴なのだ・・・」

第三部　イン・ザ・ゾーン

ねえトト、ここはもうカンザスじゃないような気がするわ。

——ドロシー、オズの国に着いて

□□□□□□□

氷の聖者(アイス・ハイリゲン)たちの日々をわれわれは無事に乗り越えた——聖パンクラティウス、聖ゼルヴァティウス、聖ボニファティウス、そして「冷たい(カルテ)ゾフィー」[1]……葡萄畑の上の雲の中から彼らは冷気を吹きつけ霜を降らし、今年の収穫を破壊してやると意気込む。情容赦ない聖人たちは、年によっては（特に戦争の年が酷い）無慈悲で気短かで、尊大に勝ち誇る。聖人らしくないどころかキリスト教徒らしくもない。葡萄園の農夫や摘み手、ワイン愛好者は祈るしかない。だが祈りが届いたとして、聖者たちがどう思うかはわからない——荒々しく笑うか、異教徒風に腹を立てるか。五月の革命勢力から冬の体制を守り抜こうとする武官たちの胸中など知りようがないではないか。

聖人たちが今年見いだしたのは、平和が戻ってほんの数日後の田園風景だ。ドラゴンの歯[2]や墜落したスツーカ爆撃機の機体、焼かれた戦車の上に、すでに緑の蔓が勢力を盛り返している。太陽は丘陵を暖め、河川の水はワインのようにきらめき落ちる。聖人たちも蛮行は控えたようだ。夜も温和、霜はなし。まさに平和の春であって、これで神様が百日間の陽光をお恵みになるなら素敵なヴィンテージ・イヤーになるだろう。

1　五月十二日からの四日間がそれぞれの聖人の祝日。遅霜の季節と重なるので「氷の聖者」と呼ばれる。

2　戦車の進入を食い止めるための強化コンクリートの列。それを神話風に見立てている。

南に広がるワインの里に比べ、北のノルトハウゼン[*3]は、氷の聖者に対し、より警戒が必要だが、ここでも季節の進みは順調だ。スロースロップが乗りこんできた早朝、町の上空から雨が途切れとぎれに吹きつけていた。裸足の足の裏はマメがつぶれ、上から新しいマメができているが、濡れた草が冷やしてくれる。山上が日に照らされだした。靴は盗まれてしまった。スイス国境からたくさん乗りついだ列車のどれか、ババリア地方のどこかでぐっすり眠っているときに、どこかの流民[*4]が、夢より軽い指先でヒュイと持ちさっていったのだ。代わりに赤いチューリップの花を足の指に挟んでいった。スロースロップはチューリップを示しとして受けとめる。カッチェを示すサインとして。

〈ゾーン〉[*5]では彼のまわりに示し（サイン）が群れるだろう。先祖たちも身近に登場する。まるで〈暗黒のアフリカ〉に原住民の研究に行って、彼らの古くさい迷信に引きこまれたみたいなことになる。いや実際、妙なことに、先だっての晩スロースロップは、生まれて初めてアフリカ人と出会ったのだ。月光の下の貨物列車の屋根の上で。言葉を交わしたのはたったの一、二分、というのも背後でデュエイン・マーヴィ少佐が貨車から転がりおちて、線路脇の小石だまりをドッタバッタと弾んで谷間へ転がっていったからなのだが、もちろんそのときヘレロ族の先祖信仰の話など、ひとつもしていない。それでも自分の先祖様を近くに感じるようになった。〈ゾーン〉に包みこまれ、物事の境目（ボーダー）がぼやけてきたからだろうか。バックルつきの黒衣を着た彼自身の白人・アングロサクソンの先祖様。敬虔なプロテスタントで、木々の葉っぱの揺らぎの影にも、秋のリンゴ園に寝そべる牛にも、かしましい神の声を聞いていた・・・

カッチェを示すサインもあれば、彼女の分身も登場した。ある晩彼は廃屋となった屋敷

3 ハルツ山の南のふもとに位置する町。直訳すると「北の家」。

4 「流民」はDP（displaced persons）に対する訳語。戦争や迫害によって居住地を追われた「難民」たちのことだが、文脈によっては「棄民」とも訳す。

5 占領されたドイツは東側をソ連軍、西北をイギリス、西南をアメリカとフランスの軍に占領統治された。スロースロップは現在アメリカの占領地、翌月にはソ連の占領地へと移動する。

の子供用のプレイハウスに入り込み、瑠璃（るり）の眼をした人形のブロンドの髪を火にくべた。その瑠璃の眼を彼はポケットにしまい込み、数日後それと交換で車にのせてもらって、茹でたジャガイモを半分もらった。犬が遠くで吠え、南風が樺林を吹き鳴らした。溶けだした春の最後の流れが退却していくメインの道に彼はいた。近くに、カムラー少将[*6]のロケット部隊のひとつが、軍隊的（ミリタリー）で同時に産業的（コーポレート）な死の姿をさらしていた。潰された猛攻の跡に、部品、モジュール、機体のフレーム、腐食の進むバッテリー、雨にぬれ泥にかえる機密の紙を遺して。スロースロップは追いつづける。どんな手掛かりも、列車に飛びのって後を追う価値があるから・・・

人形の髪は人間の髪だった。燃やすと嫌な匂いが鼻をつく。焚火の向う側から何かカチカチと動く音がした。彼は毛布を引っつかみ、窓の壊れた窓枠から飛びでるタイミングをうかがう。手榴弾かと思ったそれは色鮮やかなペンキを塗った小さなドイツ製の玩具だった。車輪つきのオランウータンがキキキといいながら焚き火の明かりの中へやってくる。胴体を小刻みに、首をゆったり、口元をニタリと動かして。スチールの拳が床を擦っている。焚火の中に入っていきそうになったとき、ちょうどゼンマイが切れた。上下していた頭が中途でとまってスロースロップを凝視した。

金髪をもう一束、焚火にくべる。「こんばんは」

どこだろう。子供の笑い声がする。子供なのに古い（オールド）笑いだ。

「出ておいで。だいじょうぶだ」

オランウータンに続いて、くちばしの赤い小さなカラスがやってきた。これも車輪がついていて、ピョンと跳ね、カーと鳴き、メタルの翼をバタバタさせる。

6 ハンス・カムラーはナチス親衛隊（SS）の将校。ペーネミュンデ爆撃後、国防軍のドルンベルガーに替わってロケット製造を指揮。彼の下で五つのロケット大隊が活動した。

「あたしのお人形さんの髪の毛、どうして燃やしちゃうの」

「もともとこの子の髪だったんじゃないよ」

「うん、ロシアのユダヤ女の髪の毛だって、パパが言ってたわ」

「焚火のところまでおいで」

「煙いから、いや」こんどは何だろう、またネジを巻く音が聞こえる。何も動かない。代わりにオルゴールが鳴りだした。繊細な短調のメロディだ。「一緒に踊って」

「きみはどこだい、見えないよ」

「ここよ」青白い炎の光の外側から、小さな霜の花が現れた。腕を伸ばして探るとほっそりした手があった。その手を取り、もう一方をしなやかな腰に回す。始まったダンスは本物だ。スロースロップは自分がリードしているように思えない。

　姿は見えない。感触はボイル織かオーガンディの織物のよう。

「すてきなドレスを着ているね」

「初めての聖餐式（コミュニオン）のとき着たのよ」焚火は間もなく消え、枠だけ残して吹きとんだ窓から、またたく星と、東方の町の上空にほのかにたなびく光が見える。もうゼンマイが切れているはずの時間なのに、オルゴールは鳴りつづけている。あたりには砕け散った古く曇ったガラスと、ひき裂かれた絹布と、死んだ兎や子猫の骨。その上を四つの足が踊りまわる。幾何学的なダンスの軌跡がふたりを運ぶところには、ふくらみながら風に舞うぼろのアラス織カーテンがあって、それの埃が焚火の煙よりも強く鼻を突き、昔むかしの物語へ手招きする…ユニコーンとキマイラの…それから、おい、なんだ、この子供サイズのドアの縁に掛かってるのは…ニンニクか？　コレをぶら下げるのは吸血鬼除けだろ？　おいおい、きみは、ほんとは、カッチェだな、トランシルヴァニアの小さな王女だ[7]ろう――と首を回して尋ねようとしたら、微かにただようニンニクの薫りがスロースロップの鼻をとらえ、バルカンの血でもってイギリス人の装いを打ち破りそう・・・になったときには、音楽は止まって、腕の中の少女もふわりといなくなっていた。

さて、ウィジャ盤上の小板（プランシェット）のようにして〈ゾーン〉へ滑りこんできたスロースロップ。彼の脳ミソにぽっかり空いた穴の中に、意味あるメッセージが綴られてくるのか、それともこないのか、これは予断をゆるさない[8]。だけど霊感者の指が、自分に軽く、とはいえ確かに、ふれているのは感じられる。カッチェの指だ、と彼は思う。

スロースロップは今もイアン・スカッフリングという名の戦時（もう平和時か？）特派員ではあるけれども、このごろは英国の軍服に戻って、列車内のありあまる時間、マリオ・シュヴァイターにひそかに集めてもらった情報のあれこれに思いをめぐらしている。〈イミポレックスG〉に関する分厚いファイルが指し示している場所は、ノルトハウゼンであるようだ。〈イミポレックス〉の契約の、顧客サイドのエンジニアに、フランツ・ペクラーという男がいて、彼がノルトハウゼンに来たのが一九四四年の早々――ということはロケットが量産態勢に入ったときと一致する。そのときペクラーが住んだのが〈ミッテルヴェルケ〉[9]という、地下の工場複合体の営舎で、ここは主にSSが取りしきっていた。そのロケット工場が二月から三月にかけて閉鎖され空になったとき、ペクラーはどこへ行ったのか。行方についての記述はどこにもない。よし、ここはひとつ、エース記者のイアン・スカッフリングが、ミッテルヴェルケに入っていって手掛かりを探しだすぞ。

左右にくねる列車のなか、ボロ着を着て寒さに震える同乗者が三十人ほど。瞳孔をいっ

7　407ページ～の歌を参照。

8　ウィジャ盤ではふつう、プランシェットの上に複数の人間が軽く指を添えている。これがアルファベットを指しながら移動して霊からのメッセージを綴る。

9　「中央工場 Mittelwerk」の複数形。

ぱいに開き、唇に炎症の穴をプッブッ開けて、中には歌っている者もいる。〈流民(DP)の歌〉を歌っている多くは子供らだ。この先スロースロップは〈ゾーン〉周辺の宿営地で、路上で、この歌のたくさんの替え歌を聞くだろう。

今夜、列車を見たならば
空を走るの見たならば
板の毛布にころがって
眠れ、列車をやりすごせ

千マイルもの彼方から
夜更けになるとぼくらを呼ぶ
空虚(うつろ)な街を走りぬける
停まるところのない列車

石炭くべる者もない
勝手に目玉を光らせる
乗り手のいらない夜行列車が
荒ぶる夜をひた走る

訪ねる者とてない駅舎

寒風すさぶ線路の敷地
ぼくらの遺(のこ)した物を受け継ぎ
列車がゆく、ぼくらは老いる

汽笛が泣くのに耳貸すな
風がこたえりゃそれでいい
列車のゆく手は夜と廃墟だ
ぼくらのもとには、唄と罪

パイプがまわっている。湿った羽目板から煙が垂れ下がる。それがヒュッと隙間に飲みこまれ夜の後流(スリップストリーム)となる。寝苦しそうな子供たちの息、くる病を病む赤ん坊のわめき声……母親たちがときおり短い言葉をかわす。スロースロップは背を丸めて、彼の「紙の不幸」に埋もれる。

L・ヤンフ（Lはラスロの略）に関する例のスイスの会社の書類から、チューリッヒ就業時点でのヤンフの資産一覧が出てきた。それによるとヤンフは一九二四年の時点でなお、「グレッスリ・ケミカル・コーポレーション」*10の理事会メンバーに、サイエンティストとして（名目的に）名を連ねている。ヤンフのストック・オプションと会社の所有株——これは翌年、伸びてきた大ダコのIGファルベンの触手に絡めとられる——の記載にまじって、ヤンフと、マサチューセッツ州ボストンのライル・ブランド氏との間で交わされた契約の記録があった。

10　480ページに記載のある染料メーカー、一九二五年から次第にIGファルベンに吸収される。このパラグラフ（と小説の他の部分）に書かれていることの本筋は史実で、主要出典は、Richard Sasuly, *I. G. Farben*（一九四七）。

ストライクだぜ、ジャクソン君、ライル・ブランドってのは知ってる名前だ。その名前が、ヤンフ自身による私的なビジネスの記録にちょくちょく登場する。ブランドさん、二〇年代初頭に、ドイツでフーゴ・シュティネスがやっていた事業（オペレーション）にずいぶん関わりがあったようだ。シュティネスといえば、生前はヨーロッパ財界の神童（ヴンダーキント）としてならした男だ。ルール地方の炭鉱王の家系に育ち、二十代にして、鉄鋼、ガス、電気、水力、市電、港湾交通を包みこむ大規模な産業帝国を築き上げた。第一次大戦中は、当時の経済全体に眼を光らせていたヴァルター・ラーテナウと緊密な関係を保って、戦後、電気業界におけるジーメンス＝シューヘルトの水平トラスト[*11]を、ラインエルベ・ユニオンからの石炭と鉄の供給と結合させ、水平にも垂直にも伸びるスーパーカルテルを実現。以後は、造船、海運、ホテル、レストラン、森林、パルプ工場、新聞……と、あらゆる領域を買いあさるとともに、通貨への介入を進めて、帝国銀行（ライヒスバンク）から借り入れたマルクで外国通貨を買い入れ、マルクを下落させることで賠償額の実質を大幅に減らすという作戦に出た。戦後ドイツのハイパーインフレに対して、最大の責任を負う財政担当者は彼をおいて他にいない。人びとがマルク紙幣を手押し車に積んで店に持っていき——糞になるべき食物が腹の中にある場合には——トイレットペーパーとも交換したという日々が続いた。シュティネスの渉外担当者は世界へ繰りだした。ブラジル、東インド諸国、そしてアメリカ合衆国。ライル・ブランドのごときビジネスマンは、シュティネスの伸張パワーに抗いがたい魅力を感じた。シュティネスがクルップ[*12]やティッセンらと手を組んでマルクを破綻させ、ドイツの戦争賠償責任を逃れることを謀っている、といううわさが当時は行き交っていた。

ブランドの関わりは曖昧である。ヤンフの書類に、ブランドとの契約交渉のことが書い

11 同業社間の企業合同。

12 クルップについては318ページ註**40**参照。ティッセンは一八九一年デュイスブルクで創業し

てあった。「ノトゲルト」の名で知られる緊急通貨[*13]を何トンもシュティネス一派に届けるとともに、「メフォ手形[*14]」をヴァイマル共和国に調達するという契約。「メフォ手形」の製造は、帝国銀行総裁ヒャルマル・シャハトの演出した数々の簿記工作のひとつである。当時ドイツでは、ヴェルサイユ条約下で禁止されていた兵器調達を少しでも匂わせる事項を公的書類にいっさい残さないための数々の操作が行われていたが、紙幣の製造も、このようにして一部を、マサチューセッツ州の一製紙工場に請負わせていた。その工場の重役のひとりがライル・ブランドだったという話である。

その請負業者の名前が「スロースロップ製紙会社」

自分の名前にスロースロップはさほど驚きを感じない。デジャヴュの風景の細部が何の違和感もなく収まるように、しっくり感じられる。SLOTHROPの八つの文字が妙にチラチラしてくることもない（人の輪郭をした金色の光がこちらを監視することさえもない）。その代わりに胃袋の中から反吐のように体感できる恐怖が這い上がってきた。ずっと以前にヒムラー遊戯室（シュピールザール）で襲ってきた眩暈と同じだ。頭に巻いた巨大なゴムの袋に空気が入って四方からグングン圧力が増してくる感じ——といえばみなさんにも通じるだろうが、なんと…一緒に勃起も始まったのだ。性的な刺激はどこにもないのに。そして、ほら、またあの匂い。自我の意識が生まれる以前の記憶の底からただよってくる、柔らかくケミカルな、つきまとい脅迫するような匂い。外の世界には存在しそうもないような——**これぞ〈禁断の翼棟〉の息だ…**その内奥で彼を待つ不動の人影が凝縮して、彼を挑発する、ここへ入ってきて秘密を調べてごらん、それを知ったら生きてはいられんがね…

むかし、何もわからず寝かされていたどこかの部屋で、何かの処置がスロースロップに

た製鉄会社。現在二社は合併して「ティッセンクルップ」という巨大グループをなしている。

13 ドイツの製造業界向けの決済に密かに使われた通貨。

14 兵器産業への支払いを記録に残さないための方便として使われた約束手形。一九三四年に始まり、三九年までに国債全額の六割以上に相当する額が発行された。

ほどこされた・・・
　自分の勃起が、遠くでブーンとうなっている感じがする。まるで自分に取りつけられた装置のようだ。自分の体に〈かれら〉は基地を埋めこんだのか。われらの、生々しく騒がしい未開の地に、〈かれら〉の白きメトロポリスの統治府を・・・
　悲しい物語だよ、まったくね。すっかり心を掻きみだされて、スロースロップは読みつづける。ライル・ブランドさん。うんうん、思い当たる節はある。ぼんやりとした記憶だが、ライルおじさんには、一度か二度あそんでもらった。父親のところへときどき訪ねてきていた。実際ブランドは愛想がよく、金髪で、ジム・フィスク[15]のローカル版ともいえるやり手だった。いつも幼いタイロンの身体の足首を握って持ち上げ、ぐりぐり回しをしたけれど、それはオーケー――頭が上でも足が上でも構わなかった幼い日のこと。
　書類によるとブランドは、シュティネス帝国が崩壊[16]することを、他の大半の犠牲者たちより先にわかっていたのだろうか。それとも単に生来の心配性だったのか――というのも、一九二三年早々にブランドは、シュティネス工作にかかわる持ち株一切の売却を始めているのだ。株の一部は、ラスロ・ヤンフを通してグレッスリ化学（後のサイコケミーAG）に売られた。この取り引きで譲渡された資産のひとつは「シュヴァルツクナーベ企画[17]」における全利権。購入担当者によってシュヴィンデルの効力の引き継ぎが完了するまで、売却者がひき続き監視の義務を負う。その妥当性の判断は売却者が行うこと」[18]
　ヤンフの暗号帳も別の書類から出てきた。なるほど〝シュヴィンデル〟とね、これをフーゴ・シュティネスのコードネームとして使うとは、ヤンフって男もなかなかユーモアの才がある。そして、ほらほら「シュヴァルツクナーベ」という単語の脇に「T・S」のイ

15　南北戦争中に綿花、織物ビジネスで蓄財し、ジェイ・グールドとともに、米国初期の鉄道を支配したニュー・イングランド出身の悪名高き金融家。

16　一九二五年、フーゴが死去して一年たらずで、傘下に収めた数千の企業連合は解体した。

17　Schwarzknabe は英語で black boy のこと。

18　Schwindel はドイツ語で「めまい」「眩惑」

ニシャルがある。まいったなあ、これ、おれのことだろ。Tough Shit(あいにく)って意味じゃなきゃ、どう考えても「タイロン・スロースロップ」だよね。

〝シュヴァルツクナーベ〟の将来の支払義務(ライアビリティ)として記載されているのは、ハーバード大学の学費未払い分で、これが利息込みで約五千ドル。〝シュヴァルツファーター〟[*19]とは誰かといえば、となりに出てくるイニシャルが「B・S」である。これは、Bull Shit(でまかせ)の意味でなけりゃ、父「ブロデリック・スロースロップ」のことだろう。ふむ、〝黒い父〟かい。

二十年前に親父が息子の教育のため、ある取り引きを結んだって——その事実にこんなところで引き合わされることになるとはね。考えてみりゃ、大恐慌のさなか、家計はいつも破産宣告の一歩手前だったわけで、そんななか、自分はハーバード大学で快適な学生生活を送れていた。変だなとは思っていたが、裏の事情を思い悩んだことはなかった。それにしても、オヤジとオジキの間にどんな取り引きがあったんだい？　おれは売られたのか。ひどい話じゃないか、IGファルベンなんぞに、牛のあばらかなんかのように売りさばかれたんだ。監視だと？　シュティネスも産業界のエンペラーの常として独自のスパイ組織を持っていた。IGもそうだとすれば、スロースロップは、お、おそらく生まれて以来ずっと彼らの監視の視線を浴びてきたわけか、あわわわわ……

脳内の恐怖の風船が、またふくらみだした。ファッキューと罵ったくらいで、こいつはとてもしぼまない。……記憶の底の奥まったところにある〈禁断の翼棟〉。いや、見えない。輪郭が見えてこない。見たくもない。そいつは〈最悪のもの(ワースト・シング)〉と結託しているんだ。

匂いの正体に関して、確信がわいてくる——いや、この書類によるなら記憶に残るには幼なすぎるし、人生の白昼の部分において、その物質の匂いに行き当たったことはない。

「詐欺」の意味。

19 Schwarzvater は英語で black father のこと。

にもかかわらず、この生暖かく暗い部屋、時計の針もカレンダーも意味を失う幼い光景の記憶の中で、確信は固まるばかり――この匂いはいつかきっと〈イミポレックスG〉の匂いと判る、と。

それと、最近こんな夢を見た。二度と見たくない夢だ。実家の自分の部屋にいる。ライラックとミツバチの夏の午後。開け放った窓からモンワリした空気が入ってくる。見ると非常に古いドイツ語の科学技術辞典があって、たまたま開いたページの、眼にチクチクする黒い肉太の活字をなぞっていくと、JAMF(ヤンフ)の項に行き当たった。説明はただ一語。ただ一文字。I(アイ)とあるだけ。[20]〈それ(イット)〉に向かって、やめてくれと懇願しながら目覚めたのだが、目覚めた後も、また〈それ〉に好きなように襲われるという確かな印象が消えずに残った。きみもおそらく、そんな夢を見たことがあるんじゃないか。きっと〈それ〉はきみに禁じただろう――それの名を口にしないが身のためだと。もしそうならきみにもスロースロップの気持ちはよーくわかるはずだ。

彼はいま、よろよろと立ち上がり、貨物車輌のドアに向かって歩く。列車は坂を上っているところだ。引きずりながらドアを開け、外に出る――アクション、と自分にいいきかせ――ラダーを登って車輌の屋根に首を出したら、自分の顔の一フィート先に、二列の白い歯が宙に浮いていた。まいったぜ、こんな時に。そこにあったのは、合衆国陸軍兵器部隊のマーヴィ少佐の顔でなのだ。〈マーヴィズ・マザーズ〉といえば、〈ゾーン〉一帯にうずまくあまたの科学技術諜報チームの中でも、抜群のえげつなさで知られている。その首領がマーヴィ少佐。少佐だけど、気兼ねはいらない。「デュエイン」と呼んでかまわないって。そいつがいきなり「ブギ、ブギ、ブギ」と喚いてる。「次の車輌がジャングルのバ

20 「我」すなわち主体的自己を意味するIの意味に解釈できる。

ニーだらけだぞ。一匹残らず捕まえてやる。またな！」

「なんだってえ」と、スロースロップ、「おれ眠ってたのか、きっとそうだ」足も冷たい。このマーヴィという男は超デブで、ピカピカの戦闘靴にズボンの裾をたくし込み、腰に巻いた布ベルトの上に三段腹が波打っていて、肉の間にサングラスと45口径のピストルとロイド眼鏡が差しこんである。オールバックの髪をオイルで固め、目玉は、脳内圧力がすごいのだろう、左右ともポコンと突き出ている。

パリからドイツのカッセルまで、重戦闘機P-47機をヒッチハイクしてきたマーヴィは、ハイリゲンシュタット[*21]の西でこの列車に乗りついだ。目的地はイアン・スカッフリングと同じ〈ミッテルヴェルケ〉。そこでゼネラル・エレクトリックの〈ヘルメス計画〉[*22]の担当者となんらかの調整を図る必要があるらしい。だが隣の車輛のニガー（クロンボ）連中が気になって仕方ない。「ちゃんと捕まえてレポートせんとな。故郷のアメリカ人にも、ええ警告になるわ」

「やつら、GIかい？」

「とんでもねえやな。ドイツ野郎さ、南西アフリカっていうんか。そんなもんだ。なあんだ、おまえ、聞いたことがねえの。よせやーい。そりゃイギリスのスパイは間が抜けてるって話だけど、ハハハハ。いや、悪気はないけどな、この話、世界中みんな知ってると思ってたもんでな」そう言って、ずいぶんケバい話を始めた。きっと連合国最高司令部（SHAEF）が振りまいたんだろう。ゲッベルス宣伝相の想像力はこんなにギンギラしてねえぞ。アルプスの砦の南までは及ばんかった。ヒトラーもな、暗黒アフリカにナチス帝国を打ち立てようとしたんだが、パットン将軍の血と根性（ブラッド＆ガッツ）に砂漠で戦車隊がコッパミジンにされちまって

21　現在はウィーンの一角をなす、ベートーヴェンゆかりの地。

22　米軍とGE社合同で進めた計画の暗号名。ドイツ軍のロケットをニューメキシコ州ホワイトサンズに運びこんで解明する。

な。ロンメル元帥のケツに、引導が渡ってしまった。「元帥、これがあんたのオケツだよ」

「アッハ、ダイジナ・ダイジナ・ワタシノ・オケチュ！　ヤー——ウハァハァハァ…」と大笑いしながらジェスチャーを演じるマーヴィ少佐、特大サイズのズボンのケツを、コミカルなしぐさでギュット握った。でだ、折角育てたニガーの幹部がアフリカで使えなくなっちまって、ドイツに居残った。言ってみりゃ認知なしの亡命政府みてえなもんだがな。その連中がどういうわけか兵器部隊に入りこんでロケットの技術を学んだ。戦争が終わってソイツら、ジャングルの生き物みたいにこの辺を好きにうろつきだした。戦犯として抑留されたのでもなく、マーヴィの知るかぎり武装解除もされてない。「ロシア野郎やフレンチやエゲレス野郎——おっと、気ぃわるくすんなよ——の心配してるだけじゃ足りねえの。いいか、ただのニガーじゃなくて、ドイツ人(クラウト)のニガーってのがうろついてんだ。まいったねえ。VEデイの当日にはな、ロケットのあるところぜんぶにニガーがいた。もちろん砲兵隊全員がニガーなんてありえねえさ。ドイツの野郎もそこまでバカじゃねえ。砲兵中隊っていや、八十一人って数だよな。それに加えて、サポート兵員、発射制御、バッテリー、推進燃料、測地の人員を合わせりゃどれだけの数になる。そんなでっかいニガーの山、見たことあるかい。そいつら、今でもアッチャコッチャに散らばったままいるんかな。あんた、調べてみねえかい。大スクープになるぜ。クロちゃんが一ヶ所に大集合ってことんなりゃ、こいつは一大事だ！　そこの車輛の中にはよ、少なくともニガーが二ダースはいる、すぐそこだぜ、見てみなよ。しかもな、行き先がどこだと思う？　ノルトハウゼン、ときたもんだ」——少佐のデブった指が、一語一語スロースロップの胸をつつく。「狙いは何だ？　何だと思うね？　おれの思うにゃな、あいつら、きっと企んでるぞ。目当てはロケットだ。ロケットで何するつもりかなんて聞くなよな。おれは勘でいってるんだ。こんところがピンと来た。こいつぁ危険だ。ニガーにロケットだとよ。子供が扱ったらヤバイもんじゃねえか。あいつら、子供の人種だろ、脳のサイズがこれっぽっちで」

「だが忍耐力は――」暗闇の中に穏やかな声が流れる、「きわめて大きい。しかしそれにも限界はある」長身のアフリカ人が現れる。顎に立派な皇帝ひげを生やしたその男は、デブの米軍将校をひっつかみ、グイとわきに投げ捨てる。ギャッと一声発するのが精一杯の少佐は、スロースロップとアフリカ人が見ている前で、手足をバタつかせながら土手をころがり、姿が見えなくなっていく。丘には樅の林。そのギザギザの頂上のひとつに三日月が上がっている。

黒い男は〈シュヴァルツコマンド〉の一員で、エンツィアン陸軍大佐と名乗り、英語で自己紹介をすると、手荒なふるまいを詫びた。が、スロースロップの腕章に気づくと、こちらが一言も言葉を発する前にインタヴューを断った。「話すようなことはひとつもない。我らも流民なのだ。みんなと同じだ」

「さっきの少佐、あんた方がノルトハウゼンへ向かうのを気にしてましたけどね」

「マーヴィには悩まされることだろう、きっとな。だが実の問題は――」と言ってスロースロップの目を覗きこんだ。「フム、きみは本当に従軍記者か?」

「いえいえ」

「フリーで調査しているのか」

「〝フリー〟かって言われると、どうだろう。考えこんじゃいますね、大佐」

「だが、きみは自由だろう。いまは我らみんなが自由だ。それはきみも、いずれわかるよ」男はドイツ式の、手招きするような別れの挨拶をして、貨物列車の屋根の「背骨」づたいに去っていった。「そのうちにな・・・」

スロースロップは屋根に腰をおろし、ハダシの足をさすった。味方ができたか？　幸運の印か？　**黒人ロケット隊？**　そんなもん、考えてみたこともないぜ・・・

やあみんな、きょう一日を
祝砲ならして始めようぜ
WW2(トゥー)は終わりだ、オーバー
あたりは一面クローバー
ほら、太陽のひかりを浴びよう——
喧嘩してるの、どこのドイツだ
（ゲアハルト、何やっとると）
クニじゃ平和な日々がまってる
ここ、楽しいロケットタウンに
しかめっ面はありません
エヴリデイ、イズァ・ビューティフル・デイ
（グレッチェン、ほら、いけまっちぇん）
今日も一日、ハヴァ・ビューティフル・デイ！

朝のノルトハウゼン。草地はグリーンサラダ、雨の雫がサクサク感を増している。すべ

てが洗われ新鮮だ。周囲をハルツ山地が囲む。色濃い斜面は、嶺に向かってトウヒ、モミ、カラマツが生えている。切妻の高い家々、大空を映す水の広がり、ぬかるんだ通り、居酒屋のドアや間に合わせのＰＸのドアから米ソのＧＩが出たり入ったり、みんな銃刀類を携行している。草原に、谷間の開墾地に、光のパッチが流れる。雨を降らせた雲がチューリンゲンの森の上を流れさる。街の上に高く、鳥がとまったような城がいくつか、ちぎれ雲のまにまに見える。ドロンコの膝が節くれだった短足で胸厚の老馬が二頭、対になって引き具に首をつながれ、いっぱいに樽を積んだ荷馬車を引っぱっている。ぬかるみに入るたび、重い蹄鉄で泥の華を飛ばしながら、葡萄畑を出てポックリポックリ、居酒屋までの道のりを進む。

　スロースロップは屋根のない街の一角に足を踏み入れる。黒服の老人が壁の間を蝙蝠のように行き交う。このあたりの売店や住居は、ドーラ強制収容所で労働を強いられたユダヤ人の生き残りが奪いとっていくに任されている。[23] いまもまだ、ホモ野郎たちが至るところに群れている。胸に「１７５」[24]と書かれたバッジをつけ、戸口に立ってぬれた目玉をこちらに向ける。ガラスの欠けた洋服屋の出窓の中は薄暗く、石膏のマネキンが禿頭のまま、ゴロリ横たわっている。差し上げられた腕の先には、もはやブーケにもカクテルグラスにもふれることのないだろう手が、何かをつかもうとしている。その出窓の奥から少女の歌声が流れ、スロースロップの耳に届く。バラライカの伴奏、四分の三拍子、もの悲しいシャンソンの調べだ。

　　愛はふしぎね、消え去らない

23　ミッテルヴェルケでＶ１とＶ２の製造を専門に行った総勢六万と言われる囚人たちの収容所は、工場であるトンネルに隣接していた。一九四五年四月十一日、収容所入りしたアメリカ軍は、中に数千の死体を発見。数百人の半餓死者が食べ物を収奪している姿も見られた。

24　同性愛の禁止を定めたドイツ刑法典の条項番号。

思いもしないところから
想い出（スーヴニール）の不意打ちが
わたしを悲しみに突きおとす

あなたは消えていったのに
お祈りの本のページから
薔薇の花が一枚ハラリ
想い出の押し花ヒラリ

行ってしまったはずの時間
剝げおちたはずのわたし
なのになぜ涙ながれる
リンデンバウムの幹の下

ほんとの愛なら亡びない
夜も昼もかえってくるの
やわらかな緑のままで
萌えいずる
リンデンバウムの葉のように

女の子の名はゲリー・トリッピング。弾いていたバラライカはチチェーリンというソ連諜報部員の所持品だった。それはある意味、ゲリーも同じである。少なくとも一定の時間は彼の所持品。このチチェーリンという男、ハーレムを持っていて、〈ゾーン〉内のロケットタウンのどこにも一人ずつ女がいる。まいったぜ、他にもロケット・マニアがいたとはな。スロースロップはツーリストの気分になる。

愛する男のことをゲリーが語る。彼女の屋根なしの部屋に腰を据え、地元でノルトホイザー・シャッテンザフト[*25]と呼ばれる軽くちのワインの栓を開ける。頭上の空を交差して飛ぶのは、黒い羽根に黄色いくちばしの鳥たち。巣のある山上の城を飛び立ち、廃墟のような下界の街へ、陽光のなか、輪を描いて飛んでくる。遠く——きっと市場でだ——トラックの一隊がこぞってアイドリングをしているのか、排気ガスの匂いが、迷路のような街の壁へただよってくる。その壁に苔が這い、水がにじみ、ゴキブリが餌を求める。壁に反響したエンジン音があらゆる方向から聞こえてくる。

ゲリーは細身で、少々ぎこちない。なにしろ若い。その眼には一点の腐食もみられない。まるで、戦争の歳月すべてを屋根つきの家で何ひとつ心配なく過ごし、庭の奥で森の小動物たちと遊んで暮らしたかのような表情をしている。あの歌は、願望を歌っただけと彼女は認めた。「彼っていないときはいないんだもん。あなたが入ってきたときチチェーリンが帰ってきたのかと思った」

「あいにくだね。やってきたのは、嗅ぎまわるしか能のないニュースの犬さ。ロケットもない、ハーレムもない」

「そういう手はず（アレンジメント）なの」と彼女は言った、「だって、この辺もうメチャクチャなの。アレ

25 「Schattensaft（シャッテンザフト）」、訳せば「シャドー・ジュース」。

ンジしていかないとやっていけない。あなたもわかるわ」　その通り、彼はこの先、ことごとくアレンジに頼るしかなくなるだろう——暖をとるにも、愛を交わすにも、食べ物のことでも、道路と線路と運河をちょっと進むにも。いま占領軍の中にG5という組織ができて、これがドイツを治める唯一の正統なる機関という幻想が生きているが、これだって勝利を形にするためのアレンジのひとつにすぎず、その他の、プライベートな、ひそかな、歴史からすり落ちた無数のアレンジだって、その現実味にいささかの遜色もない。スロースロップ自身にしても、まだ本人にその意識はないが、終戦直後の〈ゾーン〉に乱立した無数の国（ステイト）のどれと比べても見劣りはしない。いや、これはパラノイアではない。現実としてそうなのだ。一時的な連合が組んずほぐれつするだけ。崩落をまぬがれた壁の内側、占領された道路から隠れた場所で、彼とゲリーはふたりだけのアレンジに到達する。暗くて大きな姿見に面した古い四柱式のベッドの中で。吹き飛んだ屋根を通して、木々に覆われた山がそびえ立つのが見える。ゲリーの吐息にはワインの香、腋の下は柔毛（ダウン）の巣、太腿は風にしなう若木の弾力。スロースロップが入ったとたんにゲリーは達した。その表情に、チチェーリンの幻影を見ているようすがまざまざと伝わってくる。そんな顔は見たくないスロースロップも抑えきれずにいってしまう。

　愛欲の緊張が去った頭にたちまちトンマな疑問が浮かぶ。チチェーリンのいない間にやって来たのがおれ一人で、他のやつらはこない、ってことは何かよからぬうわさが流れてるのか？　それともおれにどこか、チチェーリンを思わせるところでもあるのか？　それって何だ？　それに、おいおい、いまチチェーリンはどこにいるのよ。眠りに落ちると、ゲリーの唇と、指先と、彼の足を滑る露にぬれた脚が覚醒へ引き上げる。頭上に仕切られた空に太陽が跳び上がり、乳房と重なって日蝕となり、子供のような彼女の目にキラリと映りこむ・・・雲、そして雨・・・屋根代わりに広げた緑色の防水カバーにゲリーは飾り房（タッセル）を縫いつけていた。まるでベッドの天蓋のように・・・それをつたって冷たい大粒の雨がしたたり落ちる。夜。ゆでたキャベツを鍋からすくって口へ運んでくれる、そのスプーンは紋章つきだ、この家の先祖伝来の宝物。さっきのワインをまた注ぐ。影は柔らかな緑青色。雨がやんだ。どこか丸石の道を子供らがガソリンの空缶を蹴ってゆく。

　空からバサバサと降りてきたその爪が天蓋のてっぺんを引っかいた。「なんだよ、あれ？」ゲリーは寝ぼけたまま上掛けを引っぱる。なあ、ゲリー・・・

「フクロウさんよ」ゲリーが言った。「ヴェルナーっていうの。タンスの一番上の引き出しにお菓子があるから、あなた（リープヒェン）、あげといて」

　リープヒェンってか。よろよろと起き上がる。今日初めて直立したスロースロップは、〝ベビー・ルース〟のチョコバーの包みをむいて咳払い。どうしてフクロウなんか、とは聞かない。答えは知れている。チョコバーを天蓋の上に投げてやって、ふたたびベッドへ。並んで寝そべるふたりの耳に、バリバリ、カチカチ、嘴でピーナッツを砕く音が聞こえた。

「チョコバーを食うのか」スロースロップが文句をたれる、「ふくろうのくせに変だぜ。外で生きた鼠とか捕まえてりゃいいだろうに。軟弱な飼われフクロウにしてしまっていいの」

「あなただって、たかってるじゃない」赤ん坊みたいな指先が肋骨をくだる。

「あのさ――へい、くすぐったいぞ――チチェーリンには頼まないんだろ、鳥に餌をやれとかさ」

ゲリーの指先が止まった。気持が冷えこんだか。「ヴェルナーはチチェーリンを愛してるの。彼がいないときは、餌をもらいにきたりしないわ」

今度はスロースロップが冷えこむ番だ——いや凍りつくというべきか。

「おい、まさか、チチェーリンはもう・・・」

「来てるはずなの」と言って、ため息。

「いつの約束だ?」

「今朝なんだけど、ときどき遅くなるのよね」

ペニスを萎らせベッドを飛び出たスロースロップ、片足にソックス、もうひとつを歯でくわえ、アンダーシャツの片袖に頭をつっこみ、ズボンのチャックは引っ掛かって、クソ、と叫んだ。

「ねえ、あたしの勇敢なイギリス人さん」ゆっくり引きのばされた声。

「どうしてもっと早く言わないんだ、ゲリー、えっ?」

「ねえ、もどってきて。あの人、夜はかならずどこかの女と一緒なの。ひとりじゃ寝られないたちなの」

「きみは、ひとりで眠ってくれ」

「だまって。一緒にいて。ハダシなんでしょ。ハダシで外を歩いちゃダメ。あとで彼のブーツのお古、あげるから。彼の秘密も話してあげる」

「秘密?」あぶない、あぶない。「どうしておれが、他人の秘密なんか——」

「従軍記者だなんて、ウソなんでしょ」

「また同じこと言われた。誰も信じちゃくれないのかよ。おれは正真正銘の戦場特派員だぜ」と腕章を振って、「読めないのか？　War Correspondentって書いてあるのに。口ひげだって、ほら、ヘミングウェイと同じじゃないか[26]」

「ふうん、そうなの。じゃあ、ロケットナンバー00000号のことなんか興味ないのね。あたし勝手に勘違いしちゃった、ごめんなさぁい」

なんだよ、これ、ヤバイよ、逃げてかないと。色仕掛けのゆすりかよ。六〇〇〇機もあるロケットの中で一機だけ〈Sゲレート〉を搭載したそのロケットに、おれ以外、誰がかかわりあるっていうの。

「おまけに〈黒装置(シュヴァルツゲレート)〉なんか、ちっとも関心ないんですものね」ゲリーは続ける。

「はっ、あああ？」

「〈Sゲレート〉とも言うらしいけど」

憶えてるな、スロースロップ、一段高い組み立て(ネクスト・ハイアー・アセンブリー)[27]レベルの。天蓋の上でヴェルナーがホーと鳴いた。きっとチチェーリンへの合図だろう。

パラノイドは本来パラノイドだからパラノイドなのではなく、むしろおのれを故意にパラノイド的状況に追いこむバカタレだからパラノイドなのだ（格言その5）。

「ねえ、いったいどうして――」と、ここで新しいノルトホイザー・シャッテンザフトのボトルを手にとり、直腸にゾワゾワ恐怖を感じながらも、どうにかこうにかケーリー・グラントを真似た手つきでコルク栓をシュポンと抜いて、注いだグラスのひとつをゲリーに渡し、「きみのような、スイートガールが、ロケットのこと、知ってるのかな、それも、機体(ハードウェア)のことなんか」

「ヴァスラフのところにきた手紙を読んだのよ」バカなこと聞く人ね、という口調。実際

26 アーネスト・ヘミングウェイは、第一次大戦中に負傷した後、フリーランスの海外特派員をしていた。

27 482ページ参照。

バカな質問だった。

「人にペラペラしゃべることじゃないだろ。あいつに見つかったら殺されるぞ」

「だってあなたのこと好きなの。陰謀が好きなの。遊ぶの好きなの」

「ああ、人をトラブルに巻きこむのが好きなんだ、きみは」

「どうせそうよ」下唇がプィと突き出た。

「わかった、わかった。いまの話、してくれよ。ただ『ガーディアン』[*28]の編集室が面白がるかどうかはわからんぞ。うちのデスクはけっこうお堅いからさ」

ゲリーの小さな乳房に鳥肌が立った。「あたし、前にロケットの宣伝のモデルをしたことがあるの。あなたもどこかで見てるかも、A４ロケットにかわいい魔女の女の子がまたがっているポスター。いらなくなった箒は肩にかついでる。あたし、４８５砲兵部隊の第三中隊[*29]で、スイートハートに選ばれたんだから」

「きみ、ほんものの魔女？」

「その気(け)はあるみたいよ。あなた、ブロッケン山に登ったことある？」

「いやいや、まだここに着いたばかりで」

「あたしね、ヴァルプルギスの夜祭[*30]には初潮が始まってからずっと行ってるの。よかったら連れてくわよ」

「そのさ、〈黒装置(シュヴァルツゲレート)〉ってやつの話をしようよ」

「あら、興味がなかったんじゃないの」

「そもそも何に興味を持ったらいいのか悪いのかもわからないんだ。それに興味があるかないか、どうしてわかる？」

28 イギリスのリベラル寄りの新聞。当時は「マンチェスター・ガーディアン」といった。

29 第４８５砲兵部隊は「北組」と呼ばれ、ハーグ周辺でV２打ち上げを行っていた。戦隊は二つに分かれ、「第三中隊」というのは現実には存在しない。

30 「メイデイ」の前夜、魔女たちがブロッケン山に集まって催す宴。

「あなたの言葉づかい、おかしい。特派員の記者さんやってるってやっぱりホントか」

チチェーリンの乱入。火を吐くナガン拳銃[*31]をにぎりしめ怒号とともに窓から押し入る。チチェーリンが落下傘で舞い降りてチョップ一発、スロースロップをぶち倒す。チチェーリンがスターリン戦車で部屋の中まで突入し、76ミリ砲でスロースロップをふっ飛ばす。ありがとう、リープヒェン、よくぞこいつを引き止めておいてくれた。こいつはスパイでな。じゃ、チェリオー、ペーネミュンデで、ヴァニラアイスのようなおっぱいをしたポーランド娘が待ってるんで、またな、あばよ。

「もう行かなきゃ」スロースロップが不安げに、「タイプライターのリボンを交換しないといけないんだ。鉛筆も芯が減ってるし。ほら、わかるよね——」

「あのひと、今夜は来ないって、言ってたでしょう」

「どうしてだ。シュヴァルツゲレートを追っかけてるからか、えっ？」

「いいえ、そのことまだ知らないはずよ。その件のことは、きのうシュテティンの町から入ったばかりなの」

「明文（クリア）で、来たってことだよね？」

「それじゃいけないの？」

「たいして重要じゃないってことだ」

「売りに出てるわ」

「情報が？」

「Sゲレートがよ、ばかね。それを手に入れられる人がスヴィーネミュンデにいるんですって。五十万スイス・フラン。買う気があるなら、その人、毎日おひるまで海岸のプロム

31 ベルギーでナガン兄弟が開発した七連発回転式拳銃。ロシア軍は長らくこれを採用していた。

ナードにいるって。目印は白いスーツよ」

ほんとかよー。「ブロートヘット・ワックスウィング」

「名前は書いてなかったけど、ワックスウィングじゃないと思うわ。彼の持ち場は地中海のほうだし」

「きみは、地中海のほうのことまで知ってるの」

「だって、ワックスウィングっていったら、もう〈ゾーン〉じゃ伝説よ。チチェーリンもだけど。あなたも伝説？　名前はなんだったかしら？」

「ケーリー・グラント。ゲ・リ、ゲ・リ、ゲ・リー。[*32]・・・スヴィーネミュンデか。そこはソヴィエトのゾーンだよな」

「ドイツ人みたいな口ぶりね。誰のゾーンとか、分けるのやめなさいよ。区分なんてないんだから」

「しかし兵隊が立ってるだろ」

「それはそうね」スロースロップをじっと見つめる。「でもそれとはまた別のことなの」

「ほう」

「じきに慣れるわ。すべてが宙ぶらりんになったままなの。チチェーリンが言うには〈空位の時〉なんですって。だからあなたも、ふんわり浮かんでいればいいのよ」

「じゃ、ふんわりと飛んでいこう。情報サンキュー。敬意を表して、スカッフリング帽子の先を——」

「行かないで」ベッドの上でくるっとカールした体。眼に涙を浮かべている。バカだなあ、スロースロップ、すぐ情に動くんだから・・・だってほんの子供なんだし・・・「ここへ

32 ハワード・ホークス監督の映画『コンドル』（一九三九）で、ケーリーがジュディ役のリタ・ヘイワースに向かって言う "Ju - dy, Ju - dy, Ju - dy" のもじり。

来て・・・」

　だがいったん挿入すると、この子はとんでもなく性悪になる。半狂乱の魔女みたいに、いつも歯でガジガジ噛んでノコギリみたいに尖らせている爪で、脚、肩、尻に切り掛かる。心やさしきスロースロップが、自分を抑えてゲリーの達してくるのを待ってるところへ、突然バサバサッと、重たい、羽の生えた、突き刺すようなものが腰のあたりに落ちて跳ね上がった——その瞬間、スロースロップも脈打ちはじめ、おお、ゲリーも、ズンンング！イイイイ・・・ああ、いってる、翼バサバサ、ヴェルナーが暗闇の中へ舞い上がってゆく。「いまいましい鳥だ」スロースロップが叫んだ。「今度やったらベビー・ルースを尻の穴から食わしてやるからな」仕組まれた、陰謀だ、パヴロフの条件反射かなんかだろ、これは。

「いまの、チチェーリンが仕込んだのか」

「違う、あたしが仕込んだの！」ゲリーの笑顔は四歳児のように屈託がない。スロースロップはもうこの子の言うことは何でも信じようと心に決める。

「きみは魔女だ」パラノイドのスロースロップは、すらりと脚の伸びた魔女の子と一緒に上掛けに包まれたまま、煙草に火をつけ、スロースロップ用の破壊兵器を手にしたチチェーリンが屋根のない壁を飛び越えて襲撃してくるイメージに繰り返し脅やかされながらも、眠りに落ちていく——少女の露わな腕の中で。

□□□□□□□

まっ青な空、派手なピンクの雲——日曜日の新聞漫画みたいな夜明けだ。丸石の舗道の上の泥土はツルリとして光を反射する。道というより縞入りの生肉という感じ。狼男のくるぶしや、〈野獣（ビースト）〉の脇腹の上を歩いているようだ。チチェーリンはなんという大足なのだ。その靴をスロースロップが履いていけるように、ゲリーはブーツの先に古いシミーズのボロキレを詰めこんだ。通りはジープ、十トントラック、騎乗のロシア人の往来が激しい。身をよけながら歩きつづけたスロースロップは、ようやく十八歳のアメリカ人中尉の運転する、あちこち凹んだ灰色の参謀用メルセデスベンツに乗せてもらった。口髭をいじり、腕章をちらつかせ、怪しく思われないよう必死の防御。すでに日射しが暖かい。山の常緑樹の香りがする。運転している若い士官は、ミッテルヴェルケの護衛にあたる戦車中隊の中尉だが、スロースロップが中に入る資格のある人間だと疑わずにいる。イギリスのSPOG[*1]の一行はすでに来て、帰っていたのに。今はアメリカの陸軍兵器部隊がA4ロケット百機分の部品や工作機械を木枠に囲いトラックに詰み上げる作業に大わらわである。「ソ連の占拠部隊が来る前に、みんな運び出してしまおうって」　なるほど〈空位の時代〉で

*1　522ページ註10参照。

ある。毎日お偉方がやってくる。民間人も役人も、驚嘆の目を向ける。すっかりツーリストになっている。「こんな巨大なの、だれも見たことがないんでしょう。なんていうか、ストリップの客のようですよ。何もしないで、食い入るように見ている。カメラ持参でくる人も多いしね。そういえばあなたはお持ちじゃないようだけど、どうです、正面ゲートのところで借りられますよ[*2]」

　便乗商売をねらう輩は多い。コックのイエロー・ジェイムスは、しゃれた小型のサンドイッチ・ワゴンを持ち込み、坑道内で声を張り上げる。「さあさ、寄ってらっしゃい。ホットにコールド、グリーンの野菜も満載だ」五分後には、大勢の阿呆がパクパクやって、その半数が脂で眼鏡をベトベトにしてるんだろう。中隊きってのたかり屋だったニック・デ・プロファンディスは、みんな驚いたことに、坑道内の電話ボックスを「Ａ４記念グッズ」の土産屋に変えてしまった。並べてある、ロケットゆかりの小物たちは、ちょっとした工作でキーホルダーにもマネークリップにも、故郷で待ってるあの娘のためのブローチにもすることができる。燃焼チェンバーに使われていた真鍮製のバーナーカップも、サーボ操舵装置から取ったベアリングもある。今週の粋（ヘップ）な商品ナンバーワンは、どんぐり型「ＳＡ１００エーコン二極管」。テレフンケン社の無線装置から抜きとってきた小さなかわいい整流用の真空管である。さらにレアな「ＳＡ１０２」も置いてあるが、こちらは当然値段が張る。もうひとり、〝マイクロ〟の渾名をもつ揉みあげ男のグラハムは、横坑（シュトレン）に潜んで、迷いこんだカモに声をかける。「チョイト」

「チョイト？」

「あ、いいっす」

2　この一言で〝本筋〟を外れた語りは、未来の〈シティ〉へフラッシュフォワード、567ページの中程まで戻ってこない。

「なんだい、気になるなあ」

「気前のいいお兄さんに見えたんだけどネ。探検ツアーとか面白がりそうな」

「えっ、いや、その、ちょっと列を離れただけなんで、戻らないと」

「退屈なさってんでしょ」口のうまいマイクロが、カモににじり寄る。「ここで実際、何が起こっていたか、知りたいとは思いませんかい？」

大枚をはたいても失望する客はまずいない。なにしろマイクロは、〈ミッテルヴェルケ〉に隣接するドーラ強制収容所に通じる岩道への秘密の扉の場所を知っているのだ。ツアー客はひとりひとり電気提灯を手渡され、死者に会ったらどうすべきか、手短な指示を受ける。「いいですか。彼らはここで攻撃される一方だったわけですよ。で、アメリカ軍がドーラを解放しにくると、生き残っていた囚人たちは一斉に飛び出して収奪を始めた。分捕る、食べる、飲む。胸が悪くなるまでね。別の一群には、アメリカ軍の代わりに〈死〉が踏みこんで、この世から解放してしまった。ここはですね、だから亡霊がよく暴れるところなんです。ご自分の頭の中をちゃんと守ってくださいよ。精神の自然なバランスを保つのが一番いいんで。それが崩れると亡霊にたかられます」

ここの人気の呼びものは、とてもエレガントな宇宙兵器（ラウムヴァフェ）用宇宙服[*3]の展示室だ。著名なるベルリンのミリタリー・デザイナー、ハイニ氏のデザインによる。立ち並ぶ衣装のそのきらめきは、スペース・オペレッタを歌う少年少女らをもウットリさせる。特殊カラーのテレビジョン映像が、つま先に至るまでチラチラしているのだ。電気の鞭を手にした、たのしそうな宇宙騎手（ラウムジョカイア）用の絹のスーツも作られた。いつかこれを着て、未来の〈ロケット・シティ（ラケーテン・シュタット）〉を縁どる光輪のすぐ外を走り回る日がくるのか――精巧に作られた流星の〝馬〟

3　フォン・ブラウンら飛行兵器開発チームは、二段式の大陸間弾道弾A9／A10をデザインし、（遅くともアメリカに渡った翌年の一九四六年までには）人工衛星打ち上げ用ロケットA11、一種にまたがって。それらの馬はみな同じ様式の顔をして、狂ったように敵を追う荒馬の目、歯、尻の下の暗がりを、強いコントラストで強調したイマーゴだ。その〝尾〟の先からおならのように噴射する推進ガス――お風呂の中での失態を思いだした少年少女合唱団は笑いをこらえきれない。その〝泡〟のひとつひとつが蛍光プラスチックのディスプレイにきらめきながら上下するさまは、「重力のため息」とでも形容するほかない。その泡が〈ワルツ〉に還っていく。妙に共同体的な〈未来のワルツ〉。その合唱に、くるくる回る物言わぬ表情に、ごくわずか、不安をかき立てる不協和音の気味が混じり、むきだしの肩胛骨が吊り上げられて宙に舞う姿はもろに「宇宙のウィーン」を思わせ、〈明日〉への倦怠がむきだしだ……

　次に出てきたのが――〈宇宙ヘルメット〉！　これには最初ギョッとさせられる。頭蓋骨をモデルにしているからだ。少なくとも上部の丸い円蓋は、人間が巨大化したクリーチャーの頭蓋骨としか思えない。……この山の下に棲むタイタン族の、巨大なマッシュルームのごとき頭蓋を収穫してきたのか。……眼窩にはクォーツのレンズがはめてあり、カラー・フィルターも着装可能だ。その鼻骨と上列の歯は、溝や格子がいっぱいの金属製呼吸装置となっている。顎の部分は補強され、さながら顔面に股袋(コッドピース)がついているという印象――鉄とエボナイト製で、きっと中には無線装置が入っているのか、黒く、不気味に突き出ている。数マルク余計に払うと、このヘルメットも被らせてくれる。さて、ひとたびこの黄色い空洞の内側に頭を入れ、いまは減光フィルターの入っているその「眼」を通して眺め、頭蓋の中でシューシューいってる脳みその音を頭蓋のてっぺんや回りで聞きはじめれば、いくらきみの精神のバランスがよくても無駄だろう。それを被って〈シュヴァルツ

のスペースシャトルであるA12まで構想を広げていた。開発チームは当初より宇宙を目指していたわけである。

コマンド〉が活動本部にしていたアジトはもはや、野蛮人が、二十一世紀に適応して生きている図としては見えてこない。ミルク入れの瓢箪もプラスチック製にしか見えない。エンツィアンが、夢精の過程でほっそりした白いロケットと交って〈啓示の光〉を得たと聖伝に記されたスポットには、たしかに黒っぽいシミが残って、それは奇跡的にまだぬれているんだが、今もただようその匂いはザーメンのものだとは知れていても、実際、石鹸か漂白剤のようにしか匂わない。壁に描かれた絵も、プリミティヴな粗々しさを失って、プリミティヴな空間性、深み、輝きを帯びてくる——そして変貌していくのだ、〈宇宙旅行〉の夢の実現をテーマにした三次元のジオラマになっていく。カーバイドの眩い光が、シューシューと音を立て、親しい誰かの口臭みたいに匂う。その光に照らされたジオラマからきみは目を離せない。数分後には、眼下で実際、何がどう動いているのか理解できてくる。縮尺のスケールを考えれば、とんでもなく遠くの出来事であるわけだけれど——そう、我らは今、〈ロケット・シティ〉（ラケーテン＝シュタット）に向かう軌道のゴール寸前のところに浮かんでいるのだ。磁気嵐に悩まされた苦闘の夜はすでに去った。われらの鋼鉄のまわりには今もチラチラと渦流が巻いているが、それも車窓についた雨粒のようなもの…そうだ、ここが〈シティ〉だ。「たまげた」（ホーリー）「すごいねえ」などの単調な声がエコーとなって去っていくなか、みんな地下の岩塩に開花した窓に群れる。*4 …中は奇妙な造形だ。こういう場所につきものだと思っていた対称性（シンメトリー）がない。ヒレも、流線形のコーナーも、高圧線や鉄塔も、どれひとつ、正統な国家的ヴィジョンの、単純でソリッドな幾何学に依拠していない——その種の形状は、さっきの、番号つきの坑道をツアーしている役人たちのものだ。この〈ロケット・シティ〉、静かなる宇宙空間の暗がりを背景に、あまりにも白く照らしだされた〈ラ

4 ノルトハウゼンの地下ロケット工場は、もともと岩塩採掘場だったところに作られた。

ケーテン＝シュタット〉は明らかな意図をもって〈対称を避け、複雑性（コンプレクシティ）をかき抱き、（序文から生の機械化（イマシネーション）＊5の諸項目まで）恐怖（テラー）を導入する〉ものなのだ——だがツーリストは眼前のその形態を、自分の時代、自分の惑星の事物に見立てずにはいないだろう——水盤中で打ち砕いたワインボトルのようだ、追いすがる死を振り切って生きつづけるヒッコリーマツ＊6にも似ている、長年放置されたコンクリート道路みたい、一九三〇年代後半にこんな髪型が流行った、いやこれはインドール系の分子じゃないか、それがポリマー化したやつ、〈イミポレックスG〉みたいに——

　待て、どいつだ、いま検知された思考の源は？　モニター、しっかりチェックをかけろ、急げ——

　だが、標的はすり抜ける、「中の連中は、自前のセキュリティでやってるんでね」と、例の若い中尉がスロースロップに説明する。「われわれの任務は地表面（サーフェス）のガードに限られるんだ。責任分担は〈ゼロ番横坑（シュトレン）の電源（パワー）と照明（ライト）〉で終わり。仕事としちゃ軽いもんだよ」悪くない人生だ。隊の人間で配置換えを望んでいる者もいない。娘たち（フロイライン）にセックスのお相手から飯炊き、洗濯までやってもらえる。シャンパンも、毛皮も、カメラも、煙草も、なんなら用立てましょうかね。……ロケットだけしか関心ないなんてことはないでしょ、それって狂ってますよ。うん、たしかに。

　戦勝の甘い汁といえば、安眠と掠奪の自由だが、次にくるのはきっと、駐車禁止標識を無視していいことだろう。そこら中、丸で囲ったPの文字に斜線を引いたマークが、樹に打ちつけられ、あるいは鋼材に針金で縛りつけられている。だが凹みだらけのメルセデスが到着したとき、メインのトンネルへの入口はすでにほとんど車でブロックされていた。

5　この特殊な単語の綴りは immachination。

6　アメリカ西部乾燥地帯に生育する、樹齢五千年ともいわれる不規則なかたちの樹木。

「クソッ」と若い戦車隊員は大声でののしって、エンジンを切り、そのドイツ車を泥んこの広場に、いい加減な角度のまま置き去りにした——中にキーを残したまま。スロースロップも、このごろそういうことに目敏く気づく……

トンネルの入口は放物線。パラボラである。アルベルト・シュペーア風のタッチだ。一九三〇年代、放物線に目がない独裁指導者が、新生ドイツの建築をアルベルト・シュペーアに委託、後には彼を軍需大臣に抜擢した。つまりA4ロケットを受注する事実上の責任者ってことだ。ここのパラボラの着想を得たのは、シュペーアの弟子のエッツェル・エルシュである。[*7] エルシュは、アウトバーンの立体交差やスポーツ競技場などに見られる放物線の形のよさに注目していて、これこそ何よりも現代的な形だと感じていたが、その形が、同時に、空間を進むロケットの軌道の形でもあると知ったときはさぞかし驚いたろう（実際それを見て、「オー・ザッツ・ナイス」と言ったらしい）。エッツェルの名は、フン族の王アッティラにちなんで母親がつけた名前だったが、なぜアッティラなのかはその理由は今も不明である。彼のパラボラ・トンネルの上部には高いロフトがついている。下を鉄道線路が這い、鉄の色がそのまま闇に続いている。入り口をカモフラージュしていた布が巻かれて脇に置いてある。そそり立つ山肌には、灌木や樹木の間に岩があちこち露出している。

スロースロップは、連合軍最高司令部発行、通行許可証を提示する。こいつは万能だ。アイゼンハワー元帥の署名があり、そのうえパリにいて米軍「V2スペシャル・ミッション」の長官を務める大佐の署名つき。ワックスウィングの手掛けるスペシャルな偽造品である。第五機甲師団、第四七機甲歩兵部隊、B中隊、という文字列には、ここのセキュリ

7　ヒトラーより十六歳若いシュペーア（一九〇五～八一）は、みずからも建築家志望だったヒトラーの信望を得てベルリン建設総監となり、首都大改造計画に着手。一九四二年には軍需相に抜擢された。エルシュという人物はピンチョンの創作。

ティを超えた仕事をしているという雰囲気がつきまとう。スロースロップがそれを見せると、みな肩をすぼめて通してくれた。検問所の兵士らはうろうろ、だらだら、田舎者の冗談を言い合ったりしている。中にはきっと鼻をほじっていたものもいて、二日後、スロースロップの目にする証明書には、洟の固まったのがこびりついているだろう。その褐色の結晶が、ノルトハウゼンへの査証（ビザ）なのか。

白い監視塔を過ぎて中へ。春の朝に変圧器がブーンとうなる。どこかで鎖がチャリン、トラックの後板がバタンと鳴った。轍の間、泥の盛り上がった嶺や縁は陽を浴びて半がわき、色は明るくひび割れている。近くから大きな汽笛の音。列車が寝起きの欠伸と伸びをしたみたいに聞こえる。日向に積まれたまぶしい金属球を過ぎて中へ。コミカルな標識つきだ――「プリーズ、ノー・スクイーザ、[8] 酸素ユニータ（ユニット）、詰めコーンジャ、ダメーネ」え、イタリアーノ、いつから、きてルーノ。…放物線（パラボラ）の下へ、寓意（パラブル）の下へ、山のなか、太陽の光の届かない、寒さと闇と〈ミッテルヴェルケ〉の長いこだまの響きわたる中へ入ってゆく。

タンホイザー症として知られる、そう珍しくない人格障害がある。山の下のトンネルに入りたくてしかたない。それもべつにエッチな期待を抱いてじゃない。必ずしもヴィーナスの色香、ホルダ夫人の愛撫を求めるのではなく、[9] 地の精を、きみより小さなクリーチャーを求めて、みずから頭巾をかぶって洞穴の通路を何マイルも歩く、そんな墓の中の時の経過を味わいたくてたまらなく好きでやってくるものがけっこう多いのだ。迷子になるのも恐れずに…公衆の目から、きみを裁こうとしている目から、逃れられるのがいい…愛の歌人（ミンネゼンガー）[10]だってひとりになるのは必要だ…曇天の日の長い屋内散歩が…閉所の安らぎ

8 原文NO SQUEEZ-Aは、Do Not Squeeze（詰め込むな）の意味のイタリアン・イングリッシュ。

9 ホルダ夫人（女神ホルダ）は性愛の神として、ヴィーナス（ヴェーヌス）と等価の存在。タンホイザー伝説については、690ページに註記した。

10 ミンネザング（宮廷恋愛の伝統にのっとった歌）をつくり歌う、フランスのトゥルバドゥールやトゥルヴェールに相当する中世ドイツの歌人。ヴァーグナーの歌劇で知られるタンホイザーはミンネゼンガーである。

が必要だ。誰ひとり〈死〉に関して、別様の考えを持たないところで。

スロースロップはこの場所を知っている。カジノでもらった地図を見て研究したという意味ではなく、**誰かいるぞ**とわかる、そんな感じで知っている。

工場の発電機から今も電気がきている。裸電球もほとんどが灯り、光の輪が切れているところは稀だ。闇を切りだし、大理石のようにあちこちに運び出すとしたら、その闇を不動の停滞から切りだして届けるのが電球という鑿(のみ)である。電球は〈屈辱(ヒューミリティ)〉のシンボル、〈神〉と〈歴史〉が踏み越えていった群れなす人びとを表す、大いなる秘密の聖像(イコン)のひとつとなったのだ。ドーラ収容所の囚人たちが掠奪に走ったとき、まず最初にロケット工場内の電球がなくなった。食べ物より前に、一番坑道の医療品ロッカーや医務局のクスリ・コーナーから悦楽の元が奪われつくす前に、〝解放〟された者たちは、まずなによりも、この壊れやすく、「ソケットから抜かれた」(ドイツ語でソケットのことも「母」と同じ単語で呼ぶ――ということはすなわち「母なしの」)イメージを自分のものにせずにはいられなかった……

ロケット工場の基本設計も、エッツェル・エルシュのインスピレーションによるものだ。ナチの魂が入っているところはパラボラと同じだが、同時にこちらは〈ロケット〉に属するシンボルでもある。SSの二字を少々上下に伸ばした形が、山中、優に一マイル以上も伸びているのだ。あるいはちょっとS字っぽく波うつ梯子を寝かせる――四十四本の格(こ)に当たる横坑(シュトレン)が、二つの主要な坑道をつなぐ形で。最深部では、厚さ二〇〇フィートほどの岩山が頭上からのしかかっている。*11

だがその形はただの長いSSではない。弟子のフープラが建築家エルシュのそばに走り寄

11 Mittelwerk の他、Raketentunnel で検索すると有益な画像、映像、テレビドキュメンタリーなどにヒットする。トンネルの略図を左に示す。

って「巨匠（マスター）！」と叫ぶ。「巨匠！」エルシュはミッテルヴェルケの一区画に陣取っている。そこは個人用の（どんな地図にも表記のない）横坑によって工場自体からは隔離されたところにある。そこで彼は、建築家という存在の誇大なイメージを練り上げた。助手全員に「巨匠」と呼ばせているのもその現れだが、彼のエキセントリックな性癖はそれに留まらない。ヒトラー総統に最後に提示した三作品はどれも、視覚的にはしっかりしていて、新ドイツ建築として美しいのだが、どれもちゃんと立たないのだ。見かけはノーマルでも、倒れるようにデザインされている。まるでオペラの客席にすわったふとっちょの男が横に居眠りして横の席に倒れこむかのよう。最後のリベットを打ち込み、新たに置かれた新しい寓意的彫像から最後の型枠が取り去られると、まもなく倒れこむのである。これはエルシュの「死の欲望」に由来する問題であると、小さな助手たちは語る。食事時の配膳所でも、陰鬱な石の積載ドックにあるコーヒー沸かしのまわりでも、大将に関するゴシップは絶えない。…日没はとっくに過ぎた。丸天井の、ほとんど戸外にあるような仕切り部屋のそれぞれに白熱灯が点いている。地下の小人（ノーム）たちは夜はここにすわっている。電球はある条件下でのみ光る。心許ない…次の瞬間にもプッツリ切れてしまいそう。…小人たちは製図板の前で作業中。今夜は夜なべだ。締切に間に合わせようと必死になっているのか、それとも、締切に遅れてしまった罰として仕事をやらされているのかは不明である。奥の勤務室からときどきエッツェル・エルシュの歌声が聞こえてくる。ビアホールで合唱するような卑俗な歌だ。今度は葉巻に火をつける。これが爆発する葉巻だということは先刻承知、今ちょうど走りこんできた弟子の小人のフープラも知っている。何者か知らないが、革命家気取りの男が、彼のシガーに火薬を仕込んだ。ただしそれが火薬としてヘナチ

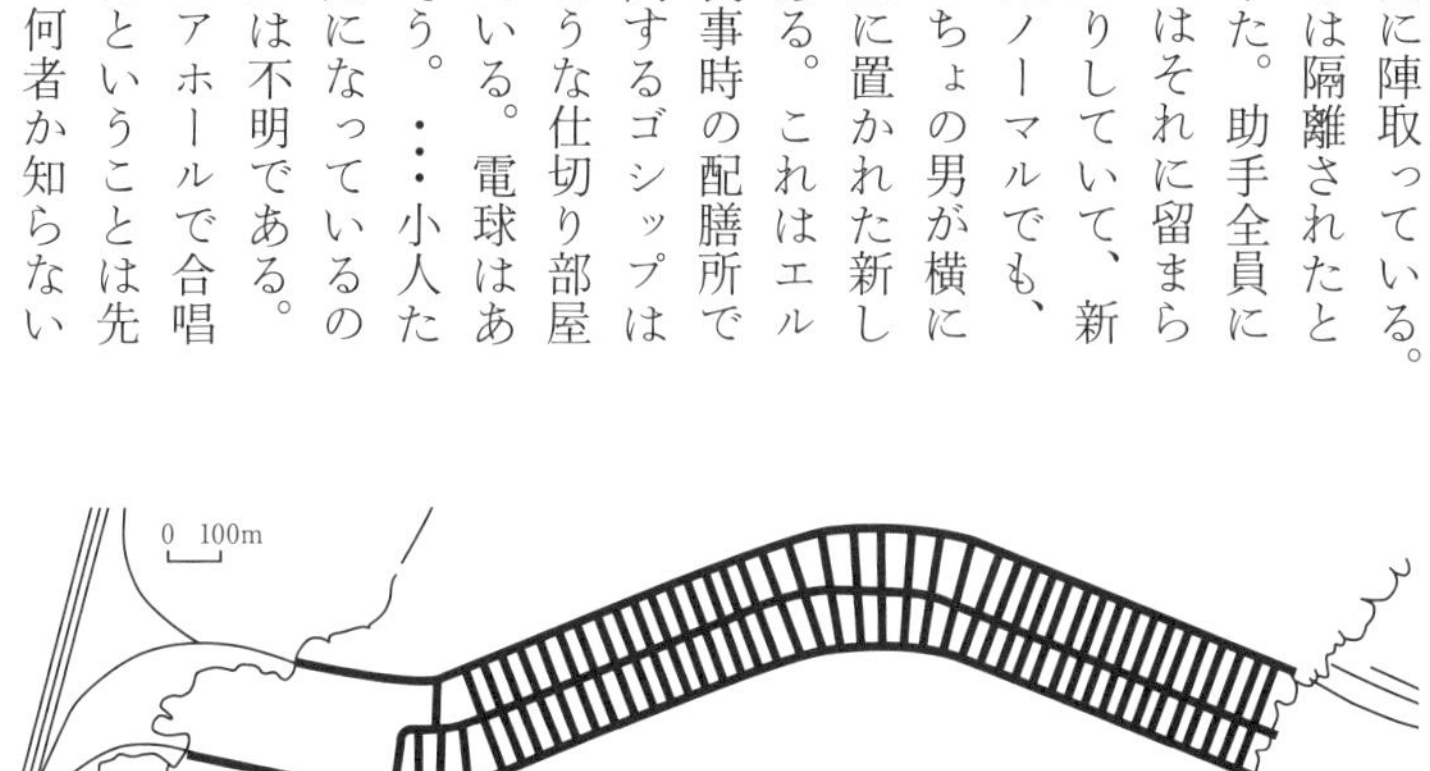

ョコなので冗談ですんでいる。「だめです、巨匠、火を点けちゃ。巨匠、消して下さい、おねがいです、爆発します!」

「何を伝えにきた、フープラ。かくも無礼な入室を敢行するとは、よほどの報せだろう。言ってみたまえ」

「しかし――」

「フープラ君…」ここで一発、巨匠にふさわしい紫煙の雲をプワーッと吐きだす。

「そ、それは、このトンネルの形状についてであります、巨匠」

「モゾモゾするのはやめたまえ。わたしはそれを稲妻二本を並べた形にデザインしたのだよ、フープラ君――SSの紋章だ」

「でも、それは二重積分(ダブルインテグラル)の記号でもあることを巨匠はご存知でしたか?」

「当然だ。ライプニッツは何と言った。ズメ、ズメと言っただろう[*12]」

バーン!

被害なし。だが、ロケットに関係したイメージは、自分の死も顧みず受け入れてしまうところにエッツェル・エルシュの天才がある。駆け出しの建築家として静的空間を扱っていた頃も、ちょくちょく二重積分の世話にはなっていただろう。数式的に把握された面に囲いこまれた体積値を求めるときも、質量やモーメントや重心の計算にも。だが、このところ何年も、そんな基本的な計算を自分でやることはなくなった。最近の計算といえば、マルクとペニヒの勘定であって、rとθによる想定上の角速度や、xとyによる単純な座標の計算は弟子任せだ。…だが生きたロケットのダイナミックな空間において、二重積分は別の意味を持っている。つまり、ここで積分は、変化率を操作して時間を消すという

12 「ズメ Summe」は英語の sum(寄せ集める)に当たるドイツ語。

ことなのだ。いわば変化を停止へとみちびくこと。•:• 毎秒メートル（m/s）を積分することで、メートルが得られる。動いている乗物が空間に凝結し、タイムレスな建築となるのだ。発射されたためしもない、この先落ちる恐れもないものに。

誘導の際に起こったのは以下のことだ――磁力によって中心に保たれている小さな振子があって、ロケット打ち上げ時に、重力gに抗して加速する際これが中心を外れる。振り子にはコイルがついていて、コイルが磁場を移動すると電流が流れる。振子が発射の加速による力で中心を逸れると電流が流れ、加速度が大きくなるにしたがってより大きな電流が流れるというしくみだ。飛行する〈ロケット〉の側では、まずその加速度を感知する。加速度いっぽう、その軌跡を追っている人間が最初に感知するのは、位置や距離である。加速度から距離を得るために、〈ロケット〉に必要なのは二度の積分。そのために、動くコイルと、変圧器、電解槽、複数の二極管ブリッジ回路とひとつの四極管（管内での容量性カップリングを遮断するために二つめのグリッドがついている）を必要とする。距離という、人間の目が直接感じるレベルに達するのに、それらが精巧に組み合わさったデザインの舞踏が必要とされるのだ。

例の後ろ向きの対称性が、ここでまた登場した。ポインツマンの目には映らなくても、カッチェはそれをとらえて、「ロケットみずからの命」と表現した。[*13] スロースロップは思いだす、カッチェの口元にようやく現れた笑みを、地中海の夕景を、剥離した樹皮がくり捻れたユーカリの幹を、薄暮の空のピンク色がむかしスロースロップが一度はいた米軍士官のズボンと同じピンク色だったことを、木の葉の酸っぱく鼻を突く臭いを。•:• 電流がコイルを流れ、ホイートストン・ブリッジを通ってコンデンサーに蓄電する。蓄電され

13　この言葉をカッチェは言っていないが、情景から察すると、428ページの発言を指していると思われる。

る電荷の値は、コイルとブリッジを流れる電流を時間で積分すると得られる。これが「IG誘導」[*14]と呼ばれるものだが、この改良ヴァージョンでは、二重に積分（ダブル・インテグラル）される結果、蓄電器の片側に集まる電荷が、ロケットの進んだ距離に正比例して増加する。もう片側には、打ち上げ前に、空間内の一点（燃焼終結（ブレンシュルッス））までの距離に対応する電荷がチャージされていた。正確にその点で燃焼が止まった結果として、ロケットはウォータールー駅の東一〇〇〇ヤードという目標に命中するのである。飛行中に集積する電荷（$\mathrm{B_{iL}}$）が、逆側にプリセットされた電荷（$\mathrm{A_{iL}}$）と等しくなった瞬間にコンデンサが放電。スイッチが切られ、燃料供給が絶たれ、燃焼終結となる。〈ロケット〉はみずからの命で、みずからの飛行に入る。

　以上は、ここミッテルヴェルケのトンネルの形のもつ、ひとつの意味だ。他にも解釈はありえるだろう。これを古代ルーン文字でイチイの木、さらには〈死〉を表象する文字だとすることもできる。[*15] エッツェル・エルシュの潜在意識の中で、二重積分とは、「隠された中心」を、「知られざる不活性（イナーシャ）」を、探り当てる方法の象徴となっていた、とも。その〈中心〉にあっては、〈文明〉の理念が堕落したものが、黄昏の薄明の中に巨大なモノリスの建造物を彼に残した。そこではコンクリート製の鷲たちが、十メートルの高さで凝固した姿をさらしているスタジアムがあって、そこに人びとが――〈人民（ザ・ピープル）〉の理念の堕落したものとしての人間たちが――群れ集まってくる。そこで、鳥が飛ぶことはない。そこの、凝結した石の死性の奥底にある中心を想像しようとして、〝核（ハート）〟、〝叢（プレクサス）〟、〝意識〟等の言葉を並べても役には立たない（声にしだいに皮肉のトーンがにじんでくる。無益なリストを並べながら、演技ではなく、マジに涙ぐんでいる）、〝聖域（サンクチュアリー）〟とか〝運動の夢〟とか、

14　ドイツ語の Integrationsgerät（積分装置）の略。

15　394ページ註**3**に示した文字で、読みは「アイワズ」「イーワズ」など。北欧では「ユル」。英語でイチイを表す yew の語源となった。

″永遠の現在を胎孕する胞嚢″、″生きている石たちによる集会でひときわその灰色の高潔さを際だたせる重力″、そんな言葉では言いあらわせない。それらの無益な言葉を拭いさってできる空間の一点、燃焼が止まるべくして止まるまさにその一点、打ち上げられることも落下することもないロケットの〈燃焼終結（ブレンシュルッス）〉の一点。その点を重心とする形象はどのように具現化されるのか。無限数の形象が可能だなどと言いだすなよ。ひとつだけしかないのだ。物事のひとつの秩序と別の秩序の界面をなすインターフェイスに描かれる――ほら、どの発射地点に対しても「燃焼終結」の点がひとつずつ存在するだろう。それら空の上の点々をつないでいくとどんな星座をなすだろう。その星座は、ゾディアックの十三番目の宮（きゅう）としての名がつくのを待っているのだ。だがそれらの「星」はどれも地表から近すぎて、地上の別の場所からは見えないところも多いし、〈ゾーン〉内の見えるところからも、まったく別の姿になってしまうのだ……

ダブル・インテグラル記号はまた、ぬくぬくと背を丸めて寝ている恋人たちの姿でもある。まさに今のスロースロップの願い――カッチェと過ごした時に戻りたい。たとえそれが再度の喪失を、今以上の傷みを意味したとしても――たとえ（いまも正直（オネスト）にカッチェのことが忘れられないから）偶然（アクシデント）によって守られながら、その偶然のより残酷な正直さから身を守るのはお互い同士のぬくもりしかないことを痛いほど知らされるのだとしても……そんな暮らしにいったい耐えていけるのか？ カッチェとふたり、そうやって暮らしていくことに〈かれら〉は合意してくれるのか？ カッチェについては、いままで誰に対しても、何ひとつ語れることはなかった。紳士的な配慮から黙っていたんじゃない。ＡＣＨＴＵＮＧのオフィスでタンティヴィ相手にロンドンの女たちのことを語ったときに、話を改竄したり、名前を変えたり、でたらめを織りこんだりしたのとは違う。むしろ、類似のイメージに、またはあるひとつの名前に、魂が捕らえられてしまうことへの心底からの（プリミティヴ）不安があったのだ。・・・〈かれら〉のもたらす数々の散逸作用（エントロピー）から、カッチェを保存したかった。〈かれら〉の甘言やら金から、守れるものを守りたい。もしカッチェに関してそれを守っていくことが可能なら、自分に関しても同じことができるのではないかという気がする・・・スロースロップと〈自分のものだと思っていたペニス〉のことで、こんな気高いことをいうのも変だけど。

　頭上を脊柱のように蛇行していく板金の導管の中で、工場の換気音がうなる。ときどきそれは誰かの声のようだ。どこか遠くの往来のようだ。スロースロップに直接話しかけてくるのではないのだが、もっとはっきり聞こえないものか・・・

　光の湖、闇の通路。トンネルのコンクリートの外装が途切れた先は、断層の表面に白い漆喰を塗った壁面となる。遊園地の洞窟のようなウソっぽさだ。トンネルとクロスする横坑への入り口が、口から排気しているチューンドパイプのように過ぎていく・・・ひと頃はここで旋盤がギーンギーンと音を立て、いたずら好きの作業員が、切削油の入った小さな真鍮の油差しで、油をひっかけあっていた・・・握り拳の関節がグラインダーの回転輪にふれて血を滴らせ、毛穴と皺と生肉に細かな鋼鉄のケバが刺さった・・・合金やガラスの管が縮む甲高い音が真冬を感じさせ、小さなネオン管の間を琥珀色の光が密集して走りぬけた。そのすべてが現実だった時があったのだ。ここミッテルヴェルケでは「現在を生きる」ことを長く続けるのはむずかしい。きみが感じるノスタルジアも、きみ自身のものではない。だがそいつの力は絶大だ。暗がりの、最終的な（ターミナル）たそがれの中で、あらゆるものが静止し、溺れ、力を失った。金属の表面を酸化の硬膜が薄く覆って——分子一個ぶんの厚さのところもある——映りこむ人の顔にフェードをかける。麦藁色したポリビニルアルコール樹脂のベルトが弛んで、工場の最後の臭いの痕跡を吐きだす。漂流中に発見され、霊の気配がただよい、最近まで人のいた気配がする点は同じだとしても、ここミッテルヴェルケは、伝説の難破船マリー・セレスト号[*16]とは違う。まず行き先が一方向ではない。足下の軌道は前後に、静止したヨーロッパ全体にめぐっている。そして、われわれに冷汗と鳥肌をもたらす恐怖感も、中で起こった謎に対してではない。それは、〈ここで起こったかもしれないこと〉に対する屋根裏部屋的恐怖ではない。ここで事実起こったことを、かなり具体的に知っていることの恐ろしさだ…広大な物寂しい場所にひとりで立つと、すぐにも荒野の恐怖のパニックに襲われそうになるが、これは基本的に、都会人の不安である。きみは時の経過の内側で迷子になり、隔絶され、それで動転しているのだ。〈歴史〉が消失し、帰還するためのタイム・トラヴェル用カプセルも見つからず、疎開が終わって誰もいなくなった大都市の中央駅の、終末的な寂寞感に包まれる。明かりの途切れたところで、都市に棲息する牧神の従兄弟がいつもと同じメロディを吹き鳴らす。みんないなくなりしずまったぶん、その音はいつになくくっきり聞こえる…納屋のツバメの魂たち、褐色の黄昏でできた魂たちが、白い天上へ昇る。…これは〈ゾーン〉だけでしか見られない。新しい〈不確定性〉に応えるものだ。かつて幽霊といえば、死者のイメージか、生霊を意味した。だがここ〈ゾーン〉では、物事のカテゴリーの境界がひどくぼやけてしまった。きみが思慕し、探し求める大事な人の名前のステータスが、曖昧で疎遠なものになってしまった。それも単に人間の大量消失に役所の管理がついていけなかったというレベルのことで

16 一八七二年、ポルトガル沖を無人で漂流しているところを発見された商用帆船。

はない。まだ生きている者も、すでに死んだ者も、多くが自分がどっちに属しているのか忘れてしまったのだ。彼らの似姿が役に立たない。ここにあるのは、単に明るみや暗がりに残された包み物だけ――〈不確定性（ふたしかさ）〉のイメージだけだ・・・

ポストA4時代の人類が動いている。トンネルのあちこちで物を打ち鳴らし、声を張り上げているのが聞こえる。カーキ服にバッジをつけた民間人。ヘルメットライナーにGEのロゴマークがステンシル印刷されている。ときどき、こちらを向いてうなずくものがいる。眼鏡が遠くの電灯の光をキラリとさせる。たいていの物はこちらを無視して歩みさる。軍の作業隊が、リラックスした足取りで、文句を言いながら、木枠を担いで進んでいる。スロースロップは空腹で、イエロー・ジェイムスの姿は見えない。だがここには、このフリーランス記者のイアン・スカッフリングにハローと呼び掛けてくれる人もなく、まして食べ物の心配をしてくれる人などいるわけは――いや、おい、待てよ。なんだこの女子派遣隊は。みんなピッチリした（ピンク色の）ミニ白衣を、むきだした太股の最上部まで垂らし、おしゃれな金のウェッジ・ヒールの靴を履いて、足元をふらつかせながらやってくるではないか。「アー・ゾー・ライツエント・イスト（すごいステキなかた）！」こんなにたくさん一度に抱き留めきれないよ。「ヒュプシュ（かわいこちゃん）・ヴァス（なあに）？」ちょっとちょっと、カワイコちゃん、一人ずつお願いしますよ。みんなクスクス笑いながら腕を伸ばし彼の首にかけてくれる――銀色に繁茂する六角ナットや継ぎ手の埋め輪（フランジ・フィッティング）の花輪を。深紅の抵抗やら鮮黄色のコンデンサーやらが小さなソーセージのように連なっている。ガスケットの廃物もだ。何マイルものアルミの削り屑はクルリ、ふんわり、キラキラしてシャーリー・テンプルの頭のよう――ホーガン兄貴さ、フラ・ガールズならオレ、いらないから――でもこの娘たち、おれをどこへ連れてこうっての。ひとけのない横坑かい、そこで信じらんないご乱交か、ケシはたんまり、来る日も来る日もプレイと歌とに明け暮れるのかい。

　二十番坑道から先は、人の往来がもっと頻繁だ。A4の組み立てをやっていたのがここだが、同時にV1やターボプロップ機の組立も行なわれていた。これら、二十番台、三十番台、四十番台の横坑で組み立てられたロケット部品は、左右のトンネルに作られた二本のアセンブリー・ラインに送り出されていた。奥へ歩いて行くにつれ、ロケットがロケットになっていく過程を逆向きにたどることになる――過給機（スーパーチャージャー）、中央部の各セクション、[*17]機首のアセンブリー、パワーユニット、制御装置、尾翼…この尾翼の板はまだトンネル内にいっぱいだ。上向きのもの、下向きのもの、交互に立てかけられている。どの列もまったく同じ、窪みのついた波打つ金属曲面だ。スロースロップが通りすぎると、面に映った自分の姿が異様に歪んで流れていく。これはまた、地下洞にずいぶんでかいビックリハウスを作ったもんだ。…小さな金属車輪のついた空のトロッコが連なっている。それが運ぶのは、天井を向いて立っている、尾翼が四枚ある矢尻型の物体だ――ああ、そうか――この尖ったホルダーはきっと、ロケットの推進チェンバーの開口ノズルの内側にガチャンとはまったものなのだろう。ほらみろ、いっぱい並んでいる。スロースロップの背丈ほどはあるデカ物だ。バーナーカップ近くには白ペンキで大文字のA。…頭上は、白い被覆材でおおったパイプの列だ。太いやつがくねくねと這い、焼け焦げた頭蓋のリフレクターはスチール・ランプの光を反射していない…トンネルのセンターラインにそって走るラリー支柱はほっそりとしたグレイ、露わになった繊条に古サビがこびりついている…青い影がスペアの部品を収めたケージを通って、その先の厚板とIビームにかかって

17 中央部には上に大きなアルコール・タンクが、下に液体酸素用タンクが収まった。

いる・・・線路脇にはガラス綿の絶縁体が雪のように積みあがって・・・
最終の組立作業が行われるのは、四十一番の横坑だ。そいつは完成したロケットが収まるよう、五〇フィートの深さがある。その底からどんちゃん騒ぎの声がわき上がってきた。明らかに常軌を逸した連中の声がコンクリートの壁に響き渡る。メイン・トンネルの先で、うつろな目と赤ら顔をした人員が、みんなして体を揺らして騒いでいるのだ。スロースロップが目を細めて深い穴の底を見やると、大勢のアメリカ人とロシア人が巨大なオーク材のビア樽のまわりに集まっている。ヒンデンブルク風の赤い口髭をはやした小人(ノーム)サイズのドイツ人が、泡いっぱいの大ジョッキを配り歩いている。連中のほとんどの袖口から立ちのぼる紫煙は、銃口から出る火薬の煙のようだ。アメリカ人が歌うのは——

《ロケット小唄[*18]》

むかしV2(ブイツ)というのがあって
操縦しなくも飛んでった
ボタンひと押し
跡に残るは
おおきな穴と死骸だけ

この節は、アメリカ中の寮生に知られた節なのだが、なぜかそれを、〈ナチ突撃隊員〉のスタイルで発声するのだ。すなわち各行の最後の音を鋭く切る。そして一拍おいて、次

18 「小唄」と訳すのは「リメリック」と呼ばれる五行定型の戯れうた。原詞は三拍子で歌うのに適しているが、日本の猥歌風に翻訳した。

の行頭に強いアタックをかけるという唱法だ。

［リフレイン］ヤー、ヤー、ヤー、ヤー！
プロシャじゃプッシー食べません！
小猫いっぴき、歩いちゃいない
あるのはゴミだけ、うんざりだ
露助（ラスキ）の兄さん、ワルツ踊って

酔っ払いどもが鉄の梯子からぶら下がり、キャットウォークからダラリと垂れている。長い巣窟（キャヴァーン）をビールの泡が這い、立ったり転がったりしているカーキ色のロケット部品の間を流れる。

クロケットという若え（わけ）のが
ロケット姉御とできちゃった
ハメハメするのを
見てるはいいが
下手に手をだしゃ、おおこわい

スロースロップは空腹だし喉もかわいている。四十一番の横坑が毒に染まった悪の臭気を発しているのは明らかながら、どうにかそこへ降りていってランチにありつく手立てはないものか。どうやら唯一の方法は、頭上の巻揚げ機から垂れているケーブルを使うことらしい。赤ワインを口飲みしながら操作盤の前を行き来している、南部訛りの太った上等兵が「オーケー、ジャクソン、降ろしてやっぺ、WPA[*19]の現場仕事で動かしかた教わったから」口髭をピンと伸ばし、キッと気を引き締めたイアン・スカッフリング、片足を結び目にかけ、もう片方は宙ぶらりんのままケーブルに乗り移る。モーターが電気のうなりをあげる。最後の鉄の手すりを放し、ケーブルにしがみついたら、足の下は五〇フィート下まで薄暗がりの空間だった。ああ・・・

ケーブルが巻き降ろされ四十一番横坑の上にぶら下がる。ずっと下でうごめく人間の頭、頭。ジョッキにわき立つビールの泡が、暗闇の松明の揺らめきのようだ——と突然モーターが止まった。スロースロップは岩のように落ちていく。オー、ファック。「まだ若すぎる！」甲高い自分の叫び声が、ラジオでしゃべるティーンエイジャーのようだが、恥ずかしいなどといってられない。下からコンクリートの床が自分めがけて猛スピードで襲ってくるのだ。型枠のマークのひとつひとつが、自分がその上にビシャッと飛び散るであろうチューリンゲンの砂岩の黒ずんだ結晶のひとつひとつがはっきり見える。体が飛び散ったら——起き上がろうにも無理だな。複雑骨折ですむ可能性はゼロだ。・・・あと一〇フィート。ここで上等兵がブレーキをかけた。上からも背後からも、狂ったような笑いが起こる。ピンと張ったケーブルが、それを握りしめるスロースロップの手の中で歌っている。その手が離れた。落ちる。そして片足をひょいと吊り上げられた恰好でぶら下がる。[*20]頭の周りはビア樽に群れる陽気ないたずら者たち。彼らはこんな感じのご到着にはもう慣れっこになっているから気にも留めない。歌いつづけるばかりである。

19 大不況期、ローズヴェルト政権下に発足した「公共事業促進局」。

20 タロットカードの「ハングドマン」の図。A・E・ウェイトによれば、このカードの象徴的

ヘクタってぇ名の若造が
ローンチャ＝エレクタ[*21]に恋をした（けど）
ピュッときてポン
水圧低下
ヘクタのコネクタ、フニャけてしもた

若いアメリカ兵が代わりばんこに立ちあがり（立ちあがれる場合）大ジョッキ（タンカード）を差し上げて、A4またはその部品とどうやってやるかについて歌うのだ。ところで、スロースロップ自身も、歌っている当人も気づいていないが、これらの歌はまさにスロースロップに向けて歌われているのだ。逆さになった世界を落ちつかず眺め回し、脳が充血して視界のまわりが赤くなる頃、奇妙な思いがスロースロップを捕らえた――今自分の踝をつかんでいるのは、ライル・ブランドおじさんではないのかと。酔いどれパーティの縁に、そうやって堂々とぶら下がっていると、「ヘイ！」クルーカットの若いのが声を出した。「こいつ、ターザンみたいだぜ、アッハハー！」。酔っ払って大声でわめいている兵器部隊の兵士が数人、スロースロップを引っつかもうとする。捻ったり突ついたり、しばらくしているうちにワイアの輪から足が外れた。巻揚げ機がヒュルヒュルと、さっき落ちてきた道を上がっていく。悪ふざけの操縦士のもとへ、次のカモのもとへ。

ブランドーって名の若旦那

意味は諸説あれど不明。吊るされた男は必ずしも犠牲者とはいえず、背後の木も葉が繁っており、男も恍惚とした生者の表情をして、〈神聖〉なるものを被っているかに見える。544ページには子供時代のスロースロップが逆さ吊りになったエピソードがあった。

21 ロケットを水平に運び、垂直に立てたあとは発射台として機能する「マイラーヴァーゲン」のこと。

弾頭と浮気をしたそうな
それみて母ちゃん
出て行った、ソレ
ブランドーなんか、シランドー

ロシアの連中は無言のまま激しく酒を飲み、ブーツを引きずって歩き、眉をしかめている。もしかしたらこれらの小唄を訳そうとしているのか。ロシア人がアメリカ人滞在を黙認しているのか、それともその逆なのかは不明である。誰かがスロースロップに薬莢を押しつけた。氷のように冷たくて、脇から泡が垂れているやつ。「なんだい、イギリス人も来るなんて聞いてねえよ。まったく、いいパーティじゃねえか。帰っちゃうなよ——こいつもすぐに仲間さ」

「誰だい、そいつは」スロースロップの視界に、何千もの夜光虫がうごめいている。忘れていた足の痛みがまたチクチクいいだした。それにしてもこのビールはよく冷えてる、ホップの苦みも利いているし、外に出なくても一息つける、こりゃいいや——ゴクン、ハアア、いいねえ。顔を上げたら髭が真っ白、泡がぶつぶつ。いきなり一団の周囲から、がなり声のお囃子が始まった。「おいでなすった」「ビールを注げ」「こんちわ、少佐、ベイビー、サー」

アーバンって名の下士官が
タービンと抱き抱きしたそうな

おんな抱くより
気持ちいい、いい
バーボン飲むより安あがり！

「何が始まってんの」自分の手の中に突然出現した二杯目のビールの泡ごしに、スロースロップがたずねる。

「マーヴィ少佐さ。これは少佐の送別会なんだ」〈マーヴィズ・マザーズ〉は全員今度は「あいつは陽気ないいヤツだから」[*22]を歌っている。そのことはまあ、世渡りの術を心得ている人間なら誰も否定はしないだろうって、そんな印象は否定しがたい・・・

「で、少佐、どこへいくんだい」

「遠くさ」

「ここで、GE社の人間と会うんじゃなかったのか」

「会うさ。この勘定を誰がもつと思ってんの」

地下の灯下に見るマーヴィの姿は、貨車の屋根の上で月光に照らされていたときにもましてヒドイ。ダブダブの脂肪塊、出目金の目玉、ニタリきらめく歯列、どれもここでは灰色に滲んで、映像として粗悪である。鼻梁にはスポーツ選手風絆創膏。片目を隈どる紫・黄・緑の輪っかは、あの晩、鉄道の土手を転げおちていった証しだ。送別会に集った面々と握手をし、男同士の友愛のしぐさを見せて、ロシア兵にはまた特別に気をつかっている――「あんたのそれ、ウォッカでカツ入れしてんな」といって続けざまに「ポコチン元気か？」ロシア人に通じているようすはない。彼らは薄ぼんやりと歯をむいて、イースター

22 ギネスブックによると世界中で二番目によく歌われる歌。原題は“For He's a Jolly Good Fellow”。

エッグの目玉で見つめるばかり。スロースロップが鼻からビールの泡を吹いたそのとき、マーヴィ少佐と目が合った。相手の目が大まじめに飛び出す。

「いたぞ、そいつだ」震える指でこちらを指しながら、猛獣のような声を轟かせる。「コン畜生め、あのエゲレス野郎、捕まえるんだ。いけ、おめえら！」捕まえろって。スロースロップは、一瞬その場に突っ立って、相手の指を見続けた。ぽっちゃりキュートな脂肪の飾り書きや渦巻き模様はどんな意味を伝えようとしているのだろう。

「まあまあまあ」イアン・スカッフリングが弁解を始めようとしたときには、敵意に充ちた多数の顔がにじり寄っている。フム。……ってことは、そうだよ、逃げんと——最寄りの頭にビールをひっかけ、からっぽの薬莢を別な頭に振り上げて、群れの中に隙間をみつけ、そこをすり抜けていく。酔いつぶれた赤ら顔をヒョイとよけ、軍服にゲロが花綵のようにかかったビール腹を飛び越えて、ロケットの部品が散らばる中、深く掘ったクロス・トンネルの奥へと逃げこんだ。

「目ーさませ、ウスラトンカチ」マーヴィは絶叫している。「あん畜生を逃がしたら許さねえぞ！」少年の顔に白髪を生やした軍曹が、胸に抱いて眠っていた軽機関銃(グリース・ガン)をもって立ち上がり「ドイツ兵だ」と叫ぶや、ビア樽に向かって耳をつんざく音とともに45口径の弾丸が飛んで樽の下半分を破壊した。噴出する琥珀色の洪水が追っ手のアメリカ兵にうちかかり、その半数はスッテンコロリン。たっぷりリードを奪ったスロースロップは早くも坑穴の向こう端、見つけた梯子を一段とばしで這い上がる。銃声の嵐——サウンドボックスと化した坑穴にすさまじい音で反響する。マザーズ軍団の泥酔ぶりに救われたか、それとも暗がりがさいわいしたか、息を切らせたスロースロップは梯子の最上段まで登り切った。

もう一本のメイン・トンネルに出たスロースロップは、出口めざして長い道のりを走り出す。息が続くかどうかなんて心配しているときじゃない。二〇〇フィートに満たないところで、追っ手の先頭が梯子を登りきって追ってきたのがわかった。身を翻して脇に跳びこんだ場所がちょうどペンキ室で、ドイツ国防軍のグリーンのペンキだまりの上をツーと滑ってひっくり返ったスロースロップ、黒と白と赤の大きなペンキだまりを滑りぬけ、止まった先が一足の戦闘ブーツ。そこに立っていたのはツイードのスーツを着た、白い水牛ヒゲの老人だった。「グリュースゴット」[*23]

「あの、追っ手に殺されようとしてるんですが、どっか隠れるところとか——」

老人はウィンクし、スロースロップにその横坑へ手招きし、そこからさらにもう一本のメイン坑道へとみちびいた。途中ペンキの筋がついたオーバーオールを見つけてつかみ取ったスロースロップ、横坑を四つ過ぎて次をいきなり右に曲がると、そこは金属保管エリアである。「見てごらん」老人は笑いながらメタルの間を進んでいく。冷間圧延鋼板の青いラック、アルミニウム塊の山、三七一二番の延棒の束、一六二四、七二三。…「これは楽しくなるぞ」

「そっちじゃない、そっちからみんな来るんだ」だが妖精(エルフ)にしては大きすぎるこの老人はせっせと頭上の巻揚げ機からケーブルを垂らし、その先にモネル合金[*24]の束を引っかけている。スロースロップはかっさらってきたオーバーオールを着こみ、オールバックだった髪を前に垂らし、ポケットナイフを取りだして口ひげの両端を切りおとした。

「そんなにヒトラーそっくりの顔にしていいのかね。連中はもっと殺気立つぞ」これがドイツのユーモアってやつか。老人が名乗った。グリンプフ、ダルムシュタット工科大学

23 南ドイツ、オーストリア地方の、ごくふつうの挨拶。

24 酸化しにくく耐熱性の強い、ニッケルと銅を主成分とした合金。戦後もロケットの機体に使われた。

数学科教授、連合政府科学アドヴァイザー云々。肩書きがしばらく続いて、「さて——こっちへ連中を引き入れよう」

そんな悠長な……こっちは狂った殺人鬼の手中に落ちようとしてるのに——「ここにずっと隠れていればいい。やつらがきみのことを忘れてしまうまで」だがすでに、モワンとした叫び声がトンネルを渡ってきた。「三七と三八はオール・クリアだ」「オーケー、おまえら奇数の番号を見てくれ、おれたちは偶数をチェックする」。忘れるどころか、坑道を片っ端からしらみつぶしに捜索している。もう戦争はおわった、勝手に銃をぶっぱなしてはいけないんだが……しかしあいつら酔ってるから……まずい、これは。スロースロップは顔面蒼白。

「どうしよう?」

「きみにはイディオム英語のエキスパートとして、何か連中を挑発する言葉を吐いてもらう」

メイン・トンネルに顔を突きだしたスロースロップは、自分にとって最高のイギリス・アクセントでこれを叫ぶ——「マーヴィ少佐のオフェラ野郎」

「こっちだぞ」GIブーツの飾り鋲がコンクリートを早駆けで蹴る音。それ以外のたくさんの不吉な金属音も一緒に聞こえる。

「ほれ」グリンプフ教授の目がいたずらっぽく輝いた。巻揚げ機が起動する。

スロースロップの頭の中に新鮮な考えが訪れた。もう一度顔を突きだして、「マーヴィが舐める、まっクロけのチンポ!」

「もう逃げたほうがいい」とグリンプフ。

「そりゃ惜しいな、あいつの母親の悪口、すごくいいの思いついたのに」巻揚げ機と合金棒の束をつなぐケーブルの弛みが、少しずつ減っていく。これが高く上がり、米兵軍団がちょうど駆けこんできたタイミングで、上から降ってくれたら万々歳だ。

反対側の出口から駆けだしたスロースロップとグリンプフが、トンネルの最初のカーブにさしかかる。後方からの灯りが途だえる。換気装置はうなり続けている。暗闇の中でうなり声は迫力を増す。

モネルの束がすさまじい音を立てて崩れた。スロースロップは岩壁に触れ、真暗闇の中を壁伝いに進んでいる。グリンプフ教授は、まだどこか洞穴中央の線路上だ。息も荒くない。なんと一人でクックックッと笑っている。後方からは、バタバタと追ってくる連中の騒ぎが空洞を伝わってくるが、灯りはまだこない。そのときカチンという小さな音がして、老教授が鋭く「ヒメル！」と言った。追っ手の叫び声が大きくなって、最初の懐中電灯の光がキラリと差す。のんびり風呂に浸かってる場合じゃないぜ――

「何なんだい？　早くしないと・・・」

「来てごらん」グリンプフは、お猿の電車のようなものとぶつかったのだ。暗闇に、その輪郭が微かに浮かび上がる――かつてはベルリンからの訪問客をこれに乗せ、工場を案内して見せた。その牽引車両にふたりよじ登って、グリンプフがスイッチをいじりまわす。

出発進行！　マーヴィが切ったのは灯りだけだったとみえる。背後で火花がパチパチしてる。今は頬に風もかかり、快調な汽車旅とあいなった。

ナチの兵隊さんも玉突きしてる

ミッテルヴェルク・エクスプレス
おかしなファシスト将校さん
口髭ひねって、どこゆくの？
行く手に見えてこないかね
物不足も税金も
存在しない明るい国家
トンネル抜けたら素敵な未来だ
ミッテルヴェルク・エクスプレス！

グリンプフがヘッドランプのスイッチを入れた。ブーンと飛びさる横坑から軍服の人影がこちらを睨んで、汽車の過ぎさる前に一瞬、その白眼がキラリと光を返した。手を振るものもいる。ヘ——ィと呼びかける声が、ドプラー効果で、ヘイ－エイ－イ－イとなって届く。昔ボストン・メイン線で夕べの帰宅をするとき、踏切で待つ車から聞こえたクラクションがちょうどこんな感じだったっけ。……このエクスプレス、スピードはかなりのもんだ。湿った風がヒューヒュー頬を過ぎていく。ランプの後方散乱の中に、ロケット弾頭部のシルエットが浮かぶ。機関車の引っぱる平台の貨車二台に乗っているのだ。線路脇のほとんど光が届かぬ暗がりで、小人族の住人らは逃げたり身をすくめたり。みんなこの小型列車を自分たちの所有物だと思っていて、大きな人間どもが我が物顔で乗り回すのを苦々しく思っているに違いない。梱包用の箱の山から、足をぶらぶらさせている者。暗がりで逆立ちしている者。その目が緑や赤に輝く。頭上から垂れたロープに飛びのって、グリンプフとスロースロップにカミカゼ特攻隊もどきの攻撃を加えようとしている者さえいる。その「バンザーイ、バンザーイ」が笑い声に変わって消えていく。すべては遊び、みんなすごく人好きのするやつら——

と、すぐ後ろでメガフォンを通したようなダミ声の大合唱——

蓄電池(バッテリー)に目のないスラッテリーってのが

「オー・シット」不意を衝かれたスロースロップが罵った。

やった相手がコースジャイロ・バッテリー[*25]
五〇ボルトに
ビリビリしたあと
お股ぐんにゃり、ベットリー

ヤー、ヤー、ヤー、ヤー!
プロシャじゃプッシー食べません! [以下同文]

「後ろへ行って、あの貨車を切り離せるか?」グリンプフが尋ねる。
「はあ、なんとか…」とは答えたものの、何時間もまごまごしそうだ。その間にも——

25 飛行進路を一定に保つためのジャイロスコープ用蓄電池。

波乗り好きの　ポープってのが
ネンネした相手がオシロスコープ
ゆらりふんわり
直流交流
絶頂曲線、急勾配のキュ！

「やったぞ機関士」グリンプフがポツリ。貨車を切り離した機関車はぐっとスピードを上げる。軍服の襟先、袖口、バックル、ベルト、すべてを風が引きちぎっていくかのようだ。後方から岩盤に金属がぶつかる大音響。暗闇でわめく男たちの声。

「あれで始末がついたろうか」

そういうわけにもいかないようだ。軍団はすぐに態勢を立てなおし、今度はパートにわかれ、

流体好きのユーリってのが
つっこみました、ベンチュリ管*26
ガラス、キュイっと
すぼんだところが
気持ちいい、いい、センズリ管

「オー、ケーイ、野郎ども、燐光トーチを持ったか？」

26　管の途中が一部細くなったガラス製などの管で、太さの異なる部分の圧力の違いから流量が測定できる。

「スタンバイ！」

警告はそれだけ。ガーンと目のくらむ衝撃をともなって〈白燐弾〉が炸裂する。トンネル内ぶたちまち白光の洪水が起こり、一、二分の間は誰ひとり、なにひとつ見えない。驚愕の白い闇をまっしぐらにつき進むだけだ。熱くはない、白いだけの光。見えない世界を慣性だけで疾走する。スロースロップにはこれが恐ろしく懐かしく感じられるのだ。自己の中心に——いつも避けていた、記憶するかぎり面と向かったことはない——彼自身の時の趨勢（モーメンタム）そのものに、いま初めて肉迫している。こまごまとした顔や事実のいっさいが取りはらわれ、彼と〈ロケット〉との一対一の契約だけが浮かび上がる。カモフラージュも目くらましもないホワイトな瞬間。空しくもやたらに袖を引っぱるもの——**重要なのだ……見てくれ……わたしらを……**だがすでに時おそし、声はただの風に変わり、g荷重[27]がのしかかるだけ。彼の目玉の充血にふれた白さは象牙色にくすみはじめ、金色の筋を生じ、網状のエッジを生じ、だんだんと割れた岩に変じていた。彼をすくい上げた手はふたたび彼を降ろしたのだ、さっきと同じミッテルヴェルケに——

「やったあ、さっきのあん畜生、みつけたぞーい」

白燐光の中から、ディーゼル機関車が現われた。ピストルの弾の容易に届くところだ。スロースロップが切り離した二台の貨車を後ろから押している。機関車の中に詰まっている、充血した目、モジャモジャの髪、ふくれた体。それらの米兵の肩に斜めになって担がれているのが、マーヴィ少佐御大である。でかいステットソン・ハット[28]をかぶり、左右の手に二丁の45口径自動拳銃を構えている。

スロースロップは牽引車後方のシリンダーの陰にまわって頭を引っこめた。マーヴィが

27 （加速度による荷重のない）重力による重み。

28 カウボーイ・ハットの代名詞となったブランド。

拳銃のめくら撃ちを始める、兵士らの醜悪な笑い声に後押しされて。スロースロップはそのとき気づいた。自分が身を隠したこれ、これもまたもう一個のロケット弾頭であるようだ。この中に、もしまだアマトールが入っていたら[＊29]――ねえ教授、この距離で45口径の弾丸が当たったら、その衝撃波で、この弾頭が爆発しますかね、外側に当たっただけで。ヒューズが装備されていなくても？　それはタイロン君、単純にいえることではないな。弾丸の初速、外壁の厚さや組成――

　マーヴィの乱射する銃弾がバギュン・ガキンとトンネルの全域に跳ねかえるその中を、スロースロップは、引きつる腕と脱腸になりそうな腰を頼りに、弾頭をエイヤと傾け、グラリ動かし線路脇へ落とした。それは一度弾んで、一本のレールを斜めにクロスするように止まった。でかした。

　燐光は引きはじめ、横坑の入り口にふたたび影が集まる。マーヴィの乗った前の車輛が恐ろしい音を立てて障害物と衝突。逆V字に折れ曲がり、ディーゼル機関車はあわててガギガギとブレーキを効かせるけれども脱線し、ズジズジと滑走してグラリ傾く。狂乱した米兵たちは必死になって手すりに、お互いに、空気につかみかかる。スロースロップとグリンプフが積分記号の最後のカーブを曲がったところで、背後からもう一回、壮絶な衝突音がした。金切り声が長々とこだまする。とそのとき、トンネルの出口が見えた。緑の山の斜面、降り注ぐ陽光を縁どる放物線がだんだん大きくなる。

「きみは車で来たのかね」眼をきらめかせ、グリンプフが尋ねる。

「え？」スロースロップは、乗ってきたベンツにキーが差したままだったことを思いだした。「ソウダ――」

29　V2ロケットの弾頭はおよそ一トンのアマトール爆薬を搭載していた。

グリンプフがゆるやかにブレーキをかける。パラボラの下を通り、日射しの中で、なかなかスムーズで堂に入った停車である。ふたりはB中隊の歩哨に敬礼し、そのまま進んでベンツをいただく。それは、あの若い中尉が乗り捨てたままの位置にあった。

道路に出るとグリンプフは、スロースロップの運転ぶりを用心深くうかがいながら、北を指さした。ハルツ山地へのクネクネ道を、山陰から出たり入ったり、松や樅の木の香りに包まれながら、カーブをキーキー、ときどき危うく転落しそうになりながら登っていく。スロースロップは、道路状況に対していつも間違ったギアに入れる天賦の才があるうえ、追っ手のことが気になって、目玉はバックミラーか、さもなくば背中の側に行きっぱなしだ。頭の中は、後ろから強力エンジンを搭載した兵員輸送車や轟音を鳴り響かせるサンダーボルトの戦隊のイメージで充ちている。見通しのきかない角を曲がるのに、舗装された道幅をいっぱいに使う——それってロードレーサーのテクでしょうよ——のだが、折しも坂を下ってきた米軍二トン半トラックと鉢合わせしたときは危うかった。接触寸前のすれ違いざまに、向こうの運転手の口からFucking idiot（クソバカタレ）の文字が現れるのがほとんど見えそう。喉元の近くで心臓がバクバクし、トラックの後輪が翼状に飛ばした泥が、バサリと落ちて車を揺らし、フロントグラスの半分を覆う。

太陽がだいぶ西に動いたころ、車はようやく森に囲まれたドーム状の山のふもとに止まる。その頂上は荒れはてた小さな城。数百羽の鳩が止まり、狭間胸壁から無数の白い涙の跡ができている。緑の森の息吹きがくっきり感じられる。肌寒さが増してきた。

岩がごろごろしているジグザグの山道を上り、生い茂るモミの木の間を抜け、日に照らされた城へと向かう。ぎざぎざに尖った茶色の城は、鳥たちが何世代にもわたってついばみ続ける大きなパンの塊のようだ。

「ここで暮らしてるんですか？」

「昔の仕事場だ。ツヴィッターはまだいるのではなかろうか」ミッテルヴェルケの坑内では、細かな組立作業までやるスペースがなく、主に制御システムを組み立てた。細かな仕事は、ノルトハウゼン一帯のビアホール、店舗、学校、城、農家、その他指導者らが屋内ラボとして使えると判断したあらゆる場所で行われた。グリンプフの同僚、ツヴィッターはミュンヘン工科大学出身[30]。「バイエルン流儀の電子工学さ」と、グリンプフは眉をしかめる。「ツヴィッターの場合は、まあ、我慢できる程度だがね」バイエルン流儀の電子工学からいかなる秘匿の不正がはびこっていくというのか。残りの道を上っていく間、教授の目のきらめきが失われ、憂慮にふけるかのような不機嫌な表情が続いた。

城の側門をくぐるふたりを、ほとんど液状に凝集した鳩の声、白い羽毛に覆われた湿った鳴き声が出迎える。床は汚れ、壚や紙屑が散乱している。紙屑の中には、GEHEIME KOMMANDOSACHE[31]という赤紫のスタンプが読めるものもある。破れた窓から鳥たちが出入りしている。浸食の進む建物の裂け目から細い光線が差しこんでいる。埃の微粒子は、鳩の翼にあおられ、波の逆巻く動きをやめない。壁には、フリードリヒ大王のような大きな白い髪型の貴族の肖像画。つるりとした肌、楕円形の眼。貴婦人たちの、胸元の大きくあいた絹のドレスが拡がりおちて、部屋部屋の暗がりに舞う埃と翼の音に紛れている。そして、いたるところ、鳩の糞。

うってかわって上階のツヴィッターのラボは照明も明るく、秩序づけられ、さまざまなガラスの容器、仕事机、多色の光、斑点のついた箱類、緑色のフォルダーがギッチリ。ま

30　フランツ・ペクラーとクルト・モンダウゲンも同じ大学の出身。

31　極秘指令文書。

さにナチのマッド・サイエンティストの仕事場だ。おーい、プラスチックマンはどこだ？

ここにはツヴィッターただひとり。がっしりした体格、黒髪をまん中で分け、眼鏡のレンズは潜水球の丸窓のようにぶ厚い。その眼鏡から覗いた世界は、どんな数式の海なのだろう。どんな蛍光性のヒドラとウナギとエイがくねっているのだろう。

だがスロースロップが現れると、彼らは一切を遮蔽した。ガラスの覆いをかぶせたように。ふむ、T・S、[32]こりゃいったいなんなの？　この男たちは誰なのだ？　グリンプフの陽気なリンゴの頬はどこへいった？　ガルミッシュのフェンス[33]のこちら側で、ナチのロケット制御専門家が、戦時中の姿のままのラボの中で、いったい何をしてるんだ？

ほうら、出てきた――
机の間からナチ党員
壁の中からファシスト党員
出っ歯のジャップも飛び出した
大戦おわった、こんなつぎは
日独イタ公、味方につけて
露助野郎をぶっとばせ
第三ラウンド、ゴングが鳴るぞ

32　タイロン・スロースロップ＝タフ・シット。545ページ参照。

33　戦後引かれ直した、オーストリアとの国境。

□□□□□□

ロケットのフィーダー・システム[*1]に関する諸数値について白人エンジニアが議論を重ねていた頃、そのうちの一人がブライヒェレーデ[*2]のエンツィアンのところへ来て言った。

「チェンバーの圧力が定まりません。計算から導きだすと、40工学気圧[*3]が一番望ましいことになるのですが、実験データを確認してみますと、どうも10工学気圧あたりのところに良い結果が集中してるんです」

「それなら明らかに、そのデータのいうことをきかなくてはなるまい」とングアロレルエが答えた。

「でも、それだと最も完全な、有効な数値ではないものになります」と、ドイツ人技師は納得しない。

「技師よ、奢ってはならない」ングアロレルエがいった。「実験データとは何か。それこそ、現れるべきロケットが直接示した啓示ではないか。紙の上で計算した数値を〈ロケット〉本体の数値と引き比べるとは、それだけでも傲慢だぞ。プライドを捨て、妥協した値にもとづいて設計しなさい」

スティーヴ・エデルマン編『シュヴァルツコマンド——説話集』

1 推進チェンバーに燃料を送りこむシステム。

2 ノルトハウゼンの西南西約十五キロにある町。

3 「1工学気圧」とは1平方センチ当たり1kg重の圧力。通常の「1気圧」よりやや小さい値。

ノルトハウゼンとブライヒェレーデ周辺の山中、廃棄された立坑の下に〈黒の軍団(シュヴァルツコマンド)〉が住んでいる。これはもはや軍団名ではなく、ひとつの民族名である。彼らが南西アフリカから亡命してきた、二世代にわたる〈ゾーン・ヘレロ〉だ。まずは初期のライン伝道団によって、絶滅の運命にあるとされる人種のサンプルとしてメトロポリスへ、大きな退屈な動物園へ、連れてこられ、それとなく実験材料にされた。大聖堂やヴァーグナーの夕べに連れていかれ、イエーガーの下着[*4]を着せられ、そうやってドイツ魂への関心を喚起できるか試された。中には、一九〇四年から一九〇六年のヘレロ族大蜂起の平定に向かった軍人兵士が、召し使いとして連れ帰った者もいる。だが彼らを統帥する力が生まれたのは一九三三年以降のことだ。けっして公にはされなかったが、ナチ党は、暗黒アフリカにおける英仏植民地の転覆を狙い、黒人による革命政権（マグレブ地方に打ち立てる計画でいた形態のもの）の樹立を画策していたのだ。[*5]「南西アフリカ」は、当時南ア連邦の保護領となっていたが、実権を握っていたのは旧ドイツ植民者の一族で、彼らも協力的であった。

　ノルトハウゼンとブライヒェレーデの近くには彼らの地下共同体がいくつもある。それらをひとまとめにして「土豚穴(エルトシュヴァインヘーレ)」[*6]と呼ぶ。ヘレロ族の人びとにとっては、苦いジョークだ。彼らの中でももっとも貧しい、自分の家畜や村を持たぬ人びとは「オヴァトジンバ」と呼ばれ、「ツチブタ」を霊族動物(トーテム)としていた。彼らはみずからの名をトーテムであるツチブタの名からとり、その肉は決して食さず、ちょうどツチブタがやるように地面を掘って食物を得た。そして放浪者と見なされ、草原(ヴェルト)の空の下に住んだ。かつて夜汽車からよく、ライフルの銃弾の届かぬ距離に、風にめげず焚き火の炎を堂々たる高さに上げてい

4 ウール地の上下一体型、尻のところがめくれる構造になっている。

5 マグレブは、リビア、チュニジア、アルジェリアを含む。ヒトラーは、ロンメル将軍のドイツ・アフリカ軍が勝利したら、この地に駐屯基地を置いて、旧独領南西アフリカを最奪取する計画だった。

6 原語はドイツ語で、Erdschweinhöhle。英語の earth と swine と hole に当たる言葉が連結している。

る彼らの姿が見られた。あの空漠の中で、彼らに場（ローカス）を与える力は、それ以外にはなかったのだ。きみたち白人入植者は、彼らが何を恐れたか——何を望んだかでも、何につき動かされていたかでもなく——知っていたし、きみたち自身、奥地の鉱山に仕事があったから、やがて焚き火が見えなくなれば、もうそれ以上彼らのことを思う必要もなかった・・・

　だが列車がカーブを描いて去っていこうとした瞬間、チラリと見えた、あれは誰だったんだ。地面の穴に肩まで埋まっていた。いわば大地に植えつけられた女の頭が、一面の平面を見つめていた。後ろの遠景には山々の斜面がせり上がり、日暮れた後は黒々と折り重なる。女には腹の上にかかる、とてつもない圧力が感じられる。何マイルもの水平の砂と粘土。小径を行った先には、生きてこの世に生みだせなかった四人の子供の薄光りした霊が待っている。野生種のタマネギの間を、満たされようもなくうごめく四匹の太った芋虫。小さな霊たちが代わりばんこに夜泣きする。村の瓢箪の中から祝福されつつ飲んだのよりもっと神聖なミルクを求める。棄民たちの回線（プレテリット・ライン）を通して母親に、潜るべき場所を指示したのはその子らだ。いま女はすべての門を通してパワーの滋養を感じている。太腿の間から川が流れ込み、手足の指先から光が跳ねている。眠りと同じように、それは、その温もりは、力を授けてくれる。昼の残光が失せていくにつれ、女はますます——暗闇に、空気から降り下る水のしたたりに——身を委ねる。そして大地の種となる。聖なるツチブタが彼女の寝床を掘ったのだ。

　南西アフリカで〈土豚穴（エルトシュヴァインヘーレ）〉は豊穣と生の強力なシンボルだった。だがここ〈ゾーン〉において、現実にどれほどの地位を得ているのかは明らかでない。

　現在〈シュヴァルツコマンド〉内部には、不妊と死を選択した勢力がある。闘争はほとんどが沈黙のうちに起こる――夜間、妊娠と流産に伴う吐き気や痙攣とともに。だがそれも政治闘争に変わりはなく、そのことを誰よりも悩ましく思っているのがエンツィアンだった。エンツィアンはここの〈ングアロレルエ〉である。その意味は「リーダー」とは少し違う。むしろ証明された者、折り紙つきの者という意味合いだ。

エンツィアンはまた、面と向かって口にする者はないにせよ、Otyikondo（オチコンド）すなわち「混血者」として知られている。父親はヨーロッパ人だった。もっとも〈土豚穴〉（エルトシュヴァインヘーレ）に住む人間のうち彼一人が混血だったわけではない。ここにはすでにドイツ、スラヴ、ジプシーの血が混じっている。過去二世代、帝政期[*7]以前には考えられないような加速力に彼らは動かされてきた。その結果獲得しつつある新しいアイデンティティが、最終的にどういう形に落ちつくか、ほとんど誰も見通せていない。〈ロケット〉は最終的な形態をもつだろうが、ロケットに帰属する人間は違う。エアンダもオルゾ[*8]も、こちらにきてからは力（フォース）を失ってしまった。母方も父方も、血統は南西アフリカの地に残された。初期の移民たちの中には、故郷を去るだいぶ前に、ライン宣教師協会の教えの道に入ってしまった者も多い。それぞれの村で、燃え上がるような日光が、影法師を本人にピタリと寄せる真昼どき、その恐怖と避難のときに、族長（オムホナ）は聖なる袋から、信仰が失われた者の革紐を取りだし、生まれたときにゆわえた結び目を解く。キリスト教への改宗者が出るたびにこれをやる。結び目の解かれた紐は、部族にとって死んだ魂だ。だから〈ゾーン〉の〈空無派〉（エンプティ・ワンズ）は、各自一本、結び目のない革紐を持ち歩いている。この過去のシンボリズムを彼らは有用だと考えたのだ。

彼らはみずからをOtukungurua（オトゥクングルア）と呼ぶ。えっ？ Omakungurua（オマクングルア）の間違いだろうって？

7 ドイツ帝国が存在したのは普仏戦争後の一八七一年から、第一次大戦に敗北しドイツ革命によりヴァイマル共和国が成立した一九一八年まで。

8 eanda はヘレロ族の母方の系譜、oruzo は父方の系譜。

いやいや、年配のアフリカの労働者のみなさん、oma- というヘレロ語の接頭辞は、生きてる人間にしか使わないでしょ。無機物や死者の国からきた者をいうには、otu- が正解。彼らは自分らを「カラッポの者」ではなくて「カラッポの物」と呼ぶ[9]——この徹底した周到さは、抜け目がないというよりは薄気味わるい。「ゼロの革命家」として、彼らは、一九〇四年の反乱[10]が失敗したあと、ヘレロの老人たちが始めたことの継続を誓った。出生率をマイナスにする。民族の自殺プログラムを実施する。一九〇四年にドイツ人が始めた「根絶」の完遂を。

その一世代前、ヘレロ族で無事に生まれる赤ん坊の数が減少して、それがアフリカ南部一帯に医学的な関心を呼んだ。白人たちは、牛疫（リンダーペスト）の流行で減っていく牛を見るかのような、残念そうな目つきで彼らを見た[11]。せっかく飼い慣らした土人が、毎年毎年減っていってしまうのを見ているのは、実にむかつくことだ。土人のいない植民地など何だというのだ。みんな死んでいってしまったら面白みが失せてしまう。でかい砂漠がもっこり一個あるだけで、メイドもいない、戸外で働くクロンボもいない、鉱石を掘ろうにもその労働力が——おっと、そこを行くのは、カール・マルクスだろ、カチンと歯を閉じ、眉つりあげて、トコトコ駆けていくのは、あの狡猾な老レイシストだろ。植民地とは安価な労働力の提供の場にして、海外の市場となる…ってなことをほざいた男。…違うね、違いますとも。植民地がそれだけのもんであるはずがない。いいかい、植民地とは、ヨーロピアン・ソウルが作った野外便所なんだ。ズボン下ろしてリラックスして、てめえの糞の臭いを心ゆくまで満喫するところさ。ほっそり痩せた餌食の女にウォーと吠えて、ガブッとやって、ニンマリしながら生血をズルズルすする。体中がアソコん中の闇色してて、頭のへ

9 カバラの教義にある前出の「クリフォト」とも響き合う、非ヘレロ的というべき概念。

10 一八四二年にライン宣教師協会の宣教師が到着して以来、南西アフリカは、鉱山資源を目当てにした植民が進んでいた。一八八〇年代〝鉄血宰相〟ビスマルクは、「ズュートヴェスト（南西）アフリカ」をドイツ保護領と宣言し、他部族が並存するこの地域に、単一の傀儡政権をつくるべく、ヘレロの族長のひとりサミュエル・マハレロを擁立した。ところがそのマハレロが一九〇四年、反乱を起こした。このとき鎮圧軍のフォン・トロータ将軍が「根絶令」を出し、セツルメン

アまで陰毛みたいにモジョモジョの、泥のように柔らかーな肢体の中にウヒャウヒャ言って飛びこんで、好色と淫乱のかぎりをつくすところ。ケシと大麻とコカの木が、うっとりするような緑色してバンバン生えてくるところ。これが植民地ってとこなんだ。ヨーロッパに生育するのはどういう植物だね。麦角とハラタケ。葉を枯らす菌と、日陰にジメジメ生えるキノコじゃないか。色もスタイルも、死を表現してる。キリスト教のヨーロッパってのはいつも死であったのさ、マルクスさんよ。死と抑圧の二本立て。それが、遠くの植民地に出かけていきゃ、思いきり生に耽ってかまわない。快楽のすべてをハメを外して楽しんで、それでメトロポリスに害はないんだ。大聖堂も白い大理石の女神像も、高貴な思想も汚されない。……ひとつの言葉も本国に届きはしない、何をしても、どんなに汚い、陰獣の行為に耽っても、みんな南の国の巨大な静寂が吸いとってくれるんだって……

　医学にかかわる合理的な考えの持ち主には、ヘレロ族の出生数の減少の原因を、ビタミンEの不足に帰したり、ヘレロの女の子宮がとても細長くて受胎の確率が低いことを指摘する者がいた。だがそんな理性の言葉を繰りだし、科学的憶測をめぐらせても、心の底に消えずに残る不気味さを言葉にすることができたアフリカーナ[*12]はひとりもいなかった。……この地方の草原（ヴェルト）には何か気持ち悪いものがただよっている。白人は、土人の、特に女の顔を見るようになった。茨の柵越しに並んだ彼女らの顔を見ると、論理的には証明されなくても、あるひとつのことが判然としてくるのだった。ここには〈部族の心〉というのがあって、そいつが自殺を決意した。……しかしなぜだ。わからんな。そりゃ、われわれのやり方も、最高にフェアなものではなかったろう。彼らの土地と家畜を奪ったといえばいえる……もちろんワークキャンプで労働もさせているし、寝泊まりする場所も柵と有刺

トの外で見つかったすべてのヘレロ族を即時射殺する許可を与えた。帝国主義の歴史の中でも悪名高いエピソードである。

11　一八九七年に始まった牛疫の大流行でヘレロ族の経済の命綱だった牛の九割が死に、原住民人口の著しい減少をもたらした。ドイツの支配層が自分たちの牛を守るだけで、原住民を事実上見殺しにしたことも、〇四年の反乱の背景となった。

12　南アフリカ地方のオランダ系白人。

鉄線の中だ。…ひょっとして、こんな世界にもう生きていたくないと思ったんだろうか。なんとまあしかし、クロンボらしいことよな。簡単にあきらめてゾロゾロ死んでいくとは…交渉しにくることくらい、したらどうなんだ。そうすりゃ、われわれだって、策を考えないわけではないのにな。どんな答えになるかはしらんが…

ヘレロの人間たちにしてみれば単純な話だったのだ。部族の死と、キリスト教の教える死のうち、どちらを選ぶか。部族の死は意味をなすが、キリスト教の死はまったく意味をなさなかった——死ぬだけのことに、なぜ罪だの贖いだのを持ち出さなくてはならないのか。だが〈おさな児イエス信用詐欺〉にひっかかったヨーロッパ人は、その単純な理屈がわからず、ヘレロの単純な死に、まるで象の墓場や、集団で海に飛びこむレミングを見るかのような神秘を感じたのだった。

自分たちは認めなかったが、いまは故国を去って〈ゾーン〉にある〈空無派(エンプティー・ワンズ)〉のものたちも、部族としてのまとまりから引き剝がされ、欧化された言語と思考に取りこまれていて、「なぜ」なのかは、神秘でしかなかった。それでも、病身の女がお護りを握りしめるように、彼らは決意を握りしめていた。円環(サイクル)についても回帰(リターン)についても考慮することなく、民族全体がひとつになって亡びゆくというそのストイックな英雄的ポーズに、彼らは恋した。〈空無派(オトゥクングルア)〉の連中たちは自慰の美徳を語る預言者だ。堕胎と不妊術のスペシャリストにして、口唇と肛門、手指と足指、同性と動物相手の性行為の宣伝マン——彼ら快楽主義者のアプローチをとる。その客寄せ口上は巧妙で、〈土豚穴(エルトシュヴァインヘーレ)〉の連中は彼らの唱えることに耳を貸している。

ゾーン・ヘレロが最後のひとりまで死に絶え、民族のその歴史を完了してカラッポになる〈最終のゼロ〉の日の到来を〈空無派〉たちは請け合う。この言説は魅力的だ。ふたつの陣営が目に見えるところで権力を争うわけではない。すべては誘引の問題、どっちの引きが強いかで決まる。広告の勝負、ポルノグラフィーの原理だ。ゾーン・ヘレロの歴史が、ベッドの中で決められようとしている。

夜の地下で、すべてのヴェクトルは中心から逸れようとする。中心とは力であり、〈ロケット〉こそ、その力であるように思われる。〈ロケット〉とは——旅と呼んでもいいし運命と呼んでもいいが——なんらかの機械との合一化（イマシネーション）の進行にほかならない。それは、激しく対立しあう同士を、〈土豚穴（エルトシュヴァインヘーレ）〉の中で、ひとつに制御することを可能にする。ちょうど、その推進チェンバーに燃料と酸化剤を集めて激しく交わらせつつも、計測と操舵によって、期待通りの放物線が描かれるように。

今宵エンツィアンは、住処となした山の下に座している。今日もまた企画と促進、新たに生みだされた紙を図面に描く一日だった。誕生した形を彼は壊す、さもなくば日本の折り紙のように折りたたむ。一日が終わるころには、羚羊（ガゼル）や蘭の花、獲物を狙う鷹の形が並んでいる。〈ロケット〉が次第に作動する形と十全さをまとっていくのに応じて、彼自身も進化し、新たな形をまとっていくのが感じられる。それがまた、彼の心配の種なのだ。昨夜は遅くまで青写真を見ていたクリスティアンとミーツィスラフが顔をあげ、突然ニコリとして黙りこんだ。その表情にはあけすけな敬意があった。ふたりは設計図を、まるでエンツィアン自身のものであるかのように、まるで天啓であるかのように見つめていた。エンツィアンにとってそれは喜ばしいことではない。

エンツィアンが創造を目ざしているものに歴史はない。デザインの変更を必要としないもの。時間というものが——他の国々で知られているものとしての時間は——この新しき世界の内側では消えさるだろう。〈土豚穴〉［エルトシュヴァインヘーレ］は時間に拘束されない。〈ロケット〉も同様だ。人はふたたび〈中心〉を見いだす。タイムレスな〈中心〉を、ヒステリシス[*13]のない旅を。そこからの出発が同時にそこへの帰還となるような、唯一絶対の中心を。

　この思考によってエンツィアンは、〈空無派〉、とりわけ、ハノーファーのヨーゼフ・オムビンディとの奇妙な和解を保っている。〈永遠の中心〉は、彼らの〈最終のゼロ〉に置きかえることもたやすくできるのだ。名前や方法は違っても、静止へと向かう運動性は同じである。このことが、ふたりの男の間に奇妙な議論を飛び交わせた。「いいですか」オムビンディは目を逸らし、自分にしか見えない鏡の中のエンツィアンに向かって、「誰もふつうは‥‥エロティックとは思わないんだが、ほんとうは、この世で最高にエロティックなものがあるんだ」

「ほんとうかい」エンツィアンは戯れモードでニヤニヤしている。「そいつって何だろうな。ヒントをくれよ」

「まずそいつは繰り返しがきかない」

「ロケットの発射かな？」

「違う。ロケットには次がある。だが、こちらは——いや、やめとこう」

「わかったぞ、次はない、と言おうとしたんだな」

「もうひとつ、ヒントをあげましょうかね」

「どうぞ」だがすでに、エンツィアンには察しがついていた。あごに手のひらをやり、笑いがこぼれそうになっているのを見ればそれはわかる‥‥

13　過去に受けた力に左右される心の状態。

「そのひとつの行為の中に、すべて常規の〈逸脱（ディヴィエーション）〉を含むもの」。なんとも不愉快な言い方であって、エンツィアンはため息をつくが、〈逸脱〉という言葉を使ったことを咎めたりはしない。過去を持ちだすことは、オムビンディの演じるゲームの常套作戦なのだ。

「たとえば、ホモセクシュアリティ」これを言われても平然としたまま。「サディズムと同時にマゾヒズム。オナニズムもだろう。屍姦……」

「それ全部をひとつの行為の中でやるのか？」

それで全部ではない。他のこともだ。ふたりともすでにわかっている。民族の自己抹殺の話をしているのだ。だからこの中には、獣姦も（「どれだけ甘美だろう」——宣伝文句はうたう、「傷つき鳴いている動物を性的に慰撫する慈愛の心は」）、小児性愛も（「子供にふれただけで若さの輝きが増したという報告例がこんなに」）、レズビアニズムも（「そう、もぬけの小部屋を風が吹きぬけるころ、女の影がふたつ、死につつあるシェルの小室（チェンバー）を抜けだし、灰に包まれた最後の岸辺で出逢い、そして抱き合う……」）、嗜糞症と嗜尿症も（「さいごの痙攣……」）、フェティシズムも（「死体フェチの広い嗜好へも、もちろん、すべてに……」）もちろん、とね。ふたりはそこに腰をおろし、煙草を指に挟んでいられなくなるまで飲み回す。これはただの駄弁なのか、それともオムビンディはマジにエンツィアンに圧力をかけているのか？　それがわからないと、エンツィアンも次の手に出られない。もしここで「おまえ、本気でおれを……」と切りだして、ただの冗談だったとしたら

——だが、もしその通りだったら、エンツィアンは本当に奇妙なものを売りこまれていることになる——

《ソールド・オン・スーィサイド——自殺にハマって》

食い物なんかぁうんざりだ
ブギウギ・ビートト我慢ならん
けど、自殺にゃ、グーッときた!

B・クロスビーも、ほしけりゃ持ってけ
ブーブブ歌うの、聞いてられん
胸に迫るなぁ、自殺だけ!

ああ! 配給スタンプもいらないぜ
ベビー・ヴァンプ[*14]上がりの母ちゃんも
俺のほしいの、スーィサイド!

くたばれカーズもブラウンズも[*15]
故郷の街に、ションベンかけろ
俺はSOSなんだ、と、この調子で、何番も何番も続いていくのだ。歌詞全体を見ると、この歌は、この世の事物を片っ端から拒絶していく歌になっている。だがそれで世界を拒絶し尽くせるのかといえば、ゲーデルの定理[*16]により、リストから漏れるものが必ず生じる。その欠落を頭で考えて埋めるのは、ほとんど不可能だ。で、どうするかというと、

14 子供っぽいふるまいで性的に戯れる娘。「ジャズエイジ」を描いた、スコット・フィッツジェラルドの小説で使われた言葉。

15 かつてセントルイスには「カーディナルズ」(略称「カーズ」)の他、後にボルティモアに売られて「オリオールズ」となった「ブラウンズ」があり、一九四四年のワールドシリーズは同じ都市の両チームの対戦となった。

もう一度はじめからシラミつぶしにやっていく。間違いを直し、ダブリを削除し、きっと思い浮かぶだろう新しいネタを挿入――ってことをやっていると、題名にある「自殺」は際限なく繰り延べになる！

　というわけで、近頃オムビンディとエンツィアンの間には、一連の売り込み言葉（コマーシャル・メッセージ）が交わされるという展開。別にエンツィアンがお客さんになっているわけではない。どちらかというと、気の進まぬままサクラを演じている共謀者といった感じだ。最後までつきあう意志はあっても、ちゃんと聞いているかどうかはわからない。

「あっ、ングアロレルエ、ペニスがデカくなってません？……いや、それって、むかし……南西アフリカで愛したお方のことを思ってるだけなのかな」部族の過去を消散させてしまうには、すべての記憶を公的な記録にしてしまうに限る。〈最終のゼロ〉を待ち望んでいるときに、歴史を保存しようとしても仕方ないのだ。……だが、オムビンディはシニカルにも、この考えを、部族の団結（トライバル・ユニティ）という古い名において説教した。その点が、「売り」という点では弱みだ。まるでキリスト教の厄災を受けなかったような言い草になってしまう。オムビンディのやつ、何を隠蔽しようとしているんだ、われわれ全員、キリスト教に感染してしまったじゃないか、そのために命を落とした者もいるじゃないか。たしかにちょっとハッタリ（ジャイヴ）っぽい。人から聞いただけで、自身まともに信じていないことを持ちだすというのは――対立項を集めて純化するとか、村がひとつのマンダラであるとか。[*16]……それでも彼は訴えてやまない、ひとつの聖杯イメージをふれ回っている。その聖杯の光輝な像が部屋を通りすぎるかたわらで、円卓の周りのおふざけ者たちは、探求者がすわろうとした尻の下、その〈命取りの座〉[*17]にプープー・クッションを差しいれる。聖杯もこのごろ

16　本小説の主要情報源の一冊、ヘンドリック・ルティヒ『ヘレロ族の宗教体系と社会構造』（オランダ、ライデン大学に受理された一九三三年の博士論文）の第三章で、ヘレロの村が図解されている。円形に小屋を並べた中心に、「聖なる牛」の柵があり、村の入口は北、チーフの小屋は東にある。

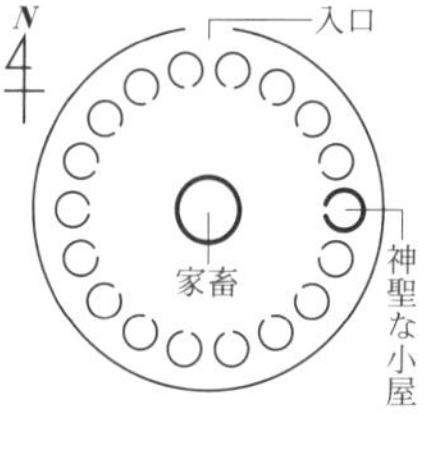

17　アーサー王伝説で円卓に設けられた空席。聖杯を見いだせぬ者が腰かけると死ぬことになる。

では、プラスチック製のやつが、一ダース十セントとか、一グロス一セントとかの値で売られているというのに。それでもオムビンディは自分をだましつづけるのか。キリスト教以前にこの地球にあった〈ひとつなるもの〉(ワンネス)、その最後に残ったいくつかのひとつに自分が住み損ったからといって、その無垢なる時を讃え、その再来を予言するというのでは、まるでキリスト教徒と同じじゃないか――「チベットは特殊なケースさ。[*18] チベットに関しては、〈帝国〉が自由中立地帯として選りすぐり、峻別した。いわば〝精神のスイス〟として、そこに逃げこむ者については引き渡しを要求しないことにした。アルプス－ヒマラヤの高みでは、魂は空へ導かれる。そのくらい許容しても下界に危険はないっていう判断だ。…そう、スイスとチベットは地球の真の子午線(メリディアン)で繋がっている。むかしの中国人が人体に引いた子午線すなわち経絡(メリディアン)と同様のリアルなつらなりを地球ももっているんだ。…我らも地球の新地図を学ばねばならない。…内奥への旅がごくふつうになっていくにつれ、そして地図が別の次元を加えてゆくにつれ、我ら自身も同様の変化を…」さらに彼は、ゴンドワナ大陸についても話した。かつてアルゼンチンが南西アフリカに身と身を寄せ合っていた、大陸が遊離漂流をはじめる前の〈ひとつなるもの〉。…皆は耳を傾け、やがて、洞窟へ、ベッドへ、家族のヒョウタンの所へ散ってゆく。ヒョウタンの中のミルクは、神にも捧げられず、まさに北方的な白さ、冷たさのまま人びとの口の中へ流れこむ…

　そんな次第で、このふたりの間では、日々の挨拶が交わされるだけのときも火花が散る。互いの弾頭に意味が満載され、願わくば相手の思考を爆破せんと。エンツィアンは、自分が、名前ゆえに現に使われているのを知っている。彼の名前にはいくばくかの呪文の力が

18 清朝崩壊に伴うダライ・ラマの帰還(一九一二)から中華人民共和国による制圧(一九五〇)まで、チベットは他国とほとんど交わることなく事実上の独立を得ていた。

ある。だが彼は、ふれることができなかった。あまりに長いこと、ニュートラルでいたため……すべては流失し名前だけが、エンツィアンという音が、唱えるべき名前だけが残った[19]。残った名前に、何かひとつだけでも、叶うべきときに叶える力が残っていてほしいと彼は思う。〈中心〉はまだまだ遠くても。……ひとつの民族に拭いがたく居残る習慣、伝統や祈禱、それは落とし穴でなくてなんだろう？　キリスト教は、いつもそれらを性的呪物(フェティッシュ)のように使って、我らを誘引してきたではないか。我らの最初期の幼児愛を想起させるものとして。……彼の名「エンツィアン」に彼らのパワーを打ち破ることができるか？

彼の名前に勝利はありえるのか？

〈土豚穴(エルトシュヴァインヘーレ)〉は最悪の罠の中にある——言葉(ワード)の対立止揚(ダイアレクティック)が具肉化し、その「肉」が、なにやら別のものへ向かって動いている。……エンツィアンには落とし穴がはっきり見えるのだが、そこからの出口は見ていない。……点火したばかりの一対の蠟燭の間にすわった彼は、グレイの野戦服の首のホックを外して上胸をはだけた。顎ひげが首をダークに這いおりて、より短くまばらで艶のある、渦巻き状の体毛と一体化している。喉仏の南極点のあたりには鉄の詰め物……極(ポール)……軸(アクシス)……中心樹(アクスル・ツリー)……。〈生命の樹〉。……オムンボロンバンガ……ムクル……最初の先祖……アダム[20]……まだ汗は出つづけている……一日の仕事のあとその手は疲労のために感覚が麻痺するほどだ。この時間、彼の心は一分ほど南西アフリカの記憶をさまよう。大地の上、日没の中にいた自分、霧と埃を混ぜ合わせた靄(もや)がかかって——埃はクラール[21]と乳搾りに帰っていく牛たちが巻き上げる——彼の部族はむかし、日の入りのたび起こるバトルを信じた。日の没する北には片腕・片脚・片眼の戦士がいて、太陽と戦うのだと。槍に突かれ、地平線と空いっぱいに血を流して死にゆく太陽はしかし

19 Enzian の名の由来はリルケ『ドゥイノの悲歌』。198ページ参照。

20 ここでエンツィアンはヘレロの村の宗教＝社会体制と、キリスト教のそれとを統合的に思考しているようだ。ヘレロの村の聖なる中心である家畜の柵の近くには、（前述のルティヒの本の記述では）「オムンボロンバンガ Omumborom-banga」の木が植えてある。「ムクル」は「老者」の意味で、村の宗教的指導者を指すとともに、この世に最初に現れた先祖神の名。

21 Kraal とは、先述の「聖なる中心をなす家畜柵」を表すアフリカーンス語。

地の下で、夜の間に再生し、夜明けには戻ってくる。同じでありながら新しい太陽が。だが我らゾーン・ヘレロはどれだけの時間、この北の地で、死者の地で、待たなくてはならないのか。これは再生のためなのか、それとも我らは単に、先祖と同じに北のほうへ向けて葬り去られただけではないのか。北は死の土地である。神々はいないかもしれないが、パターンはある。名前それ自体に魔力はないが、名づけの行為に、物理的な発話は、そのパターンにしたがう。ノルトハウゼンはドイツ語で「北の住まい」という意味だ。このノルトハウゼンと呼ばれる場所で、我らがロケットは製造される必要があった。そのとなりには「ブライヒェレーデ」[*22]と名づけられた町がある。同じ意味合いの町をふたつ並べるというのもいささか冗長だが、その冗長さもメッセージが失われないようにするためだろう。過去のヘレロの歴史は、メッセージ喪失の歴史だった。それはもう神話の時代に始まっている。狡猾な兎が月に住んでいて、月からの真のメッセージではなく、それに代えて死を人びとにもたらした。[*23]真のメッセージはついぞ来なかった。ロケットはいつか我らを月に連れていくかもしれない。そのとき月はようやくその真実を語るだろう。〈土豚穴〉には蒼白色のヨーロッパしか知らない若い世代もいる。彼らは月を宿命（デスティニー）の行き先と信じている。だが年長者たちは、月はンジャンビ・クルンガと一緒で、悪をもたらしつつ悪をやっつける存在であることを、今もどこかで憶えている・・・

エンツィアンにしてみれば、ブライヒェレーデ（Bleicheröde）という名は、古代のドイツ人による死神の呼称「ブリッカー」（Blicker）にじゅうぶん近い。彼らは死を「白」と見なした――ブリーチ（bleach）する、ブランク（blank）なる存在として。この名はのちにラテン語化して「白の冥王」（Dominus Blicero）となった。[*24]これに惹かれたヴァ

22 Bleicheröde＝白き（荒涼たる）開墾地。

23 前述のルティヒの研究によれば、ヘレロにとって月はウサギの住処。月からの伝令役だったのが、伝えるべきメッセージを取り違えたゆえに、人間世界に死がもたらされた。月はまた、そのはたらきにおいて地底世界と同一視される。最高神ンジャンビ・クルンガは地底に退いている。白人たちがやってきたとき、西海岸のヘレロは彼らの

イスマンは、「ブリッツェロ」を彼のSSコードネームとした。そのときにはもうエンツィアンはドイツに来ていた。ヴァイスマンはこの新しい名前を自分のペットのところに持ち帰ると、それを見せびらかすというのではなく、むしろロケットに引き連れられていく避けがたき一歩のようなものとして示した。だがこうした名づけの行為はエンツィアンにとって、それ自体不吉な暗号文のようで、それを解読して運命の地を見通すことはできていない。読み解くには、パターン化の度合が足りないが、だからといって棄却することはできない荒々しさをもつそれは、二十年を経たいまも叫びつづけ、もたつく彼を悩ましつづけている・・・

かつてエンツィアンには、還りゆかない生というものを思い描くことができなかった。母方の村（マンダラ状の円村）が遠くカカウ草原（ヴェルト）[25]の、死の国に隣接したところにあって、記憶もない幼いころに何かの用で何度か連れていかれたのだが、その村へ出入りすることは、行くことであると同時に還ることだった。・・・そのときの話を後に聞いた。生後まもなく彼の母は、スヴァコプムントの町から自分の村へ彼を連れ帰ったのだ。ふつうの時代であれば、それは追放を意味しただろう。彼女は、その名を発音することもできないロシアの海軍兵士との間に子をもうけたのだから。だがドイツの侵略のもとでは、しきたりなどにこだわるより、お互いを助け合うことが必要だった。揃いの青い制服を着た殺人鬼は繰り返しやってきたが、エンツィアンはその都度見過ごされた。その点から彼をまつりあげる一種のヘロデ王神話[26]が生まれ、苛立たしいことに今日でもエンツィアンの心酔者たちがそれを好んで語っている。エンツィアンは母に連れられてサミュエル・マハレロの大隊に加わり、生後数ヶ月にして、カラハリ砂漠を自分の足で歩いて横断したというのである。

白い肌を見て、地底の霊界から来た神の分身だと考えた。

24 63ページ参照。なおヴァイスマン（Weiss-mann）はドイツ語でWhite-manの意。

25 カラハリ砂漠に接した山地。ヘレロ族のブッシュマンであるオヴァトジンバの居住地。

26 「マタイ伝」によれば、ユダヤの王ヘロデは、ベツレヘムに向かう東方の三博士からユダヤの王として生まれてくる子の情報をせしめ、イエス殺害のためベツレヘムに人をやるが、夢のお告げや天使のお告げにより、マリアと幼児はエジプトへ向かい、難を逃れた。260ページでヘロデはヒトラーと並置されている。

このときのようすを物語った話のうち、最大の悲劇を語ろう。流民はすでに何日も砂漠を歩いていた。ベチュアナの王カーマは彼らを助けるため、ガイドと雌牛、荷車、水を差し向けた。最初に到着した流民は、少しずつ水を飲むように警告された。だが、後から行進の落伍者たちが到着したとき、他の者は眠っていて、警告してくれる者がいなかった。メッセージはここでも失われ、何百人もが水をがぶ飲みして死んでいくことになった。そのうちの一人がエンツィアンの母親だった。空腹と喉の渇きによって疲弊した幼いエンツィアンは、牛の皮の下で眠りこんだ。目がさめると周りは死者ばかりだった。言い伝えられるところによると、彼を見つけ、一緒に面倒を見てくれたのはオヴァトジンバの一隊である。母親の故郷の村はずれまでくると、あとはひとりで歩いて帰るようにと言われて別れた。彼らは遊牧民だったし、あの荒涼とした国で、どの方向をめざして進むこともできたのだが、わざわざ子供を還すべき場所に戻してくれたわけだ。だが戻ってみると村にはもう人がほとんどいなかった。多くは連行されて遠方へのトレッキングに出た。海岸に連れていかれた者たち、家畜柵(クラール)に押しこめられた者たち。[27]ドイツ人が建設している砂漠横断鉄道の現場に連れていかれた者たちもいた。他に大勢が、牛疫で死んだ家畜を食べて死んだ。

ノー・リターン。帰還なし。ヘレロ族の人口の六〇パーセントがただ抹殺された。残りは動物のように使われた。エンツィアンは白人の領有する社会で成長した。捕囚と、突然の死と、戻ってこない旅立ち、それが毎日のこと。物心ついて、自分はなぜ生きられたのか疑問に思ったときも、答えようがなかった。選択のプロセスがあったと言われても、まるで信じることができなかった。ンジャンビ・クルンガとキリスト教の〈神〉はあまりに

27 一九〇四年の反乱時、スヴァコプムント港から内陸のヴィントフークまで五七〇キロの鉄道敷設作業が始まっていた。〝根絶令〟に伴う人口減に遭遇した鉄道会社は――『V.』第9章でも描かれているように――労働可能なヘレロ人口を強制収容所に捕獲して労働に当たらせた。

かけ離れていた。〈神〉のふるまいは、純粋な偶然の作用との間に、違いの見いだせないものだった。保護者となったヨーロッパ人のヴァイスマンは、エンツィアンを宗教的信仰から誘惑したのだと考えたが、そうではなく、神々が勝手に行ってしまったのである。人びとを置いてきぼりにして。……だが、ヴァイスマンには好きに思わせておくことにした。この人が罪の意識を求めるのは、砂漠が水を求めるのと同じで、癒しようがない。

二人の男が最後に会ってからしばらくになる。最後に話をしたのは、ペーネミュンデからこのミッテルヴェルケへ移動する最中[*28]のことだ。今はおそらくヴァイスマンは死んでいるだろう。ずっと以前、南西アフリカにいた二十年前、まだエンツィアンが彼の言葉を話すこともできなかったころから、この人は最後の爆発を——上昇と、恐怖を貫く絶頂の叫びを——こよなく愛したと知っている。その彼が戦争を生き延びたいと思うはずがない。きっとみずからの死にふさわしい壮大な瞬間を見つけただろう。SSサーキットのまわりに百も並ぶガラスの役人局のように、従順で合理化された最期を迎えようとしているはずはない。壮大な出来事の瞬間をわざわざ逃すような時と場所を選んで、結局はみずからの虚空に浸るなんて。発生するスリップストリームに軽く引っぱられながら最終的には輝きの褪せた航跡のたなびきの中に静止するなんて。そんな、ヴァーグナーでブルジョワ劇をやるみたいなことは。チョロチョロとからかうような管楽器の音に、ストリングスの歌声がいい加減に絡むみたいなことは……

近頃よく夜に、エンツィアンはわけもなく目をさます。それはほんとに〈彼〉だったのか？　刺し貫かれたイエス様が、白人オカマの夢みるドリームボーイが、やせ細った足と、ソフトな金色の目をして、あんたの上に乗っかってきたのか？……ボロの腰布の下にオリ

28　一九四五年二月から三月にかけてのこと。四三年晩夏にペーネミュンデ陸軍兵器実験場が連合軍の爆撃を受けてから、ロケットの製造はミッテルヴェルケ地下工場に移されたが、四五年のロシア軍の侵攻をうけるまで、研究の中心はペーネミュンデにあった。

ーヴ色のペニスがチラリと見えたか？　木にくくりつけられた、その苦行の汗でも舐めたくなったか？　いったいそいつは、いまこの、我らが〈ゾーン〉のどの区域にいるんだ？　消えちまえよ、キリストなんか、はりつけ板のこぶと一緒に、その神経質そうな帝王の笏と一緒に……

羽毛とビロードの島に安楽に横たわって夢みる瞬間は、彼にはめったに訪れない。権力への道に敷かれているのは大理石だ。エンツィアンは冷えてきた。いや火が消えて冷めてくるというのではなく、寒さの実体がやってきて、愛の最初の一舐めを期待した舌一面に苦味を走らせるみたいに。……冷え込みは、ヴァイスマンに連れられてヨーロッパに着いたときに始まった。彼ら白人の男たちの間では、単純な肌の悦びと精の射出をいちど越えたら、その向こうは男性的なテクノロジーの世界であって、愛が向かうのは契約と勝ち負けの世界なのだと知ったときに。エンツィアンの場合は、要請によって、〈ロケット〉へのおつとめが始まった。……単なる鋼鉄の勃起にあらず、〈ロケット〉とは女性的暗黒から勝ちとられるシステム全体なのであり、それは愛すべき存在だけどオツムのほうはとっちらかってる〈マザー・ネイチャー〉のエントロピーに屈せずに保持しておくべきもの。これが最初にヴァイスマンから学ばされたこと、〈ゾーン〉で市民権を得る第一歩だった。〈ロケット〉を理解するには、まずおのれの男性性（マンフッド）を真に理解する必要があるのだと、彼は信じさせられたのだ……

「あのころは今と違ってナイーブだったものだから、当時目にしたワクワクする光景は、みな、ワタシへの贈り物で、ワタシに見せるためにヴァイスマンが演出してくれたんだと思ったほどだ。ワタシを抱えて、閾をまたぎ、家の中へ入れてくれた彼が、おまえはこれからこういう生活に入るんだぞと、見せてくれているのだと――男性的な探求と、リーダーへの忠誠、政治的陰謀。まわり中の老いた金権政治家どもをうまく手玉にとって秘かに再軍備に走るのもその一部…あいつらはインポテンツなってきているが、おれたちは若くて力強かった。国家の生のあのような時期に、かくも清冽で猛々しかった。あれほどたくさんの色白の男子が、毎日毎日、アウトバーンを伸ばす仕事に汗を流し、埃をかぶるその姿。トランペッターの隊列の間を、スーツのように完璧に仕立てた絹のバナーの間を突き進んでいく…女たちはみな従順で、動きにも派手さがない…列に並ばされ、四つん這いにさせられ、光輝くスチールの桶の中に乳が搾りおとされるところを俺は想像したよ。「彼は、嫉妬することもありましたかね？　あなたが若者たちにうっとりしたような表情をみせると」

「いや、あのころワタシはまだ肉体の快楽に縛られていたよ。だが大尉はそのステージは過ぎていた。いや、だからといって嫌がったわけではないと思うが。…ワタシのほうは恋していたから、大尉の心の中までは見えていなかったし、その信じているところもわからなかった。だがわかりたかった。もしロケットが彼の命だったら、ワタシはロケットの一部にでも収まっただろう」

「しかし、一度も疑ったことはないんですか？　彼のパーソナリティは、お義理にも、秩序立っていたとはいえないでしょう」

「いいかね――ちゃんと言えるかどうかわからないんだが…オマエはキリスト教を信じたことは？」

「一時期は…ありました」

「街を歩いていて、キリスト様に会ったことはあるか。ある人がキリスト様だと知った、という経験は。そうであることを望んだとか、そっくりだと思ったとかではなく、一瞬にして確信したことは。救世主が、昔の物語で約束した通り、ちゃんと戻ってきて人びとの間を歩いている……オマエが歩みよっていくとその印象はますます強まっていく――最初の驚愕を打ち消すようなとこはまったくない……近づいて、通りすぎざま、話しかけられるんじゃないかという恐怖にかられて……オマエの目が引き攣る……だが最初に思った通りなのだ、目の前にイエス・キリストがいて、さらに恐怖すべきことに、向こうもオマエを知っている。オマエの心は見すかされていて、どうふるまっても無駄だと……」

「それから……ヨーロッパに来て日が経つにつれて、だんだん、マックス・ヴェーバーがいう、〝カリスマの日常化(ルーティン)〟みたいなことになっていったと?」[29]

エンツィアンはここで「オウタセ」と言った。ヘレロ語で「糞(シット)」を意味する多くの語のうちのひとつで、ここでは、大きな、出たての、牛の糞の意味である。

アンドレアス・オルカンベは、部屋の奥の岩穴に並んだ、アーミー・グリーンのざらざらした質感をしたリンクル仕上げの送信・受信装置の前にすわっている。ゴムのヘッドフォンを両耳にかぶせて。〈黒の軍団(シュヴァルツコマンド)〉が使用しているのは五〇センチの周波数帯だ。「ハワイII」と呼ばれるV2ロケット誘導電波と同等の周波数である。[30] 五三センチとかいう周波数にダイヤルを合わせてくる者は、ロケット狂いの連中にきまっている。自分たちは〈ゾーン〉内にいるすべての対抗ロケット・グループから傍受されているんだ――〈シュヴァルツコマンド〉の面々はそれを覚悟していた。〈土豚穴(エルトシュヴァインヘーレ)〉からの送信開始は午前三時頃。明け方まで続く。〈シュヴァルツコマンド〉の他の無線局は、それぞれのスケジュー

29 159ページ註**43**参照。

30 395ページに「ハワイ」についての言及があった。

ルに基づいて送受信している。やりとりはヘレロ語だが、中にドイツ語からの借用が含まれる（それがたいてい技術用語なので、じつはたいへんやばいのだ。盗聴者にとって価値ある手掛かりが提供されてしまう）。

アンドレアスの担当は六時から八時まで。だいたいは書き取りに専念し、自分で送信することはほとんどない。トランスミッターのキーをいじってみると、瞬時のパラノイアに陥ることがある。アンテナのかたちが突然、目の前に現れて、〈ゾーン〉内数千平方キロのあちこちにキャンプを設営している顔の見えない敵が、モニターしているという感覚に襲われるのだ。敵どもはお互いに接触していて——それはこちらだって彼らの通信を傍受する努力は最大限やっている——〈シュヴァルツコマンド〉に対する彼らの攻撃計画があることは確実なのだが、いつになっても仕掛けてこないのは、一気に殲滅するための最良のタイミングを計っているのだろう。・・・エンツィアンが思うには、彼らはアフリカ人による最初のロケットが完全に組み立て終わり、発射の準備が整うのを待っている。自分たちが事実、脅威のハードウェアを手にした脅威の民族であることが証明できたほうが、攻撃する側には都合がいいわけだから。エンツィアンとしては、自軍の安全を確保しなければならない。ここ本拠地は問題なし。ここに侵入してくるには、まるまる一連隊の兵力が必要だ。だが本拠地を離れた[*31]〈ゾーン〉の各地——ツェレ、エンスヘデー、ハーヒェンブルクといったロケットタウンでは、敵は我らをひとりずつ狙いうちすることも可能だ。最初は消耗戦、つづいて一斉攻撃・・・あとは、包囲を保って、ここメトロポリスが苦しむに任せる・・・

ただの見せかけなのかもしれないが、もはや敵は連合国ではないようなのだ・・・ヨーロ

31 これらドイツ西部やオランダの町は、互いに百キロから二百キロほど離れている。

ッパ人が発明したヒストリーの観念は、戦後の時代に両陣営対立の構図が現れるという期待感を植えつけてやまない。だが、事実進行しているのは勝者の側も敗者の側もニコニコ顔でそこにある分け前を分かち合うという巨大なカルテルの動きだけかもしれないのだ。・・・それでも、エンツィアンは敵の裏をかこうと奮闘してきた。言い争いながら群れてくるハイエナのような彼らを、互いに衝突させようと・・・見かけはたしかにリアルな衝突なのだが。・・・マーヴィはきっと今ごろはロシア軍と一緒だろう。ゼネラル・エレクトリック社も一緒のはずだ――あいつを汽車から転げおとしたことのメリットは？　一日か二日の時間稼ぎになったこと。問題はその時間をどのくらい有効に使ったかだ。

　こんなふうに作戦を織っては解くことを繰りかえす毎日。小さな成功、小さな失敗。何千ものディテールがあって、そのどれも、ひとつ処理を間違えれば命取りになりかねない。このプロセスの内部から抜けでて、全体がどのように進んでいるのか見きわめられたなら、とエンツィアンは思う。リアルタイムで、選択すべき分岐点に立ち、どちらの方向へ進むのが正しいのか決めることができたならと。しかしこれは彼らの時間で彼らの空間なのだ。今なおナイーブに彼は、白い連続体が何世紀も前にそれを求めるのをあきらめて発展していった、[*32] 過程の結果を待ち望んでしまう。ディテールは――バルブも、存在するかしないかわからぬ特殊なツールも、〈土豚穴(エルトシュヴァインヘーレ)〉内部の羨望や策謀も、失われた作動マニュアルのことも、東から西からやってきて走り回っている技術系の専門家も、食糧不足も、病気の子も――霧粒のように宙に舞っていて、そのひとつひとつが力と向きを備えている・・・その全体を同時に処理することはできない。ひとつにこだわってしまえば他を失うだけだ。・・・しかも個々のディテールがすべてなのではない。夢想や絶望に陥った瞬間の彼

32 数世紀前の近代の成立に伴い、ヨーロッパは一つの発展するシステムとしての時空連続体を形成した。その中ではもはや個々の細部へのケアは全体の優先のために見捨てられるしかなかった。

は、どこか遠くで（空間的にではなく、現世の力を超えた彼方で）用意された台詞をしゃべっているような奇妙な感覚に襲われる。決意を述べてもそれはまったく自分の決意ではなく、リーダー役を演じている役者の空台詞のように感じられる。情け容赦ない壮大な企てに駆り立てられる夢も見る。覚めようにも覚められない夢だ…革命軍を率いて、しばしば船で大河をのぼっている。負けることは見えているのに、権力側の作戦として一定期間反乱の続行が許されるという状況だ。追っ手は彼に迫り、毎日が際どい脱出の連続。そのアクションに彼の血は沸き、肉は躍る…〈陰謀〉の優美さにもだ。それは厳格かつ鮮烈な美を有する。それは音楽だ、〈北〉のシンフォニー、グリーンの色をした氷塊の岬を過ぎ、巨大氷山のふもとへ向かう北極航海の交響詩、その音楽に心底からさらわれて跪き、染料で染めたように青い海に心を洗われる。果てしない北の国。巨大沈黙の壁が、住人の悠久の歴史と文化を、他の世界から隔てている…その半島の名も海の名も、長大で力強い河川の名も、温暖な地域にまでは知られてゆかない…回帰（リターン）なのだ、この航海は。自分の名前の中で歳を重ねてしまったエンツィアン、自分をさらっていくかのようなこの音楽は彼自身が作曲した、あまり前のことなので完全に忘れてしまっていた…が、いまそれがふたたび彼を見いだす…

「ハンブルクでのトラブルは――」アンドレアスが書きなぐる。いま後ろに外した片方の受信器は汗がべっとりだ。これで、左右の耳が、自分のつないでいる両端に接続できた。

「どうもまた流民（DP）からの発信らしいな。ちゃんとシグナルがこない。波が消えてばかりだ――」

ドイツの降伏以来、一般市民と収容所から解放された外国人捕虜との間で争いが絶えない。北部の町のいくつかを、行き場のないポーランド人、チェコ人、ロシア人らが占領し、兵器工場や穀物庫を襲って、収奪品を返さぬ構えだ。だが、地元にいる〈シュヴァルツコマンド〉についてはどうだろう。何をどう感じたらよいのか、誰もわかっていない。そのボロボロのSSの軍服だけを見て、ああだこうだと論評する者もいる。モロッコ人かインド人がイタリアから山を越えてやってきたんだろうといってすます者もいる。ドイツ人は、二十年前にフランスがラインラントを占領した折、植民地から連れてきた黒い兵士が駐屯したことを忘れていない。(SCHWARZE BESATZUNG AM RHEIN! と派手に書きたてたポスターが貼られたものだ)。*33 そんな中、新たな緊張が加わる。先週ハンブルクでふたりのシュヴァルツコマンドが射ち殺された。他の者もめった打ちにされた。統治するイギリス軍が兵をさし向けることはしたのだが、それは殺しが起こった後のことで、出動の主な目的は、夜間外出禁止の徹底にあるように見えた。

「オングルヴェだ」アンドレアスはヘッドフォンを手渡し、くるり回って、エンツィアンに場所を譲る。

「・・・我らが目当てなのか、精油所が目当てなのか・・・」声が割れて、ところどころしか聞こえない。「・・・百、いやおそらく二百人・・・大挙し・・・——フル、棍棒、ハンドガン——」

ピーと鳴ってザザーというノイズの炸裂。その上に割りこんできたのはなじみの声だ。

「十二人ほどの援軍ならオレが届ける」

「ハノーファーが応えた」エンツィアンが、面白そうなふりを装って、つぶやく。

「ヨーゼフ・オムビンディじゃないか」アンドレアスの声は暗い。

33 このドイツ語は「ライン河岸の黒き駐屯兵」の意味。第一次大戦後、フランスは、アフリカ植民地から集めた数万に及ぶ兵士をライン河沿いに駐屯させた。ドイツに屈辱を与える意図が読めるこの処置は、国際的な物議を醸し、ミュンヘンでは、黒人駐屯兵がドイツ人女性を恐怖させているようすを描いた映画も製作された。

援助を求めているオングルヴェは「空無派（エンプティ・ワンズ）問題」に対しては中立だ。少なくとも、中立たらんとしている。だが、もしオムビンディがハンブルクへ援軍を連れてゆくとすると、オングルヴェは帰還しないことになるかもしれない。ハノーファーにはフォルクスワーゲンの工場があるが、彼にとってはそこも足掛かりのひとつにすぎない。ハンブルクを手にすれば〈空無派〉にとってより強力なパワー・ベースとなる。いまがそのチャンスと見たか。〈北〉はそもそも彼らの自然の領分だしな…

「出かけないと」エンツィアンがアンドレアスにイヤフォンを返す。「どうした、そんな顔して」

「いや、ロシア人が大佐を誘いだそうとしているのかもと思って」

「大丈夫だ。チチェーリンについて心配するのはよせ。いま北ドイツにはいないだろう」

「しかし、あのヨーロッパ人が言ってたでしょ——」

「あいつ？　どこまで信用がおけるかわからんな。やつはマーヴィと列車の屋根の上で話していた。おれ自身の耳で聞いたんだ。それがノルトハウゼンでチチェーリンの女と一緒にいる。こんな男を信じるかね、おまえは？」

「でも、マーヴィがやつを追跡しているということは、やつにも何かの価値がありそうだってことにはならないかと」

「もしそうなら、きっとまた会うことになる」

　エンツィアンは装具をつかみ、覚醒剤ペルビチンを二錠飲んで旅に備え、アンドレアスに明日なすべきことをひとつふたつ確認する。それから、岩塩の混じった石の斜面を登って地上へ出る。

外でハルツ山脈の常緑林の空気を吸う。南西アフリカの古い村々なら、夕べの乳搾りの時間だ。一番星オカヌマイヒが出ている。甘いミルクを飲んだ幼児の星が・・・

しかし、これは北の国の別の星にちがいない。慰めはない。我らの民に、何が起こったんだ？　これが我ら自身が選んで行ったことでないのなら、ゾーン・ヘレロが、我らの民をこの世から一掃しようとした〈天使〉の胸の中で生きる運命にあるということ、これはどういうことなんだ？　我らは過ぎゆかれた（パスト・オーバー）ということか、それともさらにもっと恐ろしいことのために選ばれたということなのか？

明日は、太陽が槍に刺される前に、ハンブルクに着いていないといけない。列車の移動は安全面の問題があるが、歩哨たちは顔見知りだ。長い貨物列車が昼夜を問わずミッテルヴェルケを出て、A4ロケットの部品を西のアメリカへ、北のイギリスへ運んでいる。東のロシアへも、新しい占領地図が発効すれば、さっそく運ばれていくだろう。・・・ノルトハウゼンはロシア人の管理下に置かれるだろうし、我らとしても対応を余儀なくされる・・・そうなると、いよいよチチェーリンと顔を合わせる可能性が出てくるな。まだ一度も会ったことはないが、いずれは出会う運命にある。ふたりは異母兄弟、同じ血肉を分け合っているのだ。

坐骨神経がズキズキする。すわりすぎだ。足を引きずる。ひとりで。頭はまだ垂れたまま。地下の〈土豚穴（エルトシュヴァインヘーレ）〉の天井の低さが身体にしみついているせいだが、外界に出たとて、頭を高く上げすぎれば、どんな目に遭うかわかったものではない。明るさを増す星明りのなか、高架鉄橋をめざす。北へ向かうエンツィアンの、高い灰色の影がゆく・・・

□□□□□□□

いま夜が明けようとしている。眼下一〇〇フィートに青白い雲のシート、それが西方へ見渡すかぎり延びている。スロースロップと見習い魔女のゲリー・トリッピング、ふたりは今ここ、ミッテルヴェルケから北北西二〇マイルのブロッケン山頂（ってことはゲルマンの悪の中枢だ）に立って日の出を待つ。メイデイのイヴ[*1]はとっくに終わった。はしゃぎ回るこのふたりは悪魔の饗宴（ブラック・サバス）に約一ヶ月乗り遅れたが、あたりに痕跡はまだ残っている。戦時（クリークス）ビール[*2]の空ビン、レースの下着、ライフルの使用済カートリッジ、ひき裂かれた赤いサテン地の鉤十字の旗、刺青用の針と青いインクの飛び散った跡——「なんで刺青が要るんだ?」スロースロップは不思議そう。

「悪魔のキス[*3]のためよ、きまってるじゃない」ゲリーは、腋の下にピタリ寄りそって、おバカさんねという口調。そんなことも知らなかったスロースロップは、自分の阿呆（スクウェア）ぶりに腹が立つが、実際、魔女については無知同然なのだから仕方ない。スロースロップ家の先祖にひとり、正真正銘のセイレムの魔女がいるにもかかわらず。絞首刑にされた最後の一人に名を連ねたエイミー・スプルーという名のご先祖さまが、二世紀の時を経てなお家

1 558ページでゲリーが話していたように、「メイデイ」の前夜、四月三十日の晩は「ヴァルプルギスの夜」。古代の異教徒の祭典として、ドイツのブロッケン山での催しは現代も盛んである。

2 水で薄めた、耐乏生活のためのビール。

3 新入りの魔女が、神を罵り、悪魔へ信仰を表明するのに行うキス。そのとき刺青針で印を入れられる。

系樹の枝からぶら下がっている。彼女は一族の変節者で、二十三歳のときアンチノミアニズム[*4]に走り、クレイジー・スー・ダナム[*5]に先んじること二百年、バークシャー山地を狂ったように駆け回り、赤ん坊をさらい、夕闇の中を雌牛に乗って「スノッドの山」[*6]に登り、鶏を生贄に捧げた。さぞかし鶏に、たいそうな恨みを抱いていたのだろう。牛と赤ん坊は、なぜだか知らぬが必ず戻ってきた。エイミー・スプルーは、ドロシーの敵となった『オズ』の国の跳ね回る魔女と同様、卑しい魔女ではなかった。

庇護を求めてエイミーは、ロード・アイランドの地をめざし[*7]
途中セイレムに寄ろうとしたが
その恰好にケチがつき、そのスマイルも嫌われて
ナラガンセット湾はついぞ見られなかったとさ・・・

エイミーは魔女の容疑で逮捕され、死刑をくらった。スロースロップの狂った縁者がここにもいた。彼女のことを、子孫の者は肩をすくめて語る。〈一族のタブー〉にするにはあまりに遠い時代のことで、むしろ好奇の対象だ。子供の頃スロースロップはこの突飛な先祖様のことをどう考えていいのかわからなかった。一九三〇年代、魔女の処遇ときたらひどかった。魔女とは「ねえ、おまえさん」と呼びかけてくるシワクチャの鬼婆と相場がきまっていて、健やかな魔女なんて想像できない。映画で知ったかぎりのイメージと、いま目の前にいるテュートン系の魔女っ子はまるで違う。ドイツの魔女って、足指六本、アソコに毛がないはずじゃなかったか。ナチスの電波塔だったこの山の塔の階段の壁にも、

4 信仰の絶対をうたって社会道徳からの逸脱を是とした一派。

5 短篇「シークレット・インテグレーション」にも登場する、実在とおぼしき人物。

6 架空の地名。「スノッド」は「シークレット・インテグレーション」に出てくる天才少年の姓と同じ。

7 アンチノミアン運動の指導者アン・ハッチンソンは一六三七年、マサチューセッツ湾植民地を追われ、信奉者とともにロード・アイランド州ポーツマスに設立されたコロニーに加わった。

そんな姿の魔女が描いてあったじゃないか。政府の折り紙つきの壁画だよ。誰かの無責任なファンタジーとはわけが違うと思ったのだが、ゲリーによると、アソコがつるんとした魔女のイメージは、フォン・バイロス[*8]の描画に由来するんだそうだ。「そんなこと言って、おまえ、自分のを剃るのがイヤなんだろ」とスロースロップの大きな一声。「ハッ、ハッ、たいした魔女だよ、まったくね」

「あなたには特別いいもの見せてあげる」神も眠るこの時間にふたりが起きているのはそれを見るためだ。静寂のなか、太陽が地平線に輝きはじめた。「ほら、見て」ゲリーがささやく、「あっちよ」

　ほぼ水平な朝日の光がふたりの背中に当たると、真珠色の雲の堤の上にそれは始まる。ふたつの巨大な影法師が、クラウスタールの牧場地帯を越え、ゼーゼンやゴスラーを過ぎ、ライネ川が流れるあたりを横ぎってヴェーザー川のほうへグングン伸びていくのだ・・・「すげえっ」スロースロップは少々ドギマギ、「妖怪だ」この現象は、故郷のバークシャーでもグレイロック山あたりで見られる。このあたりでは〈ブロッケン山の妖怪〉として知られている。

　神の影。スロースロップが片腕をあげる。指はひとつの都市、上腕はまるまるひとつの州を覆う――スロースロップであれば腕を上げるのは当然だ。腕の影が、後ろに虹を引きながら東へ移行し、ゲッチンゲンをつかもうとする。ただの影じゃない――三次元の影だ。ドイツの夜明けに投げかけられた――ここらの山中か地下にはタイタン族がいたんだって。・・・こんなに並外れた図体だったら、川を下っていくこともできないし、地平線を見ても、大地が無限に続くなんて思えないだろう。登る木もない。長旅もない・・・ただふたりの

8　141ページ註5参照。

似姿（イメージ）が残っている、後光の差したふたつの外殻（シェル）が、霧の上に伏して横たわり、下でうごめく人間たちを覆っている・・・

　ゲリーはダンサーのように片足をまっすぐ前に蹴り上げ、頭を傾ける。スロースロップは西へ向けて中指を立てる。突き立つ指が、秒速三マイルの速度で雲に影を広げる。ゲリーがスロースロップのペニスに摑みかかり。スロースロップは身を傾けてゲリーの乳房を嚙もうとする。見渡すかぎりの空のダンスフロアいっぱいに踊る、壮大なふたりの影。彼の手が彼女の衣服の中へ。彼女の片脚が彼の片脚に巻き付く。影全体の縁に、赤から藍へ、津波のように揺動するスペクトルが滲む。雲の下はまったくの静寂、沈んだアトランティスのような失われた世界。

　だが「ブロッケン妖怪（ゲシュペンスト）フェノメーン」と呼ばれるこの現象は夜明け時のわずかな時間に限定されたものだ。影ははかなく、オーナーめざして縮んできてしまう。

「おまえ、チチェーリンともこれやったのか――」

「チチェーリンは忙しすぎるもの。こんなことしないわよ」

「どうせおれは怠けもんの雄蜂だよ」

「あなたは他の人と違うの」

「そうかい・・・チチェーリンだって、こりゃあ見といたほうがいいだろうに」

　ゲリーの顔はすでに疑問形。質問の表情が浮き出ているけど、なぜとは聞かない――歯が下唇の上にとどまり、口の中にはほとんどwarum*9という言葉が（「ヴァルーム」って、プラスチックマンの音だよな）宙づりになっているのに。いや、聞かれても困る、なぜかなんて自分でもわからない。尋問にかけられたって、スロースロップは相手にとって役立

9　warum はドイツ語で why の意。発音はアメリカ漫画で使われる爆発の擬音 varoom に近い。

たずだ。昨夜はふたり、古い坑道入口のところで〈シュヴァルツコマンド〉の見張り兵にひょっこり出会った。一時間にわたって尋問された。いやその、ただぶらついてるだけですよ、何のためって、ほら、新聞にも「ひと」のコーナーってあるでしょ、一風変わった話って興味を引くじゃないですか、あなた方のやってること、かねがね興味持ってたんです。……闇の中でゲリーがクスクス笑っている。兵士らはゲリーを知っていたにちがいない。ゲリーには何も聞かなかった。

後でその事にふれたとき彼女は言った。何だかよくわからないけどチチェーリンとアフリカ人の間には、お互いずいぶん感情的になることがあるみたいだ、と。

「そうよ、憎しみあってるの」とゲリー。「戦争は終わったのに、バカね、大バカだわ。政治と関係ないことなの。敵味方がどうのじゃなくて、昔からの、純粋な個人的憎悪なの」

「エンツィアンと?」

「そう」

ブロッケン山はアメリカ軍とソ連軍の両方に占領されていることがわかった。ソ連の占領ゾーンとのちょうど境目にこの山は位置していたのだ。かつての無線送信所や観光ホテルが、煉瓦や漆喰の廃墟になって、焚き火の灯りが微かに届くところにぼんやり佇んでいる。駐在するのはほんの二、三の小隊だけで、下士官より上の者はいない。士官はみなバート・ハルツブルクやハルバーシュタットの街のどこかでいい気持ちで酔っぱらっているか、女と寝てるかなんだろう。山に残された兵士の機嫌はよろしくないが、それでもみなゲリーを気に入り、スロースロップも受け入れた。何より、あのマーヴィの部隊と誰もつながりがないというのがラッキーだ。

だが安全なのはつかの間のこと。マーヴィ少佐は歯ぎしりしながらハルツ山を荒らし回り、何千羽ものカナリヤに心臓麻痺をもたらしている。黄色い鳥の死体が腹を上にして、バタバタ木から落ちてくる中、少佐の破壊的な怒声が響くのだ——あのイギリスのマザファッカ野郎をつかまえてこいバカヤロー何人がかりだろうが知ったことかおれに一個師団よこしやがれイイかテメエらワカッタカ。尻尾をつかまれるのは時間の問題だろう。あのオッサンは正気じゃない。たしかにスロースロップも頭がヘンだが、次元が違う。マーヴィは不健康そのもの、迫害の狂気を病んでいる。もちろん……スロースロップにもこんな懸念は浮かんでいた——チューリッヒで自分を待ち構えていたロールスロイスの一味[*10]と、マーヴィも結託しているのではないか。彼らのつながりときたら際限がないのだ。マーヴィはGE社とオトモダチで、GEといえばモーガン・マネー[*11]で動いている。ハーバードに流れているのもモーガン・マネーだ。だからどこかで必ずライル・ブランドともつながっている。……いったい彼らは誰なんだ？　なぜスロースロップをつけ狙う？　今や彼はツヴィッター——かのナチのマッド・サイエンティスト——も彼らの一味だと確信している。あの親切そうなグリンプフ老教授も、スロースロップを連れ帰るためにミッテルヴェルケのトンネルで待ち構えていたわけなのか。まいったぜ。日没後にツヴィッターのラボを脱け出して、ノルトハウゼンのゲリーのところへ戻ったからいいようなものの、そうでなきゃ監禁されて、きっとぶちのめされ、もしかしたら殺されていたかもしれない。

山を下って帰る前に、ふたりは見張り兵からちゃっかり煙草六本とK号糧食をせしめた。ゲリーが言うには、友達の友達がゴルデネ・アウエという谷間の、とある農場に宿泊して

10　501ページにロールスへの言及あり。

11　J・P・モーガン（一八三七～一九一三）は、アメリカ大資本の合併を進めた資本家。「ゼネラル・エレクトリック」や「USスチール」を誕生させた。

いる。シュノルプという名前の、気球に夢中の人で、これからベルリンへ向かう。

「ベルリンなんか行きたくないよ」

「マーヴィのいないところへ行きたいんでしょ、リープヒェン」

シュノルプは目を輝かせる。一緒に来るか、大歓迎だぜ、ちょうど地元のPXから戻ってきた。白い平箱を腕いっぱいに抱えて、これをベルリンへ持って行ってあっちこっち動かす計画らしい。「大丈夫だってえ」とスロースロップに請け合う。「心配いらんさ。気球の旅なら何百回もやってる。空を飛べば邪魔者は来ない」

シュノルプはスロースロップを家屋の裏手に連れだした。坂になった緑地の真ん中に、真っ黄色と鮮紅色、二色の絹布の山がある。その隣は、柳で編んだゴンドラだ。

「脱出って、コッソリやるもんかと思った」とスロースロップが漏らす。リンゴ園から走ってきた一団の子供たちの働きで、エチルアルコールのはいったブリキのジェリカン[12]がゴンドラに積みこまれていく。午後の日射しが、丘の上り斜面に彼らの影をつくる。風は西よりだ。スロースロップの差しだしたジッポ・ライターで、シュノルプが点火、バーナーが燃え上がる脇で男の子らが折りたたんであった絹のガスバッグを広げた。シュノルプが炎を強める。横向きに噴出した炎のうなりが一定になったところで、巨大な絹袋の開口部へ吹き込みが始まった。隙間から見える子供たちが、熱気のゆらめきの中へ散っていく。ゆったりとバルーンが膨れてゆく。「あたしのこと忘れないでね」ボーッというバーナーの音をついて、ゲリーが叫んだ。「また会おうな・・・」シュノルプと一緒にスロースロップが乗りこんだ。気球がわずかに地面から持ち上がった。吹いてきた風がそれをとらえる。出発だ。ゲリーと子供たちは、ぐるりとゴンドラの縁をつかんでいる。まだ完全にはふく

12 ドイツ軍がガソリンを入れて運んだ二〇リットル缶。

らみきっていないバルーンは、だが次第にスピードを上げ、笑い囃し立てながら全速力で足を動かしているみんなを引きずり丘の斜面をのぼっていく。スロースロップは、あれこれチェックしているシュノルプの邪魔にならないよう必死だ。炎の先が袋の外にいってしまったら大変だし、籠を吊す綱もそれぞれピンと延びていなくてはならない。モッコリといまや垂直に立ったバルーンが太陽光と交差する。球皮の内側で黄と鮮紅の熱が渦を巻きながら放縦に乱舞する。ひとりまたひとりと地上のクルーが離れおちる。さよならの手振り。最後までつかんでいたのはゲリーだ。耳の後ろに梳かした髪の先端は三つ編、柔らかな顎と口、大きな真剣な目がスロースロップの目を見つめ続ける。ついにバルーンに振り切られると、草の上に跪いたまま投げキッス。スロースロップのハートも、もう一杯にふくらんで、すーっと空を登っていくようだ。**よせやい、そんな純朴なの**、と言い聞かせるのが、〈ゾーン〉の暮らしが長くなるにつれ、だんだん億劫になってきた。いったい〈ゾーン〉は彼の脳に、どんな作用をしているのだろう?[*13]

　モミの木立の上に舞い上がった。ゲリーと子供たちの姿が小さくなって、緑の芝の上のいく筋かの影となった。丘が下へ離れて、フラットになっていく。やがて、振り向いたスロースロップの目にノルトハウゼンの街の光景だ。大聖堂、市役所、聖ブラジウス教会・・・屋根のない一画、ゲリーに出会ったのはここだった・・・

　シュノルプが肘で突く。指さしている。スロースロップが気づくまでに時間がかかる。黄褐色をした護衛隊の四台の車、埃を舞いあげ、農場のほうへ急いでいた。どうやらマーヴィズ・マザーズの登場だ。で、スロースロップはといえば、ド派手なビーチボールに吊り上げられている。ま、それも、いいって——

13　「自己」の相が変化していくキャラクターとしてピンチョンは、たとえば『V.』に登場するファウスト・マイストラルを描いているが、これ以後第四部にかけてのスロースロップの自己変容の描写はきわめて徹底したものとなる。

「おれにかかわったのが運の尽きだな」ややあって、スロースロップが下へ向けてシャウトした。北東コースへしっかり乗った気球は、アルコールの炎にピタリと身を寄せ、風よけも立ち、背中の風と前面の暖気の間の温度勾配もきちんと五〇度あるだろう。「いきなり乗りこむ前に考えておくべきだったな。おれたち知らない者同士が、ロシアのゾーンへ飛んで行こうっていうんだから」

　休日の乾し草のようなワイルドな髪をなびかせたシュノルプが、上唇でいかにもドイツ風の、切々とした表情をつくってみせる。「そんなゾーンはない」。このセリフ、ゲリーも口にしたっけ。「〝誰々の〟ゾーン、なんてのはありえない。ただひとつの〈ゾーン〉があるだけだ」

　まもなくスロースロップは、シュノルプが持ちこんだ箱をチェックする。数は一ダース、中身はどれもざっくり分厚い黄金のカスタードパイだ。ベルリンでは途方もない値を呼ぶだろう。「ワオ」スロースロップが声を上げる。「なんてもんが見えるんだ、これ、ぜったい幻覚だよね」とか、幼い従者（サイドキック）のセリフを吐く。

「軍のＰＸカード持ってなきゃ売れないな」と、売人の口調。

「今おれ、割当スタンプがスッカラカンでさ、蟻のふんどしも買えないくらいだ」スロースロップが事実をさらす。

「それじゃ」タイミングをとって、シュノルプが切り出す。「このパイひとつを半分ずつ食うか。なんだか腹が減ってきた」

「オー、オー、スゲエ」

　さて、スロースロップがそのパイ！にかぶりつき、手についたカスタードをペロリ舐めているそのとき、後方ノルトハウゼンの上空に、黒い点のように見える妙な飛行物体が現れた。「あれは——」

シュノルプが首をまわす。「コート!」[14]真鍮製のピカピカの望遠鏡を持ちだし、舷縁上に固定する。「コート、コート——マークがない」

「ってことは…」

空は本当に真っ青で、そんな汚れは指でつまんで擦れば青空に吸いこまれていきそうだが、見つめているとそいつはだんだん、錆びた古い偵察機の形をなしてきた。やがてエンジンのブーン・ダカダカという音が届く。見ていると機体は翼を傾け、追い越しにかかる。二機の間を渡る風にのって、微かに聞こえる復讐に燃えたぎる歌声——

マクガイアっていう若いのが
ピッチ・アンプリファイヤ[15]とやったらば、
バチバチ・ショートして
全身イボイボ
おまけに部屋が火事ボーボー

ヤー、ヤー、ヤー、ヤー!

プロシャじゃプッシー食べません——


プロペラ機は下腹を見せて、ほんの一、二ヤード上をかすめていく。出産間近いハラボ

14 Kot は shit にあたるドイツ語の罵倒語。

15 ロケット機体の傾き(ピッチ)によって発生する直流電流を増幅して尾翼のサーボモーターに送り方向修正する装置。

テの怪物。機体の小さな出入口から革帽をかぶりゴーグルをつけた赤ら顔がのぞいている。気球を追いこし際、「このエゲレス野郎めが、てめえのケツでも食らえ」

スロースロップは考えもなくパイをつかみ、「ファッキュー」の一声とともに投げつけた。投球はパーフェクト。ゆっくり降下していく機体は空中の小さな斑点を見事に横切り、それがマーヴィの顔をベシャッととらえた。イェイ。手袋をはめた手が猫のように顔を拭う。ピンク色した少佐の舌が現れる。カスタードがボタボタ風にちぎれ、黄色い雨粒が長い弧をひいて地表に落ちていく。ハッチが閉まり偵察機は滑るように離れていき、一度スローロールの旋回をしてから、輪を描いて戻ってくる。シュノルプとスロースロップはパイを差し上げ、待ち構える。

「あのエンジン、まわりに蔽いがないな」シュノルプは気付いていた。「あそこを狙え」。いま飛行機の背面が見えている。コックピットにはビール浸りの米兵がぎっしり、相変わらず歌っている。

リッターってえ名の奴がいて
誘導トランスミッターと寝てみたら
チンコ縮んで
ソックスにポトリ
こりゃまた辛酸（ビッター）なことでした

百ヤード先から急接近。シュノルプがスロースロップの腕をつかんで右側を指す。天が助けてくださった。前方に大きな白い雲の山がある。風に乗って素早く中へ潜りこむ。もくもくわき立つ生き物(クリーチャー)は、白い触手を伸ばし、急げとばかり手招きする。ふたりは中へ逃げ込んだ。ひんやり湿った避難所へ・・・

「これで奴らは待つしかない」

「いいや」シュノルプは耳に手を当てている。「エンジンを切ったぞ。中に一緒にいるな」

綿雲に巻かれたような沈黙が一、二分。すると、来た来た——

シュレーダっていう兄さんが
サーボモータ[*16]のオカマを掘った
気がつきゃ先っぽ
二股フォーク
プロモータつけて、チン列会

シュノルプは炎を調整している。ローズグレイの光雲——目立ってはいけないが、高度を失ってもいけない。いま自分たちが乗っているのは、なんとも弱々しい光の球、どこにいるか知ることもできない。露出した花崗岩の山肌が、ときどき雲の中へメチャクチャに拳を突きだす。偵察機はどこだろう、独自のスピードでみずからきめたコースを飛んでるはずだが、気球のほうは黙ってただ漂うしかないのだ。こちらかあちらかというバイナリーな選択は、ここでは意味をもたない。息苦しいほどの雲の圧迫。凝縮した雲がパイの上に大きな水滴を結んだと思ったら、突然やってきた——しゃがれた声でまだ歌っている、

16 原文は vane servo-motor と明記。これは、ロケットの四枚の羽根をフィードバック制御するための電動機。

二日酔いのような歌――

兄さん田舎はイリノイのディケイター
はめはめしたのがＬＯＸジェネレイター[*17]
チンチン、タマタマ
たちまちバリバリ
おケツが凍ったのは、ちょいとレイター

蒸気のカーテンが退いて米兵どもの姿が見える。十メートルもないところを気球より若干速い速度で滑空している。「今だ！」とシュノルプが一声、むきだしのエンジンめがけてパイを放り上げる。スロースロップの投げたパイは目標を外し、操縦士の目の前のウィンドスクリーン一面に砕け散った。その間にシュノルプのほうは、浮揚調整用の砂袋をエンジンめがけて投げ始めた。そのひとつが二つの気筒の間にスポッとはさまった。不意を突かれた米兵どもは慌てふためき、銃、手投弾、マシンガン、兵站部隊がこういうときに所持するあらゆる物に手をのばすが、その間にも滑空してどんどん離れていく。気球はまた雲に閉ざされた。銃声が二、三発。

「やべえ、もし球皮に弾が当たったら――」

「静かに。昇圧磁石発電機の導線にうまいこと当たったようだぞ」雲の中央からなかなかスタートしないエンジンの音。連動装置が必死にキーキーいっている。

「オー、ファック！」遠くから、消音された悲鳴。うめくような音が途切れながら消えて

17 液体酸素発生装置。

ゆく。そして何も聞こえなくなった。シュノルプは仰向けで、苦笑しながらパイを食う。商品の半分を投げすててしまった。スロースロップも気が咎める。

「いいさ、心配するなって。今は言ってみりゃ商売システムが起ち上がってまもない時期なんだ。大昔に戻ったのさ。二度目のチャンス。輸送路は長くて危険で、運搬中のロスなんて人生の一部だよ。あんたは原始市場（ウル・マーケット）を実地見学したわけだ」

数分して雲が消える。ふたりは太陽の下を静かに飛んでいる。支索はポタポタ水滴を垂らし、湿った球皮は陽を受けてキラキラ輝く。マーヴィたちの影は消えた。シュノルプが炎を調整し、気球が上昇を始める。

日暮れどき、シュノルプは思索にふける。「ほら、見ろよ、境界（エッジ）が見える。この緯度だと、夜の影は時速六五〇マイルでドイツを横切っていくんだ。ジェット機のスピードだ」。広大な雲のシーツは今や茹で海老の色をした小さな霧の毛布に変化した。緑のパッチワークだった田園も、迫り来る夕闇によってダークな色合いを増している。気球は進む、大地を這う小さな川が夕陽に燃える中を。またもや現れた屋根のない町がその入り組んだアングルの模様を見せる中を。

日没は赤くて黄色い。この気球と同じ色だ。柔らかな光の球体が陶器の上の桃のように、歪みながら地平線へ没してゆく。「南へ行けばいくほど、影のスピードは上がってさ、赤道じゃ時速一〇〇〇マイルに達する。想像してみろよ、音速を超えるのは、緯度でいうと南仏のカルカソンヌあたりだ」

煽ぐ風がバルーンを北東へドライヴする。「南仏かい」スロースロップの追憶。「おれもたしか、あのへんで音速突破したんだよな・・・」

□□□□□□□

〈ゾーン〉は夏の盛り。人の動きは鈍い。崩れた壁の後にはりつき、爆撃跡のクレーターの中で背を丸めぐっすり眠る。鉄道の溝橋の下でグレィのシャツの裾をまくってファックし、原っぱの真ん中で夢の中をただよう。食べ物を、現実の忘却を、違う歴史を、夢みながら・・・

ここの沈黙は音の退却だ。津波が来る前に海水が一度大きく引いていくように、すーっと音が引いてなくなる。響きの通路を下り、どこか遠くで力を集め、大きなノイズの山をつくると、それが一気に襲ってくるのだ。馬がほぼ絶滅した〈ゾーン〉では、雌牛たち――大柄な白黒ブチの鈍重な乳牛――が、引き具をつけて耕作に駆り出される。冬の間に地雷が撒かれた畑へ、表情ひとつ変えずに入っていく。田園地帯にすさまじい爆音が響く。角と皮とハンバーガーの塊が雨となって降りおちる。へこんだカウベルがクローバーの葉の中に静かに横たわる。馬だったら気がついて近寄らなかったかもしれない。だがドイツは馬を浪費した。種全体を愚かにも潰してしまった――押し寄せる鋼鉄の大軍のなかへ、粘液質の沼のなかへ、最後の前線の吹きすさぶ冬の冷気の中へ追いやって。まだ馬に愛着を示すロシア人につかまって命拾いをしたものも少数はいるのだろう。彼らの騒ぎが聞かれるのは夕闇が降りてからだ。海辺に設けたロシアの野営地の裏手から発するキャンプファイアの光が、北国の夏の、ほとんど乾いた霞を通して、ナイフエッジのかすかなきらめきを何マイルも先まで伝える。一ダースものアコーディオンと手風琴(コンサーティーナ)が一斉に発するコードがもつれ、その上にリード楽器のソロが絡まる。歌声には、もの悲しそうな「ストヴィーエ」や「ズニー」[*1]がいっぱい。濁声の中から、ひときわ澄みきった少女らの声も聞こえる。馬はいななき、草むらを動きまわる。ここは男も女も親切で、やりくり上手で、熱狂的。〈ゾーン〉の生き残りのうち一番楽しげにやっているのが彼らである。

うち震える肉体の内外で、狂気の屍肉漁り(スカベンジャー)チチェーリンが動く。この男はメタルの体部がなにより目立つ。話しながらスチールの歯がキラリ。オールバックの髪の下は銀の面皮で、粉々に砕けた右膝関節の骨と軟骨の間は、金のワイアが3Dの刺青のように縫いつないでいる。刺青の形は、手づくりの痛み(ペイン)の紋章として脳に刻され、その形が常に意識される。目に見えず、自分で感じるだけのそれは、最も誇らしい戦いの勲章だ。暗闇の中で四時間に及ぶ手術を受けたのだった。東部戦線のことで、サルファ剤も麻酔もなかった。チチェーリンはもちろんそれを誇っている。

この男は永遠に脚を引きずる。金のごとくに永遠のびっこを引きつつ、冷気と草地と神秘を抜け、この地までやってきた。モスクワの航空流体力学中央研究所、略してTsAGIに報告するのが彼の公務で、技術情報の諜報を指示されている。しかし〈ゾーン〉で実際チチェーリンが使命としているものは、個人的で、妄想的で、人民の公益にならない。彼の上司が繰り返し微妙な言い方で警告している通りだ。それはチチェーリンも了解してい

1 両方ともロシア語の典型的な語末の音。

る。たしかに「人民の」公益にはつながるまい。しかし彼に指図をする幹部の利益には叶うのではないか。口で言うのとは裏腹に、彼らにしてもエンツィアンを消し去りたいと思う理由があるだろう。違いがあるとすればその時期、あるいは動機だ。チチェーリンの動機に政治的なものはない。いま真空のドイツに独りで作っている小さな私的「国家（ステイト）」は、どうにも抑えられない、なぜなのか理解するのもあきらめたほど深いニーズを礎としている。〈シュヴァルツコマンド〉を、神話的な異母兄弟エンツィアンもろとも抹殺せずにはいられないのだ。彼の家系は名うてのニヒリストを輩出した。喜び勇んで爆弾を投げ暗殺を引き受けた者は数知れない。ヴァルター・ラーテナウに協力してラパロ条約締結[*2]にこぎつけたゲオルギー・チチェーリンとの血縁関係はない。あちらは長年にわたって折衝工作を続けた外交家だ。党分裂後、少数穏健派のメンシェヴィキからボルシェヴィキに鞍替えし、追放中も帰還してからも、人間を超越した〈国家〉の存続を信じ続けた。自分がトロツキーの座席にすわったのと同じように、いつか誰かが自分の座にすわるだろう――すわる人間は交代しても座席自体は・・・時を経ても一応は安泰であるという、そういうタイプの国家がある。ところが一方に、チチェーリンが築くタイプがあって、この精神（モラル）の国家は、そこに住む人間を超えては生きつづけない。彼の思いは捕えられている――、鋼鉄の車輪の下で死んでいった学生たちへの愛と身体的な恐怖に。眠り知らずの夜に裏切られた彼らの眼に。絶対権力による死に向かって狂おしく開かれた彼らの腕に。彼らの孤独にチチェーリンは嫉妬する。戦闘の組織すらない状況で、彼らの多くは誰からの愛も支援も受けずに、独りで死んでいったのだ。その意志の力に彼は嫉妬する。〈ゾーン〉一帯にドイツ娘（フロイライン）の忠実なネットワークを張り巡らせているのはひとつの妥協であって、彼女らから得られ

2 318ページ註**38**参照。ヴェルサイユ体制下の二大弱者が結託した形の体制は、一九三三年のヒトラー政権成立後まもなく解消した。

る情報は役に立っても、慰安のほうは実は余計である。とはいえ見たところ愛が割って入ったら、絆が強まったりする危険はいまのところ軽微で、彼がみずから課した任務を脅やかすには至っていない。

スターリン時代[*3]の初期のこと、チチェーリンは七河地方[*4]の奥地にある「熊のコーナー（メドヴェツィ・ウゴロック）」に駐在していた。夏には、灌漑用運河から沁みでる水が、緑のオアシス一帯に、ぼんやりとした透かし彫りの模様を描く。冬には窓の下枠にべっとりとティーグラスの模様が走り、兵士らは「プレファレンス」のカードゲームに浸り、外に出るのは小便と、配備されてまもない最新型のモシン銃[*5]で狼を不意撃ちにするときに限られる。そこは都市を恋する酔っぱらいの国、無言のまま馬を進める草原の国、大地の絶え間なく揺れ動く国…地震のお それから建物はみな平屋で、埃っぽい褐色の通りに、見せかけだけの二階、三階が並ぶようすは、まるで西部（ワイルド・ウエスト）劇の映画だった。

こんな僻地まで彼は何をしにきたのか。土地の人びとにアルファベットを与えにきたのだ。彼らの言語は純粋なサウンド、身ぶり、ふれあいとしてあった。アルファベットに置き換えるべきアラビア文字の表記さえない。チチェーリンはモスクワの司政官が「赤の天幕（ジュルト）」と呼ぶ一連の民衆教育の拠点のひとつに送られ、当該地区のリクベズ[*6]・センターとの協働の職務に当たった。馬、サワーミルク、吸い草の匂いをプンプンさせた老若のキルギス人が草原をわたってきて天幕の中に入り、チョークのマークがびっしり並んだ石板を見つめる。そこに書かれたこわばったローマ字系のアルファベットは、ロシア人の基幹員（カドレ）たちにも奇妙なものに見えた——放出された軍隊ズボンの上にコサック族の灰色のシャツを

3 ヨシフ・スターリンの書記長就任は一九二二年。二四年のレーニンの死後、徐々に体制を固めていく。トロツキーは国外追放される前の二八年、カザフスタンのアルマ・アタ（現アルマトゥイ）に飛ばされた。

4 カザフスタンのバルハシ湖南東側、セミレチエ地方。

5 一八九〇年代以来第二次大戦まで、ロシアの歩兵が持たされた標準的なライフル銃。

6 旧ソ連の文盲撲滅キャンペーンの略称。

着た長身のガリーナにも…その親友でマルセル・ウェーブの髪型をした、ソフトな顔のルーバにも…そして政府側の監視役ヴァスラフ・チチェーリンにも。みんな、まったくの異世界であるこの地において、NTA（新テュルク文字）[*7]を根付かせる任務を負ったエージェント（そんな意識は誰にもなかったが）である。

食堂での朝食が終わると、チチェーリンはたいてい〈赤の天幕〉まで散歩をして、お目当ての女教師ガリーナの仕事ぶりを覗きこむ。チチェーリンの人格にも、一、二本は女性への接続ラインがあるようで、そこに訴えるタイプの女だ…としておこう…チチェーリンが外に出ると朝の空は幕電光(いなびかり)に充ちている。ひどい突風とぎらつく光。可聴域に届きそうで届かぬ音で大地が震える。この世の終わりを思わせるが、これが中央アジアでは平凡な一日だ。大地の拍動。天まで届くようなパルスの連続。輪郭のクッキリとした、黒くてゴツゴツした雲が、艦隊を組んでアジア北極圏に向かっていく——その下には風の吹きぬける草原が何町(デシャチーナ)歩も続く。風はモウズイカの茎を吹き分け、緑と灰色の揺らぎを視界の果てまで伝えていく。途方もない風。だが彼はその中へ出ていき、路上に立つ。ズボンを引きあげると、襟の折り返しがパタパタと胸に当たる。〈軍〉であれ〈党〉であれ〈歴史〉であれ、ともかく自分をこんな場所に置き去りにしたものが憎らしい。この空も、草原も、住人もその動物も、けっして好きにはなれないだろう。この土地を振り返ることもあるまい。彼の心の最悪の湿地帯においてさえ。レニングラードで自分と仲間が粛清されることが確実になった時点でも。七河地方の想い出に彼が包まれることはありえない。その音楽を聴くことも、夏の旅行に出かけることも、夕暮れ時のステップの残光に佇む馬の姿を見ることも…

7　New Turkic Alphabet＝トルコ系遊牧民の諸言語のローマ字化政策を、ソ連政府は一九二〇年代から三〇年代にかけて推進した。

ましてやガリーナのことなど。ガリーナなどまともな「記憶」にすらなるまい。すでに彼女はアルファベットの文字か、モシン狙撃銃の分解手順のような存在だ。彼女のことを忘れないというのは、右手でボルトをはずすときに左手の人差指で引き金を引いた状態にしておくことを忘れないというのと同じだ。それで、三人の関係が暴発しない予防にはなる。そうしておけば、ガリーナ／ルーバ／チチェーリンの三体の異境生活者が、そのちっぽけな弁証法的変容を遂げる過程で、その構造以外の記憶など持たぬまま年季を終えられるというわけだ…

ガリーナの目は鉄の陰りの中にある。眼窩が、きわめて精確なパンチを受けたかのように黒ずんでいる。あごは小さく、角ばり、しゃくれあがっていて話すときに下の歯が覗く。…笑みを浮かべることはごく稀だ。強く曲げて溶接したような顔の骨。チョークの粉と、洗濯石鹸と、汗の霊気（アウラ）を発している。彼女の端っこには、部屋隅あるいは窓際に、常にがむしゃらなルーバがいる。かわいい鷹のルーバを仕込んだのはガリーナだが、飛べるのはルーバだけ。何里（ヴェルスタ）にもわたるダイブ、鉤爪の衝撃を、血の味を知るのはルーバだけ。痩せた鷹師のガリーナは地表に留まり、教室で言葉の中に閉ざされる——白い言葉の吹きだまりに。霜のパターンに。

雲の向うに稲光のパルス。通りの泥を引きずりながらチチェーリンが〈センター〉に入る。ルーバは頬を赤らめ、コミカルな中国人雑役夫のチュー・ピアンがモップの先でする挨拶は叩頭の礼というものか。ひとりふたり早く来た生徒の視線は読めない。″ネイティヴ″の移動教師、ジャキップ・クーラン[*8]が煙草をせがむ。パステルカラーの測量地図、黒い経緯儀、ブーツの紐、トラクターのガスケット、プラグ、油で汚れた連結棒の先端、ス

8　アルファベットで Qulan と表記される彼

チール製の地図入れ、七・六二ミリ口径の弾丸、レピョーシュカのくずや食べ残しが散らばる机から顔を起こして。だがそのとき煙草はすでにチチェーリンのポケットから出て、彼に向かって差し出されていた。

ジャキップは感謝の微笑を見せる。微笑(ほほえ)まないという選択肢はない。チチェーリンの意図はよくわからないし、ロシア人の示す友情には信頼が置けないのだ。ジャキップ・クーランの父は、一九一六年の反乱のときに、クロパトキンの軍隊から逃げ、国境を越えて中国へ渡ろうとしたところで殺された。*9 ここを進めば地球の頂点へも行きつけるという、干上がりかけた川縁で、一夜にして虐殺された百人のキルギス人逃亡者のうちの一人となった。ロシア人の植民者は、自警団特有のパニックにすっかり陥って、シャベル、熊手、古いライフル、身近なあらゆる武器を繰りだして肌のあさ黒い流民たちを取り囲み、殺害した。当時の七河地方(セミレチエ)で、鉄道からあれほど離れた場所で、そういうことが日常的に起きたのだ。あの恐怖の夏、サルト人、カザフ人、キルギス人、ドンガン人は、野生の獲物のように狩られた。「狩り」のスコアが日々つけられた。それは親睦のうちに行われる競争ではあったが、ただのゲームではない、それ以上のものだった。休まることのない何千もの魂が、死の埃を嚙みしめた。死者の名も、虐殺の数すらも、永遠に葬られた。皮膚の色の、衣服の風習の違いが、捕らえ、打ち据え、殺すことの充分な理由となった。彼らの言葉で話すことすら理由となった――ドイツやトルコの政府の手先が流した流言が(ロシアの協力もなかったわけではない)、平原一帯を走ったせいだ。土着民の反乱を仕掛けたのは外国人だと。第一次大戦に新しい戦線を開くことをもくろむ国際的な陰謀だと。これまた〈西〉のパラノイアの産物。欧州のバランス・オブ・パワーにしっかり根を張った出来事

の姓は、キルギス語で「野生馬」。Džaqyp は「ヤコブ」。

9 一九一六年、戦時徴用に反対してカザフで起きた反乱に対して、ロシア皇帝はクロパトキン大佐の騎兵隊を遣わして鎮圧にあたらせた。この反乱を皮切りに、中央アジアのムスリム人民のロシアへの抵抗は、二〇年代初頭にピークを迎える。

だったのだ。カザフやキルギスの、つまり〈東〉の理由などありえただろうか？　この地の多民族は幸せに暮らしていたのではなかったか？　五十年にわたるロシア人の支配は進歩を、富をもたらさなかったか？

　さて、現在のモスクワ政権下で、ジャキップ・クーランは国家の殉死者の息子という扱いだ。あのグルジア人[*10]が権力の座について、昔ながらのロシアの絶対権力をもって、「連邦諸国民に親切であること」を宣言した。だがこの愛すべき絶対権力者の意向とは関係なく、ジャキップ・クーランは「ネイティヴ」であり続け、ネイティヴとしての不穏さの度を、派遣されてきたロシア人に、日々測定されている。その赤褐色の顔、切れ長の目、ほこりまみれのブーツはどうでもいい。馬に乗って出かける場所も、風吹きすさぶ草原に立ち並ぶうら寂しい獣皮の天幕、一族の天幕が群れる〈外地〉にあって彼が何をしているのかも謎のままでかまわない。ロシア人は知りたいとも触れたいとも思わない。愛想よく煙草を与え、彼の存在を書類上で作り上げ、「教育のあるネイティヴ・スピーカー」として彼を使う。かくしてジャキップは機能を与えられるが、それ以上ではない……いや、ときどき、ルーバから鷹を思わせる一瞥が――足緒と、空と大地と、遠出への示唆が来ることはある。……ガリーナから言葉に代わってある静けさ（サイレンス）が投げかけられることも……

　この土地でガリーナは数々のサイレンスと心を通じ合うようになった。七河地方の大いなるサイレンス。それをアルファベットに書き起こしたものはまだいない。ふとした瞬間に部屋の中へ入ってくる、心の中へ忍びこむサイレンス。文盲一掃運動の手先が持ち込もうとするソヴィエトの理屈を、チョークと紙へ押しもどそうとするサイレンス。NTAをもってこれらのサイレンスを埋め尽くすことも、打ち払うこともできない。それらは〈熊

10　スターリンはグルジアの出身で、本名はヨシフ・ヴィッサリオノヴィチ・ジュガシヴィリ。

のコーナー〉を形作る基本元素のようなものだ。これらの元素で地球を作れば、より巨大な惑星となり、太陽からもっと遠い軌道を回るだろう。…ガリーナの育った町では、風も雪も熱波も、こんなに巨大ではなかった。ここにきて初めて、地震というものを感じ、砂嵐が通りすぎるのを待つことを覚えた。いま都市へ戻ったらどうだろう？　ガリーナの夢の中にはしばしばボール紙で作った都市が出てくる。設計者が作る、精密な都市模型だが、多数の地区をブーツの底で一踏みにしてしまえるほど小さい――だが同時に彼女はその模型都市の住人でもあって、深夜に目をさましたり、目に痛い昼の光に瞬きしながら、自分の町が、空からの襲撃によって潰されるのを待っている。何がやってくるのか、その名前を言うこともできず、ギッと身を固くして待っている。だが実は知っている――口にするのが怖いだけだ――やってくるのは自分自身、中央アジアの巨大女に変身したガリーナ自身こそ、彼女が恐れる〈名前のないもの〉なのだ。

天空の星を覆いかくす巨いなるイスラムの天使たち…*O, wie spurlos zerträte ein Engel den Trostmarkt*（オー・ヴィー・シュプルロース・ツェルトレーテ・アイン・エンゲル・デン・トローストマルクト）。*11 …チチェーリンの思いは揺らぐことなく、西方へ、アフリカ人の異母兄弟へ、炭のように黒々しいドイツ文字を刻印された詩集へ向かう――一ページずつ汚しながら彼は待つ、その距離を数値で表現できぬほど離れた低地（ロウ・ランド）のこちら側で。帯状に天を走る光を見上げて。光の帯は、今年もまた秋がめぐりくれば斜めに傾くだろう。サーカスの曲馬乗りのように地球の背峰に向かって身を傾けるだろう。パブリックな顔だけで見る者の目を引いて、周回のリングが峠を滑らかに完璧に超えるところでついえていく。

だがジャキップ・クーランはときたま、ごくたまにだが、紙の教室の向こうから、あるいは深緑の平原が見える窓の前でもいきなり、チチェーリンに意味ありげな視線を向けは

11　リルケ『ドゥイノの悲歌』第十の悲歌、「おお、天使なら跡形もなくこの慰安の市（いち）を踏みくだいてしまうだろうに」（手塚富雄訳）。

しなかったか？　その眼は「あんたが何をしようと、向こうが何をしようと、ふたりとも死ぬ運命なんだ」と語っていなかったか？　「だってあんたら兄弟だろう。一緒にいるのも、離れているのも自由だが、どうしてそんなにこだわるんだ。人間、生きて死ぬだけだろう。名誉の死もあるし、野垂れ死にもあるが――しかし兄弟の手にかかって死ぬってのは、どうなんだね・・・」と。秋の日のありふれた日射しが、同じ無料アドヴァイスを運んでくるが、その日射しもしだいにあきらめ顔だ。兄弟とも耳を貸すことができない。黒い血をひく弟のほうも、どこかで自身のジャキップ・クーランを得たにちがいない。あどけないドイツの少年が、「第十の悲歌」の、天使到来の夢の中から彼を見つめる。翼の音がすでに目覚めの縁に聞こえる、みずからを追いやった白き市場[*12]を跡形もなく踏みくだいてしまうために舞いおりた。・・・東を向いた弟の黒い顔は、どこかの冬の河岸から、土色をした目の細かい石の壁から、プロシアの、ポーランドの低い荒れ地を、その何リーグも続く牧草地を見つめつづける。チチェーリンも同様だ。ひと月またひと月と、からだの西の面が張りつめるのを、風にこすられるのを感じる。歴史と地政がふたりを対決に向けて着実に動かす。無線の音はかん高く絶叫し、夜にはダムの水圧管が水力発電の激怒にふれて震動する。その高鳴りが、空漠とした大峡谷と峠を越える。昼の空を何マイルにもわたって落ちてくる天蓋が厚く満たす。金持ちたちに天国の天幕（ジュルト）を夢想させる白さ。今はまだゲームのようでぎこちないが、それぞれのばら撒きのパターンからしだいにゲームらしさが消えて・・・

後背地の背骨の中を、チチェーリンと忠実なキルギス人の友、ジャキップ・クーランが

12　リルケの原文にあるTrostmarktは「慰安の市（market of solace）」と訳されるが、ピンチョンはここで敢えて“white marketplace”という表現を使っている。

馬で進んでゆく。チチェーリンの馬は、チチェーリンをそのまま馬にしたようなやつだ。名はスネイク。このアメリカ産のアパルーサ種は、言うなれば本国からの送金で暮らしている。一昨年はサウジアラビアにいた。月々の小切手を送ってくるのはテキサス州ミッドランドのイカレた（パラノイア・システムをお好みの向きには、恐ろしく理性的な、と言い替えよう）油田主。地元合衆国のロデオ会場から、こいつを遠ざけておくために送金を負担しているのだ。かつて、有名な振りおとす荒馬（バッキング・ブロンコ）ミッドナイト[*13]が西部の若者を右に左に振り飛ばし、日の照りつけるフェンスに叩きつけていた頃のことだ。だがここに来てからのスネイクは、ミッドナイトのような野生児ではない。計算ずくの殺人馬。何を考えているかわからない。跨るときは無表情で乙女のように従順であったとしても、突如警告もなく、すさまじい鼻息一発、狂気の操るままに蹄の一蹴りをお見舞いする。蛇のようにすぼめた首で、あんたが死んでいく場所と時を指ししめす。気まぐれといえば気まぐれで、何ヶ月もトラブルひとつ起こさずにもいるし、今までチチェーリンに対してはいっさい無視を決めこんできた。だがジャキップ・クーランで三度ほど試している。そのうち二度は、まったくの運が味方して難を逃れた。三度目のとき、このキルギス生まれの青年は、必死に荒馬にしがみついて長時間乗りまわし、なんとかしたがわせたようだった。だがチチェーリンは納得していない。スネイクをつないだ山腹の、鈴の鳴る杭（ピケット）へ上っていくたび彼は、革の引き具と背に付ける傷んだつづれ織りの布とともに、心に疑念を抱えている——あれはジャキップが乗りこなしたのではなく、スネイクが、やつを仕留めるのを次の機会に委ねただけではないかと…

　鉄道線路が遠ざかる。この大地の中で人に優しいゾーンは終わりだ。アパルーサ馬スネ

13　一九一五〜三六。ロデオの世界チャンピオンも七秒で振りおとし、生涯誰も乗りこなせなかった実在の荒馬。

イクの臀部では、黒と白の星々が炸裂している。それぞれの新星（ノヴァ）の中心はまったき虚空で色はない。真昼のロードサイドでキルギスの男たちがそれを覗き込み、首をまわしてニタリ笑いを地平線の彼方に向けた。

奇妙なもんだ、石油のダイナミクスも石油を扱う人間のふるまいも本当に変だ。スネイクは、アラビアからこの男――自分の片割れとおぼしきチチェーリン――のもとに来るまで、たくさんの変化に出会ってきた。あまたの馬泥棒、荒々しい騎乗、政府の差し押さえ、さらに辺鄙な土地への脱出。今回の遠出では、キルギスのキジたちが蹄の音で四散する。七面鳥ほどもある白黒ぶちの鳥で、目のまわりにぐるりと血がはねたような赤い縁取りがある。スネイクにとって、荒地へ向かう今回の旅は最後の冒険になるかもしれない。すでに彼の記憶にはほとんど何も残っていない――オアシスで煙と一緒にくねくね揺れる水パイプのことも、男たちの髭面も、彫りこんで雲母を埋めラッカーで塗った鞍も、山羊革を撚って作った手綱も、鞍の後ろに一緒に乗せた女が夜のコーカサスの山麓に悦びあふれる嘶き（いなな）を響かせるのも、その声が欲望と砂嵐に運ばれて途だえそうなほどかぼそい道沿いにたなびくのも…世界の果ての草地に、ただ蹄の跡だけが後ろへ散っていく。影は露に湿り、過ぎゆきてキジの群れの中に落ち着きを得る。ふたりの騎手が奥地に入る、その動きにははずみ（モーメンタム）が増す。夜の森の臭いはゆっくりと消える。待つ。まだ曙光は遠い。太陽はまだ彼らのものではなく、それは…それを…待つ。信じられない長身の、燃える者を待つ…

…大人になった今もガリーナの眠りをかき乱す、翼の生えた騎手（ライダー）の訪れ。子供のときに見た革命のプラカードに描かれていた赤いサジテリウス。あのボロ着と雪と砕けた道路の故郷から遠く離れて、アジアの砂塵の中で、尻を空に突きだし、彼の、それの最初のひと触れを待つ。・・・スチールの蹄、歯、ヒューヒュー風に鳴る翼の羽軸が彼女の脊椎を這う・・・広場の騎馬像を、その響き渡るブロンズを感じながらガリーナは震動してやまない大地に顔を押しつける・・・

「彼は戦士よ」ルーバが話しているのはチチェーリンのこと、「故郷を遠く離れた戦士」——荒野の東部（ワイルド・イースト）に配属されて、黙々と表情ひとつ変えずに任務に当たっている。それ相応の呪いをきっと上層部から受けたのよ、と。何も起こらないこの土地では、そのぶん途方もないうわさが飛び交う。娯楽室で伍長らが女の話にうち興じる——ソヴィエトの高級娼婦（コルテザン）がいてな、白い山羊毛のキャミソール姿で、完璧なおみ足をさらし、股の付け根まで毎朝シェーブするそうだ。白テンをまとったまばゆいばかりの、馬とも寝たという淫乱女帝エカチェリーナの再臨って話だぜ。大臣の愛人に収まっていないで、下の位の者とも交わる。で、当然のことに本当のお気に入りがチチェーリン大尉だったんだと。つまりな、現代のポチョムキンが、[*14]腕利きの技術官僚の狼として、彼女のために北極の奥地を這いずり回って、凍土の上にセツルメントを建てたり、雪と氷で抽象的な都市パターンを描いている最中にだよ、チチェーリンは大胆にも首都に戻って彼女の別荘（ダーチャ）に入りびたり、魚と漁師ごっこだとか、国とテロリストごっことか、緑の波の世界の果てを探検するとか、そんな遊びに打ち興じていたってわけだ。そのふたりにとうとう権力が目を向けたんだが、チチェーリンは死刑にならずにすんだんだと。それどころか流罪にもならず、ただ出世の可能性を先細りにされた。あの頃のヴェクトルの向きを言えば、壮年期の大半を中央アジ

14　十八世紀ロシア陸軍のトップ、グリゴリ・ポチョムキン公爵（一七三九〜九一）は、エカチェリーナ女帝の愛人としても知られる。

アで送らせるとか、中米コスタリカの大使に随行させるとか（いや、コスタリカなら彼もいつかは行ってみたいだろう――この煉獄から放免されて、波打ち寄せる緑色の夜へ――そりゃあ海が恋しいだろう、自分の目と同じ黒く潤んだ瞳、コロニアルな瞳が朽ち行く石造りのバルコニーから見下ろすのを夢みているに違いない…）。

　他方、チチェーリンにはまた別のうわさが付きまとっている。伝説的人物ヴィンペとの関係だ。ヴィンペといえば、IGの子会社である「東方薬理（オスタルツナイクンデ）」の販売担当部門のトップ。IGの国外販売人といえば、実体はドイツのスパイ、「NW7」として知られるベルリンのオフィスに情報を持ち帰っていることは有名な話だから、チチェーリンがそこと関わりがあるという話はにわかには信じがたい。もしそれが額面通り真実なら、チチェーリンは今ここにいないだろう――東方の駐屯地をクスリでふらふら歩き回るために彼を生かしておくなど考えられないからだ。

　もちろん、ヴィンペと知り合った可能性はありうる。ふたりの人生の時空間はある期間、充分近接していた。ヴィンペは古典的なタイプの〝連結人（フェアビンドゥングスマン）〟[15]で、これと決めた相手は徹底的に攻め抜いた。自信満々に押してくるそのやり方がチャーミングでハンサムだった。愛想のいい灰色の目、花崗岩製を思わせる垂直な鼻、けっして揺るがぬ口元、幻想など生まれそうにない顎…ダークスーツ、清潔な革ベルト、銀ボタン、帝政時代の天窓の下でも、ソヴィエト政府のコンクリートの上でも輝いた馬のなめし革の靴。常に小粋でこざっぱりして、ほとんどいつも正しく、情報通で、専門の有機化学には、それを信仰していると他人に言われるほど情熱を燃やす男。

「チェスのゲームを思ってみてはいかがでしょう」首都近辺にいたころのことだ、ロシア

15　318ページ註**39**参照。ポリマー結合する分子のように巨大化する企業連合の中にあって、耽溺性化学物質によりコネクションを増やしていった存在。

人好みの喩えを持ち出して「チェスといっても、かなり壮大なやつですがね」。話が通じているかぎりはどんどん次へ進んでいく（セールスマンの反射神経をもつ彼は、話にのってこない相手でも、関心の最低レベルをキープするのはお手のものだ）——どの分子も多くの可能性に開かれていること、原子間の結合には強さの強弱があること、炭素は最大の多様性を有し、クイーンのようにふるまうが（まさに「周期表のエカチェリーナ」ですな）、水素のほうは数は多いがポーンに似て一方向的にしか動けない……いや、チェス盤では平面上の睨み合いですが、化学のゲームでは、これが三次元空間を——四次元と申し上げてもいいんですが——踊り回る。勝敗のあり方も、チェスとは根本から違っている。……その心酔（シュヴェルメライ）のようすに、本社の同僚たちは、たち去る口実を述べて別の話の輪の中へ消えていった。チチェーリンであれば残っただろう。フーリッシュでロマンティックなチチェーリンは耳を傾け、先を促すことさえあったろう。

ふたりの会合が、人知れずに行われた可能性がありえたか。早晩、血も涙もないプロセスが始動し、十九世紀の家族にみられたような親身のお節介が、ソヴィエトの指示連鎖を下ってふたりを引き離す策を打ち出しただろう。保存療法[*16]。中央アジア。しかし、監視人らが事情をつかむ前の数週間、諜報機関の張り込みがまだ漠然と緩やかなものであったころ……その非決定性の暗いポケットの中で、コインがチャリチャリ裏になり表になりしたのだ。製薬会社[*17]の特務班員として、ヴィンペの学識は最初から、環状化したベンジルイソキノリンに集中していた。すなわち阿片と、その多数の変異化合物を専門とする。そう、ヴィンペのオフィス——そこは古いホテルのスイートルームだった——の奥の間は、サンプルでいっぱいだった。圧倒的な量のドイツの薬品瓶を、〈西〉の魔神（ジニー）ヴィンペが次から

16 一般的に、最低限の処置・介入で済ます治療法をさす。

17 318ページ註**37**参照。モルヒネやヘロインの分子図とも比較されたい。

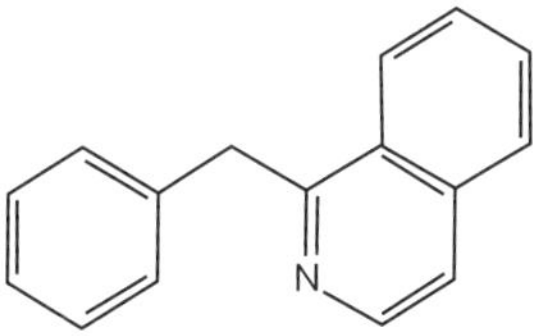

ベンジルイソキノリン

次へと持ちあげ、驚異の目で見上げるチチェーリンに説明する。「オイメコン、モルヒネの二パーセント溶液…ダイオニン（ご存じ、モルヒネにエチル基をひとつ加えたものです）…ホロポンとネアルポン、パントポンとオムノポン、どれも溶性塩酸基として阿片系アルカロイドを含有しております…それに、グリコポン、これの正体はグリセロ燐酸。…このオイコダル[*18]というのは、コデインに水素二個、水酸基一個、塩酸塩一個が」——と分子本体を示す拳を宙に差しだしながら——「分子の各部から、ぶらさがっている」

これら特許薬の中にあって、装飾や細かい飾りつけはゲームの一部だった。「フランス人が服にいろいろつけますよね、でしょう（ニヒト・ヴァール）？　ここにリボンを、こっちに綺麗なバックルをあしらって、シンプルなデザインを魅力的にする。…あ。これですか？　トリヴァリン[*19]ですよ！」ヴィンペの口上の中でも一番輝かしい台詞のひとつが始まる——「モルヒネ、カフェイン、コカインがみんな溶けこんでいます。吉草酸塩の系列です。吉草根（きっそうこん）といいましてな、ヤー——植物の根と根茎なんですが、あなたの親戚のご老人の中にも、昔、神経強壮剤として飲まれた方がいるかもしれない…いうなれば組紐やビーズで縁を飾るようなもので——裸の分子の上にちょっとしたギザギザを入れていくんです」

チチェーリンに返す言葉があったろうか。そもそも話を聞いていたのか。うす汚れた部屋の椅子に腰掛けた彼の耳には、何が聞こえていたのか。壁を向こうのエレベーターの、ケーブルの軋む音か、下の通りから、ごくたまに聞こえてくる軽四輪馬車の、鞭をならしながら古びた黒い玉石の上をガタガタいわせる音か。それとも、煤で汚れた窓に雪が吹きつける音だろうか。この後チチェーリンを中央アジアに送ることにした司令官らにとって、どのラインが「行きすぎ」だったのか。こうした部屋にいたというだけで、問答無用の死

18　「オイコダル Eucodal」は商標名で、物質としてはオキシコドン。分子式は $C_{18}H_{21}NO_4 \cdot HCl$

19　現在この名で流通しているハーブ系サプリメントとは別物。本文の記述通りのドラッグが存在した。

に値するのか…それとも、ここに至ってなお、返答が許されたのか。

「鎮痛の効果で痛みが、単純な苦痛が消えさったあとに…聞いたことがあるんですが…感覚のゼロ・レベルの向こう側で…」そう、聞いたことがあったのだ。この話題に入っていくには、ずいぶん粗野なやり方だ。ヴィンペは、標準的な切りだし方をいろいろ知っていただろうに。軍人の中には単に鈍い連中もいるし、そもそもの性格が無謀であって「抑える」ということをまるでしない連中もいる。大砲に馬で向かって行ったり、その先頭に立つとなれば、これはもう明らかな狂気だ。勇壮ではあろうが、これでは戦いではない。[*20] 東部戦線でチチェーリンはどういう闘いぶりを演じることになるのか。最初の戦闘から、自殺狂との評判を博することになるだろう。フィンランドから黒海にかけて、軍を指揮するドイツの司令官たちも、チチェーリンに対して紳士的な嫌悪感をつのらせるだろう。この男には、軍人らしき人格が微塵もないのではないかと本気で疑われることになるだろう。捕えれば逃げる、戦闘で撃ち倒し、死んだと思っても、また頭から突っこんでくる——冬の湿地帯を、みずから雪だるまとなって。風向きがどうであろうと関係ない、危険な隘路にはまろうと、戦線が教会の尖塔のようにとんがろうと、考えなおすことなく、敵軍の自動拳銃の嵐の中へ突っこんでいく。レーニンもそうだったが、チチェーリンもナポレオンの「見ル前ニ自ラ身ヲ投ゼヨ（オン・サンガージュ・エ・ピュイ・オン・ヴォア）」という言葉が好きだった。危険をものともせずに突進することにおいて、かのＩＧ社の男のいた古いホテルの部屋の一件も同じ、若き日のリハーサルのひとつだったとみなしてよい。チチェーリンには、裏の社会の人物、敵対的な秘密組織、反革命的分子などと付きあう性癖がある。それもみずから選んでそうするのではなく、自然とそういう流れになる。つまり、チチェーリンは、どの時点でも無数のオ

20 26ページ註**6**参照。

ープンな「腕」をもつ巨大な高分子であって・・・その場のなりゆきで・・・どんななりゆきでも・・・他の者がくっついてくるのだ。かくしてチチェーリンの薬理学的性質はつねに可変的であるから、時を追って明らかになるその副作用を、当初から見分けることなどできない。〈赤の天幕〉に雑役夫として雇われていたチュー・ピアンという名の中国人には、そのことが見えた。チチェーリンがやってきた最初の日、チュー・ピアンはそれを察知して、モップにつまずいてみせた。いや、相手の注意を向けようとしたのではない。そうやって出会いを祝福したのだ。チュー・ピアン自身、空いた「腕」を、一、二本ぶらつかせていたのである。彼は前世紀イギリスの貿易政策の生ける記念碑だ。それは麻薬取引の古典であって、その冷たき純粋さは今日もよく知られている。そう、インドから持ってきた阿片を中国人に引き合わせる——やあ、フォン。こちら阿片。阿片、こちらフォン——ああ、そう、わたし食べるあるね！——いやいや、フォン。きみ、吸うあるよ、吸うんだ、ほら。やがてフォンは、もっと、もっとと言ってくる。このクソ阿片に非弾力的な需要（ニーズ）[21]が形成される。そうやって中国政府に阿片を禁止するように仕向け、そうなったら阿片商人の利益保護をうたって中国を二度、三度と戦争に引きずりこんで破滅させる。[22] やがてそれは聖戦と呼ばれる。こちら、勝つ。中国、負ける。すばらしい。チュー・ピアンはこの歴史すべてに対する記念碑であるから、今日では旅行客が団体さんで観光にくる。どうせ見せるなら、ヤクの〈影響下〉にあるときがいいだろう・・・「皆様、ご覧いただけましたでしょうか、あの煤けた灰色の顔面こそ・・・」客は総立ちになり、チューの夢うつつな顔をのぞき見る。じっと見入る、羊の肉片（マトンチョップ）のようなもみあげを生やし、パールグレイのシルクハットを手にした男たちが。女たちはスカートの裾を持ちあげて、古い床板の上を微生物

21 一般に需要は、価格と供給量に応じて変化する弾力的（エラスティック）な性格を持つ。

22 林則徐による強硬な阿片取り締まりが始まった一八三九年にイギリス議会は出兵を決議。一八四二年の南京条約をもって阿片戦争は終結するが、一八五六年のアロー

よろしくうごめく、気味悪いアジアの生き物を避けている。その間にも、案内人は、そのフェンシングの剣より細い金属の指し棒を、しばしば目にもとまらぬほどまばゆく動かして見所を指し示す――「この男の〈ニーズ〉は、どんなストレスのもとにあっても、一定に保たれるのです。肉体的疾患にも栄養不足にもいささかも影響されません・・・」観光客の、郊外の家の居間から聞こえるピアノの和音のように温和で浅薄な視線が、指し棒とともに動く・・・非弾力的な〈ニーズ〉、それは、室内の淀んだ空気に威光を与える。値のつけようのない金塊の輝き。その金塊からまた幾多の偉大な行政官の顔を刻印したソブリン金貨が鋳造され、意味づけを生んでいくのだろう。その輝きを見るだけでも旅の価値は充分だ。凍てつくステップ草原をソリでやって来た価値が。その覆いつきのソリは、大きさがフェリー船ほどもあって、どこもかしこもヴィクトリア風の飾りつき――内側には乗客の階級に応じてデッキがわかれ、ビロード張りの酒場も、在庫の豊富な調理室も、御婦人方に大人気の若き医師マレデット先生もついている、食事も「セルヴェル(のうみそ)のフォンデュ風ミルフィーユ」から「ヴェスヴィオスの急襲」までの豪華メニュー、広々としたラウンジは立体幻灯機とスライド・ライブラリーつきだ。深紅の色に磨きこまれたオーク材のトイレは、手彫りで彫った人魚の顔、アカンサスの葉、午後の庭の形象があって、便座にすわって故郷の想い出に浸りたい向きにはぴったりだ。ソリ船の中は熱いほどだが、下は一面の雪と氷の結晶世界、その上を連日連夜、おそろしい疾走を続ける。その光景を見たければオブザベーション・デッキに行けばよい。過ぎゆく平らかな白き大地、滑走するアジアの雪原、見物に来た黄金とは大違いの、鉛色した卑金属の空の下・・・

チュー・ピアンも見ている。彼らがやってきて、見つめて、帰っていくのを。面白い連

号拿捕事件をきっかけに、イギリスは〝第二次阿片戦争〟を起こし、中国支配を決定づけた。時の政府を主導したパーマストン卿の名は、ピンチョンの初期短篇「アンダー・ザ・ローズ」にも登場する。

中だ。夢の中の人影のようだ。阿片以外のことではけっしてここに来ない彼らは、阿片の世界に属している。だから彼も、ここでハッシシは、吸わないと失礼になる場合以外は、吸わない。トルキスタンに産するドラッグ、大麻樹脂の塊であるハッシシは、ロシア人、キルギス人など野蛮な趣味の連中にはふさわしかろうが、このチュー様には、常にケシの実の涙だ。それがもたらしてくれる夢のほうがしっくりくるのだ。あまり幾何学的ではない。大気も空も、ペルシャ絨毯に変えてしまうようなのとは阿片は違う。チューの好みは、夢幻の状況であり、旅であり、喜劇の味わいなのだ。そして彼の見るところ、この立派な体軀と黒い瞳をしたソ連の諜報員、モスクワからの送金で暮らすチチェーリンの趣味が一緒だ。こんな男に出会ったら、自分でなくてもモップに蹴つまずくだろう。石鹼水がざわざわ床に流れ、驚いたバケツのゴングが鳴り響くのを聞くだろう。それも嬉々として!

やがてふたりの日陰者は、場末でコソコソ逢瀬を重ねるようになった。これは町のスキャンダル。その不健康な黄色いからだから下がった、汚いずたずたのボロ袋の奥からチューが、悪臭のただよう、顔を背けたくなるような黒塊を取りだす。チチェーリンが持ってきたのは『カザフ労働者新聞』の切れっぱしに包んだハッシシだ。去年の八月十七日の――テクノロジーは〈西〉から来たこの男の担当なのか――それを吸うパイプである。黒く焦げたいやったらしいそのブリタニアメタル製[*23]の小道具は、赤と黄色の二色のパターンが繰り返される。ブハラのライ病患者を収めた地区で、一握りのコペイカ貨と交換した中古品で、買ったときから見事なくらいに使いこまれていた。怖いもの知らずのチチェーリンだ。かくしてふたりの阿片狂は、地べたにうずくまる。前の地震で倒壊した壁の小さな、傾いだ壁を背にして。たまに馬に乗った者が通りすぎる。気がつく者も気づかぬ者も、た

23 錫に銅とアンチモンを混ぜた合金。庶民向けの食器などに使われた。

だ黙って過ぎていく。星々が天を満たす。町外れのさらに向こうは、風になびく草が羊のようにスローな動きを続けている。マイルドな風が一日の最後の煙の匂い、家畜とジャスミンと、よどんだ水と積もる埃の匂いを運ぶ・・・この風をチェーリンはけっして思いだしはすまい。四十のアルカロイドを含有するこの生の塊を見て、昔むかしホテルの部屋で、ヴィンペがひとつひとつ取りだしてはその歴史を語った、あの切断面の磨かれた、ホイルにくるまれた分子模型を思いださないのと同じように・・・

「オナイリン、それにメトナイリン。[24]これらは一昨年『ACSジャーナル』誌[25]でラスロ・ヤンフが報告した変種でしてね。ヤンフはこのときも――今度はアメリカですが――企業の融資を受けてました。全米研究評議会（NRC）が、モルヒネ分子とその可能性を探究するための大がかりな『十年計画』を始めたんですよ。それが、とても奇妙なことに、ウォーレス・カロザース[26]――かのデュポン社の〈偉大なる合成者〉――が、継続して進めていた高分子の古典的研究と内容が被っているんですよ。関係？ そりゃありますが、話すわけにはいきませんな。NRCは毎日、新しい分子を合成していますよ。そのほとんどが、モルヒネ分子の部分からです。[27]一方のデュポン社では、アミド基をはじめいろいろな基をつなげて長い連鎖にしようとしている。二つのプロジェクト、相補的であるように見えませんか。モジュールを繰り返すことに耽るアメリカと、われわれドイツの基礎探求とを合体させる、その目的は、常習をもたらさずに苦痛をしずめる物質の開発にあるわけですよ。

「しかし、成果はかんばしくありません。自然界に存する本質的なジレンマにぶつかってしまったみたいでして。ちとハイゼンベルク的状況と似かよっているんですな。鎮痛性と常用性の間のパラレリズムは、ほとんど崩しえないほど完璧なものなんです。苦痛に対し

24 「オナイリン」の語源は、ギリシャの夢の神オネイロス。後者の名は、オナイリンにメチル基がついていることを示す。

25 アメリカ化学学会刊行の専門誌。

26 478〜479ページ参照。

27 ベンジルイソキノリン（653ページ）はモルヒネ分子から、ヴィンペのいう「飾りつけ」を取った中核部分。

て効果があればあるほど、われわれはその物質をより強く求める。もうこれは表裏一体になっているとしか言いようがない。素粒子の研究と同じですよ。素粒子の速度に関する情報をあきらめて初めて、その位置を同定できるようになる」*28

「それはわかる。あんたに教えてやれるくらいだ。しかし何故なんだ」

「**何故**とおっしゃるか、大尉。何故と？」

「カネのことだよ、ヴィンペ。そんな見込みのない研究に…わざわざ大金を便所に投げ捨てるとは――」

　軍服の肩章に、別の男の手がふれる。世間を知りすぎた中年男の倦怠がこもる微笑。

「バランスをどこでとるかですな、チチェーリンさん」売人のささやき。「どちらか一方だけ優先するというのではなく。研究者を飼っておくなんて安いもんですよ。ＩＧのようなところも同じでね、夢を見続けていて大丈夫、可能性のなさそうなことに希望をもたせておいて損はないのかもしれない。…もし本当にそんなドラッグが見つかったらどんな世界が開けるか――苦痛の排除を、耽溺という余計なコストなしにできるようになる――申すまでもなくそれはマルクスとエンゲルスの」、顧客の気持ちを落ちつけるために、「資本論の枠内の議論ですよ。現実の苦痛とは関係しない〝常習〟がつくる需要が広がったらどうなるか。現実の経済のニーズとも、生産や労働とも関係しない需要――そんな不可解なものは、増えるより減ったほうがいいでしょう。現実の苦痛なら、われわれは生産の方法を知っています。戦争はもちろんのこと…工場の機械、労働災害、安全ではない車の製造、食品や水や空気の中にさえある有害物質――これらは経済と直結する数量的ファクターです。こういうものはコントロールできます。だけど、〝耽溺〟？　そんな霧みたいな、

28　ヴェルナー・ハイゼンベルクの不確定性原理（一九二七）への言及。素粒子の世界では、観察の行為が観察されるものを攪乱するために、確定できる限界が存在する。

ファントムみたいなもの、何がわかるっていうんです。研究者同士で定義が嚙み合わない。耽溺とは〝強迫〟ですか？　強迫のない人間がいますかね。それとも〝許容〟？〝依存〟？　それらはどういう意味ですか。千もの漠然とした学術理論があるだけで、それ以上のものではない。そんなあやふやな心理学の上に合理的な経済は成り立ちゃしませんよ。だって計画しようがないでしょう……」

チチェーリンの右膝の中で、このときどんな疼きが始まろうとしていたのだろう？　苦痛と金との間に、どんな直接の交換関係が……？

「あんた、本当にそんな悪なのかね。それともこれは単なる演技か。本当に苦痛の売人をやっているのかね？」

「医者も苦痛の売人をしてますが、誰もその高貴な職業を非難しないでしょう。それでいて私のようなコネの連結人が、ヤクのケースの掛け金に手をのばしただけで、あなた方はみな、悲鳴を上げて走りだす。私らの中には常用者はさしておりませんよ。医療関係者には大勢いますがね。私らセールスマンはリアルな苦痛とリアルな解放を信じていて、その〈理想〉のために奉仕する騎士なんですわ。私らの市場のためには、苦痛はリアルでないといかんのです。そうでないと、私の雇い主が幻想と夢に我を忘れてしまうでしょう。私らの化学カルテルは。まさに国家間結合のモデルであるわけで、混沌の中に消え失せてしまってはまずいんです。あなたの雇い主も一緒ですよ、大尉」

「俺の雇い主は、ソヴィエト連邦だが」

「ほう、そうですかね」。ヴィンペはたしかに「モデルである」と現在形で言った。「モデルになるだろう」と、未来形で言ったのではない。信条から何からまったく異なるふたりが、これほど打ち解けた話をするとは驚くべきこと。とはいえ、遥かにシニカルな性格のヴィンペは、真実をこの程度漏らしたくらいで気まずい思いはしなかったろう。また彼は、経済に関するチチェーリンの赤軍ばりの議論も充分許容できた。ふたりは実際なごやかに別れた。ヒトラーが首相になると、まもなくヴィンペはアメリカ合衆国（ニューヨークのケムニコ）[29]に配置換えとなった。駐屯地のゴシップによれば、チチェーリンはそのとき永久にコネを失ったとのことである。

だがこれはうわさだ。うわさをそのまま歴史に組みこむことはできない。かならず矛盾が出てくる。それらのうわさも、中央アジアの冬を越すための四方山話のひとつとしては悪くない——もしあんたが、チチェーリンでなかったら。もしチチェーリンだったら、そんな単純な収まり方はしないだろう。だって、どうだい。自分はなぜこんな冬を越さなくちゃいけないか、その理由をパラノイアックに考えるしかすることがないんだ・・・

すべてはエンツィアンにかかわる。あの忌まわしいエンツィアンのせいなのだ。チチェーリンは『クラスヌイ・アルヒーフ』[30]で見たことがある。ロジェストヴェンスキー提督[31]の叙事詩的な、運命の航海の航海日誌を見たことがあった。二十年後もまだ一部は機密扱いだったものだ。だが彼はいま事実を知っている。そして日誌が今も資料館にある以上、〈かれら〉もまた事実を知っている。妙齢のご婦人たちとのことや、ドイツの麻薬売人との件を理由に、東方へ追放するというのは、いつの時代もよくあること。だが〈かれら〉の復讐概念には、ダンテ流のタッチが必要とされるのだ。[32]それがなければ〈かれら〉が関わったことの示しがつかない。単純な報復も、戦時中ならよいだろうが、戦間期の政治には、対称パターンとより優雅な裁きの概念が必要とされる。その裁きに慈悲の化粧をほど

29 連合国の中でアメリカを特に重視していたドイツが、軍事関係の技術情報を得るために会社を装ってニューヨークに置いた機関。ここから吸い上げた情報はNW7（652ページ）に送られた。

30 「赤のアーカイブ」という意味で、中央公文書館が隔月で発行していたソヴィエト連邦の歴史に関するジャーナル。

31 バルチック艦隊の指揮官。

32 ダンテ「地獄篇」で、死者が生前犯した罪によって厳密に分類されることへの言及。

こす退廃すらも要求される。そのほうが大量処刑よりも複雑で難しいし満足度にも欠けるが、チチェーリンには見すかすことのできない取り決めがヨーロッパ中、いや世界中にできていて、非戦時にそれを揺るがすことは大してできないしくみになっているのだ・・・

一九〇四年十二月のことらしい。ロジェストヴェンスキー提督率いる四十二隻のロシア艦隊が、独領南西アフリカの港リューデリッツ湾に蒸気を吐きながら入港したようだ。折しも日露戦争の真っ盛りで、ロジェストヴェンスキーは日本軍によって何ヶ月もの間旅順に閉じこめられているロシア艦隊救助のために、太平洋へ向かう途中だった。バルト海を出航した艦隊が、ヨーロッパ、アフリカを回ってインド洋を横断、東アジアの海岸沿いを北上するこの航海は、歴史上最も華々しい航海に数えられるはずだった。ところが、日本と朝鮮にはさまれた海域まで七ヶ月、一万八〇〇〇マイルをかけた遠征は、初夏のある日、東郷提督なる人物の待ち伏せに遭う。対馬の陰からいきなり現われた日本船の攻撃に、ロジェストヴェンスキーの艦隊は散々に痛めつけられ、ウラジオストックにたどりつくロシア船はわずか四隻——残りはほとんど、狡猾なジャップの手で海に沈むことになるのだ。

チチェーリンの父は、提督の旗艦だったスヴォーロフ号の砲兵隊員で、艦隊は一週間、石炭を補給するために停泊した。大艦隊が所狭しと停泊する小さな港を嵐が襲った。スヴォーロフ号は石炭船と何度となく衝突し、両側面に穴を開けた。十二ポンド砲の多くは壊れた。スコールが吹き込み、雨を含んだ石炭の粉塵が渦を巻いて人にも金属にも付着した。水夫らは不眠不休で働いた。夜になるとデッキにサーチライトを立て、まぶしい灯りで視界の効かない中を石炭袋を運び、シャベルを動かし、汗を垂らし、咳と文句を吐きだした。発狂する者も、自殺を図る者も出る作業を二日ほど続けた後、チチェーリンの父親は、軍務を無断で離れ、出航の日まで戻ってこなかった。一人の女に出会ったのだ。彼女の夫は、ドイツの支配に対する蜂起[33]の際に殺されていた。まるで計画にない展開。停泊するまで夢想もしていないことだったのに。アフリカについて彼は何を知っていただろう？ サンクトペテルブルクには妻と、まだ首も据わらぬ子供がいた[34]。この航海まで彼はクロンシュタット[35]より遠くへ旅したことはなかった。ただ作業隊から離れて休みたかっただけなのだ。仕事場のようすを見ているのはたまらなかった……石炭とアーク灯がその白と黒の色で何かを語りだしそうで、カラーのない世界から、その非現実感から逃亡したくなったのだ――ただ、その非現実にはどこか見慣れた感じがあった。〈コレハ自分ノ行動ヲ試スタメニ仕立テラレタモノダカラ、間違イハヒトツモ許サレナイ〉という聞き慣れた警告のメッセージを発していた……人生最後の日に彼は、霞む海上の彼方、不可視の遠方から浴びせられる日本戦艦の砲弾の嵐の中で知っていたはずの仲間の顔が徐々に石炭に変わっていくのを見て考えるだろう。〝ヤブロチコフ・キャンドル[36]〟がバチバチ瞬き、太古の石炭がきらめく。それぞれの結晶、それぞれの薄片が完璧に照らされる……炭素（カーボン）の陰謀。いや彼はカーボンを意識したわけではない。逃げたのはパワーに恐れをなしたから。意味をなさないあまりに巨大な力が、間違った方向へ流れているのを感じたから。そこには〈死〉の匂いがあった。監視の伍長が煙草に火をつける一瞬をとらえ、単にふらりと出ていった――すべてがあまりに黒く、人為的に黒く、気づかれもしなかった――陸に上がって、重々しい顔をしたヘレロ女の正直な黒さと出会った。長期間、閉所に拘留されていた彼は、その黒さに生命の息吹を感じた。そして鉄道に近い、単調で悲しみに充ちたちっぽけな町のはずれの一角にふたりいっしょに留まった。そこは若木と荷箱とアシと泥でできた一部屋の

33 602ページ註**10**参照。

34 一九四五年の盛夏にチチェーリンは四十一歳、エンツィアンはもうじき四十歳という計算になる。

35 フィンランド湾のロシア領の島にある、バルチック艦隊の拠点都市。

36 ロシア人ヤブロチコフの発明した炭素アーク灯の一種。最初期の電球で、まぶしすぎる光量を抑制できないのが欠点だった。

家だった。雨が吹きこんだ。汽車が警笛を鳴らし、煙を吐いた。男と女は寝台から出ずに、カリ酒を飲んだ。ジャガイモと豆と砂糖を発酵させた酒である。カリとはヘレロ語で「死の飲み物」を意味する。クリスマスが近づいていた。男はむかしバルト海で砲撃演習をした際に得たメダルを女に与えた。男がたち去るまでに、ふたりは互いの名前を知り、相手の言語のいくつかの単語を知った。こわい、うれしい、ねむる、すきだ・・・交わされたのは新作の言語だ。使用者は世界でふたりだけという混成語(ピジン)。

しかし男は戻っていった。男の将来がバルチック艦隊とともにあることを、男も女も疑っていなかった。嵐が吹き荒れ、霧が海を覆った。チチェーリンは船に乗って去っていった。スヴォーロフ号の吃水線の下、臭くて暗い一室で、クリスマスのウォッカを飲みながら、乾いた草地で女と過ごした、波に揺られることのない一緒の時間を思いかえした。ペニスをくるむのが、自分の孤独な手ではなく、もっと暖かく優しいものだったときのことを。その女はもう、彼の語りの中で、淫らな現地の女に変わっていた。船乗りの語るシー・ストーリーの中でもこれは最古の類型である。語り手はすでにチチェーリンではなく、過去から未来へ連綿と続く、ひとつの顔をした男になっていた。愛のすべてを失ったことを何とも思っていない男の顔。残された女のほうは、どこかの岬に立って、灰色の装甲艦が一隻ずつ南大西洋の霧の中に消えてゆくのを見ていたかもしれない。だが、もしこの場面に「蝶々夫人」[*37]のメロディを数小節ほど挟みたい読者がいたらそれは違うだろう。この女は外でせわしく働いていただろう。さもなくば眠っていたか。歌など歌える状況ではなかった。お腹には赤ん坊がいた。その子の父が対馬の切り立った崖、緑の林を目のあたりにして海に没したのが五月二十七日の日没前のこと。それから三ヶ月ほどして、男の子は

37 アメリカ海軍士官ピンカートンと日本のマダム・バタフライを描くプッチーニのオペラはちょうど一九〇四年が初演。

誕生した。
ドイツの役人は、その誕生と父親の名前を(彼はそれを文字に書き残していったのだ——船乗りはよくそうやって自分の名を現地の女に与えることをする)、首都ウィントフークで管理している書類に記録していた。間もなく母と子に、部族の村に帰るための通行許可証が発行された。ブッシュマンに連れられたエンツィアンが、村に戻った直後、自分たちが殺した原住民の数を調べるための人口調査を植民地政府が行った。死者のリストには母も含まれていた。彼女の名は記録に残ったのだ。ドイツ入国のためにエンツィアンがヴィザを申請した一九二六年十二月づけの書類も、後に行なったドイツ市民権の申請書も、ベルリンのファイルに保管されていた。

それらの書類すべてを集めるのに、チチェーリンは役所をどれだけ訪ね回ったことか。海軍省の書類で見つけた、一語か二語の言及から出発して、そこまで辿りついたのである。だが、当時はアレクサンドラ・フョードロヴナ皇后——の時代であり[38]、チチェーリンが資料を入手する困難は今日ほどではなかった。ラパロ条約が発効したことも、ベルリンとの情報のやり取りを自由にしてくれた。あの気味悪い条約のペーパー……チチェーリンの誇大妄想が病的に膨れあがるとき、きわめて明晰な理解が立ちあがってくる——自分と同姓のロシア人と、後に暗殺されるユダヤ人が、ラパロでうった猿芝居の真の目的はただひとつ、かれにエンツィアンの存在を示すことであったのだと……はるか東方での駐屯生活は、ある種のドラッグのように作用して、これらの想念をまざまざと脳裏に焼きつけたのである。

だが、そのオブセッションは身の破滅に他ならなかったようだ。エンツィアンに関して

38 ニコライ二世の后が、ロマノフ王朝の人間としてレーニンの革命軍に銃殺されたとき、チチェーリンは十四歳だったという計算になる。

収集した情報をチチェーリンが再構成した文書（その中には、ヴァイスマン大尉に関して、及び、大尉の南西アフリカでの冒険に関してソヴィエト情報部がつかんだ情報も含まれていた）は、ある熱心な地下機関員によって写しがとられ、チチェーリン自身に関する書類の中に挟みこまれた。それから一、二ヶ月後には、チチェーリンがバクー[*39]に出した指示が（顔のない何者かによる妨害で）届かなくなった。VTsK NTA（新テュルク語文字全労中央委員会）の第一回総会へ呼び出され、陰鬱な気持ちで出掛けてみると、ꝗ委員会への赴任が言い渡された。

ꝗはGの一種で、有声口蓋垂破裂音であるらしい。ふつうのGとの違いは、チチェーリンには永遠に学習不能だった。後で知ったところによると、これらのいわば「珍奇文字委員会」は、チチェーリンのような不穏分子のために作られたものだったのである。シャツクというレニングラード出身の、人の鼻を偏愛するフェティシストも委員のひとりで、この男は党会議に黒いサテンのハンカチを持ってきては、権力者の鼻先に手を伸ばす。それをどうしても抑止できず、実際に、一度ならずさすってしまう――彼が追放された先はΘ委員会だった。NTA文字のΘはŒであって、ロシア語のFではない。そのことを彼はいつも忘れてしまい、どの会議の議事進行をも妨げて混乱を起こしている。仕事時間の大半を使って彼がやっているのは、Ŋ委員会への異動の働きかけだ。「それはね」と相手の耳元に重々しく吐きかける、「ごくシンプルなNでも、いやMだってかまわないんですけど・・・」衝動的で不安定な悪戯者のラドニチニは、ə委員会を引きあてた。əは曖昧母音、アともウともつかぬ弱音だが、その委員会でラドニチニは、中央アジアにおける話し言葉のすべての母音を曖昧母音に代えてしまおうという誇大妄想的計画に着手した――しかし

39 カスピ海西岸。アゼルバイジャンの首都。帝政ロシアの時代から石油の産地として発展。

母音だけってのもどうなんだろう、子音もひとつふたつ曖昧にしたらどうだい・・・過去の扮装と悪ふざけの履歴からすれば、いかにも彼らしい。なにしろこの男は、スターリンの顔にグレープ・シフォンパイをぶつけようという、派手やかにも破滅的な陰謀を練ったことがある。計画の全貌までは発覚しなかったので、バクーに飛ばされただけですんでいたのだ。

これら救いがたきグループに、チチェーリンは当然ながらなびいていく。ラドニチニと一緒に油田地帯に侵入し、油井やぐらが巨大ペニスに見えるよう細工する悪戯にも加わる。そうでなければバクーの町のアラブ人地区に一緒に潜行して、「声門音（グロッタル）K委員会」（ふつうのK音はQで示され、Cは「チ」に似た音になる）の悪名高い麻薬吸いのウクライナ人、ブグノゴルコフと一緒にハッシシの売人を待っている。あるいは「鼻フェチ」シャツクの接近から身を守っている。ほんとうはモスクワのどこか軍の精神病棟に閉じこめられて幻覚を見ているのではないかと思えてしまうことばかり。ここの連中にオツムのまともな人間はひとりもいないかのようだ。

なかでも悩ましいのは、気位高きG委員会に党代表として参加していたイーゴリ・ブロバジアンという男に仕掛けられた権力闘争だ。この男は、チチェーリンの委員会からƣの文字を抜き取り、すべてをGで置き換えてしまうという企みに燃えていた。まず外来語から入って、徐々に全体を改変しようと謀っている。陽光眩しい、うだる暑さの食堂。ザペカンカ*40とグルジア風フルーツスープの載った皿越しに、ふたりの男が嘲笑しあう。stenography*41の綴りにどちらのGを使うのかという問題をめぐって、状況は危機的な様相だ。それは愛着の強い単語だからして当然だろう。ある朝チチェーリンが会議室に行っ

40 ロシア風の（グラタン、パイなど）オーヴン料理。

てみたら、鉛筆が一本残らず謎の消失を遂げている。復讐のため次の晩、彼とラドニチニは、弓のこ、やすり、たいまつを持って、ブロバジアンの委員会の会議室に忍び込み、タイプライターのGの文字を改造する。翌朝が楽しかった。ブロバジアンが発作を起こし、止まらぬ金切り声とともに走りまわっている。チチェーリンの朝の会議では、一斉の着席に際して、けたたましい音とともに二十数名の言語学者と官僚が床にひっくり返った。騒音の余韻が丸々二分つづいた。尻もちをついたままチチェーリンが見回すと、テーブルのまわりに散乱した椅子の脚は、ノコギリで切断しワックスで付けた上からニスが塗ってある。これはプロの仕事だろう。ラドニチニは二重スパイなのか？　お気楽な悪ふざけの時は終わった。これからはひとりで行動しなくては。ランタンの灯りの下——夜更けのこの時間に文字をいじっていると、異なる世界から理解の光が射してきそうになる——チチェーリンは聖なるコーランの序章を、懸案のNTA文字に一字一字置き換えていく。これにイーゴリ・ブロバジアンの名前をつけて、会議中、アラビア派の連中に回覧させればいい。

こうなると、もうただではすまない。このアラビア派というのが、まったく狂乱的な連中で、新テュルク文字をアラビア文字で構成しようと、激しいロビー活動を展開しているのだ。ホールでは（結束の進まない）キリル文字派と殴り合いになったりしている。イスラム教世界がひとつになってローマ文字のボイコット運動を推進すべしという声もささやかれている。（実のところ、キリル文字のNTAを心から望んでいる連中はいないのだ。帝政時代に由来する懸念は今日のソヴィエトにも巣くっている。このごろ中央アジアでは、ロシア化促進に対する抵抗の動きがやまない。印刷の活字に対してもだ。一方でアラビア文字は、母音の表記がなく、音と文字との間に厳密な一対一の対応がないという弱みがあ

41 「速記」はロシア語でも「ステノグラフィア」。

って、この戦い、最初からローマ文字の優位は動かない。しかしアラビア派も実にしぶとくて、改良したアラビア文字のアルファベットを次々と提案してくる——多くは一九二三年にブハラで批准され、ウズベク人の間にうまく定着したものを下敷きにしている。[42]カザフ語に出てくる口蓋音と軟口蓋音の発声も、分音符号を使うことで区別は可能だ。）この執拗さには、宗教的背景が深く絡んでいる。アラビア文字以外を使用することが神への冒瀆になるという感覚を、結局みなイスラム教徒であるテュルク語系の民族は抱いているのだ。アラビア語の表記はイスラムの表記である。〈力の夜〉[43]にアラーの御言葉はアラビア語で降臨した。アラビア文字こそがコーランの文字なのだ——

おっと、何だ？　コーランだって？　大丈夫かよ、チチェーリン、コーランの文字替えをやってしまったら、ただの冒瀆じゃすまされないぞ。おい、聖戦を闘う覚悟はあるのか？——ブロバジアンは追われる。アラビア文字派の一群が叫びながら、新月刀を振りかざし、ぞっとするようなうす笑いを浮かべてバクーの町はずれの暗闇まで追ってくる。闇の中で見るすかすかのオイルタワーの骨組は、見張りの兵隊か。お楽しみを見るために、クル病、ハンセン病、破瓜病、肢体切断、その他の者が各種揃って、それぞれの引きこもり場所からぞろぞろ出てくる。みんなして、精油所の錆びた金属機械にもたれて観戦だ。見上げる空は原色のモザイク模様だ。ロシア革命でダッチ・シェルの派遣人員は帰国を要請され、イギリス・スウェーデンの技術者もみんな国に帰ったあと、かつての統治に使われた部屋のなか、箱のなか、それら統治の空隙のポケットに住みついた人びとだ。バクーはいま凪にある、撤退期にある。ノーベル一族がここから吸い上げていったオイル・マネーはノーベル賞の賞金となって配られた。[44]いま新油田が別の場所に、ボルガ河とウラル山

42　NTAに関するエピソードを書くに当たって、ピンチョンが下敷きにしたのは、アメリカの学術誌『スラヴ東欧圏研究』の一九五二年の巻に掲載された論文「ソヴィエト中央アジア・テュルク語系住人のアルファベット改革の諸問題」であることが知られている。そこに、この成功例も註記されている。ただし長続きはしなかった。

43　イスラムの教えによれば、その夜ムハンマドにコーランが啓示として与えられた。

44　第一次大戦開戦前、

脈の間で掘られている。さあ、過去を吟味する時だ。地球の心（マインド）の内奥からくろぐろと汲み上げられる近年の歴史を、きれいに精錬する時だ…

「中に入れ、ブロバジアン――早く」アラビア文字派が背後に迫る。油井やぐらが群れるところ、赤橙の星々の間から追う者たちの喚きが容赦なく耳を突く。

バタン。最後のハッチが閉じ、錠が下りた。「待てよ、何だこれは?」

「おまえの旅立ちだ、ほら」

「いや、俺は――」

「神を拒んで、ぶった切られたやつらの仲間入りしたいのか。選択の余地はない、ブロバジアン、行くぞ…」

最初に彼が学ぶのは、自分の屈折指数を変化させる方法である。透明と不透明の間のどの数値も選べるのだが、実験の興奮も色褪せたころ、彼の選択は色味のない黒曜石の縞模様に落ちつく。

「お似合いだ」導者らがつぶやく。「さあ、急げ」

「いやだ。チチェーリンに借りを返さんうち…」

「そんなことが言える身ではない。やつはよそで裁かれる。おまえとはもはや関係のないことだ」

「しかし、あいつが――」

「神を冒瀆した。冒瀆者に対するイスラムの裁きには専門の機関があってな、天使がいて、制裁がある。念の入った尋問を経る。やつのことは放っておけ。進む道が違うのだから」

分子の性質はなんとアルファベット的であることだろう。分子の構造を見ていくと、そ

バクーの石油は、英国に設立された「ロシア・ゼネラル・ペトロリアム」、英蘭共同の「ロイヤル・ダッチ・シェル」、ノーベル兄弟の資本でバクーに設立された「ブラノーベル」の三社が、八割以上を採掘していた。革命後、二〇年代末からは、ソ連による生産が安定的に進む。

れがNTAの全体集会にそっくりであることが見えてくる。「わかるか。自然の粗野な流動から取り出されて――形を与えられ、クリーンでまっすぐなものとなる。人が話す声としての言葉から文字を取りだした――流れて消えてゆくものにそうやって永遠の命を与えた――ときと同じさ。……これらがわれわれの文字（レターズ）、われわれの言葉（ワーズ）なんだ。これらも加工修正、切断、再結合、もろもろが可能である。新たに定義しなおすこともできれば、お互い同士ポリマー化して繋げていって世界をつなぐ鎖にすることもできる。分子たちの永き沈黙の上に明らかなパターンが現れる――ちょうどつづれ織りの表面に模様が浮かび上がるように」

　ブロバジアンもやがて理解する。新テュルク文字の制定は、夢に出てくることさえない大昔から、意識もされずに続いてきた遠大なプロセスの一局面なのだと。ƣとGとの間の狂気の抗争も、やがて子供時代の些細な想い出と化し、うすぼんやりとした逸話になっていった。彼は超越したのだ。かつてチンパンジーのように上唇を尖らせていた意地汚い役人が、いまや冒険者となり、地下の流れに導かれて、おのれの進む路を、ゆく先を案じることもなく進んでいる。どこまで上流へのぼってきたのかの感覚さえも失せて、自分に見える世の理を永遠に見ることのできないヴァスラフ・チチェーリンを憐れなやつと思う気持ちももはや消えた……

　かくして印刷は、ブロバジアンなしに、ひとり歩きを続ける。生乾きの校正刷を空中にかかげながら、手伝いの少年らが机の列を走りまわる。現地住人から印刷工が集められ、ティフリス[45]から飛行機でやってきた専門家から、NTAの組み方について速習の特訓を受ける。印刷されたポスターが、サマルカンド、ピシペク[46]、ヴェルヌイ、タシケントの町々

45　グルジアの首都トビリシの旧称。

に貼られる。歩道に壁に、中央アジア史上初の印刷されたスローガンが、最初のファッキューの落書きが、最初の、警察長官を殺せというビラが。(そして実際殺しをやるものが現れる! すげえぜ、アルファベットってのはたいしたものだ!) かくして、風吹きすさぶこの地で、シャーマンたちが大昔から演じてきた魔術が、いまや政治的な実効性を持ち始める。ジャキップ・クーランがABCの練習をすると、引っ掻くペンの音とともにリンチで殺された父の亡霊がAやBの書き方を練習するのが聞こえてくる…

だがそろそろ、チチェーリンとジャキップ・クーランが馬にまたがり、幾つかの低い丘を越えて、探していた村へ着くころだ。村人が集まって輪を作っている。その日は朝から祭りの宴だ。火がくすぶる。群衆の中央にできた小さな空間に若者がふたり。チチェーリンたちの耳元までその声は聞こえる。

これはアイトゥスだ。歌による対決。村中の人びとが集う輪の中心に一組の若い男女が立ち、からかい調子で、あんたのことは嫌いじゃないけどひとつ二つおかしなところがあるよね、例えばほら――とか指摘する。その脇で、ジャラジャランとかき鳴らされるコブスやドンブラから音楽が飛び出る。うまいセリフが出てくるたびに村人がどっとわきかえる。これは実に細心の微に入った芸なのであって、一回のセリフは四行、それを交互にうたっていくのだが、その四行の一、二、四番目は脚韻を踏まなくてはいけない。長さはどうであっても、とにかく一息でうたえればよいのだが、相手を侮辱することにもなる歌詞の扱いには注意が必要だ。村によっては、アイトゥスの合戦のあと何年も、パートナー同士が口をきかなくなってしまったケースもある。馬に乗ったチチェーリンとジャキップ・

46 それぞれ、ウズベキスタン、キルギス、カザフスタン、ウズベキスタンの都市の名。「ヴェルヌイ」とはアルマトゥイの旧称。

クーランがやってきたとき、ちょうど娘が青年の馬を標的にしているところで、その馬は——ちょっと、さほどじゃないけど、ズングリムックリ…っていうかおデブさんよね、すごーいデブ——と言われた方の青年はカチンときた。眉間にシワを寄せて、おまえなんか友だちみんな呼んできて家族もろともやっちまうからな——と矢継ぎ早のセリフに走る。みんな、ウームと静まりかえる。笑う者はない。娘はニコリとして、きっぱり歌いかえす。

あんたずいぶん飲んでるでしょ、馬乳酒（クムス）
あんたの言葉の出所は、きっとクムス
だって、あの晩どこにいたのよ
うちの兄さん、盗まれたって探してた、クムス

言ってくれるじゃないか。少女の兄が大笑い。輪の中の青年は面白くない。

「これはまだしばらく続きますな」ジャキップ・クーランは馬を下り、膝の関節を伸ばす動作を始める。「あの老人です、向うにいる」

ずいぶんと老いたアクン——カザフの吟遊詩人——が、クムスの杯を手に、焚火の近くに腰を下ろして、うとうとしている。

「確かか、あの爺さんが——」

「歌いますとも。かの地をずっと馬で回って、到着したところなんです。歌わなかったらアクンの名に恥じる」

ふたりは腰をおろす。発酵させた馬乳のカップがラム肉やレピョーシュカや苺と一緒に

回ってくる。……若いふたりは依然として声の格闘を続けている――と突然、チチェーリンは理解した。そのうちきっと誰かが現われ、彼自身がその構想にかかわった新テュルク文字で、この歌を書きとめるだろう……そのことで、やがてこれらの歌は失われていくのだろうと。

ときたまアクンに視線を向ける。この老詩人は眠ったふりをしているだけで、実は歌い手に向けて、彼らをみちびく波を送っている。優しさの波を。残り火のぬくもりが感じられるのと同様に、老人の送る導きも受け止められるだろう。

ゆっくりと、歌詞が応酬されるたび、若いふたりの侮辱合戦に和やかさが生じ、滑稽味が増してくる。この村に大厄災（アポカリプス）を招いたかもしれない歌に、コミックな掛け合いの妙が生まれ、ヴォードヴィル芸人のやりとりのようになった。ふたりは自我の殻を破り、聴衆の楽しみのためにプレイする。少女の最後の言葉は――

あんたの口から聞きたいわ、結婚
ここで結ばれたふたりもいる、結婚
この暖かな歌の輪は
騒々しいさわぎはまるで、結婚

そして――あんたのことは嫌いじゃない、ひとつ二つおかしなところがあるけど、と続く。しばし、祝祭に弾みがつき、酔っぱらいは大声を上げ、女どもはおしゃべりをし、よちよち歩きの子供らが小屋から出たり入ったり。それから風が速さを増して放浪のシンガーがドンブラのチューニングを始め、アジアの沈黙が戻ってくる。

「すべて書きとめる気ですかい？」ジャキップ・クーランが尋ねる。

「ああ、速記（ステノグラフィー）でな」チチェーリンはそのgの音にいささか声門の擦れを混ぜ入れた。

《アクンの歌》

この世の果てを見てきたぞ
そこから風が吹きだす肺を
畏るべき姿を見てきたぞ
ジャンブル*47だって歌えるまい
心の恐怖は鋭くとがり
硬い鋼も切れるほど

太古の話に出てくるのだ
コルクート*48も歌い始める前のこと
シュルガイ製の最古のコブスで
最古の歌が歌われる前のこと
この世の果てにあるという
キルギスの光の話

47 ジャンブル・ジャバジェフ（一八四六〜一九四五）。一九二〇年代にはカザフ共和国はもとより、ソ連邦全体に名を馳せていたアクン。

48 カザフスタンに伝わる、伝説上の歌の開祖。死すべき人間たちの世界を逃れて自然に向かい、シュルガイの樹からコブスを作って歌ったとされる。

ソノ地では言葉は知られず
眼光は闇夜の蠟燭のよう
空の仮面の向こうから
神の御顔が覗いている――
砂漠にそびえる黒い岩を
この世が果てる最後の口々を

ソノ地があれほど遠くないなら
言葉が知られ、話されるなら
神は黄金の像たりうるし
本のページで表せようが
目にしたソレは〈キルギスの光〉――
ほかにソレを知るすべもなし

ソノ声は耳をつん裂き
ソノ光は目をつぶし
砂漠の床を轟ろかす
ソノ顔は伝えられない
ひとたび〈光〉を見た者は
もはや同じでいられない

ソノ〈光〉を見てきたのだ
闇が生まれる以前の国で
アラーの神すら届かぬところで
わが髭はご覧のとおりの氷の野
杖にすがって歩く身だが
〈光〉のもとでは誰もが赤児

もう遠くへは歩いてゆけぬ
赤児は歩みを学ばねばならぬ
わしの言葉が聞こえるか
それは赤児のたわごとだ
〈キルギスの光〉に盲（めし）いた
我は赤児、〈全地〉を感じる

北へ、北へ、六日のあいだ馬をすすめ
灰色の死の渓谷をわたり
岩の砂漠をこえて
白き天幕（ジュルト）を被った山へ
すべて事なきを得るならば

黒き岩のソノ場所に着くだろう

だがもし赤児になるのをおそれ
あかあかとした焚火を浴び
妻と一緒にテントにいるなら
ソノ〈光〉にはけっして会えない
おまえの心は齢で重い
おまえの眼は眠りに閉じる

「書きとめたぞ」チチェーリンが告げる、「行こう、同志」。離れゆくふたりの背後で、焚き火が消され、弦をつま弾く音も祭りの騒ぎもやがて風に飲みこまれる。

深い谷へ馬を進める。遠く北方で白い山頂が、没する寸前の夕陽を受けてまばたいた。峡谷はすでに夕べの影の中にある。

〈キルギスの光〉まではチチェーリンも到達するだろう。だが自分の誕生にまで行きつくことはあるまい。吟遊詩人（アクン）の心がなければ無理である。夜明けの直前に、彼はソノ光を目にするだろう。そして十二時間後、砂漠に横たわった彼は、尖った山頂の影がぐんぐん東へ伸びてゆく中で、バビロンより巨きな太古の都市を、みずからの背の下に感じるだろう。地下一キロの圧力下で息苦しい鉱物的睡眠にひたる都市を。彼の側には、人形を気遣う子供のようにしてジャキップ・クーランが侍っている。二頭の馬の首筋に流れた汗が、干からびた泡のレースのようだ。が、いつの日か、チチェーリンは忘れるだろう。山々のことを、彼に対する無邪気で揺るがぬ愛を抱いた無国籍の娘たちのことを、朝の地震を、雲を動かす風を、粛清と戦争と、背の下の大地に消えた何百万もの魂を忘れるように、〈ソレ〉を忘れていくだろう。

だが〈ゾーン〉に、夏の〈ゾーン〉に隠れて、〈ロケット〉が待っている。彼はまた引き入れられていくだろう、以前と同じように…

□□□□□□□

先週、イギリス占領区で、スロースロップはトンマなことにティーアガルテン[*1]の人工池の水を飲んで腹をこわした。水は沸かして飲めというのが近頃のベルリンでは常識だというのに。その際、地元の人はいろいろ植物を入れて煎じたりする。たとえばチューリップの球根。これはしかし、こわいのだ。球根の中心には命にかかわる毒があるって話だから。それでも連中はやめるようすがない。まもなく〈ロケットマン〉として知られるスロースロップは当初、チューリップの球根のようなことは教えてやろう、ささやかなアメリカ的啓蒙を授けてやろうという気でいた。だが今ではすっかりめげた。ヨーロッパの傷を掲げて、その緞帳の向こうでコソコソしている彼らに愛想をつかした。波打つ紗幕の影から彼らを引っぱり出そうにも、最後には必ず剝ぎとることのできない幕が控えているのだ・・・

彼はいま、真夏の繁りと開花を迎えた樹木の下――といっても、多くはなぎ倒され、炸裂し、割けた傷跡をさらしている。日射しのなか、乗馬道から細微なおが屑がおのずと舞い上がるのは、消えた馬の亡霊が平和に戻った早朝の公園を、走りもどりしているからか。夜通し眠れず、喉がからからのスロースロップは、腹這いになって水をすすった。水場に

1　ベルリンの中心、ブランデンブルク門の西側に広がる大公園。戦中の薪不足で樹木は倒され、終戦直後はイギリス占領軍によって芋や野菜の畑が作られた。

やってきた大西部の無宿者みたいに。……バカ者め。吐き気、急性腹痛、下痢。これで、チューリップの球根のことを講釈しようだなんて呆れたもんだぜ。破壊された教会の向かいにある、無人の地下室へどうにかこうにか這い進んだ。体を丸くし、それから数日、発熱、悪寒、しみ出る下痢が酸のように肌にヒリヒリするなかで途方に暮れていた。同じ穴蔵にもう一人、映画で見るナチの悪漢のようなやつがいて、握り拳を苦しい腹に押しつけ、ヤー、マタ糞(クショ)を垂らしゅんか、と詰問する。生きてバークシャーに帰れる日が来るのだろうか？　ママ、ママ！　戦争は終わったのに、どうしてぼくは帰れないの？　母ナリーンの二重顎の先は、金星章[*2]の輝きを受けてキンポウゲの花のよう、窓辺でニンマリするだけで応えてくれない……

もう辛いったらないのだ。夜は、自分を追い回すロールスロイスとブーツの足跡の幻聴に悩まされる。外の通りではバブーシュカを被った女たちが、やる気なさそうに溝を掘っている。舗道脇には埋めこまれるべき黒い鉄のパイプが積み上がったまま。一日ぶっ通しでおしゃべりが続く、班が代わり、日が暮れてからもしゃべり止まない。スロースロップが横たわる物陰に日が差すのは一日に半時間ほど。ちっぽけな温もりをもたらす日溜まりは、すぐに他の連中のところへ移っていく――あばよ、わるいけど、時間は守らんとな、そいじゃ、雨が降らなきゃまた明日、へへへ……

一度スロースロップはアメリカ特務班が通りすぎる音で目をさました。リズムをとるのは黒人兵の声――ヨー・レップ、ヨー・レップ、ヨー・レップ、ヨー・ライ、オー……レップ……ドイツの民謡のように、八拍目の right(ライ) のところで音が高くスライドする――スロースロップは想像できる、踵を強く打ちつけて型どおり腕を突きだし頭を左に回す、

2　息子が〝名誉の戦死〟を遂げた母親に与えられる。

基礎教練の時間に教わったあの動きが……そいつのスマイルが見える。一瞬、我を忘れそうになった。駆けよってアメリカへの政治亡命を求めようかという狂った考えが湧いてきたのだ。だがその力も出ない。胃腸も衰弱、気力も減退。横になったまま聴いているだけ、行進の足音と掛け声が去っていくのを、祖国のサウンドが消えていくのを。……ＷＡＳＰの亡霊のように。足を引きずりながら記憶の彼方へ消えてゆく古い時代の根無しの流民(DP)のように。彼らが群れる忘却の貨物列車の屋根の上に流民の、そのナップサックと哀れに流民的なポケットには、誰にも読まれぬまま新たな宿主を求めるアジビラやパンフレットが詰まっていて、それらがどっさり、ここで倒れたままのロケットマンに永遠に託される。ヒリヒリする頭と、ヒリヒリするケツの穴、ふたつのヒリヒリが混在するどこかで彼は、消えゆく黒人兵のリズムに合わせてある幻想を練り上げる――エンツィアン、例のアフリカ人が自分を見つけて、どこか出口へ連れていってくれないだろうか……

　というのも、実際、彼と二度目の対面をした憶えがあるのだ。首都ベルリンの南方、葦の茂る沼のほとりで、髭ぼうぼうで、汗を垂らし、体臭を放ちながらベルリン郊外へ向かうロケットマンが、彼の人民の間を躓きながら歩いている。太陽は霞み、沼地はスロースロップ以上に臭い。ここ数日の睡眠は二、三時間ほどしかない。ふと見ると、ロケットの部品を求めて沼底をせっせとさらっている〈シュヴァルツコマンド〉がいた。黒い鳥が隊列をなして空をクルーズする下で、アフリカ人隊員の出で立ちは、古びた国防軍、ＳＳの制服、オンボロの市民服など、いかにもゲリラ風にバラバラで、共通なのはひとつの徽章だけ。しかるべき場所ではいつも身につけている――赤、白、青、三色に塗られた金属製の徽章である。

一九〇四年、ヘレロ族の反乱をつぶすため南西アフリカにやってきたドイツ軍の兵士が付けていた――広縁の中折帽の片側をそれで留めていた――徽章を元にしている。[*3]〈ゾーン〉のヘレロにとって、これは何か深い、ちょっと神秘的な意味を持つのだろう――とスロースロップは想像する。A4の制御パネルを収めた車の中の発射スイッチに付いた五つの頭文字が表すものをスロースロップは知っている。Kは「準備完了(クラール)[*4]」、Eは「排気(エントリュフトゥング)[*5]」、Zは「点火(ツンドゥング)」、Vは「前段階(フォルシュトゥーフェ)[*6]」、Hは「本段階(ハウプトシュトゥーフェ)[*7]」――しかしそれをエンツィアンには隠している。

　丘の斜面に腰をおろして、パンとソーセージを食べるふたり。まわり中から集まってきた子供たちが、近くを駆けぬける。誰かが軍用テントを建て、誰かがビールの小樽を持ってきた。十数名の寄せ集めからなるブラスバンドは、すり切れた金と赤の制服を着て房飾りを垂らし、『マイスタージンガー』[*8]の曲を演奏する。煙が厚くたなびく。遠くから酒飲みどもの大声が、歌になり大笑いになって届く。今日は〈ロケット昇天祭〉[*9]、この国に新たに誕生した祭日である。やがて人びとはヴェルナー・フォン・ブラウンの誕生日と春分の日を一緒に見立て、往時の春の祝いと同じスピリットを舞台で表現しようとするだろう。町から町へ〈花船〉を走らせ、若き〈春〉と蒼白の老いた〈冬〉との闘争が演じられる代

3　ドイツ軍に徴用されたヘレロ族の兵士も同じ徽章をつけていたことが知られている（『GRC』）。

4　英語の clear (ed) に相当。ロケット発射の障害がすべて取りのぞかれたことの確認の合図。

5　これによってアルコールと液体酸素の燃焼室への吸引が始まる。

6　補助燃料（過酸化水素と過マンガン酸塩）の燃焼によってターボポンプが作動し、アルコー

わりに、若々しい〈科学者〉を演じる役者が、道化役の〈老重力〉と一緒に回り、子供らのにぎやかな笑い声を誘うことになるかもしれない・・・

〈シュヴァルツコマンド〉の隊員は泥の中に膝までつかって一心不乱に部品の引き揚げに励んでいる。収奪しようとしているA4は、ベルリン死守の闘いで打ち上げに失敗したもの。弾頭が爆発しなかったのだ。彼らは機体の眠る墓場のまわりに厚板の囲いを打ち込み、バケツや桶をリレーして陸地へ泥を掻きだしている。近くにライフルや装具が積まれている。

「マーヴィ少佐の言ってたことは事実だったたってことかい。あんた方は武装解除されていないって」

「居場所さえつかまれていないのだからな。我らはサプライズなのだよ。パリには、われわれの実在を否定する強力な一派がいるそうだ。いや、ワタシ自身、自分の存在にしばしば自信が持てなくなるんだが」

「どういうことだ」

「いや、われわれはここに存在するとは思うんだが、しかしそれはあくまでも確率論的な話だろう。向うにあるあの岩は、まず一〇〇パーセントの確かさで存在する。岩自身、そのことを知っているし、周りも知っている。だが、われわれが今ここにいる確率は、五割よりちょっとマシという程度なのだよ。その数値が、ちょっと変わるだけで、われわれは消えてしまう――ヒュッ！と、いとも簡単にだ」

「なんちゅう話ですか、大佐」

「いや、われわれの故国に行ってみれば、奇妙でもないのだ。四十年前、南西アフリカで

ルと液体酸素の吸引が加速される。

7 ロケット本体の浮上開始のコール。

8 ヴァーグナーの楽劇『ニュルンベルクのマイスタージンガー』（一八六八年初演）。

9 一九一二年三月二十三日。

われわれはほとんど絶滅しかかった。理由はない。きみに理解できるかね？　民族が理由もなく消えるということが。「神の思し召し」と考えても、心安らかにはなれなかった。ちゃんと名前も軍務記録もある、ブルーの軍服を着たドイツ兵が、ぎこちなく、良心の咎(とが)めもなく、殺しをやるんだ。毎日毎日、索敵殲滅(サーチ&デストロイ)の使命を果たす。それが二年も続いたのだよ。命令の出所はひとりの人間だ。フォン・トロータ[10]という生真面目な虐殺人さ。慈悲の親指が、この男の鱗の皮膚にふれたことはない。

「ものごとが悪い方に転じそうになるときに、われわれはこんなマントラを唱える。ンバ＝カイェレ。きみにも役に立つかもしれない。ンバ＝カイェレ。『われは過ぎゆかれた』[11]という意味だ。フォン・トロータ将軍に殺されずに残った者にとって、この言葉は、こんな意味も持つ――われわれは歴史の外に立ち、あまり感情を動かすことなく成り行きを見守ることを学んだと。やや分裂症気味だが、これがわれわれの抱いている、統計学的存在感覚というやつだ。われわれが〈ロケット〉をこれほど近しく感じる理由のひとつはだね、思うに〈A4〉という集合体(アグレガート)が偶然に支配されて生きるその存在のありようが、われわれのそれと非常に近いことを鋭く意識させるからだ――お互い、ほんと些細なことに左右されるわけだよ……タイマーに埃が入りこんだだけで回路の接触が切れてしまう……人の指がふれて目に見えない油膜がバルブの内側についたというだけで、液体酸素を注入した瞬間に燃え上がって機構全体の爆発を引き起こす――実際に見たことがあるんだよ……雨が入ればサーボ内のブッシングは膨張するし、スイッチへのリークも起こる。腐食は、ショートへ、シグナルの流失へ、早すぎる燃焼終結(ブレンシュルッス)に通じる。その結果生き残るのは再度〈アグレガート〉だけ、死んだ物質の細片の集合だ。もはや動くことも、ひとつの形ある〈運

10　148ページ註**13**。

11　原文はpassed over。キリスト教神学の「過ぎゆかれし者」という言葉（214ページほか）と響きあう。

命〉をもつこともできない――やめなさい、スカッフリング、そんなふうに眉を動かすのは。〈ゾーン〉にいて、ワタシも少々原住民化したかもしれないが。きみだってここに長いこと滞在すれば、きっと〈運命〉についてあれこれ考え出すだろう」

沼地の向こうで鳴き声がする。鳥たちが空へ飛び立つ。丸く黒く、ブイヤベースの空に粗いコショーの粒をばらまいたかのよう。駆けっこの子供たちが地面を滑って留まり、楽隊は小節途中でラッパを離した。エンツィアンは立ち上がり、仲間の集う所へ大股で走りさっていく。

「どうしたのだ(ヴァス・イスト・ロース)、わが沼の男たちよ(マイネン・ズムプフメンシェン)?」兵士たちは、笑いながら、泥をつかんで指揮官(ングアロレルエ)に投げつけた。エンツィアンは首をひっ込め、身をかわし、泥をつかみ取ると投げ返す。岸に立ったドイツ人らは、こいつらには規律のカケラもないのかと呆れて、目をパチクリだ。

板に囲われた沼地から、泥にまみれたトリムタブ[*12]が二枚、姿を現した。二枚の間は十二フィートの泥である。エンツィアンの喜びあふれる白い歯が疾走する。その数メートル後を、引っ掛けられた泥をボタボタ垂らしつつ彼の体が追いかけ、囲いを飛び越えて穴の中へ。そしてシャベルをひっつかむ。その瞬間、ちょっと儀式ばった空気がただよった。アンドレアスとクリスティアンは彼の両側に侍り、翼の泥をこすり取りつつ、掘りだしにかかる。尾翼の表面が、とうとう一フィートほど見えてきた。さて、ナンバー確認だ。ングアロレルエが屈んで泥を払うと、スラッシュの線と白い2が現れる。続いて7。

「オウタゼ(くそ)」。失望の表情がみんなに伝わる。

スロースロップはピンときた。「ゼロが五つ並んだ(フュンフファッハヌルプンクト)のを期待してたんじゃないかい」と、後でエンツィアンに言ってみた。「00000、当たり、でしょ!」わかっちゃったもん

12 飛行中の機体の姿勢を調整するための小翼片。

ネー——

両手を投げ上げ、「バカな。そんな番号はありえない」

「確率ゼロ？」

「それは、どれだけの数の人間が探し求めているかによると思う。きみの仲間も探しているのか？」

「それは知らない。たまたま耳にしただけでね。おれには仲間なんかいないよ」

「シュヴァルツゲレート、シュヴァルツコマンド。スカッフリング、どこかに誰かのアルファベット順のリストがあったとしてごらん。どこかの情報部門にインプットされているとか。どこの国でもそれはかまわん。だがどういうことになるね。そのリストの上で、Schwarzgerät と Schwarzkommando とは隣同士にくるだろう。たまたまそういう位置関係になる。それだけのことだ。アルファベット上の偶然だ。われわれが実在していなくてもかまわない。シュヴァルツゲレートのほうもだ、だろ？」

ミルク色の雲からこぼれる光で泥土がパッチ状に輝いている。物の輪郭の向こうに白い影がチラチラして、写真のネガのような光景だ。「こんな薄気味わるい場所で」とスロースロップ、「そんなこと言われてもねえ」

スロースロップの顔を見つめるエンツィアン。口元がほころんでいるのかどうか、圧倒的な髭のためにわからない。

「じゃあ聞きますけど、それを探してるのは誰なんですか」謎めいたことばかり言って答えてくれないんだから——こっちが突く（つつ）の、待ってるのかな。「マーヴィ少佐かな」スロースロップがいった、「そ、それと、あいつ、チチェーリンもですか！」

やったぜ！　名前の効果、テキメンだ。エンツィアンの表情が一瞬のうちに固まった。まるで敬礼のような、ブーツの踵の踏み鳴らしのような素早さだ。「聞かせてはくれまいか」と言いかけて、方向を変えた。「きみはミッテルヴェルケの坑道にいたわけだ。マーヴィの部隊は、ロシア人としっくりいっていたのかね」

「そりゃもう、親友同士のようでしたよ」

「どうも、占領国がつい最近、反シュヴァルツコマンドの旗印のもとに団結したようにワタシには思えるんだ。アンチ・ブラック人民戦線を形成したようにね。きみが誰かも知らんし、敵と味方の線引きもわからんが、自分らの排除が画策されているのはわかる。さっきハンブルクから戻ってきたところなんだが、急襲があった。難民の襲撃を装ってのものだったが、イギリス軍当局の後ろ楯があり、おまけにロシアの協力もある」

「そりゃお気の毒に。何かお役に立てますかね？」

「無謀はいかん。事の推移を見守っていよう。きみについては、ひょいひょい顔を見せるという、そのことしか知られていない」

日暮れ時、何百万という数の黒い鳥が近くの枝に舞い降りる。木々が鳥で膨れあがり、神経細胞の樹状突起のような枝々が太くなり、これから重要なメッセージが送信されようとしているのか、さえずる軸索が黒みを増していく……

スロースロップが熱に浮かされた身を地下室に横たえる、後日のベルリン。尻の穴からピリピリが毎時数ガロンの勢いで漏れ、熱心な眼を宙に向けて走り回るネズミを足で蹴散らそうにも振りしかできない。昨今のベルリンでネズミは新たな高い地位を得ているということを信じるまいとがんばるが、太陽は沈んだままふたたび昇る気配も見えないいま、彼の精神衛生を示すグラフは最低点に落ちこんだ。アイドリング状態のスロースロップの心の中で空回りしている言葉といえば——シュヴァルツゲレートは〈聖杯(グレイル)〉じゃない、〈イミポレックスG〉のGは、grailの意味じゃない。それにおまえは騎士でも英雄でもない。強いてたとえるなら、タンホイザー、[*13] あの大バカ者の漂泊詩人ってとこだな——ノルトハウゼンの山の下に入りこんだし、ウクレレの伴奏で唄のひとつふたつは歌える。それに、スロースロップ、今おまえ、罪の泥沼を転がってるという気がしないか。いや、ご先祖のウィリアム・スロースロップが一六三〇年、アーベラ号[*14]の船べり越しにゲロを吐いて過ごした日々に口にした「罪」って言葉と同じ意味じゃないかもしれん。…でも、おまえがしてきたのは、考えてみりゃ、他人の——女神ホルダの、どこかしらの山中のヴィーナスの——航海に相乗りしてた彼女の、そいつの、ゲームをプレイしているだけじゃないのか…それが取り返しのつかない悪徳のゲームだということは承知していながら、そのくらいしかやることがないのでやってるだけ、だからって正当化できないぞ。それに、タンホイザーというなら聞くが、おまえのために奇跡の花が咲くという教皇様の杖はどこよ？

それが実は、スロースロップも、彼のリザウラに——しばらくの間くっついて、また離れていく女性に——出くわすところなのである。タンホイザーなるミンネゼンガーはリザウラを捨て、自殺に追いこんだのだが、スロースロップはどうだろう。元映画女優グレタ・エルトマンをどういう運命に引き渡すのかはまだ明らかではない。ノイバーベルスベルクのハーフェル川のほとりで待つグレタ。だがその像は弱々しい。〈ゾーン〉の至るところに、いや海外にまで、配給された数知れぬフィルムの中で生きつづけている映像の力

13 中世ドイツの伝説。ヴァーグナーが脚色した歌劇（一八四五年初演）で知られる。ミンネゼンガー（宮廷恋愛歌手）のタンホイザーは、女神ホルダ（歌劇ではヴェーヌス）の誘惑により、山中の洞窟での性愛に耽り、恋人リザウラ（歌劇ではエリーザベト）の愛をないがしろにした罪を悔いて教皇に懺悔するが「枯れ木の杖に花が咲くまでは許されない」と拒絶される。悲劇のあと、教皇の杖が実際に花をつける。

14 389ページ註27参照。

はない。…自分のために赤紫(マゼンタ)のゼラチン・フィルターに染めた光を投じてくれた優しい技師たちは、みな戦争にとられ、あるいは死に引きとられ、いま彼女を染めるのは、天の神から降り注ぐ、よそよそしい、畏ろしく漂白的な白色光だけである。…地毛を抜いたあとにペン描きした眉、白髪の筋の混じった長い髪、両手は全色取りそろえた指輪の濁りと醜悪で重たげだ。戦前のシャネルのダークなスーツを着込み、帽子は被らずスカーフを巻き、いつも一輪の花を差しているグレタには、中央ヨーロッパの夜のささやきが霊気のようにつきまとっている。霊気は、太りゆく肉によって破損した美貌のまわりに吹いて、ベルリンの皮膚のカーテンをはためかせる。スロースロップが近づけば近づくほど妖気を強めて…

ふたりの出会いはこうだ。ある晩のこと、スロースロップが食糧を狙って公園の野菜畑へ入っていく。何千人もが夜空の下で暮らしている。その焚火を避けてこそ、こちらから青物を一握り、そっちからはニンジンか飼料ビート、生きてゆくためのわずかの糧が欲しいだけなのに、見つかると石や材木が飛んでくる。この間など、不発手投弾が飛んできた。爆発はしなかったが、彼の股間に温かい便が漏れた。

今夜彼は〈グロッサー・シュテルン劇場〉近くを歩きまわっている。もうとっくに、夜間外出禁止の時間帯だ。木を燃やす煙の臭いと腐敗臭とに覆われたベルリンの街。頭を砕かれた辺境侯や選帝侯の石像が並ぶなか、キャベツなど植わっていそうな場所を偵察していると、突如、あれれ、これって絶対、ウソそんなバカな、でも間違いないリーファ(マリワナ)の匂いだ！　ずいぶん近いぞこりゃ。モロッコのリフ山の斜面に茂る、湯気のでるような花をつけた、樹脂たっぷりの、夏を彩る大麻様の香ばしい煙が、倒木の下の茂みと下草を抜け彼の鼻先をくすぐる。枝にすわっているのは何者？

倒れた木の根が縁どるシーンは、まさにレプラコーン[*15]の野営地といったところ。その中央、空洞になった幹の中にいたのは、エミル・（〃ゾイレ〃）・ブマー、一時はヴァイマル一の悪名高き麻薬通の怪盗として恐れられた。両脇にはふたりの美女が寄りそい、燃えるオレンジの星をうれしそうに回している。不良老人め。スロースロップは気づかれぬまま頭上から覗きこんだ。ブマーはほほえんで、手を伸ばし、吸っていた残りを差しだした。泥で汚れた長い爪でスロースロップがそれを摘む。こりゃどうも。スロースロップはしゃがみ込む。

「ヴァス・イスト・ロース？（どうしたことだか）」とゾイレ、「いきなり大麻（キフ）に行き当たった。アラーの神がわし等にほほえんだってか。いや、アラーはみんなにほほえんだのだが、たまたまわし等が目の前にいたということか・・・」ドイツ語で「酸（アシッド）」を意味する「ゾイレ」の通称、その由来は一九二〇年代に遡る。当時彼はウィスキー・ボトルにシュナップスを入れて持ち歩き、まずい状況になると、それを発煙硝酸に見せかけて振りかざしていたのだ。太いモロッコ産のリーファをもう一巻きゾイレは取りだし、スロースロップが、我が忠実なるジッポ・ライターで火を点ける。

その日ブロンドのトゥルーディと、お色気たっぷりのバイエルン娘マグダは、ヴァーグナーのオペラ衣装の保管場所に忍びこんであれやこれや失敬してきた。そこには、二本の角が飛び出たとんがりヘルメットも、緑のビロード地のロングケープも、バックスキンのズボンもある。

「ヘーイ」とスロースロップ、「なかなかシャープな衣装だねえ」

15 童話「小人の靴屋」や『ハリー・ポッターと炎のゴブレット』などでも知られるアイルランドの髭の妖精。地中の宝物のことを知っている。

16 テキサス・レンジ

「あなたのものよ」マグダがほほえむ。

「おっと…そりゃいかん、〈中央交換所〉に持っていきなよ。いい値がつくんだ…」

だがゾイレは言い張った。「おまえさん、気づいたことはないのかね。人間、運に見放されてボロボロのときは、必ず助っ人が現れるもんさ」

石炭のように燃える大麻を女たちが回す。その火がヘルメットの金属面に、さまざまな形、濃さ、色合いで映りこむのを見つめている…フム、スロースロップは気がついた、このヘルメット、角をとればまるでロケットの頭の形だ。いま履いてるチチェーリンのブーツに、三角形の革の切れ端を縫いつけて…あとは、そうだ、ケープの背に大きな真っ赤の大文字Rをつける。そうすりゃ——これは「ローン・レンジャー」のトントが、かの伝説的な待ち伏せの後で試みたのと同じくらいドラマチックな瞬間ではないか[16]——「ラケーテメンシュ[17]!」ゾイレがヘルメットをつかみ、角をはずして大声で叫んだ。名前自体は空虚であっても、名づけの行為は、それ自体が…

「へえー、あんたも同じこと考えるの[18]」妙な話だ。ゾイレは慎重に手を伸ばし、スロースロップの頭上からヘルメットを被せる。儀式でもするように、両側からケープを掛ける女たちの手つきも儀式めいている。トロールの偵察隊は、地下の住人に報告するため、すでに伝令を遣わせた。

「これでよしと。実はな、ロケットマン、ちょっと聞いてほしいんだが、わしはいまちょっとしたトラブルに…」

「はあ?」スロースロップはいまロケットマンをどうやって派手に売り出すか、想像をフルに膨らませていたところだった。人びとが彼のもとに食糧とワインと乙女を運んでくる。


ャーのダン・リード隊長と共に待ち伏せの襲撃で死んだと思われた弟のジョン・リードは、インディアンのトントに助けられ、正義の味方「ローン・レンジャー」に変身する。

17 「ロケット人間」を意味するドイツ語。ゾイレは(より一般的な)Raketemann ではなく、Raketemensch と言った。なお、アメリカン・コミックスにおいて「ロケットマン」は、一九四一年発刊の『スクープ・コミックス』で、「ロケット・ガール」と同時にデビューしている。

18 612ページではエンツィアンが名づけの行為(act of naming)の持つ魔法の力について考えていた。

その総天然色の図柄には、軽やかなスキップと「ラララ」の歌声がいっぱい。空爆されたリンデンの樹からビフテキの花がさき、ベルリンの街には大きなロースト・ターキーがソフトな霰(あられ)のように降りおちる。さつまいもと、そして、う〜ん、とろけたマシュマロが、大地からフツフツと湧いてくる・・・

「配給タバコ、持ってるの?」とトゥルーディ。スロースロップ、いやロケットマンは、しわくちゃになった半箱のタバコを差しだす。

大麻が次から次へと回ってきて、木の根に囲まれたこのシェルターに、赤い先端の軌跡が走る。みんなの頭から、それまでの話の記憶が失われる。大地の匂いが包む。飛び交う虫が風を起こす。スロースロップの煙草にマグダが火をつけてくれた。吸い口にキイチゴに似た口紅の味。え、口紅? 今時口紅とは・・・いったいコイツら、どんな世界に出入りしているんだ?

とっぷり暮れたベルリンの空に星が出ている。見慣れた星だが、こんなにくっきりと並んだのを見るのは初めてだ。自分自身の星座を作れそうなほどである。「そうそう」ゾィレが思いだす。「わしはいまトラブルに巻きこまれていて・・・」

「それよりおれ、腹ぺこなんで」スロースロップは今そのことを思いだした。

トゥルーディがマグダに話している。ボーイフレンドのグスタフがピアノの中に住みたがっているのだそうだ――「足が飛び出てるのしか見えないのよ。中に入ったまま、みんなぼくが嫌いなんだ、このピアノも嫌いなんだって叫んでるだけ」。ふたりが笑っている。

「中で弦をひっかいてるんでしょう?」とマグダ。「すっごいパラノイドね」

トゥルーディの足は、プロシア人らしく大きくてブロンドで、脛に生えた金の織毛が星明りの下できらきら踊っている。きらめきは膝の暗がりを抜けてスカートの下へ走りこんでは戻る。ガランドゥの木に囲われた内側で星屑がまたたくのだ。……包みこむ空洞の幹は巨大な神経細胞。樹状突起がシティへ、夜へ、伸びる。全方位からシグナルが来る。過去からもだ。未来からはどうなのだろう……

いつもビジネスのことが頭から完全には離れないゾイレは、体を転がし、足のほうへ身を流し、どれかの根にしがみついては、頭のいちばん休まる位置を捜している。マグダはヘルメットの穴に片耳をもっていって、棒でロケットマンのヘルメットを打ち鳴らしている。いくつもの不協和音が重なって響く。それぞれが音程をぜんぶ外しているから、一緒に鳴ると、とても変な響きだ……

「いま何時だか見当がつくか」見回すゾイレ・ブマー。眼がすわっている。「わし等、〈シカゴ・バー〉に行ってる時間ではないか？　それとも約束は昨夜だったかな？」

「忘れたわ」トゥルーディがくすくす笑う。

「いいか、あのアメリカ人とは大事な話があるんだ」

「ねえ、エミル」トゥルーディがささやく、「心配しないで。その人はきっと〈シカゴ・バー〉にいるわよ」

偽装が必要だ。四人はこみ入った策に出る。ゾイレのジャケットをスロースロップが着て、トゥルーディが緑のケープをまとう。マグダがスロースロップのブーツをはき、スロースロップは、ポケットにマグダの小さな靴を入れたまま、ソックス姿で歩く。みんな木っ端や草葉を集めてヘルメットを一杯にする。それをゾイレが手に持って、マグダとトゥルーディは、スロースロップにバックスキンのきつめのズボンをはかせる。膝っ小僧を地面につけて、スロースロップの脚や尻の上をふたりの手がさすっていく。セント・パトリック大聖堂にボールルームはないが、このズボンもそれは同じ。[*19] スロースロップの硬く、デカくなったペニスが落雷のように痛む。

「イギリスの男にしちゃ、なかなかだわね」女どもが笑う。仰々しい形(なり)のスロースロップはよろけながら三人の後をつける。視界は一面さざ波立って網目状に交錯し、まるで雨のようだ。手はガツンガツンで石のよう。ティーアガルテンから外へ。散弾を浴びたライムの木や栗の木の列を過ぎ、道から道、そして道ならぬ道へ。さまざまな国のパトロール隊がたえず通りすぎる側を、ラリラリの四人が前にのめって土を舐め、ゲタゲタ笑いだすのをこらえている。スロースロップのソックスは露でグショ濡れだ。戦車が通りで演習をしている。アスファルトと石屑の嶺をキャタピラがかみ込む。醜悪なトロールたちも木の精ドリュアスと空地で遊んでいる。橋や林に籠もっていた彼らも、五月の猛爆撃で解放されて、今やすっかり都市住人だ。「あの人ダサイの」、流行遅れの若者をトロール族の小娘が批評する――「何ひとつ〝木から抜けてない〟んだから」。手足がもげ、骨組を露出させた彫像が、鉱物的な鎮静の中に横たわる。フロックコート姿の官僚の大理石のトルソ像が、色あせて溝の中に落ちている。ふむ、どうやらベルリンの中心街に着いたようだが、それにしては、おっと、アレは何だ――

「気をつけろ」とゾイレ、「この辺、足もとがブニョブニョだぞ」

「あれは何なのだ?」

あれか、あれは、あれあれ、ありゃ、キング・コングじゃないか。さもなきゃその親戚だな。しゃがみ込んで、なんと、人通りの中でウンチをしている! なのにトラック一杯

19 マンハッタンのど真ん中にある由緒ある大聖堂にダンスホールはない。このズボンにも股間部にスペース(ボールルーム)はない、というシモネタの洒落。

に乗りこんで通りすぎるロシア兵たちは、誰一人気に留めるふうもない。特上の帽子を被り、惚けた微笑を浮かべた連中は、轟々と音を立てて通りすぎてしまう――「ヘイ！」スロースロップは叫びたい、「あのでっけえ、ゴリラか何か知らないけど、見えないのかよ、おい、どうなんだ……」だが幸いなことに実際叫びはしなかった。近づいてよく見ると、そのしゃがんだ怪物は、爆撃を受けた帝国国会議事堂（ライヒスターク）の建物だと判明。爆風にやられ、炎にやられ、爆発の圧力を受けてあらゆる方向に黒くひん曲がっている。硬いこだまが響き渡る、黒いカーボン紙のようになった内側には、キリル文字のイニシャルや五月の爆撃で命を落とした仲間の名前が白く書かれている。

　ベルリンはこんなだまし絵でいっぱいだ。スターリンの大きなポスター（石版多色刷）[20]は、どう見たってスロースロップがハーバードで最初にデートした女子学生に見える。ロ髭や男の髪も、たまたま（口紅みたいに）付けているというだけで――そうさ、間違いない、あの娘の名前スターリンだったんだ……そのときスロースロップの耳に二十もの早口が一斉に――ほら、急いでしまいこめ、やつが来たぞ、すぐに角を曲がるぞ――だがその声もちゃんと聞こえてこないうちに、見えた、舗道にふたつ、ぼっとり盛り上がったパンの生地。白い布の上で、もりもり膨れあがってくる――すげえ、みーんな腹ぺこなんだ。同じ考えに、みんなが取り憑かれる。ワーオ！　パンの生地じゃないか！　あの怪物にやるのか……おっと、あれは議事堂の建物だったか、じゃ、これもパンじゃなくて……と思って見ると、明らかにこれは今日の瓦礫から掘り出された人間の死体だった。どれもちゃんと米軍の標識がついた寝袋に入れられている。しかし、ただの目の錯覚じゃない。こいつら死の床から起き上がったんだ。復活してパンになった。わかったもんじゃないぞ。夏

20　〈ゾーン〉へのソ連の進入とともに、ベルリンに多数貼られた巨大な肖像ポスターのこと。

が終わって空腹の冬になれば、われわれは何を糧にしているのか――クリスマスになるころには。

ベルリンでスモーカーのためのヤミ取引の中心が悪名高き〈フェミナ〉であるなら、ドーパーにとってのそれは〈シカゴ〉だ。ただし〈フェミナ〉の取り引きはたいてい午後に始まるが、〈シカゴ・バー〉が開店するのは十時の夜間外出禁止発令後だ。スロースロップ、ゾイレ、トゥルーディ、マグダの四人は、巨大な瓦礫の山と、夜の田舎のように灯りのまばらな闇を抜けて、店の裏口から中へ入っていく。中は、軍医や衛生兵が走り回っている。彼らの手にした瓶の中身は、フワフワの白い結晶物質や、小さなピンクの丸薬や、おはじき玉大の透明なアンプルだ。占領国の紙幣やライヒスマルク札がこすれる音が飛び交う。売人の中にはクスリ（ケミカル）一辺倒の熱狂者、商売一辺倒の者もいる。壁を飾っているのはジョン・ディリンジャー[21]の特大写真だ。単独のポートレイト、母親とのツー・ショット、仲間と一緒に映っているの、軽機関銃（トミーガン）を手にしたの。光量も声も低く抑えているのは、憲兵隊が通ったときの用心か。

金網の背受けの椅子には、オランウータンの顔つきをしたアメリカ人水兵がいて、毛むくじゃらの無骨な手で静かにギターを爪びきながら、四分の三拍子の、泥臭いカントリー調のうたを歌っている。

《ドーパーの夢》

ゆうべ夢みた、水パイプ

21　一九三四年にFBIにシカゴで射殺された伝説のアウトロー。最初のメジャー映画化はこの年一九四五年。

吸いロボコボコやったらば
急に飛び出たアラブの魔神
眼をパチクリして言うことにゃ——
「どんな願いもかなえましょう」
おれは必死に言葉をまさぐる
「恩に着るぜ」と叫んで言った
「ドープのありかへ連れてってくれ」
ニンマリ魔神はおれの手をとり
あっという間に舞い上がった
連れていかれた国の山々
みなハッシシの塊だ
木にはピンクと紫の
錠剤（ピル）の花が乱れ咲き
ロミラ[*22]の川が流れてた
空には魔法のキノコの弧が、虹のようにかかってた
その美しさに涙がこぼれる
女らはスロー・モーションで駆けてくる
アサガオを髪に編み込み
手のひらは真白いコカイン
どんなドープもシェアしてくれる

22 デキストロメトルファン臭化水素酸塩水和物を有効成分とする咳止め剤。幻覚作用も喧伝されていた。

パナマレッドの花の中[*23]
ペヨーテ・サボテンむしゃむしゃやって
ナツメグのお茶を飲み
頭にクラリ、あのチョコ・ケーキ
いつまでも楽しくやっていたかった
帰るつもりは微塵もなかった
突然、なんと
　あの魔神、捜査官に早がわり
その場でおれをとっつかまえて
連れてきたのが、冷たい冷たい牢の中
見渡すかぎりの獄で見るのは・・・
ドーパーランドに戻る夢
いつまた自由の身になれる?

歌っている船乗り（シーマン）ボーディーンは、アメリカの駆逐艦、ジョン・E・バッダース号の乗組員。ここでゾイレが落ち合うことになっていた仲介者だ。バッダース号はクックスハーフェンに停泊していて、ボーディーンは軍務放棄も同然の身、米軍がベルリン占領を開始したあと、しばらくは消えていて、昨晩久しぶりに戻ってきた。「ネズミ一匹通さねえってよ」ボーディーンが呻いた。「あのポツダムがだぜ、目を疑うよ。ヴィルヘルム広場[*24]ってどんな場所だったか覚えてるか、時計もワインも宝石も、カメラもヘロインも毛皮も、

23　パナマ産のマリワナ。

24　ポツダム市の中央にある現在の「統一広場」。

世界中の物が売っててさ、誰もじゃましにこなかったろ。それがどうだい。まわり中、ロシア人の警備だらけだ。根性のねじ曲がった大男がうようよして、近づくこともできやしねえ」

「ポツダムで何かやってるって話だけど?」とスロースロップ。うわさで聞いていたのだ。

「会議か何か[25]よ」

「ドイツをどうやって切り分けるかを決めてるんだ」とゾイレ、「世界の強国がみんな集まってよ。ドイツ人も入れなさいよ。切り分けるのは、何百年も分割国家でやってきてるわし等に任せろって」

「いま、ポツダムにゃ虫一匹入れねえって警備だぜ」船乗りボーディーンが首をふりながら、プロの熟練を披露する。半分にひき裂いたタバコの巻紙に大麻を入れ、片手で器用にクルクル巻くのだ。

「そうかもしれんが」ゾイレがほほえみながら、スロースロップの肩に腕をかけ、「ロケットマンなら入り込めるかもしれんな」

ボーディーンはいぶかしげに眺める。「こいつがロケットマンかい」

「そんなところだ」スロースロップがいう。「しかし、ポツダムってとこに行ってみたいって気は、あんまりしないなあ……」

「そりゃ知らねえからだ」ボーディーンが叫ぶ、「いいか、大将、ここからほんの十五マイルのとこに、六キロものブツがあるんだぜ！　最高級のネパール産ハッシシ大麻がよ！　CBI[26]に行ってるダチが政府の封印から何から工面して、うまいこと五月に、このおれが埋めておいたんだ。絶対バレない、宝地図がなけりゃ誰にも見つけられないところにな。

25　米英ソの首脳によるポツダム会談の会期は七月十七日から八月二日まで。七月二十六日、日本に対してポツダム宣言が発せられた。

26　チャイナ・ビルマ・インド戦線。255ページに既出。

あんたロケットマンなら、ひとっ飛びだろ。ひょいと行って取ってきてくれねえかな」

「言うことはそれだけか」

「取り分は、あんたが一キロ」ゾイレが申し出る。

「大麻もろとも火葬にされちまうのがオチだろうが。そのカマドの前でロシア人が、ケムリ吸ってハイになる」

「きっとね」そこを通りかかったのが、いままでお目に掛かったうちで最高にデカダンな若い女、瞼には蛍光藍色のアイシャドー、髪には黒いレザーのスヌードを被せている、「そこのかわいいアメリカさん、グリーンのハーシー・バー[*27]がお嫌いなのかしら、ねえ、アハハ」

「どうだ、百万マルクで」ゾイレがふっと息をついた。

「そんな大金どこで手に入れるの——」

か細い指を一本立て、耳元で、「このわしが刷る」

ウソじゃなかった。一隊は〈シカゴ〉から、瓦礫の中を半マイルほど、闇の中ではゾイレ以外、誰も歩けない複雑にうねった不可視の抜け道の上を進んで、一軒の吹き飛んだ家の地下室へたどり着く。ファイリング・キャビネットとベッドと石油ランプと印刷機が見える。マグダがスロースロップに抱きついた。勃起する上を彼女の手が踊っている。トゥルーディがボーディーンに絡みついたその形の不思議なこと。ゾイレがガチャガチャ輪転機を回しだした。ライヒスマルク紙幣が、数千マルク単位で、ホールダーの中に舞いおちる。「版も紙も、どれも本物だ。足りないものがひとつある、余白にある波線の模様——あれは特殊な打印機が必要で、それればっかりはまだ、せしめていない」

27 ハッシシのことを、その見かけからこう言った。

「はぁ」とスロースロップ。

「はぁ、はねえだろ」とボーディーン。「あんたもう、ロケットマンはオリたんかい」

みんな用紙を整え、直角に揃えたところを、キラリと光るカッター刃でゾイレが裁断する。百マルクの分厚い札束をかざして宣言、「明日戻っておいでって。どんな仕事もロケットマンなら朝めし前さ」

一日か二日して、スロースロップは気づくだろう。そのとき「でも、おれ、ほんの二、三時間前までロケットマンじゃなかったんだ」と言うべきだったことに。だが、一キログラムの大麻と、本物同然の百万マルクのオファーを受けては目が眩まないわけにもいかない。それだけの提示を受けて、はいサヨナラ、はありえなかった。ロケットマンが飛んで逃げていく理由はない。即金で二千マルク受けとって、その夜はゾイレのベッドのなか、ぽちゃぽちゃのマグダのよがり声と夜が明けるまでおつきあいする。トゥルーディとボーディーンは浴槽の中ではしゃいでいた。ゾイレには別のミッションがあるらしく、外界へ消えていった――浮きたつ内界(こころ)に午前三時の瓦礫(ウェイスト)が、大海のように、押し寄せるベルリンの街へと。

□□□□□□□

充血した目のゾイレが、湯気の渦巻くティーポットを持ってなにやら叫んでいる。スロースロップはベッドにひとり。ロケットマンの衣装が、船乗りボーディーンの宝物の地図と一緒にテーブルの上で待っている——おお、おお、どうする、スロースロップは本当に、このミッションを完遂せねばならんのか。

朝の空気をふるわせて、小鳥たちのアルペジオが音階を駆け上がる。遠くではトラックとジープの排気音。ゾイレがお宝までの侵入経路を説明する。スロースロップはすわって紅茶をすすり、ズボンにこびりついた精液を爪でこすりながら聞いている。包みはドイツ映画の古都ノイバーベルスベルクの皇帝通り(カイザーシュトラーセ)二番地、その別荘の庭の灌木の茂みの下に隠されている。ポツダムからはハーフェル川を挟んだ向こう側だ。アーヴス高速道には近づかないほうが賢明だろう。「ツェーレンドルフまで行って、そのすぐ先の検問をうまくかわす。ノイバーベルスベルクへは運河を使う」

「どうして?」

「市民はＶＩＰ道路は通れない——ほら、この運河だ。川とクロスしているだろ。その川を行けばポツダムだ」

「おいおい。だったらボートはどこなんよ」

「まいったな、ドイツ人に即興の演し物を期待するか。無理いうな。それはロケットマンが解決してくれ！　ワッハ！」

「むむ」別荘はグリープニッツ湖に面しているようだ。「湖側から行くってのは？」

「そうすると、橋の下をいくつか通らにゃならん。そのガードがただ事ではない。射撃の雨が降る。おそらく──迫撃砲もあるだろう。ポツダムの向かい側だと湖もだいぶ細くなっているから、望みはない。絶望だ」朝っぱらからドイツ風のユーモアか。ゾイレがAGOカード[*1]と旅行切符と通行証（英語とロシア語で印刷）をスロースロップに手渡す。「これを偽造したやつはな、〈会談〉が始まってからこれで何度も何度もポツダムに行ってるんだ。そのくらい頼りになるってことだ。二ヶ国語通行証は、今回の〈会議〉限定の特製でな。しかし、お上りさんみたいに口開けて見物してないで、すぐに帰ってきなさいよ。セレブにサインをねだったりするなよ」

「なあ、エミルさん、あんたが手に入れたその偽造カードね、そんなすばらしいんだったら、自分で行って取ってきたらいいじゃない」

「専門が違う。売人は売人だ。硝酸入りの壜を使うのがせいぜいのところで、そいつだって見せかけだ。掠奪はロケットマンの役目だろうが」

「ボーディーンはどうなのさ」

「もうクックスハーフェンへ帰り足だ。来週戻ってきて、事もあろうにロケットマンが臆病風を吹かしたなんて知ったら、どんな騒ぎになるか見ものだな」

1　アメリカ陸軍省の総務部発行の身分証明書。

「そうかよ」チッ。スロースロップは、しばし地図とにらめっこしてイメージを頭にしまい込み、ぼやきながらブーツを履き、ケープの中にヘルメットを包みこんだ。ペテン師とカモのふたりが並んでアメリカ占領区を進んでいく。

青空に馬のしっぽ[2]が白くわき上がってはいるが、ここベルリンの空気（ベルリナー・ルフト）は、逃れようもない死の臭いが重く垂れ込めている。春の戦いで殺された死体が数千、今も瓦礫の山の下に横たわっている。黄色い山。赤くて黄色くて蒼い山。

ニュース映画や『ナショナル・ジオグラフィック』[3]で見たあの街はどこへいってしまったのか。〈新ドイツ建築〉が得意としたのは、放物線形だけではなかったわけだ。こういうオープンな空間を演出するのもレパートリーのうちだったんだ。太陽の照りつける、無表情なアラバスターの共同墓地も。この建築は、不可視にさざめく人間たちを刈り入れて初めて完結する。彼らの犠牲なしに意味をなさないものなのだ。もしも〈聖体都市（シティ・サクラメンタル）〉――内的で霊的な病いや健康の外的で可視的なあらわれとしての都市[4]――というものがあるとしたら、今この街にさえ、戦慄すべき五月の表皮を通して、何かしら神意の蹟（あと）が顔を見せ続けているのかもしれない。今朝のベルリンの空虚さは、破壊前の白く幾何学的だった首都を、逆マッピング変換したみたいだ。瓦礫を撒いた長い道はまだ何も生えていない、同量のコンクリートが何の造形も模様もつくらずに転がっている……だが、ここではすべてが表裏逆転している。かつて、定規で引かれたようにまっすぐな、軍隊の行進にもってこいだった大通りは、いまや瓦礫の間をくねくねうねる細道に転じた。形もすっかり有機的（オーガニック）で、獣道（けものみち）と同じく最小労力の法則にしたがう。市民たちが表に出て、軍服組が内側だ。ノンメリしていた建造物の肌理に代わって、打ち砕かれたコンクリートの内から出てきた

2　古代ヨーロッパ人は絹雲を「白き女神」の髪に見立てた（『GRC』）。

3　一九三七年二月号が「変わりゆくベルリン」を四十六ページにわたって特集している。写真のネット検索も可能。

4　イングランド国教会の祈禱書にあるサクラメントの説明――内的で霊的な恩寵の外的で可視的なあらわれ――をもじっている。

ボコボコが、果てしないロココ模様を描きながら堰板のすぐ後ろまで溢れている。内が外になった。天井のない部屋が空に開かれ、壁なしの部屋は瓦礫の海に投げだされ、船の舳先、マストの見張り台になっている。…空缶を持って吸い殻を探している老人の胸の上に肺がある。住居や衣類やたずね人の情報は、かつて分類され（クラシファイド）、艶やかで優美な居間の新聞ページ上で読まれたが、それが今では青・橙・黄色のヒトラーの横顔切手*5といっしょに風が吹けば舞い、木々やドア枠、張板や壊れた壁に張りついた——白い、消えかかったスクラップ、蜘蛛の巣のような、震えた字、泥に汚れ、見られることもない、読まれることもない、風に舞う数千のメッセージ。戦前、きみは冬期貧民救済事業（ヴィンターヒルフェ）の一品だけの日曜日*6、きみは鉤十字模様の下がる冬の木の下のテーブルにいた。だがあの日曜日の戸外が今は屋内で一週間変わらず続く。街はふたたび冬に向かっている。街の人は信じないふりをして日だまりをエンジョイしているが。傷だらけの樹木も緑に蔽われ、ひなは孵って巣から飛び立とうとしているが——そんな見せかけの夏の下でも冬は進行している——地球が寝返りを打ち、回帰線が逆転したのだ…

〈シカゴ・バー〉の壁が裏返って外に出たかのように、巨大な顔写真が、フリードリヒ通りに並べて貼ってある。三つの顔は人間の背丈より高い。そのうちチャーチルとスターリンのはスロースロップにもわかったが、もうひとりがわからない。「エミル、あのメガネの男は誰だい」

「アメリカ大統領、ミスター・トルーマンよ」

「よせやい、トルーマンは副大統領だろ。大統領はローズヴェルトだぜ」

ゾイレは一瞬目を見開いた。「ローズヴェルトは春に死んだ。ドイツ降伏の直前にな」

5 ナチス時代のドイツの切手は同じヒトラーの横顔の肖像を使い、値段別に色を変えていた。

6 ナチスの宣伝相ゲッベルス発案の慈善キャンペーンは、さまざまな形をとったが、贅沢をいましめる運動の中で、月に一度酢漬けの肉だけの食事をすることが奨励された。

パン配給の列に入りこんでしまった。すり切れたフラシ天のコートを着た女たち、そのほつれた袖口をつかんでいる子供たち。帽子を被りダークなダブルのスーツを着た男たち、無精髭の老いた顔、看護婦の脚のように白い額。・・・誰かがスロースロップのケープを引っつかもうとする。ちょっとした小競り合いになる。

「お悔やみ申しあげるよ」列から抜けでたとき、ゾイレが共感を示した。

「どうして誰も教えてくれなかったんだ?」ローズヴェルトがホワイトハウスで仕事をこなしはじめたころ、スロースロップはちょうど高校に入学しようというころで、父ブロデリックはローズヴェルト嫌いを公言していたけれど、息子タイロンの心には、この小児麻痺にかかった大統領の勇姿が刻まれた。ラジオで聞く声もよかった。一度、ピッツフィールド*7に来た大統領を自分の眼で見る機会もあった——そのときミンジバラで一番デブのロイド・ニップルの後ろになってしまい、二つの車輪と、ステップに乗ったスーツ姿の男たちの足しか見えなかったけれど。前大統領フーヴァーのことは、掘っ立て小屋の町*8とか、電気掃除機の名前*9と一緒に、ぼんやり覚えているだけだったが、ローズヴェルトこそは、ぼくの大統領だと認識した唯ひとりの大統領だった。選挙戦になればまた選ばれる、永遠の大統領であるかに思えた*10。それを誰かが変えることに決めたのだろう。それで永眠させられたのだ。もの静かで上品だった、スロースロップの大統領が。かつてロイドTシャツを着た自分の肩胛骨にFDRの顔を想像してみたりもした少年が、リヴィエラかスイスのどこかで——自分自身が消えつつあったことも半ば気づかず——あくせく動きまわっていたすきに死んでしまった。

「脳卒中だったってよ」ゾイレの声がひどく奇妙な方向から聞こえる。ほとんど真下から、

7 ピッツフィールドはニューヨーク州との境に近いマサチューセッツの実在の町。ミンジバラは、その近くの架空の町。

8 ウォール街大暴落からの四年間（一九二九〜三三）大統領を務めたのが共和党のフーヴァー。ホームレスが集まったテント小屋と掘っ立て小屋の集落は、民主党陣営から「フーヴァーヴィル」と揶揄された。

9 フーヴァー社の製品は掃除機の代名詞で、掃除機をかけることをアメリカでは今でも〝フーヴァーする〟という。

と言ってよい。そう、今まさにこの広大な共同墓地が内側にめり込んで、スーと窄まり、グーンと延びて一本の〈回廊〉になる。この変換というか空間の歪曲は、数学的に何と呼ばれるのか知らないが、スロースロップの人生の内部に、ほとんど遺伝疾患のように、ひそんでいるものだ。大人のくすんだ眼だけ出して、残りの顔は白いマスクですっぽり蔽った医師団が、足並み揃えて通路を通りローズヴェルトの横たわる部屋へ入っていく。黒光りした手術鞄、その黒革の中で金属がチャリチャリと、しゃべるように鳴っている、腹話術師のトリックのように、オオイ、ココカラ出シテクレー。・・・誰がアレンジしたのだろう。ヤルタ会談の席で、黒のケープをまとい、他の指導者たちと一緒にとったポーズ[*11]は、〈死の翼〉の、豊かで柔らかくてブラックな冬のマントの感触を見事に伝えていた。国中の見つめる人びとのためにローズヴェルトの臨終のはじまりを演出していたのだ。〈かれら〉が組みたて、いま〈かれら〉によって解体されようとしている大統領の・・・

　この光景、誰かが視差まで計算している。縮尺(スケーリング)の具合も、時間の変化に伴う影の伸び具合も――しかし、このゾイレが本物であるはずはない。ダークな服を着て列をなして仮想上の電車を待っている連中もエキストラだし。中には（それっぽく）ソーセージを持っているのもいる。子供たちが数人、ハダカ同然の恰好で駆け回っているし、その子らが出入りする集合住宅の焼け跡も、驚くほど細部が鮮明だ――〈かれら〉のことだ、製作費は潤沢に使う――この廃墟を見ろよ、一度ちゃんと建ててから、打ち砕いてるぜ。破片は、人間の体のサイズから粉末まであらゆるグレードが揃っている（どうか、規格番号で注文して下さいって）、これは誰にも忘れられない〝ベルリンの正午〟の匂いというやつ、人が腐る臭(にお)いつきのエキスだ、それを人の手で映画セットにふりかけた。[*12]巨大な噴霧器を押

10　一九四五年四月十二日に死去したとき、ローズヴェルト政権は第四期めに入っていた。戦後は憲法が修正され、三期目以降の出馬は禁止されている。

11　クリミア半島で行われたヤルタ会談はこの年二月。その有名な写真で、ローズヴェルトは、黒のケープをまとい、チャーチルとスターリンに挟まれている。

12　因みに、この作品全体が映画であるという指摘はよくなされる。各セクションを区切る印、□□□□□□□はフィルムのスプロケットに見えるし、しばしば激して読者に直接語りかける語り手も、ときに映画の弁士のようだ。

すその手は、どこかの路地の向こうにいる肉のたるんだ馬みたいにでかいんだろう。・・・（ゾイレが闇で手に入れた時計の針は、すでに正午に近い。午前十一時から十二時までは〈魔の刻（イーヴル・アワー）〉。輪で束ねた鍵をもつ〈白き女（ホワイト・ウーマン）〉が山から出てきて、おまえの前に立つかもしれない。用心しろ。この女にかけられた謎の魔法を解かないかぎり、おまえに罰が下るのだ。彼女は〈不思議な花〉をくれる美しい生娘だが、同時に、夢の中でおまえを見つけて黙って立っていた、長い歯をした醜女の老婆でもある。[*13]〈魔の刻〉は彼女のものだ）

青白い空に、浮かれはしゃぐP-38機[*14]の黒い編隊が透かしレース模様を編んでいる。スロースロップとゾイレは歩道にカフェを見つけ、水でピンクに薄まったワインとパンとチーズの食事をとる。熟練ドーパーのゾイレは〝お茶（マリワナ）〟の〝棒（スティック）〟を取りだした。日射しの中で交代で口にし、ウェイターにも一服すすめる。軍用煙草もみんな回しのみするご時世だ、誰にもバレやしないって。通りを流れるジープ、公用車、自転車。オレンジや緑のワンピースに若い身体を包んだフルーツアイスのような夏の娘たちが入ってきてテーブルについた。あっちでニコリ、こっちでニカッと、早番のビジネス相手を求めて色香を振りまく。

気がつくとゾイレはスロースロップを〈ロケット〉の話に引きこんでいた。ロケットの話などもちろん専門外なのだが、みんなが狙うだけの値打ちがあることはわかっている。

「どこが魅力なのか、わしには絶対わからんだろう。ラジオじゃいつも騒いでるけどな。ドイツ版のキャプテン・ミッドナイト・ショー[*15]みたいだ。だが話を聞いても興味がわかない。信じたいんだが、信念を持続させてくれるものが見えてこない。だんだん幻滅が強くなってな。わしにわかっているのは、ロケットのせいでコカイン市場がひどい目に遭ったってことだけだ」

13 グリムが『ドイツ神話学』で述べている双面の女神ホルダの姿と一致する。〈不思議な花〉は「ヴンダーブルーメ」といって、宝物を秘めた彼女の山の入口を開ける力がある。

14 ロッキード社の双胴型戦闘機。米陸軍に属するものは緑と黒に塗られていた。

15 戦時中のアメリカの子供たちを夢中にした、ラジオの視聴者参加型スパイ物語。

「それはまた、どういうわけで？」

「ロケットのどこかに過マンガン酸カリウム[16]を使うんだってな」

「ああ、ターボポンプに[17]」

「あの紫色のやつ（パーパーシュトフ）がないと、正直なコカインの取り引きができんのだよ。いや正直なんかはどうでもいいが、現実がなくなるのは困る。去年の冬などドイツ帝国をくまなく探したが、過マンガン酸塩など一ccも出てこないのだ。それでコカインを精製しようっていうんだから、あっちこっちで燃やしっこってことになる。仲間同士がだよ。ま、仲間であっても——アメリカ人に通じる言い方で言うと——顔にパイをぶつけたいと思わん相手はいないがな」

「そりゃどうも」。待てよ。ゾイレはおれとのことを言ってるのか？　おれにパイを投げつけようって？

「おかげでな」ゾイレが続ける、「ベルリンの街じゃ、ローレルとハーディの壮大なやつが演じられることになった[18]。サイレントだよ、過マンガン酸塩が消えたのが理由だ。わしは知らんが、A4ロケットのおかげで他にもいろいろ経済への影響が出たことだろう。これはただのパイ投げの問題じゃない。マーケットの秩序が乱れたというレベルの話じゃないぞ。化学的無責任ってのが横行してるんだ。粘土（クレイ）からベビーパウダーからセメントから——しまいにゃ小麦粉まで別物にしてしまうんだろう！　粉ミルクが、赤ん坊の吸い口にじゃなくコカイン吸いのところに流れてくるとかな。紛い物がコカイン以上の値で取引される——鼻から粉ミルクを思いきり吸い上げるところを想像してみろや、ハハ、ハッハッハ」ゾイレは笑って一息つくと、「だが、損して得とれだ。過マンガン酸塩がなければ何

16　$KMnO_4$の分子構造を持ち、強力な酸化剤として広く使われる濃紫色の物質。純正コカイン精製にはこれに限らず、ナトリウム、カルシウムなどの過マンガン酸塩が必要。

17　ロケットに使用されたヴァルター機関では、高濃度過酸化水素水を分解して発生する水蒸気と酸素ガスを使用するが、その触媒として、過マンガン酸塩——$NaMnO_4$、$Ca(MnO_4)_2$が使われた。

18　ローレルとハーディは、サイレント時代のドタバタ喜劇で記憶されるアメリカの二人組。口にできない件での大騒ぎ、という喩えだろうか。

あーあ、チェーッ。

特別通行証には「マックス・シュレプツィヒ」と記されていた。スロースロップに元気が充ちる。そうだ、ヴォードヴィル芸人に扮しよう。奇術師がいい。奇術ならカッチェのところで練習済みだ。ダマスク織のテーブルクロス、彼女の魔法のボディ、サロンとしてのベッド、夜毎のファンタスティックな夜会(ソワレ)…

午後の三時頃にはツェーレンドルフを抜ける。ロケットマンの衣装のまま検問を通ってみせるぞ。赤いペンキを塗った木製アーチの下で、ソ連の歩哨が待ち構えている。その手には、スオミ銃やデグチャレフ銃——円筒の弾倉つきの、大型サブマシンガンだ。おっと、スターリン戦車[*24]までおいでなすった。低く重々しく向かってくる。76ミリ砲台で、耳覆いつきのヘルメットを被った兵士が携帯無線に向かって怒鳴っている…まいったな。…アーチの向う側にはロシア軍のジープが一台、将校ふたりが乗っていて、ひとりが専用の無線機に向かってしゃべっている。張りつめた空気を、ロシア語の声が光の速度で駆けめぐり、他ならぬスロースロップの包囲ネットを編みあげた。スロースロップはケープを後ろに払うと、ヘルメットを傾けてウィンクし、手品師の身のこなしで、カードと旅行切符と二ヶ国語で書かれた通行証を差しだした。ポツダムで余興をやれとの命令です、と。

歩哨のひとりが通行証を受け取り、電話をかけに小屋まで走る。他の者は立ったままチェーリンのブーツを見つめている。誰もしゃべらない。電話に時間がかかっている。傷だらけの革、丸一日の無精髭、日射しを受けた頬骨。張りつめた空気をほぐしたいスロースロップは、何かできるトランプ手品はなかったっけと考えている。と、歩哨が顔を突きだした——「シュティーフェルン、ビッテ」

24 最大級の一二二ミリ砲を有する赤軍の重戦車IS-2(JS-2)の通称。

「ブーツ、プリーズ」だと？　ブーツをどうしたいんだ――ヤアアーー！　ブーツか。そうだよ、もうみなさんはおわかりだね。ブーツとくれば、回線の向う側に誰がいるかはお見通しだ。その男の身体に埋めこまれた金属がチリチリと歓喜にむせぶのがスロースロップに聞こえてくる。電波塔（フンクトゥルム）の左手、鉄とウールのもんわりした、煙っぽいベルリンの空に、『ライフ』誌の全面写真が照射される。スロースロップの写真だ。ヘルメットからブーツまでフル装備したロケットマンの口に、長くて硬い、ものすごく太径のソーセージ状の物体が突っこまれている。押しこむ力のあまりの強さに、目が寄っている写真である。そのバカでかいフランクフルトを持っているのは誰の手だ？　それは写真に写っていない。〈ロケットマンの打ち上げ失敗〉という見出しの下に、「〈ゾーン〉最新のセレブ、打ち上がってもいないうちに、この失態」というキャプションつき。

　それならば、とスロースロップ、ブーツを脱ぐと歩哨がそれを電話のところへ持ってゆき――他の衛兵がアーチの前に彼を立たせて、あちこち調べて一本だけ出てきたゾイレのリーファ（マリワナ）を巻き上げる。スロースロップはソックス姿で待たされる。先のことは考えない。隠れ場所を求めて周囲を見るが、三六〇度まったくクリアで、発砲の障害になるような物はひとつもない。被せたてのアスファルトと、銃のオイルの臭い、ジープ、緑青色で結晶のように角張って、待機している。今、ベルリンへの帰路は、打ち捨てられた。・・・神様（プロビデンス）よ、おい、神様、どうしちゃったの？　席をはずしてビール飲みに出かけちゃった？

　そんなことはない。ブーツが戻ってくる。歩哨がニッコリそれを差しだす。「照合した（シュティムト）。ヘル・シュレプツィヒ」　ロシア語の皮肉って、どんな調子なんだろう。相手の真意が、スロースロップにはまったく読めない。チチェーリンだったら、ブーツを見せろとか注文をつけて、相手に警戒させるバカな真似はしないだろう。違うな、電話に出たのはチチェーリンであるはずはない。これはただの、規制物品のルーティン・チェックなんだ。今まさにスロースロップは、中国の『易経』にいう「若気の愚行」というのに取りつかれる。グリーンのケープをさらに何度か振りまわして、トミーガンを一丁、ずんぐりしたバルカン軍から失敬すると、南方へさっそうと歩いて行く。将校のジープは相変わらずそこに止まっている。戦車は消えていた。

ジュビリー・ジム[*25]は、国中売って歩きます
ストックブリッジのご婦人方にも
リー[*26]の娘さんにもウィンクしながら——
ブローチ手にして、アプローチ
馬車の鞭なら、即金で一ドル
みんな、いらっしゃい、歓喜（ジュビリー）の響くところまで！

南へ二マイルほど進むと、ゾイレの言っていた運河にぶつかる。橋の下の小道で、ちょっとの間、湿った涼気を得てから、岸辺づたいに歩き、ハイジャックできるボートを物色する。ドリーミーな草の斜面には、ホールター姿やショートパンツ姿の、褐色金色の娘たちが寝そべって日光浴だ。雲に覆われた午後に、そよぐ風が柔らかな縁どりを添える。子供たちは水辺に膝をついて釣り糸を垂らす。二羽の鳥が水面を上になり下になり、ぐるりぐるり輪を描きながら、嵐の渦が静止したみたいな緑の木々の天辺（てっぺん）へと舞い上がって、そ

25 十九世紀アメリカ金融を牛耳ったジム・フィスクの渾名。544ページ註**15**参照。

26 ストックブリッジもリーも、マサチューセッツ西部丘陵の古い街道沿いにできた町。

こで停まりさえずり始める。遠景は、距離にしたがってゆっくりとエクリュ[27]の靄を帯び、白昼の日射しにブリーチされていた乙女らの肌に、柔らかな光が暖かな色味を戻した。太股の筋肉のかすかな陰影、張りつめた皮膚細胞のフィラメントが言っている、さわって……行かないで……。スロースロップは歩きつづける。見開かれた目にも、優しい夜明けのように開いた口にも構わずに。変な人。行っちゃうなんて。いったいどんな用があるのかしら？

ボートが二、三艘、柵につながれているが、いつも誰かの目がある。おっと、あったぞ、狭い平底の舟。オールが固定してあって、すぐ出せる。斜面に毛布が、近くにハイヒールと、男物のジャケットと、あとは木が生えているだけ。いそいで乗り込み、索を外した。お楽しみに励んでよ――少々いやったらしく――おれはムリ、でも、きみたちのボートはいただくから！ イェイ！

日暮れ時まで漕ぎつづける。長い休憩時間をとりながらだが、とても快調とはいえない。ケープの中はそのまま汗の円錐形という状態で、どうしても脱がずにはいられなかった。警戒したアヒルたちは離れて泳ぐ――その鮮やかなオレンジ色の嘴から水をしたたらせて。夕風に波立つ水面を、傾いた陽が赤と黄金のロイヤル・カラーの縞模様に染める。壊れた船の残骸が水面に顔を出している。赤い鉛と赤サビとが夕陽を受けて、膿んだ肌のように見える。ひしゃげた灰色の船体。落ちそうなリベット。縒りの戻った太索の子縄が、ヒステリカルに全方位を指し、風もないのにゆらめいている。からっぽの艀が一艘、ぽつんとただよい流れていく。頭上にはコウノトリが一羽、巣に帰ってゆくのだろう。突然、眼下の水にアーヴス高速道の立体交差の青白いアーチが見えた。このままもう少し進んでいけ

27 漂白していない麻や絹の色。生成り色。

ば、アメリカ占領区に行きつく。彼は斜めに運河を横ぎり、反対側の岸にボートを着けて岸にあがると、地図の右手に記してあるソヴィエトのコントロール地点を避けて南へ向かった。薄暮のなか、大きな塊が移動する。ロシアの近衛兵、緑の帽子のエリートたちが、表情ひとつ変えずに進んでいる――トラックに乗り、あるいは馬にまたがって。薄れゆく光のインピーダンスが感じられる。エナメル線を密に巻いたコイルがジリジリ音を立てているよう。ポツダムは警告している・・・遠ざかれと。・・・近づいていくほどに、ハーフェル川の向うの密室で進行中の国際会議を包む電磁場は強くなる。ボーディーンの言う通り、虫一匹入れない。それを知ってなおスロースロップは忍び歩き。敵の感度が少しでも鈍いところを求め、ジグザグに走って、目立たぬように南へ動く。

　誰からも見られない――倒されずに進んでいける距離が伸びるにつれて、その確信が強まっていく。夏至の前夜、真夜中と午前一時の間に、シダの種が靴の中に入って、彼は不可視の子となった。鎧をまとった取り替えっ子、神様の小さな友だちなのだ。[*28] 彼らは、敵を危険に陥れようとするときに、〈戦争〉と同じようにしか考えられない。――中にはその亡霊に一生支配されてしまう者もいる。いいでしょう、スロースロップには好都合だ。その種の脅威の集合の中にロケットマンはいないんだから。彼らは今も地理的な空間に属していて、最終的な一線を引き、生きてそれを越えさせるなと部下に命じて、これで誰も入れるまい、入れるのは、漫画に捕獲され、冊子の中から出てこられないヒーローだけだろう、と考えている。このロケットマン様を知らないからだ。敵はつぎつぎと彼を通りすぎていく。彼は誰とも遭遇しない。身につけたビロードとバックスキンが夕闇に完全に溶けたんだ――たとえ、敵の目に入っても、彼の像（イメージ）はすぐさま脳内僻地へ飛ばされ、他の夜

28　この伝承の出典は同じくグリムの『ドイツ神話学』。

のクリーチャーの棲む異形の世界へ追いやられてしまうだろう…

やがてまた右へ折れ、沈む陽へ向かう。これからスーパーハイウェイを突っ切らなくてはならない。このアウトバーンが通ったとき、たまたま反対側にいたために十年も二十年も帰宅できなかったドイツ人もいたほどなのだ。神経質に重い足を動かし、スロースロップはアーヴス高速道の土手をはい上がっていく。頭上を爆走する車の音。その車を運転手は自分でコントロールしているつもりだろう。それぞれの目的地に向かって車を動かしていると思っているに違いない。だが、スロースロップにはお見通しだ。みんな〈かれら〉の必要のために、今夜駆り出されてきた。目的は〈死の壁〉をつくること。アマチュアのフリッツ・フォン・オペル*[29]が大集合して、スロースロップに対して軽快な疾走を披露してくれるそうだ——かの有名なS字カーブの内側をギーンとうなって滑走する。そう、かつての白ヘルに黒ゴーグルのカーキチが、煉瓦の堤のところでタイヤをキーキー滑らせながら通りぬけていったところをだ（見とれる正装した大佐らの目、ガルボ風のフェドーラ帽をかぶった大佐夫人連、みんな安全な白い塔の中にいるが、この日の冒険に参加していて、自分のうちからジワジワと〈母なるヴァイオレンス〉が染みだすのを待っている…）。

ケープの中から腕を出したスロースロップ、細い灰色のポルシェを一台ビューンとやりすごすと、全力ダッシュで道路に飛び出た。車の川の下流の足にポルシェの赤いテールライト、上流の足には急激に近づいてくる軍用トラックのヘッドライト。光をまともに受けた眼球がブルーの糸鋸にふれたみたいに痛い。走りながら横にスイング、「ハウプトシュトゥーフェ*[30]！」とロケットマン出動の雄叫びを挙げ、両腕を高く上げる。海緑色のケープの裏地が扇形に拡がった。続けざまのブレーキ音。その中を疾走し中央分離帯に飛び込み

29 ロケットエンジン搭載の車を作って一九二〇年代に時速二百キロを記録したスピードのプロ。

30 「本段階」を意味する「ハウプトシュトゥーフェ」は、ロケット本体浮上開始のコール（684ページ）。

ゴロリと一回転、あたふたと茂みの中へ飛びこんだ。横滑りしてトラックが停車。わめき声が止まない。その間にこっちは荒れた呼吸を整えて、首にからんだケープを外す。トラックが去っていく。アーヴス道の南方面は、今夜はかなり空(す)いていて、ジョギングで渡りきれた。土手を下り、林に続く上り道を上がる。やったぜ、ロケットマン、広いアウトバーンもひとっ飛び[*31]！

ところで、ボーディーン、あんたが描いてくれた地図は完璧だったけど、ひとつだけ、細かい点で言い忘れたことがあったと思うんだが、それはなぜかな。…行ってみたらノイバーベルスベルクの民家約百五十軒が徴用されていたのだよ。この地区一帯、ポツダム会談に集う連合国代表を収容する特別地区として立入禁止になっていた。船乗りボーディーンがドープを隠したのは、まさにそこのド真ん中。有刺鉄線と、サーチライトと、サイレンと、こいつらも笑うことがあるとは到底思えない恐い顔の保安隊。いやはや、この通行証がなかったらどんなことになっていたか。ゾイレ・ブマーに敬礼だ。そこには、海軍本部、国務省、幕僚長などの印が型板印刷(ステンシル)されている。…中に入ると、ここ一帯はハリウッドのプレミア・パーティのように明るく照らされ、スーツ、ガウン、タキシードに身を包んだ非軍人が、フロントガラスの脇に万国の旗を付けたBMWのリムジンから降りてきたり、乗りこんだり。道の敷石の上にも溝の中にも謄写印刷のビラがいっぱい落ちている。検問の詰所の中は持ち込み禁止のカメラが山積みだ。

ここにはショービズ世界のずいぶん変わった連中も顔を見せるのだろう。ヘルメット、ケープ、仮面という姿を見ても、別段驚くでもない。電話確認も曖昧なまま、ためらいがちの半端な質問もいくつかされたが、結局彼らは肩をすくめてマックス・シュレプツィヒ

31 スーパーマンのラジオ放送で毎度登場する「高いビルもひとっ飛び」をもじっている。

を中へ通した。大型遊覧バスで、アメリカの新聞記者の一団がやってきた。解放されたモーゼルのワインボトルを手に持って、途中までスロースロップを乗っけてくれる。乗りこんできたセレブの正体をめぐる議論が巻きおこった。あれはドン・アメチー[*32]だろうという者もいれば、いやオリヴァー・ハーディ[*33]さという者もいる。セレブだ？　なんだいそりゃ。「いや、この身なりだとわからんだろうが、わたしはエロール・フリン[*34]ですよ」との宣言を、信じた者は必ずしも多くはないが、スロースロップはかまわずに何枚かのサインに応じた。別れ際に記者達は、一九四六年の「ミス・ラインゴールド」[*35]が誰になるかで盛り上がっていた。ドロシー・ハートを推す声が一番威勢がよかったけれども、最大多数派はジル・ダーンリーを支持しているようだ。スロースロップにはチンプンカンの話である。彼もやがて、六人の美女を並べたビール広告に出くわすだろう。そして、ブロンド髪でオランダ姓の――ぼんやり誰かを想起させる――ヘレン・リッカートという娘を応援することになるだろう。それはまだ何ヶ月も先のことだが……

　皇帝通り二番地に建っていた家は、プロシア時代の田舎屋敷を誇張した様式で、反吐に似た黄褐色に塗られていた。地区一帯のどこよりもここの警備は厳重である。どうしてだろう、と思ってスロースロップが見ると、標識にこの場の別称が型板印刷されていた。

「なんだよ、これ。冗談もいいかげんにしろよ」。スロースロップに震えがきた。通りに突っ立ったまま船乗り（シーマン）ボーディーンに対し、ドロボー、悪党、死神の犬めといって罵りまくる。その標識にTHE WHITE HOUSEと書いてあったのだ。ボーディーンの地図にみちびかれて着いたところは、今朝のフリードリヒ通りの看板から静かに見つめていた小粋な身なりの眼鏡男、トルーマンの住処であったのだ。スロースロップが一度もお目にかかれぬ

32　戦後はテレビ・ショーのホストで活躍。三十代の当時も、すでに何十本という映画に出演。

33　ローレルとハーディの太っちょのほう。アメチーは痩せていて、ふつうなら混同はありえない。

34　当時三十代。ロビン・フッドやカスター将軍役で名を馳せていた。

35　アメリカの醸造会社による「ラインゴールド・ビール」の宣伝企画。コンテストの優勝者には多額の商品と、ポスターや看板のモデルになる栄誉が与えられた。

まま逝ってしまったローズヴェルトの、その顔に代わって静かにあらわれた別の大統領の住居へ、ボーディーンの野郎は自分を遣わせたのである。

ライフルを肩に掛けた衛兵は直立姿勢。スロースロップも同じくらい身が固まった。アーク灯の光の下に、ケープを纏ったブロンズ像がつっ立っているかのよう。ヴィラの裏手に波の寄せる音が聞こえる。室内で鳴りだした音楽がその音を掻き消す。エンターテインメントのはじまりだ。そうだよ、マジシャンのご登場。それでこんなに易々と入れるってわけだ。遅れてきたゲスト・マジシャンを歓迎しているのか。この華々しさ、そして名声――今なら、駆けこんで誰かの足下に身を投げ出し、赦しを請うこともできるかも。そして、どこかのラジオ局と終身契約を結んで……いや、それだったら映画スタジオがいいですね。だってそれが慈悲ってもんでしょ。さりげなく後ろを向いて、ふらり光の輪の外へ。下の湖面に出る道を探しにいく。

グリープニッツ湖岸は暗く、星が輝き、鉄条網とうろつく衛兵だらけだ。真っ黒な湖面の上で、ポツダムの街の灯りがまたたきながら、集まったり散らばったりしている。その鉄条網の向こうへ出るのに、ケツまで水に浸かること数度、それからじっと身を潜め、歩哨がタバコをたかりに受持ち区域のはずれに集まったスキを狙って一気に飛び出る。ヴィラをめざし、びしょぬれのケープをなびかせ一目散。ボーディーンの巨大ハッシシは、家の片側、ビャクシンの茂みの下に埋められている。たどり着いたスロースロップはしゃがみ込んで、手で泥をすくい始める。

中は宴たけなわだ。[*37]「リンゴの樹の下にすわらないで」[*36]を歌っているのは、アンドリューズ・シスターズではないにせよ、ごきげんなプロのコーラス。大規模なリード・セクシ

36 「ぼく以外の誰とも……ぼくが戦場から帰るまで」と歌詞が続く一九四二年のヒット曲。

ヨンを持つダンス・バンドが伴奏をしている。笑い声、グラスのぶつかる音、多国語のおしゃべり。世紀の会談であってみれば、平日の夜のこの盛り上がりも不思議ではない。ハッシシは腐りかけたズタ袋に銀紙で包まれていた。たまらぬ芳香にスロースロップはうっとりだ。ああ、なんでパイプを忘れてきたんだ。

いや、忘れてきて正解だったかも。スロースロップの上のほう、目線の位置にテラスがあり、垣根仕立てになった桃の木々がミルク色の花を咲かせている。ズタ袋を手に、腰を下ろした姿勢でいると、建物のガラスの引き戸が開いて、テラスに空気を吸いに出てきた者がいる。スロースロップは身を固め、見えないぞ、おれは見えない…と念じている。足音が近づき、手摺りに寄りかかった——誰かと思えば、妙なこともあるもんだ、ミッキー・ルーニー[*38]である。スロースロップには一目でわかった。ハーディ判事の無鉄砲な、そばかす顔の息子役をやったミッキーが、三次元の、タキシード姿で、こっちを見て、あれ、ボク、アタマがオカシクなったのかなってな顔をしている。ミッキー・ルーニーが見つめているのはハッシシ入りの袋を下げたロケットマン、ヘルメットを被りびしょ濡れのケープを羽織った幽霊だ。鼻先にはミッキー・ルーニーの黒光りした靴、その上から透かし見るテラスの奥の灯りの下に——ちょっとチャーチルに似た誰かが見える。貴婦人たちのイヴニング・ガウンは胸元の線があまりにローで、この位置からでも、ミンスキー[*39]の店よりたくさん乳房が見えるみたいだ…それから、ことによると、ひょっとして、トルーマン大統領の姿も垣間見えたかもしれない。しかしミッキーの姿を見たのは間違いない——もっともミッキーのほうは、どこへ行っても、スロースロップを見た事実は押し殺すだろう。えも言えぬこの一瞬。何か言葉をかけるのが自然だろうとは思うのだが、発話中枢がまっ

37 スイングとブギの時代に人気を博した、リズム感抜群の白人コーラス・トリオ。軍の慰問にも積極的で、カーキ色の制服姿の映像で記憶される。

38 子役時代から活躍したミッキーも、終戦時には二十四歳。前年に入隊してから軍のためのエンターテイナーとして活躍し、勲章も得ている。ハーディ判事が正義の活躍を見せるシリーズは、この年までに十四本の映画が封切られた。

39 ミンスキー四兄弟は、アメリカのバーレスクの歴史を作った立役者。ストリップティーズの開拓者でもあり、一九一〇年代から繰り返し手入れを受けていた。

たく機能してくれない。「おやまあ、ミッキー・ルーニーじゃないの」ってのも、どうも変だし。というわけで、ふたりともピクリともせず勝利の夜の喧騒の中につっ立っている——黄色い電光の部屋で、大いなる策動が人知れず続いているかたわらに・・・

スロースロップが先に動いた。指一本を口に当て、すたこらさっさ、走りさる。別荘を回って岸辺まで、坂を駆け下りる。ミッキーは柵に肘をついた姿勢で見つめているだけ。

鉄条網のところへ出ると歩哨に見られないよう岸辺へ近づいていく。ズタ袋の紐をもってぶらぶらさせながらボンヤリと考えている——どこかでまたボートを見つけてハーフェル川まで漕いでゆけばいい、そうだ、そうしよう。そのとき別のヴィラから話し声が微かに聞こえた。おっと、ソ連の領内に迷いこんでしまったか。

「うむ」スロースロップの考えは決まった。「それならそれで——」

脳裏にふたたび、口にソーセージを詰めこまれたイメージが浮かぶ。人影がほんの一フィートの距離に——こいつら、水中から現れたのだろう。くるり振り返ると、髭をきれいに剃った大きな顔があった。髪はライオンのようなストレートなオールバック。ゆらめき光る鋼鉄の義歯、カルメン・ミランダ[*40]のような黒く柔和な眼——

「その通り」押し殺したその声は訛りのないイギリス英語だ、「きみはずっと尾けられていた」。別の男達がスロースロップの腕をつかむ。左腕上方になにやらチクリと鋭いもの。痛みはほとんど感じられないが、なじみの感覚だ。声を出す間もなく〈車(ホイール)〉に乗せられ連行される。巻き起こる感覚麻痺の風のなか、どんどん小さくなっていく自己の白点に恐怖のあまりすがりながら、〈死〉の獄の上にきまり悪そうに浮かびながら・・・

40 大きなトロピカル・フルーツを被って、踊って歌うスタイルが脚光を浴びた、ブラジル出身の歌手。

□□□□□□□

夜は柔らかい。空いっぱいに黄金の星々がにじむ。レオポルド・ルゴーネス[*1]が好んで書いた故郷のパンパの夜のようだ。海上に浮かんだUボートが静かに揺れている。静寂のなか、甲板の下で、船底の汚水を汲み出すエンジン音が鳴っている。船尾ではギターを抱えたエル・ニャートが、ブエノスアイレスの哀歌(トリステ)や踊曲(ミロンガ)をつまびいている。聞こえる音はそれだけだ。ベラウステギは下で発動機の調子をみている。ルスとフェリペは眠っている。

二〇ミリ砲台のそばにすわって物思いに耽るのは、グラシエラ・イマゴ・ポルタレス。彼女にも、B A(ブエノスアイレス)で街の阿呆と呼ばれたことがある。誰からも危険とは思われずに、あらゆる党派の男たちと関係していた。シプリアーノ・レジェス[*2]が一度彼女にちょっかいを出したことがある。アクシオン・アルヘンティーナ[*3]が非合法化されるまでは、彼らのもとで働いていた。特に、文学者には気に入られ、ボルヘスも彼女に詩を捧げたと伝えられている("El laberinto de tu incertidumbre/ Me trama con la disquietante luna" 君の不安の迷宮が、静寂の月とともに私を引きとめる…[*4])。

このUボートをハイジャックした乗組員は、各自それぞれにマニアックなアルゼンチン

1 504ページ註**28**参照。初期には無政府主義者として、アルゼンチン独立戦争をガウチョの俗語で綴った物語集『ガウチョ戦争』(一九〇五)を著している。

2 アルゼンチンのカリズマ的政治家で、一九四五年当時はペロンと共に労働党を率いた。

3 504ページ註**32**参照。

4 このいかにもボルヘス的な詩行は、ピンチョンの創作と見える。

人だ。エル・ニャート[*5]は、十九世紀のガウチョのスラングに凝っていて、煙草のことは「ピート」、尻は「プーチョ」、飲む酒は「カーニャ」ではなくて「ラ・タクアーラ」、酔っ払ったときには「ママオ」と言う。[*6] フェリペが彼の通訳をしなければならないときもあるくらいだ。そのフェリペは詩作に耽る、つきあいにくいタイプの若者で、あまり愉快でないことに熱狂する。ガウチョに対しても浪漫的な夢想に傾倒して、いつもエル・ニャートにくっついている。機関士役のベラウステギは出身のエントレ・リオス州[*7]の伝統に根ざした実証主義者だ。科学の福音を説く者にしては、ナイフ捌きも巧みであって、だからエル・ニャートとしても、この両河地方の無神論者のボルシェヴィキには手を出していない。グループ結束によからぬ緊張を生んでいる要因は他にもあって、たとえばエスクアリドーシの女であるはずのルスは、目下フェリペとくっついている。エスクアリドーシがチューリッヒへ旅立った後の、ある香しい夜のこと、マトジーニョス沖[*8]に停泊中に、フェリペがルゴーネスの「真実の孔雀（パボス・レアレス）[*9]」を熱烈に暗誦（リサイト）したのにすっかり惚れ込んでしまったのだ。このクルーにとって、過去への郷愁は船酔いのようなもの、郷愁に殉じたいという期待だけが、彼らを生につなぎとめている。

しかしエスクアリドーシが次に姿を見せたのは、ブレーマーハーフェン[*10]だった。イギリス軍の諜報機関に、理由も分からず後をつけられ、敗戦後のドイツの残骸のなかを逃げ回っていたという。

「どうしてジュネーヴへ行って、われわれと連絡をとろうとしなかったんだ?」

「追っ手をイバルグエンゴイティアのところへ導いてはまずいと思ったんで、別な男を送ったんだが」

5 「しし鼻」あるいは「できそこない」の意味。

6 これらのマッチョなスラングは『マルティン・フィエロ』のウォルター・オーウェン訳についている語彙集で解説されている。

7 「河の間」という意味の州で、平坦なパンパが拡がる。ブエノスアイレスからの独立運動の歴史を持つ。

8 ポルトガルの港町。

9 六篇の詩から成る、『黄金の時 *La horas doradas*』（一九二二）の中の一作品。

10 ドイツ、ブレーメン州の港町。

「誰を送った」ベラウステギが訊いた。

「名前は聞き出さなかった」エスクアリドーシがもじゃもじゃの髪をかきむしる。「まずったかな」

「以後、接触は?」

「まったくない」

「ということは、われわれはすでに監視されているな」ベラウステギはむっつり顔で、「だれか知らんが、手配中のヤツと関わったんだ。ほんとに人を見る目があるよ、おまえは」

「どうすりゃよかったんだ? まずそいつを精神科医に連れていけばよかったのか? 選択肢を検討しろって? 数週間観察してから判断しろというのか?」

「エスクアリドーシのいう通りだぞ」エル・ニャートが大きな拳をふり上げた。「考えたり分析したりは女どもに任せておけばいい。男なら突進あるのみ、臆せずに〈生〉に立ち向かうことだ」

「気分悪くなること言わないで」と、グラシエラ・イマゴ・ポルタレス、「そんなのは男とはいわない。汗まみれの馬よ」

「これはこれは、ありがとうございます」エル・ニャートが、ガウチョの威厳をもって頭を下げた。

だれも大声は出さない。あの夜の鋼鉄の艦内の会話は、しずかな湿り気を帯びた歯擦音のsや口蓋音のyにあふれていた。アルゼンチンのスペイン語の持つ、引きこもりがちの辛辣さ——これは長年にわたる挫折と自己検閲、政治的真実の回避に由来する。舌まわり移動ビジネス会議のようなものを続けているようだ。〈ゾーン〉内の道を、コンボイをなして移動し、トラックやバスの乗り換えがあまりに頻繁で、睡眠もよくとれない。真夜中の時間、野原の真ん中、時とところを選ばず車を降り、乗り物を替え、新たな道を進むのだ。目的地も日程も定まらないこの旅をアレンジしていたのが、車のメカのことなら何でもこいのベテラン、エドワルト・ザンクトヴォルケで、この男は、とにかく車かキャタピラのついたものなら、そのエンジンを、キーなしでスタートさせることができた。目当ての車の回転アームが外れていたときの対策にと、あらゆる車種（メイク）、モデル、製造年のアームを、特注の黒檀材のビロード張りのケースに入れていつも携行しているという男である。

　エスクアリドーシとフォン・ゲールはすぐに打ちとけた。闇商人に転身したこの映画監督は、その莫大な利益を今後の自作映画のすべてにつぎ込む腹づもりである。「そうしないと、自分でファイナル・カットを決めるということはできないのだよ、だろう（ベルダ）？　エスクアリドーシさんよ、あんたが潔癖すぎて断るというなら別だが、そうでなければ、その無政府主義のプロジェクトに、わたしらから援助させてもらえないかね？」

「見返りにわれわれから何が欲しいのか、言ってくれ」

「もちろん、映画さ。何をやりたい？　『マルティン・フィエロ』はどうだ？」

　商売相手は喜ばせるのが一番。マルティン・フィエロは、単にアルゼンチンの叙事詩にうたわれた偉大なガウチョというだけではない。Uボート内のアナキストからは聖人とみなされている。エルナンデスの書いたこの詩は、以前からアルゼンチンの政治思想の舞台に登場してきた――みんな独自の解釈を付与して、この詩を引用するのだ。十九世紀イタリアの政治家が『いいなづけ』[*17]を引用したのとよく似ている。そもそもの問題は、アルゼンチンという国の根幹にかかわる二極性にある。その二極とは、ブエノスアイレス対地方ともいえるが、フェリペによれば、中央政府対ガウチョ・アナーキズムという構図になる。彼はこの二項対立の理論的指導者の立場にある。つば丸のハットに玉飾りをぶら下げ、ハッチをぶらつきながらフェリペはグラシエラを待っていた――「ブエノス・ノーチェス、ぼくの鳩よ。ガウチョ・バクーニンへのキスはどうしたい?」

「えっ、あなた、ガウチョ・マルクス[*18]ではなかったの?」グラシエラにねっとりと嫌味を言われてフェリペはすごすごと、フォン・ゲールのための脚本制作に戻っていった。エル・ニャートから借りた『マルティン・フィエロ』は、長期の使用でページもバラバラになり、馬たちの臭いがした。酔って「酩酊（ママオ）」状態のエル・ニャートは、涙ながらに、馬の名前を、一頭一頭、語り聞かせることができる。

日没時の、影の伸びる大草原。巨大な平地。カメラは低いアングルのままだ。人々が登場する。三々五々、あるいはひとりでゆっくりと、平原を越え、小さな川のほとりに建設したセツルメントにたどり着く。黒みを増す夕べの景色を背景に、馬、牛、焚火。遠く、地平線上に、馬にまたがった男の影が一つ。それがこちらへ向かってくる。ぐんと近づいたところでクレジットの文字。カメラは背中に架けたギターを捉えた。この男、マルティン・フィエロはパヤドール、すなわちガウチョの放浪歌人だ。ついに馬を降り、焚火に当たる人々に混ざって腰を降ろす。食べ物とカニャ酒が回る。おもむろにギターを手にとった彼は、低音の三弦をつまびきながら歌う[*19]。

17 *I Promessi Sposi* は、一八二七出版のアレッサンドロ・マンゾーニの小説。信仰の篤い農民の男女が圧政も貧困も病も偏見も克服して結ばれる物語。

18 カール・マルクスに喜劇役者グラウチョ・マルクス――日本では不正確に「グルーチョ」と呼ばれる――を引っかけた。

19 以下は『マルティン・フィエロ』の冒頭の詩行。

Aquí me pongo a cantar
al compás de la vigüela,
que el hombre que lo desvela
una pena estrordinaria,
como la ave solitaria
con el cantar se consuela.

いざ、うたわん
ビグエラ[*20]の拍に乗せ
あまりに重い悲嘆ゆえに
夜も眠れぬのであれば
孤独な野の鳥のように
歌って心を癒すのだ

ガウチョの歌とともに物語が始まる——大放牧場(エスタンシャ)での少年時代を示すモンタージュ映像。それから軍隊が来て彼を徴兵し、インディオを殺すためにフロンティアへ連れていく。パンパの開発を、住民を皆殺しにすることをもって成し遂げようとするロカ将軍の時代[*21]である。村を労働キャンプに変え、より多くの土地をブエノスアイレスの支配の下に置く。マルティン・フィエロはやがて我慢の限界にくる。自分が信じるところに照らして、すべてが間違っているから。彼は逃走する。捜索隊が送られる。が、その指揮をとる軍曹がマルティンに説得され味方になった。彼らはフロンティアの彼方へ行って、荒野の中でインディオと暮らす。

それが第一部だ。七年後にエルナンデスが書いた続編『マルティン・フィエロの帰還』では、マルティンが身売りをする。キリスト教社会へ同化し、おのれの自由を犠牲にして、憲政産業社会(ゲゼルシャフト)への道程を押し進めていたブエノスアイレスに加担する。きわめて教訓色の強い結末へ、第一部のエンディングと正反対だ。

「どうするね」フォン・ゲールは知りたがる。「二部立てでいくか、それとも第一部だけ

20　ギターのようなラテン音楽の楽器。

21　一八七〇年代末に、フリオ・アルヘンティーノ・ロカ将軍の下で進められた「荒野の討伐作戦」は、有色人種圧殺の徹底ぶりにおいて、四半世紀後のフォン・トロータ将軍のヘレロ族の虐殺とも比べられる。土地に住むガウチョは自軍に編入し、抵抗する者はその首に懸賞金をつけたおたずね者にされた。これによりパンパにおける白人種による「エスタンシャ

にするか？」

「それはだ――」エスクアリドーシが一席始めようとする。

「いや、あんたがどうしたいかは分かってるんだ。うちとしては、二本の映画を作る方が燃費の点では助かる。一本目が興行的に当たれば、だがね。しかし当たるだろうか？」

「もちろんだとも」

「あんなに反社会的な話が、か？」

「我々の信念のすべてなんだぞ」エスクアリドーシが抵抗する。

「だがな、どれほどの自由を得たガウチョにしても、最後は仲間を裏切ることになるわけだ――物事とはそういうもんだよ」

　ゲルハルト・フォン・ゲールがそういう人間だということは間違いない。グラシエラはこの男を知っている。不吉な関係（リエゾン）の線が伸びているのを。プンタ・デル・エステ[22]からブエノスアイレスのIGファルベン支社であるアニリナス・アレマナス[23]を経て、ベルリンの（これまたIGの販路のひとつである）シュポットビリッヒフィルムAG[24]と、血縁と冬越えのつながりができている。そこはフォン・ゲールがいつも割引価格でフィルムを購入していた会社である。とりわけ〈エムルジオンJ〉と呼ばれる感光乳剤には世話になった。ラスロ・ヤンフが発明した、この奇妙にゆっくりと反応する乳剤は、ある理由によって、太陽光で撮ったフィルムでも、人の皮膚を½ミリの深さまで透明にしてしまう。表面よりほんの少し「深み」にある表情を露呈するのだ。フォン・ゲールによる不朽の『夢魔』[25]ではこの乳剤が随所に使用されている。『マルティン・フィエロ』でも使用されるかもしれない。この叙事詩で、フォン・ゲールを魅了したところが一ヶ所あって、それは白人のガ

体制」が確立。

22　ウルグアイ南端、ブエノスアイレスへ向かう湾の入口にある岬の町。

23　この会社は実在した。

24　こちらは架空。

25　原題 Alpdrücken はドイツ語で「悪夢」をあらわすが、語源的には「夢魔（Alp）がのし掛かった」という意味。この Alp はギリシャ語の alphos（くすんだ、骨のような白）に由来する。

ウチョとエル・モレーノという黒人が歌合戦するところだ。[*26] そこはフレーミングによって面白い効果が出せそうだ。エムルジオンJを使えば、競って歌い合う両者のそれぞれの肌の色の下を「掘る(ディグ)」ことができる。Jを使った部分と普通の感光剤を使った部分とをディゾルブ[*27]でつなげばいいのだ。フォーカスをシャープにしたりぼかしたり、あるいはワイプ[*28]をかけるのと同じやり方で、そういうことが可能になる――この監督はワイプを愛してやまない。画面と画面がワイプによって移行するそのやり方はじつに多彩だ。〈黒の軍団(シュヴァルツコマンド)〉が〈ゾーン〉に実在するのだと――彼自身とも、昨冬イギリスで彼自身が撮影した〈黒い翼作戦〉のニセの映画とも何の関わりもなしに、現実の、映画外的(パラシネマティック)な生を得たのだと――知って以来シュプリンガーは、膨らみそうな誇大妄想を抑えつつそのエクスタシーに浸る毎日である。どのようにしてかは謎であれ、彼には、自分の映画が彼らを生み出したのだという確信があるのだ。「それがわたしの使命だと思うのだよ」と、エスクアリドーシに向かって、ドイツ人の映画監督だけが醸し出せる深大な謙虚さをにじませ――「ゾーンの中に現実の種をまくことがね。いや、歴史が、歴史上の今という時が、私にそれを要求するのであって、わたしはただ、時の下僕にすぎないのだが、どうした具合か、わたしの映像が肉体を与えられることになった。シュヴァルツコマンドに対してできたことを、パンパと空を求める君たちの夢に対してもしてあげられると思うのだよ。…垣根や迷宮の壁を取りこわして、誰もがほとんど忘れてしまった〈園(ガーデン)〉へ連れ戻してあげることがね…」

フォン・ゲールの狂気じみた思いが明らかにエスクアリドーシに感染し、その彼がやがてUボートに戻って他の連中にうつした。みな、その狂信を心待ちにしていたようだった。

26 『マルティン・フィエロの帰還』の第29と30の歌に出てくるシーン。

27 二つのフィルムをつなぐときに、両者の映像が重なり合って漸次移行するようにする処理。

28 スクリーンの端から端へ、直前の場面が拭きとられるようにして場面が現れるつなぎ方。

29 現在のアフリカ、南米、インド、オーストラリア、南極、アラビア半島などを含んでいたと(実証的に)考えられている数億年前の超大陸。

30 ラプラタ河口にあるウルグアイの首都。

調作用だった。「主観的な経験としては…」シェツリン[*38]がその古典的研究の中で書いている、「えー…こう言ったらどうかな——銀でできたスポンジを、脳ミソの中に、グググッと割りこませた感じ！」というわけで、穏やかな今宵の海のレーダー表示に、二つの航跡が空間的には交差するものの、時間において（ノット・イン・タイム）は重ならない。手遅れも甚だしい（ノット・ニアリー・イン・タイム）、へへッ。ベラウステギが魚雷を発射した的は、実は風と潮のまにまに漂うダークに錆びた遺棄物体だった。だが、その夜の恐怖をもたらす骸骨の役は充分果たした。がらんどうのメタル、その黒影の虚しさは、ベラウステギよりさらに強靭な実証主義者をも震え上がらせただろう。そして、バッダース号のレーダー・スクリーンの小さな光点として現れた像は、人間の死体だったと判明した。肌の色は黒く、おそらく、北アフリカ人の水死体と思われる。それを、駆逐艦船尾の3インチ砲台から水兵たちが半時間、粉々になるまで撃ちつづけたのだ——そいつから疫病が感染するのを恐れて。

さてと、きみが渡ったこの海は、厳密にいって、どんな海なのだ。きみが一度ならず底まで潜っていったこの海は？——神経を張り詰め、アドレナリンをあふれさせながら潜ったつもりが、結局は恐怖に歪んだ認識のなかで激しいパラノイアに苛まれて、ふにゃけ者になってしまった。まるで鉄の釜の中でグツグツと、きみ自身の言葉のスープと一緒に、潜水艦内の汚れた息と一緒に煮込まれて、ビタミンを抜かれた粥みたいにされてしまった。親ユダヤ派を行動に駆り立てるのにドレフュスの冤罪事件が必要だった[*39]とすれば、きみをスープ鍋から出させるのにはどんな事件が必要なんだ？　そいつはもう起きたのか？　今夜の魚雷攻撃と、それからの救いとがそれなのか？　きみはあの〈ハイデ〉に行って、そこで開拓を始め、〈監督〉が現れるのを待つのか？

38　ピンチョンがコーネル大学で一緒に文学を学んだ小説家デヴィッド・シェツリンのこと。ピンチョンは執筆時にも、彼と妻（後出のM・F・ビール）の家に居候することがあったようだ。

39　フランスの軍人アルフレッド・ドレフュスは国家反逆罪で有罪となったが、その判決がユダヤ人への偏見にもとづくとの抗議運動が巻き起こり、一九〇六年逆転無罪となった。

□□□□□□□

運河沿いの、背の高い柳の木陰にジープが停まっている。チチェーリンの隣にいる運転手はまだ十代、ニキビ面した、ヤク狂いのカザフの少年ジャバジェフである。アメリカのクルーナー、フランク・シナトラを真似て髪を梳(と)かし、ワルを気取った表情で、いまハッシシ片に眉をひそめて、チチェーリンに文句をつける。「もっとたくさん、取ってくればよかったンすよ[*1]」

「あの男にとって、所有している価値のある自由はこのくらいのもんだ。その分だけ取ってきたんだ」とチチェーリンが説明する。「ほら、パイプはどこにやった?」

「そいつの自由の価値がそれっぽっちだって、当人でもないのに、どうしてわかるンすか?　大尉はちょっと、〈ゾーン〉に酔ってません?」このジャバジェフは運転手というよりむしろお付きの相棒(サイドキック)のような存在で、チチェーリンの考えの足りなさを突くことも、ある一線までは許されている。

「おい、百姓、この筆記録を読んでみろ。哀れで孤独な心が伝わってくるぞ。問題だらけだ。自由になったと錯覚して〈ゾーン〉を駆け回らしておけば、役には立つだろうが、本

1　このエピソードも、724ページより続いている。

人のことを考えたら、どっかに閉じ込めてやったほうがいい。自分にとって何が自由なのかもわかってないんだ。その自由にどれだけの価値があるかなど、考えたこともあるまい。だから俺が自由に決めていいんだ。そんなくだらんことに関わりたいとも思わんが」

「偉いんだ、ヴァスラフの旦那は」若いジャバジェフが鼻で笑う。「マッチはどこです?」

　だがチチェーリンにしてみたら残念なのだ。スロースロップのことは気に入っている。普通の時代なら、きっとすぐに親しくなれるだろう。おかしなコスチュームを着ているやつというのは生きる術に長けている、ある種の人格的欠陥はあるとしても、チチェーリンの敬愛を得られるタイプだ。レニングラードでの少年時代、母親が学芸会で被るコスチュームを手縫いで作ってくれたことがあった。狼の役だった。聖像画のそばの鏡の前で頭にそれを被った瞬間、少年チチェーリンは自分の正体が狼なのだと知った。

　アミタール・ナトリウムを通して得たスロースロップの心の記録が、いまもチチェーリンの脳の内膜を突いている。まるで彼自身がそのセッションから醒めきっていないかのようだ。深い深い——政治より性より幼児の恐怖より深い…心の中心の暗闇への潜行。…その記録はクロだらけだった。繰り返しクロが立ち現れる。エンツィアンの名前も、〈黒の軍団（シュヴァルツコマンド）〉についてもスロースロップは語っていないが、あの男は〈黒の装置（シュヴァルツゲレート）〉のことは口にしたし、そればかりか「シュヴァルツ」（黒）という言葉を、適当に、さまざまなドイツ語の切れ端とくっつけるのだ。クロオンナ、クロロケット、クロユメ。…無意識に、それらの新語が出来てくるのか。誰にも探り得ない意識の奥に一本になった根があって、そこからスロースロップの〈クロコトバ〉が、一語一語、花開くように出てくるのか?　それとも、シュヴァルツという言葉を通して、ドイツ的な、名付けへのマニアックなこだわりを身につけたというのか。天の下の被造界の一つひとつを細分し、分析し、名付ける者と名付けられた物との距離をますます絶望的に大きくし、そこに組み合わせの数理さえ持ち込んで、既成の名詞どうしを連結し、新語をつくる。まるで、言葉の分子をいじりまわす化学者のように・・・

いったいどういう男なんだろう。ゲリー・トリッピングから〈ゾーン〉にこんな男が来ているという報せを受けたときは、マークすべき一ダースほどの人物の中に含めはしたが、特に強い関心を抱いたわけではない。ただ一点、単独行動をしているらしいという点が奇妙で、監視を進めるにつれてそれはますます奇妙に思えてきた。今までにスロースロップはA4型ロケットに関し、一片の情報を記録したこともタグづけしたこともない。機体の破片であれ文書であれ、発見も回収もしていない。SPOGにもCIOSにも、BAFOにもTIにも、[*2]どこの情報機関にも報告していないし、どこかアメリカの機関と、いや実のところ連合国側のどの組織とも、つながっているようすは見られない。それでも、フーク・ファン・ホラントからニーダーザクセン一帯にかけてA4砲兵中隊が落としていった獲物の周囲にたかるハイエナの群れの中にあって、探求の熱心さにかけては誰にも見劣りはしない。この男もまた奇跡の跡地を訪ねては、すべての破片を聖遺物として、文書の切れ端を聖書の詩行とする篤信者のひとりである。

だが、普通のハードウェアに興味を示さないのはどういうことだ。スロースロップは何があってもめげず、この世に二つとないものを射止めようとしている。それは〈クロロケット〉か？　例の00000号？　エンツィアンもそれを探しているし、謎の〈シュヴァルツゲレート〉をも探している。スロースロップが〈クロ現象〉に駆り立てられるのだと

2　英米共同の諜報組織CIOSと、ロケットに込められたドイツの技術の「回収」を目的としたSPOGについては、522ページ註**10**に記した。BAFOは占領地で活動する英国空軍、TIは「テクニカル・インテリジェンス」すなわち陸軍の技術情報局のこと。

すれば、意識下の内的必要に反応して、エンツィアンのところに繰りかえし、周期的に、戻ってくる可能性は充分あり得る。その使命が完了し、ハードウェアが見つかって隊が解散するまでは、それが繰り返されるだろう。これはチチェーリンの強い第六感なのであって、メモに書き残したりすることではない。チチェーリン自身、スロースロップと同じく単独行動を任としている。報告すべきときには、人民委員会のコミッサールの下にマレンコフ[*3]が特別に任命した委員のもとに報告する（TsAGI所属というのはいわば見せかけだ）。だが、個人的に気を惹かれる相手はスロースロップなのである。大丈夫、アイツはしっかり追跡されている。追っ手を逃れることはあっても、早晩見つかるだろう。個人的にエンツィアンを狙っているようであるとありがたいのだが、しかしチチェーリンも馬鹿ではない。すべてのアメリカ人がマーヴィ少佐のように、クロさへの単純な反射反応を抱えた、操作しやすい相手だとは思っていない。

うまくいかないもんだ。スロースロップと一緒にハッシシをやりながら、廃墟の町に生きるゲリーや他の女たちについて思ったことを談義できたらよかったのに。母から教わったアメリカの歌や、キエフの子守唄や、星の輝きと恋人たちと白い花とナイチンゲールの歌を歌えたら・・・

「今度あのイギリス人に出会ったらね」ジャバジェフがハンドルに置いた自分の手を不思議そうに見つめながら——「アメリカ人かもしれないけど、こんなすごいハッシシ、どこで手に入れたンか、聞き出してくださいよね」

「それをメモしておけ」チチェーリンが命じる。ふたりは柳の木の下で、狂ったように笑い出す。

3　ゲオルギー・マレンコフは、ソ連の核ミサイルの責任者。スターリン死後（一九五三）短期間ながらソ連邦の最高権力者となる。

□□□□□□

スロースロップの意識が醒めていく、さまざまなエピソードがゆらゆらと夢の中から出たり、また入ったりする中を——慎重に言葉を選んだロシア語のやりとり、脈をとる手、部屋を出て行く大きな緑色の背中。・・・ここは白い部屋の中、完全な立方体をしているのだが、しばらくの間、彼には、立方体も、壁も、自分が水平に寝ていることも、とにかく空間的な事柄に関して何ひとつ把握できない。ただひとつ確かなのは、またあのアミタール・ナトリウム剤を打たれたこと。この感覚、すっかりなじみになってしまった。

　ロケットマンの衣装のまま、寝台に横たわっている。ヘルメットは床に置いて、その隣にはハッシシの入ったズタ袋が——おっと、マズイよ。しかし自分は動けるのか。疑いだすと怖くなるが、超人的な勇気をもって寝台からバサリと落ちると、ハッシシはあるかチェックする。銀紙に包んだうち、一個のサイズが小さくなっている。紐を解くのもコワゴワと、異様に長い時間をかけて先端を開けてみると、不安は的中、泥色をした大きな厚切りの塊の一部が、切りたての緑色を見せている。外の鉄階段を下りる足音が響く。その下で重い引き戸が動く音。やられたぜ。ヨレヨレの体で白い立方体に寝転がる。足を組み、両手を頭のうしろにまわしたまま、どこへも行く気になれない。……そのまままどろむ。鳥の夢を見る。密集して飛ぶユキホオジロの群れ。降りしきる雪の中を、木枯らしに舞う落葉のように吹き飛んでいる。故郷のバークシャー。スロースロップはまだ小さくて、父親の手を握っている。無数の鳥がスイングし、風と雪にもまれながら、上に向かい、横に向かい、餌を求めて舞い降りる。「かわいそうだね」とスロースロップがいうと、その毛糸のミトンをした手を、父がギュッと握るのが感じられる。ブロデリックはほほえんで、「大丈夫だ、心臓がとっても速く動いて暖かい血を回しているし、羽毛もあるから。心配はいらないよ、心配は……」ふたたび目覚める。白い部屋が静まり返っている。尻を上げ、二、三度弱々しく自転車を漕ぐエクササイズ。それからパタンと腹ばいになる。この贅肉は、意識を失っていた間に新しくついたに違いない。浮遊する細胞が百万個、不可視の王国を作ったのだ。そいつらはみなスロースロップのことを知っていて、意識を失ったスキを狙って、活動を開始する。不気味なミッキー・マウスの小声でキンキンしゃべりながら。ヘイ、みんな、集まれ、みんなでスロースロップのヤツにたかってやろう。あのトロいの、何もしないでドテっと横になってるぞ。さあ、ほれ、とっつくぞ！「この野郎」スロースロップがうめく。「これでも食らえ」

腕と脚は大丈夫、ちゃんと動くようだ。ウォーと吠えて起きあがり、ヘルメットをかぶり、袋をつかみ、部屋を出ようとドアを開けたら、ドアも壁もグラグラ揺れた。おお、そうか。キャンバスの枠張りなんだ。映画のセットね。今いるところは老朽化した古いスタジオだったのか。頭上に小さく開いた穴から黄色い日射しが差し込んでくる。それ以外部屋は暗い。錆びたキャットウォークが体重できしむ。照明は黒く焦げ、細い蜘蛛の巣がほ

が舞い上がっている。死んで冷たく傾いた燭台のランプ。銀のペンキがほとんど剝げ落ちた木製の鎖に、彼女は子ヤギ革の指を走らせる、カタカタと音がした。『夢魔（アルプドリュッケン）』で使ったセットよ。この頃のゲアハルトは、まだ大げさな照明に凝っていたわね」。拷問台のほこりを払う。銀灰色の粉が手袋の細かなしわに溜まる。グレタはそこに身体を横たえる、「こんな風にしたの」と両腕を上げ、手首と足首にブリキの枷をはめてちょうだいとスロースロップに訴える。「照明の光がね、上から下から同時にくるのよ。すべてに影が二つずつ。ひとつがカインでもうひとつがアベル――ってゲアハルトは言ってたわ。監督の象徴主義時代の頂点かしら。その後は、もっと自然光を使うようになって。ロケも増えたし」パリへ行き、ウィーンへ行った。バイエルン・アルプスのヘレンキームゼー城へも行った。フォン・ゲールは、ルートヴィヒ二世[*7]の映画を作ろうという夢を抱いて、そのことでブラックリストに載りそうになった。誰もがフリードリヒ大王に熱狂していたあのころ、ドイツの為政者が狂う可能性を示すというのは、愛国者のすることではなかった。だが、黄金と、鏡と、延々と続くバロック装飾を撮りつづけているうち、監督自身が少し狂ったようになってきたのかもしれない。とくにあの、ながーい通廊。…フランス人なら、ああいう精神状態を「通廊形而上学（メタフィジーク）」とか呼ぶでしょう。世の通廊愛好家は、フォン・ゲールについての記事を読んでニッコリすることでしょう。だってフィルムを撮り切ってしまったあとも、まだカメラと一緒にドリーに乗っかって、まぬけな笑いを浮かべながら黄金の光景の中を行ったり来たりなんだから。そのシーンの暖かみは、白黒のオーソクロマティック・フィルム上にも、失われずに焼き付いた――もちろん映画は上映にいたらなかった。『狂える帝国（ダス・ヴューテント・ライヒ）』なんて映画、彼らが黙って見られるもんですか。果てしないやりと

7　十九世紀後半、南独バイエルン王国の王。（ヴァーグナーを含む）芸術家・建築家を保護し、官僚的公務を嫌った。最終的に王位剝奪を謀る勢力から狂気（パラノイア）のレッテルを貼られ、謎の死を遂げた。

り。ナチの襟ピンをつけた粋な小男の軍団がスタスタやってきて、撮影をさえぎり、そのままツカツカ進んでガラスの壁に顔をぶつけたり。「帝国（ライヒ）」のためとか、「王国（ケーニッヒライヒ）」のためとか、そういうスタンスを取れば受け入れてもらえたろうに、フォン・ゲールは頑固だった。ぎりぎりの綱渡りをして、その埋め合わせに、すぐに『良き社会』という映画を撮り始めた。うわさではゲッベルスがこれに大いに気をよくして三度も見たそうだ。笑い声をあげながら、隣席の男――ひょっとしてアドルフ・ヒトラーだったかもしれない――の腕を叩いたりして。マルゲリータはカフェのレズビアン役を演じた。「片眼鏡（モノクル）をしてるのがわたし。最後は男装のお相手に死ぬまで鞭打たれる、そのシーン憶えてて?」絹のストッキングにぴっちり包んだ重量感ある脚の輝き、その機械的な様子…思い出とともに興奮もよみがえって、つややかな両膝がすり合わさる。スロースロップも感じてきた。ズボンの鹿革の股のところがきつく引っぱられているのを見てマルゲリータのほほえみを誘う。

「あの人、美しかった。両方の意味で――どうってこともなかったけど。あなたを見てると、思い出す。特に…そのブーツ。…『良き社会』は、あの人との二作目だったけど、でもこの映画は」この映画? 「『夢魔』よ。それが初の共演。彼がビアンカの父親なんだわ。『夢魔』の撮影中に妊んだの。あの人、わたしを拷問する大審問官役でね。ああ、わたしたちは帝国中の恋人だったの――そうよ、グレタ・エルトマンとマックス・シュレプツィヒの、素晴らしい共演――」

「マックス・シュレプツィヒ」スロースロップが目を丸くした。「冗談かよ。マックス・シュレプツィヒだと?」

「本名じゃないのよ。エルトマンていうのだって、わたしの名前じゃない。ただ、名前に大地（エルト）がつけば、政治的には大丈夫だったってこと——大地、土、民衆（フォルク）……どれも暗号（コード）よね。監視しているナチスに意味が通じる記号。……マックスはもろにユダヤ人の名前をしていたから。ゲアハルトも改名した方が無難だと考えたのね」

「グレタ。おれの名前もさ。マックス・シュレプツィヒにした方が無難だと考えたやつがいるんだよ」そういってゾイレ・ブマーからもらった通行証を見せる。

グレタはそれをじっと見つめ、一瞬スロースロップに視線をやると、ふたたび震え出した。欲望と恐怖の入り混じった声で——「やっぱり」

「やっぱり、なんだよ」

目をそらし、屈するかのように、「あの人、死んだのよ。一九三八年に消えて、そのまま……〈かれら〉の動き、せわしかったでしょ?」

〈ゾーン〉入りしてからスロースロップは、ヨーロッパ人の、パスポートへの過剰な反応をたんまり見せられている。グレタを慰めたくなった。「こいつは偽造品だよ。どっかからいい加減（ランダム）にもってきた名前にきまってる。映画を見て名前を憶えてたんだろう、それを使ったのさ」

「ランダムなんて」いかにも女優らしい、悲劇のスマイル。顎が二重になりかける。片膝が足枷の許すところまで持ち上げられる。「そんな言葉は、おとぎ話にしかないわよ。あなたの身分証明書の署名は、マックス自身のものです。ヴィスワ河の畔にステファニアの家があって[8]、そのどこかにあの人からの手紙がスチールボックスいっぱいあるわ。Schlepzig の z の真ん中に、定規で引いたみたいな交線があるでしょ。最後の g は花模様のようでしょ。あなたのいうパスポートの偽造人、〈ゾーン〉中を探し回ってごらんなさ

8　ポーランドの大河。ステファニアは後に物語に登場する。

い。ぜったい見つからないから。かれらに妨害されます。今、あなたが、ここにいるのも、かれらがいさせたいからよ」

えーと、パラノイアがパラノイアに会うとどうなるんだ？ ふたつの唯我世界が交わると。そりゃあ、二つのパターンが第三のパターンを生み出すわけだ。モアレ[*9]というやつだ。流動する影たちの相互干渉が新たな影の世界を生みだす。・・・「おれをここにいさせたいって、何のために？」

「わたしのためよ」真っ赤な、開いた、濡れた唇から、ささやきが漏れる。・・・とにかく股間がズキズキして仕方ない。拷問台に腰掛け、体をあずけ彼女にキスをし、それからズボンの紐を解く。ズボンをめくり下ろしたとたんに、ペニスが少し揺らぎながらスタジオの冷気の中へ飛びだした。「ヘルメットをかぶって」

「オーケー」

「あなた、すごく残酷？」

「どうかな」

「残酷にやって。お願い。わたしを叩くものが、何かあるでしょ？ 少しでいいから、わたしを暖めて」ノスタルジア。古巣への苦痛の帰還。審問棒、足枷、親指締め、革のベルト。最後に探し出してきた小ぶりの九尾鞭は〈黒い森〉の精（エルフ）の鞭であって、そのラッカー塗りの黒い握りに、快楽に耽る男女が彫られている。紐の部分にはビロードの布当てがあって、苦痛を与えても血は流さない。「そう、完璧よ。さ、太ももの内側を・・・」

だが、すでにだれかが彼に教え諭していた。何か・・・彼らの草地（メドー）でプロシア的な冬枯れの夢を見る何か・・・彼らの空の荒涼とした、あまりに無防備な肌をどんな筆記体の鞭跡が、

9 二つのパターンや斑紋が重なって別のパターンとして見える「モアレ」現象の例が、179ページ（ポインツマンとメキシコが浜辺を歩くシーン）で描かれている。

横切るべく、待たれているのか。…違うぞ。違う——「彼らの草地」といったら違う。自分でもわかってる。今やスロースロップ自身の草地だ、彼の空…それは彼自身の残忍さなのだ。

マルゲリータを縛りつけた鎖と枷のすべてが鳴る。ウエストまでまくりあがった黒いスカート、ストッキングは、骨製の黒い靴下留に引っぱり上げられ、二つの曲線の出会うところが型通りの尖点（カスプ）をなしている。レディーズ・ストッキングの頂点に生じる特異点。[*10] シルク地が素肌と靴下留へ変移する一点。過去百年の間、どれほどの数の西洋男性のペニスがこれを見て跳び上がったことだろう。フェティシズムを解さぬ者は、かくもパヴロフ的な条件反射のことを聞かされても、鼻で笑うだけかもしれない。だが、不健康な笑いこそを生き甲斐にする下着狂に訊いてみたまえ。きっとそのコスモロジーを語るだろうと。ここには結節点と尖点と、接触点（数学流のキッス）からなる宇宙が拓けているのだと。関数の特異点！ 考えてみろよ。大聖堂の尖塔、イスラム寺院の尖塔、列車がそこをガタゴト通過した後に見える、もう一本の通らなかった線路との分岐点…天に聳えるベルヒテスガーデン[*11]のごとき、鋭く尖った山頂…スチールの剃刀の、いつも強烈な謎を宿した刃（エッジ）…チクリと不意打ちをくらわせる薔薇の棘（とげ）…さらにはロシアの数学者フリードマンいうところの、現在の大宇宙がそこから膨張を始めた密度無限大の一点。…それぞれのケースで、点（ポイント）から非点（ノンポイント）への移行には、白光と謎（エニグマ）とが伴い、それに対して、われわれの中の何かが跳び上がり、歌い出し、あるいは恐怖に身をすくめる。空を刺すように佇む、最後の点火スイッチが切られる寸前の〈ロケット〉を見よ。その弾頭の最先端の特異点、ヒューズを設置した尖点を見よ。これらの先端は、すべてがロケットの先端のように、滅ぼし

10 関数グラフが尖ったり折れたりする点。連続の観念が失われ、微分が不可能（無限大）になるアナキスティックな一点。原文は singular point。なお、cusp（尖点）という語も、ピンチョンはほぼ同義で使っている。

11 ヒトラーが「狼の寝床」と呼んだ、山の要塞。「ベルヒテ」はドイツ神話で、ホルダと関連する白き女神。

を暗示しているのか？　大聖堂の上空で、剃刀の下で、薔薇の下で（アンダー・ザ・ローズ）*12、人知れず爆音を立てるあれは何なのだ？

　そして今グレタのストッキングの上端線に現れた二つの尖点、その向こうには、どんな不快な驚きがスロースロップを待ち受けているのか？　ストッキングが突然に伝線し、青白い一本の筋が太ももを伝わり、入り組んだ線となり、膝を通って視界から消える。・・・肌を打つビロードの鞭の音とよがり声、白地に長々と這う赤い腫れ、グレタの呻き、その胸で泣いている赤紫の花、彼女を押さえつける金具の鳴る音——その先に待っているものは何だ？　我が身を鞭に差し出す女の、ストッキングは破るまい。女の伸張した陰唇の、開いたまま力む股の間で無防備に震えるそれの、あまり近くは鞭打つまい。女の筋肉の動きは、フィルムに焼き付いた銀色の記憶と変わらない。エロティックで控え目で〝記念碑的（モニュメンタル）〟だ。グレタは一度絶頂に達し、それからたぶんもう一度イッた。スロースロップは鞭を置き、ケープをひろげてグレタにのしかかる。シュレプツィヒの代用品と、カッチェを思い出させる最新の女が**・・・**接合した腰を揺らすその下で、古びた作り物の拷問台がギーギーきしむ。マルゲリータがささやく。**あ、あなたの鞭、すごい**。ああマックス・・・スロースロップが達する瞬間、きれいに揃った歯を食いしばって、演技とは別物の、澄んだ苦痛の吐露の中からグレタの子の名が聞かれる——**ビアンカ・・・**

12　「秘密裡に」という意味の成句。ピンチョンはこれを短編（スパイ小説、『スロー・ライナー』所収）のタイトルに使っている。

GR

Thomas Pynchon Complete Collection
1973

Gravity's Rainbow I
Thomas Pynchon

重力(じゅうりょく)の虹(にじ)［上］

著者　トマス・ピンチョン
訳者　佐藤良明(さとうよしあき)

発行　2014年9月30日
5刷　2023年9月5日

発行者　佐藤隆信
発行所　株式会社新潮社　〒162-8711 東京都新宿区矢来町71
電話　編集部 03-3266-5411　読者係 03-3266-5111　http://www.shinchosha.co.jp
印刷所　大日本印刷株式会社
製本所　大口製本印刷株式会社

乱丁・落丁本は、ご面倒ですが小社読者係宛お送り下さい。
送料小社負担にてお取替えいたします。
価格はカバーに表示してあります。

ISBN978-4-10-537212-5 C0097